Stephen Owen

宇文所安作品系列

The Late Tang

Chinese Poetry of the Mid-Ninth Century(827-860)

晚唐

九世纪中叶的中国诗歌

（827–860）

〔美〕宇文所安 著

贾晋华 钱彦 译

生活·讀書·新知 三联书店

图书在版编目（CIP）数据

晚唐：九世纪中叶的中国诗歌：827—860 /（美）宇文所安著；贾晋华，钱彦译. —北京：生活 · 读书 · 新知三联书店，2014.3 （2024.8 重印）
（宇文所安作品系列）
ISBN 978-7-108-04807-3

Ⅰ. ①晚… Ⅱ. ①宇… ②贾… ③钱… Ⅲ. ①唐诗－诗歌研究 Ⅳ. ① I207.22

中国版本图书馆 CIP 数据核字（2013）第 274110 号

责任编辑 冯金红
装帧设计 蔡立国
责任印制 李思佳
出版发行 生活 · 讀書 · 新知 三联书店
（北京市东城区美术馆东街 22 号 100010）
网　　址 www.sdxjpc.com
经　　销 新华书店
印　　刷 河北松源印刷有限公司
版　　次 2014 年 3 月北京第 1 版
2024 年 8 月北京第 4 次印刷
开　　本 880 毫米 × 1230 毫米 1/32 印张 17.5
字　　数 375 千字
印　　数 10,001 – 12,000 册
定　　价 59.00 元
（印装查询：01064002715；邮购查询：01084010542）

目　录

导言　后来者

柳岸风来影渐疏，使君家似野人居。
云容水态还堪赏，啸志歌怀亦自如。
雨暗残灯棋欲散，酒醒孤枕雁来初。
可怜赤壁争雄渡，唯有蓑翁坐钓鱼。

——杜牧《齐安郡晚秋》[1]

公元842年春天，四十岁的杜牧前往黄州出任刺史。黄州亦名齐安，位于今湖北长江北岸，著名的赤壁之战的战场据说就在该州境内。赤壁之战的故事广为人知，记载于有关那一时期的正史《三国志》中，并很可能在当时已是民间传说传统的一部分。曹操率领北方大军来到赤壁，准备渡过长江，进攻南方的吴国。他在那里准备好进攻的船队，用铁链将船只锁在一起抵御风浪。

吴国年轻的长江水军都督周瑜负责阻挡进攻。周瑜知道曹操正在等待一批粮运，便召集了火船，装扮成运粮船，掩护战船队。整个计划依赖于一阵东风，而那天真的刮起了东风。当粮船

〔1〕 28153；冯，208页。

靠近时，吴军点起火，火势很快蔓延到曹操那些锁在一起的战船。曹操丢失了所有的船只，无计可施，只能退回北方，江南仍归吴国统治。

九世纪中叶的黄州地小物贫，受命来此任刺史固然不算是最差的职位，但离最好的却相去甚远。杜牧曾不无自嘲地描述黄州为“平生睡足处”，此句正好捕捉了上引诗篇前半部分的精神。风吹落岸边的柳叶，慢慢展开景色，但也为刺史的宅院带来纷乱。诗人以其特有的成熟，在此既能欣赏景色，又能欣赏生活。

杜牧在尾联首句所用的诗歌手法在晚唐诗中并不算新奇，但在这一时期出现非常频繁，似乎与这一时代有特别的共鸣。这是一种通过慨叹已不存在的过去而唤起的缺失场景。在这首诗中，缺失的场景是战斗和燃烧的战船，在这幽灵似的背景上添加的是现在的老渔翁形象。老渔翁全神贯注于钓鱼，显然与我们的刺史诗人分享同一情绪境界。当然，区别在于只有诗人能够在看到老渔翁的同时，脑海里也浮现出燃烧的战船。

这种并置创造出一些重要的关联：在老渔翁身上，我们看到缩微——与水军船队和熊熊火焰的大战相比，他成为广阔风景中的一个微小人物；我们看到老化——深秋季节中的一位老人；我们看到已消失的辉煌，取而代之的是静谧和安宁。老渔翁这一人物并非普通之人：他有自己的文化历史和诗歌历史。虽然没有姓名，但在杜牧的诗篇之前已经出现过无数次：他是为周文王所赏识并请去做丞相、制定克商大计的渔父姜太公，他是后来屈原碰到、劝说屈原不必担心美德被误解而应随顺时流的渔父。他曾象征过很多东西，所以在此并非单指一项：他本身在诗中含意模糊，但却肯定“饱含诗意”。几十年前，冬景中的渔翁曾出现在柳宗元最著名的题为《江雪》的诗篇中[2]：

千山鸟飞绝，万径人踪灭。
孤舟蓑笠翁，独钓寒江雪。

老渔翁是典范的诗歌人物，富于感发力，寓意丰富。在杜牧的诗篇中，他是一位被置于远距离画面的人物，用来取代暴力的场景。他为古战场带来的画面，已预示于第五句中棋盘上被拿走的棋子，亦即成为真的“散”。此处我们既看到冲突的后果，也看到这一冲突在形式上转换成游戏。比喻战争时代的“风暴”化成一场真正的暴雨，其阴云遮暗了棋盘。这就是诗歌的“作用”：将动乱转化成优美的模式和形象，重新加以编排。

与杜牧同时代的温庭筠在一首诗篇中，描绘汉武帝在长安附近的昆明湖上演习水战，使用了同样的添加手法。通过象征性的威胁和感应巫术，武帝征服了西南边远地方的敌国滇池。汉武帝是赤龙的后代，先以涟漪层层的红色倒影出现，随之而现的是他的战舰和武士。

昆明治水战词[3]

温庭筠

汪汪积水光连空，重叠细纹交潋红。
赤帝龙孙鳞甲怒，临流一眄生阴风。

[2] 18520；王国安，268页。
[3] 31900；曾，32页。

鼍鼓三声报天子，雕旗兽舰凌波起。
雷吼涛惊白若山，石鲸眼裂蟠蛟死。
滇池海浦俱喧豗，青翰画鹢相次来。
箭羽枪缨三百万，踏翻西海生尘埃。

然后，在最后一节中，温庭筠又回到现在：

茂陵仙去菱花老，唼唼游鱼近烟岛。
渺莽残阳钓艇归，绿头江鸭眠沙草。

茂陵是武帝的陵墓，没有人会不注意到称他为“茂陵仙”的讽刺意味，特别是考虑到武帝对成仙的热烈追求。诗篇前面几节引发出的过去场景并不涉及实际暴力，而只是军事力量的戏剧性展示。它具有自己的诗意美，而当这种美被引发后，随即便被现在见到的另一种美所替代。那一片水恢复了宁静，古战舰的鸟形船头被正在熟睡的绿头鸭所替代，渐暗的暮色中出现了载着诗意化的老渔翁的钓艇。

晚唐诗常常回瞻，这个时期的很多诗人都以回顾眼光的热烈而著称。过去的迷人时刻，无论是历史的还是诗意的，都引起他们的注意，萦绕着他们的现在。中国诗人如同欧洲中世纪诗人一样，总在某种程度上往回看，但对很多晚唐诗人来说，过去的回响和踪迹具有特别的光晕。从这种意义上来说，“晚唐”确实应该被称为“晚”。我们的研究到860年左右为止，所以虽然这些诗人肯定意识到政体已陷入困境，但不能说他们已觉得王朝末日将临。站在过去的大诗人和过去辉煌的阴影里，他们的“晚”主要是一种文化上的迟到感。

到了九世纪中叶，玄宗朝（始于八世纪第二个十年，延续至755年的安禄山叛乱）已成为具有传奇色彩的辉煌时期。活跃于安禄山之乱后的诗人，后来被与大历时期（766－779）联系在一起，为律诗巧匠树立了古典美和形式格律的楷模。随后是与元和时期（806－820）联系在一起的中唐诗人，他们留下了丰富的创新遗产，为诗歌开拓了新的方向。很多较年轻的诗人排斥这一遗产，但此遗产来自刚过去的时代，而且意义重大。到我们的研究开始的九世纪二十年代中叶，诗歌已有一百年刚刚逝去的难忘历史。

描述晚唐诗歌，无可避免地必须回答如何使用这一分期术语的问题。“晚唐”这个词原本用来指755年安禄山叛乱以后的一个半世纪；换言之，它跨越了唐代整个后半时期。显然，如此划分不仅对文学研究无益，而且对历史研究的各个领域都无用。高棅（1350－1423）编于1393年的《唐诗品汇》，使“中唐”成为了约定俗成的概念，截止于元和一代诗人。这样唐代大约最后七十五年便成了“晚唐”。区分“中唐”有助于说明元和时期的著名诗人与后来的诗人间的一些突出差异。活跃于九世纪第二个二十五年间的诗人们强烈地感受到这些差异。几百年来有关唐诗历史的评论都把这种权宜的分期当作是真实的、不言而喻的。然而，实际的记载却使这种简单分期变得复杂。

文学史家们喜欢概括地描述各时期的特征。然而因为晚唐诗歌存留下来的数量之大，又因为诗歌创作的社会和地域分布之广，我们发现在这一时期里诗歌其实朝着多方向发展，其多样性使人无法简单地概括。我们可以看到各种兴趣相投的诗人群体，新时尚的兴起，特定的地点成为诗歌创作的中心，以及某些诗人无视当代诗歌时尚而走自己的独特道路。换言之，细看之下，除了代表一个时期以外，并没有一个协调一致的“晚唐”。

即使只把它看作是一个时期，从文学文化方面界定晚唐的概念也面临问题。就这一词语中的“唐”字而言，晚唐应该结束于公元907年，即唐王朝正式结束的时间。即使唐朝在最后几十年里已经仅是一个空壳朝廷，很多诗人在后来发展为五代十国的方镇和地方朝廷任职。然而，如果我们寻找文学文化和诗歌世界的巨变，那么只有到了十一世纪第二个二十五年以欧阳修为主的一群诗人出现时才能找到。如果我们不过分追究这一分期词语中的“唐”字，那么我们可以很容易地将晚唐诗歌视作长达两个世纪，颇像南朝后期的诗歌风格，跨越了一个过渡和建立稳固的新体制的时期。

当诗歌最终在十一世纪第二个二十五年经历了巨变以后，欧阳修有意识地以韩愈为自己群体的榜样，回归九世纪初的元和一代诗人。元和主要诗人的去世，以及对他们的诗歌风格的明显抵制，为我们清楚地标明了晚唐的开端（虽然下文我们将谈到，白居易和刘禹锡又生活了数十年）。这样一个诗歌兴趣的反叛和重新定向的时刻，的确标志了一个时期的转变。

我们的研究将始于九世纪二十年代中叶的变革时期，大致延续至860年。后面这个日期只是出于方便，并非因其标志着一个变革的时刻。在这将近三十五年的时期里，一群元和时期遗留下来的老一辈诗人仍创作出大量诗篇；贾岛完善了一种律诗技巧，从而吸引了一个半世纪的忠实追随者；代表晚唐诗歌特点的三位诗人杜牧、李商隐和温庭筠则完成了他们几乎所有的诗篇。在这三位诗人当中，李商隐和温庭筠的诗歌成就在有生之年都未获得普遍承认。杜牧虽然闻名于世，但他与当时很多诗人齐名，而那些诗人现在大多已不为人知。

这一时期，唐朝还未出现立即崩溃的危险，但是到了这一时期结束之时，叛乱已陆续在各地发生。朝代分崩离析的过程已经开始，并在其后的几十年中不断加速。自 881 年初黄巢占领长安后，唐朝已仅是一个地区性的势力，虽然仍保留着一种怀旧的光晕，吸引着无数来自偏远地区的年轻人前来寻求那些唐朝仍有权力授予的空泛官衔的荣耀。在 860 年后仍有很多诗歌值得欣赏。人们很容易将这一较后时期的诗歌与当时的重大历史事件联系起来看，但此时创作的大多数诗歌只是继续着我们所研究阶段的诗歌传统。这似乎是一种受了创伤、僵化了的诗歌。如果想要披露诗歌史与更宽泛意义上的“历史”的关系，我们所发现的可能不是变革中的诗歌，而是拒绝变革的诗歌，完美的对偶句，及沉迷于诗歌的和感官的愉悦。

下引子兰的诗中，伟大的京城长安的厄运已经注定。有关僧人子兰的生平，我们几乎一无所知，只知道他在唐朝的最后时期还在做诗。此诗前两句可能撰于任何时候，但后两句所唤起的不可能是长安的其他时刻。

长安早秋〔4〕

子兰

风舞槐花落御沟，终南山色入城秋。

---

〔4〕 44998。

门门走马征兵急，公子笙歌醉玉楼。

最后一行重复了李白的著名诗句，原句写于较欢乐的时候，但现在却含有阴郁的反讽。我们无法确定下面这首诗是否与上一首诗作于同时，但很难不将它作为季节的续篇来阅读。我们知道黄巢在881年进长安的时候，开始时是受欢迎的。在洗劫长安城及随后忠于唐王朝的势力与黄巢军之间的战斗中，长安的居民竟如同军队一样凶恶可怕。

长安伤春〔5〕

子兰

霜陨中春花半无，狂游恣饮尽凶徒。
年年赏玩公卿辈，今委沟塍骨渐枯。

此处我们看到的是对长安城死亡的生动描绘。但是长安城未陷之前，当马群还在奔走，士兵还在被募集去保卫这座城市时，那些宴会上所写的诗篇，可能与我们将要读到的诗篇很相像。同样的诗篇至五代时在各地区可能被广为模仿，但是最早产生这种诗歌的社会已经死亡，只留下尸体在深沟和野地里腐烂。

虽然九世纪第二个二十五年间的诗歌丰富多样，不允许我们只用单一的总体特征来概括，但我们的确看到新的价值观和兴趣的兴起。大多数情况下，这些新现象的根源可以追溯到稍早的时

〔5〕 45002。

期，并延续于整个九世纪，一直至十世纪。我们已讨论过晚唐诗人的回瞻眼光，以及他们对过去的诗歌和文化的迷恋。南朝后期特别令他们感兴趣。这种兴趣很容易被看成是对死亡笼罩着唐朝的预感，但这很可能只是一种间接的关联。他们感兴趣的是各种形式的沉迷，南朝诗人不顾一切沉迷于诗歌和感官愉悦中的形象，在他们心里激起一种矛盾心情，既吸引他们，又迫使他们对之进行谴责。

沉迷是一种排除外部世界、内省及孤立某一特定事物或范围的方式。沉迷的形象在这一时期的诗人和诗歌代表中承担了重要角色。我们看到将诗歌作为独立活动领域的感觉越来越强，诗歌要求绝对的投入，“诗人”成为一种独特的类别。诗歌创作继续被唐代知识精英各阶层所共同实践，但我们发现有些群体倾注全副心力做诗，视诗歌为一种使命，而与此相对的是在朝廷的圈子内有些人对“诗人”越来越轻视。〔6〕随着诗歌成为一个独立的献身领域，像僧侣献身佛教一样，诗人开始视自己的诗歌为一种积累和“遗产”，如同土地、商品的集聚，或如同终身仕宦生涯或佛教实践的“功德”积累。很少有诗人像白居易和贾岛那样截然不同，但我们发现两人都筹划以手稿的物质形式积累自己的诗歌作品。在八世纪第二个十年，元稹已经致力于整理自己的几个文集，白居易紧随其后，编集了数部手稿，并不断更新和补充。到九世纪中叶，整理编辑自己的诗歌已广为开展，同时还产生了未

〔6〕 南宋批评家严羽极不赞赏晚唐诗歌，但到他的时代，晚唐所发生的变化已经被广泛地吸收而成为理所当然之事。因此严羽坚持认为诗歌应该“当行”，这可能是古汉语中意思最接近“职业的”之词汇。

收入作者主集的、专收特定题材的小集。

沉迷诗歌的一种形态是致力于构造完美对偶句的技巧，以及颂扬这种技巧所需要的努力和全神贯注。我们下面将看到，这种细心雕琢的对句通常由其他较为松散直率的联句映衬，有时显露出俗语的影响（后一种成分在九世纪后期甚至经常更突出）。我们看到不同修辞层次间的差异和冲突不断增加，同时看到反对白居易所提倡的下层修辞的评语。在这种修辞层次的对立中，我们第一次窥视到一种“诗意的”或“古典的”感觉，这对后来的文学文化有深远的影响，无论是将“古典”作为标准来遵循或谴责其矫揉造作。此前只有具备各种修辞层次的“诗歌”，一首诗中往往自始至终使用同一种修辞层次。混合修辞层次的诗篇使得“高”和“低”之间的对照更为明显。

我们首先在第一章“背景”中提供政治历史背景，介绍诗人，并讨论这一时期的文学记录如何受文本保存方式的影响。随后在第二章我们转向“老人”，即元和时代的年长诗人，其中最突出的是白居易，他在九世纪四十年代仍然继续创作出大量作品。白居易挑战性的随意是元和诗歌价值观的一种创新，有助于说明第三章“五言律诗”中巧匠们的各种对立价值观。我们在第三章中论述这一保守传统中的一些重要问题，其后在第四章“诗歌巧匠”中讨论姚合和贾岛的群体中的具体诗人。

在第五章“李贺的遗产”中，我们讨论九世纪三十年代初重新发现并传播李贺诗歌所产生的影响。在第六章“七言律诗：‘怀古’”中，我们以晚唐“怀古”诗为例，分析诗体的“个性”和历史如何影响诗歌创作。这里我们可以清楚看到后来的诗人如何借用并改造前人的作品。第七章“七言诗人”讨论以七言律诗著称的一些诗人，这些诗人在九世纪三十年代中叶后重新受到欢迎。在九世纪三十年代后期及四十年代，这些诗人都和杜牧有诗歌唱和，而杜牧的作品是接下去第八章探讨的对象。

在第九章“道教：曹唐的例子”中，我们探索这位道教诗人的一些作品，描述其色情化、浪漫化的游仙诗，为随后第十至十四章讨论李商隐的诗歌做准备。在介绍李商隐诗歌的阐释问题的章节之后，我们讨论他的朦胧诗、咏史诗、咏物诗，以及那些可以确定日期的应景诗。在这些章节中，我们试图将他的诗歌放置于其时代的话语语境中。最后在第十五章中，我们研究温庭筠的诗歌，并讨论将诗歌划分为专门的“类型”的情况。这种划分对其他诗人的作品在文学记录中的保存很可能有重大影响。

我尽可能历史地具体化，总是注意唐代诗歌遗产的文本保存方式，而不是对这一时期作整体的笼统概括。

本书深深地受惠于过去二十五年中国的学术研究成果，特别是傅璇琮的著作，他对唐代诗人生平及诗人和诗作系年的广博研究，为本书的研究提供了基础。我们现在所知道的远远超出三十年前我研究初唐和盛唐时的情况。

同时，本书与中国学者所完成的工作有着基本的区别。虽然这些区别无疑地将会被归因于“西方”观点，但是我的部分意图却是调和中国学术本身的一种分裂，即一方面是对诗人生平和诗篇日期的精确考证研究，另一方面是有关这一漫长时期的各种笼统概括。此时期由于复杂的历史偶然因素而被标签为一个单一的整体，即“晚唐”。史料的丰富及傅璇琮等许多学者的努力，使得我们现在可以细致地探讨一个界定的时期。多亏这一过程，我们可以清楚地看到普遍接受的范畴的弱点，而此时期的文学史一直是根据这些范畴而撰写的。

此处仅举一例。撇开使用诸如“流派”之类的笼统术语来描述诗人们之间的联系，我们看到各式各样相当独特的文化现象：差不多年龄的朋友群（如以白居易为首的诗人群）；年轻的诗人寻求并获得年纪较大、地位确立的诗人的认可（如以姚合和贾岛为首的诗人群）；已故诗人的作品广泛流传并产生影响（李贺）；为前一代诗人所排斥的诗人，现在却被重新评价及重新产生影响（如皮日休对白居易的崇拜）。这些都是独特的文学史现象，而不仅仅是“流派”。我们看到有些诗人基本上只写一种诗歌，而另一些诗人却以当时存在的所有风格创作。我们现在更清楚地看到的不是“流派”，而是诗人们之间充满活力的文学史互动。

本书也探讨了一些并非与近来的中国学术相关联的问题。虽然中国学术在追寻印刷版本的源流方面极为出色，但对手抄本文化的问题却不怎么感兴趣，特别是诸如手抄本遗产如何在宋代兴起，以及特定的资料如何影响我们对现存作品的看法。我们的研究常常转向有关早期抄本传播的问题，因为这是文学史的一个关键部分，却常常遭忽略。例如，我们知道诗人李廓是贾岛和姚合的朋友，但他现存的诗篇却都是风流诗（风流很难翻译成英文，此词综合了声色、忧伤和虚张声势的潇洒等意思），那么原因可能仅是由于收存那些诗篇的特定选集的重点在此。如果一位诗人的现存作品主要是绝句，很可能并不是他特别喜好绝句，而只不过是由于洪迈拥有的版本比现在存世的更完整，而他把所有的绝句都抄入其庞大的唐代绝句选集。我们也有很多保存下来的诱人文本，它们的局限性提醒我们晚唐的诗歌创作是一个更大更多样的世界，而很多资料已经丢失。

也许掌握中国有关晚唐诗的学术研究的最大困难是李商隐研究，这一研究及其漫长历史超过了对其他所有诗人的研究和历史的总和。李商隐研究本身自成一领域，处理的是千百年来有关研究所提出的问题。我努力地了解这一领域，以便在与我的研究目标相关时足以应用，但同时也保持足够距离，不去试图回答无法回答的问题，或避免在这样做时重述他人的论点。与其寻找老问题的新答案，我想集中注意于诗歌本身怎样产生这些问题，却又同时拒绝有一个答案的可能性。我也将李商隐的诗歌放置在当时诗歌的背景及手抄本文化的问题中来考虑。我们能认识我们的李商隐应归功于一个人——杨亿，一位受到下一代诋毁的文学家。他全力重构李商隐的诗歌，借助社交网络在远处找出各种抄本。这个例子说明其他诗人如果也有这样一个编集者，情况会是如何。

本书本来可以用其他各种方式来撰写。如果本书已经存在，或如果我对这一时期的理解如同我后来在撰写本书的过程中所逐步理解的那样，我很可能会选择以不同的方式来撰写。但是，在能充分掌握信息而追寻其他有意思的方式之前，有必要理清诗人、世代、变化中的价值观和潮流，以及手抄本传播的中介作用。没有这样一个基本的整理过程，对晚唐诗歌的批评研究只会停留在年代错讹的混乱状态，比如不注意谁在什么时候写作，不区分我们自己对诗人重要性的感觉和当时看待诗歌世界的方式。九世纪末和十世纪的传闻轶事，特别是那些已融入正史者，不能作为九世纪中叶发生的事实。

虽然本书已经很长，但我觉得仍有很多章节应该写。还有其他诗人我觉得应该讨论，如备受诋毁的徐凝。也有大量诗人在我们研究的这一时期里开始创作，但他们在九世纪六七十年代甚至更迟一些时候创作仍很丰富。某种程度上的分类选择是有必要的。九世纪的两位女诗人薛涛和鱼玄机未收入这一时期，因为一位稍早而另一位稍迟。将鱼玄机包括进这一时期的诱惑力尤其大，但如这样做，我就要进入懿宗的统治年代，从而不得不收入大量同时代诗人，很容易使得这部书扩大一倍。

本书可能包括的其他研究方向中，诗歌的类型和场合会是很有成效的研究。有关音乐和妓女（常常是受契约束缚的高级妓女）的诗歌在此时期特别丰富。有关"嘲"诗专设一章将会很有用，虽然我在关于温庭筠的章节的第一部分简要述及此类诗。还有很多工作可做，我仅希望本书成为有益的起点。

多年以来，我屡次放弃而又重返文学史。每次重返，文学史都似乎不一样，虽然有些问题恒久不变，促使我重返并使用同样的名称。发生变化的部分原因是研究者再次回到文学史时自身已改变，部分原因则是广大文学研究者的兴趣在不断改变。我们都知道历史的表述受其写作时代的影响，这是老生常谈。然而，这些变化的背后还有一个更深刻的因素：我们必须承认文学史作为一项事业，在一定程度上受影响于其所表述的时代的具体情况。这一真理既有意思又令人不安。承认此点，即是说文学史或类推至所有的历史，并不是一个统一的、着重于不同"对象"的学科，而是总是受其试图描述的对象影响而更改。如果确实如此，糟糕的历史是一种笼统的历史，这种历史立足于一个时代，去误读其他时代，总在力图寻找其他时代并不存在的东西。

我们阅读某一特定时代时，无可避免地受到该时代兴趣的左右。后面我们将分析诗歌体类的作用。我们现在认为重要的中唐诗人都采用“古体”写出他们最好的诗篇，但我们很容易讨论中唐诗人而不强调这一事实。这种对诗体的选择，以及其特有的自由，将彻底改变我们对该时期的看法。如果晚唐诗人的律诗创作占主导，那么这种选择不仅是历史的一部分，而且也对历史的观念本身产生影响。

正如我们前面已提到，合理地说，始于九世纪二十年代的晚唐诗歌是对元和那一代正当盛名的诗人的反叛。但完整的文学史现实要更为复杂，特别是在律诗巧匠的眼里。我们寻找变化之处，正是他们看到承续之处。律诗诗法的保守性挑战我们理解文学史的方式。

我们可以回到前面提到的大历诗人。这些诗人，包括一些作品留存不多的诗僧，完善了五言律诗的精美技巧。元和一代正当盛名的诗人更喜好“古体”诗，摒弃了那种精美的技巧。虽然这些诗人在元和时期占主导地位，包括韩愈、孟郊、李贺、白居易、元稹等，旧的、保守的律诗技巧在通俗和精英的圈子中都继续存在。

传世诗歌选集与标准的文学史叙述很不相同。让我们从大历时代的代表选集开始。高仲武在785年或稍后编选题为《中兴间气集》的诗集时，所限制的范围为756至779年间新近创作的律诗。大致在元和九至十二年间（814－817），令狐楚编选了《御览诗》。[7]令狐楚提供给宪宗欣赏阅读的大多数诗篇，是由高仲

〔7〕 傅（1996），363页。

武三十年前的选集里的同一批诗人所创作的。[8] 如同高仲武的选集，《御览诗》主要包括绝句和五言律诗。我们现在认为是元和时期的所有重要诗人，都没有被收入此集。这些著名的元和诗人往往与当时的文学传统相悖而行，所以代表这一传统的令狐楚也就忽视了他们。令狐楚后来在政治上颇为得意，最终与刘禹锡及白居易成为密友，且是李商隐的第一位扶持者。作为诗人们的扶持人，他对九世纪第二个二十五年间的诗歌有相当大的影响力。

在 837 年左右，即《御览诗》后约二十年，姚合编辑了诗歌选集《极玄集》。保守趣味的延续在此集中甚至变得更明显。姚合是元和后几十年出现的主要诗人之一，被公认为是五言律诗的大师。在他的选集中我们再次看到对五言律诗的注重，大历时代的同一批诗人占据主导地位，加上一些继承保守传统的元和诗人。也许姚合选集中最重大的变化是以“盛唐”诗人王维为开端，从而为保守的律诗作者提供了一个盛唐的祖先。

从一个角度来看，与其划分“中唐”和“晚唐”，不如划分三代诗人：大历一代，元和一代，以及九世纪第二个二十五年那一代。从另一角度来看，存在着一个连贯的“诗歌”传统，而“元和体”只是较小的一群诗人所创造的一种迷人而常受责备的异常现象。后一角度似乎最接近九世纪第二个二十五年的律诗大师们对诗歌传统的认识。对他们来说，上世纪并不是诗歌的“历史”。他们只确认一种时代风格，即“元和体”，除此之外则存在着一种持久的古典风格。

---

〔8〕 有一些例外（如道教畸人顾况的十首诗），但是唯一收入的中唐当代著名诗人的作品是张籍的一首绝句。

保守的律诗巧匠只代表许多观点中的一种。在晚唐，我们对诗歌史的观念开始改变。此前，诗人历来都从过去的诗歌中汲取灵感，但是在晚唐，诗歌传统正开始形成其后千年在中国所具有的形式：形成一套现成的风格、体式、传统诗人的声音，以供选择。正如我们将看到，晚唐最著名的诗人李商隐可以采用众多的角色和声音，在不同的场合他的诗可以如同出自杜甫、韩愈或李贺之手。在他的众多声音中，有一种完全是他自己的创造，对后来的读者来说这代表他的风格，但没有人在阅读他的诗集时会将他局限于此种声音。李商隐非常称赏的诗人孟郊和李贺则与之相反，他们的诗篇不可磨灭地印上了他们的独特诗歌个性，即使有很多变化也能立即认出是他们的诗篇。李商隐之外，没有其他晚唐诗人如此独特，而那一独特的声音只代表他的作品的一部分。其他诗人则选择一种广为流行的风格，或尝试众多不同的风格。虽然后来有很多实际的历史差别，但是确立于晚唐的这一套选择传统却持久存在。

如同我在较早著作中的一贯做法，本书采用了平冈武夫、市原亨吉和今井清在《唐代的诗篇》中为《全唐诗》做的诗篇编码。这只是在《全唐诗》中寻找诗篇及确认出处的一种方法。可能的情况下，我也包括了现代评论或注释版本的出处。一般来说，我采用后一种方式时，会注明我所确定的与某一注本不同的特殊异文。

在日期和传记资料方面，我一般采用较保守的态度，避免使用中国关于诗人们的研究中一些精确性尚不甚肯定的结论。在这些方面我依靠傅璇琮的著作（1987 及第 5 卷补遗的重要更正；

1998），以及有关个别诗人的研究。

多年来我一直致力于寻找以英文表示中文诗句长短的优雅方式，一度曾用“五音节”（pentasyllabic）和“七音节”（heptasyllabic），后来改为更直接的“五音节句”（five-syllable line）和“七音节句”（seven-syllable line）。此时期的诗人则一般称之为“短句”和“长句”，故我在本书中采用了此种名称。

细心的读者将会注意到本书中所讨论的文本和问题都和我的《中国中世纪的终结：中唐文学文化论集》（1998）一书有重叠之处。这一点无法避免，因为本书是从那本著作发展而来的，正如同晚唐从中唐发展而来。但是本书将那些文本和问题引向新的方向，置于新的背景。较早的那部著作收集了一组探讨相关问题的论文，而本书则如同先行的《初唐诗》和《盛唐诗》，是一部文学史著作。

第一章　背景

皇　帝

在826年1月9日的晚上，十八岁的唐朝皇帝夜猎归来，正与其宠信的侍卫和宦官举行通常的深夜欢宴。他出去解手回来，灯突然熄灭，随后皇帝本人也被消灭了。以宦官刘克明为首的密谋者策划把皇帝的叔父李悟推上皇位。另一位太监、内枢密使王守澄迅速率领一场反政变，杀死刘克明，并在行动过程中偶然地杀了李悟。前皇帝之兄弟李涵于1月13日被扶上皇座，并很快更名为更尊严的李昂。

李昂就这样成为七年中的第四位皇帝。在九世纪二十年代初，颇有作为的元和皇帝宪宗（806－820年在位）突然不明原因地死去，年仅四十三岁，虽然怀疑是被毒死的，但更可能的死因是服用延年金丹。宪宗从其谨慎的祖父德宗处继承了充足的财库和充满危机的政体。八世纪中叶安禄山之乱后，地方军事势力迫使朝廷让步，许多地区实际上割据自治，特别是东北地区。一些军队极不可靠，不时叛乱，反抗朝廷委派的将领。以汉族人口为主的西北许多州府，陷入了吐蕃的统治。在宪宗的十五年统治下，朝廷的权力获得重要的恢复。虽然在东北和西北地区朝廷的权威继续减弱，但中央政府对地方军队的控制在一定程度上较为稳定，而提供赋税的主要州府则更为稳固。

宪宗去世之后，其二十六岁的儿子长庆皇帝即位。长庆皇帝最为人所知的是对杂技表演的喜爱，以及让宠爱的宫女穿上写着靡丽诗篇的轻薄丝衣。也许与他的父亲一样，长庆皇帝即位几年后便误食道教金丹而中毒死亡。他在824年去世，被封以穆宗的庙号。唐代王子的性生活都开始得很早，皇帝最年长的儿子们往往是其十几岁时的产物。穆宗去世时近三十岁，继承皇位的是他的长子宝历皇帝，当时十六岁。他年轻放荡，结局不幸，已见前述，死后被封为敬宗。李昂与其昏昧的兄弟同岁，在位时间长得多，但去世时也仅三十三岁，被封为文宗。根据礼制，文宗在827年（其兄弟去世后的第二年）宣告了新的年号大和。

在对付桀骜不驯的武将及有时同样桀骜不驯的军队时，唐代皇帝及其顾问们必须权衡财政支出与维护中央政府的政治的、象征的（有时是经济的）意义两个方面。如前所述，宪宗的政治作为部分地依靠德宗所积累的财富。在穆宗和敬宗的统治时期，发生了一系列的军事叛乱，对此朝廷大多都容忍了，或出于财政上的谨慎，或害怕军事上的失败，或纯粹由于胆怯。文宗倾向于更积极地做出反应，但其经济负担归根结底由长江下游的富庶州府承担，而这一地区的经济已经逐渐走向崩溃，并最终导致唐王朝的灭亡。

文宗最有名的相貌特点是大而卷曲的胡子。他惹人注目地节俭和努力，决心做个好皇帝。[1]如果是在较稳定的时代即位的话，他很可能会是个出色的皇帝，其统治可能会被儒家历史家赞美而光耀青史。正如经常用来描述有才能而在政治生活中失意的年轻人一样，文宗“不遇时”。当时的时代很可能更需要一位无情而精明的皇帝，而不是一个试图遵循道德统治的古典理想的皇帝。在他统治的最后几年，他越来越深地担心自己未来的名声。在发生于839年11月16日的一件有名事件中（距他去世仅几个月），文宗要求阅读宫廷实录中有关自己的记载，但史官拒绝了他的要求，坚持说实录的信誉是由皇帝不能查看的原则所保证的。文宗的先祖太宗在谏官根据儒家原则反驳他时，曾竭力忍受以表示让步。太宗这样做是政治表演，而文宗则是无能。文宗的怀疑是对的，历史对他不太友善，无论是在他的生命期间还是在他死后的名声。他最多仅获得了一些同情和怜悯。

他的兄弟的悲惨下场一定一直存在于文宗的脑海里。在内廷，他被势力强大的宦官帮派所包围，他们不但控制他的身体，而且控制宫廷神策军这一京城及其周邻地区的军事力量。在外朝，他面对明争暗斗互相诋毁的朋党。主要的党争围绕着两个人：牛僧孺（779－847）和李德裕（787－850）。双方的敌意可以追溯至821年的考试，当时李德裕与元稹、李绅一起抱怨考试不公平，要求重考，后来由诗人白居易和著名的赋作家王起主考。

朝廷以外是骚动的军队，其将领在前几位皇帝的统治下曾数

---

〔1〕 查屏球提出一个很有意思的观点。他认为文宗、武宗和宣宗都未立为太子，因此没有受过正统的皇太子教育，从而可能接受了当时较广泛的思想潮流。查屏球，《唐学与唐诗：中晚唐诗风的一种文化考察》（北京：商务印书馆，2000），242－243页。

次公然蔑视朝廷。如果朝廷委派的将领过分激怒他们的话，有些军队据说就将惹了他们的将官生吃了。这使得委派一个替代的将领有时十分困难。有一次，一个军队把先派去的副将给吃了，即将上任的李听就决定他的身体欠佳而不能赴任。[2]在边塞，骚乱延续不断，幸而八世纪的主要敌人吐蕃此时正忙于内乱。然而，在九世纪三十年代初，西南的南诏王国入侵四川，掠劫了府治成都。这些对文宗都是困难的时刻，虽然与前几朝差别不大，而且比九世纪下半叶唐王朝所面临的情况要好得多。

文宗朝的前半期主要关注的是如何打破宦官的势力，曾经有过几次较早的未成功计划，但最重大的、对文宗朝最具有决定性的事件，是835年底的“甘露之变”。这一事件主要由宫廷医官郑注和前学士李训密谋策划，准备杀掉所有的宦官。他们召集并部署武装的人藏在宫中据说出现了祥瑞甘露的地方。文宗派他的宦官们都去看这一吉祥征兆，但微风吹起帘子，暴露出武装的士兵，宦官们抓住文宗，退到内宫，关上大门。然后他们放出神策军，开始了京城内的一场大屠杀，很多高官及其家人都被杀死。在严刑之下，密谋者之一“坦白”说，如果政变成功，文宗会被赶下台，郑注会当皇帝。文宗至少假装相信，他别无选择地批准清洗密谋者。郑注的背景是医生，在官场特别受到鄙视。虽然人们对密谋者中一些被杀的人存有很大的同情，但官场上的“公共舆论”似乎确实对郑注的行动持谴责态度。

灾难之后，改新年号为开成。开的意思指“开始”，而成则意味“完成”。但是，成是个有问题的字眼，因为在有些情况下

〔2〕《资治通鉴》，7879页。

“完成”也表示“完结”的意思。虽然这并不是设计年号的宫廷礼仪官的原意，但现在回顾地将这一新年号解释成“完结的开始”，也并不是完全毫无道理的。

很多资料中谈到，“甘露之变”以后，文宗变得越来越沮丧，不那么经意国家管理和当皇帝的乐趣了。他确实似乎开始对诗歌越来越感兴趣，但这种兴趣处处遭到朝廷官员的反对。从很多意义上说，文宗是他们的囚犯，就像是宦官的囚犯一样。他在840年初去世，继任的是他的弟弟李炎。李炎远为无能，史称武宗，即会昌皇帝。武宗任命李德裕为丞相，并一直任用他，暂时平息了党争。在武宗的短暂统治时期里，最引人注目的是他对道教的迷恋，以及他在道教顾问的影响下所发布的一系列反佛教的诏令。845年的诏令达到顶点，他下诏关闭全国的大多数寺院，强迫僧人还俗。到了846年春天，武宗因过量服用道教金丹而死亡。毫无疑问，很多官员虽未直说，却都感到松了一口气。

接任武宗的是一位较成熟的皇帝，宪宗三十七岁的儿子，庙号宣宗（应与盛唐时更为有名的玄宗相区别）。宣宗，即大中皇帝（847－858年在位），是一个怨恨阴郁的人，前几任皇帝在位时他尽量避开宫廷政治，当时许多皇室成员都丧失了生命。宣宗即位之后，李德裕被贬逐到海南岛，最终死在那里。随后牛僧孺也于847年去世，从此结束了著名的朝廷党争时代。新宰相是令狐绹，老政治家和诗人的扶持人令狐楚之子。但是长安的政治变得越来越无关紧要。虽然宣宗严格控制朝廷，尽他的最大努力在统治，但他在位的最后几年里发生数次叛乱，显然表明政体正在崩溃解体。他的后继者懿宗和僖宗（上任时仅十二岁）被描述成生活放任的“末世坏皇帝”，虽然对此类记载我们必须有某种程度的保留，轶事资料给我们的印象是唐王朝完全失去了治理政府的希望，完全无法控制政治现实。唐王朝一直是个富于戏剧性的朝代，其权威部分地靠精明地展示政治排场而维持。这种冲动在懿宗朝更为明显，虽然此时的政治排场已经变得很空洞，并耗费了很多朝廷越来越少的资源。九世纪下半叶的唐代历史，越来越成为朝廷领土不断缩小的历史。在880年黄巢毁灭性的反叛并占领长安之后，唐王朝确实只剩下一个朝廷了，有时住在破旧的京城里，有时到处迁移。

文宗与诗歌

诗歌创作在九世纪比以往任何时期都更为广泛，其文化意义处于变化之中。学者们倾向于笼统概括唐代对诗歌的态度，或晚唐对诗歌的态度。事实上，任何特定时代对于诗歌的态度总是多种多样的，依群体和个人而定。九世纪种类繁多的资料使我们能够窥视这种多样性以及各种观念之间的关系。文宗是个特别喜爱诗歌的人，但也有一些重要朝廷官员出于各种原因不赞成诗人和诗歌作为进士考试的一种取士惯例。还有一些诗人开始将诗歌本身视为一种职业，而不只是作为一种社交技能或附属于以报效国家为终极目标的生活。在朝廷高官对诗歌的否认和将诗歌作为与仕宦生涯分离的职业之间，显然是有关联的。但我们无法知道哪个是因哪个是果，更可能的是两种现象相辅相成、同时发生。

虽然先前并非没有对诗人的轻视，而很多官位显赫的人在此时期仍然以诗歌闻名，但在九世纪下半叶对诗人和诗歌的普遍不信任似乎有所增加。李德裕设法取消了833年进士考试中的诗赋科目，虽然第二年又重新恢复。[3]李德裕是以门荫入仕的，他提出了基本上为门荫制辩护的理由，这种辩护不是完全没有说服力的。[4]比起那些能够根据命题而写出文辞精巧的诗赋的人，出身于高官家族的年轻人更懂得官职的真正要求。的确，应试诗并不是我们现在所称的真正“诗歌”。然而，在普通人的印象中，诗歌才能在一般意义上似乎就是指撰写应试诗的能力。很多有才能的诗人在经验中发现这种假定的谬误性。

另外，称赏诗歌可能会被视作是一种危险的、不务正业的爱好。在836年5月，“甘露之变”一年后，文宗与宰相郑覃一起散步，想和他讨论诗歌技巧的问题。正如常常发生的那样，文宗无意间流露出的兴趣招来了下面一通说教：

> 诗之工者，无若三百篇，皆国人作之以刺美时政，王者采之以观风俗耳，不闻王者为诗也。后代辞人之诗，华而不实，无补于事。陈后主、隋炀帝皆工于诗，不免亡国，陛下何取焉！[5]

《资治通鉴》接着说文宗很尊重郑覃，因为他是个经典学者。像李德裕一样，郑覃也是以门荫得官的，以缺乏文学创作技能而著

---

〔3〕进士是一种文学写作和政策的考试，通过的人可以参加“选官”，可能被授予中央朝廷的文官职位。

〔4〕门荫制允许三品以上的官员可以保举其男性亲戚（通常是儿子）入仕，不必参加考试。

〔5〕《资治通鉴》，7925页。

名。他是九世纪三十年代反对进士考试以诗赋作为评判标准的几位权要人物之一。然而，文宗并没有完全被说服而不再流露自己对诗歌的兴趣。在另一个场合，据传他向郑覃显示他的一首诗，郑覃告诉他应将注意力集中在朝廷的长远利益上。幸运的是，有其他朝臣乐于献上赞美之声，从而使文宗保持了自尊。

在838年，文宗想在翰林院设置七十二位诗学士，让朝臣推荐。朝臣们纷纷荐举，但是当杨嗣复（他曾经称赞文宗的诗歌）提出刘禹锡是当代最佳诗人时，文宗以沉默表示不赞同。文宗的建议很快引来又一场说教，这次是李珏的上表：

> 当今起置诗学士，名稍不嘉。况诗人多穷薄之士，昧于识理。今翰林学士皆有文词，陛下得以览古今作者，可怡悦其间；有疑，顾问学士可也。陛下昔者命王起、徐康佐为侍讲，天下谓陛下好古宗儒，敦扬朴厚。臣闻宪宗为诗，格合前古，当时轻薄之徒，摛章绘句，聱牙崛奇，讥讽时事，而后鼓扇名声，谓之“元和体”，实非圣意好尚如此。今陛下更置诗学士，臣深虑轻薄小人，竞为嘲咏之词，属意于云山草木，亦不谓之“开成体”乎？玷黯皇化，实非小事。〔6〕

这一激烈攻击背后的推断，表明在理解诗歌方面发生了重要的变

〔6〕《唐语林》，149页。当时是开成时期。如果阅读白居易作于前一年（837年）的“惜春赠李尹［珏］”（24180），我们可以对李珏如何形成对诗人的看法有所理解。

化。当李珏谈到诗人的时候，他不只是指写诗的人，而是指以写诗为业的人。此类人如果担任中书舍人的职务（起草诏令），李珏会将他们看成是“担任中书舍人的诗人”，而不是“写诗的中书舍人”。“诗人”是此类人的首要定义，他们所承当的任何官位都是次要的。实际上，诗歌已成为一个独立的领域，自成一种职业，因此潜在地与担任官职不同，当官被看成是一种不同的职业和能力。李珏的推断，与李德裕反对进士试诗的观点在前提上很接近。

在《唐语林》中（可能是在《唐语林》编者王谠所采用的未明来源中），记载有关文宗打算设立诗学士的那部分有一个原注。在叙述文宗打算设置诗学士后，现任的学士们推荐了一些名字，原注云：“当时人李廓驰名，为泾原从事。”有关杨嗣复推荐刘禹锡而文宗不语的轶事紧接在此注之后，这表明李廓属于被推荐并获得文宗赞同的诗人之列。

后世为我们提供了大量活跃于838年的名声或大或小的诗人，但李廓绝对是名声较小的一位。他的诗歌保留下来十九首。[7]有两点值得一提：首先，李廓与诗人贾岛和姚合关系密切，而这两位确实在当时十分著名，是五言律诗的风格大师[8]；其次，李廓是宰相李程的儿子。

如果我们把李廓的家庭背景与李珏对设置诗学士的反对联系起来考虑，便可发现九世纪三十年代围绕诗歌的问题之一。刘禹

---

〔7〕《全唐诗》收十八首，《全唐诗补遗》收一首。

〔8〕傅（1987），卷3，132页。李廓现存的诗歌中很少显示这种联系，但这很可能是由于存留下来的诗篇少及其特殊的出处。

锡的名字遭到沉默的反应，而他出身于中下级官员的家庭。[9]诗歌名气与进士试诗相结合，成为一种社会流动的方法（当然局限于地方精英）；有很多高官强烈反对出身寒门的学者（并不一定贫穷）在官场崛起并进入皇帝周围的核心圈子。节度使和观察使有一系列的职位可以根据自己的选择来安置，与中央政府授任职位的复杂过程大不相同。很多使节喜爱有才能的年轻文士。对于年轻人来说这是很有吸引力的道路，可以在考试之前或之后积累必要的关系和推荐。与基于经典的学术研究和文武官职的成就不同，诗歌特别成问题，因为诗歌名气产生自某种无形的"公共舆论"的晴雨表。[10]另外，如果说声望在唐代是一种重要的权力象征，著名诗人的赞美和交往便可以增加一个人的声望。[11]我们可以看到，李珏担忧诗人会批评当时的政策，这主要是对元和时代的记忆，而不是对九世纪三十年代现行诗歌实践的评判。更令人不安的是想到一群不受控制的年轻人获得名声，超出官僚机构用正常渠道分配名声的方式，对他们施加的监管。翰林诗学士将是最糟糕的一种可能情况；这些人将在官僚渠道之外被任命，将会直接与这位喜爱诗歌的皇帝接触，赢得他的保护和欢心。[12]

从文宗生命最后一年的一件轶事，我们可以看到他对诗歌的

---

〔9〕在《唐语林》（150 页）的注中，周勋初提到胡应麟在《诗薮》中的一个推测，认为这是因为刘禹锡属于 805 年的王叔文集团。我们将提出不同的原因。

〔10〕"公共舆论"在这里仅指官场；很多人对白居易普遍受欢迎感到不安，据说是因为扩展到了普通民众中。

〔11〕一个恰当的例子是《唐诗纪事》中有关张祜和王智兴的轶事；见 238 页。

〔12〕另外，任命翰林学士是皇帝的特权，绕开了通常的仕途晋升渠道。

热情。在839年初，近二十五年来的大政治家、七十五岁的裴度被召回京都，授予基本上是虚衔的中书令。这位老人的健康显然一日不如一日。同年四月二十一日，文宗在长安东南角的曲江园与百官举行宴会。宴会上君臣赋诗，正如同此种场合的惯例。裴度因病不能参加，文宗于是派宦官送去一首绝句和一篇短札：

> 注想待元老，识君恨不早。我家柱石衰，忧来学丘祷。〔13〕
>
> 乃赐御札曰："朕诗集中欲得见卿唱和诗，故令示此。卿疾恙未痊，固无心力，但异日进来。春时俗说难于将摄，勉加调护，速就和平。千百胸怀，不具一二。药物所须，无惮奏请之烦也。"御札及门，而度已薨。〔14〕

结果，文宗未能将裴度的和诗添加进自己的诗集。

我们可以考虑一下文宗送给垂死的裴度的短札。文宗对裴度健康的关心及主动提供药物令人感动，毫无疑问是真诚的，但是短札将文宗的善意与另一目的相连，即希望裴度恢复健康，得以为"朕诗集"（使用皇帝的人称代词）增加一首唱和诗。如同我们将会看到，文宗在这里受到当时一种新风尚的影响，不仅关注他的诗歌，而且考虑他的作品集；酬和诗受到特别的珍视，因为此类诗是个人关系网络的证据，连皇帝也是如此。

---

〔13〕《论语》，7.34："子疾病，子路请祷。子曰：'有诸?'子路对曰：'有之。诔曰：祷尔于上下神祇。'子曰：'丘之祷久矣。'"

〔14〕《旧唐书》，4433页。

制　度

我们前面谈到，诗歌开始成为一种独立的活动领域，但诗人的情绪和升降却主要处于九世纪唐代官僚体制的背景之下。统治如此庞大的、即使是衰弱无能的一个帝国，需要一个庞大的官僚体制，虽然可能并不需要如同唐代的官僚机构那样庞大。也许考察唐代的官僚机构的最好方式，是将其看成一个通过目标、报酬和惩罚而占有多余的精英男子的复杂结构。官僚机构的一部分由通过了地区和全国进士考试的人承担。虽然考试在理论上是择优录取，但是被允许参加考试和通过考试都取决于有势力的人的支持，而通过考试后获得的职位更加依赖于家庭背景和扶持人。参加考试的年轻人远比通过考试的人多，很多人参加许多次考试。通过考试的年轻人的数量，刚刚足够使人们存有希望而使该制度继续生存。

官僚机构中的每一个职位都有等级，从九品（最低级）到一品（最高级），每一级都有两等。一个职位的声望基于两个因素：它的等级以及离京城的远近，在京城内则是离皇帝的远近。如果一个职位等级低但与皇帝接触密切，那就可能比一个等级高但在遥远的州府的官职更令人企羡。官员们常常被调动，特别是高官，他们通常极其关注声望和权力的等级变化。

最普通的卑微职位之一是尉，基本上相当于县级治安官。县令的职位稍好一点。无数的中级官员及被降职的官员被任命为州刺史，而每个州则包括若干县。再上一级是道，每个道都有节度使率领一个军队，其对等文官是观察使。在唐代历史中，我们常常听说这些节度使实际上实行自治，违抗朝廷命令，或通过机敏的政治手段保持微薄的忠诚。在很多情况下，不是节度使自己实行自治，而是他手下的军队，他们可以任意建立或撤销节度使。然而忠诚于帝国的地区也设置道和节度使或观察使，这些对我们的目的来说更重要。高层的京城官员失宠之后，经常被授予这样的职位。对于按级升迁的官员来说，使节的任命则将中级官员擢升至高级。

节度使和观察使制度的一个特点是对于中晚唐文学的社会背景具有重要意义。虽然州县职位的委任理论上是在中央政府的控制之下，但节度使和观察使可以委任自己的幕僚。因此，使府通常保留很多门客，都是大有可为的年轻人，他们或还未通过考试，或还未得到职位。这是一种扶持性的投资。更为令人注目的是，许多年轻人在进士登第以后，放弃良好的低级京城职位，跟随一位使节到地方上任职。这样做的原因并不都是很清楚，但可以肯定的是此类职位一定有某种原因对他们的前途更有利。〔15〕很难不把这种现象跟地方势力的增长联系起来，这些地方势力至九世纪末最终发展成为各个地域小国。各种资源越来越被扣留，或由地方征用而不是送去京城；使府的诗人幕僚们很少抱怨贫穷。

政府系统中也有许多无责任的闲职。担任闲职的最好地方是东都洛阳，我们将会看到，一批著名人物在太子府中任职，“分司洛阳”。这些都是极美的闲差，一般由帝国的老诗人担任。

长安的中央政府本身当然也有很多职位。最高的是宰相，名义上掌管中书省和门下省。我们所要讨论的诗人中，很少有人达

〔15〕 有些情况下在使节幕府任职者被授予的检校京城职衔比当时在京城的职位要高一级，所以这种决定可以被认为是一种提升。然而，有时在使府任职的人回到京城后所担任的职位，与他们离开前的职位相等或较低。

到这样的高位。

文学景象

较年轻的一代崭露头角，较年老的一代去世，但是大和元年（827）的文学世界看上去跟随后的二十年差不多。也许整理出许多名字和重叠关系的最好方式是介绍各代的概况。

如前所述，元和时代是一个多元化和诗歌创新的时期。[16]我们在九世纪三十年代发现的对元和时期的严厉批评，特别是对白居易的批评，此时尚未开始，但是诗歌品位已在改变，或可以说是返回较保守的律诗规范，这一规范在元和创新的表层之下一直持续发展。孟郊、李贺和韩愈都已去世，但是很多其他不那么有名的元和诗人还在世。王建（约767－约830）和张籍（约767－

〔16〕 827年的文学景象的相当大部分是其背景元和诗歌。从我们现在的角度来看，元和时期的诗歌无法以单一的特征来概括，这里仅举出几种诗歌倾向：白居易的简单随意，孟郊的怪涩，李贺的奇幻想象，及韩愈的古风。如果说这种多元化中有某种统一性的话，那么便是在诗歌试验方面超越了先前的诗歌范式，无论是喜爱简单还是艰涩，是平凡还是充满幻想。如同我们在序言中提到，当时还存在着一种较为拘谨保守的诗歌。虽然这一时期的很多诗歌都有特色，如果不是自元和以来的中国文人已经有“元和体”的称号，并没有充分理由称任何一种特定的诗歌倾向为“元和体”。我们已经看到，李珏在给文宗的上书中，提及“元和体”这一现行的词语，认为一小批诗人盗用元和的年号是不幸的事，并不代表元和皇帝宪宗时的真正文化精神。此处“元和体”一般指白居易、元稹及其圈子的其他诗人的特定作品，但也可以指孟郊及其他诗人的完全不同的诗歌。最好是将这个词语的内涵理解成是不稳定的，同时总是承认元和诗人在晚唐想象中的有力存在。

约 830）以他们早先创作的乐府（及王建约于 820 年创作的宫词）而著名，一直生活到大和初。张籍在二十年代特别喜欢和年轻诗人交往；虽然他现在以大约撰写于元和时期的批评社会的乐府诗而著称，但在我们所讨论的时期，他却是著名的律诗诗人。

白居易（772－846）、刘禹锡（772－842）和李绅（772－846）三位诗人在大和元年都是五十七岁，他们又生活了很多年，形成了一个圈子，与当代重要政治人物诗歌唱和。〔17〕白居易的社会批评乐府诗和感伤的叙事长诗属于前一个时期，但他在生命的最后二十年中继续大量创作。他与刘禹锡的众多唱和诗使两位诗人的风格接近。后来成为重要政治人物的李绅在元和时期创作活跃，但他现存的诗篇却大多出自编集于 837 或 838 年的一部集子。另一位稍年轻的诗人元稹（779－831）也属于这一群体，他是个很重要的政治人物。我们会述及六十八岁的王起（760－847）。虽然我们知道他和这个圈子里的诗人有唱和诗，但他的诗作留下来的较少。他是最重要的律赋作家，他的律赋大多很难确定日期，但很可能是早一时期的作品。

两位较年轻的诗人贾岛（779－843）和姚合（约 779－约 846）可能与元稹同岁，他们在诗歌界已经产生重要的影响。即使在 827 年，“受欢迎”和“有名气”已常常是属于不同圈子或不同地方的现象。然而，在长安贾岛和姚合可能可以说是当时最受欢迎的诗人。他们是五言律诗的大师，与前来长安的很多年轻诗人建立交情。虽然他们一直保持友谊，但姚合已在 816 年进士

---

〔17〕因为不知道生日，所以不可能以当时西方的时间来精确叙述一个人的年龄。我将按照中国习惯：一个人生下来便是“一岁”，过了新年便是“两岁”。

及第，正在仕途上缓慢升迁。相比之下，贾岛一直未能通过考试，成为“纯”诗人的形象。贾岛原是僧人，他们圈子里的另一成员是其堂弟僧人无可。

我们所要探讨的下一个群体都是三十几岁的诗人。应该指出，这些诗人跟元和时期杰出而激进的诗人李贺（790－816）差不多是同代人。我们不知道沈亚之的出生年月，但他在810年来长安与李贺相交。他将元和体的一种风格延续到这一新时期，尽管比较温和。张祜（约792－约854）在809至811年间送呈韩愈一首诗，我们可以把这看作是他初入诗坛的作品。虽然他常常获得举荐，但却始终不成功，只能到处漂泊，靠诗名过活。在845年时，他年纪已老，成为杜牧的诗伴，写作与杜牧的风格相似的诗歌。许浑（788－854）最早的诗篇作于元和时期，他可能在827年或更早已在京城，但不如张祜为人所知。他在832年通过进士考试。张祜在当时是最著名的诗人之一，但后来却基本被忘却，而许浑在世时名气一般，到了九世纪末和宋代却备受赞美。

虽然他们之间有一定的交往，但是张祜和许浑都不属于贾岛和姚合的群体。顾非熊（796－854）是怪诞的道家诗人顾况的儿子，他在这个诗人群里很活跃。顾非熊似乎从一个扶持人转向另一个扶持人，最后终于在845年进士及第。与他的父亲一样，他的一生大部分在一个重要道家派别的中心茅山度过。这一诗人群里的另一人物是朱庆餘（796－837），他在文宗刚登基的826年进士及第。与这个圈子里的很多诗人一样，我们对于他的家庭背景一无所知，这在唐代一般意味着他来自地方乡绅家庭，其家族没有在京城做官的历史。这样的文士通过考试后，一般获得的官位都较低。我们知道朱庆餘成了校书郎，这个官位差不多是官僚机构中最低的（与杜牧、李商隐的第一个职位相同）。章孝标于819年进士及第，在这一诗人群的唱和活动中颇为活跃。

还有许多更年轻的十几至二十几岁的诗人。无论是因为他们离印刷时代较近还是因为他们受欢迎，或是两者兼有，活跃于这一时期的诗人有较多的诗集保留下来。这些诗集确实常常不完整，而且很多诗篇的归属有疑问，但是与八世纪上半叶大多数小诗人的诗集不同，这些九世纪诗人的作品是独立地存留下来的，而不是从选本中重新采辑。

在贾岛和姚合周围的律诗作者中，雍陶在九世纪二十年代已经很活跃。他在屡次失败以后，终于在834年进士及第。雍陶是这一时期少数几位四川诗人之一，在九世纪三十年代初南诏国入侵抢劫四川时，他正在那里。九世纪二十年代马戴在这一诗人群中也很活跃，虽然他直到九世纪三十年代初才进士及第。

年轻的诗人继续在长安出现，并加入这一诗人群。项斯（802－847）出现在三十年代初的唱和诗中，刘得仁也是如此。我们无法确定僧人清塞的生卒年，据说姚合任杭州刺史时（834－836）劝说他还俗，于是清塞恢复了俗名周贺，现在一般以此名而为人所知。所有这些专写律诗的诗人都创作五言律诗。最后进入这个圈子的诗人之一是喻凫，他于840年进士及第，约卒于850年。喻凫于841年离开京城，姚合、无可和顾非熊都去送行，就如同他们早先送其他很多年轻诗人一样。另一位这样的诗人是李频，他于839年来长安，希望跟姚合学诗，姚合将自己的女儿嫁给他（老师有时候将女儿嫁给自己的弟子）。李频将律诗的传统带给下一代，他最后在854年进士及第，卒于九世纪七十年代中叶。

虽然贾岛和姚合周围的圈子很可能代表了当时最活跃的一个年轻诗人群体，但并不是所有的诗人都与他们交往。李远于二十年代后期至三十年代初在京城（他于831年进士及第），但是并没有参加这一群体的诗歌活动。赵嘏（806？－852）的早期诗歌可以追溯至二十年代后期，但在三十年代初他得到在宣州任观察使的沈传师的扶持。杜牧当时也是沈传师的幕僚，两人成为好朋友。赵嘏因此属于出现于三十年代的新一代诗人。另一位赢得杜牧钦佩的有才能的年轻诗人是李群玉（约813－861）。

这些年轻一代的诗人中也包括了现在被认为是晚唐诗歌的三位代表：杜牧（803－853）、李商隐（约813－约858）及温庭筠（约801－866）。[18]然而，除杜牧以外，这几位诗人在825至850年间都不像正在升起的诗歌新星。杜牧怀有远大的政治和文化雄心，他作为诗人的形象在某种程度上与其雄心是相违的。李商隐肯定是最有才华的一位，最终成为晚唐最著名的诗人，但他在世时似乎只在有限的圈子里以诗闻名（虽然他显然更以骈文作者而为人所知），但他在九世纪最后一阶段名气渐大。温庭筠写过一些值得称赞的律诗，他作为诗人的名气后来远不如他作为第一位重要词人的声誉，但他的乐府诗承袭了李贺，成为最重要的代表。

在九世纪四十年代当然还有其他新人出现。但是，在九世纪第二个二十五年，我们可以大致确认三个群体：与白居易相联系的老一辈诗人；与贾岛和姚合关系密切的诗人；以及与杜牧有交往的较年轻诗人。其他诗人如温庭筠和李商隐则大致在此三个圈

〔18〕 温庭筠的生卒年纯粹是推测，此处根据傅璇琮的意见，后面还将在有关温庭筠的一章中详细讨论。

子之外创作。

幸存的诗歌

如果我们以为拥有“晚唐的诗歌”，那就大错特错了。我们只有晚唐诗歌的零星片段，每一片段都有其兴趣和偶然事件的独特历史。当宋太宗于984年开始大规模访书时，他是在寻找731年为唐玄宗所编的目录中的著作；宋太宗显然满足于其晚唐藏书。[19]约从十一世纪初开始，学者们对寻找中晚唐资料的不一致而又强烈的兴趣，使大量资料得以发现，但结果同样参差不齐。这些发现为比较流行的、“新近的”手抄本的流传方式提供了线索。

我们最想要的当然是某位诗人为自己的作品抄写的本子。我们基本上有这样一个手抄本：南宋学者岳珂抄下一份不全的手抄本，包括许浑的一百七十一首《乌丝栏诗》，抄于大中四年（850）三月。[20]岳珂不是作为文学学者而保存一位诗人的作品，而是为了保存许浑的漂亮书法。因为这个手抄本是作为书法而不是作为文本保存的，我们更确信这是对原本的精确复制。[21]将这个文本与传世文本及异文相校，可以很好地说明手抄本文化的流动性。

---

〔19〕 见 Glen Dudbridge, *Lost Books of Medieval China* (London: British Library, 2000), 2–4。

〔20〕 我们还有李郢的一个较小的诗集的重印本，据说是他的手迹，收集于宋代，后来保存在清朝宫廷藏书中，但现在显然已丢失。

〔21〕 有关此点的深入讨论，参看罗，12页。

仅次于作者自己的手抄本的是唐代的手抄本，保存于日本和敦煌的白居易作品的手抄本属于此类。在这种情况下，我们更确信我们所看到的诗人的“全部作品”，应大致出于诗人的意图；如果有某些程度的差异，则是诗人为自己的作品所编的不同文本所造成的。如果另有一些诗篇没有收入早期的本子，我们一般可以推测它们是被删除掉的。这样一来，我们便进入手抄本流传的领域，手抄本和早期的刊本有相当多的异文，虽然比我们在最流行的诗人中所发现的少。

然而在大多数情况下，一个诗人的作品得以保存下来只是出于偶然。这些偶然的事件，有些我们可以清楚看到，有些我们只能猜测。白居易在选拔进士时，选徐凝而不选张祜，这使徐凝获得一定的声誉。但是，因为这一著名的比较和判断后来被认为是错误的，加上宋代苏轼将徐凝的庐山瀑布诗列举为典型的劣诗，人们对徐凝的诗歌产生鄙夷，并被复杂化和永久化。但是，如果我们想要自己评价徐凝的诗歌，我们会发现他存留下来的诗篇几乎全是绝句。其原因并不是徐凝更喜欢绝句。在宋代为人所知的徐凝诗歌的唯一文本是在洪迈（1123－1202）的手里。洪迈采录了他所能找到的所有唐代绝句，编辑了一个庞大的唐代绝句集，即《万首唐人绝句》。我们毫不意外地发现，几乎所有徐凝的绝句的原始出处都是《万首唐人绝句》。[22] 如果考虑到绝句与其他体式诗篇的一般比例，我们对徐凝诗歌散佚的程度，便可以有一个大致的估计。

我们已经提到过李廓，举荐诗学士的时候唐文宗听到他的名字

〔22〕 另一个例子是施肩吾，其近两百首诗篇中只有十二首不是绝句。此外，洪迈经常从律诗中抽取绝句；由于施肩吾有相当数量的七言绝句的韵律是 AB-CB，我们无法确定是施肩吾比较喜欢这种不平常的形式，还是洪迈从更长的律诗中截取了部分。

并表示赞同。考虑到他与贾岛圈子的关系，以及赠送他的诗篇，我们会期待看到他写的也是优美精致的五言律诗。当我们考察他的少量存诗时，我们却发现七首有关富家子弟放荡行为的《长安少年行》，一首妇女思恋在边关的丈夫的歌行，一首咏奇妙镜子的抒情诗、一首咏猛士的歌谣。还有几首其他题材的诗，但这些代表了大多数。我们可以比较肯定此类题材不是文宗所设想的诗学士的诗歌内容。我们再次在保存诗歌的地方找到答案：原来几乎所有现存李廓诗歌的出处都是十世纪中叶的选集《才调集》，这一选集反映了对有关妇女、征人、奇观及侠少的诗歌的强烈偏好。

这些是特别明显的例子，说明保存的偶然性影响记录的形成。杜牧编撰自己的诗集时，筛选得很厉害。但是由于他的很多诗篇特别是绝句很流行，被保留了下来，最终在宋代被搜集而成为其诗集的补遗。现代研究已表明，此类补遗包含了许多可以证明是别人的作品，但也有归属于别人却基本可以肯定是杜牧的诗篇。补遗中的诗篇大多是没有争议的，但没有争议并不意味着归属就是可靠的。收于补遗而没有争议的诗篇，也可以合理地划分为两类：属于别人的作品但被归于杜牧名下，及确实属于杜牧的作品。

再如殷尧藩，他在825至850年间颇为著名，在姚合和贾岛的圈子里也较突出。在宋代有他的一个小诗集存在，其作品在明代重新出版，据说基于一个珍稀的宋本。然而后来发现，此集中的很多诗篇都是元明诗人的作品，所以我们只能依赖见于早期选本而证明可靠的十八首。明代的编辑显然认为殷尧藩的诗歌丢失了很可惜，因此决定为他提供一个集子。〔23〕

〔23〕 见傅（1987），第5册，283页陈敏的注。

虽然晚年时白居易似乎保留下自己即使不是全部也是大多数的诗篇，但一个作者的“诗集”很少是完整的。此外，诗歌通常以较小的集子流传（称为“小集”，可以看成是某一诗人的选集）。[24]一直到十一世纪我们才看到学者们共同努力收集一位诗人遗留下来的所有文学作品，但到那时大多数诗人存留的作品都已有某种程度的残缺。宋代的编辑们常常谈到各种手抄本独有的和重叠的内容，故他们综合了不同的本子来产生较完整的版本。

宋代印刷文化的特点是出版许多书，但发行数量皆较小，这使得偶然性成为特定作品传世的重要因素。许多宋本保存于明清时代，经常被重刊。获得宋本意味着极大的文化权威，因此伪造赝品常常冒充鲜为人知的、唯一宋版的重刊本，如前面所提到的殷尧藩的集子。不过，真正的宋本继续出现，最近发现的张祜诗歌的蜀刻本极大地扩充了其作品集，增加了一百多首诗篇。这些诗篇不是分散于集子中各处，而是按标准的诗体次序排列：先七言律诗，其次为排律。这为我们提供了另一种存佚类型。显然，在宋蜀刻本发现之前，所有张祜诗歌的标准版本都基于同一个刊本，而这个刊本的一册或一册中的部分散佚了（此为传统线装书的弱点）。

相当数量的晚唐诗歌幸存下来。总的看来，九世纪的历史资料十分丰富，足以用来研究文学史的细节，而这在较早的时期是不可能的。尽管如此，我们仍然要牢记，变幻无常的趣味和偶然事件可能奇怪地扭曲历史记录。

---

〔24〕 杜甫的《小集》可能可以称为杜诗的一个选本；但与此不同，其他许多小集可能仅是有兴趣的读者从较大的集子中抄录出自己喜爱的诗篇。

第二章　老人

长寿对于诗歌历史来说是件不便之事。诗人可能活过了他们富于创新和成就的创作盛年。此类年长的诗人功成名就，一般不在乎年轻诗人的新方向。这些年长的诗人可以和其他的文化势力联合起来，成为一种文学权威，通常是由知名人士组成的自我满足的封闭世界。这种描述基本符合围绕着白居易的那群年长的诗人和政治人物。白居易及其朋友们是退休群体中的一帮文学权威，在洛阳挂着闲职，既远离长安政治的希望和危险，也远离年轻诗人为寻求赏识之到处漂泊。白居易很乐于这种半退休的生活，从未忘记自己现在已不介入政事。他自愿退出活跃的官场，但他如此频繁地赞颂这一点，很难不使人觉得他是在“此地无银三百两”地进行表白。

白居易晚年在洛阳写的不少诗篇具有一种真正的魅力，但这是只阅读有限的一些诗篇才能维持的魅力。多读以后这些诗篇便显得重复、轻率及自我陶醉，而白居易晚年确实写了大量诗篇。白居易自然流畅的风格是一种磨炼而成的风格，但在诗歌创作上这是很危险的美德。我们可以欣赏这种诗歌，但同时也很理解年轻诗人为何反抗这种风格。

长安常有诗人来来往往，九世纪三十年代在长安占主导的风尚似乎是以姚合和贾岛为中心的精心雕琢的律诗。另一个诗歌活动的重要中心是洛阳。洛阳是唐王朝的东京，宫殿破旧，庞大的官僚机构无所事事。没有人记得上次皇帝何时曾来过洛阳；这一事实成了洛阳城里诗歌的一个主题。因为皇位的继承远未确定，无论是在当时还是在可预见的未来，东宫太子府中的官位与权力的行使已有距离。但是，太子府的“洛阳分司”完全是闲职，任职者都明白此种优闲是确保无虞的，因为真正的皇太子永远不会需要他们的服务。

在 827 年春，文宗的统治开始，白居易结束了其苏州刺史的任职，回到京城任秘书监。在 828 年春，他升了一级，任刑部侍郎。在此前的生涯中，白居易一直积极地参与政治活动。然而在下一年春天，他自己要求调任太子宾客“分司洛阳”。

元和时代遗留下来的较年老的或稍年轻的诗人一个接一个地去世了。大约在 827 年，老文人、在八世纪最后二三十年已经以诗著称的李益去世。大约在 830 年，王建和张籍也相继去世。更意料不到的是，白居易的密友元稹也在 831 年 9 月 2 日以五十三岁的壮年去世。元稹与白居易一起被认为是元和时代的主导诗人，虽然元稹后来日益热衷于政治，成为很有权势的人物。此时白居易调任河南尹，需要处理一些行政事务。

在 831 年末或 832 年初，另一位元和时代的遗留者、白居易的亲密诗友刘禹锡赴任苏州刺史，途经洛阳；白居易在五年前也担任过苏州刺史。刘禹锡填补了元稹去世留下的空白，成为白居易最亲密的诗书交流者。下一年白居易“称病”辞去河南尹，重任太子宾客。刘禹锡苏州任满后，当过几任短期的刺史，然后也来到洛阳，继任白居易的太子宾客职位，白居易则被提升为太子少傅，同样也是闲职。就在同一年，白居易的另一位朋友、著名诗人李绅来到洛阳，任白居易原先的职位河南尹。李绅后来屡迁高位，但白居易和刘禹锡一直待在洛阳，直到逝世。刘禹锡于842年去世，白居易于846年去世。

这些诗人当时都已届五十岁后期或六十多岁，白居易已是七十多岁。他们都很有名，关系网络显贵。从长安出来，洛阳是最通行的路线，当时最显赫的政治家们大多经过这里，包括高官裴度、令狐楚，以及当时政治生活中稍年轻一些的主导人物，如牛僧孺和李德裕（李德裕以不喜欢白居易而著称，他与刘禹锡关系更近）。这些重要人物在赴新任的路上停留洛阳，与洛阳诗人宴饮和交流诗歌。有时他们也会在洛阳任职，此种职位对于他们仍很活跃的仕途生涯来说，实际上仅是休假或短暂逗留。白居易和刘禹锡与这些著名政治家的唱和诗篇，表明这些人的诗歌活动远比其存诗所显示的活跃。尽管当时政治争斗激烈，他们却代表了一个统一的文化群体。此外，除令狐楚经常注意有才能的年轻人，他们与当时正在崛起的年轻诗人诗歌交流不多。这些年轻诗人有时也经过洛阳，送呈诗篇给德高望重的政治家或白居易（较少赠送刘禹锡）；他们的诗篇有时候会被告知收到了，有时则被忽略了。

社交和诗歌关系从这一时期开始，在白居易的诗歌中发挥很大的作用。为社交场合而作或标明赠送朋友的诗篇是如此，而表面上孤独的、总是有关诗人的自我表现的诗篇，也同样在圈内广为流传（而且总是被细心地抄进白居易自己准备的、越来越大的集本）。刘禹锡在这一阶段创作的诗歌几乎都是社交诗，他与白居易和令狐楚的关系是其诗歌网络的中心。[1]同时代的其他诗人述及剔除自己的诗篇，而且经常是大量地剔除，以编辑将作品留给后代的文集。而白居易似乎将自己写的大多数诗都收进了文集，至晚年时尤其如此。的确有一些他人的（主要是刘禹锡的）唱和诗存留而未见白居易的原诗，但考虑到白居易一些存诗的质量，很难使人相信那些诗篇被剔除根据的是美学标准。

白居易于九世纪三十年代初在洛阳写的闲适诗经常涉及侍妾和歌女。我们在阅读这些诗篇时，应该记住就在同一时间、同样在洛阳，杜牧写了著名的《张好好诗》（讨论见第八章），年轻的李商隐写了晦涩浓密的《燕台诗》（讨论见第五章）。虽然杜牧的《张好好诗》部分地受到白居易较年轻时所撰叙事歌行的影响，杜牧和李商隐代表了与白居易很不相同的诗歌世界。而且，这些不同的诗歌群体活动于同一时间和同一城市，却从未相互交往（除了几首礼节性的交换诗外）。换言之，虽然典型的晚唐诗歌正在身边的同一城市内形成，白居易却似乎全然不觉。李商隐在洛阳其实与白居易见过面（大约在 829 至 830 年），但白居易从未提及。[2]

---

〔1〕 李绅的情况较为复杂，因为我们没有他的所有社交诗歌。我们只有三卷《追昔游》，序的日期为 838 年。我将在后面加以讨论。

〔2〕 有关这一点，参看刘学锴、余恕诚，《李商隐文编年校注》（北京：中华书局，2002），第 4 册，1801 页；亦参谢思炜，《白居易与李商隐》，收王蒙，730 – 734 页。我们不能接受后来有关白居易非常欣赏李商隐诗文的传说；参刘学锴等（2001），25 页。

很难设想白居易对李商隐的《燕台诗》会如何评价，虽然这些诗篇似乎在洛阳歌女的世界点了一把火，李商隐通常称她们为“柳枝”。不难想象，洛阳存在着一个年轻人的群体，他们很可能知道白居易，却具有完全不同的诗歌趣味。杜牧的朋友李戡深切厌恶白居易的诗，杜牧似乎略有同感（见第八章）。在他著名的《献诗启》中，杜牧含蓄而清楚地将自己的诗歌目标与“习俗”的风格相区别，而“习俗”风格正是与白居易联系在一起的。[3]李商隐本人并未评论过白居易的诗歌。他赞美了杜甫、韩愈和李贺，但从未尝试用白居易的特定风格写诗。我们可以推测，白居易过继的后嗣请李商隐为白写墓志铭，应是因为李商隐的骈文才能。墓志铭中提到白居易在其他国家的文学名气，提到他的文集的规模，但对于他的诗歌成就并未提供详细的叙述。姚合的年纪较大，政治地位也较高，诗歌风格也较平淡，所以他得以进入白居易周围的圈子。但是，除姚合以外，晚年的白居易及其朋友们与其他活跃于同时代的诗人完全相脱离，此点十分引人注目。

虽然刘禹锡和李绅的诗歌与白居易的诗歌相同之处很多，以致我们可以将他们放在同一章节内讨论（这种相同之处在很大程度上反映了白居易的影响），白居易显然是首要的诗人。他的诗歌统一于一组重复出现的主题，这些主题的总体效果赋予他那些表面有时看似琐碎的诗篇一定的深度。

---

〔3〕《樊川文集》，242 页。当然，人人都知道“习俗”风格指的是白居易，这点也是对白居易名气的默认。

白居易

任何对白居易诗歌评论的综述都会发现有两种截然相反的意见，一种认为白居易是最伟大的诗人之一，另一种则公开表示对他的诗歌的敌意。这种分歧在九世纪时已很明显。前面已经提到李戡对白居易的批评（后面还会谈到）。据杜牧所述，李戡希望获得绝对的政治势力，以便将白居易诱人而有害的通俗诗从皇朝中清除出去。后来在九世纪，司空图（837－908）称白居易和元稹“力勍而气孱，乃都市豪估耳”。[4]唐代作家一般在批评其他诗人时较节制，所以这的确是很激烈的言辞。在后来的批评中，白居易常被用来警告随意的诗人可能会陷入的情况。皮日休（约834－约883）与司空图名望相等，对白居易却赞美无比。张为在其《诗人主客图》中将白居易置于第一类，成为“广大教化主”。我们在这里看到的，不是对一位诗人的特质的一般意见分歧，而是两极对立的看法。没有其他唐代诗人使批评家们意见如此激烈分歧。这种分歧的原因是对何谓诗歌及诗歌应是何样的理解不同。

这些对白居易作品的一般评论主要是针对他在元和时期及紧随之后写的那些诗篇，特别是新乐府诗和两首著名的歌行。然而，从宋代以降批评家所引用的段落来看，白居易后来的诗歌是有人读的。描述白居易诗的用词是“俗”，意思是平易、俚俗，

〔4〕 陈友琴，《白居易诗评述汇编》（北京：科学出版社，1958），10页。虽然白居易的名字传统上与元稹相提并论，但却主要是白居易受称赞或遭批评。

迎合通俗趣味。对于白居易的诗歌，这一词语指称许多内容，从其著名的叙事歌行的广泛流传（很容易读懂，但用的并不是典型的白话），到较长的、“古体”的个人诗之随意清晰风格，再到其晚年写的一些在很多方面来说都过分俗的诗篇。

白居易的巨大诗集中有大约一半作于文宗和武宗朝，即827年以后。[5]在827年，即大和元年，白居易五十六岁，已是声名显赫的诗人。相比较而言，韩愈卒于五十六岁，而柳宗元、元稹、杜牧和李商隐（更不用说李贺）去世时都比这年轻。公平地说，如果白居易在五十六岁时去世，他的诗集会小得多，他的诗歌名声及其对中国诗歌的贡献却是同样的。我们这么说，是从文学史的角度来看的。白居易晚年的作品有效地创造出一种新的老年诗歌，写出一些出色的诗篇。但同时他保存了太多诗篇，给人以随意和重复的总体印象。[6]他的风格有时表现出一种做作的随意；当他用纯粹的白话写诗时，毫无疑问这是一种有意识的姿态。[7]但总的看来，这种随意是他多年来习惯写很多诗的结果，以致有些诗歌模式似乎自然而来。其他诗人尽量简洁，而他却毫不犹豫地使用不必要的词语，或一行已说清楚又再加一行。

白居易的平易风格在宋代是一个批评话题，但被理解为是

〔5〕他最后几年的诗篇只有少量保存了下来。

〔6〕不仅晚期的诗篇有很多重复，而且白居易还重写较早的诗篇。例如，比较一下830年的《慵不能》（23237；朱，1505页）和814年的《咏慵》（21999）。

〔7〕例如《问少年》（24056；朱，2188页）的最后一行，有意地构造成口语：“作个狂夫得了无。”

一种有意的选择。这一看法隐含于一则著名的（肯定是杜撰的）轶事里：白居易每写一首诗，必念给一位老妪听，她不懂的地方便加以修改。在《诗人玉屑》里，这一故事伴随着张耒（1054－1114）的报告，说他见过白居易的好几首诗，改动都很大。[8]平易显然是白居易在整个诗歌生涯中有意识地追求的一种价值，虽然未必体现于其所有的诗作。因此，可以相信他对许多早期诗篇仔细进行修改，以达到那种令人难以忘怀的流畅明晰。但是他有很大数量的后期诗篇粗糙冗繁，显然是第一稿。此类诗篇选集很少采入，《诗话》中也很少提到。这种明显的仓促与白居易对诗歌数量越来越感兴趣是同步的。

白居易在生命中的最后十七年住在洛阳，他在那一时期写的诗都是一个决定的产物，这个决定本身完全与陶潜退出官场的决定一样激进。如同陶潜，说明这一决定的正确性并加以赞美成了白居易其后诗歌中一再出现的、着迷般的主题。白居易十分推崇陶潜，他本来可以扮演陶潜的角色，但他十分明白自己与陶潜有一个鲜明的差别。陶潜决定退隐的时候，他得自己种田，得不断地为自己的生计担忧，有时几乎面对饥饿。陶潜的决定很激进，其后果是成为担忧的根源。

白居易实际上是以三品朝官"分司洛阳"的职务享受退休的闲情，他是处于皇朝官僚机构最上层的分司官员，穿着"金紫"的官服，与重臣高官保持密切的关系。他并没有沦落到一个破旧的乡村，担心自己的豆子长得如何。他休闲于一个中等的都市庄

[8] 魏庆之，《诗人玉屑》（上海：古典文学出版社，1958），175页。胡仔在《苕溪渔隐丛话》中对此故事和张耒的注有一个评语，但我未能找到。

园，有花园有水池，处于皇朝的第二大都市，有足够的结余，相当丰厚的薪水，拥有包括歌姬在内的家庭结构。他不再在长安的政治风云中拼搏，但他也不是陶潜。他得为自己建立一个新的诗歌地位和环境。他幽默地利用大隐和小隐之间的传统差别，称自己为“中隐”。

中　隐[9]

白居易

大隐住朝市，小隐入丘樊。[10]丘樊太冷落，朝市太嚣喧。[11]
不如作中隐，隐在留司官。似出复似处，非忙亦非闲。
不劳心与力，又免饥与寒。终岁无公事，随月有俸钱。
君若好登临，城南有秋山。君若爱游荡，城东有春园。
君若欲一醉，时出赴宾筵。洛中多君子，可以恣欢言。
君若欲高卧，但自深掩关。亦无车马客，造次到门前。
人生处一世，其道难两全。贱即苦冻馁，贵则多忧患。
唯此中隐士，致身吉且安。穷通与丰约，正在四者间。

虽然类似这首诗的古体诗一般比律诗在叙述的逻辑上更明晰，但白居易写得特别清楚明白。他试图在两种同样不舒服的选择中间为自己创造一个空间，其关键的确是个人的舒适，并以此前诗歌中罕见的直率明白地表述出来。这是由“寒族”进入仕途的学者

〔9〕 23223；朱，1493页。参看杨晓山，《私人空间的变形：唐宋诗歌中的花园和事物》（麻省剑桥：哈佛大学亚洲中心，2003），38－39页。

〔10〕 “丘樊”是南朝时指隐士退隐之处的词语。

〔11〕 重复的一个例子，见24416；朱，2483页。

面临的问题之一：他们依赖薪水过舒适的生活，无法如同背景较富裕的官员那样高尚地退出官场，既不影响自己的生计也不影响已经积累的庞大家族。没有别的唐代诗人像白居易这样谈论薪水和家庭情况。毫无疑问，别人也同样关注这个问题，但白居易在诗歌和散文里使这个问题不朽。

白居易很清楚，宦海沉浮不定。除了835年甘露事件后的血腥清洗，一般很少有人丢失生命，但对于一位五十至六十多岁的、喜欢物质享受的诗人来说，因为朋友或姻亲失势而被贬逐到遥远的南方州府去任职，这决不是吸引人的前景。因此，“分司洛阳”是很理想的职位。这是白居易自己选择的一条逃避之路。有些人当初嘲笑他的选择，后来却在晚年被发配到充满瘟疫的南方，他对这些人稍有幸灾乐祸也是可以原谅的。下面的对句很可能指的是李宗闵于835年被发配潮州的情况：[12]

今日怜君岭南去，
当时笑我洛中来。

享受这种经济上有保障和休闲的生活是一回事，在写作中谈论它则是另一回事。不断谈论个人的舒适和金钱，也可能是使白居易的读者意见分歧的一个原因。根据一种观点，这是庸俗的基本表现（前面提到司空图描绘白居易为“都市豪估”，指的是有钱有势的人）。白居易那略令人不安的诗歌才能来自某种社会盲视：他站在自己的宇宙中心，经常诗意地退后几步，

〔12〕 24042；朱，2176页。

观察和欣赏自己，感叹自己的好运。与其年轻时一样，他在老年时碰到社会地位低的人遭受苦难，偶尔也会感到不安，但其中却具有某种特定的自我中心、自我得意的味道，与他写到更富有的人士时所表现的轻微嫉妒并无不同。[13]作为“中隐”，他总是在衡量自己的位置，将自己与别人比较，包括真实的人或想象中的模式。

正如宋代以来很多批评家已经注意到的，白居易喜欢计算，他数自己的年纪，还剩下多少年，现在和过去的某个时刻隔了多少年；他拥有多少东西，或如同上引诗一样，含蓄地表示自己处境的优越性。[14]他将自己与较强的或不如的人相比。变化的世界是可以量化的，所以一个人总是知道自己得到了多少和失去了多少。总是清查存货是很重要的。

唐王朝的官僚机构和社会等级的目的在于通过垄断社会价值来控制精英们的“地位”。这样一个制度要通过政府来运作，而不是因个人的出身所沿袭的社会价值而起作用，政府就得不停地控制个别的精英成员，以增加或减少社会价值。朝廷政府花费大量财富和精力授予等级和官衔，不停地将官僚机构的成员调动职位和移动地点（在九世纪的这段时间比以往远为频繁）。而官僚成员则设法往上升迁，如被降职，则再设法升回去。这是一个以

〔13〕在《新制绫袄成感而有咏》（23826；朱，1986页）中白居易有意识地模仿杜甫，表示希望能有一件大袍盖住整个洛阳；但与杜甫截然相反的是，白居易是在欣欣然庆贺自己的舒适之后才表达这一愿望的。亦参见《岁暮》（23863；朱，2016页）。

〔14〕参看洪迈在《容斋随笔》中惹人注目地列出的白居易有关其年龄的诗句。亦参见陈友琴《白居易诗评述汇编》（北京：科学出版社，1958），118页。

流动为基础的制度，通过声望来实现，而声望是由政府垄断的。既然薪金收入是官位等级的一种功能，官位声望对于那些没有独立家庭财产的人就与经济保障联系在一起。

这种通过可以量化的价值而使社会流动的制度，即使只是在有限的社会范围内流动，在近代的欧洲也有相同的形式结构。在宋代，特别是在南宋，发展了一种商业文化，与政府一直垄断的价值等级薪水结构相互竞争和融合。然而在唐代，对商人是限制和鄙视的，也许因为人们认为商业文化代表了另一种价值结构，这种结构可能与中央政府的社会势力的根基相竞争。

虽然我们可以在散文、轶事、历史中，看到社会价值和流动的关系是唐代精英关注的中心，但在诗歌中，这种关注一般是隐藏的或是以认可的比喻来表达的，比如渴望（官位较高的、权力较大的）某人能赏识自己，或请求奖擢。"诗歌"世界通常涉及限定范围的情感及由充满诗意光环的事物构成的物质世界。这种"诗意"的世界具有自己的社会功能，为唐代社会明显的社会价值等级提供了另一选择。诗人的圈子往往无视社会等级的区别。

虽然白居易已从宦海沉浮中退出，但他总是在清点计算自己的所有，并与别人相比较，故在所有唐代诗人中，白居易最彻底地内化了价值的社会结构，并将其提到表面。与在他之前的陶潜一样，他也宣称对自己的所有满足。然而他"拥有"的事物要多得多——官位、年纪、朋友、诗歌、薪水、财产等，因此他声称满足的调子是完全不同的。

白居易常常颂扬家中实用的和装饰的物品，而这在其他诗人通常是不会作为富有"诗意"的事物来处理的。他诗意地描绘自己与这些物品的关系的方式，往往很有趣。

别毡帐火炉[15]

白居易

忆昨腊月天，北风三尺雪。年老不禁寒，夜长安可彻。
赖有青毡帐，风前自张设。复此红火炉，雪中相暖热。
如鱼入渊水，似兔藏深穴。婉软蛰鳞苏，温炖冻肌活。
方安阴残夕，遽变阳和节。无奈时候迁，岂是恩情绝。
毳帘逐日卷，香炉随灰灭。离恨属三春，佳期在十月。
但令此身健，不作多时别。

在这首九世纪诗篇的背后，是归属于班婕妤的一首著名的咏扇诗。在那首诗中，扇子是后宫恩宠的象征，扇子担心秋天的凉风来了，感情也凉下来，被“搁置”一边。白居易家中的用品保护他不受冻，但同样也遭弃，此处则是因为天气转暖。

在这场个人与其物品间的现实家庭戏剧中，白居易把自己放在中心，既是发言人，又是有权力赋予或收回恩宠的人，而恩宠即是价值。他将物品人格化，赋予它们眼睛，使它们企羡地望着他，希望被使用和受珍视。在这场关于所有权的戏剧中，他将自己使用和占有的乐趣转移到了无生命的物品上，使这些物品热切地期待他使用和关心它们。而他确实希望自己是仁慈的主人。

〔15〕 23189；朱，1455页。

白居易在诗中开始于个人的不适，然后为自己提供了舒适（这令人想起“忧国”的言辞，君王派军队去征服地方，使王朝的安定得以恢复）。然而，在咏扇诗中，扇子希望获得感激但并不指望得到，白居易则很慷慨地赋予感激。当季节改换，为他提供舒适的工具需要被收走时，他向它们保证这不是抛弃而只是暂别，在此之后它们会再被接受并获得同样的宠爱。白居易对自己的身体健康的持久关心重新出现，成为保证的最后条件：如果物品情人想要和所钟情的白居易团圆，它就必须希望诗人一直身体健康。从受寒无助开始，白居易幽默地赋予自己权力。

班婕妤诗的对象是皇帝，有权力赋予或收回恩宠的人。白居易在诗中将自己写成家中财产的皇帝角色。这些物品是他的后宫或官员，由于他的恩宠和需要而获得或失去价值。

在此我们看到一位中心权威根据实用价值而分配恩宠的经济体系。在这一体系上还应加上第二个价值体系，这是一个在众多方面涉及前一个体系的资本体系。“业”字也许最好是翻译成广义的“资本”，无论是经济的、学问的、文化的或因果的。这是一种可以继承、积累和传给别人的东西。财产、仕宦和宗教的功德、学问都可以从这个角度来理解。

文宗朝开始时，白居易应招回京城任秘书监（三品下）。这是他一生中第一次被赐予作为高级朝官标志的“金（印）紫（绶）”。如白居易所述，这是“世上荣”。如果他有儿子在世，他们就可以通过庇荫特权而继承官职，他在其他地方谈到了这个事实。但是原可传给男性后裔的“名”的资本被浪费了。后来，他的一个儿子幼

年夭折时，他给元稹和崔玄亮的诗中这样结尾：[16]

> 文章十帙官三品，
> 身后传谁庇荫谁？

庇荫的特权是他在官僚机构长期服务积累的资本，却被浪费了。他的作品作为可量化的遗产，带着他的名字，会传给后人，即使不是传给其男性后裔。如果他写作或保留了太多诗，这是他的产业，未来的“遗产”。较常规的产业是可以量化的，而他的诗歌产品成了这种产业。他在这一时期写的许多序言和书信中，总是计算生产了多少诗，多少已经加进现存的库存。他仿佛不是在为（继承他的“身后名”的）后代子孙积累物质和名望的资本，而是在为那个“名字”而积累诗歌。

初授秘监并赐金紫闲吟小酌偶写所怀[17]

白居易

> 紫袍新秘监，白首旧书生。鬓雪人间寿，腰金世上荣。
> 子孙无可念，产业不能营。酒引眼前兴，诗留身后名。
> 闲倾三数酌，醉咏十余声。便是羲皇代，先从心太平。

数年以后，他“分司洛阳”而达到“心太平”，但仍保留了将自己的文学作品视为可以传世的、物质的、可量化的资本的强烈感

---

〔16〕 23816；朱，1978 页。
〔17〕 234721；朱，1711 页。

觉。他的书柜就像吝啬鬼的钱柜。

题文集柜〔18〕

白居易

破柏作书柜，柜牢柏复坚。收贮谁家集，题云白乐天。
我生业文字，自幼及老年。前后七十卷，小大三千篇。
诚知终散失，未忍遽弃捐。自开自锁闭，置在书帏前。
身是郑伯道，世无王仲宣。〔19〕只应分付女，留与外孙传。

虽然第五行里的“业”译成英文时成了名词“产业”，在原诗中是用作动词的，可以灵活地译成“建立产业”或“建立遗产”。这一产业实际地刻上他的“名字”。它被量化了，而最有意思的是当诗人不用之时便将它锁了起来。这些产业注定有一天会散失，如果有一位可以继承积累的文化遗产和名字的儿子，就可以暂时抵消这一担忧。但白居易的资本却会“外”流（最后一行外孙的限定词“外”无法翻译，外孙是“母系”的，因为姓氏不同而处于主要的家庭血统之“外”）。

白居易对计算和测量的热情超溢了他的精神价值经济，成为体现世界的一种形式，与他诗歌的繁复同步。一般选集中所采收的或被翻译的少数诗篇，并不能充分反映九世纪三十至四十年代间真正的白居易，那些仅是一些较为人知的诗篇漂浮于白诗的汪

〔18〕 23915；朱，2072 页。有关讨论参看 Christopher Nugent，“The Circulation of Poetry in Tang Dynasty China”(Ph. D. diss. Harvard University, 2004), 254－255。

〔19〕 此处很可能是指著名文人蔡邕见到少年王粲的故事。蔡邕对王粲的才华十分赞赏，他立刻觉得应该将自己的所有藏书都送给王粲。《三国志》，597 页。

洋大海之上。

答崔宾客晦叔十二月四日见寄（来篇云，共相呼唤醉归来）[20]

白居易

今岁日余二十六，来岁年登六十二。
尚不能忧眼下身，因何更算人间事？
居士忘筌默默坐，[21]先生枕麴昏昏睡。
早晚相从归醉乡，醉乡去此无多地。

上文提到的几点在这里应该很清楚了：一首八行的诗里算了三次账（第一、第二、第八行），第四行里表示拒绝计算，但实际上却大谈计算。白居易总是在计算自己的年岁和时间，很可能只有他会注意到二十六和六十二的对称。

上面这首诗歌的喋喋不休十分特别，尽管诗人说已经对语言“忘筌”。在那则编造出来的轶事中，白居易修改诗篇以使老妇听懂，这无疑是出于对白诗可以被广泛地听懂的承认。这一评论需加以详细的说明。唐代的中古汉语比现代普通话的音素多出不少，因此对单字和词组的理解产生歧义的可能性要小得多。如果我们将“诗歌之汉语”作为一种特殊语型，具有自己的习惯语境、语法形态和词汇，那么大多数唐诗对熟悉这种语型的人来说都很容易听懂。虽然白居易保留了“诗歌之汉语”的形式限制，

〔20〕 23193；朱，1461页。
〔21〕 此用庄子有关语言的寓言：得鱼忘筌，得意忘言。

他偏好较低修辞层次的词汇，使之容易为更广大的听众所接受。如果标准的诗歌语言中喜欢用“花红”的话，白居易会用“红花”。除了几个涉及用典的词组外（颇具讽刺意味的是“忘筌”），上引诗全部都由非常简单的词组和短语构成，这对七言诗最适用（从唐代开始直到二十世纪，口头流行诗一直以此为主要特点）。

白居易完全能够写复杂的、博学的诗歌，虽然他难于在整首诗中保持此种“高雅风格”。他倾向于撰写与上引诗篇相似的诗歌，对此他有充分的意识。这首诗是随意的，但却是自我意识到的随意，是一种标志为“俗”（普通、下等、通俗、白话）的风格。[22]他晚年在诗篇中讨论诗歌艺术比早先少得多（虽然他不停地谈诗歌写作）。他在一些作品里讨论了唱和的形式，即酬和朋友的诗。但是也许他晚期最重要的诗学观点可以在828年为僧人道宗所写的一首诗和序里找到。道宗和尚的佛教诗歌“不为诗而作”，而是为拯救灵魂而写。[23]白居易赞扬道宗的诗歌形式完美及表述清楚：“一音无差别，四句有诠次。”他赞扬道宗“从容恣语言，缥缈离文字”。这也完美地描绘了白居易自己的诗，虽然白诗没有道宗的宗教目的。

白居易进一步将道宗的佛诗与八世纪后期诗僧的作品比较，认为道宗的诗歌更好，而那些诗人是五言律诗大师，确实是为诗而作。白居易写这首诗时在长安，他不会不知道贾岛和姚合

〔22〕此处我们可以与杜甫相比，杜甫以在诗中使用俚语而著称，但是在杜诗中，俚俗和高雅自然相融，而不是相悖。

〔23〕23180；朱，1445页。

等律诗大师很受欢迎，这些诗人显然非常欣赏那些为诗而作的诗僧。

我们在925至950年间所看到的是对选择高雅或通俗的修辞层次为风格类型的第一波反对。[24]“俗”的诗学在中国诗歌中产生了深远的后果。通过在创作时预设平易和直率，“俗”对“雅”产生了负面的作用，后者越来越赞赏创作中雕琢的痕迹和花费的时间。如我们将在下一章中所见，这是苦吟的诗学。

如此启动的修辞层次的动态远远超出两个持不同价值观的诗人群。苦吟在律诗中实际上就是对偶的艺术，这些诗人往往为其“高雅”的对句加上一个“低俗”的结尾对句（偶尔也用开头对句），经常使用俚语，令人想起白居易的语言。这种雅俗修辞层次的句段的相互作用，后来成为宋词理论的核心部分。在其胚胎时期，“俗”或白话美学的出现导致了其与“古典”和“诗意”的对立，这在后来的文学文化中将发挥很大的作用。

白居易采纳和培养一种新的通俗诗歌的修辞层次，这并不是一个中立的行动，而是他在所有诗歌、特别是在晚期诗歌的主题中一再强调的一套价值观在风格上的反映。如诗人常说，他实践适宜自己之事，任其自然。他随兴而作，应景而发。简言之，对白居易来说，俗的修辞层次是其声称“自然”的一部分，后来在传统中也一直是类似主张的各种版本的一部分。

自称行为“自然”或“自然地”创作诗歌，与仅是“自然”

〔24〕较早的诗人有时独立地在修辞层次上下工夫。从八世纪后期开始，人们公开地确认“古”体和“今”体的对立。然而，“古”体强调道德价值的光环，白居易的“俗”体缺乏这种光环。“诗意的”或“高雅的”风格沿袭的是“古”“今”对立中之“今”体。

很不相同。从广义的角度来看，说一个人能够不“自然”是很难成立的。主张自然地行为，必基于某种有关“自然”的观念。对这样一个人来说，“自然”有其特定的属性，是一种价值，所以可以希求。自然是与某种（特别是社会的）状态或行为相对立而定义的，其反面是“不自然”、限制或侵犯自我。在其否定的基础上，自然必须打破束缚，必须以反对某种东西而出现。自然只有从外部才能被确认（无论如何，如果我们不是从想象中的另一可能性的角度来确认，怎么可能知道自己“行为自然”）。

白居易以及很多受其影响的诗人都有一种描绘自己的天才。诗人以自己必须具有的形象看待自己。的确，从其早期的诗歌开始，白居易就具有一种突出的能力，能够将自己作为别人的观察对象，来描绘和想象自己。下引诗作于洛阳时期，诗中捕捉到了白居易家庭生活中的典型幽默时刻，结尾的风趣评论，也是诗人对自我的评论。

偶　眠〔25〕

白居易

放杯书案上，枕臂火炉前。老爱寻思事，慵多取次眠。
妻教卸乌帽，婢与展青毡。便是屏风样，何劳画古贤？

写一首关于打瞌睡的诗，诗人必须是清醒的。显然诗人醒着是因为关爱而过分殷勤的家庭：妻子让他脱掉帽子（或帮他脱掉），女佣为他盖上毯子。这样睡着的确很“自然”，但是从家中女人

〔25〕 23487；朱，1725 页。

的角度来看，一切都自然不过，需要以“正确”的方式来处理。当然这首诗最令人注目的是，一旦瞌睡之人合适地盖上毯子或脱掉帽子，他就不再是瞌睡的人，而成为旁观的眼睛，观察自己作为瞌睡者。精确来说这是“样”，翻译成姿态，但也可以是“时尚”或“仪表”。他看到的自己成为屏风上画的人物，这种姿态使真正的画变得不必要。

表现自己被看的情景，常常出现在白居易的诗歌中，特别是在诗篇的结尾部分。在一些诗例中，诗人不是被看到而是被听到。

偶　吟〔26〕

白居易

里巷多通水，林园尽不扃。松身为外户，池面是中庭。
元氏诗三帙，陈家酒一瓶。醉来狂发咏，邻女掩篱听。

白居易描绘的是一个遭水灾的城市，显然人人都被隔离，诗人也被留在家里，无法如通常那样外出。身边只有宴饮诗中（如同此诗）两种最经常用来对仗的事物：“诗”和“酒”（方便的是，一个平声对一个仄声）。洛阳的朋友无法会见，便由一个远方的朋友元稹的诗篇来替代。诗人独自取乐，狂吟诗歌，无视平常的节制。然而，他的放纵却被注意到了，他也注意到那个注意到他的放纵的人。他注意到一位邻女在“掩篱听”，毫无疑问地在想：“好一个疯老头！”这使他产生一种典型的满足感。

---

〔26〕 23674；朱，1887 页。

白居易诗中的“狂”字常用来形容诗人的吟诗或行为举止。这是个很有意思的字眼，因为里面已经包含了旁观者的眼光。完全的“自然”和自发行为不会有旁观者来确认：知道自己狂的诗人已经是在参照某种其他标准来描绘自己。

描绘自己是一回事，被别人描绘是另一回事。白居易最优秀的诗篇之一作于810年，其时他正处于诗歌创作的顶峰。他在诗中戏谑地注视自己的画像。

自题写真（时为翰林学士）〔27〕

白居易

我貌不自识，李放写我真。静观神与骨，合是山中人。
蒲柳质易朽，麋鹿心难驯。何事赤墀上，五年为侍臣？
况多刚狷性，难与世同尘。不惟非贵相，但恐生祸因。
宜当早罢去，收取云泉身。

在这首诗中白居易风趣地充当了相面师的角色，看着画像读出自己的性格。他假装在这过程中发现了“真正”的、“自然”的自我，一个不属于画中所表现的朝廷角色的自我。我们知道这是一种游戏，他发现的是自己已经知道的。但是他采取的诗歌方法很重要，从旁观者的角度来看自己以发现“真”的自我，而“真”字正用来指创作肖像画——写真。

829年还在长安任刑部侍郎时，白居易又看到那张旧画像，可能也想起了自己的旧诗。

---

〔27〕 21968；朱，311页。

感旧写真〔28〕

白居易

李放写我真，写来二十载。莫问真何如，画亦销光彩。
朱颜与玄鬓，日夜改复改。无嗟貌遽非，且喜身犹在。

白居易在开头准确无误地引用了自己的旧诗，但是画像之“真”的特性已经变得复杂。原来相面师看到的是一个不变的个性，现在诗人看到的是老化。虽然他让我们不要问“真”的问题，但诗中用了“亦”字，这让我们知道“真”也变了，就像画像本身变了一样。但是画像和本人已分手：画像虽然失去了光泽，但仍保留着“朱颜与玄鬓”的痕迹，而这些在本人身上已不复存在。这位本人还未采纳810年戏谑的建议而退出官场。

虽然曾经是清楚可见的身体在此已经成为仅是存活的身体，白居易热衷于站到自己身外描绘自己，这对传统产生了深远的影响。从南宋开始，诗人常在绝句的最后一行为自己画像，成为一种习见的类型。下面是白居易于838年写的一首绝句。

东城晚归〔29〕

白居易

一条邛杖悬龟榼，双角吴童控马衔。
晚入东城谁识我，短靴低帽白蕉衫。

〔28〕 23219；朱，1491页。
〔29〕 24255；朱，2359页。

这是个乡下老头的时装表演，我们从他的装束上知道这个乡下老头是个嗜酒的诗人。实际上这是一幅吸引人的肖像画，即使它只捕捉到“真”的容貌而没有表现出身体的变化，也是容易辨认的。这种自我画像的短诗不涉及脸部特征，却描绘出一种类型的可见标志，后来成为传统中的一种诗歌“类型”。

自　咏〔30〕

白居易

须白面微红，醺醺半醉中。百年随手过，万事转头空。
卧疾瘦居士，行歌狂老翁。仍闻好事者，将我画屏风。

值得庆幸的是，白居易戏剧性的“自然”只是他晚期诗歌的一部分，虽然是很大的一部分。他也可以虚情礼貌，赞美禅的苦行，为家人和朋友而悲伤。此外他也可以自嘲。

白居易极其喜爱在洛阳的家，喜爱他的太湖石、鹤、花园、舒适的衣服和毯子、各种微小的乐趣。有时候他放弃某些事物，并总是在诗歌中赞赏自己放弃这些事物的行动。他最喜爱的一件物品，是他在苏州刺史任满后运回洛阳的小船，十分适合他在小水池上划。白居易面对晚年通常是欢乐的，或努力欢乐，但是这一主题在其诗中出现得如此频繁，所以我们知道衰老一直萦绕在其脑海。在839年他中了一次风，一条腿部分瘫痪。所有房主人都知道，东西需要照管，否则就会毁坏。在他稍能走动之后，他去花园检查情景：

〔30〕 24259；朱，2362页。

感苏州旧舫[31]

白居易

画梁朽折红窗破，独立池边尽日看。
守得苏州船舫烂，此身争合不衰残。

如同他的画像和身体一样，他的“物品”也衰破了。他对佛教的归依是真诚的，似乎在晚年更为深沉。最后来看白居易于去世前一年即845年作的一首诗。沉湎欢乐的老人执著于喜爱的东西，即使在他宣称放弃时，也仍在记忆中回想其乐趣。

斋居春久感事遣怀[32]

白居易

斋戒坐三旬，笙歌发四邻。月明停酒夜，眼暗看花人。
赖学空为观，深知念是尘。犹思闲语笑，未忘旧交亲。
久作龙门主，[33]多为兔苑宾。[34]水嬉歌尽日，雪宴烛通晨。
事事皆过分，时时自问身。风光抛得也，七十四年春。

插　曲

如果只讨论诸如白居易的诗人所关心的独特主题，我们就忽

[31] 24310；朱，2399页。
[32] 24506；朱，2561页。
[33] 龙门在香山的西边，白居易在香山寺附近有一住所。
[34] 这是西汉时梁王的园林，用来指代诗人的扶持者。

略了数量极大的纯社交诗。虽然很少被阅读，它们却是以诗名世者维持其社交关系网的手段。例如，身居高位的朋友或熟人在生活中经历任何重要的事件，都需要写一首诗，就像我们现代人写一张字条或送一张卡一样。每一种普通的社交场合都有一套题目，应该或可以用诗歌优雅地表现出来，而一位著名的诗人会被期待至少写一联精美的对句以展示其才能。此处不打算过于深究这一模式，只讨论一首诗。

在832年春，令狐楚从东部移任北都留守、太原尹及河东节度使。我们还记得就在同一年春天，战绩突出、只吃过一次败战的将军李听，被任命为驻扎在徐州的武宁军节度使。在武宁军士分尸吃了他的一个下属以后，李听称病辞职。〔35〕太原的军队没有那么难对付，令狐楚对太原有特别的感情，因为他的父亲曾统辖此地。据说当地人对令狐楚也同样怀有好感。

当令狐楚如此地位的人被授予如此职位时，官场的朋友通常会以诗歌的形式送去贺词。刘禹锡从苏州寄来《令狐相公自天平移镇太原以诗申贺》，结尾时宏壮地将令狐楚比作汉代的王商。〔36〕

夷落遥知真汉相，
争来屈膝看仪形。

白居易此时正在东京担任与令狐楚官职相等的河南尹，也以离别诗的形式送去自己的贺词。

---

〔35〕《资治通鉴》，7879页。

〔36〕19029。王商的威仪震慑了匈奴的单于，皇帝感叹地称他为“真汉相”。

送令狐相公赴太原〔37〕

白居易

六纛双旌万铁衣，并汾旧路满光辉。
青衫书记何年去，红旆将军昨日归。
诗作马蹄随笔走，猎酣鹰翅伴觥飞。
北都莫作多时计，再为苍生入紫微。

此类诗歌具有明显的社交礼仪的特征，包含一系列必须提到的主题，大致按照既定的顺序出现。背景的细节和令狐楚的地位为白居易的诗篇划定了大部分内容。首联需要描绘其随从，以显示令狐楚移镇的殊荣。赴任地方重要职位的旅行是一场政治戏剧：伴随着赴任者的是旌旗、徽章、随从及军队，皆与其官职的重要和性质相符。因为太原是令狐楚当年进士及第后任职的地方，白居易不能不在第二联将深受称赏的年轻书生与成熟的大尹相对照。最后，离别诗在结尾必须表示希望离别之人早日归来。白居易巧用这一传统，将此变为优雅的赞美，请求令狐楚“为苍生”而尽快回到长安和朝廷。〔38〕这样一来，白居易就只剩下一联（第三联）来展示自己作为王朝最著名的年长诗人的魅力。将军们以驰骋狩猎取乐，文人（及文官）则以赋诗饮酒取乐。令狐楚综合了军人（节度使）和有文才的文官两种美德。一个有诗歌才能的人写诗时，他的毛笔就像马蹄一样“奔走”。

〔37〕 23627；朱，1864页。

〔38〕 对词语的选择常常考虑隐喻的可能性，但又不是明确的隐喻。选用“苍生”一语来表示“人民”，令人想起《世说新语》（卷25，26页）中，高嵩希望伟大的政治家谢安会放弃归隐，为“苍生”重返京城。

在酒宴上，酒杯如同猎鹰一样“飞”，比喻因为打猎而醉。通过这种独特的方式，第三联综合了所有的要素，同时还保持了完美的对仗。然而，这种精巧满足了此类诗的一种要求：必须以某种方式点明赴任者将担任的职位（在此处是数个职位）。

令狐楚应该作有酬答白居易和刘禹锡的诗，合在一起或分别酬答。令狐楚的答诗没有保存下来，但他确实存有一首写给白居易和刘禹锡两人的诗，是在他任玄武军节度使时为酬答他们的诗篇而作。〔39〕

刘禹锡

寓　兴〔40〕

刘禹锡

世途多礼数，鹏鷃各逍遥。何事陶彭泽，抛官为折腰。

刘禹锡因为对南方民歌的模仿（以及他年轻时与805年王叔文集团的政治联系），在过去的半个世纪变得有名，受到称赞。但那些作品不能代表他所有的诗歌，不能体现他晚年的创作。与白居易一样，如果将他的作品按时间顺序排列，便会发现大约一半的诗篇作于文宗朝初年。然而现代编辑的众多刘禹锡诗选集，

〔39〕 17712。

〔40〕 19176；瞿（1989），560页。

一般只从这个创作丰厚的阶段选几首诗，让人觉得仿佛是编者不好意思完全忽略此阶段。比之白居易，刘禹锡晚期的诗作更是广泛应酬的社交网络的产物。刘禹锡经常为了别人的诗篇而写酬答诗；如果不是酬答，他就送出诗篇，希望得到回应。这不一定是不好的事，但是刘禹锡常与政治权势大而诗歌才能平庸的人应酬。他的很多诗歌都是给高官的答诗，诸如裴度和令狐楚，以及稍年轻而处于权力高峰者，诸如李德裕和牛僧孺。裴度和令狐楚存留下来的诗篇十分平庸，而刘禹锡的酬和诗在程度上与之相配，外加一点奴颜婢膝。作为唱和诗人，刘禹锡显然很突出，甚至超过白居易。文宗欲置诗学士，听到推荐刘禹锡的名字时保持沉默，这是可以理解的。

刘禹锡确实有几首名副其实的名作，但是很多同时代诗人也有类似的诗作，而他们在文学史的眼光里却不太幸运。刘禹锡比他所应得到的幸运得多，与之相反，张祜就不那么幸运。

唐代诗歌的很大部分是写给朋友或酬答朋友的作品。在这一时期，我们开始发现很多称为“唱和集”的诗集，在围绕着白居易的老年诗人群中独立传播。刘禹锡在此类诗集中与三个人唱和：与令狐楚在《彭阳唱和集》中唱和，与李德裕在另一个诗集中唱和，与白居易在几个诗集中唱和。令狐楚的诗歌存留下来的不多，根据其现存的诗篇及刘禹锡的酬答诗评判，这对唐代诗歌并不是大的损失。然而白居易和刘禹锡的唱和诗大多数保留了下来。这些诗篇与白居易和元稹的唱和诗一起，成为我们了解赠答诗创作情况的最好例子。

白居易最伟大的诗歌才能是他的创造力，即使在晚年这种创造力有所衰退，他的诗歌仍然提供了有趣的主题，使刘禹锡得以作为答诗的基础。即使刘禹锡先写诗，白居易也占上风。白居易总是他自己：他能够在严格的形式里保持精神上的“俚俗”。

南园试小乐〔41〕

白居易

小园班驳花初发，新乐铮鏦教欲成。
红萼紫房皆手植，苍头碧玉尽家生。〔42〕
高调管色吹银字，〔43〕慢拽歌词唱渭城。
不饮一杯听一曲，将何安慰老心情。

在纷乱的表演和拥有权的独特融合中，白居易声称控制了家庭的演出。这是有限的家庭剧院的过分表演，他想展示的一切都“属于他”。这是唐代社交表演的新调子，需要有人赏识，刘禹锡就投其所好：

和乐天南园试小乐〔44〕

刘禹锡

闲步南园烟雨晴，遥闻丝竹出墙声。

---

〔41〕 23592；朱，1821页。
〔42〕 碧玉是著名的歌伎（在这里用复数，因为白居易夸耀自己家中有数位歌伎）。由此可知，白居易家中的乐师是年老仆人的子女。
〔43〕 这是一种箫管，上面刻着银字。
〔44〕 18998；瞿（1989），1086页。

欲抛丹笔三川去,[45]先教清商一部成。
花木手栽偏有兴，歌词自作别生情。
多才遇景皆能咏，当日人传满凤城。[46]

第三行说明此诗作于829年春天，白居易即将离开长安去洛阳任职之前。这首诗实际上是一长段恭维，赞美白居易诗中提出的种种要素。音乐溢出墙外，从外面重现了白居易对乐师在花园中练习景象的描写。他提到白居易“分司洛阳”的新官职，他颂扬其种花和写歌词的成绩。最后他赞扬白诗本身，诗歌质量如此之高，当天便会被模仿及传遍京城。

白居易晚年常常是感觉的诗人。在前引诗中，他可以看到在鲜花的绚烂色彩和为他的演出而排练的音乐之间的类比。此前从未有诗人如此富有感情地描写自己舒适柔软的衣着和毯子。他欣赏阳光照到身体上的温暖，或泡茶时水中慢慢展开的花束。

闲卧寄刘同州[47]

白居易

软褥短屏风，昏昏醉卧翁。鼻香茶熟后，腰暖日阳中。
伴老琴长在，迎春酒不空。可怜闲气味，唯欠与君同。

---

〔45〕 白居易即将放弃在刑部任职时起草判决书用的“丹笔”，去洛阳任太子宾客。
〔46〕 指长安。
〔47〕 24121；朱，2242页。

这首诗基本上是在赞美诗人自己感觉之好。为了彻底享受自己的乐趣，白居易喜欢向别人显示。所以他将此诗送给朋友，并如同其他诗篇一样，在最后一联附加一个礼貌的字条，大意是说："我但愿你在这里"。

与白居易称赏手边之物不同，刘禹锡在答诗中想到的是功用：茶是用来达到某一目的，酒也不仅意味"迎春"，而是与草药同效。第三联用来表现"诗意"，与同时的律诗大师的诗句并无区别；刘禹锡完全可以在其他时间很容易地写好此联，然后放在这里，以显示诗才：

酬乐天闲卧见寄[48]

刘禹锡

散诞向阳眠，将闲敌地仙。诗情茶助爽，药力酒能宣。
风碎竹间日，露明池底天。同年未同隐，缘欠买山钱。

白居易自称为"中隐"，仍然有一份不菲的薪水。刘禹锡选择至少半认真地阅读白居易关于"我但愿你在这里"的礼貌话语。"买山"的愿望出自《世说新语》，原本讽刺对退隐的一种态度，至唐代则仅用来指舒适的退隐所需的存款。刘禹锡肩负刺史的严肃责任，似乎在提醒朋友并非每个人都有这份悠闲。

刘禹锡确与白居易同年，但他似乎总是跟随在这位更有名的诗人之后：白居易曾当苏州刺史，刘也得了同样的官职；刘后来接任白居易在洛阳的位置，任太子宾客分司，白居易则升为少

---

〔48〕 18870；瞿（1989），1215 页。

傅。这些官职的巧合对刘禹锡很合适，他在诗法方面也是跟随白居易的。

刘禹锡这种撰写“酬和诗”的兴趣，以及从先完成的诗中获取素材的方式，在下引诗中得到充分的体现。刘禹锡将此诗从京城寄给在洛阳的白居易和在浙东的元稹：

月夜忆乐天兼寄微之[49]

刘禹锡

今宵帝城月，一望雪相似。遥想洛阳城，清光正如此。
知君当此夕，亦望镜湖水。展转相忆心，月明千万里。

当然，这是一首隐含的、对另一首相同题目而不同时代的诗篇的“酬和诗”。

月 夜[50]

杜甫

今夜鄜州月，闺中只独看。遥怜小儿女，未解忆长安。
香雾云鬟湿，清辉玉臂寒。何时倚虚幌，双照泪痕干。

模仿者的诗与原诗放在一起颇令人难堪。杜甫对家庭的想象被重新安排为刘禹锡的朋友圈子，刘禹锡自己则被放于杜甫在长安的位置。三人此刻都望着月光，月光被比作白雪或是镜湖水面的倒

〔49〕 18648；瞿（1989），1111页。
〔50〕 10974；仇，309页。

影。刘禹锡在第二联中描写洛阳的月光，以之取代杜甫那些因年纪太小而不记得长安和父亲的子女。因此十分突出的是，他没有说明白居易也在洛阳望月。在第三联中，取代杜甫的妻子的望月，刘禹锡将元稹放在那里望月。杜甫对未来团圆的想象未出现，只有刘禹锡的思念以及布满分离空间的月光。

白居易在其诗歌成就最辉煌的时期以及他们那一代的时光逝去之后，又生活了很长时间。然而我们很少见到他看不起现在的一代，怀念过去的好时光。与他形成鲜明对照，刘禹锡常常怀旧。怀念“旧乐”在诗歌中是寻常之事，似乎对刘禹锡很有吸引力：

与歌者米嘉荣〔51〕

刘禹锡

唱得凉州意外声，旧人唯数米嘉荣。
近来时世轻先辈，好染髭须事后生。

这首诗很可能写于828年，比我们发现开始攻击“元和体”的时期要早一些。米嘉荣唱凉州的技能肯定不是元和风格（凉州是当时已经失去的边境州府之一，凉州曲在828年会引起对唐代失去的荣耀的怀念），但刘禹锡在绝句第三行的评论不仅是针对音乐品位。这首诗有许多异文，说明它很流行。此诗是属于那种容易传到宫中的诗歌，有可能传到二十岁的、长着大胡

〔51〕 19270；瞿（1989），783页。这首绝句有很多异文。我采用了瞿的文本。我将米作为姓，这显然是一个中亚名字，可能是名字的音译。

子的皇帝的耳里或眼里。如果寻找文宗对刘禹锡诗歌明显地不喜欢的精确原因，是不会有结果的，但刘禹锡慷慨地提供了几种可能性。

刘禹锡年轻时参与了805年顺宗短暂统治下的王叔文政府。无论这是改革运动，实际上的政变，或是两者兼有，宪宗在805年底登基后，原来那个政府的成员就都被长期贬逐。在815年，刘禹锡回到京城，但很快就又被发配到边远的州府。只有到了文宗统治的早期，他才回京任职。除了815年很短的一段时间外，刘禹锡离开长安二十多年。在805年他三十四岁，正是年轻有为事业上升的时候；至828年再次回到长安时，他已经五十七岁，登上政府最高官位的希望已很渺茫。某种怀旧是可以理解的，老乐师的音乐显然深深地触动了他：

与歌者何戡〔52〕

刘禹锡

二十余年别帝京，重闻天乐不胜情。
旧人唯有何戡在，更与殷勤唱渭城。

我们无法确定这首诗的日期，但“渭城”是一首“离别诗”，将这首诗定于831年末似乎很有可能，那一年刘禹锡又被外授刺史，虽然这次是去苏州，最美的差使之一。他听到老歌者中的一位演唱旧乐而感到痛苦，也表明这可能是在他回到京城后不久发生的事。

旧的音乐在脑海中唤起的是漫长的贞元时期的结束，那时刘

〔52〕 19283；瞿（1989），786页。

禹锡是一位成功的、前程辉煌的年轻人：

听旧宫中乐人穆氏唱歌〔53〕

刘禹锡

曾随织女渡天河，记得云间第一歌。
休唱贞元供奉曲，当时朝士已无多。

刘禹锡最著名的诗篇之一表现的是失落了一段生活的感受，一段只有在长安才能充分实现的生活。刘禹锡只是不断回来的访问者。

再游玄都观（并引）〔54〕

刘禹锡

余贞元二十一年为屯田员外郎，时此观未有花。是岁出牧连州，寻贬朗州司马。居十年，召至京师，人人皆言，有道士手植仙桃，满观如红霞，遂有前篇以志一时之事。旋又出牧，今十有四年，复为主客郎中，重游玄都观，荡然无复一树，唯兔葵燕麦动摇于春风耳。因再题二十八字，以俟后游，时大和二年三月。

百亩中庭半是苔，桃花净尽菜花开。
种桃道士归何处，前度刘郎今又来。

刘禹锡在805年任屯田员外郎，已经三十多岁，故诗中自称为

〔53〕 19272；瞿（1989），784页。
〔54〕 19269；瞿（1989），703页。

“郎”并不十分恰当，而对于在大和时期已经年迈的诗人来说，更体现了一种喜剧式的不和谐。刘禹锡玩弄的是诗歌嘲讽游戏，用来表明他并未改变，但是仙桃的“神仙”世界曾经存在而又已经消失。[55]

有意义的是，那壮观的时刻产生和消失于宪宗的元和时期，当时刘禹锡长期不在京城，仅在805年目睹了几个月。这只是一种过客所见之壮丽，隐含于风趣和感伤背后的是怀旧之情。诗序中一个短语通常不为人注意，它缓和了怀旧的情绪：写这首绝句的目的是“以俟后游”。诗人预料到自己将再次被外放（后来确实如此），并将再次回来。刘郎将回来察看桃花是否重开。我们没有发现记载说明桃花后来是否真的重开。

李绅与《追昔游》

李绅与白居易和刘禹锡完全是同时代人，他于846年去世，与白居易同一年。李绅于元和元年（806）进士及第，属于元和一代诗人。他在元和时期创作的诗歌存留下来的很少，但却在一个重要的时刻出现过。在元稹所撰《莺莺传》的结尾，“张”生找到李绅，李绅写了一首与散文故事相应和的《莺莺歌》。这显然是一首叙事歌行，如同白居易的《长恨歌》。李绅

〔55〕 这首诗也引喻了刘晨和阮肇的著名故事，二人在天台山的桃花丛中遇到两位仙女，住了一段时间才离开。他们后来再回去，已经找不到桃花洞了。

的歌行没有完整地保留下来，有些片段保存在金代董解元的《西厢记诸宫调》里。李绅其他几首传世的诗篇表明他完全是一位元和诗人。

李绅能够在唐代诗歌史占有中等的地位，是因为保存了一个独特的前所未有的诗集，集序的日期是838年。这一诗集题为《追昔游》，共三卷。其中一些诗篇作于诗中所描绘场景的时期，但大多数作于838年或稍早，是对其在820至836年间生活的追忆。[56]在诗集的序中，李绅简洁地介绍了自己的生活和事业。这些诗篇按照年月先后排列，提供了大量的内部注解，为后来的读者解释任何可能不清楚的情况。序文结尾说："词有所怀，兴生于怨，故或隐或显，不常其言，冀知音于异时而已。"[57]

元稹似乎是第一个积极编集自己作品的人，并（以序和书信的形式）附有说明资料，在810年代初年纪还比较轻的时候开始如此做。[58]白居易（与其圈子里的其他人一起）继续并扩展了这种做法，为自己不断增大的诗集的不同文本撰序。在白居易的晚年，随着诗集的扩大，后增的诗篇基本按照年代排列，虽然有时

---

〔56〕 此集中的一些诗篇有序，明确表示作于诗中所描绘的场景，诗人将其编入此集。在题为《寿阳罢郡日》的一组诗的序中，他说明收入这些诗歌的理由是"与追怀不殊"（王旋伯，37页）。很多诗篇都明确地或含蓄地说明是追忆；而指明某一首诗作于诗中所描述的场合，则暗示其他大多数诗篇是后来的追忆，虽然诗人并没有如此公开标示。诗集最后部分的诗篇离编集时间较近，最可能是在诗中所描述的场合不久后收入的。

〔57〕 王旋伯，157页。

〔58〕 我们知道即使在八世纪，某些作家的作品（与零散的诗篇或小的选本相对而言）在其在世时便有数种文本流传，这种做法在某种层次上来说出现较早。但九世纪的不同之处在于自己编辑时的费心和宣扬。当然也有例外，例如序文撰于767年的元结的集子。

候分成律诗和非律诗两组。[59]简言之，白居易的诗集是诗歌日记的原型，李绅的《追昔游》与之相比则是诗歌自传的原型。我们不知道李绅在《追昔游》所涵盖的年月里写了多少诗，但与白居易不同，李绅的诗歌创作是断断续续的。他无法直接将现存诗按年代排列；如果有一首旧诗是有关某一重要时刻的话，他就将其收进去。确切地说，李绅似乎在用“当时应该写的诗篇”来补充自己从 820 年以来生活中的显然贫瘠的诗歌记录。确实，《追昔游》很像是在努力地通过回溯建构一个“诗的生活”，编造一部如同白居易作品的完整编年集。

运用诗歌来为某一诗人的生平编年，这是一种重要的思考诗歌意义的新方式。这种新方式代表了一个漫长的学术传统的开端，即不遗余力地试图确定一位诗人每一首诗的日期，将每一首诗在诗集中按编年排列。在宋代，杜甫成为这样一位中心人物，其诗集以此种方式被阅读；但是这种阅读方式可以追溯至以白居易为首的诗人群。

李绅的独特行为，代表了当时编辑诗集以作宣扬、保存和记录之用的较广泛兴趣的一部分。从很多方面来看，唱和诗集的流传标志着态度的转变，从将此类诗歌看为转瞬即逝的、可能在一位诗人的文学遗迹里有所保存的东西，转变为将其看为某一长期的文学关系的公开记录。在 833 年刘禹锡接到令狐楚下引信时，白居易和元稹之间、白居易和刘禹锡之间的唱和诗集已在流传：

---

〔59〕 大多数唐代诗集已散佚，存留下来的诗集很可能并不反映其原来的形态。在白居易之前，诗篇可能在诗体分类之下按大致的时间顺序编排，但根据传世的诗集，白居易是以编年作为组织原则的最突出代表。

> 三川守白君编录与吾子赠答，缄缥囊以遗余。白君为词以冠其前，号曰《刘白集》。悠悠思与所赋，亦盈于巾箱，盍次第之，以塞三川之请。[60]

令狐楚是个很有文才的高官，以写作才能而进入仕途。虽然令狐楚语气戏谑，但含有某种竞争的成分，希望公开宣扬持续了多年的、纯粹出于乐趣的诗歌关系。应令狐楚的要求，刘禹锡编辑了《彭阳唱和集》。[61]后来在835年，令狐楚编辑了他和李逢吉的唱和诗集，李逢吉是工于心计、颇为毒辣的前宰相，那年刚去世。[62]前引轶事中，文宗希望在自己的诗集中加上临终的裴度的一首诗，表现了公开记录诗歌关系的相同愿望。

在诗歌中记录生活或是社交关系可能是想到当前的名望，但很显然目标是朝外的，针对的是读者，因为老朋友之间出于乐趣而唱和，互相皆清楚当时的具体情景，但读者可能并不了解。作者为一行诗作注以说明背景情况，这最清楚地表明了所针对的是一般读者。前面提到，令狐楚在828年接受宣武军节度使的职位时，曾酬答白居易和刘禹锡的贺诗。答诗的首句如下：

> 蓬莱仙监（乐天）客曹郎（刘为主客）

这看来很可能最初是通过《彭阳唱和集》而保存下来的，虽然指

---

〔60〕 瞿（1989），1496页。

〔61〕 刘禹锡还编了这一唱和集的较迟文本，以及与李德裕的唱和集。

〔62〕 傅璇琮（1998），第3册，114页。

明身份的注有可能是后加的，但仍然说明《彭阳唱和集》在流传时可能已伴随着注释。

《追昔游》提供的注释比当时任何组诗都丰富，很少有人像李绅那样公开陈述其诗集是为未来的读者而准备的。然而，这一概念在白居易编集的努力中是隐含的。我们已经看到，白居易将自己的作品集看为"业"，为自己的集子准备了众多文本，存放在几个寺院里（如同司马迁打算将《史记》存放在某座"名山"，以等待未来的读者），可见白居易也是想着未来读者的。实际上，白居易在其准备存放于香山寺的《洛中集》的序文中，提出了对未来读者的最独特和最有趣的期待："安知我他生不复游是寺，复睹斯文，得宿命通，省今日事。"[63]

李绅不是大诗人，但与一般给予他的评价相比，他值得更多的认可。我们相信李绅编集《追昔游》是对白居易模式的模仿，理由之一是李绅写诗时脑海里常常想着前辈的诗。前辈诗人在他的脑海里回旋，他有时引用与其访问地点相关的唐代前辈诗人的诗篇和诗句。旧的诗篇成为新的诗篇的创作条件。

李绅从遥远的南方贬处升迁到较好的滁州刺史职位时，有一位佚名的琵琶演奏者来访。在乐师的演奏风格中，李绅感受到宫廷乐师曹善才的遗风，曹与穆是九世纪初宫廷音乐机构的明星（上引刘禹锡的诗中已提及）。任何喜爱唐朝诗歌的人都知道李绅在此类场合会如何做：撰写七言叙事歌行，综合白居易的《琵琶行》和杜甫的《观公孙大娘弟子舞剑器行》。[64]与杜甫一样，李

〔63〕 朱，3806页。
〔64〕 10818；仇，1815页。

绅从弟子身上认出了师父的影子，写了一长段早年听曹善才演出的情景，谈到自己的贬逐，曹善才之死，以及眼前的表演。然而必要的琵琶演奏的描写则是受白居易的影响。

悲善才〔65〕

李绅

余守郡日，有客游者，善弹琵琶。问其所传，乃善才所授。顷在内庭日，别承恩顾，赐宴曲江，敕善才等二十人备乐。自余经播迁，善才已殁。因追感前事，为悲善才。

穆王夜幸蓬池曲，〔66〕金銮殿开高秉烛。
东头弟子曹善才，琵琶请进新翻曲。
翠娥列坐层城女，〔67〕笙笛参差齐笑语。
天颜静听朱丝弹，众乐寂然无敢举。
衔花金凤当承拨，转腕拢弦促挥抹。〔68〕
花翻凤啸天上来，徘徊满殿飞春雪。
抽弦度曲新声发，金铃玉佩相磋切。
流莺子母飞上林，仙鹤雌雄唳明月。
此时奉诏侍金銮，别殿承恩许召弹。
三月曲江春草绿，九霄天乐下云端。
紫髯供奉前屈膝，尽弹妙曲当春日。

〔65〕 25586；王旋伯，30 页。
〔66〕 指穆宗，以周穆王为喻。
〔67〕 层城是神仙在昆仑山的居处。
〔68〕 拢、挥、抹都是弹奏技巧的术语：拢是左手的技巧，挥和抹是右手的技巧。

寒泉注射陇水开，[69]胡雁翻飞向天没。
日曛尘暗车马散，为惜新声有余叹。
明年冠剑闭桥山，[70]万里孤臣投海畔。
离禽铩羽强回飞，白首生从五岭归。
闻道善才成朽骨，空余弟子奉音徽。
南谯寂寞三春晚，有客弹弦独凄怨。
静听深奏楚月光，忆昔初闻曲江宴。
心悲不觉泪阑干，更为调弦反复弹。
秋吹动摇神女佩，月珠敲击水晶盘。
自怜淮海同泥滓，恨魄凝心未能死。
惆怅追怀万事空，雍门琴感徒为尔。[71]

我们可以指出一些相似的细节：白居易在《琵琶行》中抱怨浔阳的偏僻，李绅也抱怨淮海地区。然而一个小的相似之处特别值得一提。在《琵琶行》快结束时，白居易请琵琶女再弹一遍：

莫辞更坐弹一曲，
为君翻作琵琶行。

李绅的诗中也同样有重演的主题：

---

[69] 此句既描绘音乐，也指一首有关陇头水的古乐府。

[70] 指穆宗逝世。其典故出处是汉武帝询问为何黄帝成仙上天，却在桥山有墓，回答是墓中只有黄帝的冠和剑。

[71] 引喻孟尝君听雍门子周弹琴以后的反应。孟尝君觉得雍门子周似乎是国破城亡的人（“破国亡邑之人也”）。

心悲不觉泪阑干，
更为调弦反复弹。

这一重演的重演很有趣，白居易特别请乐师再次演奏，而在这里乐师似乎自己主动重演。我们不想赋予这行诗的精确表述太多意义，但它指示了一个重要的可能性。很可能不仅是李绅在诗意地重现杜甫和白居易的诗篇，那位佚名的琵琶演奏者可能也知道这些诗，并依照旧的诗歌“剧本”扮演自己的角色。较早的诗歌（特别是《琵琶行》）已成为普遍文化遗产的一部分，后来的诗人与其他人一起分享。

佛教显然是李绅生活中的一个重要力量，《追昔游》中谈到其年轻时发愿而后来兑现的情况。白居易的特点是欣赏佛教提供的精神宽慰、僧人的相伴及苦行生活的变态感官快乐。李绅有时似乎更虔诚地信教。他最优秀的诗篇之一基于苏州一位著名歌妓的故事，依照她的遗志，这位歌妓被埋在一所佛寺的附近。这是一个表现价值观和现实世界相冲突的主题，吟诵佛经的梵音经久不息，而歌妓的嗓音则已经消失：

真娘墓〔72〕

李绅

吴之妓人，歌舞有名者。死葬于吴武丘寺前，吴中少年

〔72〕 25649；王旋伯，100页。另有一首主题相同的诗，参看张祜，27282；严寿澂，16页。

从其志也。墓多花草，以满其上，嘉兴县前亦有吴妓人苏小小墓。风雨之夕，或闻其上有歌吹之音。

一株繁艳春城尽，双树慈门忍草生。[73]
愁态自随风烛灭，爱心难逐雨花轻。[74]
黛消波月空蟾影，歌息梁尘有梵声。
还似钱塘苏小小，只应回首是卿卿。

这首诗围绕一系列的对立而展开："真娘"（这一名字意谓纯洁的贞女，与她的职业显然相违，但可能与她希望被葬在佛寺附近相关）是一棵花树，与佛陀在其下获得觉悟的菩提树相对，慈悲使得鲜花可以在她的墓上不断开放。"爱心"的感官重量消融于每一具体事物，她的鲜花被天上的花雨所替代，她那"似波"的眼光被来自如眉的新月的月光所替代，她的歌声在佛经的吟诵声中消失。尾联将她与另一歌妓相比，这位歌妓也有著名的坟墓，但是后者缺少"真娘"特有的对佛教真理的持久执著。[75]

从整体上看，李绅诗集的回溯立场不仅是九世纪所流行的怀古，也不仅是对年轻时代的回忆，而且使他从旁观者的角度来看自己，正如白居易常常做的那样，只是基调不同。我们不知道下引诗是否是撰于所描述的场景的诗篇之一，但题目表明应是李绅在838年追忆其于833年赴任浙东时的情景，当时他途经家乡

〔73〕 佛陀是在娑罗双树下进入涅槃的。
〔74〕 佛陀讲经时天上落下的花。
〔75〕 最后一行的意思很不肯定。

（现代的无锡），唤起年轻时在惠山寺念书的记忆。

忆题惠山寺书堂〔76〕

李绅

故山一别光阴改，秋露清风岁月多。
松下壮心年少去，池边衰影老人过。
白云生灭依岩岫，青桂荣枯托薜萝。
惟有此身长是客，又驱旌旆寄烟波。

开首的两句非常糟糕，很难让人继续读下去。然而当我们坚持读下去时，诗歌中在833年和838年所回忆的多种想象挽救了前面的失败。“壮心”在回忆中游离：它属于很久前那位从不自顾、一心想去长安进入官场的年轻人，这位年轻人至833年确实成为“驱旌旆”而开道赴任的高官。

离开时是年轻人，回来时已是老人，仍记得当初年轻时的样子，在水潭中看到的却是自己衰老的倒影。然而他只是路“过”，受羁于官位的不停变换，而这正是当年长久地在此学习的年轻人所渴望追求的。我们可以将白云看作是不断变化的、最终空幻的此生，或许甚至作为富贵生活的比喻，如孔子所称“浮云”。桂树在诗歌中通常被描绘为繁荣茂盛，进士及第的人象征性地摘桂枝，但在这里也显然枯萎了。但它必须坚持站着，为攀附它的青苔提供支撑。成功的官员建立的“家族”远远超出“核心家庭”或血缘家庭本身，家族成员对他的依靠使他坚持下去，无论是

〔76〕 25609；王旋伯，57页。

“荣”还是“枯”。为提供必要的收入，他总是奔波于唐代官僚生活中变动不居的职位之间。

在诗篇结尾，他（无论是833年还是838年的他）看到自己离开年轻时的地方，作为新任观察使随着飞扬的旌旗而消失于河上的雾霭中。这是他的家，但一旦离开便“长是客”，虽然在结尾那双看着这一景象的眼睛留在了家里，看着他消逝。

年轻一代的诗人，那些我们认为属于“晚唐”的诗人，没有获得元和一代年长诗人在仕途上的成功。年长诗人因为仕途比较成功，继续参与中上层政治生活，而使他们成为唐代很独特的一批诗人。从很多方面看来，这是诗歌可以在官场上占有一席之地的时代的真正结束。元稹年轻时放纵，写了《莺莺传》，并很可能就是故事的主角，后来则官至宰相。李绅为莺莺写了歌行，后来则作为观察使以旌旗开道赴任。白居易在元和时代讽刺社会不平，最终得到一个薪水颇丰的闲职，而其薪水归根结底来自南方农民，虽然他有时仍因自己被褥暖和、普通人挨冻而感到内疚。

第三章　五言律诗

射雕手

即使在早年，白居易也乐于将自己表现为狂士，不受传统的制约。在其作于818年的最著名诗篇之一中，白居易颂扬了狂放诗人的自我形象：

山中独吟[1]

白居易

人各有一癖，我癖在章句，万缘皆已销，此病独未去。
每逢美风景，或对好亲故，高声咏一篇，恍若与神遇。
自为江上客，半在山中住。有时新诗成，独上东岩路，
身倚白石崖，手攀青桂树。狂吟惊林壑，猿鸟皆窥觑。
恐为世所嗤，故就无人处。

---

〔1〕 22069；朱，407页。这首诗的翻译，稍有修改，发表在我的著作，*The End of the Chinese "Middle Ages": Essays in Mid-Tang Literary Culture* (Stanford: Stanford University Press, 1998), 105。

除了“狂吟”，白居易还喜欢“醉吟”一词，在一篇据说是他为自己写的墓志铭中甚至自称“醉吟先生”。〔2〕前面提到他喜欢将自己描绘成“狂”，他常常表示自己创作时随心所欲，与诗歌巧匠完全相反。〔3〕贾岛《赠友人》一诗的开端未必特意指向白居易，但诗中对一种完全不同的诗人的称赞则富于暗示：〔4〕

五字诗成卷，清新韵具偕。
不同狂客醉，自伴律僧斋。

律指佛寺僧团的戒律，其中之一是戒酒。律也指诗律，对这位未称名的诗人正合适，因为第二行说得很清楚，他严格遵守声调和谐和押韵的格律。〔5〕

贾岛此处颂扬严峻的诗风，将诗歌的格律与宗教的戒律相关联，而且并非偶然地与五言律诗联结起来。在九世纪的最后阶段，这种联结发展成为诗歌和佛教的宗教戒律之间更为深切的联姻。〔6〕

〔2〕朱，3815 页。这篇墓志铭的可靠性有人提出过质疑。由于这应是白居易在生命最后时刻的作品，未收进他精心准备的文集是有可能的。

〔3〕很可能是当时人们对律诗技巧的迷恋——“苦吟”导致白居易（在 827 年）称自己年轻时是那样的诗人。参看《闲咏》，23470，朱，1710 页。请注意姚合说贾岛“狂发吟如苦”，虽然对句写其坐禅，“愁来坐似禅”（26419；刘衍，29 页）。

〔4〕31649；齐，268 页。

〔5〕虽然律直到宋朝才普遍用来表示诗歌的“格律”，这种用法在唐代已有先例。

〔6〕九世纪末及整个十世纪，我们发现诗与（佛）道或禅的对偶反复出现。诗有时被当作禅的补充，有时是竞争对手，有时是禅的另一种形式。我们在这里谈佛教对诗歌的影响，不是从宗教方面谈，而是对作为世俗中严格“戒律”的诗歌来说，佛教成了一种样板，要求完全的投入，将实践者与普通人分开。

贾岛自己本是出家人，其背景是八世纪末至九世纪初江左僧侣诗人创作的传统。那些僧侣诗人甚至比世俗的大历诗人更专精于五言律诗。

在832年，刘禹锡于苏州任刺史。很可能是在这一年，一位叫秀峰的僧人来见他，请他为他的师父、著名诗僧灵澈（749 - 816）的诗集撰序。秀峰从灵澈晚年两千多首诗中选出三百首，还加上三百首唱和诗（对唱和诗集狂热的又一贡献）。在叙述了灵澈的生涯和撰序的缘由之后，刘禹锡做出下面的评价：

> 世之言诗僧，多出江左，灵一导其源，护国袭之；清江扬其波，法振沿之。如么弦孤韵，瞥入人耳，非大乐之音。独吴兴昼公能备众体。昼公后，澈公承之。[7]

对灵澈和皎然的表扬是以批评佛教僧人的诗歌传统为前提的。在刘禹锡的眼里，僧人诗歌失败的原因在于其局限性，未“能备众体”。他们是一个单弦乐器，而不是一个交响乐队。这么说的确切意思是这些诗僧专精五律，专注于将有限的意象和词汇构成形式完美的对偶，这正是贾岛和姚合所写的那种诗。

约在837年，即刘禹锡撰写此序五年后，姚合编了一本题为《极玄集》的诗歌选集。姚合的选本主要收集了五言律诗。所选诗人相对有限，包括灵一、法振和清江，刘禹锡认为诗体太窄的四位诗僧中的三位。姚合确实也收入皎然的四首诗，但引人注目的是，这四首都是五律。

---

〔7〕 瞿（1989），520页。

对诗僧的另一个攻击来自白居易。在前引作于827年的诗及序中，白居易赞赏僧人道宗的诗歌是为佛法和拯救灵魂而写，“不为诗而作也”。而其他不知道宗的人，只会谈到“护国、法振、灵一及皎然”。[8]虽然白居易写诗不是为了拯救灵魂，但他随后对道宗诗歌的描述显然也表达了他自己的诗歌价值观。“为诗而作”很精确地描绘了贾岛、姚合及其圈子的作品。

姚合与白居易和刘禹锡关系甚好，故这不是一场公开的论争，而是不同代和不同诗歌趣味的一场悄悄的冲突。当时一些较年轻的诗人可能几乎只写五言律诗。[9]在某种意义上，五言诗的完美对联是真正的“诗”，他们对“元和体”和“狂吟”的机智不感兴趣。

我们阅读贾岛和姚合圈子的诗人，对刘禹锡批评诗僧范围狭窄的说法很有共鸣。除了范围有限以外，还有一种匿名的感觉：一首诗无论多么好，都往往有可能被看成是这个诗人群里的任何一位诗人的作品。总的说来，这是一种共有的技巧。在此我们可以思考一下这种诗歌事业背后的一个基本矛盾。这些年轻人的大多数以及他们的老师都在寻求进士考试的成功，通常称作“名”，既指“名字”，也指“名声”。诗歌上成功也是一种“名”。相反的冲动体现在佛教寺院的僧伽组织，其成员“出家”，以宗教的名取代世俗的“姓”。他们穿一样的衣服，在一起吃住，遵守寺院日常生活的规定。他们的完善在于个性

〔8〕 23180；朱，1445，见57－58页。

〔9〕 我们说“可能”是因为诗歌保存的不确定性和变化性；也许这些诗人的五言律诗保留下来的比例较大。

消失在戒律的实践中。[10]同样，律诗的诗歌技巧也是匿名的，不是对个性的颂扬（这在白居易的诗歌中极其强烈），而是精湛地运用共同的技巧。具讽刺意味的是，他们在这一基本上是匿名的艺术中成就越大，他们的“名气”也越大。

饮酒、美女、歌咏和“狂吟”是传统的欢乐场景，但是苦行和节制也可以是一种愉悦。诗歌艺术观念变革的一个最突出标志，是在九世纪二三十年代“苦吟”从“痛苦的吟唱”（诗歌表达诗人生活经验的痛苦）变成了“刻苦地创作”（诗人将之作为一种愉悦来谈论）。[11]虽然词语重心变了，但仍是一种口头的、吵闹的“吟”，肯定会让邻居讨厌。刘得仁是贾岛和姚合圈子中较年轻的一位诗人，他整夜吟诗，不希望黎明到来。他不仅追求苦吟，而且决不放弃：

夏日即事[12]

刘得仁

到晓改诗句，四邻嫌苦吟。中宵横北斗，夏木隐栖禽。
天地先秋肃，轩窗映月深。幽庭多此景，惟恐曙光侵。

---

〔10〕在世俗与宗教的对立中，诗歌仍是在世俗的一边，下引姚合送别无可的对联便是例子：“出家还养母，持律复能诗。”（26345）

〔11〕有关这一转变的详细讨论，参看 Stephen Owen，“Spending Time on Poetry：The Poetics of Taking Pains，” in Olga Lomová，ed.，*Recarving the Dragon：Understanding Chinese Poetics*（Prague：Charles University in Prague，2003），167－192。

〔12〕29824。

虽然律诗巧匠的诗学与白居易的诗学在某些方面是对立的，但对立的双方表达差异的基础却是共同的。白居易和贾岛都说诗歌是一种冲动，然而，不像“狂吟”，“苦吟”是一种劳作和努力的冲动，是一种愉悦的痛苦。

戏赠友人〔13〕

贾岛

一日不作诗，心源如废井。笔砚为辘轳，吟咏作縻绠。
朝来重汲引，依旧得清泠。书赠同怀人，词中多苦辛。

贾岛在结尾谈到的“苦辛”，与“苦吟”的新意义相对应，不是诗歌之外生活的艰辛，而是诗歌创作中的艰苦。作为诗人之“同怀人”的理想读者，将不会在诗句中发现个性，而是察觉到并欣赏创作此诗的辛苦。

贾岛“传奇”

从其晚年开始，至去世以后愈加如此，贾岛既是特定诗篇的作者，更是“诗人”形象的代表。人们哀悼他的去世，频繁去他的墓地吊唁，模仿效法他的诗歌。在一个最说明情况也可能是杜撰的轶事中，一位叫李洞（约卒于897年）的晚辈诗人据说请人

〔13〕 31515；李嘉言，17页；齐，71页。

铸了一尊贾岛的铜像。[14]《唐摭言》载此事，说他“事之如神”，但这种联系主要是佛教的，因为《北梦琐言》载此事，说他“常念贾岛佛”。在这里我们又一次清楚地看到贾岛所代表的诗歌与佛教宗教形式之间的联系：不是佛教的“内容”，而是一种与苦行规则相关联的神秘知识，可以从师傅传给徒弟。《二南密旨》是一本九世纪或十世纪的诗歌手册，似乎不太可能是贾岛之作，但它暗示将知识传授给精选的个人和群体。[15]

根据另一个传说，每年除夕贾岛会拿出一年来写的诗篇，摆在桌子上，然后倒上酒，祭拜祷告：“此吾终年苦心也。”[16]

在其作品和时代中的贾岛，与在其晚年形成并在其去世后发展的传说中的贾岛，两者不同，必须区别开来。如我们将看到，有关他的轶事受到一种“诗人”应是如何的新观念的强烈影响。然而我们仍可以在他的诗歌中，包括上引诗中，看到支持和无疑地促成这种形象的主题。[17]

虽然贾岛的很多诗篇都无法确定日期，但我们有他作于元和

---

〔14〕周勋初，1464－1465页。参看许总，《唐诗体派论》（台北：文津出版社，1994），608页。许总统计比较了晚唐诗人咏贾岛的诗篇与咏在现代更著名的唐代诗人的诗篇。

〔15〕“密旨”主要是指皇帝给臣下的“秘密指令”，适合表面上采纳“儒家”对诗歌的态度的作品。这一形式在题目和内容方面都掩盖了其要表达的观念。这种独有的知识更符合佛教大师只将知识传授给一位或一组精选的弟子的情况。

〔16〕《唐才子传》所引，见傅（1987），卷3，332－333页。

〔17〕闻一多称这整个时代为“贾岛时代”，这一敏锐的评价有整个九世纪的文本支持。如果现代批评家们认为其他诗人更完美地“反映”那一时代的情况，那是出自现代批评家们的兴趣，并非当时的同时代人看待诗歌的方式。见田耕宇《唐音余韵：晚唐诗研究》（成都：巴蜀书社，2001），53－55页。

时期（他与韩愈和孟郊交往的时候）的诗篇，以及作于从 837 至 843 年去世的贬逐时期的诗篇。然而，从这些可以确定日期的诗篇来看，他创作最活跃的时间是九世纪二十年代至三十年代初，那时他是长安一个诗人群中的一员。贾岛当时已经出名，比那个圈子里的多数律诗诗人要年长，但是在那里他基本上只是许多诗人中的一位。实际上正是因为他的年纪相对稍大，加上缺乏政治地位，似乎使他能够与年轻诗人交往自如，无尊卑上下（离开被当成诗佛来祷念的确还相距甚远）。这些诗人不停地相互庆贺到来、离开、失败、成功及各种重要的场合。姚合与贾岛同岁，拥有政治地位，但同样活跃于这群诗人中。在其生活的时代，贾岛和姚合的声名差不多相当。但是后来贾岛的声名变得伟大得多，因此很值得探讨这一转变的构成因素。

姚合在政治上比较成功，获得较高的官位。贾岛则屡试不第，失去成功的希望，最终还遭贬逐，任长江主簿和普州司仓参军。不知是推测还是实情，据说他被贬长江是因为得罪了某人。〔18〕这很快成为故事，说他得罪的不是别人，正是皇帝本人。

如果说贾岛的魅力部分在于他政治失意，寂寞孤独（尽管他的朋友网络很广），贬逐而卒于远地，这些特性都被转化成对诗歌艺术的执著以及对权威的漠视。诗歌创作的冲动被赋予重要的社会意义，一种比等级社会中的地位更值得尊重的事业。他在两种情况下的犯规都被原谅，其中之一马上被谅解。有关贾岛的两则最有名的轶事，其实是同一故事的不同说法，每一种不同说法

〔18〕 从另一角度看，虽然贾岛并未考中进士，也无“荫”权或其他权势关系，他确实得到了官位，无论如何低微。

又出现于略有变化的各种版本里。

> 虽行坐寝食，吟味不辍。尝跨驴张盖，横截天衢，时秋风正厉，黄叶可扫，岛忽吟曰："落叶满长安"。志重其冲口直致，求之一联，杳不可得，不知身之所从也。因之唐突大京兆刘栖楚，被系一夕而释之。〔19〕

第二则轶事的最著名版本见于五代何光远的《鉴戒录》。

> 忽一日于驴上吟得"鸟宿池中树，僧敲月下门"，初欲著推字，或欲著敲字，炼之未定，遂于驴上做推字手势，又作敲字手势，不觉行半坊。观者讶之，岛似不见。时韩吏部愈权京尹，意气清严，威振紫陌。经第三队呵唱，岛但手势未已。俄为宦者推下驴，拥至尹前，岛方觉悟，顾问欲责之。岛具对"偶得一联，吟安一字未定，神游诗府，致冲大官，非敢取尤，希垂至鉴"。韩立马良久，思之，谓岛曰"作敲字佳矣"。〔20〕

这些显然基本上是同一故事，只是其中的对联和冲撞的官员不同而已。诗人如此专心于他的艺术构思，以致违犯了对等级制度的敬意和遵从，因为在法律中有明确规定，平民必须为高官让路。在第一个故事里，他被投入监牢一夜，但很快被原谅。在第二个

---

〔19〕 周勋初，1111 页，出《唐摭言》。
〔20〕 周勋初，1111－1112 页。

故事中，他对诗歌的投入立刻得到该官员的欣赏。在真实生活中，刘栖楚和韩愈都是贾岛的朋友，这给故事增加了力量。这个故事的背景是李贺骑在驴背上构思诗句的形象，我们将在后面详细讨论此点。贾岛轶事里的新成分是对等级和权威的漠视，以及通过诗歌活动可以达到的社交平等。

第三则轶事的不同版本涉及三个不同的皇帝（包括宣宗，而宣宗是在贾岛去世后才即位的）。在这个故事中，皇帝路过，听到有人在楼上吟诗。皇帝上楼发现是贾岛，拿起诗卷来读。贾岛没认出是皇帝，拉住他的胳膊，生气地将诗卷抢回。皇帝受辱后退下楼去，于是贾岛后来被放逐。〔21〕这是一个执迷诗歌的相似寓言，但此次所触及的社交等级层面不是可以轻易超越的。尽管如此，虽然诗人必须受罚，但他象征性地处于一个独立的领域，甚至连皇帝都“不认”。

归属于诗人周朴（卒于879年）的一个戏谑性对联，最清楚地宣告了诗歌属于独立的领域。周朴以对诗歌技巧的执迷而著称，此诗是写给禅僧大沩的。〔22〕

禅是大沩诗是朴，
大唐天子只三人。

佛教原来便是独立的领域，在世俗的王朝中运作但又超越它，其等级因与整个世俗等级制度相分离而与之平等。周朴将诗歌列为

〔21〕见傅（1987），卷2，328页。
〔22〕《全唐诗》，7704页。

第三领域，为自己宣称主权。三位真正重要的人物是三位“统治者”，大唐天子只是其中之一。

我们可以将有关贾岛的故事放在漫长而丰富的轶事传统中来看，其中包括特殊人物对寻常社会等级的漠视。围绕李白的各种轶事便是此传统的一个部分，但与有关贾岛的轶事有着深刻的差别：李白漠视权威和常规是出自个性，而贾岛是因为他执著于诗歌技巧。诗歌是他的目的，不是他用来显示漠视的工具。

在前两则轶事中，贾岛都是在琢磨一个对联而不是一首诗。那些对联现在都出现在应景诗中，所涉及的场景都与骑驴穿过京城无关。特别是在贾岛遇见韩愈的著名“推”、“敲”故事中，写作对联的时间与诗中明白表现的时间不同，脱离实际的生活经验，已成为西方意义上的“艺术”。无论是事先写好还是事后修改，对联就像宝石，被镶嵌在诗篇中。

标志诗歌技巧

当我们说五言律诗代表“技巧”的时候，即在形式上造成了两个对立的价值观。第一种价值观是诗歌自然流畅，贯穿诗歌的严格规则不露痕迹；第二种价值观是诗歌颂扬和突出技巧，也就是对仗的技巧。要使技巧显示出来，就必须比其他较不明显的“诗歌”语言更突出。因此，第二种价值观含有一种内在的倾向，即将中间对仗的一联或两联与首联和尾联较平常的措辞形成反差。

张籍的一首律诗可以作为第一种价值观的例子，诗中的形式规则消失于毫无斧琢的措辞风格。这首诗作于793年，是诗人年轻时的作品〔23〕：

蓟北旅思〔24〕

张籍

日日望乡国，空歌白纻词。长因送人处，忆得别家时。
失意还独语，多愁祗自知。客亭门外柳，折尽向南枝。

这首诗中每一行和每一联都以某种可辨认的方式跟随前一行或前一联。第二联是对仗的，但第一行是一个非独立句，两行共同组成一个句子（在中国诗学中称为“流水对”）。甚至在第三联中，有两个独立的谓语，这是对联的特征，但两行仅发展一个观念。在后来的诗学中，中间两联都是“情语”，不是“景语”。〔25〕只有最后一联转向属于相关场景的事物，而不是关于诗人的情感。杨柳仅是离别的证据，折枝的全是往南旅行的人。

我们现在将张籍的诗篇与贾岛的一首日期不明的律诗相比较：

---

〔23〕 我选择此诗作例子，是因为方回称之为张籍集中最优秀的诗篇。方回，1270页。

〔24〕 20186；李冬生，88页。虽然《瀛奎律髓》及批评家们将此诗当作律诗处理，但第三行和第五行的第四个字都明显违犯音调规则。

〔25〕 在南宋的《唐三体诗》中，此为“四虚”。

旅　游〔26〕

贾岛

此心非一事，书札若为传。旧国别多日，故人无少年。
空巢霜叶落，疏牖水萤穿。留得林僧宿，中宵坐默然。

这是一种完全不同的美学。首联代表了我们在张籍整首诗中都可以发现的散漫的措辞，可以改写成一句话："一封信怎么能表达我的种种心事？"第二联由两个独立的谓语构成，澄清了第一联所述的情境。事实上这是这首诗中最有名的两句。诗人兼批评家查慎行（1650－1727）特别指出此诗"颇似张司业"。〔27〕然而，第三联却是完全不同的内容：它与前两联的关系至多只能说是间接的，虽然本来应该具有某种联系。与"旅行"的明显话语断裂，转向自然世界中似乎不相干的景色，这是"技巧"的一种"标志"。这一联完全有可能独立地作于与此场合无关的情况，然后被"用"在这里。这种对联常常被单独摘引，有时候被列举为"推敲"的例子。这些技巧完美的对联在诗中出现时，往往代表一种转折，表示诗人将注意力转向周围的景象。最优秀的对联会注意能够回应诗篇整体情境的模式，从而丰富了诗篇。

十三世纪的批评家方回将第五行解释为树叶落进鸟巢，但是也可能是叶落显露出鸟巢。显然，"空巢"是个象征，使诗人想起家乡。中国批评家们指出这一景象造成诗篇荒凉暗淡的

〔26〕 31532；李嘉言，22页；齐，94页。
〔27〕 方回，1273页。查慎行指的可能是张籍的《逢故人》（20449）。

气氛，但其视觉模式却很鲜明。树枝繁密交织中的鸟巢，与较稀疏的窗格相对应。沾着发亮的霜的树叶落在巢里，小小的萤火虫在黑暗中发光，穿透窗格。如同在对联中常可见到，这一情景中有一对相应的观念（观念性词语在中文里常常是对偶的）。巢里的树叶被“塞”，而萤火虫却“通过”了：这里表现了“通”和“塞”的观念，这是一对描绘事业的观念，特别是表现仕途和“旅途”。

诗中很多事物都被“塞”，包括诗人的事业及其试图交流自己思想的努力（交流也属于“通”的观念，意味与某人“沟通”）。萤火虫悄悄地进入窗户，寻找自己晚上的住宿之处，但它却发现没有交流，只有沉默，与它的主人面对面沉默地坐着。

贾岛的对联可能成为雍陶最优美的、也是有关“通塞”的对联的背景。树叶成了蝴蝶，困在稀疏交错而黏糊糊的蜘蛛网内。萤火虫通过，进入燕子留下的窝。这一对联出现于题为《秋居病中》的诗篇。

> 荒檐数蝶悬蛛网，
> 空屋孤萤入燕巢。

雍陶的对联和诗篇值得考虑，除了对贾岛对联的改造外，重新构造前人精美的诗句是修改自己诗句的过程的继续。自然的诗学意味着思想和语词之间直接的、完美的连接；在技巧的诗学中，语词总是不断地被修改和重铸。

射雕

姚合为自己所编的选本《极玄集》作的序仅存留下来一个片段。在序中他将所选的诗人比作“射雕手”，这是出自《北齐书》的一个词语。据《北齐书》，斛律光随皇帝出猎，抬头看见一只鹰，引弓射下。[28]姚合最早将这一代表精湛射箭技艺的形象转移到诗歌技艺中。这确实是大师的形象，但只用来指一种特别的类型。

元和初的一代诗人将李白和杜甫推上代表唐诗高峰的地位。那个时代诗歌最突出的一个形象可以在韩愈的《调张籍》里找到。在这首诗里韩愈将那些较早诗人的诗歌创作活动比作大禹治水。[29]将李白和杜甫比作大禹，是将诗人比作半造物主的伟大形象。归根结底这是技巧的比喻，是以早先将诗歌比为“雕刻”的形象为基础的，但这是规模最为宏伟的“雕刻”。诗人和宇宙造化之间的类比在元和诗人中很常见（整个九世纪都一直存在）。[30]我们可以对比一下诗歌创作的这种形象和射雕技术，两者都需要能击

〔28〕《北齐书》，222页。射雕最早可以追溯到《史记·李将军列传》中的一个故事。汉代大将李广在外征战时，一位宦官被派来。这位宦官带领数十人，在草原上遭遇三位匈奴人。汉人在数量上远远超过匈奴人，就开始攻击他们。匈奴人骑马绕着汉人奔走，引弓射箭，将每个汉人包括那位宦官都射伤了。气急败坏的宦官将此遭遇报告给李广。李将军说那些匈奴人一定外出射雕。他派出一队人马追赶匈奴人，将他们捉住，他们果然外出去射雕。

〔29〕17922；钱仲联，989页。

〔30〕见 Shang Wei，*The Prisoner and the Creator*：*The Self-Image of the Poet in Han Yu and Meng Chiao*. Chinese Literature：Essays，Articles，Reviews 16（December 1994）：19－40。

中难度大的目标的熟练技术和精确性。

韩愈回头看李白和杜甫，姚合的选集也毫不惊奇地始于另一位盛唐诗人王维。[31]紧跟着序中关于射雕的比喻，他选入了下引王维的诗篇，这大概不是偶然的：

观　猎[32]

王维

风劲角弓鸣，将军猎渭城。草枯鹰眼疾，雪尽马蹄轻。
忽过新丰市，还归细柳营。回看射雕处，千里暮云平。

这是盛唐最优秀诗歌中的一种类型。诗中的形象提供了各种感觉的证据：弓的声音在风中鸣响，这是狩猎的感觉证据。树叶干枯，从树上落下，这一事实使鹰可以看得更清楚，没有雪（地上没有积雪，天上也没有下雪）则使马可以更容易奔走。诗的结尾很美，呈现一种缺失的想象，远处广阔的天空中原本有一只鹰（所射的一只小鸟，远处看去更显得小），现在不见了。王维的诗篇以“射雕”为代表，说明了律诗的一种可能性，即将巨大的能量表现为处在形式的控制之下，成为一种驾驭危险力量的精确技巧。这可能是姚合的选集中最杰出的一首诗，也是将诗歌技巧比作“射雕”的一个象征。

姚合的射雕手大多数属于过去，生活于编集前的一百年至二十五年间。而作为姚合自己时代诗歌的代表，则是后来的一部选

〔31〕 然而，姚合确实承认李白是伟大的诗人。见26384。

〔32〕 05978；陈铁民，609页。

集。这部集子是韦庄编于900年的《又玄集》，其中明确地宣称自己接续了姚合的选本。姚合的选集代表了精英圈子中保守的诗歌品位在半个世纪中的延续，《又玄集》以杜甫、李白和王维开头，调和了保守派和元和激进派的价值观，使之成为类似于我们现在所知道的经典唐诗。在837年的《极玄集》和世纪末的《又玄集》之间发生了很多事情，保守精英所掌控的社交世界被彻底摧毁，长安一再遭洗劫，唐王朝已衰落到只剩下几个朝臣和卫兵，在军阀们的势力下苟存。

由于韦庄的选集是对姚合选集的接续，它也包括了一首接续王维《观猎》的诗。此诗大约作于820年元和时期刚结束时。

观魏博［何］相公猎〔33〕

张祜

晓出郡城东，〔34〕分围浅草中。〔35〕红旗开向日，白马骤迎风。
背手抽金镞，翻身控角弓。万人齐指处，一雁落寒空。

张祜的诗有自己的美，但这是一首极富戏剧性的诗歌，带有王维的控制力量，却无王维的节制。从包围处，我们看到红旗白马戏剧性地前进，最后集中在李司空身上，看着他搭箭开弓。万人指着在空中飞行的箭，而箭、目光及万人手指的目标是一只从空中

〔33〕 27241；严寿澂，1页。题目据《又玄集》，张祜集题为《观徐州李司空猎》。《又玄集》中的题目很可能是错的，应该是李而不是何，很可能是李愬，时间可能在820年（傅，第2册，808页）。

〔34〕 指魏博郡府所在地。

〔35〕 狩猎时，人们围住一片区域，将动物向中心赶，以便于猎杀。

落下的大雁。射雁不是易事，但比射雕的技艺要求低得多，因为雁较大，而且飞得较低和较慢。

值得注意的是，将较早的诗人称为“射雕手”的选诗家姚合，大致同时也在魏博，并很可能见过此次猎雁和张祜的小诗。[36]

王维精妙地描绘了射雕的景象，而张祜则平易而壮观地展现了猎雁的场景。处于二者之间的是中唐诗歌，可以用另一首有关狩猎场景的诗篇来概括。此次射的是一种华丽而俗气的鸟。此篇不是律诗，而是七言古诗，由韩愈作于799年左右。

雉带箭[37]

韩愈

原头火烧静兀兀，野雉畏鹰出复没。
将军欲以巧伏人，盘马弯弓惜不发。
地形渐窄观者多，雉惊弓满劲箭加。
冲人决起百余尺，红翎白镞随倾斜。
将军仰笑军吏贺，五色离披马前堕。

在这首诗中，我们可以看到张祜诗歌较近的祖先，表演场景更明显地巧妙安排。一切自然景观已被烧光，只剩下鸟、表演者、观众及箭。如同韩愈当时的大多数诗作一样，这是一首“古体”诗，允许更多的自由。韩愈的诗篇与在其前后的诗匠王维和张祜

〔36〕贾岛可能也在那里。

〔37〕17848；钱仲联，111页。

不同的地方，是对技巧的自我意识和公开自豪："将军欲以巧伏人"。射箭成功后，将军笑了，不仅知道自己的技艺，而且知道观众的鼓掌。最后，颜色艳丽的战利品被箭射穿，躺在他的脚下。如果我们要把这种技艺的表演转换成律诗的形式，那么最明显的解决方式就是对偶句，以技巧的胜利为标志。

元和一代诗人的诗歌类型之一，是我们在张籍诗中看到的自然和白居易诗的风格化的自然。与此相反的是孟郊、韩愈和李贺等诗人的矫饰奇崛。当贾岛于810年从西北刚到洛阳的时候，他成了韩愈诗人群中的一员，他最著名的一些诗篇展示了从韩愈诗人群的诗法向律诗的转换。

在816年1月，即元和十年的腊月，禅僧柏岩逝世。听到这个消息，贾岛写了一首律诗，其中一联很著名，因为欧阳修曾以之为例，说明误解诗歌的可能性。

哭柏岩和尚[38]

贾岛

苔覆石床新，师曾占几春。写留行道影，焚却坐禅身。
塔院关松雪，经房锁隙尘。自嫌双泪下，不是解空人。

著名的对句在第二联，几十年内便有人模仿，收入韦庄编于900年的《又玄集》。至十一世纪欧阳修在《诗话》中（第十八则）又提起，在讨论到一首诗在基本意思的交流方面可能会失败时，

[38] 31529；李嘉言，21页；齐，89页。

欧阳修引用了这一联：

写留行道影，焚却坐禅身。

然后他评论说，有些读者以为烧死的是一个活和尚。欧阳修把这个例子作为笑话来引用；但笔锋略一转，他从诗歌的意思不清楚转到读者不能理解诗歌的愚昧。此处涉及诗歌的阅读方式以及对痕迹的注意。

第二联中的表现手段只能在一个没有时态标志的语言中存在，翻成英文时必然丢失。中文诗歌，特别是在一行之内，通常在时态上是统一的。这种假定可能产生欧阳修提到的喜剧效果：如果一句中既有“坐禅”也有“焚”，人们一般会把这些理解成紧接的时刻。然而，优秀的读者会认识到不同时刻的巧用在第三行里已经宣布，“行道”的时间和形象留存的时间是相对照的。在第四行中重复过去与现在的对照是对仗的成功。这种不同时刻的合并，坐禅的身体与身体的焚烧，在诗歌上是惊人之作，意义重大。坐禅的身体是思想的容器，而思想因为意识到现象的空幻而成为虚空；正是此空却思想和灵魂的同一身体后来被焚化，亦即“焚却”。

从很多方面来看，这首诗是五言律诗共同技巧的最杰出代表，除了第二联表现出典型的元和句式外。平仄音调完美和谐，对偶技巧十分熟练，而押韵的字词则极为平常。从某种意义上来说，这是一种舒适的、平易的技艺，诗人有时可以用之来获得一种特别优美的、重要的模式。每一种诗歌形式都赋予诗人独特的机会。在律诗中，我们常常可以看到某一独特的模式或关系以各种类型重复出现；就像比喻一样，这种同源的模式促使我们在似乎很不相同的现象中看到某些相似之处。

贾岛的诗中有覆盖有根基，有表面有深层。覆盖是外表，用佛教的词语来说，是“色”，是事物的声色表层。表面是会变的，下面则是虚空。甚至那位僧人的名字也重复这一意象：柏岩，即在岩石的基础上覆盖绿色的柏树；而这一形象又以微小的形式出现于覆盖着青苔的石床。青苔替代了和尚，而坐禅的和尚则使青苔难以生长。青苔与和尚都是某种覆盖，某种外表的东西，一个失去便是另一个的获得。第二联对年月的计算，说明和尚坐在石床上的每个春天，便是青苔不长的春天。但是青苔总是在等待重生，正如诗人结尾时的眼泪。

缺失的身体以“影”保存，将最纯粹的容貌保留下来作为表征，成为“象教”中又一个“形象”，通过形象教育我们形象之下的世界是虚空的。影子留下了，而留下影子的身体却不在了，这是老照片的激情在八世纪初的先行，而僧人“行道”的“倒影”或“影子”，以及通过“行道”而领悟到现象表层之下仅是一片虚空的真理，进一步丰富了诗的意韵。“坐禅身”领悟到虚空，当觉悟的身体死去时，身体被焚烧，变成一股轻烟。

身体烧成灰后放入塔内，在塔院的冬天花园里松树覆盖着白雪，而松树是持久耐变的标准象征。身体之灰放进塔内，身体之像则进入经房，在那里又有一层覆盖，覆盖着一层尘土，颇像覆盖的白雪。但是“尘土”带有佛教“六尘”的明显含义，即感觉的幻象，依恋表面的形象，不知道形象只是在表面之下的虚空的自毁标志。

通过律诗的习惯诗学，贾岛解析各种表面和深层：青苔、身体、白雪及尘土。结尾时是眼泪，既是反应，也是净化。这是身体内部应该倒空的东西，不是无偏的心镜而是伤感的心留下的痕迹。不能理解虚空是诗人作为世俗之人的自称，他为失去这个人而感伤，尽管他知道任何具体的化身只是轮回延续过程中的一个时刻，只有在觉悟之时才被结束。在诗中他为自己哭泣而鄙视自己，因为他知道不应如此。他明白事物的虚空，但他并未接受。

这里也使人忍不住去解读此诗在诗法上的矛盾：这位元和诗人带着其炫耀式的奇崛，却在诗法的规则下努力体现宗教规则的真理，教诲苦行、虚空和自我的寂灭。

在讨论贾岛诗歌后来的发展方向之前，我们先比较一下较年轻的诗人周贺（可能此时仍是名为清塞的僧人）的一首仿作。这首诗的日期无法确定，但是根据周贺的生涯推断，可能比贾岛的诗至少晚十年：

哭闲霄上人[39]

周贺

林径西风急，松枝讲钞余。冻髭亡夜剃，遗偈病时书。
地燥焚身后，堂空著影初。吊来频落泪，曾忆到吾庐。

在这首诗的第三联中，周贺显然模仿了贾岛的第二联，但是模仿者的比喻也是以较不明显的方式表现。贾诗以一个覆盖青苔的石床形象开始，呈现的是一种缺失的视觉痕迹。在对仗的类别里，

〔39〕 26896。在《唐诗纪事》里，这首诗的题目是哀悼柏岩，但这对周贺来说可能太早。

这是“见”的对联。周贺运用恰当的相应类别“闻”来呈现缺失的痕迹：松林中的风声标志着闲霄讲颂佛经声音的消失。

第二联继续发展遗留物的主题，现在是胡须和偈颂。我们推测被剃的是尸体（所以是“冻”须）。在第三联中，周贺捡起贾岛的对句，此处很难说中唐的矫饰奇崛形象在晚唐完全消失了。这里模仿者将前人的意象推向了新的极端。影指“画影”、“影子”及“映像”。这一词语被用于宗教图像，“影堂”即是展示宗教画像的地方。周贺保留了对画像的明确所指，但他增加了另一种古怪的“影子”：僧人的尸体焚化后在地上留下的焦痕。

由于贾岛在诗中流泪，周贺也必须流下世俗之人的眼泪，或诗僧的眼泪，为了诗歌效果而堕入俗人的精神错误。然而，周贺并未通过与明白事物虚空本性的人相对比，来赋予自己的眼泪一种庄严的对立。周贺流泪是因为回忆起一次来访，面对闲霄不在而回忆他的存在。

贾岛的著名对联代表了中唐意义上的“警句”，正如周贺的仿作所显示，这种诗句很容易陷入近乎喜剧性的怪诞。贾岛正逐渐放弃这种风格，采用与之大不同的典型晚唐“警句”。韩愈在812年时已经说过，贾岛会背离矫饰奇崛的风格，转向更为平淡的风格。[40]平淡的风格更适合姚合在《极玄集》中所选入的较早律诗的特点。然而，随着贾岛作为诗人的成熟，他在警句的更为克制的形式中找到了新的诗美。

下引也是一首五言律诗，同样是为一位佛教僧人而作。这首

〔40〕《送无本师归范阳》，钱仲联，820页。

诗大致可以确定是大和朝（827－835）的作品。根据传统的分期，此诗属于“晚唐”，正如对柏岩的哀悼诗属于“中唐”一样。同一诗人以同一形式写的两首诗，都与佛教的社交背景相关，中间仅相隔一二十年便被分属于两个不同的时期，这似乎有点荒唐。然而，将两首诗相比较，却似乎证明了在相隔的时期中，诗歌的感觉确实发生了变化。

这首较迟的诗篇缺乏那种引起欧阳修注意的有节制的隐喻性对联，这后来成为贾岛技巧的试金石。这首诗也缺乏发挥比喻作用的重复模式。

寄白阁默公〔41〕

贾岛

已知归白阁，山远晚晴看。石室人心静，冰潭月影残。

微云分片灭，古木落薪干。后夜谁闻磬，西峰绝顶寒。

默公的本意是“沉默的上人”，除了第七行提出一个特别的问题，问谁听到磬声，这是一首沉默的诗。

如哀悼柏岩的诗一样，这首诗也以缺失的形象开头，诗人凝视着远方默公已归去的山。中间对句中的形象都属于想象中的远方。静既是场所的安静也是心灵的宁静，石头所围住的是心灵而非身体。在此联的出句中，贾岛将其容纳的空间压平成一个两维的表面，利用了佛教以心为镜的比喻，并转换成平静池塘中月光的倒影。此外，明镜般的池塘中光线正渐渐暗淡。想象的距离打

〔41〕 31541；李嘉言，25 页；齐，110 页。

开了一个空间，自然和人的形象在其中融合。此处诗人自我比在哀悼柏岩的诗中更有效地被湮没。

从很多方面来看，这首诗都比《哭柏岩和尚》优美微妙。诗开头时渐褪的日光变成象征平静心灵的池塘中渐弱的月光。第三联中继续出现分解的意象，先是淡淡的云碎成片消灭（当然“灭”是涅槃的寂灭之语），然后是树木的干枝落下，明确地说明是“薪”，在短暂的光亮中燃烧掉自身和物质身体的材料。

此类五言律诗的词汇是有限的，有关和尚的诗歌也有自己专用的意象和词语。贾岛的诗歌并无任何奇崛之处，从当时的诗歌创作环境来看，在某些方面是很传统的。然而诗中以精熟的技巧交织各种意象，既不露声色又完美高超。

张　籍

贾岛成为诗歌巧匠的最高峰，对联的显见技巧即使在上面这首较克制的诗里也很突出。然而，关于 825 至 850 年间的律诗，如果不考虑很不相同但同样强烈的价值观便不够全面。中国批评传统常常将这些价值观与张籍的律诗相联系。

张籍基本上是元和时期的诗人，以乐府、古体诗的矫饰拟古及对杜甫的崇拜而著称。张籍周旋于韩愈周围和白居易周围的两个诗人群之间，在一个重视可辨认的单一独特诗歌风格的时期，张籍在风格上表现出异常的多样。元和时期的同代人因时代价值而赞颂他。他在南唐的编集者张洎提出，他不仅代表了元和时期的价值观，而且在律诗史上及其在晚唐的传统中占有重要地位。[42]在作于949年或是其后不久的一篇序里，张洎说：

> 又长于今体律诗，贞元已前，作者间出，大抵互相祖尚，拘于常态，迨公一变，而章句之妙，冠于流品矣。[43]

张洎在为项斯诗集作的序中，继续讨论了张籍的影响：

> 吴中张水部为律格诗，尤工于匠物，字清意远，不涉旧体，天下莫能窥其奥，唯朱庆馀一人亲授其旨。沿流而下，则有任蕃、陈摽[44]、章孝标、倪胜、司空图等，咸及门焉。宝历开成之际，君声价籍甚。时特为水部之所知赏。故其诗格颇与水部相类。词清妙而句美丽奇绝，盖得于意表，迨非常情所及。[45]

我们不知道张洎的这些评论是因为有某个批评传统为基础，还是因为极端欣赏张籍而从其一些唱和诗中得出这一推断。虽然张洎的说法很过分，并且完全忽略了宝历和开成之间相当长的大和时

---

〔42〕 这里我将张洎拼写成 Zhang Jih，以免混淆在十世纪写序的人与他所讨论的诗人。

〔43〕 《全唐文》，9123 页。

〔44〕 我在译文中选择将“摽”字读作 piao，而不是通常的 biao。

〔45〕 《全唐文》，10906 页(《唐文拾遗》)。

期（张籍卒于大和中，开成开始前五年），但是考虑到这是十世纪中叶对律诗传统的精确描述，我们不能够忽视它。[46]张籍曾赠诗称赞项斯（后者当时一定还相当年轻），作为张籍诗集的编者，张洎知道此事，并可能以此为基础做出评价。与其他较年长的诗人不同，张籍晚年确实扶持年轻诗人，张洎对其影响的宣称可能有一定的真实性。

至少张籍代表的律诗价值观与注重对偶技巧的价值观是不同的。白居易在律诗上的才华并不很高，虽然他写了很多。在白居易手里，形式消失在诗人的背后。张籍通过完美的形式达到了平易流畅，在其最优秀的诗篇中，必不可少的中间联句的对偶消失了一半。贾岛诗歌中那种鲜明的警策对联只偶然见到。宋代批评家张戒说："籍律诗虽有味而少文。"[47]

这种诗歌价值在很多传统中都存在，最难翻译。它还是一种重复多了便失效的价值，容易落入陈套。无论九世纪二十年代的诗人是否与张籍相关联，这是当时有关律诗的一种价值，与绚丽对句的价值并存，有时则试图结合后者的诗法。

此处引用张籍最常被收入诗歌选集的一首五言律诗，作为他运用这种形式的成功与局限的试金石。这首诗具有令人愉快的"淡"——清淡或平淡的特征。

---

〔46〕 对张籍如此高的评价在当时并不是普遍的观点。张为的《诗人主客图》诚然分类古怪，将张籍排在"清奇雅正"类的次等，此类的"主"是李益。

〔47〕 陈应鸾，《岁寒堂诗话校笺》（成都：巴蜀书社，2000），72 页。"文"在这里译成"flash"可能略显轻浮，但确能传达出那种通过精致地构造词语而产生的魅力感。

夜到渔家[48]

张籍

渔家在江口，潮水如柴扉。行客欲投宿，主人犹未归。
竹深村路远，月出钓船稀。遥见寻沙岸，春风动草衣。

第三联的对仗在中文中比在译文中更明显突出：

竹深村路远，月出钓船稀。

然而，这些对仗成分的关系并无任何突出之处，而只是互补的。说话人看着路和河，等待渔夫归来，因为想在他家过宿。在最后一联中，他看见渔夫（从其所穿草衣可以确认）沿着沙岸走过来。

与白居易风格化的“狂”或是贾岛的“奇”不同，“淡”是个很难捉摸的特点。如果说白居易的“狂”是个性的戏剧化展示，贾岛的“奇”是苦吟技巧的展示（个性消失于诗匠的背后），那么“淡”便是律诗极端自律的展示，突出的个性和技巧在这里都消失于由熟悉的诗歌形式所表达的圆美流易中。

〔48〕 20203；李冬生，98 页。

第四章　诗歌巧匠

在研究活跃于大约一千二百年前的诗人时，我们受到资料的限制。除了少数如同白居易那样的诗人有详细的传记，并在作品中有生活的仔细记载以外，通常只有零碎的传记信息。有时候这些零碎的信息来自正史中的粗略传记，这些传记本身往往基于不确定的资料，有时会附有注释。一些轶事来源的真实性常常很不可靠。在很多情况下，传记信息是根据诗篇的题目和内容费力地拼合起来的。[1]除了有问题的轶事以外，我们所了解到的大多是有关诗人在特定时间的官衔等级或所在地点。这种信息的性质很容易将诗人的"生平"压缩为一系列的官衔和职位，标志着名望的上升或下移，并设想这些将使得诗人相应程度地更快乐或不快乐。在这一过程中，同一诗人往往在中国的版图上挪来挪去。如果碰到未入仕或很迟才开始仕宦生涯的诗人（如可怜的项斯直到中年才得到第一个官职，而一年多后就在同一职位上去世），我们就只有诗篇本身了。

---

〔1〕 此处有很多新的不确定因素，涉及归属和诗题的问题。诗题是我们的主要依据，但它往往是一首诗异文最多的部分。另一问题是如果诗歌的赠与对象现在的职位比以前低，诗人一般会用以前较高的职位来称呼他。

我们所掌握的信息既然如此，在讨论具体诗人时便必然要重复地运用这些信息。然而不应忘记很多情况我们并不知道。我们很少知道诗人在年轻时阅读和喜欢哪些较早的诗人。除非其父亲做官或其母亲的家庭背景显赫，有关诗人家庭的情况我们知道得很少。除非他们自己做官，否则我们也不知道，在通常长达几十年的时间里，他们是如何维持生计的。我们对他们的艺术创作过程也知道得不多，看不到草稿和修改稿，通常不知道哪些诗篇是被丢弃的。白居易引人注目的一个原因，是他的诗歌和散文为我们提供了很多此类信息。

诗人对自己生活中的一些细节保持沉默，主要是因为他们的艺术在主题上的限制。诗人雍陶似乎目击了 829 至 830 年间南诏入侵四川的情况，他所热爱的成都遭掠劫，许多成都人死亡或被俘为奴。他确实写过有关俘虏的诗篇，但这些诗奇怪地令人失望。雍陶本人不知怎么逃脱了出来，但是我们不知道具体的情况。他如果创作于十七世纪的话，就肯定会在诗歌或散文中留下更戏剧性和更详细的记载。我们在下面会看到，雍陶为我们描绘过一个生动的时刻，是他在战乱的四川边境的一个寺院里和吐蕃僧人一起度过一宿。虽然这样一首诗确实提供了独特具体的经历，但我们必须记住在寺庙里过宿是一个“恰当”的诗歌主题。

我们下面讨论这些诗人时，对那些曾进入仕途者的官历只作简单评述，因为很多人并未入仕，将这些诗人大致置于其所参与的社交界便已足够。在诗歌方面我们会试图将他们置于律诗巧匠之间。与元和时期强烈的个性相反，苦吟是共有的美德，但律诗诗法也有其内在的问题和差异。然而，在勾勒出这些问题和差异之后，我们只能得出结论：他们的很多诗歌是相似的。这些诗人创作的诗篇优美而令人难忘，但大多诗篇很容易地可以看成是由六七个其他诗人写出来的（此外不同的诗歌归属也并不少见）。当后来的传统越来越欣赏诗人生平的参照框架，越来越赏识独特的诗歌个性时，这些诗人最终都逃脱不了“小诗人”的地位。

中国文学经典的概念在十六世纪才成熟成形，在清代时逐渐编辑成典，稍经修改后在民国和人民共和国时代的教育系统中被制度化。我们所讨论的这些晚唐诗人在经典形成的过程中完全成为了“小诗人”。在此之前，这些诗人中的大多数都有人热情颂扬，很多被有洞察力的批评家们选为九世纪最优秀的诗人。

我们仍按诗人的“名字”来组织存留下来的诗歌。讨论律诗大师，我们本来可以对这一老习惯提出疑问，但我们还是决定遵循传统，简要叙述这些人名。在什么地方截止也难于决定：我们主要讨论两代诗人，不包括那些作品的主要部分作于860年以后的诗人。

姚　合

像很多律诗巧匠一样，尽管名气挺大，仕途也较成功〔2〕，姚合的生卒年却很不确定。傅璇琮将他的生年定于779年，卒年定于849年。我们知道他于816年进士及第，即比他小十岁的李

〔2〕 姚合的集子宋代以来一直存在，现存大约五百四十首诗。除题为《极玄集》的诗歌选集外，据说他还编有《诗例》，但已久佚。

贺去世之年。姚合与元稹年龄相当，可以将他归属于元和时期，但他最重要的诗歌活动时期直到九世纪二十年代才开始。

姚合自称其家族出过荣耀的先祖，他是玄宗朝初期受人钦佩的名相姚崇（650－721）的后人。此时唐代历史已经相当漫长，很多士人可以自称是某位名人的后裔。然而，姚合的父亲只是一个县令（但他母亲的家庭背景要好一些）。

姚合的仕途异常顺利，开始时做过几任县尉。文宗朝时，他在中央朝廷担任了数个中层职位，后来接任金州刺史和美差杭州刺史。地方职位常与在京城失宠相关，有些情况无疑确实如此，但在仕途的某个阶段连任刺史，这似乎说明是常事，而不是朋党争斗的结果。〔3〕杭州卸职后他回到京城，稳步升迁，在839年还当过一段时间的观察使（在这段时间里，他使李商隐恢复了弘农尉的职位，他的前任将李商隐罢职，因为李取消了一个刑事判决）。姚合最后官至秘书监，很多著名的文人都担任过这个职位，包括白居易。

如前面已经提到，姚合在长安的年轻诗人中广交朋友，其中大多数尚未通过进士考试，有些来自地方上寒微的家庭，家族中无人曾经出仕。如果在诗篇中被以官衔相称，这表示了某种崇敬，虽然一般不如此做。我们发现这群诗人基于对诗歌的共同热爱，互相之间在社交上有很大程度的平等。姚合还是律诗大师中唯一进入白居易圈子外围的人（也许是因为他在白居易在世时政治上的成功）。最重要的是姚合与贾岛关系密切，两人的名字总

〔3〕 虽然姚合的地方官职一般不认为是派系争斗的结果，学术界普遍相信地方职位意味着失宠（有时任此种职位的人的不满也支持这种看法），这种看法忽视了一个简单的事实：唐王朝有很多州县，需要大量行政管理人员。

是一起出现。因此，与贾岛的奇特对句相比，姚合的诗歌常常被称为“平淡”。[4]对姚合作品的称赞和批评之词往往也用来描述张籍的律诗。姚合似乎很清楚自己作品的“平淡”风格，如下引通过带刺的恭维而表现自谦的诗篇所显示。

寄李干[5]

姚合

寻常自怪诗无味，虽被人吟不喜闻。
见说与君同一格，数篇到火却休焚。

“淡”与“无味”之间的关系是很有意思的。这两个词的意思很接近，如果说有不同的话，那是因为“淡”是褒义，而“无味”则是贬义。

姚合的作品与张籍的区别之一，是一种越来越强的视诗歌为职业及对技巧乐趣的感觉。下引诗看来平稳朴实，但诗人告诉我们他在精心“选字”。

闲居晚夏[6]

姚合

闲居无事扰，旧病亦多痊。选字诗中老，看山屋外眠。
片霞侵落日，繁叶咽鸣蝉。对此心还乐，谁知乏酒钱。

---

〔4〕“平淡”的特征只是相对而言，如前面谈到，韩愈说贾岛在元和时转向“平淡”。

〔5〕26476；刘衍，44 页。

〔6〕26560；刘衍，68 页。

在“诗中老”的诗人宣布了诗歌是一种生活方式。主题上这与白居易距离并不大，白居易在洛阳半退休的生活中常常宣布只需要诗和酒。然而第三行的措辞较激进，不仅将诗歌定为一种“选字”的技巧，而且诗意地将这种艺术化为一种可以“在其中”老的空间。白居易“在”洛阳享受“诗和酒”而老。无论是作为复合词，还是对联中放在对仗的位置上，“酒”是最经常与“诗”连在一起的词语。意义深长的是，诗歌以及诗歌的场景本身就是乐趣，使姚合忘了饮酒（虽然他记得自己忘了）。这种对诗歌的新感觉是一个自足的世界，诗与酒不再是娱乐的附属。此处我们可以再次对比白居易那自我意识的、常与饮酒相连的诗“狂”。

第三联是“诗景”，技巧的标志，体现诗人确实是在“选字”。这一联并不特别突出或新奇，但它是第四行中诗人在“屋外眠”时所看到的景色，十分出色地重现了观者的情境。两者都是闭塞的景象，云彩遮日，产生了“隐”的效果，与隐居中的诗人相应，他的年纪渐老，就像渐落的太阳。从另一个隐藏的空间（树叶和云）传来蝉鸣，而蝉鸣常常与诗人的苦吟相连（例如“选字”）。

姚合于元和后期任武功主簿时，写了一组三十首的组诗，其中第一首包含了他最著名的一个对句。

武功县作三十首〔7〕

姚合

县去帝城远，为官与隐齐。马随山鹿放，鸡杂野禽栖。

〔7〕 26526；刘衍，59页。

绕舍唯藤架，侵阶是药畦。更师嵇叔夜，不拟作书题。[8]

第二联就是传颂的名联，陪伴文明人类的动物回归自然，或是无痕迹地融入自然。方回批评第三联为“似张司业而太易”。[9]然而，我们可以注意到第一联在情感上非常接近白居易后来写的《中隐》。我们看到诗人把官职看作带薪水的“工作”，越轻松越好。当然很多官员都是这么感觉的，但是诗人们开始公开称颂这种有报酬的闲居。此处最适合再次引用李珏在838年的奏文：“况诗人多穷薄之士，昧于识理。”李珏的评价可能是根据自己的经验或是他人的报告。然而，这种观点在朝廷中似乎广为流传，很可能是来自在位诗人们的自我描写。

如果做官只是一种“工作”，这就为诗歌成为真正的职业开辟了空间。僧侣也可如此，如姚合写给贾岛的堂弟诗僧无可的诗。

送无可上人游越[10]

姚合

清晨相访立门前，麻履方袍一少年。
懒读经文求作佛，愿攻诗句觅升仙。
芳春山影花连寺，触夜潮声月满船。
今日送行偏惜别，共师文字有因缘。

---

[8] 在给好友山涛的绝交书中，魏代怪诞的名士嵇康抱怨写信的必要。

[9] 方回，244页。

[10] 26365；刘衍，13页。我们知道无可比贾岛年轻，但不知道年轻多少。称他为少年说明这首诗大约作于810年末至820年间。

第二联的主题在九世纪越来越常见：诗歌才是献身的真正对象，诗人逃避其他责任以专心于诗歌。姚合将自己和无可描绘成文字的信徒，“共师文字”。从选择使用“文字”这一字眼中（特别是书面文字），我们可以开始窥见到当时文学论争的词语。在赞扬僧人道宗的诗歌时，白居易将“文字”一词用于贬义，指道宗所超越的那一类诗歌。[11]

贾岛（779－843）

中国诗人经常被配对组合。贾岛[12]的不同寻常之处在于他是两对中的成员：他与忧愁大胆的中唐诗人孟郊及姚合分别配对。这种双重组合很有意思，因为如果将孟郊和姚合放在一起是不可思议的。这说明在批评想象中，贾岛的艺术风格介于中唐诗歌的大胆和姚合的保守“平淡”技巧之间。

将孟郊和贾岛连在一起的著名批评短语是“郊寒岛瘦”。孟郊几乎只写古体诗，贾岛的一些古体诗显然受到孟郊的影响。然而，律诗才是贾岛更喜爱和最著名的形式，并使他保持了后来的诗歌巧匠的形象。从诗歌创作活动来看，两位诗人只有七年的时间是重叠的，处于孟郊的创作生涯结束之前和贾岛的创作生涯开

〔11〕 见第二章《老人》之“白居易”节，57－58 页。

〔12〕 贾岛的诗作保留于一个集子，其版本系统可以追溯至宋代。大约有四百首诗归于他名下，但其中包括了一些可靠性值得怀疑的诗篇。

始之初。事实上贾岛的大多数诗篇创作于817年孟郊去世之后。然而，这两位相当不同的诗人，一“寒”一“瘦”，却在某种意义上在九世纪和十世纪的诗歌想象中占据了相似的诗歌空间。两位诗人都与愁苦相联系，这种愁苦复杂多义地存在于其个人生活中，也存在于其献身诗歌的艺术苦行中。这种复杂多义在“苦吟”的意义从“愁苦地吟唱”（个人的愁苦）转变为“辛苦地创作”的过程中得到精确的表现。

至十世纪初，从826至850年间启动的变革已经发展成一种观念，即将“诗歌”几乎看成一种神秘的存在及一种世俗的献身活动，一般与禅相配对。如果说贾岛是诗佛，他的名字被诗人们虔诚地念诵，孟郊也同样被认为是这种苦行艺术的开山祖师。多产诗僧贯休在《读孟郊集》开头所作的陈述，在一个世纪前是难以想象的：[13]

> 东野子何之，诗人始见诗。清刳霜雪髓，吟动鬼神司。
> 举世言多媚，无人师此师。[14]因知吾道后，冷淡亦如斯。[15]

第二行可以有多种解释，但都指向在孟郊身上开始找到真正的诗歌这一意思。贯休不会否认李白、杜甫的伟大或其他孟郊之前的重要诗人，他似乎是在唤起一种“纯诗歌”的观念（或采纳另一种解释，是真正的“诗人”的诗歌），诗歌不是生活的附属品，

〔13〕 45247。

〔14〕 我认为此指孟郊自己的时代，受别人排斥是其诗一贯的主题；但也可指贯休自己的时代。注意“师”（大师、老师）也常用于佛教的宗教等级中。

〔15〕 注意这里用了前面讨论过的“淡”，这通常不是与孟郊诗歌相联系的特征。

而是生活目的本身，诗人可以牺牲其他一切而为它受苦。虽然白居易也涉及此类“诗人”的不少主题，但是他那饶舌的欢乐心境以及对身体愉悦的沾沾自喜使他与这种诗歌观念相去甚远。

孟郊和贾岛都谈到对诗歌的专注，两人的生活都比较清贫，因为他们在政治上都不成功。孟郊在数次落第后，最后终于通过进士考试。然而，他在授任一个卑微的地方官职后，却因疏于职守而被解职。贾岛一直未能通过进士考试。[16]考虑到贾岛的背景，这并不奇怪。贾岛的家族中没有当官的，如有的话我们应该知道，因为《新唐书》中有他的简短传记，还有一篇为他写的墓志铭。而且他是在寺院里受的教育，应是在他的家乡范阳或是附近的某个地方，远离唐王朝的文化发达地区。范阳位于现代北京的东北，曾是安史之乱的中心，其后从未完全回到中央政府的控制之下。这显然不是一个以培养诗人而著称的地区。

我们可以想象在810年，法号无本、三十一岁的佛教僧人贾岛来到洛阳和长安，遇见了孟郊和韩愈，会写出什么样的诗歌。这两位诗人都珍视“粗朴”，以之作为“古”的标志。我们可以推测来自范阳的、有着寺院教育背景的人应是“未经雕琢的宝石”。贾岛那些较有理由确定是810年前所作的诗篇，确实也并不出色。然而在其后的三十年间，贾岛成为精湛匠人的形象，虽然他的技巧常常带有粗糙的毛边，需要磨平，这是他的艺术风格与姚合一类诗人不同之处，他们的平淡来得平易。我们无法相信

---

〔16〕 值得提出的是，韦庄曾奏请追赠所有未曾进士及第的著名中晚唐诗人进士出身（韦庄错误地包括了数位实际上通过了进士考试的人）。见《唐摭言》，116－119页。

有关贾岛的传说的真实性，但像他这种背景的人能够在九世纪的长安文化界获得如此地位，相信他一定是个充满激情和动力的人。以他的教育背景，几乎不可能写出成功的应试赋或诗。在他的诗歌中我们看不到那些精巧华丽的“雅体”，他也很少用典。事实上他的作品没有表明他有深博的学问。也许他的精力的唯一用武之地是他自己的那种诗歌，从这一意义上看，他成为“诗人”的象征是可能的。

虽然我们可以确定贾岛在长安或其他地方的特定时间，知道他于810年到达长安，并于837年任长江主簿，但对于他在两者之间近三十年的生活却几乎一无所知。我们知道他在元和中还俗，参加过数次进士考试，但是我们不知道他是靠什么生活的（我们知道令狐楚在他任长江主簿时曾送他礼物相助）。他声称自己极其贫困，这可能是真实的。虽然长江主簿的官位提供了一份薪水，但这好像不是他所喜欢的职务，被认为是一种“贬逐”。840年左右他在长江任满，被调任普州司仓参军，于843年卒于任上。诗人们常常担任卑微的职位，但在地方州府管理粮仓，无论对国家的利益如何重要，则是京城的文学精英们不屑考虑的职位。

贾岛的律诗和古诗之间差别很显著，他的古体诗带有很浓重的孟郊和元和诗的特色。将这些古体诗看成是贾岛较早的作品是很吸引人的想法，但其中大多数无法确定年代。下引诗悼念元和文体家中最矫饰的诗人卢仝，大约作于812至813年间，虽然一个流传久远的故事说卢仝在835年的甘露事件中被杀。[17]这样的一首诗也完全可能出自孟郊之手。

---

〔17〕 见傅（1987），第2册，270－271页。

哭卢仝[18]

贾岛

贤人无官死，不亲者亦悲。空令古鬼哭，更得新邻比。
平生四十年，惟著白布衣。天子未辟召，地府谁来追。
长安有交友，托孤遽弃移。冢侧志石短，文字行参差。
无钱买松栽，自生蒿草枝。在日赠我文，泪流把读时。
从兹加敬重，深藏恐失遗。

虽然贾岛最著名的律诗与上引诗很不相同，我们仍然可以看到一种延续性，不仅体现在贫寒的形象上，而且体现在诗句的措辞上，此类词语构成了展示律诗技巧的精美对联。

冬　夜[19]

贾岛

羁旅复经冬，瓢空盎亦空。泪流寒枕上，迹绝旧山中。
凌结浮萍水，雪和衰柳风。曙光鸡未报，嘹唳两三鸿。

贾岛常常为读者提供可辨认的痕迹：空瓢和空盎；泪痕与故乡山中消失的踪迹相对。在这一对偶的基础上，他提供了一个引人注目的描绘性对句，以精心的技巧为标志。常常如同此处，这一联与前面诗行的联系既有暗示却又很难看出明确的“痕迹”。水上漂流的浮萍是旅行者的通用象征，冬日旅行者和岸边冰冻水面的浮萍有类比之处。整个

〔18〕 31472；齐，8 页。
〔19〕 31594；齐，188 页。

小溪（或池塘）即将冻结，陷住浮萍，与飘过柳树的雪相对应，虽然在这里白色的冰冻之物是流动的。最后，黎明来临，旅行者等待鸡鸣，但听到的却是像他一样作为旅行者的迁徙大雁的尖唳。

这首诗题为《冬夜》，诗人本应切题（既指主题，也指题目），在这里应描写从夜晚到黎明这一段时间。然而，第三联并不是夜晚可清楚见到的景象，而且诗人显然是在室内，并应明智地考虑天气的状况。这一联在技巧上精心构造，却被置于较不精巧的前后诗行之间，这种风格上的分离与眼前实际景象的分离相呼应。这些诗句是诗意的构造：他可能在“冬夜”回忆或想象这些景象，或是在一个冬夜所想象的形象，或可能他在其他时间写好这个对联，现在将它镶嵌入这首诗。唐代诗人意识到必须“切题”，此类对联的频繁出现，倾向于至少将一种“诗歌”从诗歌应该表现直接经验的旧观念区分开来。“诗联”与诗篇分离，这一观念已经隐含于有关贾岛在长安街上斟酌字词的轶事中，这种场合显然远离包含此类对联的诗篇所表现的场景和事件，而正是这些场景和事件构成诗篇的题目和主题。

下引诗既体现了贾岛诗歌的优美，也体现了它在中国诗学主流中所激发的张力。

泥阳馆〔20〕

贾岛

客愁何并起，暮送故人回。废馆秋萤出，空城寒雨来。
夕阳飘白露，树影扫青苔。独坐离容惨，孤灯照不开。

---

〔20〕 31634；齐，240 页。

诗中的场景显然描写诗人的朋友们送诗人到泥阳后返回，留下诗人独自旅行。中间两联的景象是对句技巧的绝好例子，特别是第三联中对光和影的巧用。然而，如果读者不是期待“诗歌”，而是经验的表现，便不可避免地会深感烦恼。朋友们在黄昏时离开，萤火虫出现（夜晚），下起雨来，这个顺序是可能的。然后我们看到夕阳和风中的白露（令人想起夜晚的结束，黎明的到来），阳光确是在“飘”白露（译文加上“风”，因为“飘”通常意味着风）。我们可以将第三联看成在时间上回溯的夜景，但是从自然现象的角度看，这是一首纷乱的诗。我们可以将“废”馆理解为贾岛在朋友离开后的主观情绪，但此词在这里应意味彻底遗弃的废墟。然后我们读到与之对仗的“空城”：现代批评家齐文榜肯定在中唐时泥阳城的“故城”（或是“古城墙”）依然存在，但我们很难找出诗中指的是哪个历史古“城”。

我们提出这些问题，是因为它们很容易并实际上使后来朝代的读者不安（甚至连现代的齐文榜也觉得有必要解释唐代一个小县城里有“空城”）。清代批评家纪昀（1724－1805）起先提出校正，最后也气馁放弃了。关于“白露”，他说：“恐是‘白鹭’；然‘白露’不通，‘白鹭’亦不佳。”〔21〕他的结论是：“且‘萤出’、‘雨来’、‘独坐’，亦不应有‘夕阳’、‘树影’。此诗殊杂凑不可解。”〔22〕并不是诗歌的所有读者都为此而烦恼，但是纪昀代表了一种在后来的传统中根深蒂固的索隐式阅读方法。那些意象作为艺术的构造及模式和情绪的游戏，效果非常好；此外，没有

---

〔21〕 齐，241 页。“露”与“鹭”是同音字。

〔22〕 齐，241 页。

证据显示唐代读者要求诗中所指与实际经验一致。然而，这种对一致性的违背后来对阅读贾岛诗歌产生影响，常常使诗人受到攻击。

下引作于826年的诗，已离开中唐诗歌的主题和风格，开始转向某些场合需要的礼节性诗歌。诗人朱庆餘（朱可久）通过了进士考试，按照惯例回乡报告父母。在诗篇结尾，贾岛礼貌地向朱庆餘保证，他不会在家久待，因为他会被召回任某部之职，即理想的京城职位。

送朱可久归越中〔23〕

贾岛

石头城下泊，〔24〕北固暝钟初。〔25〕汀鹭潮冲起，舟窗月过虚。
吴山侵越众，隋柳入唐疏。日欲躬调膳，〔26〕辟来何府书。

贾岛在此遵循送别诗的标准模式，想象旅行者将开始的旅途。〔27〕先描绘建康（在吴地）的景象，然后从吴地进入朱的家乡越地。到家之后，他将很快被召回长安。〔28〕批评家们常常称赞第三联对偶巧妙，将增长与缩减平衡，也使历史变革与空间移动相对应。

---

〔23〕 31543；齐，113页。

〔24〕 在建康（金陵）。

〔25〕 北固山，在建康下面的长江下游，靠近镇江。此句指的是北固山上甘露寺的钟声。

〔26〕 为父母准备饮食是孝的标准标志。

〔27〕 当然可以根据诗篇本身，将开首的景象理解为分别时的景象，这样诗人便应在金陵（南京）附近。但是这首诗用韵与姚合作于同一场合的诗相同，故我们可以确定姚合和贾岛于826年都在长安。

〔28〕 参看《送董正字常州觐省》的结尾。31545；齐，116页。

然而“诗”联显然是第二联。此联不是贾岛最佳或最有名的对句，但是代表了应景诗中精致雕琢的“景象”。这一景象对长江的风景很合适，但它是普遍性的。此景对诗歌结构并无必要的意义，虽然可以将白鹭的飞走解释为钟声响起的后果。与其说此联在为整首诗做贡献，不如说是整首诗成为此联的框架，带领朱庆餘来到想象中的场所，并在对联结束后继续带他前行。数只白鹭（或一只白鹭）从白茫茫的沙滩上飞起，迎着涌来的浪潮飞去。这一白日景象与白色的月亮从窗前飘过的夜景相对。〔29〕此联首句的大景与缓慢流过的框架内的白色景象相配。如前所述，这一景象是“当地”的，因为它将是朱庆餘旅途中的一个点，没有《泥阳馆》诗中所碰到的意指问题，但这一景象在贾岛的艺术中是非实质的。此联并不是与长江的景色相关，而是与模式相关，是光线、颜色和移动的游戏。

朱庆餘

有关朱庆餘的情况我们了解极少〔30〕，只知道他进士及第的

〔29〕在这里我按“虚”的明显意思理解，但是“虚”与月光同用时常常带有缥缈无形的感觉，指月光的空间。参看杜甫《中宵》：“落月动沙虚”(11635)。在这个意义上，我们的理解便会是月亮飘过时窗户充满月光，而不是月亮的轮廓。

〔30〕朱庆餘的小诗集仅一卷，收一百七十五首诗，出自宋代的版本，不是后来从各种诗歌选集中重构。但是《文苑英华》中保留了未见于此集的一些诗，说明宋本是其诗歌的小集。

日期（826年），他与其他诗人的友谊，包括张籍、贾岛和姚合。人们称他为校书郎，这是文才出色的前进士通常得到的第一个职位。他好像未再升迁。哀悼他去世的诗篇称他为协律郎，但这可能如同惯例，仅是一个名誉官衔。我们可以推测他回到长安，担任最低级的校书郎，未再升迁。大约在829年或稍后的几年回到吴地，因为我们发现他在沈传师任宣州观察使时路过那里（杜牧和赵嘏当时也在那里）。他似乎于九世纪三十年代后期在家乡越地去世。

朱庆餘赠张籍的一首象征性绝句最著名。诗里一位新娘担心自己的容貌，被理解为朱庆餘希望在考试中得到张籍的支持。（最后一行被解为："我的诗歌是否符合考试的要求？"）

闺　意〔31〕

朱庆餘

洞房昨夜停红烛，待晓堂前拜舅姑。
妆罢低声问夫婿，画眉深浅入时无？

张籍的回答据说是肯定的。我引用此条并不是因为这是诗歌历史的一部分，而是说明轶事如何跟随诗人。朱庆餘作此诗赠送张籍的目的，可能如轶事中所称。我们无法知道历史事实，但轶事自有其生命力，界定了朱庆餘，并在历代诗歌选集中如此介绍他。基于这一故事，批评家们只关心他与张籍的关系，将他的诗歌解释为仿效张籍的风格。

〔31〕 27804。

朱庆馀显然得益于张籍的支持，这从下引诗中可以看出。此诗突出地直接向扶持人表示感恩。

上张水部[32]

朱庆馀

出入门阑久，儿童亦有情。不忘将姓字，常说向公卿。
每许连床坐，仍容并马行。恩深转无语，怀抱甚分明。

这首诗的对句差不多消失在连续的散漫诗行中，确实很像张籍。然而，在赠诗给扶持人时模仿其风格，这对一个诗人群的影响可能超过对某一诗人作品的影响。在下面这首诗中，我们就看到这样一个诗人群，其中有贾岛和姚合，同在一个聚会上，时间可能是 823 年秋。[33]

与贾岛顾非熊无可上人宿万年姚少府宅[34]

朱庆馀

莫厌通宵坐，贫中会聚难。堂虚雪气入，灯在漏声残。
役思因生病，当禅岂觉寒。开门各有事，非不惜余欢。

此诗是对贫病穷寒的诗人或一群穷诗人的颂扬的余响。如同诗中的对联，这是诗人在一系列繁杂关注中的暂时歇息。第二联是

〔32〕 27661。
〔33〕 这是傅给的日期（1998）。
〔34〕 27670。

“诗联”，虽然并不巧妙费力。吹进的雪气与渐逝的漏声相配，表明黎明将近。仍然亮着的灯表明诗人们彻夜未眠。诗中不停地回到这样一个事实，即这种团聚和诗歌的场合只是一个幕间休息，相聚不易，公务在身，诗人在离别时带着当夜的情绪。我们完全有理由推断这些诗人并不是真的在坐禅，而是在做诗，不过第六行显示了一种超越寒冷的禅定。

像许多人一样，朱庆馀似乎远离长安时更快乐，如下面这首诗所显示。

泛　溪[35]

朱庆馀

曲渚回花舫，生衣卧向风。鸟飞溪色里，人语棹声中。
余卉才分影，新蒲自作丛。前湾更幽绝，虽浅去犹通。

这是律诗诗人的最出色表演，他躺卧下来，将周围的世界都转化成优美的对联。如前所述，题目也是“主题”，这确实是常被处理的一个普遍主题。既然这是一个普遍的诗歌主题，我们便可提出问题：诗人写这首诗是因为他曾经“泛溪”，还是为了写一首有关此“诗歌”主题的诗而去泛溪，或是他写了一首标准主题的诗却从未上过一只船。在同一诗人群中的另一成员项斯的同题诗中，这种经验与做诗之间的关系变得十分明确。

---

〔35〕 27647。

泛　溪[36]

项斯

溪船泛渺弥，渐觉灭炎辉。动水花连影，逢人鸟背飞。
深犹见白石，凉好换生衣。[37]未得多诗句，终须隔宿归。

此处经验似乎被要求产生出一定数额的“诗句”，诗人戏谑地以未能完成数额为借口而多逗留。这与李贺每天骑驴以“获得”诗句的形象相差不远。我们在下一章将再讨论此点。

顾非熊（约795－约854）和无可

活跃于827年前的这一群体的其他诗人包括章孝标和李廓等，此处则讨论顾非熊[38]和无可[39]，两位都参加了823年姚合家里的聚会。顾非熊是颇为著名的诗人顾况（约生于727年）在晚年生的儿子。根据一些记载，顾非熊为考进士在长安待了三十年，最终在845年五十岁左右时才及第。他在担任了一个县尉的地方低职后，似乎弃官退隐，与其父亲一样隐居在重要的道教中

〔36〕30458。

〔37〕这里在“生衣”的双关语上做文章，既是“夏衣”又是水面的浮萍。事实上空气很冷，小溪应“换衣”了。

〔38〕顾非熊的诗歌独立保存下来一个小集子，很可能是选集，存有七十九首诗。

〔39〕无可的诗集大约是在明代根据各种选集重新编辑的，在《全唐诗》里他名下的一百零一首诗中，有约十首的归属显然是不可靠的。

心茅山。他的名字频繁地出现在九世纪二十年代初至九世纪四十年代中叶的应景诗中。

下面这首诗虽然不很出色，但诗中描绘了来长安的年轻人（以及不那么年轻的人）的情况。“诗人”已经是一个独立的类型。

落第后赠同居友人[40]

顾非熊

有情天地内，多感是诗人。见月长怜夜，看花又惜春。
愁为终日客，闲过少年身。寂寞正相对，笙歌满四邻。

这首诗异常地散漫。这些诗人的突出特点在于，描绘性对联常常不相称地出现在表现平常社交信息的诗篇里。一位朋友离开，顾非熊没赶上告别，因此道歉：

下第后送友人不及[41]

顾非熊

失意经寒食，情偏感别离。来逢人已去，坐见柳空垂。
细雨飞黄鸟，新蒲长绿池。自倾相送酒，终不展愁眉。

柳枝“空垂”；如他赶上，他会折一枝送行。第三联的美丽景色，很可能是他在朋友离开后赶到时看到的景色。但这是诗意的特

〔40〕 27186。
〔41〕 27175。

写，对诗歌的社交“目的”无甚贡献。

无可是这个诗人群在早期的唯一出家人。他是贾岛的堂弟，很可能跟随贾岛到京城。无可频繁地出现在与其他成员一起的诗歌场合。我们对他的生活几乎一无所知，只知道他比贾岛寿命长。

在五代和宋代各种“句图”的名单上，这些律诗巧匠占有显著的位置，他们的作品被记住的也往往是特定的诗联。这些诗联所在的诗篇本身并不出色，如下引诗（以几种文本传世）中充满了意思完全不同的异文。

秋寄从兄贾岛〔42〕

无可

暝虫喧暮色，默思坐西林。听雨寒更彻，开门落叶深。
昔因京邑病，并起洞庭心。亦是吾兄事，迟回共至今。

这首诗的第二联成为宋代诗学中所谓“象外句”的受欢迎的例子，被解释为开门后发现“雨声”原来是落叶声，这可以称为“错误隐喻”。一旦这种解释被附着于此联，它便成为阅读的自然方式。清代的批评家何焯（1661－1722）和纪昀指出，虽然标准的解释是可能的，但夜晚下雨后在早晨发现落叶，此并无任何奇怪之处。〔43〕纪昀具有渊博的判断力，虽然有时未必恰当，但其观点常常令人耳目一新。

〔42〕 44349。
〔43〕 方回，436 页。

马　戴

马戴[44]在823至824年的冬天出现在一个有贾岛、姚合、朱庆餘和无可在场的离别宴会上，当时他一定还是个二十多岁的年轻人。他直到844年才通过进士考试。据傅璇琮推测，他大约于869年去世。如同这个群体中的很多诗人一样，我们知道他参加各种不同聚会的日期，也知道他担任过某些官职，但是不知道他任这些官职的年月。有关他的信息不少，但都不能融合成传记。然而，南宋批评家严羽（可能是帝制社会后期最有影响力的诗歌裁判）认为，马戴是晚唐最好的诗人（应考虑到严羽对晚唐诗歌深为反感）。后代批评家赞扬马戴诗歌的品质与盛唐相关：诗歌具有一种“自然的一致”（“浑成”的蹩脚翻译），与晚唐诗歌中倾向于突出对联的完美对偶和功力相反。

阅读马戴的诗时，我们可以理解为什么后来的批评家做出这种评价，特别是关于选集中所选马戴诗篇的评价。同时，我们可以看到为什么这些盛唐的优点并不一定使马戴成为更优秀的诗人。贾岛的诗歌确实是自觉地运用技巧的“艺术”构造物。他那些最优秀的作品重构了复杂的模式。马戴的诗篇是真正描绘性的，能够产生一个完整的境界。对偶同样明显，但由于不那么复杂难懂而消融于整首诗中，创造出一种整体上统一和连续流动的

---

〔44〕马戴有约一百七十首诗存留下来，不同版本的篇数不同，由于有疑问的归属而导致。这一集子是独立保留下来的，可能本是其诗的一个选集，而不是从各种选集中收集。

感觉。

江行留别[45]

马戴

吴楚半秋色，渡江逢苇花。云侵帆影尽，风逼雁行斜。
返照开岚翠，寒潮荡浦沙。余将何所往，海峤拟营家。

这是恢宏而美丽的长江景色，引发了诗人乘船前往神仙世界的欲望。这确乎是当时那一刻的灵感（令人想起贾岛的对句有时显示出作为艺术构造的独立存在，与题目所述情况不相称）。然而在某种更深的层次上，马戴仍然是典型的晚唐诗人。在他的许多最优秀的诗篇中，我们发现无论是在一行中或是一个对句中，都出现这种对单一的诗意时刻的典型关注，这一时刻成为全篇的焦点和中心。在下面这首诗中，记忆创造出单一而美丽的景象，既代表又隐藏僧人的在场：在夜雨中爬山，最后看到佛像前一盏点亮的灯。

寄终南真空禅师[46]

马戴

闲想白云外，了然清静僧。松门山半寺，夜雨佛前灯。
此境可长住，浮生自不能。一从林下别，瀑布几成冰。

---

〔45〕 30526；杨军，2 页。
〔46〕 30526；杨军，9 页。

第二联所记忆或想象的景象是在“浮生”中唯一固定永久的意象，催促诗人离开前行。从很多方面来看，这是晚唐诗歌技巧的经验对等物，其中特定的点和精雕的对句，是作为连接整首诗的中心的诗意时刻。这种艺术反映了一种注意力的自律，既表现在使其完美的精心修饰过程中，也表现在阅读它的过程中。这是一种与盛唐诗不同的艺术。

雍　陶

雍陶〔47〕首次出现是在822年，他于两次进士考试落第后写信给白居易。没有证据表明白居易曾回复。这位后来在京城诗人群中取得一定声望的年轻诗人，对白居易来说是微不足道的。直到825年，我们才见到他出现在贾岛和姚合的圈子中。从这时开始，他便成为这个圈子里一位重要成员。雍陶是四川人（虽然傅璇琮认为他是四川东部的夔州云安人，而不是成都人）。他于834年进士及第，但是似乎一直未有官职，直到约二十年后，在852年才任国子监《毛诗》博士。在854年他成为某州刺史，但好像未再升迁。

---

〔47〕现存雍陶诗约一百三十多首，其中相当大的部分是从《万首唐人绝句》中重辑的绝句。虽然他的许多其他诗作保存于《唐音统签》，他的诗歌中一半以上的非绝句诗出自选集。较早的书目记载了一部五卷或十卷的诗集。合在一起，说明洪迈所读的是一个很大的诗集，但我们现在只有明代重编的一个集子，可能采自选集及雍陶作品的一个小集。

雍陶是个很有才气的诗人。据现存资料，他颇恃才傲物。他比大多数同时代人更善于将对句的技巧融入诗篇中。

寒食夜池上对月怀友[48]

雍陶

人间多别离，处处是相思。海内无烟夜，天涯有月时。
跳鱼翻荇叶，惊鹊出花枝。亲友皆千里，三更独绕池。

这首诗的美在于它构造的空间。诗人围绕着一个倒影纷繁的池塘独步，在圈子之外是远方的空间，引向朋友所在的遥远地方。圈子里是近在眼前的池塘，由于运气好，天气晴朗，月光明亮，水池倒映出较大的世界。诗篇开始于一个令人愉悦的普遍观念：人类命定的不断聚合、分离和思念。诗人似乎总是在“处处”移动。眼前的景象是他“处处”去的地方之一，却是一个很幸运的地方，在一个有月光但没有雾霭的夜晚。按照诗歌惯例，水中月影令人想起那些虽相隔遥远却也正在望月的人，如同刘得仁在赠雍陶的一首诗开头时简单而美丽的描绘：[49]

圆明寒魄上，天地一光中。

回到雍陶的诗篇，突然一条鱼从那个镜子中跳起，扰乱水面的倒影，使诗人的思想转向外部。接着，也许是被鱼的声音惊吓，一

〔48〕 27889；周啸天，16 页。
〔49〕 29857。

只鸟飞离明镜似的池塘。诗人的思想也飞向他亲爱的人。诗篇然后从遥远的外部世界回到圈子内的实际空间。他的思想指向外部，但他却始终围绕着池塘，朝内看着倒影的水面。这种以对实际的具体事物的内向注视作为外部世界的反映，可以说是晚唐诗法的一种寓言。这一模式几乎清晰可见。

雍陶所在的四川是争夺激烈的边关。我们前面提到南诏在829至830年间的入侵。吐蕃王国已不再如以前那样好战扩张，但吐蕃的很多地区及唐朝的西部是文化混合和军事争夺的地区。也许我们可以在下面这首诗中发现上引诗及有关雍陶诗法的关键：

塞上宿野寺〔50〕

雍陶

塞上蕃僧老，天寒疾上关。远烟平似水，高树暗如山。
去马朝常急，行人夜始闲。更深听刁斗，〔51〕时到磬声间。

在前面那首围绕池塘的诗里，第三联突然将注意力转向模式的优美细节，表面上将思想从远方朋友那里转开，但实际上却引回到他们身上。此处我们在描绘性的第二联也看到同样的运动。我们是在边关，虽然不太清楚到底在哪儿，但是蕃僧的出现说明可能是在四川的某个地方。这是一个寒冷的、危机四伏的世界。秋天是战争的季节，蕃僧很早就关闭大门。寺院是个安全的避风港。必须赶路的人一早匆匆上路。附近住着军队，刁斗之声与寺院磬

〔50〕 27888；周啸天，15页。
〔51〕 军营里晚上敲的斗为“刁斗”。

声相融。然而描绘性的第二联是寺院的审美对应物：黑暗而危险的树和雾霭构成诗歌的模式。

在这些例子中，从散漫转向精雕的对句并无不协调之处，与前引顾非熊诗不同；相反，对句的封闭世界反映或延续诗篇的大主题。下面这首诗是雍陶最精美的诗篇之一，其中包含了前面讨论过的那一对句。

秋居病中[52]

雍陶

幽居悄悄何人到，落日清凉满树梢。
新句有时愁里得，古方无效病来抛。
荒檐数蝶悬蛛网，空屋孤萤入燕巢。
独卧南窗秋色晚，一庭红叶掩衡茅。

虽然诗人年轻时也完全可能生过病，但我们倾向于将这首诗看成是其晚年的作品之一，特别是置于九世纪三十年代中叶开始的对七言律诗的新兴趣的背景。如果我们将这首诗与许浑或是杜牧的七言律诗相比，就会看到在很大程度上，雍陶只是将五言诗的技巧搬到七言诗。

七言律诗的一个试金石是把首联和尾联连在一起读，看是否组成一个完美的七言绝句。如果首联和尾联放在一起不能成诗的话，或是不能成为诗篇的简短版本的话，那么中间的对联就是“活跃”的，对诗篇是必要的。在很多情况下（如上引雍陶的

〔52〕 27902；周啸天，29 页。

诗），这个“巧计”显示了中间的对联在多大程度上是镶嵌在框内的精美宝石。

> 幽居悄悄何人到，落日清凉满树梢。
> 独卧南窗秋色晚，一庭红叶掩衡茅。

此二联很容易就可以作为绝句保存下来，用同一题目而无任何不相称之处。

如果说首联和尾联是中间对偶联的形式“容器”，那么它们也是有关包容的：诗人被困在家，并且抱病，中间的对句描述他的所为所见。实际上他的所为和所见是相同的：他的行动涉及为诗篇“获得”新的对句，这与抛弃治病的古方相对。

如果一位诗人在第二联中讲述找到诗句，往往会出现完美精致的第三联，表明这就是诗人找到的诗句。[53]在这首诗里第三联就是诗歌的宝石，包含在首联和尾联之间。这颗诗歌宝石当然神秘地反映了它的容器，延续了前面讨论过的“堵塞”和“通过”的主题。蝴蝶被陷等待死亡，屋外夕阳渐黯，代之以室内萤火虫的微小光亮，从白天进入夜晚，并进入室内，发现燕子（秋末离开时）留下的空巢。这首诗以此联为中心而构造，它通过对各种关系的暗示及此处的精致模式，承担着注意力的重量。

雍陶的诗歌只有部分存世。也许最能体现他的诗歌全貌的是绝句，这在洪迈的《万首唐人绝句》中有丰富的保存。

---

〔53〕 可以和姚合的《闲居晚夏》相比较。

宿大彻禅师故院[54]

雍陶

竹房谁继生前事，松月空悬过去心。
秋磬数声天欲晓，影堂斜掩一灯深。

我们后面还将讨论尾句的优美形象，但此处我们可以看到雍陶使意象充满共鸣的独特才能。诗中的“灯”是一个含义丰富的意象，在禅宗里象征传法，“影堂”如前所述，置有已故僧人的画像。此灯彻夜长明，延续了月亮作为“过去心”的意象，并将之想象为天将破晓之前的景象。

上面提到的诗人们在九世纪二十年代前半叶已常聚在一起写诗。在826年文宗即位后，这个圈子中开始出现新的诗人。年轻的这一代从小就阅读同一群体中较年长诗人的作品。在祝贺顾非熊于845年通过进士考试时，刘得仁以此开头：[55]

愚为童稚时，已解念君诗。

五言律诗的保守艺术在晚唐的典型变调传给了下一代。如果说灯的传递是禅宗的传法意象，那么夜寺里燃烧之灯的意象也被从一代传给了另一代。

---

〔54〕 27959；周啸天，65页。
〔55〕 29844。

周贺（僧名：清塞）

我们在前面述及《哭闲霄上人》时，已经看到周贺[56]故意模仿贾岛悼念柏岩和尚的诗篇。这首诗中的一个对句成为有关周贺的最著名轶事的中心。据说悼念闲霄的诗被送呈姚合，姚合特别喜爱下面一联：

冻髭亡夜剃，遗偈病时书。

由于姚合十分欣赏这首诗，他劝说周贺还俗，复用俗姓。

虽然这一轶事显然不足为信，但是如同很多这样的故事，它包含着更深层的象征性真实。正如周贺的诗篇模仿贾岛，这个轶事重演了贾岛的故事：他在韩愈的催促下还俗。周贺在这里面是追随者；正如追随者通常的那样，周贺的诗比贾岛本身更像理想的贾岛。周贺首次有记载的露面是在827年或828年赠朱庆餘的一首诗，很显然他是作为较年轻的诗人加入一个著名的诗人群。有关他的生涯我们所知甚少，仅知道他有很长时间在庐山一带度过，在九世纪三十年代的大部分仍是僧人。他频繁出现在这群诗人的聚会上，似乎与姚合关系特别亲密。

严羽认为马戴是这一时期最优秀的诗人，而清代的诗人兼批评

---

[56] 周贺约有九十首诗存留下来。虽然他的诗集单行本据称是从《唐僧弘秀集》中抄来，但集中大多数诗篇在宋代的选集中也能找到，如《文苑英华》和《唐诗纪事》。这说明此集实际上是根据这些资料编集的。

家翁方纲（1733－1818）则认为周贺是这一时期最优秀的诗人。翁方纲认为周贺是“中唐末及晚唐初”最出色的律诗诗人。〔57〕尽管这样限定日期似乎可笑，但这正是我们所探讨的时期。周贺确实是一位对句大师。

题何氏池亭〔58〕

周贺

信是虚闲地，亭高亦有苔。绕池逢石坐，穿竹引山回。
果落纤萍散，龟行细草开。主人偏好事，终不厌频来。

这里中间对偶的二联与前后作为框架的平庸联句在风格上有着显著的差别。实际上周贺可以保留首联和尾联作为赞美任何人的亭子的通用背景。中间二联与这一特定框架并无任何密切结合之处，但其本身是鲜明突出的。第二联描绘轮廓，池塘和山的轮廓，这一轮廓构成诗人从开阔的池塘到竹林的移动空间。虽然诗人无法看到引导他运动的整个空间，他的移动是受限的。

同样的模式也小规模地出现在第三联里，其中固体的事物以其轮廓赋予其他事物形状，首先掉进水里，然后从水下浮到水面。读者的注意力先被吸引到果实掉进水里的“扑通声”，眼光追踪那已看不到的东西（果实沉下水底），于是注意到水草微动，标志着龟的出现。

周贺似乎特别喜爱隐藏的或是半隐藏的痕迹：

〔57〕 翁方纲，《石州诗话》（北京：人民文学出版社，1981），68 页。
〔58〕 26857。

入静隐寺途中作[59]

周贺

乱云迷远寺，入路认青松。鸟道缘巢影，僧鞋印雪踪。
草烟连野烧，溪雾隔霜钟。更遇樵人问，犹言过数峰。

这是一个充满希望的旅行者在寻找各种痕迹：青松，僧人留下的鞋印，寺院的钟声。只有到了最后，他才发现离寺院仍很远。

虽然贾岛及这群诗人中的较年长者也写七言律诗，但是像周贺和雍陶辈的较年轻诗人更成功地将晚唐对联移入了七言诗。

送忍禅师归庐狱[60]

周贺

浪匝溢城狱壁青，白头僧去扫禅扃。
龛灯度雪补残衲，山日上轩看旧经。
泉水带冰寒溜涩，薜萝新雨曙烟腥。
已知身事非吾道，甘卧荒斋竹满庭。

即使我们仅选择了数量不大的大致同时代的诗篇，细心的读者可以注意到，相同的意象重复出现，被改装成新的语词。在马戴的《寄终南真空禅师》中，我们特别指出过下面的诗句：

夜雨佛前灯

〔59〕 26891。
〔60〕 26930。

在《宿大彻禅师故院》里，雍陶在绝句结尾用了相似的意象：

　　影堂斜掩一灯深

在周贺的诗中僧人出现时：

　　龛灯度雪补残衲

我们常常发现一个意象在诗篇中似乎很突出新颖，但是读了更多诗以后，便发现在其他不同诗人的作品中也有相似的意象。这是这些诗人的艺术的本质：他们的成就不在于发现新的意象，而是在于修辞、布局及将诗句融入更大的模式。马戴的明灯是记忆的焦点；雍陶的灯是很多事物的焦点；在周贺的诗中则是微小的灯光与从山后升起并照亮僧人阅读的朝阳相对属。意象本身是暗示的，带有自己的各种联想，但是它的力量却由于被重复用于新的诗境而不断变化。

刘得仁

除姚合以外，这些集会互赠诗篇的诗人，有些进士落第，有些进士及第但仕途前景不佳。至九世纪三十年代，很多人已经不太年轻。对诗歌的共同爱好使这些背景大不相同的人聚集起来。他们来自不同地区，其中包括僧人、许多家庭明显未有任何仕宦历史的人，及一位宰相的儿子（李廓，我们在谈到文宗建议设诗学士时曾提及）。

刘得仁[61]是皇室成员，很可能是某位王子的外孙。[62]他从九世纪三十年代中叶开始在诗歌集会和赠答诗中出现。考虑到对皇室成员的“赞助性措施”，特别是在文宗朝，以及其兄弟们的成功，刘得仁在政治上的失意惹人注目。僧人栖白在哀悼他的一首常被引用的诗篇中（有很多不同异文），以此开头：

忍苦为诗身到此，冰魂雪魄已难招。

刘得仁常常谈到写诗的艰辛。留心阅读他存世的诗歌，我们看到那些艰辛是有收获的。这从他那些体现了时代特色的优美对句中可以看出，如下引例子：[63]

岸浸如天水，林含似雨风。

选字的艺术越来越明显，如在下引对句中，颇为幽默的对仗因为动词“握”而更加丰富。“握”字通常用于人，但在这里却转移到了茫然不知、站立不牢的鸟身上：[64]

---

〔61〕 存留下来的刘得仁诗歌约有一百四十首，其中大多数收于《文苑英华》，说明诗集是后来在某个时代重新编辑的。

〔62〕 见傅（1987），第5册，321页。

〔63〕 29812。

〔64〕 29874。

吟身坐霜石，眠鸟握风枝。

虽然刘得仁使用标准的律诗意象，但是他常常通过布局而创造出新奇的时刻，如下引例子：[65]

石溪盘鹤外，岳室闭猿前。

因为翻译成“盘旋”的“盘”也可以描绘飞鸟旋转地飞翔，我们可将首句理解为“在盘旋的飞鹤以外的石溪”。然而对句使我们只能翻译成现在的译文。同样，我们也可以将第二句理解为“在猿开始叫之前”，驱散一些奇怪之处。但是对仗使读者更倾向于从空间的角度来理解。这种对仗的艺术有力地指向语词的世界，而这一世界无法通过想象一个指明的景象来稳定。

项　斯

诗人施肩吾在进士及第后，决定不入仕途而致力于学道，他向礼部侍郎献上下引名联：[66]

九重城里无亲识，八百人中独姓施。

---

〔65〕 29827。
〔66〕 26117。

简而言之，施肩吾在长安谁也不认识，在参加考试的人中是唯一姓施的。这一对句提醒我们，唐代精英构成不仅是十分严密的一个圈子，而且一个新来的人在这个世界中极其深切地感到是个外人。诗人的群体似乎是姓氏不那么重要的一个地方。施肩吾加入了这一群体，但是显然这对他还不够。

施肩吾可能为自己的姓而感到不自在，但这只是因为他的姓在唐代精英中不常见。项斯〔67〕则完全是另一回事。如果说刘得仁在我们的诗人群中代表了贵族，那么项斯则代表了家族无仕宦历史的乡绅。虽然他与古代的伟人项羽同姓，但整个唐代项氏人士出名的极少见。〔68〕诗歌是连接此类寒族出身的人与官员的首要手段，而他确乎从小就以诗人著称。〔69〕

张洎是张籍和项斯诗歌在南唐的热情编辑，他大谈张籍对项斯诗的欣赏，以及两人诗歌的相似之处。项斯有一首赠张籍的诗，表明他们在九世纪二十年代初即认识。〔70〕项斯在832年开始出现在贾岛和姚合圈子的诗歌场合中。他似乎游历很广，毫无疑问是在寻找扶持人，他的诗歌和人品都得到广泛的称赞。在数次落第之后，他终于在844年进士及第。最后，他约于845年进入仕途，得到润州当涂县尉的低职（诗人许浑于五六年前任县令的

〔67〕 项斯有不到一百首诗保存了下来，收在一个集子里，似乎是独立保存下来的。诗集中包括了一些有多种归属的诗。

〔68〕 傅璇琮、张忱石和许逸民的《唐五代人物传记资料综合索引》（北京：中华书局，1982）只列了四位姓项的：诗人项斯、两位画家及姓氏便览《元和姓纂》中列出的一位代表。

〔69〕 参阅："自小诗名在"（30446）。

〔70〕 30439。张籍集中所收张籍赠项斯的诗，很可能出自王建之手；见佟培基，267页。

地方）。但他的成功为时不长，我们可以推测他在845至847年间卒于任所。傅璇琮认为他大约生于802年，这一推测基础很不牢靠。[71]

项斯的诗歌很平淡，在他的作品中很少发现类似贾岛、雍陶、周贺或刘得仁的突出对句。在下面这首诗中，我们可以看到一些张籍似的散漫律诗风格：

中秋夜怀[72]

项斯

趋驰早晚休，一岁又残秋。若只如今日，何难至白头。
沧波归处远，旅食尚边愁。赖见前贤说，穷通不自由。

喻凫

喻凫[73]是最后加入以姚合和无可为首的正在逐渐年老的群体的诗人之一，他将我们带入新的一代，但这是一个维持老风格的新一代。喻凫在840年进士及第，当时他在京城已经待了十年左右。他与这个群体的诗人交换诗歌始于九世纪四十年代初。[74]他还认识李商隐。像项斯一样，他也是在入仕不久担任县令时去

[71] 见傅（1987），卷3，330页。
[72] 30479。
[73] 喻凫存有一个小集子，收六十多首独立存留的诗。
[74] 喻凫的姓氏与项斯的同样偏僻，我们由此可以推测其家庭背景情况亦然。

世。傅璇琮推测喻凫的生卒年为810－850年。

《唐诗纪事》引用《北梦琐言》说喻凫视贾岛为其楷模。虽然这从他的诗歌来看是很明显的，如同其他几个加入这个群体的年轻诗人一样，但是他的描绘性对句常常更富戏剧性，不如贾岛的节制。

浴　马[75]

喻凫

解控复收鞭，长津动细涟。空蹄沈绿玉，阔臆没连钱。
沫漩桥声下，嘶盘柳影边。常闻禀龙性，固与白波便。[76]

当然这是一首描绘性的诗，不能完全与应景诗相比较。项斯在对句方面的突出技巧，可从下引对句看出。诗人的马面对汹涌的波涛时却步，与之相对的是雄鹰冲入云霄。

晚次临泾[77]

喻凫

路入犬羊群，城寒雉堞曛。居人祇尚武，过客谩投文。
马怯奔浑水，雕沈莽苍云。沙田积蒿艾，竟夕见烧焚。

喻凫的诗在视觉上常很壮丽，开头的夕阳映照城墙与结尾的夜火

〔75〕 29744。
〔76〕 “便”在这里读成pian，“安于”的意思，英文译成“自在”。
〔77〕 29748。

焚烧相呼应。这首诗还提供了一个细节帮助我们了解这些诗人的生活：旅行者献上一首诗，期望得到报酬，毫无疑问希望得到食宿。而这里靠近边关，诗歌无人欣赏。我们可以推测其他地方不是这样。我们在这里看到一个流浪的职业诗人，靠自己的艺术生活，然后继续旅程。

虽然如我们将看到的，七言律诗在九世纪三十年代末和四十年代越来越受欢迎，但是后来的一代将五言律诗延续到九世纪下半叶。年轻的李频崇拜姚合的诗歌，拜姚合为师，最终成为他的女婿；李频的集子较大，是独立地保存下来的，里面主要是五言律诗。还有方干，他在三十年代加入这个诗人群，直到九世纪下半叶还在继续创作。我们也不应该忘记主要追随者李洞，他一直到世纪末还在写诗，并在贾岛像前念佛般地祷念其名。

对技巧的热情专注成为一种平常之事，导致诗人们做出在较早的时期会显得奇怪的宣称。诗人们似乎忘记了他们的艺术曾经是才能的体现及对国家有用。李珏有关诗人在政治中无用的抱怨被颠倒了过来：杜荀鹤（846－904）为了让一个可能的扶持人推荐他去京城，夸口说自己除了诗歌以外，对什么都不感兴趣。

投李大夫〔78〕

杜荀鹤

自小僻于诗，篇篇恨不奇。苦吟无暇日，华发有多时。
进取门难见，升沈命未知。秋风夜来急，还恐到京迟。

---

〔78〕 38492。

此处入迷的同时也是半职业的诗人，显然在为自己的产品做广告，希望推荐之“风”将他吹到长安。杜荀鹤宣称自己持续地、绝对地忠于技巧，以致没有任何空余时间。诗歌曾经是一个年轻人全面教育的一个附属部分，他可能成为皇帝的顾问、州府的行政官员或甚至军事战略家。但是在这里，诗歌是“诗人”的产品，是他唯一的“事业”，而这位诗人需要一份工作。

第五章　李贺的遗产

在816年，即元和十一年，李贺去世，年仅二十六岁（按照中国的算法是二十七岁）。[1]考虑到其创作生涯之短暂，李贺有两百多首诗歌存世，可见其创作之丰富。李贺的风格很独特，既具有元和一些同时代诗人如卢仝的特点，总体来说又更受到八世纪最后十年至九世纪开首二十年诗歌创作上大胆和创新精神的影响。至820年元和朝已经结束，这一时代的创新已经疲乏，诗歌创作明显地转向保守。

李贺去世时未留下诗歌“子息”，如他确实没有孩子一样。这两种后嗣的形式并非完全没有联系：整理一个诗人的“文学遗稿”（唐代的文学作品集在825年前一般皆是如此）是作者的儿子的任务。作者有时候也把作品集托付给朋友，特别是当自己的孩子文学上不够出色，及缺乏保证文集流传的关系。李白就是这么做的。李贺似乎也是如此，他将自己诗歌的一份手稿托付给当时还很年轻的朋友沈述师。[2]

---

〔1〕 李商隐说他二十四岁时去世，这是错误的。但在早期的中国评论中，人们常常引用这个数字。

〔2〕 李贺的手稿可能也给了其他人。很可能有些诗篇是独立流传的。

李贺的选择并不明智，不过长远来看最终还是奇特地得到最好的结果。沈述师保存着李贺的文稿，但很快便忘诸脑后。文稿显然放在他的行李里长达约十五年之久。在831年11月或12月初的一个夜晚，沈述师居于其兄在宣州的官邸，酒后难以入眠。当他翻箱子找东西时，发现了李贺的诗歌。沈述师显然酒后伤感，想起尚未尽遗稿整理人最明显的责任，即为文集提供一位文学名人写的序，他对自己的疏忽深感内疚。沈述师想到一位朋友，一位二十九岁年轻有为的作家，也在其兄幕下。沈想着便立即行动，不顾常理半夜便派人送信去杜牧的住处，请他写序。

对这种深更半夜的请求杜牧大为吃惊，他拒绝了，这是可以理解的。沈述师继续请求，直到杜牧最后答应，写了无疑是唐代文学中最奇特的一篇序。一般序中常常会讲到写序的人如何被一再请求作序，所以杜牧描述了手稿的故事，这并不太奇特，虽然此故事不同寻常。杜牧的序与其他所有序文的不同之处在于他显然不赞赏李贺的诗歌。杜牧的结论是：

> 盖骚之苗裔，理虽不及，辞或过之。骚有感怨刺怼，言及君臣理乱，时有以激发人意。乃贺所为，无得有是！贺能探寻前事，所以深叹恨今古未尝经道者，如“金铜仙人辞汉歌”、“补梁庾肩吾宫体谣”，求取情状，离绝远去笔墨畦径间，亦殊不能知之。贺生二十七年死矣，世皆曰：“使贺且未死，少加以理，奴仆命骚可也。”〔3〕

〔3〕《樊川文集》，149页。

最后一句在到底谁是奴仆的问题上故意模棱两可。即使我们按照这段话最宽广的意思来理解，赞扬的也不是杜牧当时阅读的李贺，而是李贺可能成为的样子。理，翻译成“事物之秩序”和“秩序”（如“好的统治”，一个标准的唐代用法），其意思会被现代的文学读者称作“意义”。〔4〕这一段话的意思是，李贺的诗歌依赖华丽的辞藻和新鲜的观念，但缺乏唐代价值观中那种涉及社会政治世界的深度。在与一般指称屈原诗歌的“骚”比较之时，这种社会政治参与在读者心中会引发深刻的感情，而这种深刻的感情赋予作品感染力。实际上杜牧是在说李贺的诗歌十分空洞。

年轻的杜牧很“严肃”，是唐代传统意义上的那种严肃。他把自己的严肃态度带到了对李贺的评论中，而李贺则是完全不同的诗人。杜牧的序中最能表露他心迹的话是上引段落之前的一段，它既可以理解为赞赏也可以理解为讽刺，但是在九世纪三十年代诗歌价值观变革的情况下，其意义是深远的。

> 云烟绵联，不足为其态也；水之迢迢，不足为其情也；春之盎盎，不足为其和也；秋之明洁，不足为其格也；风樯阵马，不足为其勇也；瓦棺篆鼎，不足为其古也；时花美女，不足为其色也；荒国陊殿，梗莽丘陇，不足为其恨怨悲愁也；鲸呿鳌掷，牛鬼蛇神，不足为其虚荒诞幻也。〔5〕

---

〔4〕在这里我们应该非常注意这个词在当时的分量。如欲了解相反的观点，参看陈子建的文章《杜牧李长吉歌诗序理义辩》，《社会科学研究》，1988年第6期。

〔5〕《樊川文集》，149页。

这段话很精彩，实质上在宣称李贺的诗歌超越了世界上所有相同特质的事物（或指附属于易于接触的经验世界的神仙世界）。这样李贺的特质在诗歌中比在现实世界中更能完美地体现。“严肃”的杜牧不得不摒弃李贺的诗歌世界，因为李贺的诗歌从杜牧的唐代意义上来看不“严肃”：它没有提供道德和政治教训，未能使人因为诗人参与这些问题而引发深刻的感情。这是完全不同的一种诗歌。但是任何人阅读杜牧在九世纪三十年代的作品，都会看到他阅读李贺所受到的影响。杜牧不像同时代的一些诗人，他从未公开模仿李贺的诗歌，但显然他对李贺的描述对自己有影响，从而创造出一个比任何经验世界更为真实的“诗歌”世界。此外，杜牧承认自己受到这些“诗歌”景象的诱惑，而这些“诗歌”景象缺乏对政治之“理”的惯有的严肃反映。

涉及“理”的诗篇往往具有与某一具体历史时刻相关的题目或序，由此可与某一特定情况相联系。李贺最著名、最典型的诗篇却无此等标记，模仿他的诗篇一般也没有，所以很难确定李贺的诗歌何时开始产生影响。我们可以在李商隐作于九世纪三十年代的诗篇中看到李贺的影响，也可以在温庭筠作于不早于九世纪三十年代或更迟得多的诗篇中看到。我们还看到受李贺影响的其他数位小诗人都是杜牧的熟人或朋友。很可能带有杜牧的序文的李贺诗集在九世纪三十年代初开始流传并产生影响，但我们不能确定此点。杜牧的评判也许是否定的，但这是一种引人注目的评判，指向诗歌可能具有的吸引人的价值观，一种与律诗巧匠的价值观既不同又接近的价值。

李商隐的《李贺小传》约作于832至835年间。[6]此传与杜牧的序同样异乎寻常。李商隐从杜牧的序中得到灵感，开始寻找诗歌背后的诗人。与大多数传记不同的是，李商隐在撰写过程中实际地访问了李贺的姐姐。他发现“诗歌背后的诗人”不是屈原式的人物，不是因个人失意或是政治社会弊病而受折磨的人。相反，他发现的也许是他自己所要寻找的东西：一个完全沉浸在自己艺术之中的“诗人”形象。虽然这一形象与律诗巧匠“苦吟”诗学的形象有明显相似之处，但是这一形象远为奇特和极端。

> 京兆杜牧为李长吉集叙，状长吉之奇甚尽，世传之。长吉姊嫁王氏者语长吉之事尤备。长吉细瘦通眉，长指爪。能苦吟疾书，最先为昌黎韩愈所知。所与游者王参元、杨敬之、权璩、崔植辈为密。每旦日出与诸公游，未尝得题然后为诗，如他人思量牵合以及程限为意。[7]
>
> 恒从小奚奴，骑距驴，背一古破锦囊，遇有所得，即书投囊中。及暮归，太夫人使婢受囊出之，见所书多，辄曰：“是儿要当呕出心乃已尔！”上灯与食，长吉从婢取书，研墨叠纸足成之，投他囊中。非大醉及吊丧日率如此，过亦不复省。王、杨辈时复来探取写去。长吉往往独骑往还京雒[8]，所至或时有著，随弃之。故沈子明家所余四卷而已。

---

〔6〕李商隐称杜牧为“京兆杜牧”，这一称呼只有在835年杜牧担任监察御史之前才合适。因为李商隐读了杜牧的序，所以小传的日期不会早于832年。

〔7〕这一长句的语法复杂，可以有不同的理解。

〔8〕他很可能旅行于昌谷的家和洛阳之间。

长吉将死时，忽昼见一绯衣人驾赤虬，持一板书若太古篆或霹雳石文者，云："当召长吉。"长吉了不能读，欻下榻叩头，言阿母老且病，贺不愿去。绯衣人笑曰："帝成白玉楼，立召君为记。天上差乐不苦也!"长吉独泣，边人尽见之。少之，长吉气绝。常所居窗中勃勃有烟气，闻行车嘒管之声。太夫人急止人哭，待之如炊五斗黍许时，长吉竟死。王氏姊非能造作为长吉者，实所见如此。

呜呼！天苍苍而高也。上果有帝耶？帝果有苑圃、宫室、观阁之玩耶？苟信然，则天之高邈，帝之尊严，亦宜有人物文采愈此世者。何独眷眷于长吉而使其不寿耶？噫！又岂世所谓才而奇者，不独地上少，即天上亦不多耶？长吉生时二十七年，位不过奉礼太常，时人亦多排摈毁斥之。又岂才而奇者，帝独重之，而人反不重耶？又岂人见会胜帝耶？〔9〕

在李商隐的《李贺小传》的传奇气氛背后，我们认出韩愈《调张籍》〔10〕中的诗人形象。在那首诗中，无情的天帝派李白和杜甫来到人间受苦，以使他们能够写出优美的诗歌，然后派天兵将这些诗歌收集带回天上。然而李商隐的故事不同，这种差别很说明问题：李白和杜甫写出优美的诗歌，是因为天帝让他们在生活中受苦。李贺不为世人所欣赏，但是李商隐说李贺并没有因此而难过，政治生活经验也不是他的诗歌背景。李贺完全

〔9〕 叶（1959），358－359页。
〔10〕 17922；钱仲联，989页。

沉浸在他的创作中，如果他受苦，“呕出心”，那是因为他在诗歌创作中花费了心血。

《小传》反映的是九世纪三十年代的价值观，回顾性地将此价值观赋予了李贺，并实现于他的形象，记住此点很重要。与韩愈的李白和杜甫不同，与此前占主导地位的诗歌观念也不同，在这里诗歌不是经验世界的产物，特别不是社会政治世界的产物。李贺“是”诗人，无论他在社会和政治生活的经验如何。当他只能写诗时，他更是诗人。如果他致力于诗歌，他作的不是当时通行的社交诗。李贺（根据我对上引段落的理解）确实也写社交诗，但是他不费精力和思想地写此类诗。他真正努力撰写的是一种完全不同的诗歌：是他与“小奚奴”旅行时发现的诗行，是那些在晚间重新修改雕琢的诗行。

李贺确实是苦吟的诗人，“煞费苦心地创作”。然而，九世纪三十年代最出名的诗人姚合和贾岛也是这么宣称的，而他们的作品几乎都是社交诗。李商隐的李贺与他们有相似之处：诗歌“花费时间”，是被雕琢出来的东西，而不是一时的灵感。诗歌是诗人每天都创造的东西，就像一种职业。[11]李贺与这些律诗巧匠的不同之处在于一个细节：一旦一首诗完成后他便不再感兴趣。有时诗到处乱放着，别人可以抄写，有时他干脆扔掉。这是一种对艺术的热情追求，为了艺术本身而创作，而不是为了获得作为产品的诗篇。这与白居易的诗歌观念完全相反：白居易将诗歌视作数量不断积累增加的“资本”，将其保存于清楚地刻上自己名字的专用书柜里。在《调张籍》里，李白和杜甫的诗歌创作也是

〔11〕 亦参看贾岛《戏赠友人》中需要每天写诗的设想，93页。

“资本”，由上天来收集，天帝被想象成一位不在的地主。有关贾岛的众多轶事之一，流露出一种诗歌创作的感受，更接近于白居易的观念，而离李贺则比较远：每年元旦，据说贾岛都将自己一年来创作的所有诗篇展开，祭之以酒肉，因为它们在一年来消耗了自己的精神。[12]各种轶事和诗篇中的意蕴，合起来生动地展示了围绕诗歌和创作的一套问题。这些讨论确实属于九世纪，在八世纪有关诗歌创作的话语中几乎完全没有出现。

“理”在中国思想中是个很重要的词语，虽然在唐代它具有“政治秩序”的简单习惯意义。杜牧称李贺诗歌中所体现的各种特质，比平常世界的经验要更完美，但是李贺的诗歌缺乏“理”。杜牧在这里关心的不是微妙的哲学问题：他可能仅意谓李贺的文采使他的其他特质黯然失色。然而，杜牧对李贺诗歌的描绘至少播下了一个深刻矛盾的种子，表明诗歌中可能存在一种与唐代普通的道德政治文化不同的“理”。

如果将表面上如同李贺作品一样破碎和难以捉摸的楚辞搁置一旁，杜牧指责李贺的诗歌缺乏“理”还是有一定道理的。唐代诗歌倾向于并置结构，每一行都是独立的谓语，但是读者的期待往往很容易将那些碎片融成一个统一的整体（就像王逸在楚辞的行间注所尝试的那样）。这种一致性就是“理”。例如，如果一个诗人在贬逐时感到痛苦，他对周围世界的描绘就会与这种思想情绪相融，诗中便具有一个主观的、经验的一致性，使唐代读者感到满意。李贺诗歌的并置结构更为极端：行与行之间的意思跨度

〔12〕 周勋初，1114页。

更大，从而创造出语言破碎而只有部分一致的效果。他的诗中还经常缺少假设的主体，无论是历史的诗人还是传统的人物，使读者难以将那些意象理解为各种感知、情绪及思想的统一意识。李贺诗歌有时具有一种梦幻似的效果，这种破碎意象的部分融合显然是李贺吸引人的一个原因。同时，这种诗学对于年轻的杜牧来说却不可能不令他烦恼：他看不到诗篇的“要点”、道德意义或连接各种意象的人。

我们来讨论李贺一首关于边塞战争的早期诗篇：

雁门太守行〔13〕

李贺

黑云压城城欲摧，〔14〕甲光向日金鳞开。
角声满天秋色里，塞土燕脂凝夜紫。〔15〕
半卷红旗临易水，霜重鼓寒声不起。
报君黄金台上意，〔16〕提携玉龙为君死。〔17〕

“行”在英文里翻译成“歌”，是一种乐府，因此不要求假定某一历史的诗人处于某一特定的地点，然而九世纪初的读者仍然会寻

〔13〕 20661；叶（1959），23 页。这是乐府题，南朝时有很多先例。

〔14〕 清代的注者王琦引用《晋书》如下：“凡坚城之上有黑云如屋，名曰军精。”这一意象具有不祥的特征，使得诗中是否以此来表现英勇善战难以确定。

〔15〕 此处用《古今注》中的注释，边塞的城墙用一种紫色的土砌成。

〔16〕 黄金台为战国燕昭王所筑，以接待文士和武士，象征君王对为他服务的才士的慷慨和赏识。

〔17〕 玉龙是宝剑的引喻。

找普通经验秩序的迹象，以使诗篇统一。例如，读者会寻找天气的迹象，这里在开首时是黑云压城，然后是盔甲上的光辉。日光标明是白天，虽然第四句是夜晚。霜应是深夜或黎明时分。半卷的旗可以被看作是意外的、不祥的意象（特别是一场战斗之前），喑哑的鼓声也是如此，因为鼓声本应是激励士气的。在这种情况下，“为君死”的誓言带着明显的命定色彩，仿佛军队正要去打一场无法赢的仗。这是由生动的片段构成的一个景象，这一景象如果没有相当精细的注解帮助，在经验上无法协调一致，但却比任何普通的乐府诗更完美地表达了对一场注定要失败的战役的印象。

这首诗给人的印象显然十分强烈。根据轶事传统，李贺在洛阳首次拜见韩愈时，先献上了这首诗。韩愈仅读了开首两句便极为欣赏，派人将李贺唤来。[18]韦庄在九世纪末编的《又玄集》里收了这首诗。如我们将会看到的，这首诗还引来模仿。值得注意的是，第二句的“日”有时被引用成“月”，这说明唐代“理”的观念是如何影响文本的再创作，以使景象更容易与第四句里的夜景相容，但却忽视了另一个不那么明显的事实，即需要白天的景象才能有“秋色”。

我们无法确定张祜的《雁门太守行》的日期。张祜的年代很不确定，他大约是李贺的同代人（在同十年内出生），但是他一直生活到九世纪五十年代的前几年。值得注意的是，他是杜牧的朋友。如果说张祜的拟作写于元和时期，也并非不可能，但是此诗中仿效李贺其他诗歌的地方，清楚地表明它应迟出，并且张祜

〔18〕 周勋初，1071页。

知道李贺的同题诗。张祜这首诗很可能作于830或840年间李贺全集正在流传时。

雁门太守行[19]

张祜

城头月没霜如水，趚趚踏沙人似鬼。
灯前拭泪试香裘，长引一声残漏子。
驼囊泻酒酒一杯，前头滴血心不回。
闺中年少妻莫哀，鱼金虎竹天上来。[20]
雁门山边骨成灰。

张祜采用了李贺并置的技巧，但是各景象之间更协调一致。这里没有时间顺序的问题，随着夜晚的结束，一个士兵（或更可能是一个将官）准备上战场。根据漫长的边塞诗传统，这里应提及士兵的妻子，而士兵的回答是忠心为皇帝服务，如在李贺的诗里一样。李贺的诗篇以战斗的时刻结尾，注定战死的士兵在最后一刻表达自己的“观点”，这也许过于激进。张祜的诗篇提供了一个传统上令人满意的尾句，从外部视角跨越漫长的时间观察，士兵的尸骨已经变成了灰。简言之，张祜有效地驯化了李贺。

有关庄南杰的情况我们几乎一无所知，只知道他大约是贾岛的同时代人（而贾岛的诗歌生涯十分漫长），根据其存世的诗歌

---

〔19〕 27237；严寿澂，201页。这首诗可能是从《乐府诗集》辑入标准的张祜集的。最近发现的《张承吉文集》里未收此诗。

〔20〕 这些指来自皇帝的军令。

来评价，他明显地模仿李贺。[21]

雁门太守行[22]

庄南杰

旌旗闪闪摇天末，长笛横吹虏尘阔。
跨下嘶风白练狞，腰间切玉青蛇活。[23]
击革摐金燧牛尾，[24]犬羊兵败如山死。
九泉寂寞葬秋虫，[25]湿云荒草啼秋思。

尽管庄南杰的诗用了各种鲜明的意象，他显然模仿了李贺；但这是一首远为保守的诗篇，以中国人对“野蛮人”的进攻开始，随后是野蛮人的失败，以及战后的沉寂。

李贺的《雁门太守行》是此题在唐代的现存最早拟作，但唐之前另有诗例。《宋书·乐志》录有一首匿名乐府，但是那首诗似乎未给李贺提供灵感。李贺此诗的先行者显然是梁简文帝萧纲。萧纲用此题写了两首诗，也非常意象化地处理边塞题材。李贺显然对六世纪梁陈时代的诗歌很感兴趣，使之成为他避开唐代

---

〔21〕 以庄南杰为贾岛同时代人的唯一根据是《直斋书录解题》中的一个注。傅璇琮推测庄比贾略为年轻。见傅（1987），第2册，336页。虽然这种见于宋代书目的有关日期的注是珍贵的证据，但有时候是错的。

〔22〕 24969。

〔23〕 这一联指的是士兵的白马和剑。

〔24〕 “击革摐金”指的是敲击锣鼓。后句指一种战略，齐国大将田单将牛尾绑上木柴，点着后火牛将敌军冲溃。

〔25〕 九泉指阴间。

压抑的“严肃”感的有效诗歌模式。正如李贺的诗歌常常被指责缺乏对“理”的探讨，梁代诗歌在传统上也因为缺乏严肃性而遭批评。

李贺显然为梁及南朝后期的独特诗歌所强烈地吸引。也许应部分归功于李贺，我们才会在九世纪中期，特别是在李商隐和温庭筠的诗歌中，发现对南朝后期文化的持续兴趣。这种兴趣总是糅合了吸引和批评两种态度。一方面，沉浸在形象的感觉世界中；这可以追溯到梁陈诗歌本身，但是李贺创造的独立诗歌领域成为其间的媒介。另一方面仍然存在一种信念，认为皇帝和朝臣们做诗如不涉及政治的“理”，便是一种放纵，最终将导致朝代衰亡。

在中国文学的研究中，“历史语境”常常被很宽广地描述。而我们需要知道一首诗的写作时间和被阅读的时间，它是为哪一群体而写的，以及那一特定时期的特征。南朝后期的诗歌确实唤起对美感享乐的迷恋，并笼罩着即将来临的衰亡阴影。李贺的创作时间在宪宗朝的前半期，这是一个充满乐观并相信唐朝的力量将重新崛起的时期。尽管刘蕡在九世纪二十年代后期对唐朝崩溃已做出过激的预言（见后），文宗朝的前一段时间似乎一般来说是谨慎乐观的时期。这些阶段在作品中涉及南朝后期的诗人，很可能是从美学上而非从政治上想到那时的文化历史。这些文本如果是在甘露事变之后撰写或被阅读，便会在当时引起更强烈的政治共鸣。李贺的生涯极其短暂，构成他所有诗歌的历史背景。然而，通常我们不知道那些唤起旧风格或历史时刻的诗篇是何时写的。虽然这很不幸，但原则是相同的：像南朝后期这样的时代可能本身具有吸引力，也可能不可避免地与当前的时刻有共鸣。这全依阅读和创作的时间而定。

在很多方面，李贺对古老的歌谣和轶事具有强烈的兴趣，这些都令人想起李白。两位诗人在基于阅读的想象世界中都比在当前的社交世界中更为自如。下面是从南朝传来的杭州名姬苏小小那幽灵般的歌声。

苏小小歌〔26〕

妾乘油壁车，郎骑青骢马。
何处结同心，西陵松柏下。

苏小小的墓很有名，但李贺并未去过。他不必去，虽然他也许听说过，有时在风雨日，过路人可以听到墓中传出歌声和音乐。

苏小小墓〔27〕

李贺

幽兰露，如啼眼。无物结同心，烟花不堪剪。
草如茵，松如盖。风为裳，水为佩。
油壁车，夕相待。冷翠烛，劳光彩。
西陵下，风吹雨。

这是一首鬼之歌，脑海中的景象在诗歌中实现。旧的歌姬半显形，分散在墓周围的景象中，然后出现在古辞的油壁车里，最后

〔26〕 逯钦立，1480页。
〔27〕 20664；叶（1959），27页。

是一点闪烁的鬼火，仍在等待，直到一阵狂风暴雨吹灭蜡烛，结束了诗篇。

毫无疑问张祜知道李贺的诗，虽然张祜的诗题形式，以及他在南方的多年游历，都表明他是在亲自访问苏小小墓时写出下面这首诗。

题苏小小墓[28]

张祜

漠漠穷尘地，萧萧古树林。脸浓花自发，眉恨柳长深。
夜月人何待，春风鸟自吟。不知谁共穴，徒愿结同心。

张祜的诗似乎很糟，读来令人不快，但这只是因为我们有李贺的原诗作比较。不过，这也确实体现了李贺在晚唐影响较差的一面。张祜显然被李贺诗的鬼气所吸引，试图重现这种鬼气。然而，李贺诗的形式是表现幻觉的创造性方式，张祜却受限于五言律诗展开的形式秩序。李贺诗的很多片段仍然呈现，但已按照非常熟悉的方式来组织：首联提供背景；次联描写自然现象使人想起那位女子的迹象；三联描绘无望的等待的景象；在尾联中，诗人发表自己的感慨。

没有人像秦始皇那样完美地体现出满足个人政治野心（唐代的“理”）与非政治意愿之间潜在的冲突。根据法家思想，秦始皇应成为一个真正的政治“机器”的核心，一个绝对结构的无形

〔28〕 27276；严寿澂，14页。

中心，以自然的非个人精确性而运行。不幸的是，作为这一机器的历史中心，秦始皇具有个人的意愿，欲与普通的自然相对抗：他想控制宇宙，永远活着。他的愚昧冒险行动，妄自尊大，死后致命的政治阴谋，以及其王朝异常迅速的崩溃，这些都是唐代特别喜爱的话题。

在下面这首诗里，李贺先以追随者的面貌出现，直接应答李白《古风》之三，但是他模仿时异常卓越而大胆的方式，使他的诗句比所模仿的原诗句更令人难忘。我们先看李白的诗：〔29〕

秦皇扫六合，虎视何雄哉。
挥剑决浮云，诸侯尽西来。

李贺的秦始皇甚至更加张狂：

秦王饮酒〔30〕

李贺

秦王骑虎游八极，剑光照空天自碧。
羲和敲日玻璃声，劫灰飞尽古今平。
龙头泻酒邀酒星，金槽琵琶夜枨枨。
洞庭雨脚来吹笙，酒酣喝月使倒行。
银云栉栉瑶殿明，宫门掌事报一更。
花楼玉凤声娇狞，海绡红文香浅清。

〔29〕 詹锳，《李白全集校注汇释集评》（天津：百花文艺出版社，1996），37页。
〔30〕 20685；叶（1959），53页。

黄娥跌舞千年觥，仙人烛树蜡烟轻。
清琴醉眼泪泓泓。[31]

这在中国诗歌中是前所未有的。辉煌的诗句分离断续，有效地体现了秦始皇欲控制宇宙和时间的梦幻、酒醉和疯狂的状态。因篇幅有限，我们无法详细讨论李贺这首诗，但是不难看到为什么李贺的诗歌在九世纪三十年代初出现后产生如此大的影响。

这样一首诗可能引起杜牧对李贺作品的批评，这是可以理解的，但是也有一些方面不应受到批评，如杜牧自己在评论中隐约提到的那样。与杜牧《阿房宫赋》（见第八章）中的秦始皇不同，李贺诗中的意象不按任何习惯方式协调一致，没有任何“寓意”，无论是直接的还是暗含的。此诗无法被理解成是在重申正“理”。同时，如杜牧所说，李贺诗歌具有的品质比我们在这个世界上所能找到的更加完美：于是《秦王饮酒》比秦始皇甚至更加疯狂。李贺将读者带进一个奇特的世界，对那个世界的评价，则留给我们在较清醒的时刻去做。

九世纪三十年代的诗人在两个方面吸收了可以称之为“李贺经验”的东西。在最简单的层面上，李贺的艳丽辞藻被基本上较传统的诗歌所重新吸收，此类诗基于唐代对“理”的认识，其结构和道德意义皆较守旧。“李贺经验”较复杂的方面也许只有李商隐完全掌握：通过打乱诗歌的惯常秩序，诗歌可以用来展示迷幻的种种状态，而不只是指示它们。

---

〔31〕这里我采用传世文本，而不是《文苑英华》中的异文“青琴”，这是一位仙女的名字。《文苑英华》录此诗与上同，但引“青琴”为两种异文之一。

九世纪中叶出现了很多关于秦始皇的诗，虽然没有一首听来像李贺的诗，但是我们仍可以清楚地看到他在第一个简单层面上造成的影响。韦楚老（803－841）是杜牧的一位熟人，他深为李贺所吸引。在一首有关秦始皇的题为《祖龙行》的诗里，开头便清楚地模仿李贺的《雁门太守行》："黑云压城城欲摧"。

祖龙行〔32〕

韦楚老

黑云兵气射天裂，壮士朝眠梦冤结。
祖龙一夜死沙丘，〔33〕胡亥空随鲍鱼辙。〔34〕
腐肉偷生三千里，伪书先赐扶苏死。〔35〕
墓接骊山土未干，〔36〕瑞光已向芒砀起。〔37〕
陈胜城中鼓三下，〔38〕秦家天地如崩瓦。
龙蛇撩乱入咸阳，〔39〕少帝空随汉家马。〔40〕

---

〔32〕 27145；王仲镛，1543页，"祖龙"即秦始皇。《史记·秦始皇本纪》记述一个传说：一天晚上一位使者经过华阳，一位手里拿着玉盘的人拦住他，让他将玉盘带给"镐池君"，并说"今年祖龙死"。

〔33〕 其地在河北，秦始皇卒于那里。

〔34〕 王子胡亥由宦官赵高扶助上台，即后来的秦二世。秦始皇死后，赵高和丞相李斯想要保密，便命尸车上同载一石鲍鱼，以遮盖尸臭。

〔35〕 秦始皇原想要王子扶苏继位，但李斯假造皇旨，宣称由胡亥即位，将扶苏赐死。

〔36〕 秦始皇陵在骊山东边，靠近长安。

〔37〕 这是刘邦在起兵反秦建汉之前默默无闻地居住的地方。

〔38〕 这是起兵叛秦的首领之一。

〔39〕 "龙蛇"指的是刘邦和项羽，两人皆进入秦都咸阳。

〔40〕 少帝是秦始皇的孙子，在其叔父秦二世胡亥被刺之后被扶即位。

这首诗本身并不值得注意，虽然一系列的用典令人想起李商隐。尽管如此，韦楚老的《祖龙行》显示了李贺与九世纪中叶“咏史诗”的联系。如李贺诗歌中常常出现的那样，这首诗每一句或每一联都提供一个独立的意象（李贺晚上从囊里倒出诗行并缀联成一首诗的故事，是其激进并置法的背景）；但在韦楚老的诗中，这些独立的意象按照准确的时间顺序安排，与《史记》中有关秦代灭亡的记载一致。诗篇表面看来断续的东西，由于同时代读者事先知道故事而得到统一。虽然诗中未明确说明秦朝灭亡的道德教训，但结尾时最后一位秦朝皇帝跟随汉马，每个人都很清楚其中的意思。这样的诗足以满足杜牧认为诗歌应表现“理”的要求。

李贺和韦楚老写的都是七言歌行。如果我们将韦楚老比较“有理”的咏史歌行转成律诗的美学，我们就会发现典型的晚唐“咏史诗”。

过骊山作〔41〕

杜牧

始皇东游出周鼎，〔42〕刘项纵观皆引颈。〔43〕
削平天下实辛勤，却为道旁穷百姓。
黔首不愚尔益愚，千里函关囚独夫。

〔41〕 28054；冯，87页。虽然此篇通常被视作是一首诗，但其押韵结构（AABA CCDC）与两首绝句的押韵一样。骊山在秦始皇陵附近。

〔42〕 周鼎是正统君王的象征。秦始皇于公元前219年东行，经过传说中周鼎遗落水中的地方，派人打捞，但没有成功。

〔43〕 此分别用了刘邦和项羽第一次见到秦始皇出游时的典故，见于《史记》之《汉高祖本纪》和《项羽本纪》。刘邦的评论是“大丈夫当如此也!”项羽的评论则是“彼可取而代之”。

牧童火入九泉底，烧作灰时犹未枯。[44]

虽然杜牧的诗读来似乎断续而简略，但如同韦楚老的诗，也为当时所有受过教育的人都很熟悉的叙事所支持。与此相反，李贺的诗虽然确实引喻了秦始皇的故事，但并不真正基于历史记载。

庄南杰和韦楚老之类的人物显然是李贺的崇拜者，但是他们的年代不确定，留下来的诗篇也很少。在存有大文集的重要诗人中，李贺在晚唐最热烈的崇拜者是李商隐和温庭筠。温庭筠的生卒年仍是一种推测，而李商隐在九世纪三十年代时二十岁左右，大致是李贺诗歌开始流传的时候。Paul Rouzer 已经详细讨论过温庭筠与李贺的关系，我们也将在后面一章中讨论温的乐府。[45]温庭筠采用了李贺喜爱的歌行形式和并置风格，Rouzer 称之为“蒙太奇”，故温受到李的影响是很明显的。李商隐确实写了一些晦涩的分诗节歌行，例如《河阳诗》，其中受李贺的影响也同样明显，且不提李贺写过一首同题诗（见后）。然而，李商隐一般更喜欢律诗，李贺的影响体现在主题、措辞和并置结构上。杜牧注意到李贺特别喜欢基于“近古未尝经道者”的故事写诗，咏北齐后主的宠妃冯小怜的诗便是一例。[46]李商隐在两首以“北齐”为题目的绝句里提到冯小怜，

[44] 一个牧羊少年打着火炬进入骊山地下的巨大的秦始皇陵，寻找一头丢失的羊，却意外地引起大火，烧毁陵墓和墓中东西。

[45] Rouzer，43－60页。

[46] 20784。

对此我们不应感到吃惊。李贺诗歌的影子在李商隐的所有作品中隐约出现，虽然面貌已改。

特别引起杜牧注意的两首诗之一，是他称之为《补梁庾肩吾宫体谣》的诗，这显然就是现在题为《还自会稽歌》的诗。[47]在晋代，《诗经》那些只保留了题目的篇章被“补”以歌辞。但是在这里，李贺所作确实是前所未有的，他采用了一位较早诗人的语态，写了一首他“应该写”的诗。可以肯定，李贺影响的相当部分，是他独特地重新创造的六世纪中叶的宫体。宫体诗的特点主要在于其突出的感觉描写和意象，而不在于对妇女的关注(虽然这是其中的一个可能性)。更激进的做法是将自己放在一位以写宫体诗出名的历史诗人的位置。温庭筠捉住了李贺诗歌的一个方面，常常写过去“应该写”的歌辞，但他没有更激进地扮演一位前辈诗人。我们只发现了一个采取这种做法的例子，而且是在一般不会发现李贺影响的地方找到的，这就是李商隐在成都扮演杜甫而做诗（见后）。一般来说，李商隐表现了对人物诗的喜爱，特别是对话，有些还用于历史人物。[48]

李贺存留的诗篇只有少量可以恰当地被归入“闺诗”的类别，此类诗着重于描绘妇女及其周围的场景。尽管如此，后来的诗人似乎将此类主题与他的作品相连。我们无法知道这种印象是因为李贺所写的具体的“闺诗”，还是因为他的诗歌总体艳丽以及他对梁陈诗歌的兴趣。李商隐作有一首表明是“效长吉”的

---

〔47〕 20647；叶（1959），6－7页。

〔48〕 例如，表演者和陈朝乐昌公主的对话。29450－29451（《集解》，1044；叶，389－390页）。

诗，其主题是一位宫中妇女徒然地等待皇帝的恩幸。

效长吉〔49〕

李商隐

长长汉殿眉，窄窄楚宫衣。
镜好鸾空舞，〔50〕帘疏燕误飞。
君王不可问，昨夜约黄归。

我们确实可在李贺的集子中找到数首类似的诗，但是李商隐主要是在模仿唐代所认为的六世纪宫体诗，而非在模仿李贺。从某些方面来看，我们可以将此处的公开模仿，看成李商隐在写一首浅薄的诗并暗示其来源的浅薄，以便“抑制”李贺的影响在其作品中的迹象。

李贺有关妇女和浪漫的诗篇，确实影响了李商隐涉及这些题材的更有名的作品。在李贺的诗篇中，我们发现几首为洛阳美女写的社交诗，和一首咏一位妇女梳理头发的精美诗篇。李贺最奇特激进的闺诗是《恼公》，诗中列出一个名副其实的传统闺诗形象清单，并将之压缩成奇特的新形态。〔51〕

因为李商隐有关妇女的诗篇一般缺乏具体的场合指称，所以几乎不可能精确地确定它们的日期。但有一个例外，李商隐最有名的一组诗可以确知作于李贺集刚进入流传的几年里。这就是李

〔49〕 29589；《集解》，1841；叶，519页。

〔50〕 这指的是一个有名的故事，故事中孤独的鸾（凤凰之一种）渴望伴侣，看见自己镜中的映像，便对镜起舞。

〔51〕 20751，叶（1959），138页。此题的解释不确定。例如，叶认为题意为“自嘲、自戏之意”。

商隐的《燕台诗四首》，应作于835年或此前数年。[52]如同李贺的很多诗篇，这些诗以四句为一节，其密集的断片也与李贺作品相联系。此外，李商隐的这些诗在洛阳流传，可能也作于洛阳，而李贺于二十年前在洛阳写诗，那里的人们可能仍然记得他。如果将题为《春》的第一首诗与李贺的《洛姝真珠》一起读，我们便会找到一个理解李商隐那极为晦涩的诗歌的框架。[53]

前面我们讨论过白居易于同一时期在洛阳所作的诗歌类型。白居易的诗歌世界与李商隐或是杜牧的诗歌世界从未有相交之处。杜牧于835年来到洛阳，新授任为监察御史"分司洛阳"。考虑到甘露事变将在那年的冬天发生，未授长安的官职是幸运之事。

虽然杜牧不赞赏李贺，但李贺的诗歌却在他身上逗留不去。在835年，杜牧在洛阳的一个酒店里偶遇歌女张好好，是他从前在扶持人沈传师的官邸的旧识。杜牧为她写了一首长歌，叙述她于十三岁时在沈传师面前首次表演，后来成为沈述师的妾（沈述师是杜牧的朋友，也是那位多年保存李贺诗歌的人）。这时沈传师已经去世，沈述师显然也已抛弃了她。这首歌行具有浓厚的元和风格，伤感动人，叙事线索清楚。虽然杜牧选择使用五言，白居易有名的七言歌行《琵琶行》显然是杜诗的背景。我们在后面一章将讨论这首诗，下面仅引用有关张好好成为沈述师的妾的那

---

〔52〕我们可以确定这些诗篇的年代，是因为李商隐在能确定年代的一组诗的序中谈到了这些诗。参 Stephen Owen，"What Did Liuzhi Hear? The 'Yan Terrace Poems' and the Culture of Romance," *T'ang Studies* 13（1995）：81－118。

〔53〕20686；叶（1959），56页。我在"What Did Liuzhi Hear"一文中对此进行了讨论。

一小段，以便于目前的讨论：

聘之碧瑶佩，载以紫云车。
洞闭水声远，月高蟾影孤。〔54〕

远处（或越来越远）水“声”的意象并不平常，其背后微微显示了李贺的《金铜仙人辞汉歌》中的结尾。〔55〕在那首诗中，汉武帝铸的金铜仙人被魏明帝曹睿带到东边的洛阳。

携盘独出月荒凉，渭城已远波声小。

“渭城”泛指长安。此联的背景是金铜仙人离长安越来越远，被迫离开老主人（武帝早已去世），为新主人服务，感到失落。如果我们比较保守的话，可能解释杜牧的诗篇仅是在字面上模仿，月光的寂寞与远处熟悉的水声相配。〔56〕然而，还可以将杜诗与李贺诗句的联系解释得更密切，表现张好好自己被迫离开宣州水乡的沈传师或是她后来被沈述师遗弃的失落感。杜牧从未模仿过李贺，但李贺诗中精彩段落的片段不时地回到他的脑海里，有时还带着原始文本的强烈意味。

---

〔54〕 中国人在月亮中看到蟾蜍的形象；因为住在月亮上，所以蟾蜍成为月亮的平常提喻。

〔55〕 20703；叶（1959），77页。

〔56〕 朱碧莲在《杜牧选集》中认为这是指刘晨和阮肇遭遇仙女并留下与其生活的故事，因此此句的意思是积极的，指张好好进入仙境。但这种解释与此句的调子不符，与对句的调子也不配。

李商隐差不多作于同时期的《燕台诗》则截然不同。如同李贺的十二月组诗，李商隐的四首诗代表了四个季节。从十七世纪中叶开始，李商隐的评注家们都尽力解释这些诗篇，有时候加以解说，有时候创造出场景。注意此处这些解说和场景的动机是很重要的：这些诗篇提供了一系列片段破碎的意象，相互之间的联系很模糊，其吸引人之处正像李贺的《恼公》一样，是含混半解的世界。与杜牧的《张好好诗》不同，这些诗并非旨在使“意思清楚”。这些意象富有诗歌传统的共鸣，但李商隐使用这些指称隐藏的诗歌符号，通过不断延迟理解来逗引读者。在某些方面，这确实是年轻人在将诗歌神秘化，虽然是在一个诗歌天才的手中展开的。

燕台诗四首：秋〔57〕

李商隐

月浪衡天天宇湿，〔58〕凉蟾落尽疏星入。〔59〕
云屏不动掩孤嚬，西楼一夜风筝急。
欲织相思花寄远，终日相思却相怨。
但闻北斗声回环，不见长河水清浅。〔60〕
金鱼锁断红桂春，古时尘满鸳鸯茵。
堪悲小苑作长道，玉树未怜亡国人。〔61〕

---

〔57〕 29635；《集解》，79 页；叶，571 页；周，63 页。
〔58〕 叶更喜欢变文“冲”字，表现月浪冲天的景象。
〔59〕 蟾蜍即月亮。
〔60〕 这里模仿《古诗十九首》之十，诗中织女隔银河眺望心爱的牛郎：“河汉清且浅”。
〔61〕 陈后主作有一首著名的歌词，题为《玉树后庭花》。听到的人都知道这是“亡国之音”。

瑶瑟愔愔藏楚弄，越罗冷薄金泥重。
帘钩鹦鹉夜惊霜，唤起南云绕云梦。[62]
双珰丁丁联尺素，内记湘川相识处。
歌唇一世衔雨看，[63]可惜馨香手中故。

清代的诗评家何焯恰当地评论这组诗：“四首实绝奇之作，何减昌谷。”

这首诗，像组诗中的其他篇一样，触及了中国“色情”诗歌传统的所有共鸣之弦，包括女子思恋远方的情人、情书、巫山神女等。结尾时的意象奇特而令人难忘：将一生花费在观看歌唇，凝固于时间，虽然作为情人痕迹的馨香已在手上消失。这首诗甚至比《恼公》更成功，它代表了一种暗示的诗法，而非指称的诗法：它拨动琴弦唤起的是传统爱情叙事的零星片段，但是除了读者和评论家们想要与某种“理”相连而创造的叙事外，并没有真正的隐含叙事。

[62] 云梦泽与楚王的艳梦相关，在梦中巫山神女来访。

[63] 雨在这里指的是眼泪。有些批评者将此行理解为女歌者看着信，信的芳香在其手中变旧。这样理解的好处是可以将此节连接一起，但是却需要使“歌唇”成为“看”的主体。

第六章　七言律诗："怀古"

文体的问题

文学批评和文学选集中用来组织材料的结构是历史形成的，这些结构强化了文本背景的某些优先条件。在中国占主导地位的两种组织结构是年代和文体，有时较大的选集加上题材的次类别。[1]虽然年代和文体并非互不相容，但长期以来两者一直在竞争主导地位。现代的诗歌选集（"诗歌"本身也是一种宽泛的组织类型）一般按照年代顺序安排诗人，然后再按诗体的标准次序安排所选的作品（有时候诗人作品的年代顺序完全盖过诗体的分别，如杜甫的作品）。相比之下，现代以前的选集一般按照诗体的系列来组织，在各种诗体内再按诗人的年代来安排。这是一个重大的差别，就像问一个人如何认同其个人身份，是作为一个家庭的成员，还是作为当代社会中同一世代的成员。

---

〔1〕由于作者是组织作品的原则，普遍见于编年选集和分体选集，我们不必在此讨论它。然而，值得注意的是，在中国以外的诗歌选集中，作者并不是普遍的组织原则。

传世的唐代选集都较小，其引人注意之处是有时毫无秩序地混合诗体和年代。唐代以降，只有按照文体组织的选集，如《唐三体诗》或《唐诗鼓吹》，才会违犯按年代排列作者的原则。但是违犯年代顺序一直只是例外，不是常规，一般是文化地位较不重要的选集的特点。

按年代组织当然是文学历史的先决条件。在现代之前，文体一直是组织系统，抵制文学历史时期的统一主张。例如，明代批评家胡应麟将其详尽的诗歌研究专著《诗薮》分为两部分，一部分按照年代顺序讨论作家及其作品，另一部分讨论各种诗体。这是胡应麟所能采用的唯一方式，因为他既要跨文体而概述作者和时期，同时又需要足够的空间来讨论各种诗体的具体问题。对文体的理解不是非历史的。相反，文体大致如同家谱或地方史，既展现于较大的整体中，又具有自己的独特性和内在动力。

现代以及一些现代之前的文学史观念假定某一特定时期的作品有某种程度的同源性，超越文体的差异。〔2〕在二十世纪，年代顺序最终成为主导的结构形式，这在很多方面都是创造制度化的“民族”文化的结果和对应物。〔3〕它寻求统一的文化叙

〔2〕 中国传统的文学历史观通过假定政治历史的某种事件（例如，“亡国之音”，朝代即将崩溃的感受），将特定时期的作品统一起来；这种历史的统一超越文体的差异。

〔3〕 历史和文体之间的困难平衡，在早期欧洲文学中也同样可以见到。任何诗歌读者都知道，一首十六世纪的田园诗与罗马诗人维吉尔的田园诗的相似之处，远超过由同一位诗人撰写的十四行爱情诗。在西方文学研究中，不仅对文学史的更为整体的描述压倒了文体，而且倾向于划分时期（如十七世纪早期），以致时期特点占主导，忽略了文体的差别。

述，而不是不同的细分的历史。这一胜利非常彻底，以至现在需要历史想象来补偿，才能从文体的角度看到诗歌史的其他版本。

构成中唐的诗人中没有人是律诗的重要代表，较年轻的贾岛是部分例外，这是一个相当重要的情况。[4]律诗在中唐时期肯定与前后的时期同样平常，但有些诗人基本上摒弃律诗（如孟郊、李贺），有些诗人的作品也只有很小部分是律诗（如韩愈），有些诗人较不出名的作品是律诗（如820年前的白居易）。这些诗人大多有意识地离开律诗，以反对当时仍很活跃的保守的诗歌传统。这些古体诗的作者大胆地宣称这一时期是他们的时代，总的来说他们是成功了。但是如果我们要写一部以律诗为持续中心的唐代诗歌史，从790至820年间的历史将是相当不同的，将会突出完全不同的诗人。

七言律诗在九世纪被称作"长句"，要求具有一种独特的调子，或最好是多种调子。"调"显然是个难以捉摸的词，然而当我们处理一个按形式界定的诗体，调子是句法和措辞的规则、主题的相关表现及"情绪"规则的统一体。情绪是又一个难以捉摸的词。在重复阅读一种诗体之后，读者学会认出一种调子，实际上调子常常是读者首先认出的东西。当然，它也是翻译中最难抓住的品质。

七言律诗处于一个类似和差异构成了网络的诗体系统中。七

〔4〕 柳宗元的诗歌是个很有意思的例子。他的诗歌很受赞赏，其中的律诗常常被收入选集，但在中唐诗歌史上并不起重要作用。

言句开始时是歌行，这一联系一直没有完全失去。在唐代七言是流行叙事诗的诗行长度。它与文学歌谣、七言分节歌行（可能未被歌唱）、七言绝句（经常被歌唱）密切相关。最好的七言律诗通常能够平衡句子的流利通俗品质和律诗的形式规则。如同明代的批评家胡应麟指出，七言律诗具有一种舒展性，容易导致失控，不符合律诗要求的精细技巧。〔5〕七言句的“通俗性”仅是其众多联系中的突出要素之一。例如，七言律诗与华丽的宫廷诗有着长期的关系，这使得七言律诗特别适用于恭贺官员获得尊贵的职位。

被称为“短句”的五言句具有很不相同的关系范围：在古体诗中，它能唤起古老的尊严、道德的介入或感情的直抒。无论是倾向于平淡还是对句的技巧，五言律诗也具有与七言律诗显著不同的特征。前面讨论过的技巧主题，如与佛教相似的苦行规则或苦吟，主要局限在五言律诗中。正如短句的简洁逐渐与审美苦行和自我节制相联系，长句则逐渐与感情上或行为上的“放任”相联系。

“怀古”

我们可以通过讨论一组特定题材的七言律诗，来描述以诗体为代表的“地方史”。主题的延续可以为观察其他类型的延

---

〔5〕 胡应麟，《诗薮》（上海：上海古籍出版社，1979），81页。

续提供基础，包括调子、风格及结构。"怀古"诗通常撰写于访问历史遗迹时，在晚唐很流行。我们可以在方回（1227－1307）题为《瀛奎律髓》的律诗选集中，见到围绕这一题材的各种主题。这一选集将律诗划分为题材细类（主题与场合），每一细类又进一步分为五言律诗和七言律诗。在这些分类之下，诗篇按年代排列（其中有一些引人注目的错误）。方回有关题材分类的简短说明，描绘了贯穿怀古诗的同情与道德评价间的张力：

> "怀古"者，见古迹，思古人，其事无他，兴亡贤愚而已。可以为法而不之法，可以为戒而不之戒，则又以悲夫后之人也。齐彭殇之修短，忘尧桀之是非，则异端之说也。有仁心者必为世道计，故不能自默于斯焉。[6]

方回要求此类诗具有道德评价，反对感伤情绪压倒道德评价的倾向，但是抵制道德评价往往赋予此类诗很大的魅力。

方回的七律选诗以刘禹锡的四首诗开头，其中一首后来很著名。同样的诗篇也被选入稍后的选集《唐诗鼓吹》。两部选集都很流行，尤其是《唐诗鼓吹》。我们下面讨论刘禹锡入选的四首诗中的三首。第一首的年代可以定于805年（元和朝的前一年），第二首作于814年，第三首最有名，作于824年，其时诗歌品味已经开始背弃"元和风格"。如果说这些诗篇体现了发展的过程，那是一种越来越熟练的诗歌技巧，而不是真正的时代风格或感觉

---

〔6〕 方回，78页。

的变化。事实上，如我们将见到，这些诗篇必须从同一形式作品的较长历史的角度来看，而不是被塞入各自所属时期的标准的文学史叙述之中。

荆州道怀古〔7〕

刘禹锡

南国山川旧帝畿，宋台梁馆尚依稀。
马嘶古树行人歇，麦秀空城泽雉飞。〔8〕
风吹落叶填宫井，火入荒陵化宝衣。〔9〕
徒使词臣庾开府，咸阳终日苦思归。〔10〕

在这些诗篇中，有时很难看到编集者方回所要求的作为选诗标准的道德评价。梁元帝（552 – 554 年在位）肯定远非模范统治者。第四行里对《诗经》的引用，可以理解成暗指这位统治者的失败，导致江山丧失。这里的“山川”（未用更平常的“山河”或

〔7〕 18935；瞿（1989），678 页；蒋，29 页。荆门或荆州，也叫江陵，在梁元帝时曾短暂成为行都，当时其父武帝和其兄建文帝刚死，侯景叛乱，占领了传统的京城建康。

〔8〕 这里引用《毛诗》第六十五首的解释，一位东周官员路过长满禾黍的西周京城遗址。这种场景也常与归属于殷朝王子箕子的一首歌相联系，箕子在周朝克商后，曾路过商朝京城遗址。

〔9〕 这里引用一位牧童的故事，叙述他在寻找丢失的羊时，不小心使秦始皇陵起火。“宝衣”的本意是“宝石衣”，可能指的是诸如考古学家所发现的玉衣陪葬品。

〔10〕 梁代诗人兼朝臣庾信出使北方被扣留；他最后留在北周的长安（诗中称为咸阳，邻近的秦都），出仕北周。他最著名的作品是《哀江南赋》，一首长篇诗歌叙述，讲述侯景叛乱期间建康的毁灭。

“江山”）既指一般的风景也指王朝的疆土。所剩只是几座正在逐渐塌陷的建筑，令人想起过去的时代；地下更深的地方是豪华的皇陵，已经成灰。然而，这首诗所指的历史是“诗的历史”，以诗人庾信（“庾开府”）作为感伤的正面形象，忘记了他在抵抗侯景保卫建康的战斗中，曾放弃关键桥梁而逃跑。

汉寿城春望

古荆州刺史治亭，其下有子胥庙兼楚王故坟[11]

刘禹锡

汉寿城边野草春，荒祠古墓对荆榛。
田中牧竖烧刍狗，[12]陌上行人看石麟。
华表半空经霹雳，碑文才见满埃尘。
不知何日东瀛变，此地还成要路津。

并不是所有“怀古”诗的题目里都必须有“怀古”一词（虽然这首诗的另一个题目异文就用“怀古”替代了“春望”）。汉寿不是通常“怀古”的地方，也没有特别强的历史联系。诗人没有评论伍子胥庙与楚王墓紧挨的嘲弄之处（伍子胥在激情地报仇反抗楚王时，将他的前君主楚王的尸体从墓中挖出鞭打）。诗篇中至少有三行专门描绘存留下来的人造物品（“遗迹”），这是这些九世纪“怀古”诗的突出特点。石麟是丧葬用的兽，是帝王陵墓

〔11〕 18934；瞿（1989），674 页；蒋，146 页。

〔12〕 刍狗用在民间仪式中。如庄子所描绘，在仪式举行过程中，人们对刍狗很恭敬，仪式完毕便踩踏之。

的一个构成部分（就像烧刍狗的牧童可能与伍子胥祠有关一样）。碑文本来可能为这些遗迹提供历史背景，但它们不是已经损坏就是已被遮盖。确实，整个场地正被遮盖，这是有可能在将来某一时候导致海洋变化（即诗中的“东瀛变”）的过程的一部分，那时这一场地可能又变得重要。

这些颇为平常的“怀古”诗为刘禹锡最有名的一首诗铺垫了背景，该诗大约作于咏汉寿诗后十年。

西塞山怀古〔13〕

刘禹锡

西晋楼船下益州，金陵王气漠然收。
千寻铁锁沉江底，〔14〕一片降幡出石头。〔15〕
人世几回伤往事，山形依旧枕寒流。
今逢四海为家日，〔16〕故垒萧萧芦荻秋。

这不仅是刘禹锡最著名的诗篇之一，而且也是唐代最著名的“怀古”诗之一。这首诗与前两首的重要区别在于诗中描绘了一系列想象的古代场景，一系列最后导致吴都沦陷和中国短暂统一于西晋的事件。一旦战舰从四川出发，环绕金陵（建康，

〔13〕 18977；瞿（1989），669页；蒋，301页。西塞山靠近武昌，是保卫京城建康（唐代的金陵）的第一道长江防线。诗中指王濬率军从四川（益州）进攻该城（当时叫建业，是吴国的京城）的情况。

〔14〕 铁锁是吴国江上防御的一部分。据说王濬用火船将它熔化。

〔15〕 石头指保卫建康的城堡。

〔16〕 指唐代中国的统一。

现代的南京）的“王气”便消散；面对晋军的攻击，所谓坚不可摧的城市防卫立即融化。经常被后代诗歌引喻的第四行，将宏大的战役（进攻和防卫双方均如此）与标志战斗结束的小旗相对照。

第三联在传统诗学中称为“转”，从过去转向现在。第五行措辞较一般，这可能是因为刘禹锡当时并不在诗中所主要描写的金陵，而是在这个伟大城市的上游防守点之一。然而，显然他的脑子里想的是金陵。在下面一行他回到西塞山，唤起也许是“怀古”诗中最持久的老生常谈：将自然和风景之永恒延续与人类及其成就之短暂无常相对立。最后，刘禹锡描绘了眼前所见秋风中的古垒及其下的白色芦苇，在景象中总结了过去和现在。

《西塞山怀古》与其家族

我们可以将《西塞山怀古》置于很多不同的背景。也许这些背景中最不重要的是广义上的“文学史”，即将这首诗置于由那些现在著名的诗人们所界定的中唐和晚唐之间。然而，这首诗是一个半世纪以来一个较小的诗歌“家族”史的一个重要部分。观察这个家族中的其他成员，包括作于《西塞山怀古》之前和之后的诗篇，可以告诉我们一些有关互文和诗歌形式的东西。读者一旦读到题目，认出形式，注意到第一行的押韵词，刘禹锡的诗篇便成为过去的诗篇网络的一部分。这些诗篇中有很多在过去和现

在都是创作于这一朝代的最著名作品。〔17〕

押韵，特别是最容易和最常见的押韵词，可以将某些事物、行动、场景和情感统一起来，成为勾画出熟悉形象的熟悉点。刘禹锡的诗篇用的是尤部，用了这一韵部中最常见和不太常见的韵脚：州（益州），收，头（在金陵的城堡石头中用为名词性的后缀），流，及秋。在长江上，即使是在金陵附近，也有“洲”，常常有江“鸥”；上面有“楼”，有时有“丘”。在这样的地方无论是漫步还是泛“舟”，人们都可以“游”于“幽”境。面对古代遗迹和天空下那似乎“悠悠”的远景，人们可能会感到“忧”或仅是“愁”。诗人确实会用到尤部的其他韵，但是这些通用的韵脚定下了某种诗歌经验的规范，其成分在诗歌创作中具有强烈的惯性。

这组诗篇中，最早的一首并不是律诗，而是一首中间换韵的八行诗。然而诗的后半部分却完全符合格律，用的是尤韵，为后来诗篇的漫长谱系定下调子。在676年，王勃（约650－676）在去南方的路上，访问了滕王李元婴任洪州（现在江西南昌）都督时建的楼阁，李是唐朝开国皇帝高祖的第二十二个儿子。为了方便，我们在翻译中将押韵的词打斜。

〔17〕 在这里及其他地方，我们在本研究中考虑互文影响的时候，面对着一个烦恼的问题，即后辈诗人是否确实接触过较早的诗篇。在一些情况下，我们可以较肯定后辈诗人确实知道前辈诗人的特定诗篇，如崔颢知道王勃的诗，李白知道崔颢的诗。然而，考虑到唐代诗歌流传的非系统性，各种异文比实际保存下来的要多得多，在大多数情况下我们无法确定一位后辈诗人确实读过（或听过）其前辈诗人的作品，而我们正在将那些作品假设为可能的来源。然而，我们可以假设有这样一个文本家族的存在，这些文本的数量要比保存下来的诗篇的数量大得多，我们的互文影响应该从这个意义理解，以便允许变异和中间媒介。李贺的诗歌代表了一个独特的作者，他的集子在历史的某个时刻开始流传，我们所引用的诗篇中的材料，几百年来一直在不停地被借用和再创造。

滕王阁〔18〕

王勃

滕王高阁临江渚，佩玉鸣鸾罢歌舞。
画栋朝飞南浦云，朱帘暮卷西山雨。〔19〕
闲云潭影日悠悠，物换星移几度秋。
阁中帝子今何在，槛外长江空自流。

王勃的著名诗篇确实是“怀古”诗，虽然并非远古。如同在后来的“怀古”诗中常可见到的，激发怀古的地方被看作是从前享乐的遗址。已经逝去的舞者的性感回到阁楼的自然景色中：巫山神女的“朝云”和“暮雨”。第二联中的景色发生在什么时候不很清楚，但是第三行中性感的云，在诗篇的后半部（新的诗节）开始时那继往开来的闲云中得到回应。最后诗人唤起滕王，既将他放在楼阁中，又问他今在何处。这是一个反问，为他提供了结尾的江水意象，正如同白云般地不断流逝。

这首诗的韵脚、风调及以逝去的人或事命名的建筑物，半个多世纪后在崔颢（约 704－754）的一首非常著名的诗篇中再次出现。这首诗大致合律，所写遗迹是武昌（武汉）的黄鹤楼。这首诗显然非常流行，收入数部编于唐代的传世诗歌选集中。有关黄鹤矶和黄鹤楼的来源的故事颇多，但都涉及一位仙人乘鹤上天的故事。

〔18〕 03444；何林天，《重订新校王子安集》（太原：山西人民出版社，1990），38 页。

〔19〕 帘子“卷”雨的意思是帘子卷起来以后可以看到雨。“南浦”最早用于《九歌·河伯》，其后一直与离别相关。嵌入这一联中的是“朝云”和“暮雨”，巫山神女的两个化身。

黄鹤楼〔20〕

崔颢

昔人已乘白云去，此地空余黄鹤楼。
黄鹤一去不复返，白云千载空悠悠。
晴川历历汉阳树，芳草萋萋鹦鹉洲。
日暮乡关何处是，烟波江上使人愁。

虽然此处确实是一个“古迹”，但是没有任何事物可以唤起方回觉得正规“怀古”诗必有的道德评价。诗中只有对消逝的仙人的伤感，仙人只留下一个“空名”，一个名叫“黄鹤”但没有黄鹤的遗迹，如同滕王阁没有滕王。我们再次看到永恒长在的自然景象，而现在却充满空缺。那种失落感似乎激起诗人的寂寞感，使他的心在结尾时向往故乡。

如我们将发现，互文在这些诗篇中以多种形式出现。我们可以看到在句中同位置的同一词语：

闲云潭影日悠悠（王勃）
白云千载空悠悠（崔颢）

我们还可以看出，后来的诗句以较早的诗句为基础而构造：王勃的诗句只描绘时间的流逝如同云的倒影飘过水塘；崔颢的诗句让我们抬头看那些“同样”的云，知道黄鹤消失于云中，也将从云中返回，虽然它并没有回来。换言之，崔颢采纳了王勃诗句中隐

〔20〕 06244；万竞君，《崔颢诗注》（上海：上海古籍出版社，1982），42页。

含的时间流逝意义，以“千载”使之明显化（与王勃的“日”作用相同），并增加了黄鹤不在的新层次（这一意义既隐含于前一句的背景，也隐含于“空”）。

另一位诗人李白后来也去访问黄鹤楼，据说写了一副对联表达自己无法超过崔颢名篇的苦恼。[21]后来，李白于761年（或747年）游金陵时写了一首完美的律诗以模仿崔颢的名篇，也可能在与其竞争。他获得了成功，因为他的诗至少与其作为楷模的诗一样著名。

登金陵凤凰台[22]

李白

凤凰台上凤凰游，凤去台空江自流。
吴宫花草埋幽径，晋代衣冠成古丘。[23]
三山半落青天外，[24]一水中分白鹭洲。[25]

---

〔21〕 商伟在一篇未发表的文章里，详尽讨论了李白诗和崔颢诗之间的关系。

〔22〕 08569；瞿（1980），1234页；詹锳，《李白全集校注汇释集评》（天津：百花文艺出版社，1996），3010页；郁贤皓，《李白选集》（上海：上海古籍出版社，1990），252页。郁贤皓选择747年；詹锳则更倾向于761年。凤凰台在金陵，刘宋时因三只五彩鸟落在台上而得名。上面的“凤凰”也可以翻译成复数，然而人们一般不会想到凤凰是成群的鸟，李白更可能想象的是一只凤凰。胡仔（《苕溪渔隐丛话》[北京：人民文学出版社，1962]，30页）引《该闻录》说，李白游黄鹤楼时放弃自己写一首诗的希望，只提供了一副打油诗式的对联：“眼前有景道不得，崔颢题诗在上头。”后来他到达金陵以后，模仿崔诗写了凤凰台诗。这一故事的历史真实性值得怀疑，但是似乎毫无疑问，李白写这首诗时，脑子里想的是崔颢的诗。

〔23〕 金陵曾是三国时吴国的京城，及失去中国北方后的晋朝的京城。

〔24〕 三山在长江边，金陵西南。

〔25〕 白鹭洲在长江上，金陵西边。

总为浮云能蔽日，[26]长安不见使人愁。

前面两首诗中都没有机会提供方回认为“怀古”所必需的道德评价。在金陵，诗人本来很容易找到可评价的事物，然而李白的诗中却没有任何暗示三国吴或东晋及其他南朝的失败之处。吉祥的鸟很久以前就消失于白云之上，像崔颢的黄鹤一样。凡人的踪迹消失在泥土之下，“被埋”的幽径上留下有限的踪迹（“埋”字在这一时期是一个沉重的词，但是并没有葬礼的“埋葬”含义）。官员们的“衣冠”主要与文物相关，是个很难翻译的词，我们只称之为“华丽的衣物”，我们后面还将看到这个词在相似的诗句中重复出现。

李白模仿崔颢的诗，不仅表现在如同首联的具体诗句的形式，而且表现在整首诗的排列次序及处理主题的次序，这些被后来讨论中国诗学的作者称为“章法”。因此，第三联同样描绘的是依然存在的风景的永恒特征。然而，景色并未被描绘成“纯自然”；那些地点的名称既有古代的共鸣，也历久犹存，如同凤凰台和黄鹤楼。景色已经在朝九世纪诗歌的典型形式迈进：不再是自然本身，而是标志着缺失的自然。

浮云的意象在王勃和崔颢的诗篇中都占有突出的位置。在李白的诗中，云在第七行返回，在这里不再作为时间流逝和缺失的标记，而是设定为实际的呈现，但却又立即成为象征。西北的云遮住了阳光和诗人对长安的凝视，成为那些阻止他不能享受皇帝恩惠的人。与崔颢一样，李白在结尾注视眼光看不到的方向，渴望

[26] 这不仅是诗人的视力被遮蔽的实际意象，而且浮云蔽日是传统意象，指遭人诽谤而得不到皇帝的恩宠。

去到那隐藏于视野之外的目的地。两首诗都与移置相关：神话中的鸟已飞去，过去的辉煌埋在地下，诗人注视的目的地被阻挡。

虽然李白的诗在回应崔颢诗的作品中最著名，但他并不是盛唐诗人中唯一接受挑战者，另外也有人同样用七言律诗的形式及"尤"部的韵脚抒写有关江边古楼的诗篇。虽然诗篇中的很多成分都由通用的押韵词决定，但是我们看到这种形式开始带有一种因辉煌已逝而伤感的忧郁情绪。〔27〕

万岁楼〔28〕

王昌龄

江上巍巍万岁楼，不知经历几千秋。
年年喜见山长在，日日悲看水浊流。
猿狖何曾离暮岭，鸬鹚空自泛寒州。
谁堪登望云烟里，向晚茫茫发旅愁。

我们可以注意到诗篇后半部分的韵脚与崔颢和李白用的完全一样（虽然我们不知道是这首诗还是李白的诗先出现）。对这首诗的批评意见分歧很大。明代批评家胡应麟称之为"拙弱可笑"，表明七

〔27〕 这儿我们可以比较孟浩然的《登安阳城楼》，这首诗写作日期不确定，但几乎可以肯定比王昌龄和李白的诗都早。虽然孟浩然的诗也是描写登楼并用尤韵的七言律诗，但其格调十分欢快。一旦这种"类型"与一组著名的诗篇相联系，要维持这种欢快的格调便很困难。

〔28〕 06759；李云逸，《王昌龄诗注》（上海：上海古籍出版社，1984），112 页；李国胜，《王昌龄诗校注》（台北：文史哲出版社，1973），125 页；胡问涛、罗琴，《王昌龄集编年校注》（成都：巴蜀书社，2000），146 页。万岁楼在润州（镇江），是吴国的建筑，晋代重建。

言律诗不是王昌龄的强项。然而，著名的批评家金圣叹（1608－1661）详细热情地讨论了这首诗。这首诗的章法基本上与崔颢的诗一致：首联提到楼，次联指时间的流逝，三联描绘风景，尾联写被遮蔽的凝视。

李白的天才在于他重写崔颢的诗，而能达到同样的高度或甚至更好。杜甫的天才在于他几乎无法像别人那样写。杜甫有两首七言律诗沿用了那些通用的韵脚，但都不是他较有名的作品。一首与我们描述的诗歌家族毫无关系，另一首转化了忧郁的景色，但是与“怀古”无关。要紧密追寻崔颢诗的谱系，我们需要考虑较传统的诗人，如另一位八世纪中叶的诗人张继。[29]那些著名的先例都作于长江上或是多山的南方，张继的灵感则来自山东，景色没有那么戏剧性。

秋日道中[30]

张继

齐鲁西风草树秋，川原高下过东州。
道边白鹤来华表，[31]陌上苍麟卧古丘。
九曲半应非禹迹，[32]三山何处是仙洲。[33]

---

〔29〕这位张继不是我们前面讨论过的著名诗人张籍。

〔30〕12659；周义敢，《张继诗注》（上海：上海古籍出版社，1987），32页。

〔31〕鹤与不死相连。周义敢将此句具体地与《搜神后记》中丁令威的故事相联系。丁令威成仙后变成一只鹤，飞回故乡辽东，停在城门边的华表上。少年们拔弓欲射他，他顺口念了一首诗，宣称千年后回来，城市依旧而人事已非。

〔32〕据说黄河有九曲。然而，传说中的大禹开凿了至少在现在的山东地区的河道。张继此处的意思不明确。

〔33〕这些是东海里的三座仙岛。

径行俯仰成今古，却忆当年赋远游。[34]

虽然表面上张继的诗与前引三首诗似乎并无很多共同特征，但如细看，便会发现相似之处。首联宣布了地点，在这里是一个宽泛的地区而不是一座特定的塔楼，虽然这种开头可以是一种诗篇叙述的规范。在第二联中，我们可以看到张继的脑海里想着李白的诗，就像王昌龄想着崔颢的诗一样：

晋代衣冠成古丘（李白）
陌上苍麟卧古丘（张继）

不仅最后两个字完全相同，而且诗句的语法也相同。李白告诉我们地下是什么，张继告诉我们地上是什么。李白的凤凰飞走不再回来，此处华表上的白鹤则令人想起丁令威的故事，仙人以白鹤的形象回到家乡，却发现他认识的人们早已去世。

第三联描绘风景，"山"与"水"相对。李白那在金陵附近可以看到的"三山"，在此处以东海里的仙岛"三山"再次出现，延续了凡人世界的变化与远处神仙世界相对的主题。正如崔颢的诗结束于想象的归途，李白的诗结束于注视长安（怀着去那里的欲望），张继的诗也结束于对屈原遨游仙境的回忆，暗示自己同样的欲望。

八世纪下半叶的律诗诗人在七言中使用"尤"部韵字和常见的押韵词。虽然这些大多不是"怀古"，但是它们所唤起的场景

---

〔34〕《远游》传为屈原的作品，以对人类世界的衰颓和局限的不满开头，接着去漫游宇宙，寻找神仙和长生不老。

（部分由于押韵词的缘故）带有同样的忧郁景色。早期的著名文本似乎已经建立了使用这一韵部的特定情绪。我们只举韩翃的一首诗，诗中描述对道观的一次游览。这样的一首诗应该赞美这座道观和道教事业。韩翃完成了这一预期的任务，但是特定韵脚的形式压力所产生的诗行，却表现了与此场合需要的乐观调子相反的情绪。

同题仙游观[35]

韩翃

仙台下见五城楼，[36]风物凄凄宿雨收。
山色遥连秦树晚，砧声近报汉宫秋。
疏松影落空坛静，细草香开小洞幽。
何用别寻方外去，人间亦自有丹丘。[37]

韩翃在开头礼貌地以神仙楼台来赞美仙游观，但是紧接着便转向雨后的忧郁景色，此与早期的诗篇在情绪上相一致。此处也许没有特别的古代遗址，但是砧板的声音（用来洗衣服及在寒冷的冬天使衣服柔软）不仅标志着韵词“秋”，而且是“汉宫秋”。诗篇的后半部分为适合场合的调子所接管，韩翃赞美地点的幽静，将其比作神仙的居处丹丘。

进入九世纪，我们便遇到刘禹锡的著名诗篇，诗中不再提及

[35] 12787；陈王和，《韩翃诗集校注》（台北：文史哲出版社，1973），332 页。出版日期是从序言中得来的。
[36] 这指的是“五城十二楼”，据说黄帝时为神仙而建。
[37] 据称这是神仙住的地方。最后一行礼貌地赞美道观。

消逝的神仙，而是将变化多端的忧郁与"怀古"及某一人类历史遗址联系起来。正是在此点上，方回认为这样的诗篇才是真正的"怀古"，在他的选集中，七言律诗部分的"怀古"类即以此诗作为开端。方回也收录了下引许浑的诗，很可能作于刘禹锡的824年名作之后。许浑还掠取了韩翃的一个佳句。许浑从咸阳城楼眺望，咸阳是秦朝故都，在渭河北面，与长安隔河相望。

咸阳城西楼晚眺[38]

许浑

一上高城万里愁，蒹葭杨柳似汀洲。
溪云初起日沈阁，山雨欲来风满楼。
鸟下绿芜秦苑夕，蝉鸣黄叶汉宫秋。
行人莫问前朝事，故国东来渭水流。

在八世纪的著名诗例及刘禹锡的诗中，诗人眼前的景色是某种失去的事物的暗示：消逝的神仙；诗人的家；过去的某个重要时刻；或埋在地下的死人。直观的世界既唤起某种其他事物又同时否定与之接触的可能性，由此而引发伤感情绪。最终，这一特点被内化于景色本身，而又不确切地点明所缺失的事物（如崔颢点明缺失的是黄鹤，李白点明缺失的是凤凰及吴和晋的过去）。我们可以看到这种含蓄的伤感情绪出现于韩翃的诗篇中，但又因为场合要求赞美而受到压制。刘禹锡唤起历史的场景，以便在最后一行展示这样一个缺失的风景："故垒萧萧芦荻秋"。毁坏的城垒明

---

〔38〕 28798；江聪平，5页；罗，137页。咸阳是后来的"怀古"诗喜爱的地点。

确地表示缺失，但秋天景象本身似乎传达的完全是情绪。我们应该指出，虽然这种情绪并不局限于押“尤”韵的七言律诗，但此类诗篇预定倾向于这种伤感情绪，因为尤韵七言律诗的名篇越来越多。

当许浑登上咸阳的城楼，他并不需要点明缺失的事物：它们已经内在于这一形式和地点中。实际上，首句很明白地告诉我们这是传统的环境（体现在熟悉的形式和韵脚中），既唤起“愁”，也唤起下面由韵脚所决定的景色。秋天的蒹葭和柳叶看似沙汀和小洲，这些景象本身并无任何伤心之处。我们将感情读进景色，由此而推测它们使诗人想起南方的家乡。如果鸟降落于秦苑的绿草，我们就联想到这些园子无人照管，杂草丛生，标志着秦国的灭亡。批评家和注释家们会立即将此景与《诗经》第六十五首联系起来，在那首诗中，一位东周的官员经过西周都城的遗址，看见废墟上长出了庄稼。由声音标志的（韩翃诗中用的是砧声，在这里是蝉鸣）“汉宫秋”，更是一种诗化的情绪而非具体的景象，对失去的辉煌的伤感内化于秋天的景色中。最后，诗人明确地唤起两个预期的缺失事物：前朝消逝的辉煌和他的家乡，渭河将两者统一起来，它既标志着时间的流逝（像在王勃的诗篇中一样），也标志着向东流向诗人的家乡。

这是许浑最著名的诗篇之一，积累了很丰富的评论。虽然批评家们对诗中情绪的分析很细腻，但是他们通常未评说此诗的特点在多大程度上依赖于此前的相似主题、相同形式及韵脚的诗史。我们也许可以从这里识别晚唐诗歌的一个方面：一组既定的早期诗篇赋予某些主题、意象、形式甚至某些韵脚很强烈的情绪联系。这些成分共同发生的反应是一种诗意的“条件反射”。虽然这可以被非常成功地使用，如上引许浑的诗篇，但是这是一种特别成问题的诗法，鼓励无尽的重复和容易的满足。也许众多晚唐诗篇现在不堪一读的原因之一，是这些条件化的情绪已被太经常地唤起。

在整个九世纪中，属于这个家族的诗篇不断地重复出现，有些是明确的"怀古"，有些是应景诗而染有这种情绪。我们在这里仅举两个模仿者的例子：韦庄作于九世纪末的诗和刘沧作于接近九世纪中叶的诗。

咸阳怀古〔39〕

韦庄

城边人倚夕阳楼，城上云凝万古愁。
山色不知秦苑废，水声空傍汉宫流。
李斯不向仓中悟，〔40〕徐福应无物外游。〔41〕
莫怪楚吟偏断骨，〔42〕野烟踪迹似东周。〔43〕

韦庄完全是个模仿者，站在别的诗人站过的地方，看到的景色也与他们看到的景色无甚差别。毫无疑问许浑的诗是此诗的背景，如在第二联中以位于第五和第六字的"秦苑"和"汉宫"对偶。第三联中直接引喻的历史未见于前面讨论过的诗篇，但是这在律

---

〔39〕 39073；江聪平，《韦端己诗校注》（台北：台湾中华书局，1969），227 页；李谊，《韦庄集校注》（成都：四川省社会科学院出版社，1986），427 页。

〔40〕 李斯是秦始皇时的丞相，后来被杀；他在年轻时曾做过小吏。在他办公室隔壁的厕所里，他看见老鼠在吃粪，人或狗见了把老鼠赶走；他在公共粮仓里看到老鼠在吃粮食，可是却没有人或狗把它们赶走。

〔41〕 秦始皇派徐福带着童男童女去东海寻找仙岛。徐一去不回。

〔42〕 这很可能指的是《楚辞·九章》中的《哀郢》，哀叹楚国京城的沦陷。

〔43〕《诗经》第六十五首，叙述一位东周官员观察西周的京城遗址。

诗章法上是很平常之事。

保存下来的刘沧诗几乎都是七言律诗。这首诗作于一个假定的遗址，秦王之女弄玉和她的丈夫萧史从那里一起乘凤凰飞上天。

题秦女楼〔44〕

刘沧

珠翠香销鸳瓦堕，神仙曾向此中游。
青楼月色桂花冷，〔45〕碧落箫声云叶愁。〔46〕
杳杳蓬莱人不见，苍苍苔藓路空留。
一从凤去千年后，迢递岐山水石秋。

七言句比五言句松散和流畅。在这里我们看到用废话拉长了的诗句，在这种形式中这总是一个问题，特别是在第二行中。诗歌手法很熟悉，处理也颇为轻率。

偶尔晚唐的“情调诗”可以体现一定程度的才气。虽然不如许浑的诗有名，李群玉的江楼眺望是这类诗的最佳代表。

江楼闲望怀关中亲故〔47〕

李群玉

摇落江天欲尽秋，远鸿高送一行愁。〔48〕

---

〔44〕 32391。
〔45〕 这里指的是月中的桂花，月光是冷的。
〔46〕 这是根据词语直译，来源不确定，指神仙居住的天堂。
〔47〕 31346；羊春秋，51页。
〔48〕 大雁的“一行”与“一”是同一个字，这使诗人想起自己孤身一人。

音书寂绝秦云外，身世蹉跎楚水头。
年貌暗随黄叶去，时情深付碧波流。
风凄日冷江湖晚，驻目寒空独倚楼。

虽然这不是一首正规的“怀古”诗，但是诗篇的整个调子很相似，我们几乎没有注意到古代遗址的缺席。这一家族的很多诗篇都综合了怀古的缺失主题和诗人远眺家乡时的思念。思念缺席而远在京城（关中）的朋友则成为这首诗的中心主题。

在838年，年轻的李商隐在安定（现代的甘肃）节度使王茂元的幕府中任职。如同许浑登上咸阳的城楼，他也登上安定的城楼，于是运用了预期的形式和韵脚。他在开头用了同样的词语，但是一旦设定调子，他便指向崭新的方向。

安定城楼[49]

李商隐

迢递高城百尺楼，绿杨枝外尽汀洲。
贾生年少虚垂涕，[50]王粲春来更远游。[51]
永忆江湖归白发，欲回天地入扁舟。[52]

---

〔49〕 29386；《李商隐诗歌集解》，264页；叶（1985），330页；周，89页。

〔50〕 年轻的汉代文士贾谊雄心勃勃地向汉文帝提交了改革计划，但未被采用，因而深感失望。在他给皇帝的上疏中，他说道：“可为痛哭者一，流涕者二，可为长叹息者六。”他因此成为失意的年轻才子的典型形象。

〔51〕 这里指的是王粲在《登楼赋》中的诗意叙述。王粲希望找到一位欣赏他才能的君王，不久后离开其主刘表，仕于曹操。

〔52〕 “回天地”反映了建功立业的愿望。驾扁舟离开（亦即成为隐士）是越王勾践的宰相范蠡的决定。他在辅助勾践复仇灭吴以后，驾小舟驶向五湖。

不知腐鼠成滋味，猜意鹓雏竟未休。[53]

虽然我们不知道许浑诗的日期，记住他的第一行仍然是有意义的：

一上高城万里愁

我们可以将此与李商隐的诗行相比：

迢递高城百尺楼

互文的运用并不总是在一行诗的同一位置使用同一词语，但是当我们发现这一情况，便值得注意，特别是在另一相应位置同样有对距离的量度（“万里”对“百尺”）。在这一时期，许浑不太可能仿效李商隐。李诗与许诗的联系在第二行中继续出现。

蒹葭杨柳似汀洲（许浑）
绿杨枝外尽汀洲（李商隐）

---

〔53〕 这指的是《庄子·秋水》中的著名故事。庄周的朋友惠施是梁国的宰相，庄周打算路过时去拜访他。惠施的一位朋友对他说，庄周想要代他为相。为了消除这种怀疑，庄周给惠施讲了鹓雏鸟的寓言。鹓雏从南海飞往北海，只栖息于梧桐树，只吃竹实。一只猫头鹰获得一只腐鼠，当鹓雏飞过其上，猫头鹰抬头说：“嚇！”庄子以此暗示惠施正试图将他赶出梁国。李商隐的诗用此典，暗示他并没有对于权力的个人欲望（他会像范蠡那样，一旦功成业就便隐遁）。然而，仍旧有人猜疑他。

由于气候变化无常，小范围内的天气也各有差别，虽然现代的甘肃十分干燥，我们很难排斥在安定看到此种景象的实际可能性。尽管如此，我们仍然可以认出，李商隐以咸阳的景色来描绘安定的景色，而后者实际上只是许浑想象中的长江下游景色。

毫无疑问，李商隐的诗采用了基于近来的和早期的诗篇的著名形式，但他将这种形式转向一个不同的方向，用来表达个人的雄心大志，并与古人相对应。这样，首联的互文联系就像《诗经》中的“兴”，为整首诗定下了调子，为诗篇其他部分的人间事务提供了参照框架。

早期诗篇的其他成分也在这里重现，虽然被转换了方向。崔颢和许浑渴望回家（后者渴望回到江湖之乡），李商隐也渴望回乡，但只是在头发白了之后，在他取得伟大成就之后。黄鹤和凤凰也许已经从崔颢和李白的景象中消失，但是李商隐在结尾以另一种凤凰象征远走高飞的自我。李商隐的“怀古”不是针对一个遗址的反应，而是指向古代有才能的年轻人，他们在寻求施展才华的时候得不到帝王（贾谊）和庇护人（王粲）的赏识。第三联往前跳到实现伟大业绩后的情况，如范蠡之放弃回报而退隐。尾联肯定了对做官的反感，反击那些认为他为国效忠的愿望只是出于野心的人们。

晚唐的“怀古”

“怀古”及一般历史题材，在九世纪的赋和各体诗歌中都很流行。因七言律诗“怀古”也不是九世纪的创新，后来的读者立即会想到杜甫的“咏怀古迹”，但是“怀古”在这一时期变得更普遍。特别是失败的朝代和君王，如秦朝（咸阳）、南朝（金陵）、隋炀帝（广陵、江都、扬州）以及玄宗的倒台，都吸引怀古伤今的趣味。唐朝本身在九世纪下半叶开始崩溃，将这样一种趣味与当时的政治情况相联系是很诱人的。然而，对此类主题的兴趣的形成要早得多，那时唐朝仍然比较兴旺。

这种形式的各种惯例很快就变得明显。其中最经久的一种上面已经讨论，我们将称之为“缺失的景象”。在这一景象中，自然世界唤起在当地曾经发生过的重大事件的缺失感。中国批评家们常常效仿杜甫的著名诗句，谈到“山河在”。自然景色确实继续存在，但已不再仅仅是自然景色了：它成为大自然，以自己的永恒存在而取代了过去。诗人常常讲述在特定地点已经消失或曾经发生的事。有时他们宣称自然的某种形式令人想起古人的身影，有时描绘残留下来的痕迹：废墟、陵墓、瓦砾。有时诗人会做出方回所提倡的那种道德评价。当一首诗用了大量的篇幅想象过去，“怀古”便与“咏史”相融，这时诗人不必宣称，他是身在某个具体的遗址，或只是想到这个遗址（虽然方回包括了李商隐的一些此类诗）。

金陵（有时称其旧名建业和建康，或秦代的名字秣陵、唐代的县名上元）是南朝的旧京城，在各种诗体中都是受欢迎的题材。为了与七言律诗中的处理相比较，我们来看一首周贺写的五言律诗。诗人不必身在某个遗址才能写“怀古”诗，这首诗在技术上是一首离别诗。然而，方回将这首诗包括在“怀古”诗中。〔54〕

〔54〕 纪昀不同意，认为这首诗并不真正属于这个类别。但是方回似乎很难在五言律诗中找到有关这一题材的例子：很多五言律诗都与路过个人住宅相关。

送康绍归建业〔55〕

周贺

南朝秋色满，君去意如何。帝业空城在，民田坏冢多。
月圆台独上，栗绽寺频过。篱下西江阔，相思见白波。

虽然人们可以学会赏识这些晚唐的五言律诗，但是五言与七言相比有时候显得呆板。虽然两种形式都一直有人采用，但是在九世纪三十年代的后半叶，年轻诗人更广泛地采用七言（世纪中的诗人刘沧所存诗篇中只有两首不是七言律诗）。

许浑显然对七律"怀古"诗的影响最大。他的诗篇在九世纪的下半叶被反复模仿。他的金陵诗吸取了前人同一题材诗篇的养分，同时给予权威性的处理，启发了紧随的后继者。像"尤"韵的用例一样，许浑这里选择的"东"部以及明显的押韵词成为金陵诗的一部分，虽然我们将看到，他也有几首诗篇采用"尤"韵。

金陵怀古〔56〕

许浑

玉树歌残王气终，〔57〕景阳兵合戍楼空。〔58〕
松楸远近千官冢，禾黍高低六代宫。〔59〕

〔55〕 26859。
〔56〕 28794；罗，129 页；蒋聪平，147 页。
〔57〕《玉树后庭花》是陈后主作的歌，被认为是陈代即将灭亡的迹象。秦始皇时金陵周围出现"王气"，预示它将成为京城。
〔58〕 景阳宫是宫殿群的一部分。隋军入城时，陈后主与两位宠妃躲在景阳宫的井里。
〔59〕 此处引用《诗经》第六十五首，参见注〔8〕。这可能纯粹是文学用典，因为南京地区不种小米。

石燕拂云晴亦雨，[60]江豚吹浪夜还风。[61]
英雄一去豪华尽，唯有青山似洛中。[62]

我们先回忆刘禹锡作于稍早的《西塞山怀古》的第二行：

金陵王气漠然收

许浑在首句对此做出回应，宣布了一个非“尤”部的韵，选择与刘禹锡的“收”在上下文同义的“终”：

玉树歌残王气终[63]

考虑到金陵在不到半个世纪后再次成为京城（东晋），刘禹锡说随着西晋攻克当时的吴都，金陵“王气”便“尽收”，这未免为时过早。然而许浑的诗以南朝末陈代的灭亡为开头，当他描绘“王气”“终”时，便带有一种终结性，鼓励我们回头将源头诗句的“收”解释为仅是暂时的。陈后主的歌《玉树后庭花》被理解为陈朝即将灭亡的迹象，是隋军入城时陈朝失去信心而导致成楼

〔60〕零陵山上有传说中的石燕，下雨时便成为活鸟起飞，雨止后又变回成石头。
〔61〕据说长江豚在江中跳跃，便会招来风。
〔62〕这里许浑暗指李白题为《金陵三首》的组诗中的第三首，特别是“山似洛阳多”一句。但两句诗的背景都是《世说新语》（第2卷，31页）中的一个著名轶事。西晋避难朝臣在新京城建康（金陵）附近集聚，“每至美日，辄相邀新亭，籍卉饮宴，周侯中坐而叹曰：‘风景不殊，正自有山河之异！’皆相视流泪。”
〔63〕见注〔57〕。

空的对应物。

消逝的歌声、消散的"王气"及空荡的戍楼，这些表现了都城过去的辉煌在很多层面上的消解。接下来我们转到现在的缺失景象，树标志着墓葬之地，文学的而不是实际的禾黍标志着古都的遗址。在第三联中，代表天气迹象的动物在这里合成"风雨"，有时用来象征政治灾难的力量，但是在这里只代表天气，因为没有政体留存此处。

最后我们看到此类诗中常见的一个比喻：人和政体消失，但是风景依旧。然而在这里，这一常见比喻具有额外的深度，因为引喻了《世说新语》，金陵周围的风景仍然很像北方失去的京城洛阳。

有关金陵的诗篇为我们提供了互文网络的极佳例子，这个网络既连接了同一时代的诗篇，也连接了属于后来时代的诗篇。一个好的词语或意象很快就被改造重用。由于通常有些诗篇无法确定日期，我们便永远无法确定谁先谁后。例如，下面这首张祜的诗无法确定日期，是《全唐诗》中没有收入的许多诗篇之一，在近期发现张祜诗的宋本后，才被加进其集子。这首诗特别有意思，因为它显然与上引许浑的名诗相连，也与杜牧更为有名的一首诗相连。张祜此诗的特点在于其用韵既非"尤"也非"东"。

上元怀古〔64〕

张祜

倚云宫阙已平芜，东望连天到海隅。

〔64〕 严寿澂，152 页。

文物六朝兴废地，[65]江山万里帝王都。
只闻丞相夷三族，[66]不见扁舟泛五湖。[67]
遥想永嘉南过日，[68]洛阳风景尽归吴。

许浑的诗以六朝的灭亡开头，接着描绘缺失的风景；张祜的诗却以缺失开头，在结束时想象标志南朝开始的南逃。尽管如此，两首诗都引喻了《世说新语》里周顗的评论："风景不殊"而"山河之异"（"山河"不仅指实际的山河，而且也是王朝疆土的提喻）。许浑诗的第二联出现陷于地下的陵墓和宫殿的景象，这里重现于第三行："文物六朝兴废地"。

张祜诗的第三行立即令人想起杜牧的一首名诗，那首诗通常确定作于838年，诗中同样用了"东"韵，与许浑的金陵诗一样。杜牧写诗时不在金陵，而是在宣州，另一个有名的南朝遗址。现今，我们认为杜牧是一流的诗人，许浑是二流的诗人，张祜是三流的诗人；但这完全不是他们在830至840年间的相对名望。张祜和许浑都认识杜牧，杜牧很欣赏张祜。虽然我们无法知道谁借用了谁，但是毫无疑问杜牧的才气足以使他的诗不仅是又一首"怀古"诗。

---

〔65〕文物翻译成英文的"finery"不太完美，它指的是代表高雅文化的物品，特别是典礼仪式的物品。

〔66〕字面意思为"夷灭其三个家族"：父亲的家族、母亲的家族及妻子的家族。这通常指的是秦朝的名相李斯遭遇的命运；但这里必须与南朝相关，也许是指东晋独裁者桓玄。

〔67〕见555－556页。

〔68〕在永嘉朝（307－312），西晋陷入外族侵略者之手，晋王朝迁都建康（唐代的金陵，上元县）。

题宣州开元寺水阁阁下宛溪夹溪居人[69]

杜牧

六朝文物草连空，天淡云闲今古同。
鸟去鸟来山色里，人歌人哭水声中。
深秋帘幕千家雨，落日楼台一笛风。
惆怅无因见范蠡，参差烟树五湖东。

杜牧以一行诗有效地涵盖了张祜的三行诗，其中有四个字与张祜的诗完全一样（词语顺序相反）。许诗第三联中风和雨的对偶，创造性地重现于杜诗的第三联。最后，张诗第六行对范蠡的引喻，以相似的形式（五湖上的船）重现于杜诗的尾联。张祜未看见范蠡的船。杜牧望过去，但只看见雾霭中的树，或许是桅杆？

在李群玉的诗篇中，我们看到很多同样的材料重新循环，也是押"东"韵。秣陵在金陵旁边，同样用来指南朝京城的遗址。李群玉用同样的韵部，韵脚多与许浑和杜牧的诗篇相同。

秣陵怀古[70]

李群玉

野花黄叶旧吴宫，六代豪华烛散风。
龙虎势衰佳气歇，[71]凤凰名在故台空。[72]

---

〔69〕 28147；冯，202 页。

〔70〕 31360；羊春秋，105 页。

〔71〕 钟陵山位于金陵南边，被称作"龙蟠"，而老城西北边的城堡石头是"虎踞"。

〔72〕 这是指的是"凤凰台"，李白有诗吟咏。

市朝迁变秋芜绿，坟冢高低落照红。
霸业鼎图人去尽，[73]独来惆怅水云中。

在“王气”之处，李群玉用了“佳气”。在许浑的“终”和刘禹锡的“收”之处，李群玉用了“歇”。他用“六代”代替“六朝”，用“坟冢高低”代替许浑的“禾黍高低”（许浑在前几行里提到了“冢”）。李群玉甚至引用了本章前面讨论过的李白咏凤凰台的诗。尽管如此，李诗的背景中，使人印象最深的还是许浑的诗：词语差不多以同样的意思重现。

英雄一去豪华尽（许浑）
六代豪华烛散风，霸业鼎图人去尽（李群玉）

人们通常不会将南朝与“英雄”相连。李群玉以一个更可信的征服中国的雄心作为替换：“霸业鼎图”。然而，许浑的南朝“英雄”并未从金陵诗中消失，他们在九世纪末明显地（也颇不协调地）以皇帝重新出现，又一次押“东”韵。

上元县[74]

韦庄

南朝三十六英雄，[75]角逐兴亡尽此中。

---

〔73〕“鼎图”是正统的标志，楚王极想得到。

〔74〕38896；江聪平，《韦端己诗校注》（台北：台湾中华书局，1969），108 页；李谊，《韦庄集校注》（成都：四川省社会科学院出版社，1986），190 页。

〔75〕此可能指南朝的皇帝。称他们为“英雄”，很容易被理解为是在嘲弄他们。

有国有家皆是梦，为龙为虎亦成空。〔76〕
残花旧宅悲江令，〔77〕落日青山吊谢公。〔78〕
止竟霸图何物在，石麟无主卧秋风。〔79〕

如同几十年前的刘禹锡，韦庄在结尾时用一个触发性的意象总结南朝，此处不是古垒而是风景中的丧葬石雕，在废墟和终结的秋风中不知为谁的坟墓而站岗。这是一个平易的诗歌手法：他在第七行问何物遗留，在第八行给出一个意象。韦庄的这一手法运用得相当优雅。九世纪末另一位诗人李山甫则将这触发性的意象粘于一首很不相同的诗篇，在诗中做出道德评价，而前引诗篇不是避免就是间接地暗示道德评价。这首诗用的是“尤”韵。

上元怀古〔80〕

李山甫

南朝天子爱风流，尽守江山不到头。
总是战争收拾得，却因歌舞破除休。
尧行道德终无敌，秦把金汤可自由。〔81〕
试问繁华何处有，雨苔烟草古城秋。

〔76〕见注〔70〕。
〔77〕此指江总，陈后主时任尚书令。
〔78〕此指晋代伟大的政治家谢安。
〔79〕此指墓碑。
〔80〕35327。
〔81〕金汤是坚不可摧的寓言形象。

最后，在九世纪末崔涂的诗中，我们看到金陵的教训回现于当前，唐王朝本身正在崩溃。我们又一次见到“尤”韵。

金陵怀古[82]

崔涂

苇声骚飒水天秋，吟对金陵古渡头。
千古是非输蝶梦，一樽风雨属渔舟。
若无仙分应须老，幸有青山即合休。
何必登临更惆怅，比来人世只如浮。

我们回头看韦庄和李山甫金陵诗的尾句：

石麟无主卧秋风（韦庄）
雨苔烟草古城秋（李山甫）

较前面一些，我们还看到刘禹锡的《西塞山怀古》：

故垒萧萧芦荻秋

暗示的结尾意象在中国诗歌中已被使用了很久。在“怀古”诗中，此类意象作为缺失的景色，具有特别的分量。在上引例子中，景象包括废墟或过去辉煌的残留标志，但并不总是如此。过去的一切往往已经被埋地下，或在古代辉煌的遗址上长满禾

〔82〕 37644；《文苑英华》，308 页。

黍。自然永恒长在，替代了人类的存在，同时提醒我们所失去的事物。这一主题理所当然地成为中国景象描绘的一个重要部分。

“权力和荣耀”也许是缺失的标志，但诗人们对过去的享乐，特别是过度的享乐，有一种普遍的兴趣。这是方回要求以过去作为现在的警告的背后原因，否则就会被那些应该谴责的东西所吸引。许浑最有名的诗篇之一咏凌歊台，约作于830年间。凌歊台为刘宋始祖刘裕所建。批评家们常常感到困惑，因为刘裕并不因过分享乐和沉迷宫女之美而出名。历史在这里并不重要：许浑诗中对消逝的感官享乐的有力比喻，使他在想象中使废墟充满“三千歌舞”之人。

凌歊台〔83〕

许浑

宋祖功高乐未回，〔84〕三千歌舞宿层台。
湘潭云尽暮山出，巴蜀雪消春水来。
行殿有基荒荠合，寝园无主野棠开。
百年便作万年计，岩畔古碑空绿苔。

“乐回”既指回到京城和国事，也指放弃想象的沉迷。歌舞者“宿”，字面意思是“留下来过夜”，表明娱乐时间很长，太迟而不能回去。

---

〔83〕 28796；罗，133页；江聪平，1页。
〔84〕 此句有严重的文本问题，我从数种不同异文中选了一种。

第二联是一种相当平常的类型：这是“定位对联”，通过述及各个方向的远地来指明诗篇的地点，通常通过云和水以某种方式与眼前的地点相连。第三联是废墟的景象，此处再次自由发挥，因为凌歊台周围地区并不是现在海棠花盛开的寝园遗址。我们可以将这首诗与温庭筠的《鸡鸣埭歌》对比，后诗咏金陵的一个遗址。诗篇的最后一节如下：[85]

芊绵平绿台城基，暖色春容荒古陂。
宁知玉树后庭曲，留待野棠如雪枝。

最后，许浑将建立万年朝代的雄心与现在盖满青苔的石碑相对比。诗人知道历史，或是假装知道；然而刻在景象上的历史，已被废墟之上的野草和石碑碑文上的青苔所掩盖。

没有哪位皇帝比玄宗更吸引诗歌的想象力。在九世纪，他是无数轶事和诗篇描述的对象。他的统治在历史上相距不久，作者常常可以自称对真情有特别的了解。在玄宗和杨贵妃的故事中，爱情、享乐和朝代的辉煌在很短的时间内被颠倒过来并引向毁灭：深爱的人被杀，欢乐丧失，王朝被毁。玄宗在骊山围绕温泉建了冬天的宫殿，此处成为玄宗故事的中心地点。骊山靠近长安，在长安和洛阳的必经之路上，是个引发诗歌和思考的突出地貌。晚唐的皇帝们都对此有所迷恋：敬宗一直很想去骊山，但是他的宰相们极力劝阻，因为骊山不是一个吉祥之地。

---

〔85〕 31871。

骊　山[86]

许浑

闻说先皇醉碧桃，[87]日华浮动郁金袍。
风随玉辇笙歌回，云卷珠帘剑佩高。
凤驾北归山寂寂，[88]龙旂西幸水滔滔。
娥眉没后巡游少，[89]瓦落宫墙见野蒿。

我将第七行的主语译成似乎只指玄宗，但是在时代的环境下可以将它理解为泛指各位皇帝：杨贵妃死后，皇帝们不再访问骊山。我们又一次在结尾看到触发性意象：处于自然界生长景象中的毁灭痕迹（落瓦）。我们可以将这一意象与章孝标的诗相比：

古行宫[90]

章孝标

瓦烟疏冷古行宫，寂寞朱门反锁空。
残粉水银流砌下，堕环秋月落泥中。
莺传旧语娇春日，花学严妆妒晓风。
天子时清不巡幸，只应鸾凤集梧桐。

互文的痕迹是局部的，但是很清楚。此诗的第七行令人想起许浑

[86] 28797；罗时进，136 页；江聪平，3 页。
[87] 这些是西王母的桃子，杨贵妃常常被比作西王母。
[88] 此指玄宗在成都居住数年后回长安。
[89] 指杨贵妃死后。
[90] 27027。

评论皇帝不再巡游的诗行。随着废墟渐渐消解到自然场景中，宫殿的各个部分也分化消散：妇女的粉黛水银（用于美容）仍然从水中流出。然而，自然以象征性的模仿逐渐替代过去的人类存在：月光的倒影是“堕环”，莺在重复宫中的闲谈，晨风中的花朵模仿宫女的妆饰。

在讨论了这么多七律“怀古”诗之后，我们可以考虑不同诗体之间的跨越。至晚唐时，诗人们已在阅读杜甫的诗歌。杜甫为他的继承者留下了很多有关遗弃和荒废的宫殿的诗歌意象，例如落瓦和宫女的化妆痕迹。在这里我们看到的是一种非常不同的诗体，即五言古体诗。

玉华宫〔91〕

杜甫

溪回松风长，苍鼠窜古瓦。不知何王殿，遗构绝壁下。
阴房鬼火青，坏道哀湍泻。万籁真笙竽，秋色正萧洒。
美人为黄土，况乃粉黛假。当时侍金舆，故物独石马。
忧来藉草坐，浩歌泪盈把。冉冉征途间，谁是长年者。

我们在开始时谈到“调子”这个难以捉摸的词。这首诗的主题是相同的，但是调子却很不同。律诗诗人安静地表达忧郁；他们不会泪流满面地坐在草上唱歌；他们也不会将教训指向自己的寿命。调子上的差别部分地是由于两种诗体之间纯形式的差异。然而，另一个重要的差别在于到了晚唐，各种意象已经形成充满联想的历史，具有自身的氛围。我们看下面韦庄的诗句：

---

〔91〕 10561；仇，389页。

止竟霸图何物在，石麟无主卧秋风。

并与杜甫的诗句相比较：

当时侍金舆，故物独石马。

杜甫只做出简单的陈述，说明只有石马保存了下来。韦庄却指向一个联想框架中的、富启发性的“诗意”的意象，象征他们重新征服北方的计划及计划的失败。

在前面讨论过的大多数七律诗篇中，历史评价都未成为关注的问题。在一些地方，“怀古”似乎需要这样的评价。南朝引发同情和轻微的谴责，秦始皇则经常引发谴责与一定程度的惊奇的混合，但是有些历史情况并非模棱两可。楚怀王（公元前328－前299年在位）听从宠妃郑袖的谗言，将高尚的屈原放逐。在说客张仪和佞臣的劝说下，他轻率地起兵攻打秦国，结果丢失军队和疆土。数年以后，他相信与秦国的结盟，在武关被扣留，几年后作为俘虏死于秦国。简言之，怀王是罪有应得。

题武关〔92〕

杜牧

碧溪留我武关东，一笑怀王迹自穷。
郑袖娇娆酣似醉，屈原憔悴去如蓬。

〔92〕 28232；冯，265页。

山墙谷堑依然在，弱吐强吞尽已空。
今日圣神家四海，戍旗长卷夕阳中。

诗篇的尾联是诗歌类型的惯性的极好例子。如我们已经看到，以优美的缺失景象结束这样一首诗已经成为强烈的倾向。武关似乎没有提供这样一个景象，楚怀王也不值得此类景象所暗示的怀旧忧郁情绪。这一景象因此被转换成现在的和平时代，旌旗在夕阳中翻卷。此外，在结束时，杜牧当然要重写本章开首时讨论的诗篇的结尾，即刘禹锡的《西塞山怀古》：

今逢四海为家日，[93]故垒萧萧芦荻秋。

〔93〕此指中国在唐代的统一。“为家”在字面上的意思是“成为他的（皇帝的）家”，杜牧用的是同样的词语。

第七章　七言诗人

在本章我们将讨论一群于九世纪三十年代中叶至五十年代间以七言律诗著称的诗人。他们都不属于贾岛和姚合的群体，其中大多数与杜牧有往来（实际上，在杜牧诗歌的附录中，许浑的不少诗篇都被归属于杜牧）。[1]两位较年长的诗人许浑和张祜也创作了不少五言律诗。

许浑（约788－约854/860）

关于许浑的诗歌，褒贬不一。[2]在十世纪孙光宪声称，许浑的同代人对他的总体看法是他最好从来不作诗。[3]但是对韦庄来说，许浑的诗则比“十斛明珠”的价值还高。[4]从许浑诗篇的异文的数目，以及我们所知的数量异常多的宋本，许浑的赞赏者应

〔1〕见吴企明，《唐音质疑录》（上海：上海古籍出版社，1985），62－66页。

〔2〕许浑诗集的很多不同版本收集的诗篇数量不同，但大约五百首左右保存了下来。

〔3〕陈伯海，2381页。这一评论保存于十六世纪的《唐音癸签》。

〔4〕罗，389页。

大大多于诋毁者。正如《唐才子传》所称（可能引用了我们不知道的资料）："至今慕者极多，家家自谓得骊龙之照夜也。"[5]

许浑在世之时未如姚合和贾岛那样受到纷至而来的奉承和赞美，然而像李商隐一样，他的名气从九世纪末至宋代不断增长。李商隐和杜牧的诗歌创作都比许浑的丰富多样，许的作品仅限于五七言律诗。事实上，我们甚至可以认为许浑是晚唐诗歌最有代表性的诗人，他的作品与同时代的很多人相似，却又显示了一种独特的才华。

除了优美之外，许浑的很多诗代表着那颗从骊龙颌下夺来的稀罕珍珠，此处龙是时代的代称。许浑的书法名气相当大。正如前面已提到，他有171首诗保留于其手稿的宋朝摹本中，这是他亲笔的手稿，日期是850年4月25日，名为《乌丝栏诗》。[6]我们有白居易诗歌的早期手抄本，但是许浑的作品使我们可以将作者的原稿与产生于手抄本和印刷文化中的异文相比较，这是仅存的两个例子之一。[7]

许浑比贾岛和姚合年轻十来岁，约与李贺同龄，在元和朝就开始了诗歌创作生涯。[8]他早年进士考试未能成功，因而和家人

---

〔5〕 傅（1987），卷3，241页。珍珠是稀有难得之物的传统意象。

〔6〕 此指的是一种高雅的书写媒介，上下是黑丝边，中间是红线栏。

〔7〕 因为许浑的诗篇有许多变文，我们可以决定一种"正确"的理解。这就为那些只有独特单一的手抄本或刊本存留下来的诗人们的作品带来疑问。我们可以想象，手抄本传统保存诗歌或多或少保存了原本的形态。而刊印的文本很少是完美的摹本，有时差异相当大。异文最多的是题目。《乌丝栏诗》是否代表了作者修订过并已经流传的一个不同的本子，这一可能性无法排除，但我们也同样不能假定我们现在拥有的传世版本与"更早的"本子完全一样。

〔8〕 李立朴估计大约百分之四十的许浑诗歌作于832年进士及第之前。见李立朴《许浑研究》（贵阳：贵州人民出版社，1994），121页。

四处游历，元和末年向南行至湖湘，又往东南访问，并在四川和东北寻找扶持人，最后在832年进士及第。他在一次出使遥远的南方之后，从837年起在宣州两个县连任县尉（此时杜牧也在宣州）。其后他在地方和京城担任过一系列中级职位。

在大多时候，许浑处于此时期的各个诗人群之外。他曾将一首诗送呈白居易，但似乎未得到回音。他与杜牧有一般的交往，杜牧曾有几首诗赠他。837年在宣州时，他和杜牧都写了自己一些最佳的七言诗，其相似之处显而易见。杜牧称赞过许浑的诗，是出于礼貌还是真心赞美常常不清楚，但是杜牧对许浑肯定没有表示出他对张祜那种明显的真正热情。许浑还认识诗人方干，但没有证据表明两人之间有白居易或姚贾的群体那种亲密的诗歌往来。他既不像贾岛那样著名，也不像曹唐那样在各个诗人群体中几乎无人知道，而是一直介于两者之间。

如同张祜的诗歌一样，在许浑的诗歌中我们也可以看到从元和时期至九世纪中叶诗歌风气变化的概况。许浑最著名并常被引用的一个对句明显地具有“元和体”的风味。〔9〕

雨中耕白水，云外劚青山。

这个对句确实应该具有元和风味，因为它基本上出自孟郊的一首诗。〔10〕每句的前半部分都稍作改动，以产生所要求的律诗声调平衡：

---

〔9〕 28564；罗，2页；江聪平，197页。

〔10〕 “退居”，19658；华忱之，27页。

种稻耕白水，负薪斫青山。

宋代以来人们一般重许浑而轻孟郊，致使以上对句成为“许浑”的诗句，不管他多么公然地模仿孟郊。

从许浑的五言律诗中，我们可以看到优美的对句为表述应景信息的较平淡诗句所围框的时代风尚。

早发中岩寺别契直上人〔11〕

许浑

苍苍松桂阴，残月半西岑。素壁寒灯暗，红炉夜火深。
厨开山鼠散，钟尽岭猿吟。行役方如此，逢师懒话心。

许浑给主人的信息是不得不上路，无法留下叙谈，将此悬置于对拂晓时寺庙开始活动的优美描绘之后，显得有点儿滑稽。

许浑在对偶方面的技巧既赢得赞赏也招来批评。方回通常对许浑很严苛，评之为：“丁卯诗格颇卑，句太偶。”〔12〕“格”字难以翻译，此处译成“诗歌形式”，通常被看成是晚唐诗歌的不足之处。“格”的问题不是做诗的形式问题，而是一种难以捉摸的风格上的“尊严”。方回通常赞赏贾岛的对句，但一般不喜欢许浑的对句。以上的评论附于下面这首诗，此诗因为其中的一个对句而免受批评。

---

〔11〕 28595；罗，20页；江聪平，209页。这首诗也被归为大历诗人皇甫冉的作品。罗对诗篇归属问题很谨慎，他很令人信服地说明这首诗是许浑的作品。

〔12〕 方回，1660页。

自洛东兰若夜归[13]

许浑

一衲老禅床，吾生半异乡。管弦愁里醉，书剑梦中忙。
鸟急山初暝，蝉稀树正凉。又归何处去，尘路月苍苍。

方回未点明哪个对句挽救了这首诗，但《瀛奎律髓》所选的前一首诗也因为其中的一个对句免受批评，相比之下，可知方回指的是第三联。在遇到了太多的蝉、鸟和阴暗的大山后，我们可能会更喜欢鲜明突出的第二联，其中用了修辞层次较低的"忙"字，译成"极忙"（这一措辞会造成"格颇卑"的评价）。

在五言律诗已经发展成严肃、平静及克制的审美形式的时候，许浑的诗篇却表现出活力、激情甚至戏剧性，这可能是他的五律被认为"卑"的原因。由于同样的原因，许浑的律诗证明比那些更著名的同时代人的作品更加经得起时间的考验。这一问题与特定诗体的特质相关，这些特质由形式特征引起，但不受形式特征限定。在五言律诗中觉得是问题的，在七言律诗中很可能是优点。尽管许浑在其生涯中既写七律也写五律，但从九世纪三十年代中叶开始，在他的作品中我们看到越来越崇尚七言律诗的倾向。[14]他那些最著名的诗篇大多始于这一时期，包括前章所列举的"怀古"诗。尽管他的一些五言律诗相当著名，但后来的批评

---

〔13〕 28568；罗，4 页；江聪平，225 页。这首诗也错误地归属于曹唐（31536）。

〔14〕 虽然许浑的诗至少有一半不能确定日期，但如果我们看罗时进定的日期（有一些较牵强），多数七言律诗作于九世纪三十年代中叶以后。应该指出的是许浑无古体诗存留下来。

家通常选择他的七言律诗作为他的强项。

七言诗的“调”也许与五言诗不同，但许浑却成功地将对句艺术转用于七言。下引对句作于许浑进士及第之前：

灯照水萤千点灭，棹惊滩雁一行斜。

这些是五言律诗对句的标准意象，但在七言句中增添了新的复杂性，因为七言句更常见的是每行中有两个谓语。一盏明灯出现在船上，千百只闪光的萤火虫消失了（灭，即灭火的灭）。对句的读者知道一行视觉句常有一行听觉句相配。的确，水中的桨声似乎与灯光相配；但是桨声没有使萤火虫微弱的光消失，而是惊起大雁，这些大得多的白色身躯排成一斜行飞走。

留别裴秀才〔15〕

许浑

三献无功玉有瑕，〔16〕更携书剑客天涯。
孤帆夜别潇湘雨，广陌春期鄠杜花。〔17〕
灯照水萤千点灭，棹惊滩雁一行斜。
关河迢递秋风急，望见乡山不到家。

---

〔15〕 28828；罗，165 页；江聪平，225 页。罗认为主语是许浑，因此这首诗的日期应是 824 年，在许浑中进士之前。

〔16〕 这里指的是卞和试图向楚王献璞玉的故事。前两次，玉都被当成是假的。这成为向朝廷呈献自己的才能的标准意象。

〔17〕 长安。

精美的对句仍然被“围框”，但却是被一种完全不同的诗歌所围框。这不是五言巧匠那含蓄节制的声音，而是一种充满激情甚至戏剧性的声音，表现长年在水上旅行的诗人在强劲的秋风之中望见故乡，却只经过而不能回去。如在五言律诗中常见的那样，优美的对句是想象中旅途前方的景象。〔18〕使得对句与整首诗在主题上相配的，是大雁远飞的意象，因为大雁是旅行者的象征。

事实上，这是七言律诗的关键所在。七言律诗在九世纪中叶的形式直接而有力，与较优雅精致的五言律诗相当不同。七言律诗利用流畅自然和形式固定之间的张力，其对句之间似乎自然相衔。〔19〕在五言律诗中，我们常常得捉摸对句间的联系或忽视无意义的衬托联。除李商隐外，典型的七言律诗很少体现这一特点；七言律诗常满足于平常的期待，不过这种满足通过强烈和夸张而达到。那种“围框”住的对句在许浑较成熟的七言律诗中出现得越来越少。优美的对句只是在表现某种认识、顿悟和承诺的过程中顺带产生。

如果访问僧院，就应该赞美后者对佛教的虔诚，特别是在与世俗生活相比时。我们很难完全区分社交礼貌和诗歌比喻，因为这已经被用于此前成千上百首诗中。然而当许浑访问苏州 位僧人的寺院时，他赋予这种老生常谈的比喻以个人当下体验的强烈色彩。

---

〔18〕 或者，如果离别时在潇湘一带，那么便是现景。

〔19〕 这当然与八世纪初宫廷诗人或杜甫使用这一形式的方式很不同。

题苏州虎丘寺僧院〔20〕

许浑

暂引寒泉濯远尘，此身多是异乡人。
荆溪夜雨花飞疾，吴苑秋风月满频。
万里高低门外路，百年荣辱梦中身。
世间谁似西林客，〔21〕一卧烟霞四十春。

诗篇题目为我们提供了社交背景，处于一座佛教寺庙；可是诗篇直到最后才转回这一背景。他洗去旅途的尘土，这既是仕途（或追求仕途者）生活的结果又是仕途本身的象征，诗人总发现自己身处异乡。总是感到“离家”的人隐含了寻找家的意思，既可以在通常意义上的家中找到，也可以在僧侣们的执著中找到。

第二联是这一形式通常要求的描绘性对句：溪中的落花与秋风相配；长江中游的荆州与下游苏州的吴地相配。此联不动声色地展示了时间的迁移和空间的移动，并暗示了时光的紧迫。第三联思考第二联所提出的问题，而这些问题正产生于旅行者当时所站立的寺院空间的视角。门外是他来时和将要离去时所走的路。这些路通往唐王朝的各个角落，高低不平，就像催他上路的官职的变迁一样，一生升降起伏。这些变动确实是毫无意义的幻觉和梦。最后他面对佛教的真谛，这也是社交上要求的恭维：最好像僧人们那样待在一地，任凭时光流淌。

这种运用形式的动力引向某种启悟或理解的手法，并非许浑

〔20〕 28877；罗，204页；江聪平，97页。
〔21〕 此指庐山上的著名佛寺。

所独有，但他反复地将自己投入诗篇的急流，迅速流动，使得精美的对句来不及被分离和“围框”。相反，这些对句融入了形式的流动之中。

沧浪峡〔22〕

许浑

缨带流尘发半霜，独寻残月下沧浪。
一声溪鸟暗云散，万片野花流水香。
昔日未知方外乐，暮年初信梦中忙。
红虾青鲫紫芹脆，归去不辞来路长。

这首诗的动力与沧浪峡的流水对应。诗人开始苍老，为社交世界的尘土所污染。他在黑暗中出发，去寻找月光，可是月亮却被乌云遮挡。鸟啼云散，产生一种奇妙的因果幻象（虽然因果倒置，是突然出现的月光引起鸟啼）。这种遥远的因果问题也在此联的对句中重复出现，带着花香的水从远方流来，就像一首咏敷水诗的优美尾联一样（敷水与乐府女主角罗敷相连）。〔23〕

何处野花何处水，下峰流出一渠香。

月亮的出现导致真正的“启明”，引起诗人反思自己的生活，发现放下牵挂的快乐，坚信忙碌只是一场梦（这里“忙”译成

〔22〕 28817；罗，154 页（罗将这首诗的日期定在 843 年）；江聪平，34 页。
〔23〕 28851；罗，183 页；江聪平，69 页。

"bustling"）。最后一联中诗人被带向远处，带向自己家乡的意象，体现在所列举的田园诗般的家乡美味菜肴之中。这使人想起了晋朝的张翰，秋风乍起，使他思恋家乡的菜肴，于是辞官回乡。

虽然许浑的许多诗中用的是平常事物，但他的天赋在于可以使它们强烈而直接地表现出来。平常的"诗意"景象也是田园诗的景象，许浑似乎可以进入其中，生活于其中。他在诗中列举家乡佳肴，受到张翰的启发，虽然张翰记得的是新鲜"鲈脍"的味道（实际上是生鱼片）。

夜归驿楼〔24〕

许浑

水晚云秋山不穷，自疑身在画屏中。
孤舟移棹一江月，高阁卷帘千树风。
窗下覆棋残局在，橘边沽酒半坛空。
早炊香稻待鲈脍，南渚未明寻钓翁。

张祜（约792－约854）

像李商隐和温庭筠一样，许浑仅是在回顾时才成为重要诗

〔24〕 28838；罗，172页；江聪平，57页。

人。相比之下，张祜[25]无论是在同代人还是下一代人中都极受欢迎。九世纪下半叶的著名诗人陆龟蒙（约卒于881年）称他为“才子之最”。我们前面将贾岛描绘成“诗人”的完美化身。被认为是“才子之最”暗含着某种不同的品质，尽管也含有能做诗的意思。如果说“诗人”献身于他的艺术，慢慢创作，下苦工耐心修改，仔细挑选字词；“才子”给人的印象则是他作诗很快，毫不费力，因为他有天才。[26]“诗人”专心于自己的技艺，对社会规范漠不关心，在京城大街碰撞高官。才子则藐视社会规范，摆脱樊篱自由展现。这种才子的背后有李白的影子，而他确曾在梦中访问张祜：[27]

> 问余曰张祜，尔则狂者否。
> 朝来王母宴瑶池，茅君道尔还爱酒。

李白接着告诉张祜他的简要生平，告诉张祜他的诗歌受到赞赏，并邀张祜去蓬莱访问他。

张祜在诗歌创作上表现“才气”的方式，使另一位自称“狂人”的白居易相比之下显得温顺平淡。张祜一直处于边缘，他寻

---

〔25〕 原本不为世知的一百五十八首诗见于最近发现的宋代版本中，使张祜集达到四百六十八首，有几首散见于其他资料。有关张祜的生卒年和生平的学术讨论的概述，参杜晓勤588－590页。

〔26〕 吴相洲将“才子词人”与“诗人”做了较好的对比，以之称呼此时期如同张祜这样的作家，虽然无可否认这一源自宋词的用法时代不对。吴相洲，《唐代歌诗与诗歌：论歌诗传唱在唐诗创作中的地位和作用》（北京：北京大学出版社，2000），205－206页。

〔27〕 严寿澂，198页。

求名流显宦的赞赏，也常常赢得他们的赞赏，但最终未成功，抑郁失意。张祜最早的作品，是在810年前后赠送韩愈的一首诗。这正是贾岛刚到京城，得到韩愈和孟郊的大力提携之时。我们未见到对张祜诗的书面回答，这意味着韩愈对张祜诗没有他对贾岛诗的那种热情。张祜除了写信给老文士诸如白居易和刘禹锡，似乎也写信给当时的高官诸如李程、裴度、令狐楚和李德裕。在保留下来的一份奏书中，位居高位的扶持人令狐楚向皇帝推荐张祜的诗集。轶事资料说，皇帝征询元稹的观点，元稹认为不值得考虑，据说是因为他不喜欢令狐楚。

根据最著名的一则轶事，白居易任杭州刺史时，张祜曾去杭州寻求地方州府的进士荐举，但白居易推荐的是徐凝。皮日休在一篇短文中记载了此事，使之永久传扬。皮日休不情愿地得出结论说，当时征集的是有政治实干的人才，在这种情况下，白居易的做法可能是对的。〔28〕张祜式的才子的可靠性是值得怀疑的。这篇文章既肯定了张祜作为“才子”的名望，同时也促成了徐凝作为二流诗人的名声。

在扶持人之间流动以寻求仕途晋升的诗人，与流动的职业诗人之间，很难划分明确的界线。即使在其晚年，当仕途的所有希望都破灭之后，张祜仍维持不为人识的才子寻求有洞察力的扶持人的措辞。〔29〕然而，在此必要的假装之下，我们看到的是一位已

〔28〕 朱碧莲认为白居易受到挚友元稹的评判的影响。朱碧莲，《千首诗轻万户侯——评张祜的诗》，《文学遗产增刊》，第16辑（1983），60页。

〔29〕 例如，《江上旅泊呈池州杜员外》（严寿澂，138页），张祜在这首诗中称自己为战国时代的门客毛遂，称杜牧为孟尝君。在寻求扶持人时，李白也曾自比毛遂。

经成为职业诗人的人，利用自己的诗名为扶持人增加名望。在一则关于徐州节度使的轶事中，张祜奉呈一首诗赞美王智兴。当其他幕僚反对，说此诗完全是奉承献媚，王回答说："有人道我恶，汝辈又肯否？张秀才海内名士，岂云易得。"故事最后说："天下人闻，且以为王智兴乐善矣。"[30]这个故事（以及其他有关诗人为扶持人增添威望的故事），与张祜和崔涯颂扬或嘲笑歌伎的故事之间存在着相似性，张祜和崔涯的赞颂或嘲弄据说可以使她们的生意兴盛或衰落。在这些事例中，虽然诗人所付的货币不同，但基本的经济交换原则是相同的。

张祜的集子中充满了对官员、将军、僧人招待他而表示感激的痕迹，有些让他待一段时间，有些让他住一宿。张祜的诗篇可能比任何其他诗歌都更充分地揭示了地方"朝廷"及其娱乐情况：有称赞马球技巧和狩猎的诗篇，有一首关于娈童的诗，还有很多诗篇描绘色情浓重的柘枝舞。这些诗篇不需花费苦工精细地选择词汇和雕琢完美对句。张祜的很多诗篇似乎按照各种模式而迅速产生，很容易在别的场合重复。

毫无疑问，张祜曾经心怀步入仕途、效力朝廷的希望。但在某个时刻他放弃了这种希望，追求李白似的潇洒形象。这是一种"风流"的诗学，综合了狂士、剑客、饮者和歌伎欣赏者的特征。"风流"形象与谨小慎微、彬彬有礼对立，为自发的热情增添了可信性，否则这种热情就可能被视为阿谀奉承。张祜将自己作为一名风流诗人介绍给杜牧，而杜牧有时也扮演同样的角色。不难理解为何两人立即互相欣赏。

---

〔30〕 王仲镛，1460 页。

在下引皮日休论白居易推荐徐凝的文章选段中，皮日休认为张祜经历了一位诗人通常的发展道路，从年轻时的轻浮到年纪成熟时的严肃：

> 祜元和中作宫体诗，词曲艳发，当时轻薄之流重其才，合譟得誉。及老大，稍窥建安风格。诵乐府录，知作者本意。讲讽怨谲，时与六义相左右。此为才之最也。〔31〕

张祜的很多诗篇都很难确定日期。也许现存的几首宫体诗确实是他年轻时期的作品，但他后期的诗篇也未表现出皮日休所认为的那种成熟矜重。〔32〕相反，我们看到的张祜是个上了年纪的、古怪的、放浪的人。〔33〕

在很大程度上张祜是个模仿者；在他整个集子中，我们可以看到他阅读唐代前辈诗人的痕迹。在前面几章里，我们看到他重写如同王维和李贺那样极不相同的诗人的作品。这些并不是孤立的例子，他的诗歌背后总是萦绕着李白的影子。

张祜是个浅易的诗人。如果我们读他的五言律诗，并与那些

〔31〕 萧涤非和郑庆笃，《皮子文薮》（上海：上海古籍出版社，1981），240页。此则也出现在34180序中陆龟蒙的名下。陆龟蒙的说法包含一个重要的不同细节：他说的是“宫体小诗”，即绝句。

〔32〕 他有一首相当有意思的诗，是给皇帝的诗体疏，题目是《元和直言诗》（严寿澂，190页）。如题目所表明，这是早期的作品。

〔33〕 朱碧莲将“宫体诗”确定为咏宫女的一些绝句，包括张祜最著名的、题为《宫词》的一首五言绝句。“宫体诗”与“宫词”属于略微不同的范畴。见朱碧莲，《千首诗轻万户侯——评张祜的诗》，《文学遗产赠刊》，第16辑（1983），61－62页。

专注于这一形式的同时代诗人比较，此点就变得很清楚。他像个箭源充足而粗心的弓箭手，不时地会射中靶。阅读许浑的诗歌全集，在那些未被收入选集的诗篇中，我们时常发现一些令人惊喜之作，然而张祜最好的诗都见于选集中。张祜有几首关于寺院的诗很著名，但在他的诗集中我们读这几首名诗的同时，也看到其他十几首有关寺院的诗，都属于可重新制造的“类型”。请看下面这首诗：

题润州金山寺〔34〕

张祜

一宿金山寺，超然离世群。僧归夜船月，龙出晓堂云。
树色中流见，钟声两岸闻。翻思在朝市，终日醉醺醺。

这样的诗也许最好理解为是在为寺院做广告，以换取一夜的宿食。金山寺著名的特色，张祜都一一地提到：长江上的月光，龙的出现，两岸都能听到的钟声。这些对句为诗篇的中心主题所围框：此寺是人们逃避喧嚣人世的好去处。

宋版张祜诗集被发现后，于1979年第一次重版，从本质上改变了我们对张祜诗歌的理解，也提醒我们其他诗人的作品可能缺漏的程度，虽然其原本看来很完整。在张祜诗歌的传世本中，只保留有少量的七言律诗，几乎没有更长的诗；而宋本却增添了一百多首，提供了有关这位“风流”诗人更为全面的形象。

---

〔34〕 27357；严寿澂，47页。这首流行的诗篇有很多不同的异文。我采用严寿澂根据宋本重印的本子。

虽然七言律诗显然是张祜的强项，但他的五言律诗像其他作品一样，也显示了同样的浅易流畅。他的五言律诗后来不太受人称赞。《瀛奎律髓》收了几首张祜的五言律诗，但没有一首是七言。《唐诗鼓吹》是七言律诗选集，只收了他的一首（而许浑却有三十一首）。

张祜与杜牧赠答的几首诗，将在后面一章进行讨论。现在我们来看张祜的几首咏“柘枝”舞的诗，以考虑他的长处和短处。“柘枝”在当时很流行，其他诗人也写了很多关于这种色情浓重的舞蹈的诗篇，在舞中似乎舞蹈者是裸肩的。

寿州裴中丞出柘枝〔35〕

张祜

青娥十五柘枝人，玉凤双翘翠帽新。
罗带却翻柔紫袖，锦靴前踏没红茵。
深情记处常低眼，急拍来时旋折身。
愁见曲终如梦觉，又迷烟水汉江滨。〔36〕

金吾李将军柘枝〔37〕

张祜

促叠蛮鼍引柘枝，卷檐虚帽带交垂。

---

〔35〕 严寿澂，142页。

〔36〕 此可能指郑交甫遇汉水之神的故事，她们将佩送给他，然后就消失了。

〔37〕 严寿澂，142页。严寿澂有一些解释不恰当，可以根据《才调集》的版本纠正。在第七行里，我采纳了《才调集》中的口语“看看”，这与敦煌词中的唐代流行用法一致，而不是宋本中的“客”。

紫罗衫宛蹲身处，红锦靴柔踏节时。
微动翠娥抛旧态，慢遮檀口唱新词。
看看舞罢轻云起，却赴襄王梦里期。

周员外出双舞柘枝妓〔38〕

张祜

画鼓拖环锦臂攘，小娥双换舞衣裳。
金丝蹙雾红衫薄，银蔓垂花紫带长。
鸾影乍回头对举，凤声初歇翅齐张。
一时折腕招残拍，斜敛轻身拜玉郎。

此处我们可以看到一个模式，其他咏“柘枝”的诗篇大体上如出一辙。开始时出现一位（或多位）女子跳舞，有时候会提到先于舞蹈的鼓声。第二联综合描述帽子、裙子、袖子、彩带、靴子等，虽然此类衣物也可能溢出到其他对句中。第三联描写声音和动作。尾联以观众的色情幻想或向主人鞠躬来结束舞蹈。当时流行裸露的肩臂和轻柔透明的衣裙。为了避免人们认为这些舞者会遵循后代的规矩遮盖身体，有些歌提到“柘枝”舞的露肩之事，而白居易（在提到另一种舞的时候）则毫无掩饰地说，人们可以透过罗纱看到女子的肌肤。〔39〕

〔38〕 严寿澂，143 页。
〔39〕 24072；朱，2200 页。

赵嘏（约 806 – 约 850）

赵嘏[40]比许浑和张祜年轻了一代。他年轻时喜欢游历，至大和初成为当时任浙东节度使的元稹的幕属。元稹的职位变迁以后，他开始在宣州沈传师的幕下任职，在那里他遇到了杜牧。在832 年，他动身去长安参加进士考试，第二年落榜。他看来在京城一直待到 840 年，尽力结交必要的关系。然后他到处漫游了一段时间，曾回去润州，在 843 年又回到长安，再次参加进士考试，于 844 年及第。在 847 年宣宗的新朝开始时，他又回到了京城，在附近任渭南尉。

此时期的同一代诗人中，像赵嘏这样的经历是相当典型的。然而，与那些加入贾岛、姚合的圈子的同时代诗人不同，赵嘏更喜欢七言律诗。在他的五言律诗中，有一组二十首题为《昔昔盐》的诗歌（被解释为《夕夕艳》，“一夜又一夜：引子”），每首诗都以薛道衡（540 – 609）的《昔昔盐》的一行为主题。九世纪的诗人中也有类似的情况，将一组诗基于一首早期诗篇的诗句，通常是五世纪后期或六世纪的诗。《昔昔盐》详细展开一个历来流行的主题：丈夫从军的妇女。

除了这二十首以外，赵嘏所存留下来的诗篇中，五言律诗的比例非常小。我们不能确定这种过分偏重七言诗的情况不是他的诗集在流传中产生的异常结果，但这种不成比例的数字，与那些

---

〔40〕 赵嘏现存诗二百六十首。另有一个独立的诗集残本《编年诗》，专咏人生不同时代的历史范例，保存于敦煌抄本。徐俊，522 – 534 页。

主要从九世纪三十年代中叶开始做诗而又不在贾岛圈子内的诗人相一致。

赵嘏于九世纪三十年代居住长安期间所作的一首诗，使他（从杜牧那里）赢得了“赵倚楼”的称号。

长安秋望[41]

赵嘏

云物凄清拂曙流，汉家宫阙动高秋。
残星几点雁横塞，长笛一声人倚楼。
紫艳半开篱菊静，红衣落尽渚莲愁。
鲈鱼正美不归去，空戴南冠学楚囚。[42]

赵嘏处于许浑的忧郁和张祜、杜牧的潇洒之间，他为我们提供了看似典范的晚唐七言律诗。在南方人中永远流行的张翰故事是诗篇的背景：张翰感受到秋风，想起家乡的莱肴（鲈鱼），辞去官职归乡。赵嘏没有官职可辞，这也许使他像个楚囚，困在“外”地，但从未忘记家乡。

然而，此“诗”在前六行描写秋天清晨的景色，引起思恋之情。诗篇开始于描绘倒影：以云衬托宫阙那诗意的坚固。我们的目光上移，看到消失中的几点白色残星，更具体可视的白雁横飞而过，它们那听不到的飞鸣之声，被笛声和楼上的诗人（长笛一

[41] 30105；谭优学，26 页。我对题目和第一行的解释采用了谭优学的说法。
[42] 此指《左传》成公九年中的一个故事。晋侯问带着锁链戴南冠的人是谁，被告知这是郑人献的楚囚。

声人倚楼）所替代，而他今年秋天将不会去南方。我们往下看地面，见到遗留下的景物：艳美的秋菊，凋谢的莲花。

正如我们在本书开始时所提出，重复和可重复性是晚唐诗的中心问题。如果我们可以将所有使用了同样意象的诗篇丢开的话，那么这首诗便确实令人难忘。我们不知道谁最先采用这些意象。我们可以查询写作记录来授予回顾性的版权，但在这些例子中我们通常发现这些意象是逐步形成，不断加深，不断多样化。最后这些意象成了光彩丰富、人人熟悉的老生常谈。

赵嘏常想去别处。在长安他很思念家乡，不是张翰的鲈鱼，便是陶潜的松菊：

宿楚国寺有怀〔43〕

赵嘏

风动衰荷寂寞香，断烟残月共苍苍。
寒生晚寺波摇壁，红堕疏林叶满床。
起雁似惊南浦棹，〔44〕阴云欲护北楼霜。
江边松菊荒应尽，〔45〕八月长安夜正长。

也许理解这种诗歌的最好办法，不是去寻找新鲜意象，而是像我们学读五言律诗那样，把它看成由形式造成的模式游戏。在自然

---

〔43〕 30122；谭优学，41 页。此寺在长安。
〔44〕 “南浦”在诗歌中是标准的离别之处。
〔45〕 这里引喻陶潜《归去来辞》中的著名对句：“三径就荒，松菊犹存。”

和唐诗中，水中的鸟会因声响或船的接近而飞起。在第三联中，起飞的大雁与盘旋在楼周围的阴云相配，披着霜的楼闪闪发光。绝句中也采用同样的意象，尽管这些意象通常被封闭住；它们不是对仗模式的一部分，而是框架内的一张画，因为后面的沉默而具有特别的分量。例如下面这首诗：

西江晚泊[46]

赵嘏

茫茫霭霭失西东，柳浦桑村处处同。
戍鼓一声帆影尽，水禽飞起夕阳中。

李群玉（约808或811年－约861或862年）

我们认为九世纪五十年代最重要的诗人是李商隐和温庭筠（杜牧在852年已去世）；虽然两人都可能在某些有限的圈子内各著声名，但他们都希望得到扶持人令狐绹的赏识。然而，令狐绹却向皇帝推荐了李群玉的诗。[47]李群玉显然是最突出的诗人之一，也许是当时最突出的诗人。

李群玉的生卒年表明他是李商隐（约812－约858）的同时

〔46〕 20262；谭优学，132页。

〔47〕 李群玉存诗约二百六十首，收于一个独立地保存下来的集子中，这个集子显然是更大的原集的选本。他的很多绝句都未收入洪迈的《万首唐人绝句》。

代人。我们对他的生平知道得很少。他似乎在837年遇见杜牧。当时杜牧第二次居宣州，很可能就在那时赠送李群玉一首绝句。

送李群玉赴举[48]

杜牧

故人别来面如雪，一榻拂云秋影中。
玉白花红三百首，五陵谁唱与春风。

读这样的社交诗，重要的是注意诗中以什么方式表现赠诗的对象：李群玉被表现为一位诗人，一位在京城著名的诗人。老一辈的姚合有诗赠他，年轻诗人方干也有诗赠他，李群玉自己的集子中遗留下来的诗篇中，还有一篇写给张祜的诗。

他在诗人圈子中可能受到赞赏，但他几次考进士都未成功。九世纪四十年代中叶，他在位于长沙的湖南观察使幕府中（他是当地人），后来可能到了广东。他的名声似乎不断增大。可能是在854年，毫无疑问在令狐绹的鼓励下，李群玉向宣宗皇帝献诗三百首，同时呈上一份合适谦恭的进诗表。此外，皇帝的口头答复也被记载下来："卿所进歌诗，异常高雅。朕已遍览。今有少锦彩器物赐卿，宜令领取。夏热，卿比平安好。"[49]令狐绹向皇帝进呈以下荐表，推荐李群玉为弘文馆校书郎："右苦心歌篇，

〔48〕 28255；冯，283页。我们不能肯定杜牧是否在暗示他以前遇见过李群玉，但是称他为"故人"应是这个意思。我们应该指出，这首诗收在杜牧的主要文集中，因此这是他自己保存的诗篇，毫无疑问主要是为了记录社交关系，而非因为诗歌本身内在的品质。

〔49〕 羊春秋，145页。

屏迹林壑。佳句流传于众口，芳声籍甚于一时。守道安贫，远绝名利。”[50]令狐绹特意推荐他任校书郎的职位，获得皇帝恩准。

正像我们看到的那样，校书郎这个初入门槛的职位，对一个近五十岁的著名诗人来说是不适合的。下面是周朴悼念李群玉去世的绝句，诗的开头似乎有故意嘲弄的意味。[51]

群玉诗名冠李唐，投诗换得校书郎。

我们可以觉察到，人们对社会酬报天才的程度失去了一定信心。不管怎样，李群玉在859年要求辞职并获准。他回到南方的家乡，几年后在那里去世。

《新唐书·艺文志》录李群玉集三卷，后集五卷。万曼认为那三卷集子是曾献给皇帝的诗，李群玉在其进诗表中提及的“四通”（唐代常用“通”表示卷的意思）是一个错误。[52]进献给皇帝的诗集（如张祜早期的集子）通常由三百篇构成，因为三百是《诗经》中诗篇的数量。我们可以比较肯定地推测，所献之诗是诗人在更多数量的诗篇中仔细筛选出来的，以保证其中未包含有损自己的品行或冒犯皇上的诗篇。我们不能确定“艺文志”提到的“诗集”与献给宣宗的诗是否内容相同，也不能确定《后集》所收的是后来的作品或只是补遗。[53]然而我们确实知道，以宋本

〔50〕 羊春秋，145页。
〔51〕 37232。
〔52〕 万曼，《唐集叙录》（北京：中华书局，1980），298页。
〔53〕 由于现存的诗集收入了他任校书郎后的诗篇，此集显然与他献给宣宗的集子不一样（见31256）。

为基础的现存集子，必定是从李群玉更多的诗篇中选出来的，既出自主集，也出自《后集》。

极少有诗人能够既吸引当时的皇帝，又吸引很多世纪以来苛刻的读者。虽然李群玉在后来也偶尔受到赞赏，但他只成功于吸引皇帝，在吸引后代读者方面总体上是失败的。李商隐变得越来越著名，而李群玉则基本上被人们所遗忘，这是有充分道理的。其中一个原因可能是，诗歌已发生了深刻的变化，对某些圈子的读者要求更高。在八世纪中叶，几乎每个人，从皇帝到歌女，都能欣赏李白的诗。这种广大的社会阶层具有欣赏李白作品的能力，一直保持在传统之中。杜甫是可以想象的最深奥复杂的诗人，也十分崇拜李白。当时的欣赏品位不喜欢杜甫，但他并未因此而鄙视当时的欣赏品位。到了九世纪的第二个二十五年，我们便能看到白居易在“普通人”中很受欢迎，但他和更加高雅的诗歌艺术之间有了分歧，这种艺术蔑视白居易。张祜在梦中很明智地唤起李白，以求如他一样受人欢迎。张祜的诗可能会得到勇猛的将军们的喜爱，但要让所有张祜的慷慨扶持人都喜欢贾岛的诗歌，欣赏他那种通过苦思选择词汇而组成的诗行，这是几乎不可能的。不过，贾岛也从未试图去讨他们的欢喜。

到九世纪中叶时，已存在不同品位的群体，最重艺术的诗歌对读者的要求变得更高。我们不能期望像宣宗这样的皇帝，会欣赏李商隐的诗或段成式的博学诙谐的诗。欣赏这样的诗歌需要博学广识、品位微妙高雅的读者群，李商隐可能在他同代诗人的小圈子内找到了这种读者，并显然在十世纪的成都和十一世纪早期的开封找到了知音。李群玉的深奥微妙程度刚好适合九世纪中叶的唐朝皇帝。

虽然李群玉确有几首非常精美的诗篇（比如，在秣陵的《怀古》)，但很难理解他的名气所在。批评家有时候泛泛评论他的五言古诗的质量，但唯一受到特别注意的是下面这首诗：

雨夜呈长官[54]

李群玉

远客坐长夜，雨声孤寺秋。请量东海水，看取浅深愁。
愁穷重如山，终日压人头。朱颜与芳景，暗赴东波流。
鳞翼俟风水，青云方阻修。孤灯冷素艳，虫响寒房幽。
借问陶渊明，何物号忘忧。[55]无因一酩酊，高枕万情休。

这首诗大意是：我很悲伤，年岁也渐大，事业无望（九—十句），甚至无酒可饮。虽然在给皇上的进诗表中，李群玉悉心指出他在所有诗体的范例，但当时的很多诗人似乎都忘了如何成功地写古体诗，特别是五言古诗。

李群玉有几首五言律诗还值得一读，但一般来说都平淡无味，没有前代诗人那种典型的出色对句。如我们在这个时期所能期望的，他的七言律诗和绝句写得较好。

金塘路中[56]

李群玉

山川楚越复吴秦，蓬梗何年是住身。

[54] 31207；羊春秋，4 页。
[55] 酒。
[56] 31323；羊春秋，37 页。

黄叶黄花古城路，秋风秋雨别家人。
冰霜怯度商于冻，桂玉愁居帝里贫。[57]
十口系心抛不得，每回回首即长颦。

如果严格地从七言律诗的传统来评论，这首诗中有很多值得反对的地方，比如，详细列举的倾向、词语的重复和方言词汇的应用（“抛不得”；“每回”）。在处理这一诗体上，没有比李群玉与其同代人李商隐更为截然不同的（尽管李商隐在结尾的对句中也应用修辞层次比较低的措辞）。李群玉的措辞、句法和章法都非常直截了当，预示了在九世纪最后阶段律诗发展的一个方向。

李群玉的七言诗常常与张祜同一诗体作品的浅易流畅相似。下面是李群玉赠张祜的一首诗（据一则标记为原始的注释，他还未见过张祜本人）。

寄张祜[58]

李群玉

越水吴山任兴行，五湖云月挂高情。
不游都邑称平子，只向江东作步兵。
昔岁芳声到童稚，老来佳句遍公卿。
知君气力波澜地，留取阴何沈范名。

[57] 这些物品代表富贵。
[58] 31337；羊春秋，45 页。

诗中的用典很简单：东汉张衡代表受到公众赞扬的诗人；阮籍代表隐居的诗人；最后一行中的一系列姓氏（在翻译中变成了全名）都是六世纪初著名的文人。到九世纪中叶时，对第一代晚唐诗人的赞赏已经形成了一种传统：李群玉从小就崇拜张祜，如刘得仁崇拜顾非熊一样（见前）。这一点也许是将晚唐划为一个时期的最有力论据。

正像张祜颂扬歌者舞者，无论是私人雇用的还是属于扶持人的，李群玉也以同样流畅的方式称赞扶持人最喜欢的歌者。

同郑相并歌姬小饮戏赠[59]

李群玉

裙拖六幅湘江水，鬓耸巫山一段云。
风格只应天上有，歌声岂合世间闻。
胸前瑞雪灯斜照，眼底桃花酒半醺。
不是相如怜赋客，争教容易见文君。

我们完全可以假定这样的一首诗不在献给宣宗的作品之列。然而，朋友和扶持人有时会召唤门客来颂扬其最喜欢的女子。

杜牧也可能写这种直接的七言律诗，但很少有人说李群玉或张祜具有杜牧那样的才华。然而，在某些情形下，这种容易的风格也可被天才地运用。虽然这样的诗人再也写不出七言的古体诗，但他们仍能写同样直截了当的七言律诗。

---

〔59〕 31359；羊春秋，105页。羊春秋认为这是郑肃。

自　遣[60]

李群玉

翻覆升沉百岁中，前途一半已成空。
浮生暂寄梦中梦，世事如闻风里风。
修竹万竿资阒寂，古书千卷要穷通。
一壶浊酒暄和景，谁会陶然失马翁。

“失马翁”指的是著名的“塞翁失马”的寓言故事。塞翁丢了马以后仍很高兴，因为假定这件事可能给他带来好运。当这匹马带着一群陌生的马回来后，他并没有感到喜悦，因为他意识到这可能会给他带来坏运，后来证明如此，出现了几番逆转。

我们不知道这首诗（收在主集中，而不在《后集》中）是否呈献给了宣宗，但它对元和皇帝宪宗的儿子、现在意外地继承了王位的皇帝来说可能具有吸引力。这位新皇帝经历了四代更年轻的皇帝的统治，一直默默地处于幕后，目睹了时运之多舛，祸福之难定。人生如梦或梦中之梦这一出自《庄子》的古老主题，在一个越来越难预测的世界上，对皇帝和平民诗人同样都是安慰。

〔60〕 31324；羊春秋，37 页。

第八章　杜牧

在晚唐，不同的“诗歌”观念竞争激烈。虽然每一种观念内部都还有重要的各种变异，但首要的区分之处则在于，是将诗歌看成人生事业的全部（即“当诗人”），还是其他人生目标的附属；换言之，诗歌是一种展示或显露自我的工具，是参与社交甚至娱乐自己的工具。认定自己是“诗人”的人可能是专心艺术的巧匠（像佛教僧人那样），因为献身于这一事业而贫穷，或是个半职业的诗人，从一位扶持人转到另一位扶持人门下，靠自己的名声生活。这样的诗人常常寻求官职，但倾向于将职位仅看作是一种工作，是自己的才能得到的报酬，为诗歌创作提供了闲暇时间。

另一种诗歌观念后来完全主导了有关诗歌的话语，其内部的各种差异可能比其与“纯”诗人观念的深刻对立更显著。基本上，这是一种由社会所界定的个性诗学，在这里诗歌最多只是一种表现个人的工具，它本身并不是目的。杜甫的诗歌凸显一个深切关注社会政治世界的杜甫形象，尽管他是非常专注的技巧大师。很少有人能这样称贾岛的诗歌，除非在其诗歌体现出忠实诗匠的形象类型的意义上，此类巧匠重复修改诗篇，斟酌对句、诗行，选择完美的字词。我们的区别并不是绝对的，而是代表了这一时期诗人可能选择的两个不同方向。

个性诗学的内部包含了各种重要的不同态度。“严肃性”的意思是参与公共政治生活，同时个性诗学也包含各种对这种热心公益的严肃性的否定态度。一种可能性是退出社会而进入私人生活，通常被称作“隐逸”，但这是一个可以从事社交活动的角色，与西方基督教的“隐士”大为不同，甚至与六朝时一些真正反社会的隐士也不同。另一种对公益严肃性的否定态度是感官上的自我放纵。这些否定态度对严肃性并未提出真正的挑战，因为严肃性的意思是关注社会生活和政府利益；实际上，这些否定态度的前提是对严肃性的认定。社会严肃性或其否定态度都不能接受的是诗歌本身“严肃”起来，将诗歌本身看成是目的，而不是一种自我表达或娱乐的工具。

如果我们跨越个性诗学的内在对立，从较广泛的意义上来讨论它，将是很有用的，因为这可以使我们理解特定诗人如何在表面不相容的角色之间转换自如。诗人可以将自己描绘成既深入地参与政治生活，又同样深入地抵制政治生活。杜牧（803－约852）就是这样一位诗人。[1]

至杜牧的时代，忠实于诗歌本身的话语已经赢得了一些声望。表面看来，《献诗启》似乎与上文对杜牧性格的描述相矛盾。在《献诗启》中，杜牧比这一时期几乎所有其他诗人都更直接地陈述了诗人的价值观。

> 某苦心为诗，本求高绝，不务绮丽，不涉习俗，不今不古，处于中间。既无其才，徒有其奇，篇成在纸，多自焚之。[2]

---

〔1〕有关杜牧逝世年月的学术争论，参杜晓勤，611－612页。
〔2〕《樊川文集》，242页。

"绮丽"通常被理解为李贺的风格，但"习俗"显然与白居易相关。李商隐有关李贺的创作习惯和艺术价值观的描述是此处的背景。杜牧自称写诗很下工夫，以产生"奇"。李贺一旦完成诗篇便将之忘却，杜牧则相反，积极地将不完美的诗篇烧掉。与白居易那种以随意创作并保存有瑕疵的诗篇为自豪的态度相反，杜牧表达的价值观很不同，而且似乎已经成为广泛接受的规范。[3]

然而，此段中更有意义的是其中一系列的否定，避免元和诗人的极端风格。杜牧所主张的是节制或中间的立场，在精神上与李贺那种迷恋自己技巧的诗人不同。这并未真正描述杜牧的实际诗歌创作。在诗歌创作中他可以表现出自己宣称要避免的各种风格，"绮丽"、明显的"古"风、明显的"今"风，但是他确实"不涉习俗"。

以诗人而闻名在政治上可以很有用。除了上面讨论过的献诗以外，我们还知道另一场合，杜牧因需要工作而想进入某位节度使的幕府，事先送去自己的一个诗歌选集。然而，与很多年轻的律诗巧匠不同，杜牧通常不以"纯"诗人自我标榜。诗歌对于他，就如同对于此前的许多诗人，只是事业的附属，及一种随着事业的变动而变化的内心生活。[4]如果我们考虑杜牧的背景，这

---

〔3〕 请注意令狐绹推荐李群玉时使用的"苦心"一词，248 页。

〔4〕 我们不必读很多有关杜牧的批评和学术研究，便会注意到一个重复的模式，可以简单概述如下："但是杜牧深深地卷入了当时的政治问题。"对任何读过杜牧所有作品甚至只是所有诗篇的人来说，这是符合实际的。但是这种说法提醒我们，从九世纪下半叶开始，杜牧主要以多愁善感的诗人著称，对他来说，更广阔的变化观念使眼前的责任感融入背景并减弱。这种抵制政治参与和社会责任的姿态总是他更"流行"的立场，而根据选集的选择、互文的资料及批评的话语，颂扬杜牧这种角色的诗篇也确实更通行。古代及现代的"严肃"学者，很正确地为杜牧此类作品补充了相当数量的关注政治的诗篇和散文。

种观念便不令人吃惊。他的背景与贾岛和姚合周围的那些诗歌巧匠很不同。虽然他与牛僧孺关系密切，但杜牧正是李德裕认为最适合承当公职责任的年轻人。

唐代的重要诗人中，没有一位成长于与杜牧相同的家庭背景。在803年，杜牧出生的那年，他的祖父杜佑（735－812）以淮南节度使回朝廷任宰相。他待在这一职位直至去世，历事德宗朝的最后几年，顺宗的短暂统治，宪宗元和朝的早期。如此长久居于文官体系的顶峰是很了不起之事，特别是经历了几位皇帝。在回长安前两年，杜佑完成了《通典》，一部巨大的政治典章知识的百科全书。他将这三十年工作的成果呈献皇帝。闲暇之时，他就回到自己的庄园朱坡。朱坡在长安南边（城南），以长安最好的田产而著称，位于杜氏家族世代居住的地区，包括出了杜甫的另一杜姓分支。流经此处的樊川，成为杜牧的号。我们可以合理地推测杜牧童年时熟悉朱坡，他后来在诗歌中将朱坡描绘成几乎具有一种奇幻的特质。

杜牧的祖父在812年去世，几年后他的父亲似乎也去世。杜牧的父亲，像杜佑自己及其他家庭成员一样，通过门“荫”特权进入仕途，升到中级的朝廷职位。〔5〕不幸的是，杜牧的父亲官职升得不够高，所以不能将门“荫”特权传给他的儿子们。杜牧和

〔5〕 在一封求职信中，杜牧比较详细地描述了元和末自己十余岁时家境贫困的情况（参见《樊川文集》，244页）。他自称不停地搬迁，吃野菜，甚至夜晚睡觉无烛火。虽然这是可能的，如缪钺所说，杜牧的父亲杜从郁是杜佑的第三子，因此没有继承家庭的主要财富，但是他所继承的财产一定仍然不少，而杜牧是杜从郁的长子。杜牧的伯父娶了岐阳公主，成为皇帝宠爱的女婿。伯父在长安显赫，侄儿却在吃野菜，这不太可能。尽管后人认为著名诗人说的都是真话，对此段叙述最好理解为年轻人眼中的贫困，而当这位贫困的年轻人出身显贵的家族，对当前的拮据生活的印象便特别深刻。

他的倒运弟弟只能通过进士考试进入仕途。两人都是一试即中，这证明杜家年轻成员获取学问的资源之丰富，也证明有显赫关系的年轻人得到特别的照顾。

杜牧不仅是名门子孙，而且二十刚出头（可能在826年）便以《阿房宫赋》而出名。赋中描写秦始皇这一著名宫殿里的过度奢侈及社会后果。最后的教训十分清楚明白：

> 灭六国者六国也，非秦也。族秦者秦也，非天下也。嗟乎！使六国各爱其人，则足以拒秦。使秦复爱六国之人，则递三世可至万世而为君，谁得而族灭也？秦人不暇自哀，而后人哀之；后人哀之而不鉴之，亦使后人而复哀后人也。〔6〕

这篇赋一般被解释为批评敬宗好兴土木，其著名结语在一定程度上证成这种解说。尽管杜牧显然不赞赏白居易和元稹的诗歌，此处不难看到赋中的一个手法受到白居易和元稹“新乐府”的影响：这一文体又回到其假定的最初功能，在结尾明确地批评当代的社会政治问题。

《阿房宫赋》的原意可能是批评敬宗（虽然不能肯定是在他在世时还是去世后），但是其首要目的是引起人们对即将参加进士考试的诗人的注意。准备考试的有志者要吸引扶持人，其首要方式是传播自己的作品。扶持人然后会将其推荐给其他高官，包括考官。有一件著名的轶事，其本身可能不足凭信，但确实说明了考试成功与否，在某种程度上决定于扶持人为特定个人力荐的

〔6〕《樊川文集》，2页。

程度。一位叫吴武陵的国子监博士对《阿房宫赋》非常欣赏，他告诉主考官杜牧应该得状元。考官告诉他说状元已经有主，吴说那么杜牧应该得第五名。考官略有犹豫，吴便向他显示《阿房宫赋》，于是考官同意了。[7]

杜牧于828年在洛阳进士及第，其后于五月十二日又通过了文宗主持的制举殿试（我们可能还记得，文宗比杜牧年轻几岁，做王子时连最基本的经书都学不会）。通过第二场考试后，杜牧开始了体面的仕途，担任接近官僚等级中品位最低的弘文馆校书郎。

那年秋天，任职仅几个月后，杜牧决定加入沈传师的幕僚。沈传师被任命为江西观察使，府治在洪州（现代江西的南昌）。这一决定的原因并不完全清楚。沈传师是杜家的老朋友，在节度使和观察使的幕府任职常常是获得扶持人的好方法（杜牧似乎并不缺少高位的支持者）。这种地方幕僚职位常常带有一个京城的名义职位。杜牧的名义职位使他在仕途上升了一级。也可能是因为在建立关系准备考试数年以后，他想要见见世面，特别是东南的美人。也许他觉得校书郎的工作枯燥无聊。

无论是出于何种原因，杜牧出发去了洪州。在那里待了一年后，沈传师调任宣歙（现代安徽的宣城）观察使，杜牧又随往宣州。宣州像洪州一样风景美丽，比洪州更著名，因为它曾在五世纪后期的诗人谢朓的管辖之下。这些职位的确切责任通常不太清楚，也许是起草文件和奉命出使，但是其责任似乎并不特别繁重。宴饮和游赏当地的美景和美人，似乎是其中很大的一部分。

同样有趣的问题是，为何高级地方官员招募年轻人，但显然

［7］ 周勋初，1225页。

并不需要他们做行政工作。也许首要的原因是声望。在唐代，权力寻求引人注目。官员们任职时旌旗飘扬，佩戴勋章，及展示其地位的其他引人注意的标志。周围有很多文采出众的年轻人也是一种可见的威望。纯粹从实际的角度来看，与两个京城的社交生活相比，地方的社交生活枯燥无聊。甚至有些州府的美丽景色也会变得平常。然而，如果有一批幕僚可以一起宴饮、一起欣赏这个地方，可能就不那么像贬放了。对于这些高官来说，有两个主要的娱乐：诗歌和“官妓”（对于军官来说则是“营妓”），这些官妓被强迫征用为当地官员服务。

杜牧的很多诗篇都无法确定日期；如果我们能够确定此类诗篇的日期，可能会影响我们对一位诗人的文学生涯的理解。杜牧的可以确定日期的最早诗篇作于文宗统治的初年。《感怀》是一首长篇古体诗，描绘了这个朝代的动乱历史及地方的军队，以节度使李通杰公开违抗朝廷命令为主要事件，李是东北地区实际上自治的节度使之一。杜甫和韩愈的诗篇是《感怀》的背景。与形式不同的《阿房宫赋》一样，杜牧在《感怀》中以关注政治的诗人出现。虽然这是带给年轻诗人某种声望的诗歌类型，但也是很少有人读的那一类诗歌，记得此类诗歌的人就更少。《阿房宫赋》那些批评尖锐的段落，使之成为唐代最著名的赋及文学经典的传诵部分，除此之外，它还具有一种迷人的夸张挥洒感。相比之下，在现在，《感怀》主要是那些已经读过杜牧的一些诗篇并想要加深对他了解的人才阅读。

然而，在沈传师的幕府中，有些场合是用来创作另一类诗歌的。其中一首有关张好好，一位属于洪州府的“官妓”。她刚出道时还是少年，很得沈传师欢心，沈去宣州时也带上她。沈的弟弟沈述师也看上她，在832年将她从官妓的名单上除名，纳为妾。沈述师已成为杜牧的好友，杜牧写诗赞颂这位歌者作为妾和私人表演者的新角色。

赠沈学士张歌人[8]

杜牧

拖袖事当年，郎教唱客前。断时轻裂玉，收处远缫烟。
孤直绝云定，光明滴水圆。泥情迟急管，流恨咽长弦。
吴苑春风起，河桥酒旆悬。凭君更一醉，家在杜陵边。

这是一首很平常的诗，诗人赞美主人的歌者和舞者。在这首诗中，首联“破题”，毫不掩饰地陈述她被命令表演。“郎”指“年轻人”，是一个具有很多联想意义的词，其中包括浪漫的意思，这里也许暗指沈述师的迷恋。九世纪在诗歌和散文中都变成爱情故事的时代，热烈的迷恋成为时尚。向自己的朋友展示自己的宠妾是常有的事，主要是让她表演。而朋友们则报以对她的才艺的赞美，有时候宣布自己也爱慕她。

诗篇的剩余部分集中于有关表演的诗歌描述，用的是当时整个时期通用的诗歌话语。虽然后来杜牧含蓄地赞同对白居易的严厉批评，但他肯定知道《琵琶行》，以及其中对音乐的详细描绘。在杜牧诗的开头部分，有一联提到音乐段子（断可能指突然中断，随之停顿，然后继续），用了很合适的比喻描绘它们的特征。第三联描绘声音的质量，虽然“云定”常常指音乐对外部世界产生的效果。

［8］ 28113；冯，166页。

水的滴落是人们喜爱的声音意象，水滴落在水里时视觉上的圆形暗指声音的“圆”（完美）。第四联描绘歌手与器乐伴奏的关系。最后歌声似乎唤起吴地的典型田园景色，使诗人想起远方长安杜陵附近自己的家。诗篇赞美歌者搅动了诗人的情绪，使其多饮酒和思家。

上引诗的写作时间，很可能在沈述师半夜派人请杜牧为重新发现的李贺诗歌作序后不久。考虑到杜牧自己创作的诗歌类型，以及他的政治散文，他对李贺那种有分寸的批评是可以理解的。然而，杜牧很快就变成了一位很不同的诗人。

在833年，杜牧奉沈传师之命出使淮南府治扬州。新的淮南节度使不是别人，正是牛僧孺。牛此前当宰相，因处理四川（他的政敌李德裕所管辖的地区）的一个事件而受到越来越多的批评，牛请求辞职。淮南府是个美差，可以说如果不得不离开京城的话，那么在唐代最好的去处便是扬州。扬州地处大运河之首，所有从南方、四川以及国外来的货品、贡品和粮食都得经过扬州送往长安和洛阳。就在杜牧到达扬州五年以后，扬州接待了一个来自日本的代表团，代表团中有一位名叫圆仁的和尚，后来写下在唐代中国逗留的长篇详细日记。扬州曾经是隋炀帝的江都，是他最著名的奢侈之地。扬州以享乐之城闻名，过去和现在都是如此。〔9〕杜牧留在扬州牛僧孺身边，先任淮南节度府推官（当地的法官），后迁任掌书记。与牛的这种关系后来对杜牧的仕途造成重大后果。

扬州似乎标志着杜牧诗歌的转折点，或更精确地说，标志着杜牧

〔9〕 虽然扬州于833年遭遇特大洪水，于834年发生灭顶火灾，但杜牧的诗中未有任何反映。参李廷先，《唐代扬州史考》（南京：江苏古籍出版社，2002），246页。

的诗歌开始成熟。杜牧在837年又回到扬州短暂逗留，照顾生病的弟弟，但是他似乎充分利用了在牛僧孺幕府时居留扬州的那两年时间。这一组三首简单题为《扬州》的诗篇，很可能出自这一时期。

扬州三首〔10〕

杜牧

其　一

炀帝雷塘土，〔11〕迷藏有旧楼。〔12〕
谁家唱水调，〔13〕明月满扬州。
骏马宜闲出，千金好暗投。〔14〕
喧阗醉年少，半脱紫茸裘。〔15〕

其　二

秋风放萤苑，〔16〕春草斗鸡台。〔17〕

---

〔10〕28137－28139；冯，193页。

〔11〕唐朝统一南方后，炀帝被重葬于扬州城外的雷塘。

〔12〕杜牧在“迷楼”的名字上做文章。迷楼是为炀帝游乐建造的迷宫。迷藏是玄宗和杨贵妃玩的一种游戏，双方都蒙上眼睛，互相摸索寻找对方。

〔13〕原文有注：“炀帝凿汴渠成，自造水调。”此句可以理解为反诘，意思是没有人在唱水调。

〔14〕暗中抛弃有价值的东西，此暗字常指引起怀疑。但周锡䪖认为此指的是在青楼花钱，这样暗字可理解为“不知不觉地”，和夜晚的黑暗形成双关语。

〔15〕这一动作的意思含混。可能说明欢饮过度，酒醉后衣着不整的情况，也可能跟随第六行而具有色情性质。最可能的解释是那位年轻人想要典当贵重的紫茸裘换酒喝。

〔16〕这里指的是古老的隋苑。放萤苑的名字基于一个传说：炀帝命令捉来方圆数里之内所有萤火虫，然后在苑中同时放出，照亮整个风景。

〔17〕炀帝去扬州古老的斗鸡台玩，据说看到了陈后主的幽灵。

金络擎雕去，[18]鸾环拾翠来。[19]
蜀船红锦重，越橐水沉堆。[20]
处处皆华表，淮王奈却回。[21]

其　三

街垂千步柳，霞映两重城。
天碧台阁丽，风凉歌管清。
纤腰间长袖，玉佩杂繁缨。
柂轴诚为壮，[22]豪华不可名。
自是荒淫罪，何妨作帝京。[23]

在中国诗歌中，区分话语和行为很重要，同时要承认话语造成的印象会产生社交后果，与实际行为同样重要或更重要。通过意象、态度、价值观及语言手法的不同话语，一位诗人可以扮演不同的角色。这种角色扮演是“真实生活”的一部分，但与真实生活的关系除了直接“反映”真实生活以外，还有很多可能性。诗

〔18〕此谓戴着金络腰带的人在放鹰行猎。

〔19〕装饰华丽的美女。

〔20〕扬州地处大运河之首，是所有从水路运往长安的货物的集散地。红锦水沉表明是贡品。

〔21〕这一联含有两个典故。首先是丁令威的故事，他成了仙，在一千年后又返回故乡辽东，停在华表上，吟诗感叹一切都变了（参阅第六章注〔31〕）。淮南王是西汉的刘安，据说他后来成仙。

〔22〕鲍照的《芜城赋》被解释为描绘扬州（广陵）。鲍照在诗中说该城“舵以漕渠，轴以昆岗”。这一商业城市的地形构造反映了城市的用途。

〔23〕扬州是隋炀帝心爱的“江都”，人们谴责炀帝在扬州的荒淫无度导致了隋朝的灭亡。

歌的角色扮演可以完成日常社交期望，如赞美朋友的妾的唱歌，表达因朋友离别而彻底失去未来的幸福。诗人可能确实欣赏表演，对朋友离开觉得难受，但是诗歌的说服力并不依赖于诗人真实感情的真诚和强烈。这种社交期待的角色和反应的标志之一，是我们认识到诗人陷入困境，很难说相反的话。在其他情况下，角色只是纯粹游戏，欣赏在一首诗中创造的自我形象。另一种极端是某一角色出自诗人的个人信念或下意识地出自其性格。这些区别只是为了权宜之便，因为信念和游戏之间没有明显界限，很容易从一个阶段转到另一阶段。此外，我们无法决定一位诗人在扮演特定角色时所带来的实际信念。有一种很强烈但并无根据的假定，认为一位诗人在特定的话语角色中的表演越新颖和成功，他就越有真意，或此角色就越真实。

这里的问题是杜牧诗歌中放荡的自我形象。我们没有真正的证据表明，与他的同时代人相比，包括那些只在评论中留下“严肃”面孔的人，杜牧与名妓的风流轶事更多，或是饮酒更重。在他的一些效果最佳和最令人难忘的诗篇中，杜牧以风流人物出现，既多情浪漫又伤感潇洒。杜牧的风流行为在轶事和传记资料中都受到评论。这些评论和举例更可能是从其诗篇的语调或宣称推论出来的，而非来自任何对他实际行为的直接了解。〔24〕也可能杜牧在世时，这种形象几乎肯定已成为他的名望的一部分。杜牧显然很乐于扮演这一角色，但是他也同样乐于扮演未受赏识的军

---

〔24〕 可以考虑《类说》中保存的有关杜牧在扬州时经常夜出寻欢的故事。牛僧孺派三十小卒便服暗中跟踪保护。后来杜牧因其行为而受到取笑，据说他开始还想掩饰，于是牛僧孺拿出关于他的行踪的详细密报。周勋初，1226 页。

事天才和政治家，希望以自己的政策使唐王朝恢复过去的辉煌。杜牧的问题在于，更多读者相信的是他所扮演的诗歌风流角色。

这三首《扬州》诗可以确定日期，在杜牧开始成为人们所喜爱的那一类诗人的诗篇中，这是最早的三首。我们已经讨论过自我形象的问题，然而在这三首诗中，杜牧并未在任何地方谈到自己。但是，如果我们将这些诗与他年轻时写的《阿房宫赋》相比，差别便很鲜明。隋炀帝是一位极度奢侈的“坏”皇帝，比秦始皇风流，但是他同样应负亡国的责任。除了读者将对隋炀帝的一般负面评价归因于杜牧以外，这几首诗中没有任何地方表达他在赋中所做的那种道德谴责。我们可以将第三首诗的最后一句解释为谴责，但它被围框于一个特别的形式中。

第一首诗的开头便召唤起隋炀帝墓土的遗迹，即扬州的坟墓。“迷楼”可能有一些遗迹存留（或人们相信的迷楼遗址）；但是很快就清楚整个扬州都是迷楼。显然，水调仍在唱，月光依旧，过去与现在的差异未在任何地方说明。我们看到一位有钱有地位的放荡年轻人，一个标准的诗歌角色，夜晚出去，倾泻金钱于酒、女人和歌。“喧阗醉年少”是迷乱、丢失自我、挥霍的形象。诗篇的结尾描绘这位年轻人半脱掉昂贵衣装的形象，既失体面又失资本。即使他看上去略显愚蠢可笑，这不是被谴责的形象，而是颂扬自我放纵的形象。

我们此处再次引用第二联：

谁家唱水调，明月满扬州。

将此联与杜牧的另一首名诗相比，颇有启发意义：

泊秦淮[25]

杜牧

烟笼寒水月笼沙，夜泊秦淮近酒家。
商女不知亡国恨，隔江犹唱后庭花。

秦淮河流过南朝的古都金陵。我们不知道杜牧哪次经过这里时写了这首诗。《后庭花》为陈后主所作，是一首艳美享乐之歌。陈国朝臣中的道德家们听到以后，认出这是“亡国之音”，知道王朝不可能持久。杜牧诗中的叙述人在自己对历史的深刻理解上做文章，而诗中的歌者显然并无这种理解。对她来说，那只是一首艳美享乐的歌；对隔江而听的诗人来说，却是亡国的记忆，也许在现在唱此歌是一个不祥的迹象。

这首诗的情景与在扬州听到唱隋炀帝的“水调”完全一样。在《扬州》中，听者很了解这首享乐之歌背后的历史深度（特别是如果杜牧自己加上那一早期的注解，说明隋炀帝是歌的作者）。然而，《扬州》诗中并没有道德谴责；这首歌的继续存在只是增强了这一享乐之城的怀旧气氛。

过去和现在的浑然相接也带入第二首《扬州》诗中，这首诗颂扬城市中的各种陈迹和享乐，以及流过这里的巨大财富。奇怪的是，最后一联也唤起类似的延续，城中无数华表似乎在邀请想象中的淮南王刘安回来，就像神仙丁令威返乡一样。然而，在这首诗中，这座城市的财富和享乐会使扬州成为真正的回归和重现的场所，与丁令威所发现的变化和失落相反。

---

〔25〕 28243；冯，273 页。

在第三首诗中，诗人引喻鲍照的《芜城赋》，继续描绘这座城市的寻欢作乐。在唐代“芜城”一般被认为指扬州。扬州因其地理位置成为商业中心，不断发展强大而过分成熟，最后却“竞瓜破而豆分”。当杜牧将这座城市描绘成运输财富的“梅轴”时，也许确有一种不祥的语气。尾联很容易读懂，但却难于解释清楚：

自是荒淫罪，何妨作帝京。

前一行显然指隋炀帝的荒淫过度，很可能是说问题在此人而非此地。最后一行可能表示扬州是适合这样一位皇帝的京都。

他在扬州的逗留结束时写了两首诗，表面上是关于与一位歌伎的离别，但我们看到的却是杜牧的典型风流形象。

赠　别[26]

杜牧

其　一

娉娉袅袅十三余，豆蔻梢头二月初。
春风十里扬州路，卷上珠帘总不如。

其　二

多情却似总无情，惟觉樽前笑不成。
蜡烛有心还惜别，替人垂泪到天明。

---

〔26〕 28294－28295；冯，311 页。

“春风十里”从此成为与扬州城相连的一个短语。我们对喜爱刚入青春的女孩的做法且不作评价，因为这在中国和世界其他许多地方曾经很平常。她刚过了十三岁（在新年刚满十三岁），这意味着她可能还只有十二岁，因为这里年龄与春季相联系，刚刚进入第二个月（在835年，第二个月始于三月三日）。诗的焦点先集中于初开的花，然后转向“十里”青楼的大背景。帘子卷起，女人们的脸在朝外看，比较之后得出评价，她是其中最美的。

“你是其中最美的人”的比较评判，可以想象是赠送歌伎的诗篇中最常见的成分；虽然这颇具普遍性，但很难不从进士考试和官僚制度的男性文化的背景来解释此点，因为男性文化热衷于等级和比较评价。

第二首诗的心理显然是有关离别的主题，比第一首更有意思，差不多是中国诗歌中隐喻的寓言。我们应该首先指出，蜡烛的芯是它的“心”，蜡滴传统上象征着泪滴。唐代诗人一般不会为流泪而感到难堪；但是也有一种压抑的美感，强烈的感情通过一个眼光或姿势溢出。但是在这首诗中，我们看到的是否定的宣告，最强烈的感情以无情出现。感情的证据在喝酒中，喝酒应该有欢笑（买一位歌伎是“买笑”），但是不知如何却无法欢笑。

被压抑或阻碍的感情在感情主体之外的世界出现：蜡烛替代人，为他们流泪。作为隐喻的寓言，其寓意是象征性的表达可以而且常被理解成是（因各种原因，包括政治上失意）表达受阻的迹象。隐喻性的移情可以表示感情的加强。不过，还有另一种诗学在此起作用，即关于证据的换喻诗学：从最后一行中我们知道两人在一起，直到黎明，大概是他们必须分手的时刻。

我们可以做一比较：杜牧对分离时无法说话的明显是心理学

的处理，与温庭筠对同样情况的较传统而同样有效的诗歌处理。[27]

> 别情无处说，方寸是星河。

温庭筠从主观的角度谈自己无法表达的感情。杜牧的手法更有意思，因为他将这种情景普遍化为一种原则，在另一个层次上取代了当时的难堪。

杜牧显然得意于自己的风流形象，但是他也很严肃地致力于表现自己很不相同的另一角色，即一位关心国事的潜在政治家。在扬州期间，杜牧也忙于写作政治论文，花费的时间远远多于我们刚阅读的那些诗篇。具讽刺意味的是，这些散文得以保存下来，可能是因为那些诗篇的缘故。诗歌是杜牧后来的名气资源，是他的作品集得以保存的一个原因，而许多其他人的作品都丢失了。

在决定命运的835年春天，杜牧当时三十三岁，被任命为监察御史，离开扬州回到京城。当时与宦官关系密切的朝臣和宫廷医官郑注掌握权力，颇受众官的鄙视。御史李甘是杜牧的知己朋友，因为公开反对郑注，在七月被贬为封州司马，去了遥远的南方，其后卒于那里。也许担心自己与李甘的关系，杜牧托称无法完成职务的重任，请求换职。朝廷允准，将他调任洛阳没有责任的闲职。后来证明这是一个及时的行动。无论是直接参与阴谋还是与阴谋者有一般的联系，很多长安官员都在那年十一月甘露事

---

〔27〕 31949；曾，69页。

变后的血腥清洗中丧失了性命。

在洛阳，杜牧再次碰到他在宣州赞美过的歌女张好好。她在一家酒店当垆卖酒，可能是因为沈述师抛弃了她。杜牧为她写了一首长歌，我们前面已经提过。在这首歌中，杜牧回忆她在洪州和宣州时年轻貌美的盛况。

张好好诗〔28〕

杜牧

牧大和三年，佐故吏部沈公江西幕。好好年十三，始以善歌来乐籍中。后一岁，公移镇宣城，复置好好于宣城籍中。后二岁，为沈著作述师以双鬟纳之。后二岁，于洛阳东城重睹好好，感旧伤怀，故题诗赠之。

君为豫章姝，十三才有余。翠茁凤生尾，丹叶莲含跗。
高阁倚天半，章江联碧虚。此地试君唱，特使华筵铺。
主公顾四座，始讶来踟蹰。吴娃起引赞，〔29〕低徊映长裾。
双鬟可高下，〔30〕才过青罗襦。盼盼乍垂袖，一声雏凤呼。
繁弦迸关纽，塞管裂圆芦。众音不能逐，袅袅穿云衢。
主公再三叹，谓言天下殊。赠之天马锦，副以水犀梳。
龙沙看秋浪，〔31〕明月游东湖。自此每相见，三日已为疏。
玉质随月满，艳态逐春舒。绛唇渐轻巧，云步转虚徐。

---

〔28〕 28040；冯，53页。

〔29〕 周锡馥在《杜牧诗选》中，将此解释为一位吴娃介绍张好好。此处我采用这种说法。朱碧莲（39页）将吴娃解释为张好好本人。

〔30〕 我采用周锡馥关于“可高下”的解释，朱碧莲的解释是她跪下然后站起。

〔31〕 在洪州。

旌旆忽东下，[32]笙歌随舳舻。霜凋谢楼树，沙暖句溪蒲。
身外任尘土，樽前极欢娱。[33]飘然集仙客，[34]讽赋欺相如。
聘之碧瑶佩，载以紫云车。洞闭水声远，月高蟾影孤。[35]
尔来未几岁，散尽高阳徒。[36]洛城重相见，婥婥为当垆。[37]
怪我苦何事，少年垂白须。朋游今在否，落拓更能无。[38]
门馆恸哭后，[39]水云秋景初。斜日挂衰柳，凉风生座隅。
洒尽满襟泪，短歌聊一书。

这首诗未述及一些重要的事情：我们不知道她对被沈述师纳为妾是否高兴，我们也不知道两人之间发生了什么导致她成为洛阳的私妓。当然这些是不必提的，因为杜牧和张好好两人都明白。而这也提醒我们这首诗是“为”张好好写的，而不是为后人。的

---

〔32〕 此指去宣州。

〔33〕 主语是沈传师还是张好好，此处不清楚。

〔34〕 根据杜牧的注，张好好后来的主人沈述师曾任集贤殿校理。集贤殿原名集仙殿。

〔35〕 朱碧莲（41 页）将此解释为张好好进入仙界，如同刘晨和阮肇与仙女在洞中生活，或是像嫦娥一样飞向月亮。首先，我们可以注意到在九世纪的文本中，“洞闭”更强烈地表示刘和阮试图回到仙界的情况（请见 328 – 329 页）。如果第二行确实与嫦娥有关，她是个寂寞的形象，因为她偷吃了长生不老的仙药，离开了丈夫。如果这一行是在引喻李贺（见前），那么就可能指她被新主人（沈述师）从旧主人（沈传师）那里带走。

〔36〕 此最初指郦食其及其酒伴，其中包括刘邦，到了唐代便只指宴会上的酒伴。

〔37〕 这里引用的是卓文君与司马相如私奔后当垆卖酒的故事。含义不太清楚，可能是说张好好被沈述师家抛弃，只得靠自己，成为公众的歌姬。

〔38〕 这既可以解释成张好好向杜牧提问，也可以解释成杜牧向张好好提问。“朋游”的运用表明是前者。“落拓”的意思既可以是“无拘无束”，如译文所示，也可以是“落魄”。

〔39〕 此指杜牧听到沈传师去世的伤感。

确，诗篇着重描写的是张好好与沈述师的兄长沈传师在一起的时间，以及现在两人对他的去世感到的悲伤。

人老珠黄的女子回忆过去曾得到的宠爱而伤感，令人不能不想起二十年前（816）白居易著名的《琵琶行》。[40]在形式上和修辞上，《张好好诗》都是对这一主题更"文学"的处理，虽然缺乏《琵琶行》那种将琵琶女青春时的故事与动人的琵琶演奏相交织的复杂性。白居易用的是七言、押韵的对句及四行一节的诗。这是长篇通俗歌行喜爱的形式。《琵琶行》确实似乎很快就传播到各个通俗的表演场所。而杜牧却选择了一个更"文学"的形式，即从头到尾只用一个韵部的五言诗。

《琵琶行》中的女子不仅没有名字，而且她的故事是普遍性的，这一点无疑也增加了故事的流行。

> 自言本是京城女，家在虾蟆陵下住。
> 十三学得琵琶成，名属教坊第一部。
> 曲罢曾教善才伏，妆成每被秋娘妒。
> 五陵年少争缠头，一曲红绡不知数。
> 钿头云篦击节碎，血色罗裙翻酒污。
> 今年欢笑复明年，秋月春风等闲度。

从后代的角度看，很难不更喜欢白居易的《琵琶行》，即使在这一小节中，其语言的力量也完美地描绘了她对音乐和欢乐不顾一切的专注，获得和花费皆不计得失。这为此节后面的诗行做好了

〔40〕 22341；朱，685页。

铺垫，随着青春逝去，爱慕她的人也消失了。《琵琶行》中的女主角确是歌伎，她的成功与失败是以爱慕她并为她付费的客人的数量来衡量的。很难不将她看作是诗人白居易的化身（诗篇在其他方面也作了同样的类比）：白居易及其朋友元稹一起庆祝白诗的广泛流传。这种无区别的普遍流行，后来成为贬低者对白诗的批评。

在这种情况下，我们就较易于理解杜牧在张好好的形象上对这样一个角色所进行的改造。此位歌者有名字，为人所知。她只被一两个男人所爱和欣赏，而不是所有存有欲念的男人。她的“成功”是以感情的深厚来衡量的，包括她自己的感情及其爱慕者的感情，特别是沈传师的感情。所失去的是第一位爱慕她的主人，而不是她的青春魅力的消逝。诗歌形式和修辞层次的“提升”与这些“更高”的价值相配。虽然她现在落魄于洛阳的一个酒店，张好好是充满爱情及被爱的妾，而不是歌伎。

杜牧另一首有关女子悲惨命运的作品《杜秋娘诗》，创作日期不那么确定。缪钺将此诗系于833年杜牧前往扬州的时候，傅璇琮则更倾向于837年。与《张好好诗》一样，白居易的《琵琶行》是这首诗的背景，虽然杜牧再次选用较不通俗流行的五言，而不是七言。与《张好好诗》相比，这首诗用了更多的典故和层次更高的措辞，离开通俗诗歌的调子甚至更远。根据张祜和李商隐都提到此诗的事实，它似乎是杜牧在当代的名声的一个重要部分，虽然与杜牧的许多其他诗篇相比，后来的诗评家们较少注意此诗。

虽然此前并非没有相似的主题，但是在白居易的歌行成功之后，发现经受艰辛并从地位和名声跌落的女子变得很流行。值得注意的是，杜牧的诗篇详细叙述了一位女子的动人故事，而这个故事与政治历史交织。杜秋娘原是谋反者李锜的侍妾；李锜倒台之后，杜秋娘被送入宪宗的后宫，后来很得宠爱。在宪宗后继者的统治下，她成了穆宗的一位儿子漳王的养母。漳王遭诽谤被废削后，杜秋娘被遣回家乡。她将自己的身世告诉杜牧，于是杜牧以诗歌重述了她的故事，诗中充满红颜祸水和贞女。正如白居易在《琵琶行》中人老珠黄的歌伎身上看到自己的命运，杜牧也在杜秋娘身上看到了学者的命运：

女子固不定，士林亦难期。

他接着列举了一长串学者命运多舛的例子，此时我们终于明白，他对杜秋娘的兴趣远不如他对儒家士大夫的命运感兴趣。

836年杜牧在洛阳期间，一位叫李戡的挚友去世。一年后杜牧为李戡撰写碑文，文中突然攻击元稹和白居易的诗歌，称之为元和诗歌恶习的代表。攻击出现在引用李戡的话中，这些话与其（现在已佚失）唐诗选集联系在一起。碑文如下：

诗者可以歌，可以流于竹，鼓于丝，妇人小儿，皆欲讽诵，国俗薄厚，扇之于诗，如风之疾速。尝痛自元和已来有元、白诗者，纤艳不逞，非庄士雅人，多为其所破坏。流于民间，疏于屏壁，子父女母，交口教授，淫言媟语，冬寒夏热，入人肌骨，不可除去。吾无位，不得用法以治之。[41]

在现代的情况下，李戡的极度忧虑当然会被理解为白居易诗歌流行感人的证据。然而在这里，我们必须如同评论杜牧的风流形象一样谨慎。李戡对这种诗歌风行情况的描绘，不仅在元稹和白居易自己的陈述中得到证实，而且可能正是那些陈述的产物。

从九世纪三十年代中叶开始，七言律诗越来越流行，特别是用于描绘地方风物和古代遗址。杜牧有一组两首洛阳诗，基于皇帝不再来洛阳这一事实，这在当时是流行的洛阳主题。他还作有一首凭吊古城废墟的怀古诗。

---

〔41〕《樊川文集》，137 页。人们一般认为这一段表达了杜牧自己的观点，因为他既然在碑文中引用了这一段，所以很可能基本上同意李戡对这种诗歌的反感。在后来的传统发展中，李戡的评论被当作杜牧自己的评论，导致了对杜牧的相当批评，因为杜牧自己的诗歌也表现了风流艳情。见查屏球《唐学与唐诗：中晚唐诗风的一种文化考察》（北京：商务印书馆，2000），278 – 279 页。有关此段话在多大程度上代表杜牧自己的观点的学术争论，参杜晓勤，613 – 615 页。比较合适的问题，是探讨李戡批评的是白居易和元稹丰富多样作品中的哪一种。在“Defining Experience: The ‘Poems of Seductive Allure’（yanshi）of the Mid-Tang Poet Yuan Zhen（779 – 831）”（*Journal of the American Oriental Society* 122, no. 1 [Jan. – March 2002], 61 – 78）一文中，Anna Shields 指出李戡所批评的是元稹的艳诗。我认为李戡的批评目标是诸如《琵琶行》之类的长篇歌行，可以被描绘为具有“纤艳”的特点，但仍然直接明白，便于口头表演和传播。李戡指的显然不是白居易晚年那种散漫的个人诗歌，这我们在前面（第二章）已经讨论过。然而在唐代，将否定作为一种统一要素往往很有用。尽管互相之间有很多差别，那些著名的长篇歌行、“新乐府”、精心雕琢但仍然直陈的古体诗，以及白居易晚年的散漫诗篇，都仍然是“习俗”的不同类型，与同样复杂多样的“高雅”诗歌话语的各种类型相对立。

故洛阳城有感〔42〕

杜牧

一片宫墙当道危，行人为尔去迟迟。
筚圭苑里秋风后，〔43〕平乐馆前斜日时。
锢党岂能留汉鼎，〔44〕清谈空解识胡儿。〔45〕
千烧万战坤灵死，惨惨终年鸟雀悲。

杜牧开始于他所认定的东汉宫墙的废墟，作为促使旅行者驻足感怀的标志。第二联在晚唐很典型，提出在唐代已无可辨认的两个著名东汉遗址的名字。这些名字仅是被放置于消失的日光和秋风这些表示完结的片刻之中。第三联通过用典而做出评论。从完结的时刻，我们又返回到历史的关键时刻，由不同的决策而可能导致不同结局的时刻。这样一个历史关键时刻发生在东汉灭亡之前，开始于169年对官员的大批清洗。杜牧似乎在说，如果那些人没有被排斥贬逐，继续留在职位上，那么他们便可能挽救那一朝代。第二个时刻发生在西晋灭亡之前，西晋的京城也是洛阳。这里杜牧认为当时的清谈精神是无效的：虽然王衍能够认出一位可能毁灭王朝的人的迹

〔42〕 28136；冯，191页。

〔43〕 筚圭苑是东汉时的一座园林。

〔44〕 此指二世纪时著名学者和太学生的联盟，他们的“党”激怒了皇帝，先是被拘押，后来被永久遣逐原籍。随后黄巾起义爆发。杜牧的意思似乎是，将这些学者遣逐乡村后，东汉便被剥夺了其必需的贤能之士，从而导致了王朝的灭亡。

〔45〕 此指晋代学者王衍，以“清谈”著称。石勒来洛阳经商，王衍见到后，觉得石勒很奇特，评说此人存在会给国家带来祸害。石勒后来在晋代的灭亡中果然是个中心人物。

象，他并未采取任何行动。第七行是杜牧的典型佳句，描绘了一个宏伟的视觉形象，将常理具体化：洛阳是很多大仗的战场，被洗劫多次，直到土地本身（即“坤灵”）死亡。所剩的只有悲伤，移情到喳喳叫的麻雀上，如同前面将离别的悲伤移情到烛的蜡泪。

这里我们对比下引许浑同一题材的诗。许浑是杜牧的同时代人，后来也成为他的朋友：

登故洛阳城[46]

许浑

禾黍离离半野蒿，昔人城此岂知劳。[47]
水声东去市朝变，山势北来宫殿高。
鸦噪暮云归古堞，雁迷寒雨下空壕。
可怜缑岭登仙子，[48]犹自吹笙醉碧桃。

虽然这不是许浑最优秀的诗篇，但是对比之下可显示出其长处和短处。杜牧的诗篇提供了一个贯穿整体的视觉形象，成为诗篇的结构：开头的废墟挑逗思想，接着展示在洛阳昔日辉煌的遗址上的诗意空寂景象，然后引向导致洛阳毁灭的决策时刻，最后描绘毁灭城市的一次又一次的烧掠和战争的景象，这个城市再也未能完全恢复。许浑的诗篇则漫无目的地从一个意象转向另一个意象，最后颇不和谐地结束于超脱一切之上的神仙王子乔的形象。

〔46〕 28818；罗，155页；江聪平，35页。
〔47〕 或译成“他们未得到报酬”。
〔48〕 王子乔。

尽管如此，第三联唤起的废墟之美与杜牧诗中的任何描绘都不相同。它与五言律诗巧匠们精心雕琢的对句有很多相似之处，像那些对句一样，这是一种很容易重现的美，后来也确实重现。

杜牧之弟杜颛于832年进士及第。与杜牧一样，杜颛年轻时写的作品得到广泛赞扬。杜牧还在扬州的时候，杜颛在附近的润州（现在的镇江）节度使李德裕幕下任职。李德裕调离后，杜颛去了扬州，出于对前幕主的忠诚，他一再婉拒牛僧孺入幕的邀请。杜颛患一种眼病，至837年时已经失明。因为这一家庭危机，杜牧离开洛阳的职位，旅行到长安，请一位著名的医生为其弟治疗。当两人到达扬州后，医生诊断不是眼睛本身而是脑有毛病（我们怀疑是肿瘤）。

两兄弟住在禅智寺内，大概在那时杜牧写了他最著名的诗篇之一。禅智寺在城东北的竹西路上，其与繁华的娱乐区的距离，似乎体现了诗人现在与仅几年前如此喜欢的扬州在心理上的距离。

题扬州禅智寺〔49〕

杜牧

雨过一蝉噪，飘萧松桂秋。青苔满阶砌，白鸟故迟留。
暮霭生深树，斜阳下小楼。谁知竹西路，歌吹是扬州。〔50〕

杜牧在诗的开首，突然以尖厉的噪声打破或取代较有规则的雨声。

〔49〕 28142；冯，198页。

〔50〕 这首名诗的尾联可以有几种解释。我在翻译中用的是有所变化的标准解释。第七行的对照模式可以这样理解：“谁知道竹西路［和禅智寺］/歌唱和吹奏，这就是扬州。”也就是说，沉湎于扬州城的娱乐的人们，并不知道城外这一安静的寺院。

虽然杜牧的诗并不完全是律诗，但却写得近于律诗。虽然这样的开头不是律诗巧匠们喜欢的有控制的陈述，但是它令人想起八世纪一些名诗的首联。其中一首是前面引用过的王维的《观猎》：[51]

风劲角弓鸣，将军猎渭城。

另一首是李白的《访戴天山道士不遇》：[52]

犬吠水声中，桃花带雨浓。

蝉的噪声消失于吹过树木的风声之中。

正如首联以单一的声音侵入连续声音的听觉背景，次联设立了青苔的视觉背景，映衬着各个小形象（或一个形象，也许只是一只白鸟）。这是可辨认的“近”景，为转换到第三联的“远”景作铺垫，此联描写升起的雾霭和降临的黑暗。第三联有效地封闭了寺院地区，鼓励想象转移到这个空间以外的扬州的享乐世界，一个与寂静的寺院完全相反的嘈杂世界，十分引人注目。最后唤起的扬州实际上是一种“缺失的景象”，我们已经在怀古诗中反复见到：一首诗以声音开首，以远处听不到的声音结束。与较早的扬州诗篇相比，这首诗开始出现杜牧许多诗篇所具有的一种特征，即深思而经常忧郁的距离感。

这时，杜牧的幕主从扬州转任洛阳，来扬州接任的不是别

〔51〕 见103页。
〔52〕 08680；瞿（1980），1355页。

人，正是李德裕。杜牧之弟杜颛以前在李德裕幕中任过职，但现在已经失明，无法做什么事。杜牧则被认为与牛僧孺关系密切。杜牧带着一封信及自己的一组诗，去宣州新任观察使崔郸处谋职，于837年的晚秋带着其弟去了宣州。

将赴宣州留题扬州禅智寺〔53〕

杜牧

故里溪头松柏双，来时尽日倚松窗。
杜陵隋苑已绝国，〔54〕秋晚南游更渡江。

年轻时出发去东南地区，杜牧似乎充满激情，然而此时他已经开始疲惫。

杜牧的一些最精美和最著名的诗篇可以确定作于第二次居宣州时。下面这首便是一个出色的例子：

题宣州开元寺〔55〕

杜牧

南朝谢朓楼，东吴最深处。亡国去如鸿，遗寺藏烟坞。
楼飞九十尺，廊环四百柱。高高下下中，风绕松桂树。
青苔照朱阁，白鸟两相语。溪声入僧梦，月色晖粉堵。
阅景无旦夕，凭栏有今古。留我酒一樽，前山看春雨。

---

〔53〕 28146；冯，201页。
〔54〕 杜陵是杜氏的家园，在长安南边。隋苑可能指扬州，因扬州是隋炀帝的江都。
〔55〕 28058；《樊川文集》，100页。这首诗的日期是根据另一首有关开元寺的诗而定的，该诗可以确定为838年。

虽然这首诗与“怀古”诗有相同的成分，但是它远远超出那一题材。这里不仅是谢朓的“楼”，而且也是李白的名篇《宣州谢朓楼饯别校书叔云》的地点。李诗的开首如下：[56]

弃我去者昨日之日，不可留。
乱我心者今日之日，多烦愁。
长风万里送秋雁，对此可以酣高楼。

杜牧的诗语调沉思，李白的诗抱怨时间流逝，要抓紧时机喧闹聚会，两者之间的差别不能再鲜明了。旧的朝代像迁徙的鸿雁一样离开，留下隐藏的寺院。寺塔确实“耸入云天”，但并不飞走。颇具讽刺意味的是，这种永久的田园诗般的景色只是一种幻觉：不到十年，一位新皇帝将关闭几乎所有的佛寺。

宣州开元寺南楼[57]

杜牧

小楼才受一床横，终日看山酒满倾。
可惜和风夜来雨，醉中虚度打窗声。[58]

我们再次碰到实质上的缺失景象。我们开始明白这种缺失景象诗意地创造出的世界，是已失去的或不可及的，或如此诗是睡过去

〔56〕 08454；瞿（1980），1077 页。
〔57〕 28320；冯，359 页。
〔58〕 直译的意思是，“我醉后沉睡，没有听到风雨打窗的声音。”

的。我们已经看到律诗巧匠们如何创造出诗题或诗篇其他部分限定之内不可能实际体验的景象。诗句的诗歌效果显然比忠实于经验更为重要。缺失的景象是另一种诗歌表现的形式，超越了直接的经验。只需一个小小的飞跃，便可从这两种诗歌表现模式跳出，转为创造真实生活经验中永远不可能发生的景象，这种景象只能在语言中存在。

独　酌[59]

杜牧

长空碧杳杳，万古一飞鸟。生前酒伴闲，愁醉闲多少。
烟深隋家寺，殷叶暗相照。独佩一壶游，秋毫泰山小。

“万古一飞鸟”到底是什么意思？也许是见到茫茫太空中的一只鸟而产生亘古的印象，而其实并不需要真有一只鸟。这是一个诗意的景象，不是真实世界的景象。这是一种观察的方法，就像视角的调整，可以（用庄子的话）将泰山看得比空中飘荡的鸿毛还小。这种视角的改变，在杜牧的世界中是在诗歌作品中实现的，将独自饮酒的忧郁变成了一种欢乐。

在838年末，杜牧授左补阙和史馆修撰。如果将这一任命与十一月文宗建立翰林院诗学士的失败企图联系起来，这会有一定道理。杜牧出身显贵（其伯父娶了宪宗的女儿岐阳公主），他可能综合了文宗所需要的良好家庭背景和诗歌才能。新年（839年1月19日）一过，杜牧先将其弟托付给在江州的堂兄，便出发去京城。

---

〔59〕 28051；冯，85页。

自宣城赴官上京[60]

杜牧

萧洒江湖十过秋，酒杯无日不迟留。
谢公城畔溪惊梦，苏小门前柳拂头。
千里云山何处好，几人襟韵一生休。
尘冠挂却知闲事，终把蹉跎访旧游。

从杜牧辞去第一个职位跟随沈传师去洪州算起，确实已经十年了。除了在长安和洛阳待过很短的一段时间外，这些年他主要是在长江下游的宣州和扬州度过的。他的作品中的公务形象和私人形象之间的对立，体现了他矛盾复杂的欲望，即升官还是享乐。在这首诗中他怀疑公务的价值，但却无法抵制它的诱惑，发誓将会回来，满足自己矛盾的另一面。另一首相应的"十年"诗，是杜牧最著名的一首诗，诗中浪费的时间是他纵情享乐的时间。

遣　怀[61]

杜牧

落魄江南载酒行，楚腰肠断掌中轻。[62]
十年一觉扬州梦，赢得青楼薄幸名。

---

〔60〕 28150；冯，204 页。

〔61〕 28354；冯，369 页。

〔62〕 这里引喻的是楚王好细腰，以及汉朝的赵飞燕身体极轻，可以在掌上跳舞。我在译文中保持了原文的含混，没有说明是谁肠断伤心；大部分评论认为是美女伤了爱慕她们的人的心，包括杜牧。句中的实际措辞并没有明确说明，一个可能的理解是女子肠断心碎，因为某人如杜牧感情无常，是"薄幸"男人。

由于这首诗收于杜牧诗集的补遗（外集）中，而外集包含了无数归属的讹误，我们不能完全保证这首诗的可靠性。尽管如此，这首诗与前引诗的首联十分相似，我们倾向于认为它是可靠的，并将它大致定于这一时期。〔63〕

杜牧的经久形象是追求享乐者。“名”或“名声”指的是在仕途上寻求的东西，在这里杜牧赢得了“名”，尽管是在错误的地方赢得了错误的“名”。

回长安后，杜牧的仕途似乎返回轨道。在任职左补阙期间，他成功地上诉，使李甘死后赦罪。在一首题为《李甘诗》的长篇五言古诗中，他叙述了李训和郑注如何升上权力地位，李甘如何勇敢地反对郑注擢升宰相，如何被逐而死；以及自己如何干预，恢复李甘的好名声。〔64〕这首诗读来并不激动人心，但是开头有关李训和郑注如何往上爬的描述，向读者展示了后面的风格。

> 太和八九年，训注极虓虎。〔65〕潜身九地底，转上青天去。〔66〕
> 四海镜清澄，千官云片缕。公私各闲暇，追游日相伍。
> 岂知祸乱根，枝叶潜滋莽。九年夏四月，天诫若言语。
> 烈风驾地震，狞雷驱猛雨。夜于正殿阶，拔去千年树。

〔63〕 这首诗收在《才调集》里。

〔64〕 28042；冯，64 页。

〔65〕 两人都是甘露事件的主谋。

〔66〕 虽然李训的家庭背景不差，但是他从卑微的职位升上来，靠的是与宦官王守澄的友谊。郑注原是医生，精英阶层是看不起这一职业的。

吾君不省觉，二凶日威武。操持北斗柄，开闭天门路。[67]
森森明庭士，缩缩循墙鼠。

一首诗在开头标明日期，这意味着下面所述有关严肃的政治问题。杜甫的《北征》诗和卢仝的政治寓言《月蚀诗》都开始于日期。这是与伤感风流形象完全不同调子的诗歌。

在840年，很可能是在文宗去世后，杜牧的官阶升了一级，任膳部员外郎，掌管宫廷的供给。随后，在841年他改任比部员外郎。然而，在840年晚秋，李德裕调离扬州任，回到京城任宰相。在842年春天，四十二岁的杜牧被外调任黄州刺史，亦称齐安郡（在现代的湖北）。虽然这在官阶上是很大的提升，但地方官职一般不如京城的官职，州郡也有区别。黄州位于长江北岸，是个狭小穷薄的乡村州郡，不是一个好职位，虽然比贬任遥远的南方各州要好得多。黄州在北宋再次著名，因为那是苏轼被贬逐的地方，虽然苏轼的职位远比刺史要低。

杜牧显然对这一职位很不满意，似乎怪罪于李德裕的恶意。虽然有些官员生命中似有魔法保护，在京城职位的阶梯上稳步上升，但是担任一期州郡刺史似乎是仕途的正常部分。最终这证明对于杜牧来说也是如此，他若活得更长可能会升得更高，但是在随后的六年半中，他连任三个贫穷的乡村州郡的刺史。对于王朝的真正需要来说，一位好的州刺史远比京城中大多数显赫的位置重要。最后，当杜牧于849年被召回京城时，他恢复原先的官阶，任某部员外郎。

---

〔67〕 此指他们行使宰相的权力，控制了见皇帝的机会。

在842年，杜牧已到了感到事业好像是失败了的年龄，但同时又未老到可以对这一事实不感忿恨。一些长诗，如《郡斋独酌》和《雪中抒怀》，以不同方式表达了他的不满。在前一首诗中，他感到自己越来越老，描绘了自己的游历：〔68〕

前年鬓生雪，今年须带霜。时节序鳞次，古今同雁行。
甘英穷西海，四万到洛阳。〔69〕东南我所见，北可计幽荒。

他想到汉代的探险家甘英，将自己的旅行与甘英相比：他的确到过"东南"。我们没有证据表明他去过东北的幽地，所以我们得相信他说的话。

他作为风流的自我形象，出现在描绘较拘泥小节的官员的一段诗：

促束自系缚，儒衣宽且长。
旗亭雪中过，敢问当垆娘。

杜牧接着转向自己所钦佩的两位人物：八世纪末至九世纪初伟大忠诚的将军李光颜，和一位生活在田园诗般的质朴世界里的乡村隐士，杜牧在十三年前遇到这位隐士。最后他批评自己在京城任

---

〔68〕 28039；冯，46页。有关这首诗的讨论，参 Michael Fishlen, "Wine, Poetry and History: Du Mu's 'Pouring Alone in the Prefectural Residence.'" *T'oung Pao* 80, nos. 4－5 (1994): 260－297。

〔69〕 甘英是东汉时边关大将班超手下的一员将领。他奉命去找西海，完成探险后他回到京城洛阳。

职时无所作为，并表达了为国效劳的愿望，希望收复唐王朝失去控制的地区，使社会繁荣。最后，他回到当前的时刻。

孤吟志在此，自亦笑荒唐。
江郡雨初霁，刀好截秋光。
池边成独酌，拥鼻菊枝香。
醺酣更唱太平曲，仁圣天子寿无疆。

《雪中抒怀》是一首更加苦闷的诗篇。杜牧开始时歌颂皇帝，赞扬现时的政府，并宣称自己有计划可以解决皇帝面临的问题，主要是应对848年秋回鹘进攻的方法。他结束时绝望地举起双手，想象这样的计划献给皇帝时会发生什么情况：[70]

臣实有长策，彼可徐鞭笞。如蒙一召议，食肉寝其皮。
斯乃庙堂事，尔微非尔知。[71]向来躐等语，长作陷身机。
行当腊欲破，酒齐不可迟。且想春候暖，瓮间倾一卮。

这些散漫的长篇诗作令人想起杜甫和韩愈，特别是韩愈。杜牧的很多诗篇中都有韩愈的影子。《大雨行》（28059）是杜牧第二次逗留宣州时的作品，这首诗是对韩愈诗的重写。他在黄州时写的一首劝告侄儿的长诗，令人想起韩愈写给儿子的训导诗。这些诗篇不是人们通常阅读的杜诗，但是却提醒我们，对于那些知道如

[70] 28047；冯，79页。
[71] 杜牧这里重新描绘了《左传》（襄公二十一年）中的一个形象。

何运用诗歌的诗人来说，唐代诗歌为不同题材的处理提供了不同的模式。

《雪中抒怀》所蕴含的前提是如果朝廷官员听取杜牧的意见，国家面临的种种困难便都会解决。政治策略家推测结局和后果：他知道技术意义上的“危机”，即事件因有意识的决定或是偶然性可以朝不同方向发展的时刻。在怀古的时候，这样的思维很容易倾向于想到反事实的虚拟情况，这在中国诗歌中是很少见的。正是在这个阶段，杜牧写了其在反事实传统中最著名的一首诗。

美丽的二乔姐妹，一位嫁给吴国国王孙权，一位嫁给吴国的大将和水师统帅周瑜。曹操计划渡过长江入侵吴国，周瑜以火船反攻，但依赖于东风。那天确实刮起东风，结果曹操的舰队都被烧毁。否则，曹操便可能成功地入侵吴国。如果他征服了吴国，他便会得到二乔姐妹。他死后，二乔姐妹便会被禁锢于铜雀台，就像曹操的其他女人一样。

赤　壁〔72〕

杜牧

折戟沉沙铁未销，自将磨洗认前朝。
东风不与周郎便，铜雀春深锁二乔。

虽然杜牧很少直率地披露自己受惠于李贺，李贺却总是以微妙的方式出现在杜牧的诗歌里。例如，视文物为古代的举隅便是从李

〔72〕 28239；冯，271页。

贺的《长平箭头歌》中得到的启发。[73]在那首诗中，箭头令人想起著名的长平大战，在战斗中秦军摧毁了赵军。但是看到李贺诗的开头诗行，我们很快便认识到杜牧只是借用了主题，并未借用李贺那明显的元和风格。

> 漆灰骨末丹水砂，凄凄古血生铜花。
> 白翎金簳雨中尽，直馀三脊残狼牙。

然而，杜牧那相对直接简朴的风格却引向一个同样奇特的念头，诗人想知道如果那天未刮东风，将会产生什么后果。

在844年的晚秋，杜牧被调任东部同样贫穷的池州（现代的安徽）。第二年秋天，诗人张祜从丹阳来访。张祜比杜牧年长约十岁，尽管几次被荐，但一直没有得到过职位。在其人生的这一阶段，他从一位扶持人转到另一位扶持人，仍在希望找到一位恩人。他有时用律诗巧匠的风格写诗，但如我们所见，与律诗巧匠相比，他更是一位半职业的诗人。他用诗篇回报官员和歌伎的恩惠（根据一些轶事资料，他也用诗篇侮辱惹他生气的歌伎）。很清楚，张祜来访杜牧，只是为了寻求政治上的支持，尽管杜牧极不可能成为扶持人。

我们不知道是张祜还是杜牧先发展了律诗和七言绝句的风流风格。两人之间显然有一种心灵的相通，虽然杜牧很少表现张祜那种戏剧性的潇洒。但正是张祜诗歌的这一方面吸引了杜牧。我们不知道张祜何时写出咏扬州（广陵）的诗，但杜牧显然在赠张

---

〔73〕 20843；叶（1959），290页。

祜的一首诗中谈到它，此诗作于844年秋。我们很希望能够确定张祜那首诗的日期，因为首联显然与我们前引杜牧作于839年的诗及著名绝句（见本章前面）有联系。

到广陵〔74〕

张祜

一年江海恣狂游，夜宿倡家晓上楼。
嗜酒几曾群众小，为文多是讽诸侯。
逢人说剑三攘臂，〔75〕对镜吟诗一掉头。
今日更来憔悴意，不堪明风满扬州。

对于后来的读者来说，这首诗所描述的似乎比杜牧自己还更像杜牧。这是一种自我标榜的个性诗歌，为达到戏剧性效果而加以特意安排，融合了对玩乐的颂扬和重访旧日享乐之地时的感伤。最后一联以感伤与早期的自我放纵拉开距离，令人想起标准的“扬州明月”的诗歌主题。如同杜牧其他同一模式的诗篇，这首诗衍自一个通行的诗歌主题，即“忆旧游”。诗人对自己或对朋友颂扬过去逍遥自在的享乐，以及现在与那些享乐的距离。这便是风流，颂扬情人、剑客、饮者、潇洒多情流泪伤感的人。七言诗的传统很适合这种风格，与五言律诗巧匠们所推重的节制完全相反。

在赠张祜的诗篇中，杜牧表达了自己的同样夸张的感情，最

〔74〕严寿澂，119页。
〔75〕这是一个强烈情绪的手势。

后赞美张祜，因为张在诗中表达了对王侯的鄙视。

登池州九峰楼寄张祜〔76〕

杜牧

百感衷来不自由，角声孤起夕阳楼。
碧山终日思无尽，芳草何年恨即休。〔77〕
睫在眼前长不见，〔78〕道非身外更何求。
谁人得似张公子，千首诗轻万户侯。〔79〕

张祜的答诗是：

和池州杜员外题九峰楼〔80〕

张祜

秋城高柳啼晚鸦，风帘半钩清露华。
九峰丛翠宿危槛，一夜孤光悬冷沙。
出岸远晖帆断续，入溪寒影雁差斜。
杜陵春日归应早，莫厌青山谢朓家。

〔76〕28152；冯，206 页。
〔77〕注释家们一般将这一意象与下引《思美人》中的片段相连：“惜吾不及古人兮/吾谁与玩此芳草。”此句及前句显然与张祜的孤独相关，但也可能如周锡馥所指出，强使芳草与张祜及其“不遇时”等同。
〔78〕这一意象出自下引《史记·越王勾践世家》中的一段：“吾不贵其用智之如目，见毫毛而不见其睫也。”其含义显然是张祜的才能不被欣赏。
〔79〕虽然过去李白用过这一意象，但此处杜牧专门应答张祜的诗句。
〔80〕27413；严寿澂，122 页；题目和诗文都根据严寿澂的版本。

且不论谁影响谁的问题，与杜牧唱和时是张祜诗歌创作最佳之时。然而，他那相当精彩的对句仍然遮盖不了应酬诗的传统模式。在诗篇结尾，张祜安慰任地方官职的主人：他很快就会被召回长安。

在张祜身上杜牧看到诗歌不是晋升的工具，而是讽刺权贵的手段。即使张祜的诗篇在宫廷里颇受欣赏，却并未给他带来任何好处。

酬张祜处士见寄长句四韵〔81〕

杜牧

七子论诗谁似公，〔82〕曹刘须在指挥中。
荐衡昔日知文举，〔83〕乞火无人作蒯通。〔84〕
北极楼台长挂梦，〔85〕西江波浪远吞空。
可怜故国三千里，虚唱歌辞满六宫。〔86〕

---

〔81〕 28260；冯，286 页。张祜的赠诗，见严寿澂，138 页。

〔82〕 此指建安七子，其中之一是刘桢。

〔83〕 原文此处加有一注：“令狐相公曾表荐处士”。此处对比孔融（文举）向曹操推荐祢衡之事。

〔84〕 此指《汉书·蒯通传》中的一个故事。有人建议说，既然蒯通与宰相关系好，应该推荐齐国的两位贤能的隐士。蒯通讲了一个邻居的故事，曰：“臣之里妇，与里之诸母相善也。里妇亡肉，姑以为盗，怒而逐之。妇晨去，过所善诸母，语以事而谢之。里母曰：‘女安行，我今令而家追女矣。’即束缊请火于亡肉家，曰：‘昨暮夜，犬得肉，争斗相杀，请火治之。’亡肉家遽追呼其妇。”蒯通说他会用“借火”技巧来向宰相推荐那两位隐士，曰：“故里母非谈说之士也，束缊乞火非还妇之道也。然物有相感，事有适可。臣请乞求于曹相国。”这似乎是指元稹阻挡令狐楚推荐张祜而无法避开。

〔85〕 此指朝廷。

〔86〕 此指张祜最著名的诗篇之一《孟才人叹一首并序》。

在同年早秋，武宗发布了其一系列诏令中的最后一道，关闭全国所有佛教寺院，只有几所是例外，并强迫大批和尚尼姑还俗。杜牧自己无疑地被要求监督摧毁池州寺院的工作。虽然杜牧作为官员表示支持这种政策，但是作为诗人他无法不为造成的毁坏和社会混乱而担忧。

池州废林泉寺〔87〕

杜牧

废寺碧溪上，颓垣倚乱峰。
看栖归树鸟，犹想过山钟。

还俗老僧〔88〕

杜牧

雪发不长寸，秋寒力更微。
独寻一径叶，犹挈衲残衣。
日暮千峰里，不知何处归。

下一年春天，武宗去世，宣宗即位。李德裕很快失势贬逐远方。在新皇帝即位后一般会发生的调动中，杜牧不但没有被召回京城，反而被调到更远的南方，另一个贫穷的州郡睦州（现代的浙江）。杜牧有三首咏家乡庄园朱坡的绝句，由于其中一首可以比较有把握地确定作于其任睦州刺史期间，学者们一般将其他两

〔87〕 28162；严寿澂，214页。
〔88〕 28202；冯，242页。

首也定在同一时期。在杜牧的一些诗篇中，所描绘的景象只能在诗歌中存在，但在朱坡诗中的一些部分，我们看到的却是回忆和诗歌的构造交融无迹。这三首绝句从平常转向奇特。

朱坡绝句三首[89]

杜牧

其 一

故国池塘倚御渠，江城三诏换鱼书。[90]
贾生辞赋恨流落，只向长沙住岁馀。[91]

其 二

烟深苔巷唱樵儿，花落寒轻倦客归。
藤岸竹洲相掩映，满池春雨鸊鹈飞。

其 三

乳肥春洞生鹅管，沼避回岩势犬牙。
自笑卷怀头角缩，归盘烟磴恰如蜗。

与贾谊一样，杜牧开始“在长沙”思念家，虽然这个“家”是他的童年时代的家。我们不知道杜佑的朱坡庄园是否仍是杜家财产

〔89〕 28115－28117；冯，168页。
〔90〕 此指他任州刺史的三个职位。“鱼书”指任职诏书。
〔91〕 实际上贾谊在长沙待的时间不止一年。原文有一个注，述《汉书》所载：“文帝岁余思贾生。”意谓贾谊一次流落便怨愤，而我已经第三次在地方任职了。

（他们在长安城里的房宅已经在820年卖掉）。即使朱坡尚未卖掉，我们也不知道在多大程度上，这位杜佑最小儿子的成年儿子是否仍然可以将其作为“家”。在第二首绝句中，朱坡庄园成为诗歌和记忆的田园诗般的景象，诗人想象自己回到那里。在奇特的第三首绝句中，朱坡变成了岩洞和蜗壳，虽然是凹凸不平的钟乳石和“犬牙”般的悬崖，诗人缩回头角，可以躲避进去。

那首回忆朱坡的长诗，虽然不是杜牧比较著名的诗篇，却具有一种美，值得在诗歌史上被注意并占有一席之位。这种稠密描绘的诗歌可以追溯到杜甫，但是也许最重要的来源是《城南联句》，韩愈和孟郊作于806年的联句诗。从形式的角度来看，此诗在这两位诗人的联句诗中是一种新类型，并且据我们所知，在传统上也是新的类型。在这首诗中，不是一位诗人写一个对句或一段，然后另一诗人回应，而是每位诗人轮流写一个对句中的第一句，然后另一诗人回应第二句。因为挑战和应对的因素，结果形成特别稠密的风格，其中含有极美的段落。

新形式造成压力，而场合提供的主题也为这一形式增加了深度。孟郊和韩愈写的是城南的一次游览。城南是富裕的乡村，有很多大庄园，其中包括朱坡。这是皇帝的领地，王朝的中心，各个场地都有其历史。诗篇的稠密风格与这一奇幻地方在收获季节的稠密相辅相成。《城南》与韩愈同年创作的结构稠密的游览诗《南山诗》相对应。

数年之后（精确的日期不肯定），李贺写了《昌谷》诗，描绘洛阳附近自己的家的景色。[92]我们再次看到稠密的描绘风格，颂扬其家乡地区的神秘和富饶。孟郊和韩愈在收获的景色和未开

---

〔92〕 20809；叶（1959），227页。

垦的繁茂自然景色之间转换。李贺在深入自然景色之后，在诗篇的中段转向农耕景色，最后又更亲近地回到自然。

杜牧已经在其《题池州弄水亭》里运用过这种风格。[93]在那首诗中，我们发现同样的稠密自然描写，然后赞美一个欢乐的农业社区，令人想起李贺的《昌谷》。如果比较李贺的昌谷农业社区和杜牧的池州社区，我们就可清楚看出此点。李贺对昌谷的描绘如下：

> 珍壤割绣段，里俗祖风义。邻凶不相杵，[94]疫病无邪祀。
> 鲐皮识仁惠，丱角知腼耻。县省司刑官，户乏诟租吏。

下面是杜牧对池州的描绘：

> 风俗知所尚，豪强耻孤侮。
> 邻丧不相舂，公租无诟负。

在某种程度上，这是传统的田园诗式农业社区的一部分，但是措辞和题材的相似，很容易使我们认为杜牧受到李贺的影响。然而在结尾，杜牧突然意识到，自己与这一融合了自然美和社会和谐的世界是相隔的：

> 不能自勉去，但愧来何暮。

---

〔93〕 28057；冯，97 页。

〔94〕 根据《礼记》，邻居去世不得用杵。

故园汉上林，信美非吾土。

然而，朱坡及其周围的城南地区的确是他的乡土。离开池州后，在睦州时，杜牧在诗歌中重新创造这一失去的世界。

朱　坡[95]

杜牧

下杜乡园古，[96]泉声绕舍啼。静思长惨切，薄宦与乖睽。
北阙千门外，南山午谷西。倚川红叶岭，连寺绿杨堤。
迥野翘霜鹤，澄潭舞锦鸡。涛惊堆万岫，舸急转千溪。
眉点萱芽嫩，[97]风条柳幄迷。岸藤梢虺尾，沙渚印麑蹄。
火燎湘桃坞，波光碧绣畦。日痕緪翠巘，陂影堕晴霓。
蜗壁斓斑藓，[98]银筵豆蔻泥。洞云生片段，苔径缭高低。
偃蹇松公老，[99]森严竹阵齐。小莲娃欲语，幽笋稚相携。
汉馆留余趾，周台接故蹊。蟠蛟冈隐隐，[100]斑雉草萋萋。
树老萝纡组，岩深石启闺。侵窗紫桂茂，拂面翠禽栖。

[95] 28105；冯，156页。

[96] 下杜是长安东南边的一个城镇；这个地区包括了杜氏的家园樊川。

[97] 眉点的比喻不确定。

[98] 冯集梧于此处注云，在南方人们用蜗牛的黏液在房间的墙上写字画画；黏液干了以后变成银色。

[99] 冯集梧于此处引用《吴书》中的一件轶事，出自《吴志》的注。丁固梦见自己的肚子里长出一棵松树。将“松”字分解便成为十八公，梦被解释为他在十八年后会成为公侯。

[100] 龙是雨的动物，蜷缩在自己的水塘里。龙起飞的时候伴随着云，因此山冈被遮盖。

有计冠终挂，无才笔漫提。自尘何太甚，休笑触藩羝。[101]

蜗牛成功地收回“角”，缩回壳里。杜牧是角卡在篱笆里的羊，因此他无法退缩。唯一有效的退缩是退入诗歌里，想象中的蜗牛爬上雾霭里的台阶，进到安全、厚重、单调的壳里，所发现的是诗歌。

在848年秋，杜牧终于接到调回京城任司勋员外郎和史馆修撰旧职的消息。他在晚秋时节起程，于849年初到达长安。此时杜牧已是著名诗人，吸引了诸如李商隐的年轻诗人的仰慕。

杜司勋[102]

李商隐

高楼风雨感斯文，短翼差池不及群。
刻意伤春复伤别，人间惟有杜司勋。

批评家们对第一联的含义争议颇多：这些诗行指的是李商隐还是杜牧，或兼指两者。然而我们看到杜牧的诗歌被与“伤春”和“伤别”相联系，即与杜牧处理的较轻松的题材相关。

一旦在长安安定下来，杜牧便开始写信请求一个俸禄稍丰的地方职位，理由是有很多人依靠他生活，包括他的弟弟。他请求杭州的美缺，但是没有得到允准。在850年，他被调任吏部员外

〔101〕 这是官场牵连的标准比喻；羊无法“退出”。

〔102〕 29168；《集解》，875页；叶（1985），92页；周，172页。有关此诗的阐释问题的讨论，参 Stephen Owen, “Poetry and Its Historical Ground,” in *Chinese Literature: Essays, Articles, Reviews* 12 (December 1990): 107－118。

郎，写信要求去湖州任刺史，湖州比早先的几个州要大。这次他的请求被允准了。

将赴吴兴登乐游原一绝[103]

杜牧

清时有味是无能，闲爱孤云静爱僧。
欲把一麾江海去，[104]乐游原上望昭陵。[105]

批评家们通常将诗人远望太宗陵墓解释成他对唐朝黯淡的政治情况感到绝望的迹象，但这也同样可以看成反映他对持久的唐朝政体的满意。西北地区的汉人起兵反抗吐蕃的统治，使边塞的一些州郡回到名义上的中国统治，而收复西北州郡是杜牧长期一直怀有的愿望。在不停地抱怨州刺史的职位之后，杜牧似乎不能在京城的职位上待久，很快就提出辞职或请求调动，他现在清楚地看到刺史的位置有其吸引人之处。他打着旌旗出发，欣赏这种位置的闲静乐趣。

很可能在851年初，杜牧在湖州遇到年轻的诗人李郢，请他饮酒。

湖南正初招李郢秀才[106]

杜牧

行乐及时时已晚，对酒当歌歌不成。

〔103〕28131；冯，185页。
〔104〕此谓去地方上任刺史。
〔105〕唐太宗之陵。
〔106〕28214；冯，248页。

千里暮山重叠翠，一溪寒水浅深清。
高人以饮为忙事，浮世除诗尽强名。
看着白苹牙欲吐，雪舟相访胜闲行。[107]

诗篇直率地以刺史劝说及时行乐开头。饮酒时做诗而未完成，此应指杜牧自己，因为他缺少饮酒之伴。第二联写景，目的在吸引李郢来，同时也展示诗人的艺术。

第三联是诗篇兴趣的焦点，结合了口语“忙事”和《老子》中关于大道无名而“强为之名”。杜牧在陈述一个宏大的诗歌理论，令人想起他早期对李贺诗歌的评论，即诗歌的品质比其在经验世界中的对应物更为完美。实际上，世界上唯一“自然”而不勉强的语言是诗歌。然而我们不知道这是作为杜牧自己的宣称，戏谑地劝说李郢来饮酒，还是假设为李郢的态度，他沉浸在诗歌写作之中，不愿花时间玩乐。

结尾用王徽之的典故，也同样很奇特：王徽之想到他的朋友戴逵，就在雪夜乘船去访。但是到了戴的门口时，他却转头回家，解释说：“本乘兴而来，兴尽而返，何必见安道耶！”这是邀请朋友来饮酒的最奇特方式。

在851年秋，杜牧被召回京城任考功郎中兼知制诰。不幸的杜顗于同年去世，可能减轻了他部分经济负担。杜牧在湖州逗留，直到庆祝完收获季节才回到京城。在852年，杜牧迁中书舍人。那年冬天杜牧病倒，可能感到不久于人世，便为自己撰写了一篇墓志铭，并选择了希望收入自己的作品集《樊川文集》的作品。

---

[107] 此指东晋王徽之的故事，在一个风雪之夜，他想念朋友，便乘船去看他。

在阴历年底之前，大约是852年底，杜牧去世。传世《樊川文集》的本子是他的外甥裴延翰整理的。

在整理自己的文集时，烧掉相当数量的作品，或进行某种严格的筛选，这是很常见的现象。白居易的文集很独特，差不多收入了所有的作品。杜牧诗篇十分流行，特别是他的绝句，《樊川文集》中未收入的很多诗篇，后来至宋代都被收入各种对其文集的补遗中。[108]不幸的是，诗歌一旦普遍流传，归属便常常改变，结果使得这些补遗集子中的很多诗篇，根据证据更可能是他人所作，而非出自杜牧之手。这不意味着未有其他归属的诗篇就一定是杜牧的，虽然很多诗篇可能确实如此。那些补遗所呈现的是晚唐想象中的"杜牧"，一位吸引某一类型诗歌的人物，其中包括他自己的很多著名绝句。

田园诗

所有唐代诗人都曾经有过田园诗的时刻，但是比起其他任何重要诗人，杜牧更是一位田园诗人，而田园诗代表的是理想中的世界。[109]如果移情到失去的过去，田园诗便成为挽歌。我们此处可以回顾杜牧对李贺诗歌的描述：

---

〔108〕关于两个诗歌补遗《樊川外集》和《樊川别集》的讨论，见吴启明，《唐音质疑录》（上海：上海古籍出版社，1985），60－74页。

〔109〕我在这里用的定义，出自Schiller，*Naive and Sentimental Poetry*。

> 云烟绵联，不足为其态也；水之迢迢，不足为其情也；春之盎盎，不足为其和也；秋之明洁，不足为其格也；风樯阵马，不足为其勇也；瓦棺篆鼎，不足为其古也；时花美女，不足为其色也；荒国陊殿，梗莽丘陇，不足为其恨怨悲愁也；鲸呿鳌掷，牛鬼蛇神，不足为其虚荒诞幻也。

在中国的背景下，这是在描绘田园诗的世界，比“真实”的世界更为完美的诗歌世界。在很多方面，对李贺诗歌的这一描绘更适合杜牧自己成熟后的诗歌。杜牧与其诗中的田园世界存在着各种可能的关系：有时候诗人身在其中；有时候田园世界存在于过去，现在已失去（挽歌）；有时候那是一个奇幻的空间，诗人只能观看，但无法进入。

与田园世界的最后这一边缘关系特别有意思，因为它反映了诗意的田园世界本身：它在我们眼前“实现”，却仍不可及。从大约作于839年的一首乡村风味的田园诗中，我们可以看到此点。当时诗人结束第二次逗留宣州的时期，回长安接任新职。传记的背景在这里很有意义，因为诗人两次放弃京城的官职去长江下游地区，显然那里提供的乐趣和满足是京城里所没有的。现在他应召回京，这使他对事业充满矛盾。

商山麻涧[110]

杜牧

云光岚彩四面合，柔柔垂柳十余家。

〔110〕 28229；冯，263页。

雉飞鹿过芳草远，牛巷鸡埘春日斜。
秀眉老父对樽酒，茜袖女儿簪野花。
征车自念尘土计，惆怅溪边书细沙。

虽然诗题将这个小乡村置于王朝的地理之中，首联却将它置于另一地方：旅行者周围云光岚彩，小村藏在柳树丛中。这一奇幻的圈围使我们置身于一个很多唐代故事所描述的世界中，一个仙人与神女的世界，并且与桃花源的奇妙农耕社会相融合。在人群居住的地方，附近却有跳跃的鹿，再次表明这是一个特殊的远离伤害的地方。我们穿过自然的野生世界，来到“牛巷鸡埘”（墙上鸡可以做窝的洞）。

在唐诗中的乡村里，很少碰到孩子和中年妇女。至于成年男子，我们将看到，则可能出现牛郎。最常见到的是（如在这里）老人和年轻的女子，仙人和神女的质朴对应物。这是一个和平与丰饶的王国，一个隔离的世界。

虽然诗人只是路过，这田园诗般的景象使他反思自己的生活，总是从一个地方赶往另一个地方。最后一行谜一般地将田园世界与书写联系起来。杜牧告诉我们他在书写，但未说他写的是什么。我们只知道他是在感到疏远之后书写，那是一种与生活在田园世界的人们分离和歧异的感觉。

杜牧的诗篇可以与大约作于一个世纪前的一首乡村风味的田园诗相比。在那首诗中，另一位著名诗人观察一个农家小村，体会到他不可能属于这样一个世界，于是诵读了一首《诗经》里的诗，而不是在沙里书写。

渭川田家[111]

王维

斜光照墟落，穷巷牛羊归。野老念牧童，倚杖候荆扉。
雉雊麦苗秀，蚕眠桑叶稀。田夫荷锄至，相见语依依。
即此羡闲逸，怅然歌式微。[112]

虽然基本的描述很相似，王诗和杜诗的差别在某些方面体现了盛唐最佳诗歌与晚唐诗歌的差别。王维的诗强调农耕社区里人们的内在关系，那种关系将他排斥在外；而杜牧的诗则反映出他构造景象的特殊天才：笼罩那一地方的五彩气氛和后面无法阅读的书写。王维的田园世界是人间的，是将劳作和丰饶转换成诗篇。杜牧的田园世界是由诗意的对立构成的（白对红；男对女；老对少；酒对花），从而创造出闲逸、永恒的另一世界的景象。然而，两位诗人都来到乡村的田园世界边缘，都无法跨进，都感到政治生活的重压。

杜牧在同一旅途上曾见过的那位姑娘，这次似乎又出现于接近南阳的地方，并与一位牧童相配，而不是一位老人。她可能是田园诗式的乡村中的一个标准固定人物。然而在这里，杜牧没有经历疏远的感觉，而是为一位乡村主人所欢迎，正如一位古代的农人欢迎孔子的弟子子路一样。

---

〔111〕 05837；陈铁民，561 页。

〔112〕 据《小序》，《诗经》第三十六首《式微》是黎侯的臣子所作，黎侯在蛮族入侵后流亡于卫。因为卫国对黎侯不好，其臣劝他归国。王维显然对整个情况不太关心，重点只在劝归。

村　行〔113〕

杜牧

春半南阳西，柔桑过村坞。娉娉垂柳风，点点回塘雨。
蓑唱牧牛儿，篱窥茜裙女。半湿解征衫，主人馈鸡黍。〔114〕

如果说在上一首诗中，杜牧体验了王维的乡村社区疏远感，在这里他则进入了那个世界的边沿。雨水很少像淋湿普通行人那样淋湿唐代的诗人旅行者，但在这里却成为短暂停留的借口。牧童穿着蓑衣（虽然我们会为女子的红裙担心）。杜牧半湿的征衫并非“现实主义”的手法，而代表诗人“半”进入田园世界，可以在那里享受古老的躲避所和欢迎。

并不是所有的田园诗都是乡村风味的。田园诗的一个有很多先例的类型是“忆旧游”，从厌倦的现在回忆年轻时的欢乐。在这次从宣州去京城的旅途上，杜牧碰到老朋友裴坦，从而提供了一个完美的场合，回忆久已逝去的年轻时在宣州的生活以及新近在此谢朓城的体验。

自宣州赴官入京，路逢裴坦判官归宣州，因题赠〔115〕

杜牧

敬亭山下百顷竹，中有诗人小谢城。〔116〕
城高跨楼满金碧，下听一溪寒水声。

〔113〕 28062；冯，106页。

〔114〕《论语》，18.7。这是一位农人留孔子的弟子子路过夜时，所提供的食品。

〔115〕 28060；冯，103页。

〔116〕 谢朓，人称“小谢”，曾任宣州太守。

梅花落径香缭绕，雪白玉珰花下行。
萦风酒旆挂朱阁，半醉游人闻弄笙。
我初到此未三十，头脑钐利筋骨轻。
画堂檀板秋拍碎，一引有时联十觥。
老闲腰下丈二组，[117]尘土高悬千载名。
重游鬓白事皆改，唯见东流春水平。
对酒不敢起，逢君还眼明。
云罍看人捧，波脸任他横。
一醉六十日，古来闻阮生。
是非离别际，始见醉中情。[118]
今日送君话前事，高歌引剑还一倾。
江湖酒伴如相问，终老烟波不计程。

这里的享乐田园世界与上述乡村风味的田园世界不同，不仅内容不同，而且是一个诗人可以完全进入的田园世界，虽然只是在记忆中进入。诗篇以一个亘古永存的宣州开始：这不是仅在年轻时经历的宣州，或是现在较成熟后体验的宣州，而是“存在”的宣州，一个永远是春天、饮酒、音乐和酣醉的世界。他来这个宣州时是个年轻人，相信在这个世界中可以一直待到年老，将仕途上的所有雄心都搁置一边。然而，如果宣州本身似乎不变，他却并非不变：他离开这个世界去回应仕途的召唤。当他回来时，宣州

---

〔117〕此谓不追求高官，官印用丝带挂在腰上。
〔118〕此节模仿魏国狂士阮籍。阮籍以饮酒著称，其邻居的妻子经常送他酒喝，他喝醉时就躺在她身边，却不会引起她丈夫怀疑。

依旧如故，但他已经改变。他仍然饮酒，但是酒店的女子已不再使他动心。

第三次饮酒是他在途中碰到裴坦的时候。虽然这次饮酒似乎仍和年轻时一样热烈，但他们已不再是在过去那享乐的世界里，而只能沉浸在对它的回忆中。诗篇结束于田园世界的另一类型，在江湖的烟波上终老。“不计程”的本意是“不计算”旅途的阶段：朝某个目的地行进时，不思考你每天走多远，或是在哪里歇宿。

这种挽歌体的田园诗，记忆中的过去在诗篇中重现，是与杜牧关系最密切的模式。

念昔游〔119〕

杜牧

其 一

十载飘然绳检外，樽前自献自为酬。
秋山春雨闲吟处，倚遍江南寺寺楼。

其 三

李白题诗水西寺，古木回岩楼阁风。
半醒半醉游三日，〔120〕红白花开山雨中。

---

〔119〕 28082－28084；冯，133页。

〔120〕 “半醒半醉”指的是持续的状态，还是一半时间醒一半时间醉，此处并不清楚。

在上引第一首诗中，我们开始认出一种当时常用的辞藻：回忆中的狂放。这里我们再次引用张祜《到广陵》诗的开头：

一年江海恣狂游，夜宿倡家晚上楼。

杜牧在《遣怀》中也述及自己在“扬州梦”中的“十年”。这不是乡村风味的田园世界，而是记忆中的风流田园世界。虽然乡村风味的田园世界出现在王朝的地理之中，但并不真正属于它。同样，南方所有寺院并未为从塔顶上眺望的诗人提供真正不同的景象。相反，它们为诗意的旅行者提供不断重复的南方景色的同一视境。

第三首诗一开头便回顾诗歌前辈李白，另一位田园诗人。杜牧在诗歌上是后来者，同样的诗篇已有人写过。那首诗确实值得回顾，因为它在结尾邀请另一位诗人来“游”。

游水西简郑明府〔121〕

李白

天宫水西寺，云锦照东郭。清湍鸣回溪，绿竹绕飞阁。
凉风日潇洒，幽客时憩泊。五月思貂裘，谓言秋霜落。
石萝引古蔓，岸笋开新箨。吟玩空复情，相思尔佳作。
郑公诗人秀，逸韵宏寥廓。何当一来游，惬我雪山诺。〔122〕

杜牧来得太晚，一个人单独在开满鲜花的地方漫游，在一个下雨

〔121〕 08547；瞿（1980），1203页。
〔122〕 僧人文殊旅行至中亚的雪山听经，后来回到中国，进入涅槃。

和鲜艳的花的世界里，这看来像是一个醉梦，即使诗人只是“半醉”或只是“一半时间醉”。然而，杜牧的独特之处在于，他的醉乡田园是一个限定的间隔，无论是十年还是如在第三首诗中那样只是三天。这是一个限定的经验领域，诗人进入又离开，在记忆中测量间隔的长短。

如同前面讨论过的朱坡诗，田园诗是诗歌转化的产物，创造出从未在经验中存在的景象，这些景象极其美丽诱人，以致永远不可能真正存在。这是杜牧对李贺诗歌的描绘，也经常萦绕于他自己作品的边缘。然而，在杜牧的作品中，这一诗歌转化的世界常常与废墟和缺失联系在一起。春天的花落了，被转化成单一的表现层面，或许是锦缎织进了鲜花的意象。

春晚题韦家亭子〔123〕

杜牧

拥鼻侵襟花草香，高台春去恨茫茫。
蔫红半落平池晚，曲渚飘成锦一张。

〔123〕 28127；冯，182页。

第九章　道教：曹唐的例子

在“道教”的大范畴下，我们发现各种不同但又相互联系的信仰传说，在唐代各个道教中心保存、研究和发展。其中包括仪式（包括朝廷仪式）、复杂的众神、法术以及成仙的技术知识。有一组信仰传说是关于神仙的故事，在道教社团之外广泛流传。有关神仙及其他方面的信仰传说进入了文学传统，为世俗之人和道教徒所实践。

唐朝的李氏皇族自称为老子（李聃）的后人，长期扶持作为国家道教的特定宗派，有些皇帝则更进一步，不仅扶持普遍的道教各系，还追求个人长生不老。皇室中最极端的热衷者应是武宗，他不仅下令摧毁佛教寺院，而且如他的数位先祖一样，服用所谓长生丹药而身亡。

在皇室的私人娱乐活动中，神仙话语常常被用来指代皇室。在九世纪上半叶，由于许多公主和宫女自愿或不自愿地进入道教女观，而加强了这种皇室与神仙的联系。一些公主在道观里显然继续开展浪漫情事。有些故事涉及神仙与凡人的艳情遇合；人类世界的浪漫的或色情的情感，长期以来在诗歌中都是如此表现（比如，曹植的《洛神赋》被解释成表达诗人对皇后甄氏的爱慕）。女子必由女神代表，男人则或是其仙人伴侣，或是幸运的凡人。[1]

---

〔1〕 在流行的信仰传说中，“神”和“仙”之间没有明显的区别。

因此，有关神仙的文学传说受多方面的影响，包括“实际的”神仙、自由自如地超越世俗牵挂、内廷皇室的世界及凡人的风流逸事。任何对神仙传说的具体运用都可能有清楚的参照结构，但在很多情况下，不同结构之间的界线模糊相融。下面是来自李商隐的一个例子。

和韩录事送宫人入道〔2〕

李商隐

星使追还不自由，〔3〕双童捧上绿琼辀。
九枝灯下朝金殿，三素云中侍玉楼。〔4〕
凤女颠狂成久别，〔5〕月娥孀独好同游。〔6〕
当时若爱韩公子，埋骨成灰恨未休。〔7〕

开头运用了常见的比喻，将这位女子的离宫比作仙女被贬出天界，只有天帝派来星使才能召回。我们看到她先上了将带她离开宫殿的马车，然后可能是在去道观之前向皇帝告别。如果我们有

〔2〕 29415；有关评注见《集解》，281 页和叶，363 页。有些评注家认为韩录事是李商隐时代的诗人韩琮。有些人认为此诗应作于 838 年，那年文宗将四百八十位宫女送进京城的佛寺和道观。我们可以将题目中的“宫人”理解成复数，但是最好将此诗理解为列举一个例子作为代表。当然，这首诗也可能并非指 838 年的事件。

〔3〕 此谓只有皇帝的诏令才能召她回宫。

〔4〕 神仙驾乘的云由白色、浅紫色和浅黄色三种“素色”组成。

〔5〕 秦穆公的女儿弄玉与其情人萧史乘凤凰而去。

〔6〕 月亮女神嫦娥偷吃长生不老药，独自一人住在月亮上。

〔7〕 虽然清代的评注家提出各种典故，但《集解》将此解释为（至少在第二层次上）戏指韩录事，这可能是正确的。

原诗（这是一首和诗），最后一段的解释可能会更清楚；但是此处与宫廷/天界的分离显然转到仙女与一位特定凡间情人的分离，至少是一种推测的分离。既然这是一位宫女，最后的对句是否得体便可能值得怀疑，但很容易看出，色情化的神仙世界可以随意滑入仕宦凡人的色情幻想之中。也许韩琮（如果真是他的话）在她入宫前就认识她，但我们无法知道。最后一行清楚地表明，道观将有效地隔离这位女道士，而不是使她与男子有可能交往，虽然在道观中此类事情有时看来确曾发生。

这首诗的题目为我们提供了一个明确的参考结构，与题目标明赠送道教人物的一般诗篇相同，这些诗篇中有关神仙的话语很少被色情化。但李商隐其他那些较为含糊多义并使用神仙传说的诗题，许多世纪以来一直是评注家们猜测捉摸的对象。

虽然大多数诗人至少都写过几首关于道教主题的诗，或者在赠诗给严肃的道教实践者时采用道教传说，但在这一时期很少有诗人可以被归类于道教诗人。曹唐（约797—约866）是一个例外，尽管他的道教明显是文学性的。[8]本书讨论的诗人中，有几位曾经学道，最著名的是李商隐，道教在李诗中留下了深刻的影响。道士顾况之子顾非熊最终放弃世俗生活，归隐重要的道教中心茅山，他原本即出自那里。施肩吾与曹唐形成鲜明对照。他在

〔8〕 曹唐曾经被普遍认为主要活动于九世纪下半叶，与罗隐同时。但最近的研究表明，曹唐主要活动于我们所研究的这一时期，虽然他很长寿，得以与罗隐相遇。见傅（1987），卷3，489－496页；以及颜进雄，376－377页，颜吸收了梁超然的观点。有关《小游仙诗》的一种不同方式的详尽研究，特别注意曹唐对道教意象的运用，参见 Edward H. Schafer, *Mirages on the Sea of Time: The Taoist Poetry of Ts'ao T'ang* (Berkeley: University of California Press, 1985)。

820年进士及第后，离开长安，作为道士隐居洪州，度过余生。我们有他的诗歌，但是对于其在决定性的时刻后的生活情况却一无所知。虽然他的现存诗篇确实比其他诗人的作品更多触及道教主题，但只有很小的一部分可以称作“道教”诗。[9]

与施肩吾相反，曹唐年轻时可能曾经学道（像李商隐一样），但是到了九世纪二十年代初，他放弃了道教，追随试图通过考试进入节度使幕府的熟悉模式。他是否最终进士及第仍然是个未确定的问题；如果及第，应是在他较晚年的时候。他似乎花了约四十五年的时间移动于京城和地方的扶持人之间。在这一时期里，他是否曾回去学道，也无法确定。他在当时各个诗人圈子中并非广为人知。[10]

曹唐的诗集不大，仅收有三十多首应景诗，除一首外都是七言律诗[11]，其中有些也处理道教主题。除了其他一些纯粹道教的诗篇以外，曹唐的名气主要依靠约一百首《小游仙诗》，加上原本五十首的《大游仙诗》中的十八首[12]，前者都是七言绝句，

---

〔9〕施肩吾的作品曾经编集为十卷，但存留下来的很少，主要是绝句。除此之外，没有道教诗篇，因为那些存诗是从早期选集中搜集的。然而，洪迈显然见过完整的集子，他似乎将大多数或所有绝句都录进《唐人万首绝句》中（因为洪迈保存了曹唐几乎所有现存的道教绝句，所以可知他对道教诗歌并没有偏见，不会有意排除道教作品）。因此我们可能可以将道教诗篇在绝句中所占的比例，看为基本上代表整个诗集。

〔10〕一首赠送杜牧并归属于曹唐的诗，也被归属于曹汾，后者可能更有理由。见佟培基，419及475页（35187）。

〔11〕排除35136，此归属是错误的。

〔12〕关于一些现存的诗篇应属于《大游仙诗》，参看：Schafer，*Mirages on the Sea of Time*，p. 32，n. 10（引自Stephen Bokenkamp的发现）；傅（1987），卷5，428－429页；颜进雄，379页。“游仙”被译成“漫游的神仙”，但没有人真正知道如何解释这一词语；至九世纪，它只是指有关神人和仙人的诗篇，这从《大游仙诗》中可以清楚看到，其中没有任何精神上的天路旅程。

后者都是七言律诗。这是此类诗歌在唐代的最大集子。我们不知道曹唐是否有一般的“诗集”，最早的记载说他的作品保存下来两卷。每组《游仙诗》可能原来包含四百行七言句（因此每组为一卷），原本是独立流传的。

我们不知道应该如何解释曹唐与这些作品的关系。有些学者认为这些作品代表了因仕途失败而产生的逃避主义幻想。薛爱华（Edward Schafer）认为它们看来显示曹唐是个忠实的道教信徒。两种解释都是可能的，也许同时可能。曹唐有五首应景诗题为《三年冬大礼五首》（35159－35163），是为文宗在830年11月举行的一系列道教仪式而作，表明曹唐既对仪式明显充满热情，又积极争取官职。也许理解曹唐与其道教诗篇的关系的最好方式，是撇开信仰的问题（与施肩吾相反，有关施肩吾的信仰有可信的证据），将他的道教看成既是一种话语，也是一种专门的学问。

批评家们有时将《小游仙诗》与王建的一百首《宫词》相提并论。《宫词》也是由七言绝句凑成的组诗，并独立流传，作于820年左右，很受欢迎。[13]《宫词》代表对另一种话语的掌握，即宫廷内部的世界。实际上，由于《宫词》的成功描写，以致流言怀疑王建怎么会对内宫如此了解，因为男人（除非是宦官和皇帝）是不能进内宫的。曹唐的《小游仙诗》差不多可以肯定比《宫词》晚出，虽然不是晚很多年。尽管无法知道曹唐的意图，但《小游仙诗》应该属于同一类型，即由七言绝句会聚成组诗，提供一组专门的知识，而这些诗篇所详细描绘的场景，其大多数

〔13〕 傅（1998），卷2，811页。

读者皆不甚了解。[14]除了形式上相似以外，曹唐的诗与王建的诗在许多细节方面也很相似。例如，如颜进雄指出，曹唐很注意男女神仙的衣着和饰品。[15]衣着和饰品的细节描写在王建的《宫词》中也很突出。神仙的世界是贵族的和宫廷的，正如人间的宫廷世界通常被描绘成神仙世界（虽然在王建的《宫词》中不那么直接）。的确，如果我们同时阅读曹唐和王建的作品，很难忽视两者之间的紧密关系。曹唐的神仙世界常常被简洁地描绘成当地的活动和聚会。[16]

其九十八[17]

绛阙夫人下北方，细环清佩响丁当。
攀花笑入春风里，偷折红桃寄阮郎。

"阮郎"就是阮肇，他与同伴刘晨在天台山遇到两位仙女，与她们一起生活了一段时间，然后回到人间。在《大游仙诗》中，我们看到这个故事是抒情诗的叙事框架，但是此处在《小游仙诗》中，这一人物只是一位仙女所爱恋的凡人的诗意名字。王建《宫词》中的女子们当然只允许思念皇帝；移换到神仙的世界，可以

〔14〕 绝句组诗至九世纪晚期才流行；我们有一些完整的组诗和一些部分的组诗，后者可能原来也是完整的。胡曾的《咏史诗》超过了一百首（35622），周昙的一组《咏史诗》（40586－40778）也是如此。罗虬的《比红儿诗》（36755－36854）有一百首，还有钱诩的《江行无题一百首》（39808－39907）。这些组诗可能以小集独立流传，后面还会提到。

〔15〕 颜进雄，409－410页。

〔16〕 比较王建《宫词》中的赌博场景（其七十七）与曹唐的《游仙》（其九十二）。

〔17〕 35285。

允许较大范围的思念和调情。

如同颜进雄敏锐指出的，严肃的道教坚决排除所有激情。正如我们所见，有关神仙的通俗文学传说都充满强烈的色情色彩。虽然很多绝句只描绘男仙和道士，但《小游仙诗》里也充满了恋爱、调情、游玩的女子、怀旧的回忆及宴饮，与较早的诗人如吴筠的道教诗篇形成鲜明对照。[18]曹唐的《小游仙诗》显然指的不是内宫的世界。九世纪浪漫文化的意象和有关皇宫生活的种种幻想被转换到神仙的世界。

曹唐为此类短诗添加了道教的技术性词汇及神仙的时间观，强调神仙世界和凡人世界的差别。

其五十六[19]

侍女亲擎玉酒卮，满卮倾酒劝安期。
等闲相别三千岁，长忆水边分枣时。[20]

此短诗的背景是神仙安期与太真夫人一起宴饮的传说，这里太真夫人被转换为一位侍女（因而更像唐代的聚会，其中有位歌女是旧识）。[21]实际上，有时候神仙与凡人的唯一差别只在带有一些天上的"道具"，此类"舞台道具"有时被简化为文学的道具彤云。

---

〔18〕 颜进雄（413页）指出仙女自称"妾"的令人注目的例子。
〔19〕 35243。
〔20〕 枣与早同音；因此意思是"我们分离得太早"。
〔21〕 见颜进雄，407－408页。

其五十九[22]

风动闲天清桂阴，水精帘箔冷沉沉。
西妃少女多春思，斜倚彤云尽日吟。

这一场景出自当时的浪漫故事。在《霍小玉传》中，鸨母说霍小玉整天吟诵诗歌，充满思念之情。[23]我们在另一首诗中碰到一位很像这位仙女的人物，她不是简单地吟诵诗歌，而是积极行动去寻找凡间的情人，虽然好像并无结果。

其二十六[24]

偷来洞口访刘君，缓步轻抬玉线裙。
细擘桃花逐流水，更无言语倚彤云。

《小游仙诗》中的很多诗篇都可以“翻译”成优美的人间短诗和宴会诗，如果年寿缩短一些、天空的光晕减弱一点的话。在一首人间诗中，诗人们会说在生命的“百年”（传统期待的凡人寿命）中很少有机会碰到某位老朋友。由于机会极少，因此对会面焦急地珍视，这种凡人的特殊情况被直接转换到神仙的寿命中，显得既奇怪又不相称。

---

〔22〕 35246。

〔23〕 “尔终日吟想，何如一见。”见李时人编《全唐五代小说》（西安：陕西人民出版社，1998），728 页。

〔24〕 25203。

其八十九[25]

东溟两度作尘飞，一万年来会面稀。
千树梨花百壶酒，共君论饮莫论诗。

曹唐常常仅通过动作或语言而将神仙的世界人间化。这些诗篇的乐趣通常体现于神仙世界和人间化的世界之间的张力。白石先生住在白石山，煮白石当饭。

其十五[26]

白石山中自有天，竹花藤叶隔溪烟。
朝来洞口围棋了，赌得青龙直几钱。

我们知道“青龙”是炼丹的阶段之一，但是无论这位神仙所赢得的是丹药还是围棋中那巨大而著名的神兽，在薄雾笼罩的神秘背景下，赢得物的性质和此物值多少钱的毫无诗意的凡间问题，此两者之间并不协调，从而使得诗篇具有一种喜剧的色彩。[27]

虽然很多《小游仙诗》都很精美，但是存留下来的《大游仙诗》代表了唐代诗歌史上更重要的部分。《小游仙诗》描绘神仙世界，展示了丰富的技术性知识；《大游仙诗》确实涉及神仙，但是这些故事大多已传入普通文化之中。《大游仙诗》基本上

---

〔25〕 35276。

〔26〕 25202。

〔27〕 如果曹唐原意是一个反诘句，意思是“无价”，那他不会使用低级的词汇“钱”。

将九世纪的咏史诗形式转换为神仙的传奇（当然如果人们相信这些故事，两者并无区别）。如果我们看李贺的《金铜仙人辞汉歌》[28]和温庭筠的《昆明治水战词》[29]，或在九世纪的标准诗题形式中，看到宣布某一历史或传说事件的普通诗歌表述类型[30]，那么我们便了解了传世《大游仙诗》的题目或引题的背景，例如《汉武帝将候西王母下降》。[31]

这种题目形式很清楚地将曹唐的诗篇置于同时代的背景中。曹唐的不同之处在于他的题目似乎按组安排，包括一个已知叙事的不同阶段。[32]在传世《大游仙诗》中，有一组可能是完整的诗，还有一些属于其他组的诗篇。紧随上引诗题的是《汉武帝于宫中宴西王母》。[33]接下来五首一组描述刘晨和阮肇在洞中遇仙女的故事的不同阶段。[34]在好几首诗中，我们看到叙事者不是第三人称，而是扮演熟知故事中的一个人物，如《张硕重寄杜兰香》（第一首诗没有存留下来）。[35]接下来的一首诗是（也许顺序不对）《玉女杜兰香下嫁于张硕》。[36]

有关刘晨和阮肇的那组诗，只描写了到达和离开时的情景，他们与仙女在一起度过的时光跳过未提。

---

〔28〕 20703；叶（1959），77页。

〔29〕 31900；曾，32页。

〔30〕 我们可以从数百个相似的例子中选出李铣的《孙武试教妇人战赋》（《全唐文》，7327）。

〔31〕 35138。

〔32〕 见颜进雄的讨论，379页。

〔33〕 35139。

〔34〕 35140－35144。

〔35〕 35150。

〔36〕 35151。

刘晨阮肇游天台[37]

曹唐

树入天台石路新，云和草静迥无尘。
烟霞不省生前事，水木空疑梦后身。
往往鸡鸣岩下月，时时犬吠洞中春。
不知此地归何处，须就桃源问主人。

在第二首中，题目和诗篇本身可能配错了，因为至诗篇结束时，刘和阮还未遇见仙女。可能这组诗原本多于传世的五首，而此诗的题目是错的。另一可能性是这些不是传统意义上的“题目”，而是“引题”，表明此篇在叙事散文中的位置。例如，下面这首诗中相遇还未发生，但是为散文中接下来的相遇做好了铺垫。

刘阮洞中遇仙子[38]

曹唐

天和树色霭苍苍，霞重岚深路渺茫。
云窦满山无鸟雀，水声沿涧有笙簧。
碧沙洞里乾坤别，红树枝前日月长。
愿得花间有人出，免令仙犬吠刘郎。

〔37〕 35140。
〔38〕 35141。

如果我们将这首诗作为叙事的一部分，此叙事原本可能是散文，那么最明显的先例是《游仙窟》，七世纪后期的作品，讲的是一个非常相似的故事，用的是非常优雅的散文，中间夹有很多诗篇。这篇作品保存于日本，（像很多在日本保存下来的作品一样）为唐代文学提供了唯一的传本。虽然确实很多作品是独一的，但是在大多数情况下，存留下来一个文本便意味着曾经有很多文本。按照这种假设，全部保存于十世纪中期的《才调集》里的这些诗篇，都以一个实际的叙事为基础，而这一叙事很可能曾经有过实际的书写文本。如果这样一个中间夹有诗篇的叙事确实存在的话，我们会期望见到其他有关仙女和年轻人在洞中宴饮、调情的诗篇（有些绝句可以很好地用于这种目的）。〔39〕

在与两位仙女享受了生活的欢乐以后，阮和刘开始思家。下面这首诗中，我们看到的已经是离别。

仙子送刘阮出洞〔40〕

曹唐

殷勤相送出天台，仙境那能却再来。
云液每归须强饮，玉书无事莫频开。〔41〕
花当洞口应长在，水到人间定不回。
惆怅溪头从此别，碧山明月闭苍苔。

〔39〕《才调集》包括了《小游仙诗》的三首诗（第二十六、五十九及六十三首），上面翻译了两首。

〔40〕35142。

〔41〕这些是仙女送给刘和阮的礼物，但伴随了禁忌。“云液”是云母组成的药。

发现神仙洞窟的景象不是标准的题材，但是此处我们看到的是爱情诗特别喜爱描写的时刻：离别的景象及女子被留下而思恋远方的男人。

仙子洞中有怀刘阮〔42〕

曹唐

不将清瑟理霓裳，尘梦那知鹤梦长。
洞里有天春寂寂，人间无路月茫茫。
玉沙瑶草连溪碧，流水桃花满涧香。
晓露风灯零落尽，此生无处访刘郎。

第二联是曹唐最著名的对句，被用于有关他去世的一个虚构故事中。清代批评家黄子云对此两行诗的评价，可能是曹唐得到的最高赞扬："玉溪'无题诗'，千妖百媚，不如此二语缥缈销魂。"〔43〕应该指出的是，黄子云极端厌恶李商隐的诗。

最后刘和阮想再回去，但是一切都变了。

刘阮再到天台不复见仙子〔44〕

曹唐

再到天台访玉真，〔45〕青苔白石已成尘。

---

〔42〕 34143。
〔43〕《清诗话》（上海：上海古籍出版社，1963），865页。
〔44〕 34144。
〔45〕 这是一位神仙的名字，在这里诗意地延指那位仙女。

笙歌冥寞闲深洞，[46]云鹤萧条绝旧邻。
草树总非前度色，烟霞不似昔年春。
桃花流水依然在，不见当时劝酒人。

这些诗篇使用的道教技术性词汇比较少，七言句的用法也较宽松。此外，这些诗篇几乎完全是由普通的词语构成，口头讲述时很容易被理解。没有明确证据证明此类诗篇曾经被用于口述故事或可以大声朗读的散文叙事中。然而，如果我们想象九世纪有一种复杂的诗歌，也许与散文相混，被放置于稍早的《游仙窟》、大致同时的敦煌“变文”及北宋赵令畤《莺莺传》中的十二首《蝶恋花》词之间[47]，那么我们会获得与上引诗篇相似的作品。即使这些诗篇没有书面的散文伴随，它们仍然明显地是作为想象叙事中的诗篇而创作的，（在唐代）很可能有相当多的资料为此类诗应如何写提供了模式。

我们现在可以将其他不少诗篇包括在《大游仙诗》中，但这些诗很不一样。在下面这首咏萼绿华的诗中，许多短语词汇远非常见，因此口述时不会那么容易被理解；虽然诗中的构成词很普通，但是有很多同音字，使得如“花声闲落”这样新颖的短语听起来难于理解。萼绿华是一个仙女，每月数次降临羊权家，自称姓杨。她最后赠他“尸解”药（这样“死”者便会成仙），然后就永久地消失了。她显然在道教中是个重要人物，因为她的一首

〔46〕我怀疑这里的“闲”是“闭”之讹。
〔47〕《唐圭璋》，491 页。

长诗和故事出现在《真诰》的开头，而《真诰》是上清道教传统的核心文本。[48]在《真诰》中，我们看到的是天界秘密的启示，而曹唐的诗篇则暗指浪漫爱情。

萼绿华将归九疑留别许真人[49]

曹唐

九点秋烟黛色空，[50]绿华归思颇无穷。
每悲驭鹤身难任，[51]长恨临霞语未终。
河影暗吹云梦月，花声闲落洞庭风。
蓝丝重勒金条脱，留与人间许侍中。[52]

虽然诗篇的背景涉及仙凡之间的浪漫遇合故事，但诗的具体情境大多是标准"爱情"叙事中"富于诗意"的基本时刻：共欢宴、伤别离和苦相思。

如果将萼绿华诗与两首有关杜兰香下嫁凡人张硕的诗一起分析，便会为李商隐一首名诗中的一个对句提供了大致同时的背景：

---

〔48〕《道藏》（北京：文物出版社），卷20，491页。《真诰》以及相似的版本似乎是这一故事的根据。

〔49〕35147。

〔50〕虽然此应指九疑山（"黛色"说明是山脊），但这一行显然令人想起李贺《梦天》的结尾："遥望齐州九点烟，一泓海水杯中泻"（20665）；叶（1959），28页。

〔51〕关于此行我采纳了一种可能的解释；也许鹤不能驮她的身体，或是她不忍骑鹤。

〔52〕曹唐显然将萼绿华的故事与云林夫人王媚兰相混淆。萼绿华访问的是凡人羊权，而王媚兰访问的是许谧；许是羊权的扶持人。

重过圣女祠[53]

李商隐

白石岩扉碧藓滋，上清沦谪得归迟。[54]
一春梦雨常飘瓦，[55]尽日灵风不满旗。[56]
萼绿华来无定所，杜兰香去未移时。[57]
玉郎会此通仙籍，[58]忆向天阶问紫芝。[59]

李商隐这首诗比曹唐的诗在风格上要稠密得多。尽管这首诗的题目没有与熟悉的故事相连，但基本上是“同一种类”的诗。让我

〔53〕29093；《集解》，1330页；叶（1985），3页；周，235页。这里的一个首要问题是关于圣女的含义。姚培谦坚持认为没有这样一位神女。冯提出一个最普通的解释，认为指的是山西一座形状像女子的悬崖。

〔54〕这是三重天的最高层。因为不轨行为（常常是性爱方面的）而被贬出天庭是常见的主题。在人世间度过一段时间以后，天神或仙人会被召回天上。

〔55〕这令人想起巫山神女与楚王的云雨之会。虽然这一句意思很含混，但提到“梦雨”增强了神女被贬原因是性爱的可能性。这一行可以指女神在人间继续其性爱故事，也可能指她的瓦使她避开了春天的“梦雨”。

〔56〕风标志着神仙的到来和离开。寺庙的旗平静，可能表示没有神仙来访。

〔57〕关于杜兰香有两个传说。其一说她一两岁时被一位渔夫在湘江边发现。十几岁时长得天姿美貌，天上“青童”下来将她带走。临走之前，她告诉渔夫，她是仙女，因过失而被贬谪人间。其二（很可能更切题）涉及她与张硕的关系。一种说法是她于316年数次访问张硕，并告诉他，他们将结婚，但因为年龄不合，他必须等待。根据另一种说法，他们最终结婚了，但是结完婚杜兰香便离开了。一年多以后，她忽然乘坐马车而来，夫妻相见情意绵绵，但是当张硕试图上车时，却被侍女推下。李商隐似乎特指杜兰香刚结完婚就离开张硕。

〔58〕玉郎是天上的一个职位，而不是一个名字，主管各位神仙的记录。在这里使用“会”字似乎表示“碰巧发生……”或表示对将来的祈愿或预测，大约相等于英文的“但愿……”“会”也可以理解为“会面”，即与那位玉郎在这里会面。

〔59〕我们不知道“忆”的主语是玉郎还是神女；“问”的主语也同样不确定。

们假设上引曹唐诗篇并非独有，而是代表了当时处理浪漫文化中神仙故事的一种特别的抒情诗（也许并非与对李贺的兴趣无关，李贺诗歌的影响时常在此类诗歌中出现）。如果我们将曹唐的诗篇看作是一种常规，便很容易将他的作品放在一个熟悉的叙事中，甚至其咏萼绿华的较复杂诗篇也是如此。

然而，如果细看李商隐的诗，便会注意到诗人利用这种叙事背景的假设，却又随之打破这一假设，使读者不能肯定到底发生了什么事。如果分析这首诗而忽视第三联，诗篇的意思就突然变得很清楚。如果这是神女祠，那么女神就住在这里。我们很自然地就会认为从天上贬谪下凡的是她，就如同萼绿华被送下粗俗的凡间。在神仙的浪漫故事中，有一个犯禁的情人通常是被逐出天庭的原因，这似乎体现于第三行“梦雨”的色情形象和第四行对神仙到来的空等（神仙的到来会使旗子充满“灵风”）。在尾联，我们看到她希望重新回到仙籍的位置（就像在世俗的唐代，等级对于一个人的位置是很重要的）。

然而，有关萼绿华和杜兰香的对句，颠倒了性别关系，使情况混乱。如我们在曹唐的诗篇中所见，萼绿华和杜兰香都是访问凡人后又抛弃他们的仙女。我们知道在这样的情况下，凡间的情人可能自己也曾经是神仙，虽然他被逐出天庭，已经不记得从前在那里的生活。仙女短暂访问人间情人的主题，鼓励我们改变第二联中思恋等待者的性别，随之改变第一联中被贬谪者的性别。如此来看，最后一联的女性人称必须被男性人称所替代。我们甚至可以以第一人称重新理解这首诗：

白石岩扉碧藓滋，上清沦谪得归迟。

如此则是诗人在等待仙女无法预料的来访。但是接下来是“一春梦雨”，暗示一段持续的时间，与诗人仅是“过”祠庙的情况不合。

这些问题不是任何情境可以解决的，后者基本上与曹唐所用的叙事相同。相反，诗人提供的是某种谜一般的不确定结果的事物，利用了我们希望有能说明一切的简单“故事”的愿望。

与这些带有强烈色情浪漫文化光晕的仙女们相比，下引许浑诗较为平凡。这首诗的地点的名称，与李商隐的诗题一样（虽然我们无法肯定是同一寺庙）。虽然神女不可见到，她的存在却使周围环境充满神秘和色情的诱惑。然而，许浑在结尾以教训的口气反对巫山神女式的性爱事件。

题圣女祠〔60〕

许浑

停车一卮酒，凉叶下阴风。龙气石床湿，鸟声山庙空。
长眉留桂绿，丹脸寄莲红。莫学阳台畔，朝云暮雨中。

在我们所研究的这整个时期，我们发现一些零散的诗篇，模仿曹唐的浪漫道教及其在李商隐诗中的独特变体。既然所存诗篇只是由于幸运而得以残存，诗篇数量原本要丰富得多，而后来时代的兴趣左右着诗篇的存留，那么这些零碎片段揭示了一种我们现在仅能略窥一斑的诗歌。

---

〔60〕 28593；江聪平，208 页；罗，19 页。大多数版本的题目都是“神女”，而非“圣女”。但是许浑自己的手稿本是“圣女”。

第十章　李商隐：引子

千百年来李商隐已逐渐成为晚唐诗歌的卓越人物。传世的注疏传统始于十七世纪中叶，从那时以来，李商隐已经集聚了比其他任何一位诗人更多的注释，除了杜甫是例外。[1]研究其诗歌的专著和文章，大概比对晚唐所有其他诗人的研究加在一起还要多。李商隐完全应该得到这种经典权威的地位，然而与杜甫相比，其声名上升的过程更是价值观改变的复杂历史。李商隐似乎直到去世后才以诗人著称。尽管确实有几首他在世时赠送他的唱酬诗，以及他去世后哀悼他的诗篇，但并无证据表明他的诗歌当时曾在小圈子外受到赏识。而十世纪初之前，确有一些证据表明他身后以诗人著称。其中之一可以在皮日休作于871年的《松陵集》序中找到，序文根据当时的观点，将他与温庭筠并列为诗歌之“最”。[2]另一个证据是来自李涪的严厉谴责[3]：

---

〔1〕虽然现存的一个注释说有一个宋代的注本（但是我们不知道是否完整）、一个元代的选集和一个明代的注本，但这些都没有存留下来。见刘学锴，《李商隐诗歌研究》（合肥：安徽大学出版社，1998），113页。

〔2〕刘学锴（2001），3页。这很奇怪，因为这是在唱和诗的背景下，除了李商隐赠温庭筠的一首诗（29128；《集解》，1276页；叶，44页），以及温庭筠赠李商隐的一首诗（但此诗归属有问题）外，我们没有证据表明两者之间的交往。此序保存在《唐诗纪事》中。可能李商隐和温庭筠在一些有限的圈子内出名。

〔3〕刘学锴（2001），5页。李涪，《刊误》，载于左圭，《百川学海》（影印件；京都：中文出版社，1979），519页。

> 近世尚绮靡，鄙稽古，商隐词藻奇丽，为一时之最，所著尺牍篇咏，少年师之如不及，无一言经国，无纤意奖善，惟逞章句。

李涪接着将李商隐比作仅是一位织锦工匠。这是很严厉的言辞（而且根据李商隐文集的整体来评价，这也相当不公平），但确实为我们提供了一些九世纪后期对李商隐诗歌评价的概念。李涪的评价不公平，可能不仅是因为偏见和盲目，而很可能是李涪没有见过全部诗集，只见过李商隐诗的一个小集。由此我们可以进一步推测，当时普遍流传的李商隐诗属于哪一类型。

尽管有这些评价及其他称李商隐是当时最著名诗人的说法（显然不是指李自己在世之时），在九世纪下半叶频繁的诗评中李商隐的名字并不经常出现。李涪的话可以理解为李商隐被广为模仿，但如确实如此，此类模仿诗篇存留下来的并不多。在十世纪初，韦庄的《又玄集》收入中等数量的李商隐诗篇。在十世纪中叶的韦縠《才调集》里，李诗的数量多达四十首，虽然温庭筠或韦庄的诗篇更多。在945年进献给后晋皇帝的《旧唐书·文苑传》中，也有李商隐的一个小传。然而，他也许主要是作为骈体文作家而非诗人受到重视。他最后以诗人而著称于世，应归功于他忠心的编辑和模仿者杨亿（974－1020），十一世纪初最出色的文学人物之一。

现存杨亿关于编辑李商隐诗歌的过程的叙述，不仅告诉我们李商隐诗歌是如何传播的，而且提供了很多有关唐代诗歌在宋代如何重现的一般信息。[4]杨亿告诉我们，他在宋太宗至道

〔4〕 万曼的《唐集叙录》引用了此段叙述（北京：中华书局，1980），283－284页。

年间（995－997）得到李商隐诗的一个抄本（即一个小集），内中收有百余首诗。虽然他起先对这些诗篇爱不释手，但回头看时觉得这些诗篇“未得其诗之深趣”。他描述了在真宗咸平年间（998－1003）广泛寻找现存唐诗的情况。虽然他没有确切地说找到了另一个本子或小集，但是在寻找过程中他将诗集扩大到了二百八十二首。〔5〕他听说唐末在长江下游地区有许多李商隐诗的本子，通过那里的一位朋友收集到更多的诗篇，于是将李商隐的诗集扩大到四百多首（为现存诗集的三分之二略强）。我们希望杨亿原本会多谈一些有关小集的内容，内中收有一百多首诗，似乎很容易获得（关于收集的第二阶段，他谈到需“孜孜”不倦）。那本较容易获得的小集里的诗篇，很可能是李涪所知道的及《才调集》所收的那一类作品。〔6〕

李商隐最终从一个华丽的修辞家转变成一个关注政治的多才诗人，这似乎是杨亿花费心血重构李商隐诗集的结果，这一集子比小集扩大了四倍（虽然仍然比我们目前的集子小得多）。如果最早的小集是李商隐唯一存世的诗篇，毫无疑问诗人的形象便会完全不同。杨亿的描述也冷静地提醒我们，那些小集是为了迎合

〔5〕 杨亿的《西昆酬唱集》包含了很多模仿李商隐的诗篇，作于1005－1008年间。被模仿的李商隐作品主要是艳情诗、咏史诗和咏物诗。

〔6〕 杨亿后来引用和同意钱（若水?）对《贾生》诗（见439页）的称赞，以平衡他有关李商隐的小集“未得其诗之真趣”的说法。这表明《贾生》诗，一首对历史做出明确道德评价的诗篇，是在诗集整理的最后阶段才加进去的（《西昆酬唱集》未模仿这首诗），其质量与对小集局限性的总体评价不同。另一个证据可以在987年收入《文苑精华》的五十四首李商隐诗篇中找到：这些几乎都是咏物诗、咏史诗（处理“荒淫”帝王的主题）、朦胧诗及社交妙语，然而令人瞩目的是与《才调集》中相同风格的诗篇重出的很少。

九世纪晚期和十世纪的趣味而编选的，而我们对其他许多诗人的作品的理解，很可能因为手抄本小集的保存形式而歪曲。北宋很多唐代诗人的编辑都缺少杨亿那种相当显赫的地位和文化影响，因此无法展开和鼓励别人帮助寻找其所喜爱的诗人的各种传世手抄本。

困难和比喻性语言

虽然李商隐有些诗篇与他同时代人的作品一样率直，但有许多很难读，有些则晦涩异常。他的作品中有一较小却很重要的部分，暗示了热烈的男女之情。他的诗歌中这种虽然不淫靡但却艳情的氛围，长期以来吸引了一系列反情感的阐释：批评家们或强调他的风格受到杜甫的影响，或将注意引向他的政治诗篇，而最重要的做法是赋予那些表面看来是艳情的诗以隐喻性的解释。

对李商隐艳情诗的这种隐喻性阅读，最早的清楚表达见于张戒（1124 年进士）的《岁寒堂诗话》。张戒明确地争辩一种与众不同的观点："世但见其诗喜说妇人，而不知为世鉴戒。"〔7〕这显然是在试图将李商隐的艳情诗挽救为"严肃"诗。我们应该特别注意这一评论出现的时代。张戒这一笼统结论，紧随在其对李商隐关于皇室荒淫无度的诗篇的评论之后。张戒目睹了北宋颠覆的

〔7〕 刘学锴（2001），37 页。

灾难，皇室荒淫无度的后果是当时非常关注的问题。[8]此前半个世纪，当代诗歌都被细细观察，看是否有政治寓意；在一个指望隐晦的政治意义的社区里，诗人们当然如此从事创作，以提供“为世鉴戒”。北宋晚期对杜甫的阐释也被政治化，杜甫成为模范诗人，被认为无时无刻不在关注王朝及其利益。

张戒提出的李商隐诗歌的隐喻性阐释模式，其范围逐渐扩大，在十七世纪中叶开始的持续注疏传统中达到顶点（这是另一个特别重视诗歌的政治隐喻意义的时代）。然而，应该认识到这种阐释方法是一个历史现象，产生于特定的阐释环境，此点很重要。这种阐释方法在唐代确实存在，但是未出现宋代中期和清代运用于一位诗人的大部分作品的那种大范围、巧妙性和程序化。[9]

虽然在南宋时对李商隐的诗歌开始进行隐喻性阐释，但李涪关于李商隐是轻浮而辞藻华丽的诗人（作品带有色情）的负面评价，延续于整个宋代，并进入元代。至十七世纪中叶的注疏传统，这种评价已经被有效地压制，而李商隐是参与政治的“严肃”诗人的观点占了上风。如果批评家们接受其为艳情的话语，而非隐蔽的政治影射，他们也认为指的是热烈的情爱，而非修辞游戏或随意的艳情角色扮演。

---

〔8〕 我感谢艾朗诺（Ron Egan）指出这点。

〔9〕 李商隐自己在《谢河东公和诗启》中谈到比喻的问题，“为芳草以怨王孙，借美人以喻君子。”这样一个表达必须置于其背景来理解，首先指的是他赠刘忠英的那些诗篇，其次是试图为题材明显轻浮的诗篇说明理由。见刘学锴和余恕诚，《李商隐文编年校注》（北京：中华书局，2002），1961－1962页。

比喻性的语言（广义的、涵盖一切的比喻，包括隐喻、转喻和举隅）及有关整首诗的寓意所指的大问题，成为理解李商隐诗歌的中心。在欧洲传统中，从以此喻彼的广义角度看，比喻性语言和意义是“诗歌”的根本标志。在中国传统中，比喻性语言和所指不是假设的普遍现象，而是一种资源。此外，高度比喻会引发具体的联系。九世纪时最“诗意”的诗歌，即与贾岛的律诗传统相连的诗歌，在所指的较大层面上，一般是非比喻性的。[10]

比喻的问题需要谨慎策略地处理，因为这是个会引起抽象化和误解的问题。中国诗歌中比喻的程度和性质随着不同的历史阶段和诗体而变化。即使在最率直的应景诗中，也有一定程度的比喻性语言，只是由于习惯性而几乎不为人所察觉。例如，在某些场景下，如果一个诗人用了“红”字，读者便立刻知道他指的是花。诗歌语言里充斥的不是“死的隐喻”，而是“死的转喻”。

在九世纪的背景下，较复杂的比喻有两种主要联系。其一是提高修辞层次，这可以与骈体文相联系。这是学问的标志，假定一个群体内的成员都懂得这种语言，但其他人则排除在外。运用文化典故是一个与此紧密联系的现象。在他自己的时代，李商隐正是以骈文大师而著称的。

比喻的第二个普通联系是假设直接表述存在某种障碍，这也是比喻用作排斥（局外人）的一个方式。直接表述的障碍可以发生在各个层面上。在问题最小的层面上是出于礼貌而拐弯抹角，这与正式比喻所创造的学问群体紧密相连。在九世纪的中国，如同在很多其他文化和时代一样，为了晋升而直接寻求扶持，或抱

〔10〕 当然也有例外。比如，咏物诗常常可能是比喻人的情况的。

怨某人从不回应这种请求，是粗俗的做法。这种情况要求礼貌的仪式，在九世纪的中国比喻就是这种礼貌的一部分。有时候求助者与扶持人的关系被比作女人与男人的关系，他们寻求宠爱，抱怨遭忽视。然而这种将社会等级性别化的情况并不普遍，且必须遵守某种规范。[11]

批评皇帝和高官一般也需要比喻或某种语言上的间接形式。元和朝“新乐府”诗人的出格之处，在于他们直接攻击社会弊病（甚至在注中明确点出批评的对象）。比喻的间接性一般使政治批评得以开展。如我们将见到，问题在于这种“间接性”有时候意味着将批评藏在可以看作是非批评性的单纯话语中，我们现在称之为“可否认性”。我们知道这种比喻性批评确实发生，但是面对具体诗篇时，几乎无法令人信服地区分隐蔽的批评和未包含批评的诗篇。李商隐写到“甘露事件”时（见第十二章），他用了间接和比喻的手法，但是含意丝毫也不含混。

第三个特别需要比喻隐晦的重要情况是男女之情。此处的历史很复杂，无法确定这种比喻语言是男人之间不同权利关系的长期性别比喻的历史产物，还是男女性别交流的社会禁忌的结果。[12]作为一种在中唐发展的精英浪漫文化（主要是在男性群体中，但也包括女性），赠送女子的诗、男女间的唱酬诗及在

---

〔11〕 有人提出艳情比喻是与扶持人有冲突或仕途受挫时的私人表达方式。在广泛的层次上，楚辞传统可能认可此点，但是在唐诗中此点往往通过直接引喻楚辞传统而实现。借用当代的浪漫诗歌话语来达到这一目的是罕有先例的。

〔12〕 关于这些问题的详细讨论，见 Paul Rouzer，*Articulated Ladies*：*Gender and the Male Community in Early Chinese Texts*（Cambridge，Mass.：Harvard University Asia Center，2001）。

歌行中表演的诗都倾向于某种程度的比喻。[13]

道教高度比喻性的语言是限制性比喻话语的特殊情况，传达出特定精英群体的秘密知识。李商隐年轻时曾经学道，这在他的一些作品中留下了深刻的印记。他常常在道教话语中掺和艳情暗示（与曹唐相同）。批评家们几乎从来不将诗篇仅做道教的阐释（后来的注释传统也对道教强烈反感，没有认真对待），除非有关道教的诗篇具有明确的场合背景，例如赠送道教大师的诗篇。如我们所见，道教话语的两个主要比喻框架是后宫和男女之情。有一种阐释努力包括进这两种可能的含义，解释成宫女出身的女道士们所发生的秘密情事。然而，在另一种意义上，道教话语常常起元语言的功用，其独特比喻指向普通知识背后隐藏的内涵。

在比喻语言的这些情况下，我们应该进一步区分话语的小类，其中一些重复出现的比喻成为习惯性比喻（需要学习的符号），而另一些则是独创的、在某种意义上真正是私人的比喻。一位来自地方乡绅家庭的年轻人初到长安，第一次在青楼听到温庭筠词的表演，可能不懂得如何理解。一旦他与欣赏这种诗歌的年轻人熟识以后，就会很快学会其习惯性话语符号。

然而，假设这同一年轻人得到李商隐的《药转》（指磨药或制丹的过程）诗，里面含有下面这个对句：

长筹未必输孙皓，香枣何劳问石崇？

〔13〕 见 Owen（1998），130－148 页。敦煌的一些歌辞与温庭筠的词之间的鲜明对比，是精英浪漫文化特征的突出标志。

“长筹”在英文里译成“长条卫生纸”，实际上是用于同样目的的长条竹片。我们假设的年轻人首先需要知道至少一个非标准的出处。第一个典故出自收于《法苑珠林》的一个佛教寓言。三国时期孙皓统治吴国时，挖出一个佛陀的铜像。由于不信佛，孙皓把佛像放在厕所，将擦拭用的竹片放在佛像伸出的手里。在浴佛节时，孙皓在铜像上撒尿。他很快就长了疖子，下身处特别疼痛。他被告知他的病是因为亵渎了佛像。于是，他成了信徒，决心悔改，用香水洗佛像，他的疖子逐渐痊愈。

第二行里的典故较有名，合并了因招摇显富而著名的石崇家的奢侈厕所和《世说新语》（34/1）里王敦的故事。西晋时王敦刚娶了舞阳公主，去上厕所。厕所里摆着一个黑漆篮子，装满了干枣，是用来塞鼻子挡臭气的。王敦不知道干枣的用处，坐在马桶上把干枣都吃了，引致侍奴窃笑。

虽然可以找到出处，但我们甚至不知道如何解释这些诗行，因为我们不知道李商隐所指的是什么。我将“输”（在比赛中输赢的输）理解成及物动词，指输给孙皓，但是我们也完全可以将此解释成“使孙皓输”。除了何焯异常简短的评语“此乃茅厕之诗”外，注释家们的各种发明令人惊叹：从一个女刺客扮为厕所侍女（姚培谦），到诗人在厕所里悲伤地看着无法得到的情人（程梦星），再到现在最受欢迎的药物引导流产的解释（冯浩）。〔14〕现代学者则产生了其他解释，包括讽刺颓废精英的秘密炼丹活动，或如同陈永正的解释，是有关配制长生不老仙

〔14〕 在讨论李商隐诗歌时，我常常提及古代的注疏家。他们的注疏被方便地收集于《集解》中，并与相关诗篇放置在一起。

丹。[15]下面我们引用全诗：

药　转[16]

李商隐

郁金堂北画楼东，换骨神方上药通。
露气暗连青桂苑，风声偏猎紫兰丛。[17]
长筹未必输孙皓，香枣何劳问石崇？
忆事怀人兼得句，翠衾归卧绣帘中。

细看各种不同的阐释就会发现，它们都是基于诗中最清楚的一个事实，虽然这一事实出现在诗篇最晦涩难懂的诗句中：即诗中的某件事物与厕所有关。厕所不是唐代诗歌的标准题材，没有通常的诗歌联系。因此，评论家们（很可能是有道理的）假定，诗中包括厕所必有特别原因。各种不同的阐释都是围绕试图说明厕所而产生的：从女刺客藏在厕所里的奇幻故事，到进入厕所后的无望思恋，再到厕所是流产的地点。

也许诗中最重要的诗行实际上是第七行，其中包含了李商隐在此类诗歌中所做出的最清楚陈述。我们应该从两个层次分析此行：首先是这一宣称本身，其次是此行作为指示的重要性。此句宣称前面的诗句涉及一个人和一件事，但是只有李商隐，或许还有其他一两个人，知道所指是什么事件。这将比喻作为隐藏和排

[15] 陈永正，《药转诗与唐代炼丹术》，见王蒙，658 – 660 页。
[16] 28183；《集解》，1679 页；叶，112 页。
[17] 猎在这里似乎是猎猎的缩写，描绘风声。

他的问题，提升到一个完全崭新的层面。我们可以认为，这首诗实际上是写给一位了解诗篇的必要背景信息的女子（或男子）；这位女子必须博学，因为诗篇超越了浪漫诗歌的通用意象范围。可以合理地提出一些问题：为什么有人赠送这样一首诗？为什么有人保留并传播这样一首诗？

这使我们认识到第七行作为话语功用的意义。如果此诗确属私人交流的话，那么第七行就毫无意义，因为接受诗篇的便是这个“人”，知道如此隐晦表述的“事件”。第七行似乎假定有读者会认为这一行的信息富有意义，因为诗行证实了那些读者可能已在猜测的情况。在假定读者可能不知道前面的诗行在指某人或事件的范围内，诗行也假定读者不知道所指的是何人何事。简言之，诗行示意有隐藏的信息存在，但该信息继续隐藏。〔18〕在这种戏剧性的隐藏之中，假定有隐藏的需要会限制了可能需要隐藏之“事”的范围。简言之，这是隐秘的诗法。

将这首诗赠送特定个人是一回事，而将其传播于不了解所指内情的男性读者中则是另一回事。这样做只能是因为诗人完全知道，普通读者不会理解所指为何，但却会怀疑所指乃通常需要隐藏之事。诗中不仅暗示某种原初情况，而且在第七行明示读者的确有涉及特定个人的某种情况。有意地传播这样一首诗，实际上是在告诉读者有一个秘密，但又不告诉他们是什么秘密。诗篇还暗示此秘密耸人听闻或颇成问题，所以需要保密。简言之，传播诗篇的行为招来的正是诗篇所收到的关于诗人生平的秘密事件的

---

〔18〕 艾朗诺提出，如果这首诗确属私人交流，那么这样一行诗可能强调记忆中印象十分强烈。

种种猜测。

在这种背景之下，关于李商隐的诗篇是否打算公开传播，以及如果公开传播公众的范围如何，便产生了一系列困难而关键的问题。在唐代诗歌的传播中，“公众”的意思可以是独特的或广泛的各种圈子。唱酬诗和应景诗通常作于特定的社交场合，并未期待较广泛的读者（李绅对《忆旧游》的大量注释，表明诗人在为预期的一般读者增加说明信息，这与上引诗第七行的示意姿态奇怪地相似）。我们从“柳枝”的序中得知，李商隐的表兄能够背诵隐晦而艳情的《燕台诗》。当李商隐的表兄为风尘女子“柳枝”背诵《燕台诗》时，诗篇便从一个知道诗人内情的人传给了一个完全不认识诗人的人。李商隐写给朋友谢防的一首长诗（我们下面很快就会讨论这首诗）的题目，表明后者能够背诵李商隐的很多诗篇，并能够常运用于自己的情况。由此我们可以推断李商隐的一个诗歌选本在他生前便已流传，但是我们不知道是哪些诗篇。“公共”流传的最终形式是诗集，诗集将诗人的作品提供给那些不一定认识他的人，包括后人。

虽然李商隐的一些诗篇在他在世时已经传播，但我们没有证据表明他曾编辑自己的诗集，无论是小集还是诗歌作品的临时全集。[19]九世纪中叶是一个过渡时期，有一些诗人（但不是所有诗人）会编辑自己的作品以供公开流传。李商隐确实编辑了自己的两个文集并为其撰写了序文。然而，早期传记中单独列出了其诗集。

---

〔19〕 我们这里排除了献给官员的小组诗篇。我们知道李商隐与同时期的其他诗人一样，准备过这样的选集。

李商隐不到五十岁便去世。如果他活得更长，可能会编辑自己的诗集。其实可能正是因为他过早去世反而保全了他的很多诗篇；那些诗篇可能是年龄更成熟、官位更高的人会从自己诗集中清除的诗歌类型。我们知道杜牧严格地“筛选”自己的诗集，大约只保留了百分之二十。虽然杜牧诗歌的庞大补遗中的一些诗篇归属不可靠，但很清楚，很多（虽然不是所有）有关其浪漫的私人生活的诗篇都被排除在诗集之外。我们现有的李商隐诗集，可能是他的后人将其“文学遗产”（或“诗歌遗产”）未加鉴别而编集出来的。如同很多唐代诗集，这会演变为一个或数个小集以满足读者的品位。

上引诗篇的第七行假定存在着“公众”，尽管是范围有限的公众。然而，这种“秘密”的迹象确给这种诗歌带来社会后果的问题。例如，一些迹象显然暗指一位女子偷情（虽然具体情况不清楚）。这并非指与一位歌女或一位婢女的随便关系。如果这种不正当关系归于诗人，诗人可能在其有限的密友群中获得某种称许。然而，这种诗歌在其他圈子的传播则会毁坏他的声望，影响他的前途。这对李商隐这样的人来说，不会是件好事，他一生中大部分时间依赖有权势的人扶持，会在不同程度上出入这些人的家宅。

一旦在一首诗中引入可能的隐蔽含意，这种可能性便很容易萦绕其他本可以较直接解读的诗篇。这种情况一般不会发生在较直接的应景诗上，而是通常发生于诸如咏物诗和咏史诗一类题材中，此类题材本来就具有比喻象征的传统。隐蔽的艳情含意很容易转为隐蔽的政治含意。一个能够理解比喻性语言和比喻内涵的群体的社会动力在发挥作用。宣称吟咏某位古代皇帝的诗实际上是在批评一位当代或近代皇帝，这反映了一种理解诗歌的“真正”和“深层”意思的愿望。这种宣称暗示了一种观念，即相信诗篇表现的只是其明显主题的人，其理解是肤浅的。诗人由于用历史人物指称当代人物而显得出色，读者由于看穿这种假象而显得出色。当小诗人描写过去帝王的失败时，批评家们倾向于认为这些诗吟咏的就是那些过去的帝王，而李商隐的批评家们则常常喜欢寻找隐藏于历史人物背后的较近的失败帝王。

此处我们进入了诗人的创作“意图”这一无法了解的领域。除了可确定日期的、带有说明情况的当代标志的诗篇，对这种隐含的意思我们甚至无法提供较可能的解释。然而，我们可以以咏史诗为例，列出各种可能性。有时候诗人写过去的人物，只是谈及他们，而其他时候诗人写过去的人物，则是一种谈论当代人物的方式。一位当代读者可能将有关历史人物的诗篇看作是引喻当代人物，无论其假说是否有据可依。当诗人描写历史人物的某种处境时，如果此类处境易于引发当代的解释，他在传播自己的诗篇时，肯定会意识到这种可能性。在这种情况下，诗人意图的概念本身便崩溃了。最后，当代和最近发生的事件也可能促使诗人对过去的类似情况感兴趣。所有这些都是为了说明“借古讽今”的模式过于简单化，不足以表述一种双向的、复杂的关系。在李商隐的生活时代执政的帝王们肯定远非完美，这促使人们将他们与历史上的皇帝相类比。穆宗和武宗，也许还有宪宗，都死于过度服用道教仙丹。于是，有关追求成仙的帝王的诗篇可能暗示当时的或最近的皇帝。然而，这还需要根据此类诗篇作于何时而定。如果一首有关汉武帝热情求仙的诗篇写于文宗朝后期，这首诗很可能只是吟咏汉武帝（穆宗朝已过去较久，不值得讽刺）。如果同一首诗在武宗朝仍流行，不了解其创作时间的读者便会认为诗人的“意图”是讽刺武宗迷恋道教。

写花鸟的诗歌可能只是吟咏花鸟，也可能对诗人或其他人来说花鸟是比喻。人类的标志在此类诗篇中常常含混：花可以通过与女子相联系而获得情感，或是反之，女子可以被指称为花。

简言之，中国传统社会后期占主导的阐释传统是从诗人生活中找到诗篇中最终指向人类的以历史为根基的特定价值。现代评论家们在否定根据推测的传记背景做出的早期阐释时，常常说诗篇缺乏“深意”。即使这些评论家在否定清代一些牵强附会的阐释时显然很正确，但失去那样的阐释便使诗篇丧失了传统意义上的“严肃性”，从而丧失了更重要的价值。〔20〕

当我们碰到这种情况时，记住九世纪上半叶存在与之竞争的其他“诗歌”观念是很重要的：李贺和贾岛都是纯“诗人”的类型。这两个截然不同但相互联系的例子假设“诗歌”创造了一个语言的世界，在这个世界中，诗人的生平即使有关系也属于第二位。毫无疑问，李商隐的一些诗篇确实令清代和现代评论家们满意，如他们过去及现在仍然认为的那样，是指他的生活和当时的情境。然而，另有一种可以与传记内涵相竞争的诗学（甚至在同一首诗中），将其以有趣的方式扭曲。如我们已经见到的，诗人

〔20〕 吴调公对这些问题提出了一种特别深刻的思考方式。见吴调公，《李商隐研究》（上海：上海古籍出版社，1982）。

可以在传记内涵上做文章，既宣称存在某一事件又掩藏这一事件，以致产生出一种完全不同类型的诗歌。

传　记

忆事怀人兼得句

开始于十七世纪中叶的现代阐释传统一直特别热切于构建李商隐的诗歌传记，原因之一是李商隐自己的诗法中暗示了某种可供推测但隐藏的传记背景。中国诗歌通常依据已知的情况（传统的或是诗篇题目所暗示的）来做出阐释，甚至包括对词语的基本意思和诗行语法的解释。如果指出存在特定情况，但却隐瞒其具体内容，这便会造成某种危机。那些诗篇似乎在逗引人们了解诗人的完整生活故事，以便为诗篇构建具体的场景。在李商隐诗歌的庞大阐释传统中，有很大一部分是在为诗歌构建这种推断的背景和情境。

围绕李商隐生平的很多基本事实都已经为人所知，但是这些事实并没有为我们提供诸如《药转》一类诗篇的背景信息。李商隐的集子确实包括了带有通常生平标志的诗篇，如地点、官名、季节，使生平系年成为可能。然而，批评家们常常致力于在其他诗篇中寻找踪迹，包括实际的和比喻的，旨在将这些踪迹与生平相关联，为诗篇提供背景。这一过程产生了关于诗人心理历程的新奇传记，构建的基础是诗篇，又反过来为更多的诗篇系年。概观对此类诗篇的分歧极大的系年，令人怀疑这一程序比作品系年的具体结论更不可信。各种说法，包括几乎不可能的、似乎可能的、可能的、比较可能的及可以确证的，都混合在一起。在为诗篇提供引用出处的情况中，也可见到类似的不同程度的可信性。

诗“题”是一种背景。一首诗有题目时，我们知道如何解释此诗的部分或全部，但是如果缺乏背景化的诗题，此诗通常十分晦涩难解。阐释通常发挥与题目相同的作用，或补充现存的诗题，或为“无题”一类诗篇提供背景，无论是字面上还是实质上的无题（如有些诗篇以开头两字为题）。由于这种背景化的阐释使得自然理解诗篇或多或少成为可能，阅读倾向于肯定这种阐释，而长期熟悉某一阅读方式则倾向于使这种阐释成为不言而明的，尽管这是循环论证，而且根据这种循环论证获得的理解，可能仅是出自诗篇创作一千年后所提出的阐释。此类诗篇缺乏背景而无法自立，此点促成对具体阐释深信不疑的奇特现象，但我们细想之下，便会认识到这些阐释纯是假设。不同阐释者看来已经“不言而明”的不同意思之间却存在着矛盾冲突，这使我们想要避免完全卷入这一过程。我们不去评价哪一种阐释似乎是“对”的，而应该回到不确定的文本，去看文本如何使得各种附加于它的阐释成为可能。

虽然《夜雨寄北》一诗不完全依赖于完整的场景来解释其诗句的最基本意思，但是此诗提供了一个绝佳的例子，说明可能的生平背景一旦附上一首诗就会十分顽固。在大多数情况下，人们会按“寄北”的字面意思理解（虽然这不是一个通用的模式）。然而，李商隐与其妻子的亲密关系及诗篇的柔情使得一些评论家认为“北”指的是家中宅院北面的“闺房”。换言之，这首诗是赠送其妻的。这是较早的一种解释，此点从《万首唐人绝句》的题目异文得到证实：《夜雨寄内》。

夜雨寄北[21]

李商隐

君问归期未有期，巴山夜雨涨秋池。
何当共剪西窗烛，却话巴山夜雨时。

将诗篇理解为赠送其妻的解释非常吸引人，特别是诗中描绘了未来的亲密家庭景象，夫妻当前的分离成为将来团聚时的话题。诗篇表现了长期的亲密关系。然而，随着学者们深入研究李商隐的生平，他们发现他的妻子在他去四川（巴）任职前已经去世。我怀疑在相当程度上，为了维持对这首名诗的令人满意的传统解读，一些学者提出李商隐此前曾去过一次四川，至少去过最东部的巴地。他们花费了很多精力来证明存在这样一次旅行，虽然《集解》的结论是，诗篇文本暗示的是一次较长的逗留，与李商隐在妻子去世以后逗留四川的几年相符。

我希望其中的教训不致被细节埋没。传记本应是阅读李商隐诗篇的独立的外部背景知识，却很容易地变成构建物，被用来认可对诗篇传统的、吸引人的或可能的解释。历史背景的信息也常常如此。

李商隐的大量散文作品也成为猜测其生平的资料，那些充分标明背景的诗篇也是如此。李商隐有时遭令狐绹冷遇而感到伤心

〔21〕 29133；《集解》，1230页；叶（1985），50页；周，169页。

委屈，我们认为这是很可能的，因为令狐绹之父令狐楚曾热情地扶持他。然而，如果诗篇中的女子抱怨遭情人冷落，却未必就是喻指这一情况。有些诗篇较为可能或有可能如此，但是无法确定。这种推测的情况在一首诗中可以解说得通，这一事实并不意味着这种推测是真实的或甚至是较为可能的，只能说有这种可能性，比女刺客在厕所里当仆人之类的推测要可信，但仅此而已。温庭筠也希望得到令狐绹的支持，其他一些人也是如此，我们可以肯定令狐绹的周围有很多干求的人。

李商隐的一封信中有一段著名的话，指示了一种明显的可能性。在其妻于851年去世后，他拒绝了愿为其妾的一位著名歌伎："至于南国妖姬，从台妙妓，虽有涉于篇什，实不接于风流。"〔22〕无论是否真实，这在九世纪诗学中意义非常重大。这段话首先承认读者可能会从他的诗篇中推测人的品格。这段话可以而且确实曾被用来证成艳情诗的隐喻性阐释，是将背景化的散文评语扭曲以支持现存的阐释传统的绝佳例子。然而，这段话最简单的意思是诗人声称自己写此类题材并非根据直接的个人经验。显然，李商隐并不认为宣称根本上虚构的风流会使他的诗篇蒙羞，虽然我们可以将这视作他试图摆脱别人由于阅读他的诗而给予他的名声。将这段话与《药转》的第七行放在一起阅读，清楚表明李商隐玩弄的是一种双重游戏，有时隐秘地指向个人经验，有时否认这种个人经验。此类声称依具体情况而变。我们无法知道传记的事实，我们也无法将它当作"只是诗歌"，而不承认至少围绕这些诗并由这些诗产生的伪传记的阴影（而李贺的诗歌和温庭筠的

〔22〕 周，413页。

乐府大多并非如此）。我们能够知道的是此类诗歌在玩弄既暗示又遮隐私人经验的游戏。这是此类隐秘诗法的力量。

我们此处仅简要叙述李商隐相对短暂的生活（811/813－858），在后面一章处理可以较明确系年的应景诗时，我们还会再谈到他的生平。

杜牧的祖父是唐朝最显赫的政治人物，与之截然相反，李商隐的家族中只有一系列小官，没有进士及第的明确记录。他自称是皇室的疏远后裔，这在李姓的文人中很常见，但即使是谱系明确的皇室后裔，如李贺，此时繁衍无数，已经几乎没有意义。唐代的官僚体系已延续两百多年，许多年轻人可以宣称有显赫的先祖，但李商隐连这点都达不到。他是真正的“寒门”，受过教育，但家庭背景既无钱也无社会地位。他十岁时父亲即去世。他的母亲出自崔氏，至少有一位高位的亲属，但不足以构成唐代晋升需要的家族关系网络。表现才能是他唯一的文化资本。李商隐在仕途上一直未能高升，在他的时代，只有文才而出身“寒门”的学者大多如此。虽然他的诗篇常评说时政，但是李商隐似乎未曾严肃思考如何解决王朝面临的种种问题，这与杜牧鲜明不同。

我们在本书开始时提到唐代的一个特殊制度，即节度使和观察使有授职的权力，可以用来集聚有才能的年轻人，其中一些后来可能在政治上成功而大展其用。如果没有这一制度，我们可能不会知道李商隐。在829年左右，李商隐十八岁时，他得到令狐楚的注意。令狐楚长期扶持前程远大的年轻文士，当时任天平节度使，他在自己的权力范围内授予年轻的李商隐一份闲职。在

832年，令狐楚调往河东任节度使，李商隐也随往。按照“寒门”士人的合适做法，李商隐年少时先学古文，这一文体与出身卑微而全凭才能崛起的人相联系。令狐楚的幕府崇尚骈体文，李商隐在其指导下成为此文体的大师。骈文的豪华修辞是一种等级的幻想，这种幻想深深地影响了他的诗歌。

进士考试欲得成功，举荐是必要的。杜牧有很多热情的举荐人。李商隐如果参加833年的进士考试，主要就得依靠令狐楚的恩惠。那一年李德裕掌权，他正是在那时告诉文宗朋党的邪恶，所指为牛僧孺之党，而令狐楚是与牛党相联系的。这不是一位像李商隐这样背景的人参加进士考试的有利时机；如果他那年确实参加了考试，他落了第。他835年再次落第，最后于837年通过考试。他年轻时有一段时间（很可能大约在835年）在玉阳山和王屋山的道教中心学习。

在838年，令狐楚和崔戎去世，后者也是较显赫的官，并是他母亲的一位亲戚。其后李商隐加入另一位节度使王茂元的幕府，王将女儿嫁给他。因为王茂元是李德裕党的成员，而令狐楚和其儿子令狐绹是牛党的成员，学者们常常认为李商隐仕途失意是朋党争斗的结果。这在学术讨论中是老一套的题目，学者们争论说他属于牛党，或属于李党，或两派都是，或两派都不是。李商隐很殷勤地寻求令狐绹的扶持，但后者只是偶尔帮助他。令狐绹没有全心全意地为李商隐的利益出力被认为是对李商隐娶王茂元的女儿不满。李商隐自己似乎也觉得仕途受挫是因为政敌捣乱，但这可能只是一种自负，是那些觉得自己的职位与才能不符的人常有的错误幻觉。简单的事实是，李商隐这样背景的人很少在仕途上走得远。李商隐在政治上可能太不重要，不会由于当时的朋党之争而“遭惩罚”。[23]

在839年，李商隐被授为秘书省校书郎，此职尽管有些声望，却是一个很低的职位。我们可能还记得这实质上也是杜牧的第一个职位，虽然杜牧所授为弘文馆校书郎。李商隐当时仅二十七岁，是相当成功的（这里可以对比一下李群玉，他在近五十岁时才得到同一职位）。与当时以“诗人”闻名的其他人不同，李商隐以文章出色而著称（年轻的杜牧也是如此）。这种名气对年轻及第者可能获得“文学”职位更有用。李商隐很快就被派到乡下任县尉，这是进士出身但缺乏权势关系者的典型初职。这显然是一种降级，我们只能猜测其原因。在那里他遇到麻烦，因为他撤销了上司的一个判决，直到姚合替代他的上司，他才得以复职。任职三年之后，在842年他又回到王茂元的幕府，从那里他赴京城参加制举考试。成功通过考试后，他被授秘书省“正字”，显然又回到仕途的“文学轨道”上。这时他的母亲去世，随后的守丧期间他一直在家，直到845年他才又重新回到正字的职位上。

在847年，宣宗大中朝元年，李商隐的弟弟通过了进士考试。出身“寒门”的两兄弟都进士及第，这一事实相当突出，表明背后存在不为人知的政治扶持。这一年新皇帝开始清除李德裕党。那年夏天，李商隐决定跟随节度使郑亚去遥远的西南地区桂林，不知是否与清除有关，但是时间上似乎暗示此点。正是在这一时期里，李商隐编辑了自己的一卷文集。

〔23〕他仕途不成功的一个更可能（虽然同样不肯定）的解释与有关他的道德品行的看法相关，这是他的诗歌引起流言的结果。虽然更著名的杜牧也有轶事流言，但是他的诗歌中呈现的自我形象只限于嗜好饮酒和歌伎，不像李商隐那样暗示着必须保密的不正当私情。

下一年郑亚被免职。李商隐上路返回内地，在湖南节度使李回的幕府逗留了几个月，然后回到长安，又一次被派到京城地区的一个县任县尉。在849年底，李商隐再次决定加入徐州的节度使幕府，卢弘正在那里掌握有时颇麻烦的武宁军。他在那里待到851年春，其后回京城任国子监博士。同年夏天，李商隐的妻子去世，对他打击很大。秋初，他再次离开京城，这次是去四川，在节度使柳仲郢的幕府任职。在成都他编辑了自己的第二个骈文集。柳仲郢于855年回长安，李商隐也随他回京城。由于柳的推荐，李商隐授盐铁推官，他可能代表盐铁使去过南方。最后在858年，他回到家乡郑州，不久后去世，按照中国算法，年仅四十六岁。

坦率地说，李商隐的生平不是很有意思。他从未能在一个地方待过多年。他从一个职位移到另一个职位，从一个扶持人转到另一个扶持人，创作了大量优美而博学的文章。然而在这表面现象之下，晚唐最有才能的诗人创作了大量的诗歌作品，这些作品后来成为他那个时代最令人难忘的文化成就。

第十一章　李商隐：朦胧诗

李商隐有相当数量的诗篇，并非旨在被以通常意义“理解”，至少不是在公开传播中。[1]这些诗篇指向隐藏的意思，但同时又将意思隐藏。有时比喻背后的一般情况是清楚的。（在下面将讨论的《昨日》诗中，我们读道：“我们在昨夜正月十五日相会后又分离。”）其他时候，只能根据往往互相矛盾的片段来猜测一般的情况。一代又一代的笺注家们想尽办法为特定诗篇设计场景，创造详细的爱情故事，以便为诗篇提供框架。在这些场景和浪漫故事中，有些几乎不可能，大多数则属于“并非不可能”。往往被提出的场景有许多且互不相同时，我们所能肯定的是其中只能有一种“符合生平事实”，但这并不意味着一定有一种。

在更广泛的意义上，寻找李商隐诗篇背后的“生平事实”的努力不仅是无望的，而且不重要。在此类诗篇的背后，可能有普通人的激情；也可能有“诗意的激情”，即由于李商隐所发展的杰出诗法而被强化了的普通人的感情；可能根本没有直接的个人感情经验，而只

---

〔1〕 在李商隐研究的当代中国学者中，最有说服力的是董乃斌。他从不同角度分析了这些问题，注意到某些意象是文化标志，指向一般方向，无论读者是否认识到其隐喻意图。董乃斌，《李商隐的心灵世界》（上海：上海古籍出版社，1992），44 页。

是陶醉于热恋情人的诗歌角色，这本身也是一种激情。我们无法在任何特定文本中区分各种创作可能性，而只能观察文本如何运作。

将这些诗篇作为组诗来阅读，很容易被有关某种不正当情事的看法所吸引。确实，其中有些诗篇相当明显地暗示这种情况。有些重复出现的形象如青鸟使者和紫姑（司厕女神），不在常见的标准诗歌形象之列，这表明它们具有私人或“圈内”语言的含义。我们可以提出一种假设，前面已提到的“未加鉴别的编集者”，可能是李商隐的儿子、兄弟或某位其他人，将存留的所有文学遗产都转移到李商隐“诗集”的手抄本里，不管这些是否可能引起道德评价（对诗人们实际上是做道德评价的）。我并不完全信服这一假设，但如果我们认为此类诗篇的创作意图是为了传播，就会引发一系列问题，而上述假设是避免这些问题的唯一方式。此类诗篇真正的或想象的读者由什么人组成？同时代读者如何评价诗人的道德？我们知道在这一时期，诗人的道德是受到细究的。有一个故事，叙述牛僧孺与历史上一些著名的女子相会，并与王昭君亲热，这被视为有损于牛的名声，故此故事被归属于其政敌李德裕。在这样的历史环境下，我们不知道一位诗人会在什么样的情况下传播下面这首诗：

可　叹〔2〕

李商隐

幸会东城宴未回，〔3〕年华忧共水相催。

〔2〕 29298；《集解》，1737 页；叶（1985），229 页。

〔3〕 我将“幸”理解为“幸运”，如吴乔的解说，但是也可以理解成皇帝出行时的聚会，如胡以梅的解释；见《集解》，1738－1739 页。

梁家宅里秦宫入，[4]赵后楼中赤凤来。[5]
冰簟且眠金缕枕，琼筵不醉玉交杯。
宓妃愁坐芝田馆，用尽陈王八斗才。[6]

非常关心李商隐名声的注疏家们，在这里遇到了严重的问题。有些注疏家简直就像尽力为客户辩护的律师。陈王曹植在这里是诗人的形象，一般被理解为指李商隐本人。曹植与其兄之妻甄后相爱，甄后在诗中以洛水女神宓妃的形象出现。然而，第二联却毫无疑问指的是仆人背叛主子与主人妻子私通。一种看法是李商隐在讽刺某种不正当私情，以映衬曹植与甄后的真挚爱情（含蓄地比较别人的情况和他自己的事件），这一看法并非不可能，但是这是一种极端宽宏大量的理解。较具怀疑心的读者会将第二行理解成趁着年轻行乐，然后很自然地引向第二联中提及的偷情，结尾是偷情的后果。我们的辩护注疏家们会对疑心的读者指出，李商隐肯定不会自比卑鄙的秦宫和赤凤，但是这些注疏家们是在我

[4] 西汉权臣梁冀宠爱监奴秦宫。秦宫可以自由出入梁冀宅第，遂与梁妻私通。

[5] 汉成帝皇后赵飞燕与宫奴燕赤凤有私情。

[6] 最后四行指的是三世纪初诗人曹植与甄后的故事。与第三和第四行里所指的通奸关系相反，曹植只是在甄后死后才得以与她会面，彼时她以洛神宓妃的化身出现。曹植原先喜爱甄氏，但是她却被许配给其兄，即后来的魏文帝曹丕。甄后遭诽谤而惨死后，曹植去朝廷访问，曹丕给他看甄后的玉缕金带枕，曹植不禁流泪哭泣。曹丕认识到其弟感情的深厚，便将枕头送他。曹植在回其封地时，路过洛水，停在芝田之中，芝是一种被认为可延年成仙的真菌类植物。在那里他再次遇到化身为洛神宓妃的甄后，因此写了《洛神赋》。根据李善的注，宓妃/甄后据说认出枕头，说她以前与曹丕共枕，现在将与曹植共枕。第八行中的陈王是曹植。据传诗人谢灵运曾说："天下才有一石，曹子建独占八斗，我得一斗，天下共分一斗。"显然曹植为创作《洛神赋》而耗尽了他的才能。

们想象的疑心读者之后八百年才出现的。事实上当时的读者可能读过李贺的《秦宫》诗。李贺在诗中描绘了一位十分浪漫的偷情仆人的形象，并以下节为结尾〔7〕：

> 皇天厄运犹曾裂，秦宫一生花底活。〔8〕
> 鸾篦夺得不还人，醉睡氍毹满堂月。

宽宏大量的读者会再次将李贺的《秦宫》诗理解为讽刺；这样一位读者，既已下定决心找到讽刺，便仔细审视文本寻找流露讽刺意图的微妙踪迹，对将此诗看成颂扬浪漫私情的读者，他会鄙视他们的天真幼稚。然而，仆人秦宫可能根本不在乎“皇天厄运”，在一些社会群体中浪漫偷情的形象也可能受到称许。反之，在其他社会群体中这种形象可能会被认为是可耻之事，非君子所为。

李商隐一生在政治上都雄心勃勃，依靠有权势的扶持人以求晋升。如果一位扶持人注意到诸如《可叹》一类的诗篇，而李商隐又有机会接触其家中的女子，其后果可想而知。李商隐可以辩护说，诗中所指的不是自己或任何人，诗篇只是幽默诙谐之语而已，但这可能无济于事。这样一首诗是会引起流言的。诗人可以声称这是指贵族家庭的不道德行径。然而，只要直接阅读前面几行，就会认为诗人自己想趁着年轻行乐，其中当然包括性生活的冒险。天真无邪地解读这首诗是可能的，但是人类的本性不会更

〔7〕 20801；叶（1959），212页。

〔8〕 将此与李商隐《曲江》的尾联比较。见第十二章。

喜好天真无邪的解读。

所剩下的便是下面这些可能性：别人以李商隐的名义写了这首诗，目的是伤害李商隐（这非常不可能）；诗篇存留在诗人的文稿中，但从来没有打算要公开传播；诗篇原来的社会背景很清楚，所指的是别人而非自己（虽然在传播这首诗时很容易忘记这种情况）；诗人迷恋自己浪漫文化诗人的形象，自己在很小的圈子内传播这首诗，漠视诗篇如传出圈子外的社会后果。如果这些可能性中有一种是正确的话，我们不知道是哪一种，但是根据传记或历史所做出的任何阐释一直有问题，这是注疏家的良好愿望无法解决的。

此处显然需要更多的背景知识。我们知道在九世纪，有权势的人可能向客人展示自己的妾或家妓，客人可以报之以调情，李商隐有时便如此（显然这是礼貌的反映）。一首这样的诗篇原来附有注："予为贵州从事，故府郑公出家妓，令赋高唐诗。"被要求写的诗篇调子是艳情的，郑无疑为自己家妓的魅力而自豪。李商隐善意地戏谑他。

席上作[9]

李商隐

淡云轻雨拂高唐，玉殿秋来夜正长。
料得也应怜宋玉，一生惟事楚襄王。

下面是另一版本：

---

[9]　29226；《集解》，643页；叶（1985），160页。

淡烟微雨恣高唐，一曲清尘绕画梁。
料得也应怜宋玉，只应无奈楚襄王。

李商隐在诗中以宋玉的形象出现，此处显然说郑的家妓更喜爱他。然而，在与郑戏谑的同时，他仍然重新肯定郑的家妓只奉待郑（襄王），即使是出于必要而非出于喜爱。

因此我们在《可叹》一诗中所发现的是个很有意思的情况。公开流传一首可能被理解为与自己的扶持人的女人有私情的诗篇，这是个很严重的问题。另一方面，至少在有些场合下可以赞颂一位渴望与家外的某人私会的女子。如李商隐在《闺情》中所写：[10]

红露花房白蜜脾，黄蜂紫蝶两参差。
春窗一觉风流梦，却是同袍不得知。[11]

如果此诗如同《席上作》诗的原注所表明，是半公开的话语，这种诗篇会在女子面前呈献，成为共同浪漫话语的一部分。在此我们碰到行为与表述关系的伤脑筋问题。妻妾和家妓喜欢不是自己

〔10〕 29306；《集解》，1839页；叶（1985），237页。

〔11〕 "同袍"者的意思之一是配偶（友谊的联系与此诗的题目不相配）。有可能（但可能性不大）做梦者是男子，女子不知此梦。然而，这种题目的诗篇一般从一开始就引向女子是主题的设想，因此女子是做梦者。最符合情理的另一种可能（会改变我们的解释）是，"同袍"者是一位出远门的丈夫，因此错过了她苏醒的欲望。《集解》更赞同晚明时的异文"同衾"，这会驱散模糊性。毫无疑问第一联的联想与性生活有关，虽然诗篇本身模棱两可，不清楚指的是比喻性的梦中内容，还是在描绘"春窗"外的景色。

“主人”的男人，这是不足为奇的。九世纪的诗歌为这一简单事实增加了某种称许和合法性。虽然中国与中世纪的法国普罗旺斯和日本不同，从未发展出一个默许私通的浪漫文化，但是历史上有数个时刻接近于赞扬非正当的爱情。

在对这些诗篇的艳情解释之外，还有一个漫长的注疏家传统，他们视明显的艳情为隐喻，或表达诗人希望得到扶持人的“恩惠”及抱怨遭忽视，或讽刺皇帝和掌权者。此类注疏家总是选择某些诗篇来做出这种阐释，忽视其他纯艳情诗。其原则似乎是如果可以进行隐喻解释，不显得过分荒唐，那么就一定是真实的。

《离骚》的传统确实允许地位较低者在寻求地位较高者的“恩惠”时扮演女性角色。[12]然而，有关同时代用法的考察显示，在相当数量的公开赠送扶持人的诗篇中，唐代诗人一般不如此做。在有些场合，寻求扶持人注意的诗人可能将自己比作弃妇，而有些关于弃妇的诗篇被做了隐喻解释，但这种诗人扮成的女子通常被描绘为伤心孤独的思念形象。在较不寻常的情况下，诗人可能以新娘的身份说话（见前）。然而，没有诗人在祈求扶持人时呈现暗示秘密而亲近的性关系及双方的情爱受阻的景象。向一位扶持人进献这样一首诗，坦率地说，是很怪诞的。那些明确地赠送诸如令狐绹一类扶持人的诗篇，有时显示出李商隐的稠密和隐喻语言，但是它们没有谈到情人刚离开后床上存留的香味。也就是说，李商隐为扶持人写的诗篇有时含有与其朦胧的艳情诗相同的成分，例如神仙的意象，但是将

〔12〕 恩的复合词“恩情”或是“恩爱”，指的是男子对女子持续的爱。

很多艳情诗都解释成指诗人与扶持人的关系，这是试图赋予这些诗篇体面的“严肃性”。[13]

《河阳》诗

研究李商隐朦胧诗的最好方法，不是去试图评价某种特定参照结构，无论是艳情的还是政治的，也不要试图为特定诗篇构建场景，而是详细分析这样一首诗如何既指向一个隐藏的所指，又阻止一种轻易的连贯性。也就是说，我们应该搁置某种最终的经验所指对象的问题，将诗歌视作意义形成的一个过程。我们下面讨论李商隐最晦涩的诗篇之一《河阳》。此诗一般被置于推测的爱情事件的背景中来理解。

李贺显然对这种风格的形成产生了重要影响，我们知道李商隐年轻时接触过李贺的诗歌。他曾有一段时间学习道教，这可能对他的意象同样具有深刻的影响。最后，如钱锺书指出，骈体文

〔13〕批评家们通常习惯于阐释李商隐诗歌的封闭世界，他们不考虑其文集以外的诗作。唐代的社交诗受制于当时的话语规矩，没有什么情况比对上属说话寻求恩惠时更需要得体的语调。此类诗篇往往包含隐喻的成分，有些诗篇未明确标志赠送扶持人，但是它们含有唐代对扶持人的传统隐喻。李商隐那些类似艳情的诗篇，往往被解释为喻指扶持人，此类诗篇代表了对《离骚》比兴传统的前所未有的重新创造；这在唐代的社交背景下会被认为“有点不对头”。我们可以将艳情的和政治的成分融合于与令狐绹的同性恋关系，但是赞同隐喻解释以使诗篇体面的注疏家们不会喜欢此种解读。当然我们可以将这些诗篇视作只是诗人失意的表达工具，并未打算让扶持人看到，但是诗篇所表现的强烈而通常是隐蔽的艳情，仍然无法解释。

的技巧显然可见。然而这些都无法解释李商隐对这些不同形式的要素的处理方式。

河　阳[14]

李商隐

黄河摇溶天上来，玉楼影近中天台。
龙头泻酒客寿杯，主人浅笑红玫瑰。
梓泽东来七十里，长沟复堑埋云子。
可惜秋眸一脔光，汉陵走马黄尘起。
南浦老鱼腥古涎，真珠密字芙蓉篇。
湘中寄到梦不到，衰容自去抛凉天。
忆得蛟丝裁小棹，蛱蝶飞回木棉薄。
绿绣笙囊不见人，一口红霞夜深嚼。
幽兰泣露新香死，画图浅缥松溪水。
楚丝微觉竹枝高，半曲新词写绵纸。
巴陵夜市红守宫，后房点臂斑斑红。
堤南渴雁自飞久，芦花一夜吹西风。
晓帘串断蜻蜓翼，罗屏但有空青色。
玉湾不钓三千年，莲房暗被蛟龙惜。
湿银注镜井口平，鸾钗映月寒铮铮。
不知桂树在何处，仙人不下双金茎。
百尺相风插重屋，侧近嫣红伴柔绿。
百劳不识对月郎，湘竹千条为一束。

〔14〕 29648；《集解》，1643 页；叶（1985），619 页；周，81 页。

此处如果引用批评家们有关李商隐朦胧诗的所有传记理论，将不会有任何收获，所以我们只提供一个简单概述。朱鹤龄及跟随他的一些批评家将这首诗解释为悼念亡妻。河阳是李商隐岳父王茂元任节度使的地方（但只是在 843 年的四月至九月之间）。朱将第一节理解为描绘婚姻。第二节回忆那里的美丽姑娘以及她们遭遣散的悲哀，包括他妻子的去世。后面各节描绘了各种略有区别的对丧失和孤独的沉思。姚培谦接受此诗是悼念其妻的假定，但是他将每一节看作是诗人对过去生活不同阶段的回顾。屈复也将题目定为王茂元的治所，但是他认为失去的女子不是李商隐的妻子，而是王茂元家中李商隐与之有恋爱私情的某位女子。程梦星接受题目指王茂元治所的说法，但是他将诗歌创作的时间定于李商隐居四川柳仲郢幕府时。根据程梦星，诗篇的一部分表现对妻子的悼念，而另一部分则处理他拒绝纳歌女张义仙为妾之事（他的《上河东公启》的内容）。因此，对朱鹤龄来说，从“湿银注镜”开始的诗行描述诗人凝视亡妻的遗物，而对程梦星来说，则代表张义仙（主动要求嫁给李商隐为妾的歌女）在梳妆打扮。

我们在此注意到，最早的注疏家们做出了同样的假设，即河阳与王茂元的联系，但是对随后的具体细节意见不同。直到冯浩的注释（1763 年；1801 年修改）才指出，李商隐并非在王茂元任河阳节度使时结婚。注意到这首诗与其他诗篇的相似之处，冯浩接着指出这种写法对妻子不合适。根据他对题目的注，冯浩显然并不认为“河阳”指的是王茂元的治所，而是一个诗意的地方，其最著名的先例是江淹的《别赋》：

又若君居淄右，妾家河阳，
同琼佩之晨照，共金炉之夕香。

对冯浩来说，诗篇与诗人的妻子毫无关系。相反，此诗是有关一场秘密的恋情，情人后来被别人带走，最后南行去了湘江地区。第六节中（堤南渴雁自飞久），诗人南行追到情人被带去的地方，但却发现她已不在。

现代注疏家们倾向于对冯浩诠释的场景做一些改动。在《李商隐诗歌集解》中，刘学锴和余恕诚采纳李商隐在河阳时与一位女子秘密恋爱的说法，后来这位女子成为别人的妾，被带到南方，等李商隐去南方找她时，她已去世。周振甫也略微修改了冯浩的解释，将这首诗理解成《燕台诗》的续篇（见第五章，181－182页），与他对那些诗篇的情境的解释相联系，此诗也就可以理解。此处的根据很不牢靠，因为周假定如果一件事在一首诗里提到，便不必在其他诗里出现。周的主要修改基于李商隐自己从未去过南方潇湘地区的假设。因此李商隐只是对那位不情愿地被带走的女子表示同情。清代一位注疏家对诗篇做出了部分政治性解释。为了避免产生一种印象，认为冯浩的解释似乎代表了现代的共同意见，我们应该指出，现代学者叶葱奇将这首诗解释为哀悼王茂元。[15]

如果联系对较普通诗篇的解读，对于我们讨论这一解释程序是很有用的。大多数诗篇涉及传统的情境，带有一套可变化的来自过去阅读经验的可能性。因为中国诗歌语言缺乏时态、代词标志及明确的从属关系，读者对于在各种实际可能性中“放置”一句或一联

〔15〕 另一种通行解释见郑在瀛（302－303页）。

诗的其他标志很敏感。例如，在一首下午或晚上的离别诗中，可能会有一联描述早晨时河流的景象，读者便知道这样的景象是旅行者第二天或旅途中会看到的，即使观看者和时态并没有标明。

这样一种阅读方法依据围绕着传统情境的限定性习惯变化范围而定。“河阳”的背后没有这样的传统情境。清代和现代注疏家们在用通常的程序建构一个非标准的情境背景，以使诗行有意义，前后连贯。我们自己的阐释方法将限制在读者群体可以共享的东西，即各种程序本身。我们不会过分阐释，以致得出个别读者可能得出的、但一个阐释群体未必会共享的结论。也就是说，我们会观察文本如何创造微小的连贯性，指向隐含的情境，但同时又阻挡我们接近这一情境。简言之，诗篇演示了一种秘密。我们解读秘密的时刻，便也是我们丢失秘密的时刻。

题目中带有地名的诗篇通常唤起有关该地方的共有传说。河阳不是这样一个地方。然而，有一首咏河阳的诗是重要的先例，其作者不是别人，正是李贺。李贺的《河阳歌》虽然很短，却是其最难解的诗篇之一：

河阳歌[16]

李贺

染罗衣，秋蓝难着色。
不是无心人，为作台邛客。[17]

---

〔16〕 20792；叶（1959），201 页。

〔17〕 因为“台邛”无意义，注疏家们一般比较倾向于将之校正为“临邛”，指的是司马相如，他曾在那里任职。

花烧中潬城，[18]颜郎身已老。[19]
惜许两少年，抽心似春草。
今日见银牌，[20]今夜鸣玉燕。
牛头高一尺，[21]隔坐应相见。
月从东方来，酒从东方转。
觥船饫口红，蜜炬千枝烂。

我将不去尝试解释这首诗较晦涩的部分，但是如果我们假设李商隐知道这首诗，因为很可能如此，那么就有一条明显的共同线索：诗人与所喜爱的人一起夜宴。

河阳在黄河边，所以李商隐诗在第一行提到的黄河，表现了些许地理位置的精确性。然而，这一起初的地点指示很快就迷失于不明确的私人空间，至数节后才又重新出现在南方，远离河阳。

黄河摇溶天上来，玉楼影近中天台。
龙头泻酒客寿杯，主人浅笑红玫瑰。

第一节是宴会的场景，首句显然改写了李白《将进酒》的开

〔18〕 在河阳地区。
〔19〕 此可能指颜驷，他已年长但仍在朝廷任“郎”（郎是一个年轻人担任的职位）。汉武帝问他为何还在这一职位上。颜驷回答说，他在文帝时为郎，文帝好文，而他好武；其后成帝喜好美貌的男子，而他容貌丑陋；最后武帝喜好年轻人，而他已经年老。
〔20〕 官方歌伎得戴一个银牌，上面刻着她们的名字。
〔21〕 此通常解释成酒器。

头名句："君不见黄河之水天上来。"第三行令人想起一个更奇异的宴会，"龙头泻酒"一语来自李贺的《秦王饮酒》诗。这两首较早的宴饮诗都颂扬今朝有酒今朝醉的投入，李贺《河阳歌》的结尾也是如此。像李贺笔下过度的秦王一样，周穆王也希望成仙，他建造了传说中的"中天台"。

考虑到此诗的题目可能暗示了诗中的个人经验，第一节的艺术结构十分明显，说明诗人经过细心的构思，但这在随后的诗节中却几乎消失。第一节的视线从一个大范围逐渐缩小，直到最后达到一个注意点。诗节从地平线边的"天上"，跟随黄河来到河阳，终止于似乎高耸回天的楼台的倒影。接着，我们进入楼中看到宴饮的场景，酒如小河般泻出，最后到达一位女子的红唇，那红唇也可能"泄出"话语或歌吟（也许令人想起李贺那首歌结尾的"饫口红"）。[22]然而，与盛宴相对的是"浅笑"，表明内心感情的克制。

> 梓泽东来七十里，长沟复堑埋云子。
> 可惜秋眸一脔光，汉陵走马黄尘起。

第一节中相对的清晰在第二节中很快失去。河阳的梓泽是金谷的另一名称，是四世纪巨富石崇的庄园，在洛阳东北边，有"长沟复堑"，附近是东汉帝王陵墓所在地汉陵。关于"云子"，注疏家们提出了种种解释，但很可能是用于炼丹的白云石小粒或

〔22〕 在翻译中我按照冯浩的解释，将"主人"理解成"女主人"，我们所讨论的女子，但是这也可能指"主人"，朝着女子的红唇微笑的人。

云母小片。纪昀总是寻找意象的某种实际根据，他指出云母在古代用于殡葬。对“埋”字是指实际的埋葬还是比喻一位或是数位美女被洛阳有权势的男人藏在家中，注疏家们意见不一。

《河阳》的每一节都用不同的韵，形式上是各自独立的单元。如果将这一节抽出作为单独的绝句，题为“绿珠”，这将不会给注疏家造成任何严重的困难。绿珠是石崇最宠爱的妾，石崇的庄园在梓泽。晋代一位有权势的人命令石崇献出绿珠，并派兵（也许是汉陵的骑兵）去抢。他们到的时候石崇正与绿珠宴饮。这时，绿珠向石崇祝酒，然后跳下高台自杀。另外，如果李商隐的诗篇确实是关于“河阳”的话，石崇与绿珠的故事应是界定这一地点的故事之一。但这种明显的解读在后面的诗节中无法维持，因为那些诗节似乎指向更私人的经验。尽管如此，如果诗篇到此结束，这是唯一合理的解释。

> 南浦老鱼腥古涎，真珠密字芙蓉篇。
> 湘中寄到梦不到，衰容自去抛凉天。

第三节离开了相对精确的地理位置河阳和洛阳，向南远行至现代湖南的湘江地区和洞庭湖（诗中后来提到的巴陵是岳阳，在洞庭湖边）。注疏家们迅速捡起诗人留下的标准诗歌联系的点滴线索，展开他们的编造能力。

南浦是分别之地的标准诗歌意象，与南方相联系。因为诗中有“寄”字，所以鱼在这里表明有一封信，信封是鲤鱼形状或信诗意地在鱼肚中。诗中提到一首诗，大概是信的一部分，是李商隐（或另一个人）寄给在湘中的某人。我们不知道信件内容，只知道是“密字”，这表明是秘密通信。我们不能肯定是通信之事秘密还是写信的方式秘密，但是这种吸引人的秘密表明是不正当的欲望。如果是写作方式的秘密，它也使这首诗具有秘密的特色。最后，一位“衰容”者离开一个“凉天”的地方。这“衰容”者是指李商隐自己（大概因为思恋）还是这位女子（“秋眸”是衰老的迹象之一）并不肯定。如果是这位女子，衰老可能指二十多岁。此处我们应该记得受欢迎的歌女往往被文士纳为妾或被普通人娶为妻。我们在杜牧的两首长歌中已窥见九世纪初对青春已逝的女子的感情迷恋。毫无疑问，此处李商隐在玩弄暗示叙事成分的游戏。此节在冯浩有关这位女子被带到南方湘江地区的解释中起核心作用。如同前一节的“绿珠”解释，若无过分机敏的创造，这一故事很难在下面的诗节中维持。

与诗节中的其他成分联系起来，一条鱼确实可能代表一封信，但是我们该怎样解释“老鱼腥古涎”？这里李商隐再次表现出李贺的影响：它出自李贺《李凭箜篌引》中的“老鱼跳波瘦蛟舞”，及《拂舞歌辞》中的“邪鳞顽甲滑腥涎”。注疏家们很快地将鱼定为信，但是他们忽视鱼令人较不愉快的方面。也许这一恶臭的媒介与“珍珠”和“荷”对照，荷花出于污泥而显其纯洁之美。也许这一意象的目的是希望达到诗意效果——无论多么缺乏独创性——而不是一个隐藏的所指对象，这会转而让读者思考这里还有多少别的意象是出于同种理由。

忆得蛟丝裁小棹，蛱蝶飞回木棉薄。
绿绣笙囊不见人，一口红霞夜深嚼。

第四节在开头明确地描写回忆（忆得）女子绣花的景象，大概绣的是象征爱情的蝴蝶。注疏家们一般希望第三行指女子走后留下的物品，但是“囊”有可能拟人化地代表女子的不在场，也就是说她不再表演，而是做针线活。

此节结尾两句以绿色和红色相配，并用了这首诗中最奇怪的意象之一，在回忆中又回到女子的嘴，这次不是她的红唇而是嚼“红霞”。早期的注疏家们引用道教的文本，说明“红霞”是神仙的食物，但不清楚它到底如何符合闺房的亲密景象。《李商隐诗歌集解》提出我所知道的最接近的对应例子，出现于李煜的词《一斛珠》：[23]

> 绣床斜凭娇无那，烂嚼红茸，笑向檀郎唾。

周振甫同意此节中的意象应指红绣花线，虽然他建议另一种可能是嚼红槟榔。问题在于，虽然李煜词确实提供了有意义的对应，但词中的女子显然不在绣花，而是醉得太厉害。她在唱歌，喝酒，伸舌逗引情人。李煜诗行的艳情意味在“红霞”中不太合适。

虽然我们不能肯定地解释这一意象，但此处可以退后一步，提出它强烈地指向一个家庭场景，诗人对此有个人记忆，那么有些注疏家们宣称此诗指其妻便不奇怪。与此相应，前一节中通信的秘密性，证明那位女子不太可能是他妻子。如果假定所指的是某种经验，那会是什么呢？这不是一种与歌女或妓女的随意的性

〔23〕 孔范今编，《全唐五代词释注》（西安：陕西人民出版社，1998），780页。

爱经验，虽然开头一节可能做此推测。他们之间通信的秘密性及数节以后所用的“守宫”，表明他与此女子之间的关系是一种“私通”（或任何其他适当说法，可用来描绘与别人之妾的关系），但绣花的景象肯定地表示了宅院中的安静家庭景象。简言之，李商隐用既定的诗歌符号指向矛盾的情况，这逼迫聪明的注疏家们构造出越来越复杂的叙事场景。

诗中所暗示的女子从可以接近变成不可接近的转折，应是冯浩及后来的注疏家们认为她在某时被某人收为妾的原因。在那之前，我们可以猜测一位年轻士人实际上与一位妓女生活了一段时间（也许在她家中寄宿，如同“李娃”的故事所述），然后因为经济或职务所迫而不得不离开。

我们可以运用各种生平场景来解释这样的问题，但是迟早应该认识到这么做的过程只是将想象的人物在中国的版图上挪来挪去，并重新界定他们的关系，以便产生出一套中国浪漫文化中的柔情场景和时刻。这是一个单独的叙事还是一套叙事剧目？其中有“宴会上观察情人”、“秘密通信”、“令诗人想起情人的遗物”、“回忆深夜的家庭乐趣”及后来“诗人重返情人原来所在的地方但情人已经不在”。只有那些真正异常的意象，如女子身上红色的“守宫”作为可能的偷情迹象，表示了传统层面之下的传记意义。

幽兰泣露新香死，画图浅缥松溪水。
楚丝微觉竹枝高，半曲新词写绵纸。

在此节中，周振甫对这位女子的艺术技能印象深刻：她不仅善于绣花，而且还会画画和撰写歌词（实际上这一匿名的情人已开始具有明代后期著名歌姬的特色）。由于我们并不知道是谁作的画，不知道是诗人还是其情人在写词，各种阐释场景和假设人物显然涉及从可能至异想天开的不同范围。注疏家们一致认为这是一幅浅绿色兰花的图，如同松溪一样。如果我们想要得到“情人看着所爱者留下的物品”这一诗意情境的话，第三行就有问题，因为“楚丝”只能指琴弦。我将“高”翻译成大声（像“竹枝”这样的流行歌曲是与大声相关联的），但也可以是“高尚”的意思，那么诗人就会对所唱的流行歌曲背后的高尚情感略有所知。

巴陵夜市红守宫，后房点臂斑斑红。
堤南渴雁自飞久，芦花一夜吹西风。

我们从“忆得”的安静家庭气氛进入另一诗节，所暗示的不仅是秘密关系，而且涉及偷情之事。“守宫”是一种药泥的名称，据说是给壁虎喂朱砂，然后将壁虎碾碎。将药泥点在家中女子的手臂上，据说会留下擦不掉的一个标记，但如果女子不贞，标记就会消失。“斑斑”可能表明对偷情的焦虑，令人想起前面信中的“密字”。显然诗人（或男主角）不是监视女子的男人。斑斑红记尚存这一事实，说明尽管怀疑她不贞，但这位女子是忠诚的。

诗篇不断回到那些红色的小片：先是女子的嘴唇，然后是满嚼“红霞”的口，最后是女子臂上那大多数眼睛不会看到的红斑“守宫”。诗篇引人注意的红色总是暗示着亲昵关系，体现在嘴唇上、无法解读的深夜嚼“红霞”及防止不正当性行为的监视性红斑。

与闺房中女子被监守的空间相对，一只大雁飞过，往南迁徙，芦花和西风标志这是秋天。大雁应飞向巴陵和湘江地区，可能是女子所在的地方；大雁的“渴”应与急切的欲望相联系（如同佛教的“渴爱”）。冯浩认为大雁代表诗人自己，虽然他将下面紧接的一行理解为诗人到达时女子已离开，就像被西风刮走一样；前者稍有可能，后者太过分。虽然李商隐可能在 848 年秋实际访问过那个地区（他可能是夏天去的），但他是往北旅行的。

> 晓帘串断蜻蜓翼，罗屏但有空青色。
> 玉湾不钓三千年，莲房暗被蛟龙惜。

注疏家们通常将这一节解释为描绘女子走后闺房空荡的景象。虽然缺失可能是此节第二行的一种联系，也可能试图将“莲房”与“闺房”双关，但是此种解释只是前面所建构场景的一种延续。这些意象寓意丰富，非常优美，确实无法理解，缺少第二节那些富于传统意蕴的意象。我们即使在最简单的指称层面上也无法理解“晓帘串断蜻蜓翼”的意思，罗屏反射的半透明表面，可能由于玉湾而变得不透明，而玉湾表面是莲花，下面是龙。这就是说，这一节的内在关系密切，并与下一节相连接，但是诗人再次如同前面一样在压抑的叙事上做文章。

> 湿银注镜井口平，鸾钗映月寒铮铮。
> 不知桂树在何处，仙人不下双金茎。

在这倒数第二节中，“湿银”被注疏家们解释为镜子的反光，并被进一步比为井口（或可能是井口被比作镜子）。有些人将钗解释为女子留下的物品，但是“铮铮”作响这一事实表明它们被佩戴在身上，说明女子在场。桂树可以在月亮中找到，是嫦娥偷吃仙药后飞去的地方。诗节的最后一行指汉武帝的金铜仙人，握着一个盘接露水以制仙丹（虽然周振甫倾向于将此定义为“金茎花”）。上一节的水面可以与镜子、井和月亮相联系。李贺将金铜仙人的承露盘比作月亮。联想纵横交错，但并无连贯性。而且，宏丽的最后一节也未提供任何可以连贯这一切的事物。

百尺相风插重屋，侧近嫣红伴柔绿。
百劳不识对月郎，湘竹千条为一束。

季节意象是唐代诗歌最一致的标志。传记批评家们会期待诗人在秋天访问情人在湘江地区的住所，在这里却碰到了晚春的景色，并结束于百劳的叫声。湘竹上据说有湘江女神的眼泪斑痕，湘江女神是舜的妻子，她们为舜的去世而伤心。注疏家们认为月郎指李商隐自己，最后一行叙述他掉了许多泪，尽管百劳“不识对月郎”。另一种解释则延续上一节的意思，讲嫦娥飞向月亮成仙。

从注疏家们对最后几节的解释，可以看得出越来越宽泛和勉强。他们显然觉得前面已经抓住故事，现在只能含糊地以诗人的悲伤来解释诗篇的其余部分。

我们将这一章题为“朦胧诗”，这是一个经过慎重考虑的术语。此种诗歌许诺披露神秘符号的隐秘含意，却又蓄意挫败解读者。我们必须至少考虑一种可能性，即李商隐是在从事诗歌活动，而不是将意思编码。他建立起困难而可以理解的情境，涉及男子和女子之间的激情形态或夫妻关系。这种可以相对容易地解读的编码语言，可以在温庭筠的词及众多乐府中见到。然而，在李商隐的朦胧诗中，这些情境缺乏通常意义上的连贯。在诗篇中的某个点，理解意义的边沿被外移，只留给我们一系列关系复杂的意象，缺乏明显的一致性。换言之，在诗篇的过程中，诗人戏弄了阐释习惯，将读者引到理解的边沿，然后将他或她推过线。诗篇表演了迷惑的过程，诗人往往告诉我们这是感情和记忆的“模糊”或迷乱。

也许在《河阳歌》中诗人走得太远，这首诗从来都不是他最流行的诗篇之一。其他诗篇同样困难，但通常较短，吸引了读者的想象力。解释者提出各种解释，但是读者显然被那有意义但又捉摸不定的微妙边缘所吸引。

《碧城》

在李商隐的集子中，大约有十三首以《无题》为题的诗存世。因为中国的诗篇一般都有题目，为理解一首诗提供了基本的信息，我将“无题”翻译成“不写题目”，以表明拒绝提供题目是一种重要的行为。[24]这样一个题目已经指向隐藏的信息，创造出一种神秘感，成为李商隐用于此种模式诗歌的诗法中心。还有更多的诗篇，包括《碧城》和《锦瑟》（下面将讨论），题目只是诗篇第一行的头二字；此类诗篇大多与“无题”属于同一类型。

此类“题目”（包括“无题”）是否出自李商隐本人远未能

〔24〕 此根据可能的但很不确定的假设，即《无题》是李商隐自己命名的。

确定。如同我们先前表示，我们没有证据表明李商隐曾经编辑过自己的诗集。这两种赋予大致同类的诗篇以题目的方式是惯用的，可能反映了编集者在处理各种手抄本中失题的诗篇时所作的不同决定。将一首无题的诗篇流传和保存在一张便笺上是很方便的。然而如果编辑一个收有很多诗篇的手抄本，一个另起一行的题目是个必要的惯例，以便将一首诗与另一首诗分离。[25] 如我们所见，杨亿依靠不同的手抄本资源编辑了他的本子。命题的不同有可能代表了不同手抄本系统的抄写者处理无题诗的不同方式。

因为朦胧诗涉及与想象中读者群体的成问题的关系（与某位能立即解读晦涩含意的潜在独立读者相对立），所以这些诗篇的接受历史特别有意思。不幸的是，我们没有当时对此类诗篇的反应的记录。李商隐有一首诗谈到有关其诗的阅读，虽然颇有意思，但不一定指的是朦胧诗。[26] 对此类诗篇感兴趣的最早表示在十世纪初至中叶，当时九世纪中叶的文化世界已经基本上被摧毁。韦庄的《又玄集》（十世纪初）收了几首；韦縠编于十世纪中叶的《才调集》选收了相当多诗篇（四十首），他显然认为李商隐是一位重要的诗人。《又玄集》和《才调集》选有两首共同的诗篇：一首赠歌女的巧妙的单独绝句，另一首是李商隐最精美的朦胧诗之一《碧城》。两本选集都选入的《碧城》诗是三首一组的第一首(《才调集》收了全部三首)。虽然现代读者认为这首诗应该放在整组诗的背景中来理解，但是对九世纪和

〔25〕 李商隐的诗集缺乏整体的结构。白居易后期的诗篇显然是按时间顺序安排的。在其他一些九世纪的诗集中，我们可以看到松散的时间顺序安排。诗集的散乱情况与后代编集者依靠抄写在便笺上的诗篇而编集的假设相符(但是并未得到证明)。

〔26〕 见 492 – 495 页。

十世纪的读者来说，这可能是不必考虑的问题。

在朦胧诗中，李商隐往往采用传说中的神仙、秘密知识及道教的话语，也往往将之与凡人的世界对照。道教是一种基于有选择的群体的宗教，统一于对一种特殊话语的理解，与未入道的大众相对。这种宗教的理解结构与李商隐的诗法之间有深刻的相似性。这并不是说李商隐是“道教诗人”，而是说他的诗歌想象与道教的知识形式很相似，大致地将入道者与未入道者分隔开来。

碧　城〔27〕

李商隐

其　一

碧城十二曲阑干，〔28〕犀辟尘埃玉辟寒。〔29〕
阆苑有书多附鹤，〔30〕女床无树不栖鸾。〔31〕

〔27〕 29242－29244；《集解》，1660页；叶（1985），174页；周，245页。

〔28〕《太平御览》说元始天尊住在“碧霞为城”处。李商隐诗中不太可能指任何特定的神仙，但很清楚这是一个天上的住所。

〔29〕此处犀是南方海中的动物，其角据说可以驱逐尘土，被用于女子的发夹和梳子中。虽然有关于“火玉”的传说，但玉一般认为是温暖的。

〔30〕阆苑是神仙居住的地方。周振甫提出另外一种可能性，指出阆苑是初唐两位管辖阆州的王子建造的（他试图将这与唐代公主建造的道观相连，但十分牵强）。程梦星引用卢纶的一首诗《渡海传书怪鹤迟》。在神仙的故事中，仙鹤往往传递消息。然而，叶坚持认为这些是书而非信，引用《金城记》的一个故事为证。故事说有人养了六只鹤，这些鹤经过三年训练后会识字，此人想要一本书时便让一只鹤去取。

〔31〕在《山海经》中，女床山是鸾鸟的家。胡以梅指出此处名字显然双关。大多数注疏家都认为此指成双成对地夜宿，因此是浪漫幽会，但是胡以梅指出古老的鸾鸟渴望配偶的故事，表明这些鸟是孤独的。

星沉海底当窗见，雨过河源隔座看。[32]
若是晓珠明又定，[33]一生长对水精盘。[34]

我们不试图破译此诗或展示各句的联系如何引导（并往往挫败）

---

〔32〕我对此行的翻译，使之具有天上的视角。钱良择则将此解释为一颗星沉入海，另一颗出现在窗前。冯浩将此视为海底的三仙岛，所以这一视境是可能的。周认为句中出现的“河源”指“三神山反居水下与乘槎上天河见织女”的故事，其中大海与银河相连，又流回大地。按照故事的原型，银河令人想起长江而非黄河。然而，在《秋兴八首》中，杜甫将此传说与张骞相联系，张骞被派去寻找黄河的源头。很多注疏家们将这里的雨理解为性爱的“云雨”。钱良择采用将此组诗看成指玄宗和杨贵妃故事的解释，将雨解释为武惠妃去世后杨贵妃到来。周振甫提出一种很不相同的解释，认为这是“夜晚团聚白天分离的证据”。他的解读是：“当星星沉入海底，他出现于窗前，/当雨飘过河源，他/她隔着座位看着对方。”

〔33〕注疏家们一般将“晓珠”理解成“太阳”。朱鹤龄将此与《飞燕外传》的神珠相联系，但是冯浩很正确地驳斥了这种观点。《集解》引用陈贻焮的观点，认为此指露珠。

〔34〕盘，翻译成“bowl”，往往译成“plate”。然而我们不应该把它想成是一个平盘，而是一个边有坡度的盘子。也可以译成“pan”，虽然在英文中我们从来不会想到平锅是透明的。朱鹤龄引用《太真外传》中著名的赵飞燕故事，她身体十分轻巧，汉成帝担心风会将她吹走，因此他命令造一个水晶盘，飞燕跳舞时由宫女托着。想来她是在盘下跳舞，以保护她不被风吹走，同时皇帝又可以看到。冯浩不赞成这种观点，他引用另一个有关董偃的故事，其中有装冰的水晶盘，但最终他放弃了这种说法。因为董偃是一位汉代公主的宠仆，如此解释这一用典，会支持将这组诗看成指唐代贵族女子被安置于道观中的解释。叶将这组诗视为讽刺武宗，将此盘当作武宗装仙丹的盘。姚培谦认为此盘指月亮，一些现代注疏家赞同这一看法。我同意朱鹤龄的观点。将水晶盘视作月亮，在上下文的背景没有什么意义。赵飞燕的盘最著名，一生观看一位表演者的形象，此在《燕台四时》里“秋”诗倒数第二行也出现：“歌唇一世衔雨看”。采用玄宗故事的钱良择，将赵飞燕与武惠妃相联系；如果时间停留，他就会一生看赵飞燕跳舞。冯浩的解释完全不同，将“水晶盘”看成女子（女道士）贞德的隐喻：如果一直是白天，那么她就会一直是贞节的。

破译的过程，而是在较简单和较基本的层面上分析诗篇。前六行都在某种程度上描绘存在的东西，可以看到的东西。最后两行形成一个条件句，形成叙述者的一个相当夸张的声称。固定是前提句（第七行）的条件之一，也是结论句（第八句）中所达到的状态。无论前面几行的“意思”是什么，它们都极依赖于神仙和永恒世界的意象。结尾想象中的静止意象很奇特：叙述者将一生时间（一个凡人的一生）面对和凝视水晶盘。水晶盘可以有各种解释，但是作为一个物件，它重现了叙述者的情况：可以看透，但无法穿透。在凝视的静态下，叙述者既不能离开也不能接近。如果倒数第二行中的“晓珠”是太阳的话，那么提出的条件便是时间在永恒之光中静止，这也是一个不可能的条件，含蓄地提醒我们，我们存在于一个时间延续的世界。

如果尾联隐含了凡人的视角，即使是向往神仙的静止状态的凡人视角，第三联便不仅表现神仙的世界，而且表现神仙的视角。如果“窗”和“座”处于假设的同一“地点”，那么其高度暗示着不可能的视角：上天或许昆仑山的高度。昆仑山上的神仙宫殿远离人世，不遭尘土污染，不受季节变换的寒冷和年岁消逝的影响。我们从来没有见到神仙，只有过往的鹤带来无法辨认的信件。如同水晶盘的意象，我们可以在一定距离外观看，但是从来无法进入那个世界。

将许多诗篇做隐喻性解读是成问题的，然而这首诗令人想起杜牧在序中对李贺诗歌的描绘，而我们知道李商隐是阅读和欣赏李贺诗歌的：李贺的诗歌世界比我们经验的世界更加真实和完美。无论李商隐的诗篇是否含有对人世的时事隐喻（如果有的话），诗歌选集的编者韦庄和韦縠不太可能对此感兴趣。这是由诗歌表现出来的幻想世界，尾联将凡人与这一世界联系起来，从而激活了幻想。在九世纪中叶，李商隐的诗歌想象可能是“阶层的幻想”，一个似乎无法达到的永恒世界，和他一生透过水晶盘而凝视的那位女子。到了十世纪，这种“阶层的幻想”也许已经成为“时代的幻想”，即唐代所失去的辉煌。

其　二

对影闻声已可怜，玉池荷叶正田田。〔35〕
不逢萧史休回首，〔36〕莫见洪崖又拍肩。〔37〕
紫凤放娇衔楚佩，〔38〕赤鳞狂舞拨湘弦。〔39〕
鄂君怅望舟中夜，〔40〕绣被焚香独自眠。

将第一首诗结尾时的形象理解为是赵飞燕在水晶盘下（或上）

---

〔35〕何焯引王金珠的《欢闻歌》（南朝乐府的一种类型）：“艳艳金楼女，心如玉池莲”（逯钦立，2127）。“田田”描绘了荷叶的质量。最热心倡导玄宗说的钱良择，将此看成指玄宗特许杨贵妃在华清宫的温泉沐浴。

〔36〕暗示的主语是弄玉，秦王之女，与其情人萧史一起飞升上天。

〔37〕洪崖是一位神仙。这一行引用郭璞的《游仙诗》：“右拍洪崖肩。”胡以梅将此行看成情人表示她不会与他人亲热。钱良择认为萧史指寿王，洪崖指安禄山。此处根本的意见分歧在于有些人对第三行前半行与后半行之间关系的理解如上所述，有些人将其看成条件关系句。

〔38〕冯认为后半行指郑交甫在汉水遇到两位仙女的故事，两位仙女解下自己的佩赠送郑，作为爱情的信物。周将此及下一行解释为道士，他们是贵族女道士的情人，所持有的佩是她们赠送的爱情信物。

〔39〕此通常认为指瓠巴，他的琴声引得鱼都出来聆听。如朱鹤龄指出，较直接的出处是江淹的《别赋》，特别是此行：“耸渊鱼之赤鳞”。《楚辞》中的《远游》也说到“使湘灵鼓瑟兮”。

〔40〕鄂君是楚王的兄弟。越地的年轻船夫在划船时为他唱了一首情歌。鄂君拥抱他，给他盖上绣袍。钱良择认为此指失去杨贵妃后的玄宗。周认为此指贵族女道士的绝望，她们想念贵族情人（而不是男道士）。

跳舞的一个原因是这首诗开头的诗行，因为重复“对”字而似乎是在继续这一形象。然而，在接下来的诗行中我们碰到一系列的用典，并无放置叙述者的标记，而第一和最后一首诗中有这样的标记。

在阅读李商隐最难的诗篇时，往往最好是先读结尾。让我们假设（将怀疑搁置一边）最后一联中的引喻没有性别问题（即那位情人是不论性别的情人）。在这些充满“对”、“看”、“见”、“望”的诗篇中，这首诗以寂寞结尾，“望”着过去的一个场景和时刻。不难看出这样的一种回瞻性凝视与凝视水晶盘相似：可望不可得。如果第一首诗中的水晶盘是透明的，此处却是一个不透明的毯子，下面躺着鄂王宠爱的英俊年轻的船夫。

第三联似乎是在场的景象。然而，如果“楚佩”与汉水女神的联系是正确的话，这是一种转瞬即逝的场景（两位汉水女神解下她们的佩赠送郑交甫，但是他一扭头她们便不见了）。这种捉摸不定跟随着另一个有关丧失和求偶被拒（指神仙洪崖）的例子，以及对情感专一的承诺。秦王之女弄玉成了萧史的妻子。在这里她只关心萧史。

诗篇无法“解译”，很可能其目的如此。开始和结尾都是一个观看的形象。如果我们将前面那首的“对”带到这首诗里，凝视便意味着无法跨越的距离。

其　三

七夕来时先有期，[41] 洞房帘箔至今垂。

〔41〕 朱鹤龄将这一行解为指《汉武帝内传》的一个故事，玉女王子登出现在武帝面前，宣告西王母将于七夕来访。冯浩采用牛郎织女在七夕的会面。《集解》赞同冯的观点。钱良择认为此指玄宗与杨贵妃在七夕的誓言。但如叶指出，这不符合诗行的措辞表达。

玉轮顾兔初生魄，[42]铁网珊瑚未有枝。[43]

检与神方教驻景，收将凤纸写相思。[44]

武皇内传分明在，[45]莫道人间总不知。

此处没有“指称对象”，甚至没有可以包含于某一记载的或想象的指称对象的叙事。我们有一些片段，可能组成叙事的部分，回转来可能有所指称。我们已经看到一位孤独的人物“凝视着”过去的一个时刻，可能还有一位人物喜欢透过水晶凝视情人。在这里我们看到的是在洞房里窗帘后一场事先安排的会面。我们不去询问这是与西王母、织女还是一位唐代公主的会面，但知道这是过去的事，因为那些窗帘“至今垂”着。假如第二首的开头接过第一首的结尾，此处看到的则是重现第二首的结尾（令人想起第二首中绣被之下情人的缺失）。诗篇的意象和戏剧性的保密都表明这是一场性爱的会面。

在考虑隐秘的中间两联之前，我们再次来看尾联。尽管诗篇一直隐晦，诗人在尾联却说某事是“总知”的。这与《药转》结尾处的转折手法紧密联系：此处诗人指向特定的事物，甚至宣称

[42] 月亮的第一个阴影出现于每月十五日之后。程梦星和其他人认为此指女子怀孕，（月亮的暗）魄也是“灵魂”的意思。

[43] 铁网是用来收集珊瑚的。根据程梦星，此意谓孕妇尚未生产。“未有枝”也是“还没有手足”，也许指早期的胎儿。

[44] 《集解》认为这些诗行涉及引导流产的技术。冯浩指出“凤纸”用于宫廷和道教的祷告。冯解说成希望青春之美永存，激情永不消退。

[45] 胡震亨于此处引用其子的说法，提到一首刘禹锡的诗，其中引喻汉武帝驻留馆陶公主的府第，称她的情人董偃为“主人翁”。在刘禹锡的诗中，此典故被用来喻指唐朝皇帝驻留九仙公主的府第，问候她的道士情人。

人皆知之。难怪清代和现代的注疏家们仔细搜查历史记录，寻找“总知”的到底是什么。遗憾的是他们永远无法知道这一“总知”之事是指汉武帝、玄宗、某位皇帝、李商隐时代的某个人物，还是指完全另外一件事。我们可以阅读《汉武帝内传》，但仍然不知道李商隐所宣称的清楚事情为何。相反，那些隐晦的诗句在一定程度上使这一公开知识的宣称成为空谈。

也许中间的诗行指的是流产，如同一些注疏家们所指出。如果是这样的话，怀孕肯定是诗篇开首时所提到的约会的结果。我们永远无法知道事情真相。

这三首《碧城》诗在李商隐的朦胧诗中占有重要的地位，围绕这些诗篇而提出的阐释多种多样。最早的阐释由晚明的批评家胡震亨提出，他认为这些诗篇写的是在宫外的私立道观里当“女道士”的唐代公主，她们因此可以浪漫风流。这种解读的不同版本后来由程梦星、冯浩及其他人包括《集解》和周振甫等延续。另一种解读始于朱鹤龄，他认为这些诗篇是艳诗，涉及团聚和离散的不同阶段。朱彝尊第一次提出此指玄宗与杨贵妃之间的爱情。为了使解释具有某种弹性，钱良择将此三首诗看成玄宗与杨贵妃爱情故事的过程，而陆崑曾则将所有三首诗都看成发生在杨贵妃死去成仙以后，道教术士在天上寻找她。徐德泓代表了另一种说法，他将这三首诗理解为李商隐仕途失意后的忧郁情感。姚培谦的看法略有不同，他认为诗中表达李商隐不得君王宠信但希望报国的意思。叶不赞成“女道士”说，也不赞成玄宗说，他认为这组诗是对武宗的讽刺。这么多有学问的注疏家们之间意见如此不一，这应该提醒我们，他们提出问题的方式使对这些问题的可能回答无法获得现代群体的一致同意，我们可以想象即使是在九世纪中叶也不会有广泛的一致意见。我们只能通过提出不同种类的问题，才能达到“理解”的层面。

结　尾

在李商隐的朦胧律诗中，中间的对句稠密晦涩，而尾联则相对直接明白，以表达的急切和情绪的渲染为特征，两者所形成的鲜明对照是此类诗的主要魅力。对律诗来说，虽然对偶的中间诗联与尾联在语调上不同是符合规范的，这是形式本身引致的，但仍然可以有重大变异。我们在讨论晚唐五言律诗时，谈到中间对偶联与尾联的形式差别往往被夸大，以产生一种框围的效果：精心制作的“诗意”的对联被镶嵌在推论式的、有时候近乎纯粹白话的框架内。虽然李商隐从未滑入这种略为粗糙的形式结构变体，在许多朦胧律诗中他确实在尾联的风格差别上做文章。他先为我们提供一系列具挑逗性的、形式完美而意思晦涩的诗行，然后是指示性的尾联，充满虚词，相对直接明白。诗人做出评判、总结或告诫，语气往往很强烈，赋予前面诗行那些隐藏的事物以生命力。

武皇内传分明在，莫道人间总不知。

如前面提到，虽然《碧城》其三的尾联有自己的阐释问题，但是在一个层面上却很清楚，即宣称此为众所周知之事，暗示它很重要，从而加深中间诗联在难懂而华丽的修辞之外的内涵。

尾联往往含有一种“旨意”，对此一般不难于理解。

人间桑海朝朝变，莫遣佳期更后期。

换言之，事物总在变化，所以不要再推后我们约定的会面日期。然而，如果我们阅读全诗，便会看到这一清楚旨意的背景特别神秘。

一　片〔46〕

李商隐

一片非烟隔九枝，〔47〕蓬峦仙仗俨云旗。〔48〕
天泉水暖龙吟细，〔49〕露畹春多凤舞迟。〔50〕
榆荚散来星斗转，〔51〕桂华寻去月轮移。〔52〕
人间桑海朝朝变，〔53〕莫遣佳期更后期。

我们可以花很多时间来讨论这首诗的前六行，然而，所有的神秘最后都到达这一明确的交点：不要推后我们约定的会面日期。这一“旨意”并不是整首诗，但它是为晦涩诗行提供背景的最后词

〔46〕 29272；《集解》，1984页；叶（1985），205页；周，259页。

〔47〕 注疏家们通常将“非烟”与吉祥之云相连。“九枝灯”的字面意义是“九个分枝”。这里的“隔”不明确，可以同样很容易地翻译成“一缕非烟在九枝灯那边”（即被九枝灯所隔）。

〔48〕 蓬莱是东海里神仙住的岛屿。神仙的世界传统上与皇宫相联系，卫士更是通常与宫廷相关。“云旗”可以是装饰云彩的实际旗子或像旗子的云。

〔49〕 冯浩解为晋代洛阳的“天泉”，一对铜龙吐水，将来自御沟的水注入天泉。龙的“吟”可以是涌入的水，或池里的龙，或皇帝的诗。

〔50〕 “迟”可以表示舞蹈继续或“来迟”（即推迟），也可以指舞蹈动作缓慢。

〔51〕 榆树据说是长在天上的。

〔52〕 月亮上长着一棵桂树。“折桂”也指通过考试，但这一意思是否有关系并不确定。

〔53〕 桑海，本意是桑（田）和沧海，是沧海桑田这一观念的缩略语，指世界上会有重大的变化。

语。结尾为我们提供了题目所未见的尝试阅读此诗的方法，在一些情况下它发挥了题目的背景化功用。

李商隐的结尾往往对某人说话，或似乎在与读者分享个人的秘密，创造出一种亲近感，在很多方面都与晦涩的中间对联给人的隐秘事实的感觉相反。有时候诗篇并不难懂，但结尾赋予它同样的亲近感。

无　题〔54〕

李商隐

相见时难别亦难，〔55〕东风无力百花残。〔56〕
春蚕到死丝方尽，〔57〕蜡炬成灰泪始干。〔58〕
晓镜但愁云鬓改，〔59〕夜吟应觉月光寒。
蓬山此去无多路，青鸟殷勤为探看。〔60〕

虽然结尾是在对青鸟说话，但是语调突然从无望的思恋转向希望的急切。虽然这一联并非如表面看来紧跟前面的诗行，但是它确实跟随了第一行。

在李商隐的所有诗篇中，《锦瑟》最早并一直最吸引批评的注意。虽然这首诗不代表诗人作品的全部范围，但是它成了李商隐诗歌的试金石，产生了对他诗歌兴趣的催化作用。除了西昆模

---

〔54〕 29241；《集解》，1461页；叶（1985），173页；周，198页。
〔55〕 此句在曹丕的《燕歌行》上做文章：“别日何易会日难”。
〔56〕 东风是春风。
〔57〕 李商隐此处妙语双关，丝和思谐音。
〔58〕 “泪”是烛的蜡滴的传统比喻。
〔59〕 “云鬓”传统上与女子相联系，“变”指变白。
〔60〕 青鸟是西王母的信使。

仿诗以外，对这首诗最早的、典型的评论见于刘攽的《中山诗话》："人莫晓其意，或谓是令狐楚家青衣名也。"[61]我们应该注意这一注释过程：理解的困难导致对生平背景的假设（与其扶持人的婢女的情事），从而提供了终极的指称对象，解释了题目，说明了诗篇难懂的一个缘由（恋情是秘密的）。"婢女"的解释相当早就被推翻。关于后来的各种解释，刘若愚在英文和不少中文资料中进行了总结。[62]这些解释没有一个具有最终的说服力，虽然其中关于此诗是李商隐诗集的"序"及所指为其诗的说法，具有能够包容各种联系的长处。对于朦胧诗的大多数解读，至少会对一句诗细细琢磨，或加以新巧的解释，以便使解读自圆其说。例如《锦瑟》，将诗篇理解为哀悼亡妻的阐释很吸引人，但是对蜀望帝因为自愧与宰相之妻有染而放弃皇位的引喻，就肯定是一个障碍。杜鹃鸟的血泪在此处或许只是悲哀的形象，但是在其他地方这一典故的用法并非如此。

锦　瑟[63]

李商隐

锦瑟无端五十弦，[64]一弦一柱思华年。

---

〔61〕 刘学锴，《汇评本李商隐诗》（上海：上海社会科学院出版社，2002），244页。

〔62〕 刘若愚，51－57页。也许《锦瑟》在唐代诗歌中的独特之处，在于引起许多总结前人解说的文章。张明非的《李商隐无题诗研究综述》是特别突出并比刘若愚较近的一篇，见王蒙，771－780页。

〔63〕 29092；《集解》，1420页；叶（1985），1页；周，1页。

〔64〕 此处指素女为黄帝弹奏五十根弦的瑟，黄帝觉得音乐非常悲伤，他将瑟一分为二，各有二十五弦。"无端"一般意谓"没有原因"。王锳解为"无心"（《诗词曲语辞例释》，245页）。

庄生晓梦迷蝴蝶，[65]望帝春心托杜鹃。[66]
沧海月明珠有泪，[67]蓝田日暖玉生烟。[68]
此情可待成追忆，[69]只是当时已惘然。[70]

像《锦瑟》这样的诗篇是形式的结果。中间的诗行受到细致认真的研究关注，但这些诗行如在一首五十联的排律中便近乎完全不显眼。它们被诗篇的框架赋予了活力。虽然在这首诗及一些最著名的类似诗篇中，首联与尾联一样效果显著，但尾联是开始思索这首诗的最好起点。[71]

《锦瑟》的尾联用了很多虚词，赋予所述一种“语气”，从而具有自己的不确定性。第七行里“可”的意思可以是“可能”，或如我所理解的暗示“应该”。它可以是问句“可以等待吗”，但也可以有其他特性。“当时”通常意味着过去，虽然也可以表示现在。假如最后一行翻译成“只是现在我已惘然”，诗篇便会带有很不相同的语调。“只是”有时候也有“此刻”的意思。简言之，结尾的

〔65〕此指庄子著名的“蝴蝶梦”，见于《齐物论》。
〔66〕蜀望帝派鳖灵去治洪水。鳖灵不在期间，望帝与其妻偷情。他感到很羞愧，将江山让给鳖灵。根据传说，望帝死后变成杜鹃，总是伤心地唱歌，流下带血的泪。
〔67〕根据一个传说，珍珠是鲛人的眼泪。在另一个传说中，珍珠随着月亮的盈缺增大或缩小。
〔68〕司空图引述八世纪末诗人戴叔伦的话：“诗家之景，如蓝田日暖，良玉生烟，可望而不可置于眉睫之前也。”
〔69〕《集解》将“可待”解释成是一个反问句：“怎么可以等待？”
〔70〕《集解》将“只是”解释为“正是”。
〔71〕吴奔星提出一个很有意思的建议，认为这首诗可以看作是由两首绝句组成，首联和尾联构成一首，中间两联构成另一首。中间两联组成一首绝句的看法显然不能成立，但是将首联与尾联组成一首绝句往往效果很好，它们是中间诗联的相对清晰的“容器”。见王蒙，774页。王蒙在《混沌的心灵场——谈李商隐无题诗的结构》中提出相似的观点。《文学遗产》，第3期（1995）；收入王蒙，676－690页。

个人评论似乎很直接，但却开拓了一系列的可能性，每一种可能性都会改变意思，有时候改变很重大。大多数情况下，这种推论式的诗行是很直接的，因为我们理解其背景。然而，此处却是一个惘然之时的陈述。在这惘然之中唯一“清楚”的事物是此联创造了一个间隔，在“当时”（那刻或此刻）与相对的未来之间，到了未来过去的感情会成为或可能成为“回忆”。叙述的声音似乎是从这一间隔的中间阶段发出的（除非我们将最后一行看成有关现在）。

此两行诗似乎还显示了“追忆”与惘然之间的某种相似性，也许表现在两者都涉及模糊成分的意义。〔72〕回到第六行，我们便有了模糊主题的进一步背景，即蓝田生烟的景象。如果李商隐知道并想到司空图所引述的戴叔伦的话语，这便是对诗歌表现的比喻。戴叔伦描绘的“景”（“诗家之景”）与下一行里的“情”相应。情景交融这一后来诗学的基本术语已经出现于此处。

这里隐含一种诗法，自如地贯通诗歌表述、回忆及直接情感。这是一种模糊的诗法，诗歌表现的朦胧与直觉的迷惘相应，无论这种“直觉”是现在的激情还是强烈的记忆。这样一种诗法恰到好处地描绘了李商隐许多最著名的诗篇。如同烟雾将事物从清晰连贯的背景中分离出来，使它们显得模糊、孤立，这种诗法将诗行中的景象从背景中分离开来，无论是表现的空间背景还是叙事背景。它们成为断片，开始漂流，既暗示着一个整体，又从这一暗示的整体获

〔72〕“惘然”用于回忆的一个好例子，可以在白居易的《裴五》诗中找到（22558；朱，894页）。李商隐的注疏家们以及现代词汇学往往将“惘然”解释成一种模糊或迷惑，从因为压力而“惘然”的主体思想状态，转向一种精神表述的不确定和模糊性。这很可能是因为此诗上下文的情况而引起，《汉语大词典》里确实引用了此句作为“惘然”在这一意义上的最早例子。

得强烈的表达。最终，李商隐宣称这种“模糊”正是直接体验的结果。这首诗重现的是它对心理状态的描绘。

如果回到第一联的框架之初，我们便会开始明白此诗是如何作用的。我们无法知道“锦瑟”代表什么，然而可以描绘它是如何被表现的。诗人数着琴弦，似乎在暗示有精确的对应事物（正如他在《药转》中暗示，在某件事和晦涩的诗歌意象之间有精确的对应物）。接着，我们注意到他告诉我们这种精确性是“没有理由的”或“只是碰巧［如此］”。音乐唤起情感的能力来自每一根琴弦和每一个弦轴的位置，但是所有单一琴弦的声音交融混合成一个整体。最重要的是，首联建立起追忆的距离，这在尾联中得到呼应。

中间两联所创造的景象一定是所记忆的形象，就像音乐诗一样，诗中往往描绘音乐唤起的一系列景象。第二联的两句都是转化的意象。虽然庄周所梦之蝴蝶并非艳情，但唐代的蝴蝶却是艳情的，特别是与“迷”（迷乱、迷失）连用时。望帝作为杜鹃的形象暗示性爱的出轨和悔恨。考虑到李商隐很多诗篇中对于偷情的直接所指和秘密的语言，我们无法排除望帝形象的这个方面。将这一联的对偶联系起来阅读，如同我们一般如此做，我们看到的是迷失与悔恨、欢乐与痛苦的对立。

> 梦饮酒者，旦而哭泣；梦哭泣者，旦而田猎。方其梦也，不知其梦也。梦之中又占其梦焉，觉而后知其梦也。

诗中的“转”，即向第三联的过渡，处理得很优美。望帝作为杜鹃立即引出杜鹃的“啼血”。压抑的眼泪在第三联中以不同形态出现，提出珍珠的双重来源，既是海中鲛人之眼泪，又是象征明月之蚌珠。“沧海”与“蓝田”的对立表明宇宙的变化。珍珠也是优美诗句（以及优美乐调）的标准意象。放在一起，第三联的诗句暗示距离和另一种转化，即经验转化为诗歌。

我们不知是谁将《锦瑟》置于李商隐的作品之首；这首诗的声誉部分来自这一位置。这首诗名至实归。将这首诗解释为李商隐集序的人可能走得太远，但是它确乎以令人难忘的独特方式探索了经验和诗歌的关系。

题　目

清代和现代的注疏家们早就认识到，那些以开头两字为题的诗篇与“无题”诗基本上同类。我们可以比较下引两首诗，第一首的题目《昨日》是诗篇开头的两个字，第二首是著名的《无题》诗之一，以“昨夜”开头。

昨　日[73]

李商隐

昨日紫姑神去也，今朝青鸟使来赊。
未容言语还分散，少得团圆足怨嗟。
二八月轮蟾影破，十三弦柱雁行斜。
平明钟后更何事，笑倚墙边梅树花。

---

〔73〕 29460；《集解》，1759页；叶（1985），398页；周，257页。

紫姑是司厕女神，最初是遭正妻虐待的妾，被指派打扫厕所。据有些传说，她死在那里。一个故事说她遭正妻嫉妒，在正月十五日被谋杀于厕所，因此那一日成为紫姑节。青鸟是西王母的信使，向汉武帝宣告女神将来访。这两个典故互相之间有何关系？我们不知道，但是在一首较长的题为《圣女祠》的诗中，我们再次看到这两个典故被用在开头的诗句中。[74]

杳霭逢仙迹，苍茫滞客途。
何年归碧落，此路向皇都。
消息期青雀，逢迎异紫姑。

我们在这里见到的很可能是一组私人身份的标志，虽然在《昨日》中它可能只是用来说明“昨日”是正月十五日。

中间的诗联在团圆与分离的观念上做文章，“团圆”是双关语，既指分离之人的团聚，也指（十五）月亮的圆满。两位情人似乎十五日是在一起，但却无法说话，因此出现责备或失望的怨嗟。在十六日，满月和团聚都被打破。十三弦属于筝，与一行大雁的联系可能暗示旅行或“一”字，喻指寂寞孤独。

我们假定尾联指的是那位女子，虽然他怎么会知道以及她为什么微笑仍然是个谜。我们唯一知道的是，由于梅花盛开，这次会面确实是在正月十五日，紫姑被杀的周年日。

下引《无题》是李商隐最著名的诗篇之一，但此诗与《昨日》的相似之处很多，如果它的题目是“昨夜”，我们是不会感到吃惊的。

---

〔74〕 29417；《集解》，1683 页；叶（1985），365 页；周，49 页。

无　题[75]

李商隐

昨夜星辰昨夜风，画楼西畔桂堂东。
身无彩凤双飞翼，心有灵犀一点通。[76]
隔座送钩春酒暖，[77]分曹射覆蜡灯红。[78]
嗟余听鼓应官去，走马兰台类转蓬。[79]

这只是一首艳情诗，还是隐喻诗人与王子或扶持人的关系，注疏家们意见不一。然而，一般都同意诗篇的一个层面有关爱情。应该指出，通常极其倾向于寻找诗篇隐喻所指的注疏家们，如冯浩和纪昀，却认为这首诗是诗人在观看家庭妻妾或歌女的聚会。

毫无疑问，这是一首比《昨日》更重要的诗篇，表现了情人们聚在一起却无法交流的张力。如同《昨日》诗，这一情境并不难理解，但是诗中诉诸与另一人分享的私密知识，读者被排除在外，只好施展其推测的能力。这两首诗的形式明显相似，这强烈表明《无题》诗与那些以开头两字为题的诗基本上属于同一类

---

〔75〕 29202；《集解》，389 页；叶（1985），136 页；周，94 页。较详细的讨论参 Stephen Owen, "The Difficulty of Pleasure," *Extreme orient/extreme occident* 20（1998）：24－26。

〔76〕 "通犀"是犀牛角的中心，这里双关两心相通。

〔77〕 "藏钩"是饮酒时玩的一种游戏。据周说，喝酒者分成小组面对面坐，手里藏着钩传来传去，对手组要猜钩在哪儿。大概猜错了要罚春酒。

〔78〕 这个游戏在东方朔的传记里提到。酒杯下藏着一个东西，参加者猜是什么。冯浩及其他一些注疏家们将这解释为李商隐观看一群女子玩，而不是他自己参加。

〔79〕 有些版本里用的是"断"而不是"转"。兰台是秘书省的另一名称，也用来指御史台。冯浩坚持说这里指的是秘书省。这会将诗篇的日期定在 842 年，李商隐当时任校书郎。比较 29392 的相似结尾。（《集解》，401 页；叶［1985］，339 页）

型，只是采用了不同的命题习惯而已。[80]

题目的问题很重要。李商隐的集子中有些诗篇很容易就可包括在《无题》诗中，也有些诗篇有应景题目，为阅读提供背景，驱散了那种赋予《无题》诗主要力量的神秘感。请看下引《无题》或《洞中》诗：

洞中屐响省分携，不是花迷客自迷。
珠树重行怜翡翠，玉楼双舞羡鹍鸡。
兰回旧蕊缘屏绿，椒缀新香和壁泥。
唱尽阳关无限叠，半杯松叶冻颇黎。

此处译文较模糊，是因为试图（很不完美地）重现无场合背景时诗歌语言所产生的不确定性。在这种形式中，我们有一首非常神秘而晦涩的诗篇，但遗憾的是它不是“无题”。

饮席戏赠同舍[81]

李商隐

洞中屐响省分携，[82]不是花迷客自迷。
珠树重行怜翡翠，玉楼双舞羡鹍鸡。
兰回旧蕊缘屏绿，椒缀新香和壁泥。
唱尽阳关无限叠，半杯松叶冻颇黎。[83] *

---

〔80〕虽然《锦瑟》通常被认为是有重要意义的题目，但是这是用诗篇的头两个字作题目的又一例子。

〔81〕29138；《集解》，1304页；叶，54页。

〔82〕译文中的“卧房”指“洞”，表示神仙的住所，并延伸指歌女的卧房。

〔83〕松针加进酒中。天青石（或玻璃）是用来装饰酒杯的。

* 中译本删去了作者针对此诗的诗题（“无题”／“洞中”与“饮席戏赠同舍”）而做的不同英译。——编者注

我们知道这首诗描绘一个酒宴，写给一位同事。洞起初直译成“石窟”，在诗篇中可以指卧房。现在我们知道这确实是卧房，他的同事正在那里与歌女告别。我们知道谁正离开，“客人”或“嫖客”是谁（没有这个背景，“客”可以根据上下文翻译成“你”，也完全可以是诗意的“旅行者”或“客寓者”）。如果没有应景的题目，第二行将成为优美的一般陈述，而有了题目则仅是戏谑。中间的诗联如果是在《无题》诗中便晦涩无比，但在这里很清楚地指歌女及其卧房（事实上，第三行似乎表示他的同事在数行可选的女子中选了“翡翠”女）。如果是《无题》，我们会按字面上的意思理解，但是明确的戏谑语调改变了结尾半饮的酒杯意象的含义。当一首诗被提供了应景背景，诗篇便变得相当琐碎。最好的《无题》诗比上引诗篇要出色，但是我们必须认识到，《无题》诗的美部分地来自由于缺乏情境框架而使诗篇产生的神秘和不确定感。另外，很多词语，例如“洞”和“客”，由于情境的背景而被指向特定的含义（“卧房”和“客人”）。题目可以限制并因此改变一首本来可以是《无题》的诗，我们还可以举出前面讨论过的《和韩录事送宫人入道》（见第九章）作为另一例子。[84]此类诗篇为注疏家们围绕李商隐朦胧诗而建构的场景提供了某种程度的可信性，虽然这只是类型的可信性，而不是具体的可信性。应景的题目是阐释性场景的对立物，虽然在上引诗例中，场景是社交戏谑之语，而不是热烈的情爱或政治讽刺。如果我们为前面讨论的《无题》（“昨夜星辰”）建构一个类似“和……戏赠”的题目，

〔84〕 亦参看29357－29358（《集解》，174页；叶［1985］，289页；周，37页）。如果这首诗不是题为《和友人戏赠》而是《无题》的话，我们的理解可能会很不同。

那首诗便会非常戏剧性地改变，“你”便是从头至尾的主语，语调便是戏谑的。如果《无题》诗缺乏题目确实是编辑的偶然性，是由于诗篇保存在记录的纸片上而未注明场合，那么可能有相当多的诗出于历史的误解。[85]虽然有些诗篇可能确实如此，但我们可以从其他带有应景题目的诗篇中看到，李商隐确实故意地运用一种神秘的诗法，一个极好的例子是我们前面已讨论过的《重过圣女祠》（见第九章）。

在一些诗篇中，我们发现具体细节为隐喻性阐释提供了某种程度的可信性。

中元作[86]

李商隐

绛节飘飖宫国来，[87]中元朝拜上清回。

羊权虽得金条脱，[88]温峤终虚玉镜台。[89]

---

〔85〕现代学者更喜欢将《无题》诗看成一种诗，而不是编集者对无标题的诗做出的反应。这样，我们就有如同29216的例子（《集解》，26页；叶［1985］，151页），此诗原与另一首置于一处并题为《无题》，叶和《集解》将它们分开，为此诗重新命名为《失题》，因为它在主题上与《无题》诗的意象不和谐。

〔86〕29366。见以下的注释：《集解》，1706页；叶（1985），304页；周，84页。七月十五日（中元）是盂兰盆节，饷饿鬼的日子。长安城中和宫里都有庆祝仪式。

〔87〕这是《集解》采纳的注释和解说（此指英译文——编者注）。尽管宫国的用法有问题，但与下一行合起来读就较明白。《集解》将此解释为宫廷女子入道后回宫参加节日庆典。周振甫将异文“空国”解释为（她们的到来）使城都空了。

〔88〕此指仙女萼绿华的故事（见第九章）。萼绿华访问羊权的时候留下一个条脱作为礼物。在繁钦的“定情诗”里，条脱（有各种写法）是爱情的信物。

〔89〕此出自《世说新语》（27.9）。一位远房亲戚请东晋要官温峤为女儿找丈夫。温峤自己喜欢上那位女子。他说为她找到了合适的人选，并送了一个玉镜台作为聘金。后来发现温自己是新郎。

曾省惊眠闻雨过，[90]不知迷路为花开。[91]
有娀未抵瀛洲远，青雀如何鸩鸟媒？[92]

这首诗中有清楚的场合寓意，指去宫中参加盂兰盆节活动；以及一般的主题寓意，指应允的情事没有结果。尾联引用《离骚》中的一段：

览相观于四极兮，周流乎天余乃下。
望瑶台之偃蹇兮，见有娀之佚女。
吾令鸩为媒兮，鸩告余以不好。
雄鸠之鸣逝兮，余犹恶其佻巧。

对《离骚》此段的标准隐喻阐释是屈原在寻找能赏识他的才德并起用他为卿大夫的贤明君王。"鸠鸟"代表破坏此类遇合机会的媒人。事实上在唐代，荐举有志者的扶持人往往被当成媒人。这使得一些早期的阐释者如胡以梅，将这首诗解释为希望得到一个职位，以及因中间人的恶意而使希望受挫。

后来的注疏家们一般否定这种解释，因为它未能说明第一联的具体性，指明在盂兰盆节到宫中的一次访问。更重要的是，那是一个内廷庆典，所以参加者都是与宫廷有联系的女子。与道教

〔90〕 此似乎指与巫山神女的云雨情事。
〔91〕 也许为了与上一行的巫山神女寓意相配，此被解释为刘晨和阮肇在天台山遇到两位仙女的故事（见第九章）。
〔92〕 瀛洲是东海中的仙岛之一。大概青鸟信使可以到达这样一个遥远的地方（见381页）。有关有娀的女儿和鸩鸟，见后面的讨论。

的天界上清的寓意联系起来看，注疏家们得出较合情合理的推测，认为这些是出家为女道士的宫廷女子在节日回宫访问。

这一情境与做媒未成结合在一起，引出最受欢迎的阐释场景：李商隐对一位已入道的宫廷女子的爱情。《集解》解释为李商隐见到她参加宫廷仪式回来，想起他们以前的关系。第二节很清楚地表明虽然在某个时刻双方同意成为情人（女仙送条脱，男子送玉镜台），但是女子没有守约。第三联暗示他们曾发生性关系，但是那一刻已经转瞬即逝，不可复返。在尾联诗人因这一关系的失败而似乎怪罪某位中间人。在前面我们看到青鸟带路去蓬莱。瀛洲是与青鸟相配的仙岛，但是在这首诗中情人并不那么遥远。

在这种情况下，诗篇的证据使这种阐释不仅看似有理，而且在某种层面上是可能的，虽然这一场景的一些细节，例如诗人看到女子参加仪式归来而想起过去，仅仅不过是貌似有理而已。“在某种层面上是可能的”，此说法仅指一般的场景：我们假定李商隐自己是这一关系中暗指的男子，但也完全可能是某位别人（那样的话，第三联中的主语便是“他”或“你”）。我们在此可以回忆《和韩录事送宫人入道》。另一问题是此种阐释（与女道士的爱情）是否可以广泛地适用于采用了相似意象的诗篇中，如上面讨论的《无题》（“相见时难”），或是下面将讨论的另一首《无题》（“来是空言”）。然而，非常相似的意象也被用于社交戏语中。我们所能说的是，在李商隐的诗歌中存在着一种爱情话语，有时因为题目或正文而有具体情境的基础，但是这种爱情话语移动于很多可能的情况之间，有时可能纯粹是浪漫语言的诗歌游戏，如《燕台诗》似乎就是如此。

有些朦胧诗似乎相当私人化，其强烈程度无法因为猜测的场合而轻易驱散，无论是阐释的场景还是想象的题目。不少注疏家将下面这首诗解为指令狐绹。但是如同我们前面已经指出，只要浏览过当时赠送扶持人的诗篇（此类诗篇很多），就会发现如果李商隐将此诗赠送令狐绹，诗篇会显得很奇怪。当诗人向扶持人寻求支持的时候，最需要避免的是诗篇听起来很奇怪。

无题四首〔93〕

李商隐

来是空言去绝踪，〔94〕月斜楼上五更钟。
梦为远别啼难唤，〔95〕书被催成墨未浓。
蜡照半笼金翡翠，〔96〕麝熏微度绣芙蓉。〔97〕
刘郎已恨蓬山远，〔98〕更隔蓬山一万重。

---

〔93〕 29205－29208；《集解》，1467页；叶（1985），139页；周，200页。

〔94〕 汪辟疆认为前面四行写梦境，后半部写从梦中醒来。陈永正指出女子一旦离开便不再回来，以此解决第一行提出的问题。

〔95〕 早期的版本是“换”而不是“唤”。这一合情合理的校订被普遍接受。

〔96〕 金翡翠可能绣在床帷上。温庭筠在《菩萨蛮》之一中提到“画罗金翡翠”。叶认为这是画在玻璃灯上的金翡翠，但未列出任何根据。

〔97〕 绣芙蓉是在被子上还是在床帷上，有不同看法。用“度”字表明是床帷，如同在萧纲《杂咏》的诗句中（逯钦立，1970）：“罗帷非海水，那得度前知。”陈永正提出麝香用来熏被子和衣服，是一种地位的标志，而非性别的标志，这一解释需要进一步研究。

〔98〕 “刘郎”可能指刘晨，他和阮肇在天台山采药时遇到两位仙女，在那里似乎仅待了半年，但当他们离开后发现人间已经过了七代。这是恋情的标准诗歌形象。在李贺的诗中，“刘郎”指汉武帝，他的求仙不成可以与寻找蓬莱相对应。蓬莱是东海中三座仙岛之一（虽然冯浩将此说成指翰林院，因为他将诗篇解释为试图得到令狐绹的欣赏）。除了少数例外，古代的注疏家们一般认为刘郎指汉武帝，但是《集解》加上刘晨作为指称的对象。

迫切与隐晦的平衡使李商隐那些最优秀的诗篇充满活力，而这一著名的诗篇是完美的例子。另外，在这首有关话语、书信及难于阅读的重要痕迹的诗中，推论的情境被优美地重现出来。开头明显的直接性是虚假的：我们不知道此人是否实际上没来，或只是在梦中来过，还是实际上真的来了（她的远离显得她似乎未曾来过）。每一种可能性都在后面的一行中得到部分证实。这种展示给读者的不确定再现了叙述者的不确定。

在第二行中，我们发现叙述者在后半夜醒着，说明他整夜都在等待。然而，第二联以梦中相会开始，但只展示梦后的情境，情人飞逝而去，叙述者无法唤回她。当然，我们无法肯定叙述者是睡着了，这是一个真的梦，还是有过真正的分离，现在觉得是场梦（如果情人说过她会来，那么睡着了便显得不够殷勤）。接着我们读到一封信，言辞迫切绝望。叙述者匆忙中墨未磨浓，因而字迹淡淡好像已褪色。语词再次无法阅读，只能感受其紧迫感。这在很多方面都是此类诗篇的寓言：我们无法阅读信息本身，只知道此信息至关重要这一事实。

在第三联中，诗篇的“眼睛”转向两位情人实际上或在梦中相会或未相会的床。我们试图“解读”这张床。我们知道蜡烛放在床帷里面，但是不知道蜡烛照亮的是床帷的内部还是外部。只有半边的床被照亮，另一半在阴影中看不到。麝是另一件事；关于它不一定是情人曾在场的标志的看法可能是对的，但是它在诗中的位置富于暗示，以至我们考虑情人是否确实来过，而这是遗留下的痕迹。

正如我们的认知在诗篇的整个过程中都受阻，诗篇结尾先是一个简单但遥远的距离，然后又发现此外还有万重山的阻隔。在二十世纪初，王国维描述了一种“隔”的词，此类词中大多沿用李商隐诗歌的传统。情人和诗篇所指的情况都超出视线，在无法到达的无数重山峰之外。然而我们站定瞭望时，相信情人和诗篇的“意思”确实可以在那些山峰之外找到。

这是一种阻碍的、只显露部分可识别痕迹或不确定性的诗歌。这些诗篇的主题总是在其诗法中得到复现。诗人诗意地做出他所写的内容，读者被引入诗人的强烈情感，他的不确定性，他得不到或抓不住所追求事物的无奈。

正月崇让宅[99]

李商隐

密锁重关掩绿苔，廊深阁回此徘徊。
先知风起月含晕，尚自露寒花未开。
蝙拂帘旌终展转，鼠翻窗网小惊猜。
背灯独共余香语，不觉犹歌起夜来。

这是一首极为优美的诗，开首时是密锁的门关，重重相叠，就像蓬莱外的重重山峰。门口铺满青苔，门从未开过。在中国诗歌中，诗人的立脚点往往非常重要，但是这里并不清楚。“廊深阁回”似乎是在那些紧锁的门之外，但是当诗人说他在“此徘徊”，我们不知道他是否已经被奇迹般地带进门还是在紧锁的门前徘徊。崇让宅是王茂元的宅第，李商隐应该能够有一定程度的出入。

---

〔99〕 29574；《集解》，1354页；叶（1985），504页。

在李商隐的诗歌中，无所不在的阻塞和阅读线索或证据之间有着紧密的联系。“通”也意谓“通解”。他观察天气的征兆和花卉的迹象，这些都指向未来。他似乎仍受阻于门外，在正月的寒冷中徘徊。但是在作为律诗之“转”的第三联中，他突然已经在里面的床上，仍在试图解读各种迹象：帘子飘拂，窗网翻动，这些都是情人到来的可能迹象，但却都是虚假的。诗篇开始于无法逾越的阻塞，现在诗人显然在寻找证据。

诗人熄灭了灯，在诗篇中最突出的时刻，“独共余香语”。在这首阻塞的诗中，此“余”香从何而来？读者知道有个人在那里，是一位女子，但不知道是在多久之前。此处诗人在对各种痕迹说话；他独自地对这些转喻的事物说话，这些事物代表了不在场的情人。

最后他意识到自己下意识地做的事，唱起歌来，而歌的题目又在最后造成文本问题。原来的歌名或歌词是“夜起来”，这在注释传统中被改为“起夜来”。[100]我们不知道为什么李商隐开始下意识地唱歌，虽然我们知道如果他下意识地唱起这首歌或歌词，那就是非常重要的。歌词的不同安排可以有不同的分析，但是也许仅此一次我们应该只阅读每一单字：“夜，起，来”。这些词语属于在夜晚聆听示意有人到来的声音的人，属于对着曾夜访其卧房者的余香说话的人。

上引诗篇描述诗人在卧房里试图解读迹象和痕迹，下引绝句则表示情人来访的可能似乎不成问题。如果将这些诗篇放在一起阅读，将很有益。这首绝句唤起同样的神秘气氛，但未显示可以

〔100〕 两个版本都在其他地方出现。

解读神秘的场景。各种痕迹只是偶然的，没有任何意思。

夜　半[101]

李商隐

三更三点万家眠，露欲为霜月堕烟。
斗鼠上床蝙蝠出，玉琴时动倚窗弦。

李商隐的朦胧诗最终无法被轻易地禁锢在简单的注释结构中。他确实将同样的语言运用于琐碎的应景诗及较为个人的诗。有时我们除了题目的偶然性外无法看出区别，但有时是可以区别的。在最优秀的诗篇中，重复出现的主题关注与其独特的表现形式是不可分离的：宣称自己迷惘的诗人在迷惘中写诗，无法“通过”的诗人所写的诗篇在试图使我们“通解”但又做不到，因为有重重阻碍——重重的山峰、紧锁的大门及晦涩的文本。其他许多事物都是形式的结果或历史的偶然，但这种诗却是一个独特心灵的天才表现。

〔101〕 29255；《集解》，1973 页；叶（1985），189 页。

第十二章 李商隐：咏史诗

历览前贤国与家，成由勤俭破由奢。[1]
何须琥珀方为枕？[2]岂得珍珠始是车？[3]
运去不逢青海马，[4]力穷难拔蜀山蛇。[5]
几人曾预南薰曲，[6]终古苍梧哭翠华。[7]

李商隐《咏史》[8]

---

〔1〕《韩非子·十过》。由余被派出使秦，秦穆公问为何帝王得失天下。由余回答："常以俭得之，以奢失之。"

〔2〕历史记载中多次提到琥珀枕。周振甫和叶引述最著名的琥珀枕，为赵飞燕封为皇后时所得礼物之一。这最符合背景。《集解》赞成另一典故，认为指进献宋武帝的贡品。北征时，武帝听说琥珀可治金疮，便命令将琥珀枕捣碎分发给各位将领。《集解》显然将这一行解释为俭朴的例子。

〔3〕《史记·田敬仲完世家》：齐威王会见魏王，魏王夸耀说他的国土虽小，却有硕大珍珠装饰车驾。齐威王回答说他的珍宝是不同种类的，于是列数自己的臣子，说他们"将以照千里"。

〔4〕《隋书·西域传》：冬天来临时，青海的吐谷浑人在岛上放母马以"得龙种"，所生小驹称作青海骢。叶认为这是错误的，这一行指汉武帝朝的"天马"，汉衰落以后便不再送往中国。虽然没有特别指出青海，但代表了这一产马地区。

〔5〕这里引喻的故事见于数种资料。秦惠王嫁五美女给蜀王，蜀王派了五壮士去迎亲。在山中他们遇到一条巨蛇，蛇躲进一个洞。五位壮士一起拼力将蛇拉出时，山崩坍，打开了秦国与蜀国的道路。

〔6〕"南风"是舜弹奏的一首琴曲的名字："南风之薰兮，可以解吾民之愠兮。"

〔7〕舜葬于苍梧。"翠华"指王权标志的旗帜。

〔8〕29200；《集解》，347 页；叶（1985），134 页；周，102 页。

在许多方面，《咏史》篇是咏史诗的严肃理想的代表。通过阅读这种诗歌，人们应该获取表述精美的有关统治者成败的教训，这些教训是诗人自己阅读的结晶。第二行中直接地说出重复的历史教训：勤俭带来成功，奢侈带来失败。虽然李商隐确实在此提到几个正面例子，但他如多数诗人一样，更喜欢评论过度奢侈以及随之而来的失败。在一些例子中，李商隐正如同所期待的，他毫不含混地举出例子并做出评价。问题是，经过华丽的描述并掺杂相当的诗歌兴趣，奢侈往往达到与惩戒的本意完全相反的效果。这一事实在中国传统中一向被人理解，至少早在西汉的文人扬雄时便是这样。扬雄评论武帝的宫廷诗人司马相如的作品是欲“讽”反“劝”，鼓励原本旨在避免的行为。抵制历史说教的读者看不见讽刺，而寻找道德教训的读者总是看到讽刺。如我们已经说到，虽然有些诗篇确实做出明确的历史评价，但许多描述历史上那诱人的过度奢侈的诗篇乐于满足两种读者，或满足一种读者的矛盾心理。〔9〕

即使上引诗篇没有描绘那种迷人的奢侈，诗人在面对历史道德评价的中心问题之一时仍走上岔道。第二行提出道德决定论，但第三联的基调转向一种近于衰亡不可避免的主题：一旦运气已去，力量便会穷尽。从这一点开始，诗篇便走向无可挽回的丧失，贤明政府的化身舜永远不会回返。

诸葛亮是杜甫最喜爱的历史人物，蜀汉国的贤相，尽其全力但运不逢时，这一形象在李商隐的诗篇中重新出现。我们可以将他与

〔9〕我认为李商隐往往将所批评的对象描绘得太诱人，这种观点几乎与所有中国批评家的观点不同，他们认为这些诗篇表现了明确的批评，例如刘学锴，《李商隐诗歌研究》（合肥：安徽大学出版社，1998），4－10页。

陈后主的宰相诗人江总比较，后者代表奢侈、散漫和无能。两位宰相的王国都衰亡了；一位是最好的政治顾问而另一位是最差的，这似乎并没有带来任何差别，因为国“运”已尽。如同司马迁在著名的《伯夷叔齐列传》中所述，李商隐也肯定了历史的道德秩序，但是他很了解历史，不相信这样的道德秩序切实奏效。

李商隐当然知道杜牧著名的《阿房宫赋》，此文在他小时候便开始著名。杜牧做了一个简单的判断：战国时代“六国”的君王因为奢侈无度导致了自己的灭亡，而征服他们的秦国到头来又因为自己的奢侈无度而灭亡，体现在阿房宫。此处道德历史家的评价十分清楚。现在我们分析下面李商隐有关秦国京城咸阳的绝句。

咸　阳[10]

李商隐

咸阳宫阙郁嵯峨，六国楼台艳绮罗。[11]
自是当时天帝醉，不关秦地有山河。[12]

李商隐的历史想象注意到六国君王的相同宫殿被重建于秦国京城咸阳。如果如杜牧所说，上天因六国奢侈无度而惩罚它们，那么这便是一个很奇怪的惩罚，因为那些奢侈无度的影像转移到了咸阳本身。天帝应注意凡间行为并施行赏罚。他在惩罚奢侈无度方

〔10〕 29126；《集解》，1536页；叶（1985），42页；周，267页。

〔11〕 秦始皇每攻灭一国，便在咸阳附近修建一座模仿该国宫殿的建筑，在里面放置战败国君王的美女和财宝。

〔12〕 这可能指秦国主要靠自然防御来保护自己和扩张。

面似乎很准确，但是他行赏的制度似乎不可理解。唯一的解释是天帝喝醉了，最高的道德仲裁自己也犯了人间丢失江山者那种不知节制的错误。最后一行强迫注疏家们从较不平常的意义去理解“江山”，虽然此词在贾谊著名的《过秦论》中已经提到。此处，“江山”既代表秦国的疆土，也代表其地形优势，使秦国能够攻击他国并防卫别人进攻自己的地势。简言之，李商隐在结尾排斥了对秦国经验优势的非道德性分析，肯定了历史的道德秩序，但限定条件是负责执行道德判决的天帝未履行职责。

天帝不仅不在值班，而且诗人作为历史道德家（《咏史》中宣称的责任）往往似乎犹豫不定。这是孔子“微言”的诗歌版本，“微言”是所有道德历史学家的典范。孔子在《春秋》中的评价言辞微妙，本来应是婉转表达的，但是却被汉代以降的注疏家们解释得太直白。问题是，当诗人玩弄这一游戏时，我们往往无法肯定其道德评价为何。

下面这首诗讲述南齐的覆灭，南齐是“坏的”南朝之一。

齐宫词〔13〕

李商隐

永寿兵来夜不扃，〔14〕金莲无复印中庭。〔15〕

---

〔13〕 29277；《集解》，1378 页；叶（1985），209 页；周，254 页。

〔14〕 永寿殿是齐废帝为潘妃建造的三座宫殿之一。梁朝的开国君主萧衍欲灭齐，两位反叛者打开大门让军队进入皇宫。叛军在含德殿捉住废帝。《集解》认为李商隐将“含德殿”改为“永寿殿”，是为了引出与潘妃的联系。这一行的措辞表示宫门未锁而非反叛者开门，暗指毫无戒备。

〔15〕 废帝时命令制金莲花贴在地上，让潘妃走在上面。

梁台歌管三更罢，[16]犹自风摇九子铃。[17]

无论直接或间接，一首咏史绝句的结尾往往是"要点"所在。如果假定梁台确实是指梁朝，这首诗的"评判"很容易就可以有两种矛盾的理解：梁继续齐的奢侈无度，或梁接受劝告，知道在三更（半夜时）停止欢宴（真正的过度宴乐通常持续到天明），紧接音乐而延续的九子铃声警告着梁已经注意到过度。我们阅读各种注疏，发现有关某一具体段落是赞扬还是责备，学者们往往意见不一。梁在最后几年名声不好。然而，除了那一时期外，梁朝在武帝的统治之下，而武帝是中国历史上统治时间最长的皇帝之一，并非一位耽于酒色之人。我们前面提出李商隐的许多朦胧诗都指向一个具体事物但同时又隐藏这一所指。同样，李商隐的咏史诗也往往指向一个道德评价，但评价的内容却含糊不清。如我们将看到，他若不含混时，态度便很矛盾。

李商隐爱好的历史题材与时代风尚相一致，见于此时历史歌辞、咏史诗及怀古诗。那些题材通常是诱人的无节制时刻，尽管种类和风味不同。例如，南朝、隋朝或更早的战国吴楚那种导致祸败的寻欢作乐；汉武帝在追求神仙和李夫人的爱情时的挥霍，或玄宗与杨贵妃的故事。李商隐也写其他不常见的题材，但他分享了许多与同时代的咏史赋、怀古诗及温庭筠的乐府相同的历史想象。

李商隐将完美描述的时刻编织在一起，为那些可以背诵正史

〔16〕建康的皇宫以"台城"为人所知，故此处"梁台"指梁宫。

〔17〕"九子铃"取自一个佛寺，以献潘妃。《集解》认为此事和第三行表明梁延续齐的荒淫无度。

的人们提供了重新构造的历史整体。地点和名字都富于联想。对于现代读者，包括中国和西方的读者，此类深博的典故被转换成脚注，为受过教育的中国读者提供一定背景，但对大多数西方读者来说仍然是未知整体的碎片。

陈后主

让我们尝试为简单题为《南朝》的一首诗的碎片提供框架。虽然这一题目很宽泛，但诗篇集中注意力于南朝的最后一个朝代陈及陈后主。

南　朝[18]

李商隐

玄武湖中玉漏催，鸡鸣埭口绣襦回。
谁言琼树朝朝见，不及金莲步步来？
敌国军营漂木柹，前朝神庙锁烟煤。
满宫学士皆颜色，江令当年只费才。

如果你到现代的南京（建康）去，就会发现，虽然几经摧毁几经重建，玄武湖却依然还在。玄武湖现在是一个城市公园，在南朝时则是皇帝出游的场所。将玄武湖与秦淮河连接在一起的是鸡鸣埭。在陈朝之前

[18] 29120；《集解》，1372 页；叶（1985），34 页；周，282 页。

半个世纪，齐武帝出游琅玡，黎明前从京城出发，鸡鸣时分到达此地，故称之为鸡鸣埭。温庭筠的《鸡鸣埭歌》开始于以下两节。[19]

南朝天子射雉时，银河耿耿星参差。
铜壶漏断梦初觉，宝马尘高人未知。
鱼跃莲东荡宫沼，濛濛御柳悬栖鸟。
红妆万户镜中春，碧树一声天下晓。

这是黎明时的景象。李商隐诗的开头在鸡鸣埭所隐含的“出发”之意上做文章，将之与夜晚时间的流逝及无可避免的返回感相联系。

玄武湖中玉漏催，鸡鸣埭口绣襦回。

水漏的持续水滴似乎在“催”，这当然是一种主观感觉，但它催促了那些听的人。

第二联转向皇帝所集中注意的美丽嫔妃，这种沉迷被后来的历史学家和道德家看成导致南朝政体衰亡的原因。“琼树”是陈后主的宠妃张贵妃（张丽华）和孔贵嫔的喻象。《南史》引了后主的一联诗。[20]

璧月夜夜满，琼树朝朝新。

此联与《玉树后庭花》相联系，那首富于声色之美的歌被通晓历史

〔19〕 31871；曾，1页。
〔20〕 逯钦立，2511页。

的官员视为带有“亡国之音”，预示了王朝的灭亡。我们可能注意到，琼树是题目中的“玉树”的高雅变体。璧月和琼树显然是美丽嫔妃的比喻，称她们的存在如宝石一样经久不变，与真实世界形成鲜明对照，在那里月亮和树不断变化，是时间流逝和水漏的世界。

在李商隐诗的第二联中，代表陈后主的美丽嫔妃的“琼树”与齐国最后一位实际统治者废帝（或东昏侯）的潘妃相比。据传，废帝命人造金莲花贴在地上，让潘妃在上面走，感叹说：“此步步生莲花也。”

谁言琼树朝朝见，不及金莲步步来？

这是习惯性修辞：“谁说甲不如乙”的意思只是甲和乙一样。这是南朝后期的形象，一个为皇帝的感官享乐而封闭的、人为的世界，无视那正集聚并最终摧毁他们的力量。背景是水漏的滴声，夜晚将临，促使出游的人赶回家。时间的阴影笼罩了不变的宣称。

敌国军营漂木柹，前朝神庙锁烟煤。

在后来的诗学中，第三联被称作“转”，此诗确实在此转折。在建康及陈后主游乐之地的上游，隋正在集聚庞大的战船队，最终将顺流而下，摧毁这座城市。长江水中可以看到造船的木片在漂流。

关于祖庙里的烟煤有两种解释。第一种归因于后主未对祖先表示出恰当的尊敬。另一种解释最初由朱鹤龄提出，认为这是建康一场大火的遗迹，此火从后主正在建的一座塔开始烧起，是上天不悦的迹象。

满宫学士皆颜色，江令当年只费才。

我们应该指出此处有一个《集解》赞成的异文：有些文本读作“莲”而非“颜”，读起来更顺口。两种读法似乎都指向后主的“女学士”，她们与男性宠臣一起参加宫廷活动，写作诗歌。我们应该记住南朝的贵族女子往往很有学问并能写诗，这一现象使儒家道德家们不安（虽然这在唐代的早期也是如此），从武则天朝直到玄宗朝，宫廷女子出现在公众场合是很平常的。

最后诗篇指向本应引导皇帝走正路的人江总，他既是尚书令又是一个受宠的文学朝臣。实际上江总正是因为他的诗赋才能而居于高位。

陈朝最后的时日是李商隐不断重返的题材。

陈后宫〔21〕

李商隐

玄武开新苑，龙舟燕幸频。渚莲参法驾，沙鸟犯钩陈。
寿献金茎露，歌翻玉树尘。夜来江令醉，别诏宿临春。

诗篇再次开始于皇帝在玄武湖上的游乐。“法驾”是皇帝出行所带侍从和卫士的最低等级。此行可能表示此类场合的非正规性，皇帝未带合适的护驾出游。莲花通常是女子的意象，在此成为其女伴的映像。钩陈星座是后宫的相应物，包括皇帝自己的私人住所和内宫。进入那里是绝对被禁止的，然而岸边的鸟飞进来，也许表示前一首诗中朝臣与宫廷女子的混合。“金茎”举着汉武帝建的金铜仙人，手托盘子承接甘露以制长生不老药。我们在前一

〔21〕 29509；《集解》，7页；叶（1985），443页。

首诗里已经见过“玉树”。“尘”很可能来自宫殿的屋梁，由于歌声优美而被震落。临春宫是后主为自己建造的住宅。

李商隐在另一首诗中再次回到陈朝：

陈后宫〔22〕

李商隐

茂苑城如画，〔23〕阊门瓦欲流。〔24〕
还依水光殿，更起月华楼。
侵夜鸾开镜，〔25〕迎冬雉献裘。〔26〕
从臣皆半醉，天子正无愁。〔27〕

虽然《南朝》一般被解释为对南朝和陈的评判，但两首题目都是“陈后宫”的诗却往往被理解为对少年敬宗的隐喻批评，敬宗以荒淫无度而出名。包括评注最全的《李商隐诗歌集解》在内的一些现代版本，按照推断的编年顺序排列诗篇，其结果导致此

〔22〕 29134；《集解》，11页；叶（1985），50页。

〔23〕 此指台城内的园林，台城是建康的皇宫，包括了园林。李商隐可能想到左思《吴都赋》的“茂苑”一词，于是将它用作名字，但这里显然指台城的园林。

〔24〕 “阊门”或“阊阖门”是台城正门的名称。瓦“欲流”不仅表现流光溢彩，而且暗示流离，表示这一概念的最普通词语之一为“瓦解”。

〔25〕 鸾镜是精美镜子的传统修饰语，出自一个古老的故事，据说一只沉默的鸾凤看到镜子中自己的影子后开始鸣唱。此处意谓宫廷女子很早就开始化妆。

〔26〕 这里引用程据的故事。程据献给晋武帝一件用雉头的羽毛精巧地编织的裘，但被认为过于华丽惹目，违反典规，当众在殿上焚毁。这里未提到焚烧之事，违反规矩的雉头裘显然被收下了。

〔27〕 此指北齐后主，他喜欢唱一种名为《无愁》的曲子，并自弹琵琶伴奏，数百名随从加入演唱。因此民间称他为“无愁天子”。

类阐释对无鉴别力的读者产生一种不可靠的说服力。[28]两首《陈后宫》被读为隐喻批评某位唐代皇帝，而《南朝》却不如此，这不是在反映九世纪的情况，而是近代和当代的传统主义的阅读模式。将两者区别的原因，似乎是两首《陈后宫》与单一的历史时刻相关，而《南朝》则将陈朝的时刻放在较大的背景下，涵盖整个南朝后期，尤其重要的是还包括了木片流过建康，作为预示朝代灭亡的征兆。此外，第二首《陈后宫》从北齐最后一位君主的角度来描绘陈后主，这样就使他不仅是一位具体的历史人物，而且更重要的是一种可以被隐喻转换的类型。[29]

李商隐对过度和打破界限的描述，包括性别之间和等级之间，令读者相当满意。在中国的道德文章中，这往往与荒淫或“放荡”的形象相联系。这样一个世界的人物持续作乐，不知或漠视即将降临的厄运。在大多数咏史诗中，我们看到这种对当下的迷恋和较大视角的丧失：我们知道“无愁天子”的讽刺意味。“愁”也意味“着急”或“担忧”。身居历史时刻以外的读者知道这位天子本应非常担忧。

上引咏史诗可以作为阅读李商隐一些最著名的朦胧诗的重要衬托。在那些朦胧诗中，读者正被置于这样一个世界，叙述者所展示或宣称的正是这样一种彻底的沉迷。此处我们缺乏那种赋予咏史诗框架的历史距离和预知后果的知识。此种距离和沉迷之间的边缘是可以渗透的，叙述者总是站在跌入或跳出无视后果的沉

---

〔28〕 换言之，如果假定这首诗是李商隐少年时所作，就可以使为敬宗而作的看法具有说服力。但是这些诗之所以被确定为李商隐的少作，是由于编集者们确定它们是讽刺敬宗的。

〔29〕 这种区别在九世纪站不住脚。杜牧的《阿房宫赋》既包括了广泛的历史也包括了朝代的崩溃，然而却几乎肯定被理解为讽刺敬宗。

迷的边沿。在这样的背景之下，我们可以回头来看李商隐最著名的诗篇《锦瑟》的尾联：

此情可待成追忆，只是当时已惘然。

“惘然”是模糊或丧失了对事物及事物间关系的清晰认识。这是彻底沉迷式的模糊。

作为历史道德家的诗人往往站在这种沉迷之外但很接近其边缘。在李商隐两首最精美的咏史绝句中，他也许走得离边缘太近。南朝是九世纪上半叶受欢迎的诗歌题材，但是“无愁天子”北齐后主（565—576年在位）的命运及他对名叫“小怜”的冯淑妃的爱情也吸引了李商隐。李贺最早将冯小怜引入诗歌题材。敌国北周进攻北齐的时候，北齐后主正与小怜在外狩猎。整个上午信使不断飞骑前来，报告情况紧急，但是一位大臣阻拦不让报告，说皇帝正玩得开心，不可因为边境小骚扰而打扰他。那天夜晚，信使来报说平阳城已经陷落，这才终于报告给皇帝。皇帝正要回京城，但是小怜建议再猎一围。数月后，北周占领了北齐京城晋阳。

北齐二首[30]

李商隐

其　一

一笑相倾国便亡，何劳荆棘始堪伤？[31]

〔30〕 29117－29118；《集解》，539页；叶（1985），32页；周，297页。

〔31〕 在《吴越春秋》中，伍子胥警告吴王，如果他不警省，荆棘将在吴宫生长。

小怜玉体横陈夜，已报周师入晋阳。[32]

其　二

巧笑知堪敌万机，[33]倾城最在着戎衣。

晋阳已陷休回顾，[34]更请君王猎一围。

第一首诗从旁观者的角度描述，代表能解读后果的道德历史家的观点。此处可能是一种“进一步转喻”，即透过遥远的起因而得知的作用：一位女子裸露的身体预示了北周军队进入京城以及荆棘在废墟中生长的前景。事实上，这首诗表达的正是这样一种预见的力量，一种由必然驱动而摧毁政体的机制的证据，没有选择的可能性，也无干扰事件顺序的偶然性。然而，为了达到这种预言的肯定性，这位历史家必须向我们披露正常情况下不为人见的情况。他将我们带入皇帝的内室，我们必须来到那个身体魅力的边缘才能理解它。

在第二首诗中，这位女子着衣重现，尽管穿戴的是盔甲。她是权力竞争中的对手，半军事活动的狩猎则象征这场竞争。她的武器是迷人的巧笑，迫使人在享乐和责任之间做出选择。赋予这位女子妖冶的声音以力量的是我们已在第一首诗中获得的知识：确实为时已晚，回头已无意义，还不如再猎一围。

---

〔32〕 李商隐在此处的错误，是否与第二首诗的明显错误一样，还不确定。晋阳是京城，最终确实失陷于北周。平阳是北齐后主出外打猎时失陷的城市。因为首联预示了朝代的灭亡，解读为晋阳并无问题，虽然这一宣称表现了新奇的诗意。如果原意指平阳，最后一行写的是实景而非隐喻，标志着王朝灭亡的开始。

〔33〕 “万几”或“万机”隐喻皇帝，因为他日理万机。

〔34〕 虽然晋阳在第一首诗中可能是合适的，标志着京城陷落，但是我同意周振甫的意见，晋阳在第二首中应是平阳之讹，在狩猎的那一天陷于北周军队的城市。

毫无疑问，在某种层面上这些诗篇是警诫，所有中国注疏家们都如此理解（虽然将它们看成针对某个唐代皇帝并无根据，如《集解》所建议的武宗）。这里的问题是，道德诗人表述这种危险时非常有效，使读者感受到了诱惑的魅力。李商隐的小怜在吸引力和召唤评判两方面，都与李贺的小怜很不相同。李诗中具有哀婉之情，显然描述小怜在北齐灭亡后就隐藏起来。[35]

由于李商隐跨越了边缘，他有时可以提出恰当的批评，但是我们应该记住他也受沉迷的诱惑。楚襄王梦见神女来访，但是他对梦的沉迷使他高尚，将他与普通人的纯粹欢愉分开。

过楚宫[36]

李商隐

巫峡迢迢旧楚宫，至今云雨暗丹枫。
微生尽恋人间乐，只有襄王忆梦中。

只有那些为情感驱使、无视自己的沉迷笼罩着阴影的君主才成为传说和诗歌的主题。他们往往渴望跨越分隔凡人与神仙的界限，通过沉迷而置身于时间之外，或“超越”人间去天上，或过海去神仙的岛屿。那些迷恋情人的“坏”君主与那些渴望得到长生不老秘密的君主是同一激情的两个方面。

隋炀帝的形象与陈后主一样，只是品味略有不同。他不只是自我放纵享乐，还代表了一种疯狂的奢侈无度。另一主题是旅行

〔35〕 20784；叶（1959），190页。
〔36〕 29409；《集解》，781页；叶（1985），357页。

或“远游”。虽然南朝的皇帝们的出游也被描绘于诗歌中，但他们一般是因为封闭而失败。隋炀帝却离开京城长安去旅行，特别是去他心爱而致命的江都（扬州）。

隋　宫[37]

李商隐

紫泉宫殿锁烟霞，[38]欲取芜城作帝家。[39]
玉玺不缘归日角，[40]锦帆应是到天崖。[41]
于今腐草无萤火，[42]终古垂杨有暮鸦，[43]
地下若逢陈后主，岂宜重问后庭花。[44]

---

〔37〕29190；《集解》，1395 页；叶（1985），121 页；周，285 页。

〔38〕“紫泉”应是“紫渊”（根据朱，紫渊改作紫泉是为了避唐高祖的名讳），用于《上林赋》中，指长安北边的地区，此处用来指长安的宫殿。根据周，“锁烟霞”表明宫殿的废弃。

〔39〕根据当时的解释，鲍照的《芜城赋》作于其仕刘宋临海王时。临海王打算在广陵叛乱，广陵是汉吴王刘濞的京城，吴王在此反叛汉帝，后被平息。鲍照描绘了此城市原来的辉煌及其后的荒芜，意在告诫临海王。广陵后来成为扬州，隋炀帝使之成为其“江都”。

〔40〕“日角”是额骨上突出的部分，据说是帝王之相。后来成为唐高祖的李渊在起兵推翻隋炀帝前，被看到额上有“日角”。“玺”是皇帝的玉印，在这里标志合法性。

〔41〕用宫锦做帆是炀帝挥霍无度的传说标志之一。

〔42〕根据《隋书》，“大业末，天下已盗起，帝于景华宫征求萤火数斛，夜出游山放之，光照山谷。”

〔43〕炀帝命令开筑运河，连接淮河和黄河，沿河栽种了柳树保护河堤。这一具有重大经济意义的工程，被认为是为了炀帝的出游享乐而建。据说为了北上去大梁，炀帝命令造船五百只，皇帝的船用宫锦做帆。

〔44〕据传说，隋炀帝在江都的放荡岁月中，曾梦见陈后主陈叔宝。陈后主与几十位舞女在一起，其中一位引起隋炀帝的注意。陈后主说那是张丽华，他宠爱的著名美女。炀帝与后主饮酒欢乐，炀帝请丽华跳那臭名昭著的《玉树后庭花》。

李商隐的《隋宫》开始于隋炀帝离开长安的宫殿前往江都。炀帝未“归”，我译之为“去”，是就“玉玺”而言，“归”回它应该归属的地方，即唐朝的开国君主和长安。玉玺之“归”长安，挡住了不断向外的运动。锦帆到天涯是另一个反事实的想象，与杜牧有关二乔姐妹命运的著名推测相同，但不如杜牧的推测精确具体。〔45〕

“远游”的运动受阻，于是诗篇回到现在。我们看到隋炀帝的两大工程的后果。第一个是别出心裁地捉放整个地区的所有萤火虫，仅为了一刻的光明，使得那一地区不再有萤火虫。另一工程大运河同样过度，尽管性质不同。李商隐不可能不知道，特别是在他生活的时代，大运河是唐王朝的救星，使得富饶的东南各州可以为京城提供定期的赋税。从一个角度看，大运河两岸种的柳树可能富于诗意，但是李商隐一定知道柳树的目的是实用性的，没有柳树河岸很快便会崩塌。在一首完全是有关自我毁灭性的过度奢侈的诗篇中，提及大运河暗示了对过度使用皇权的模糊态度。在历史的某个时刻行使这种权力，可以带来对国家永久有益的变革。

最后，诗篇来到区分隋炀帝与南朝皇帝之处：有意识重复的形象。正如同楚襄王在记忆中永远记住巫山神女的形象，隋炀帝也被一个在诗和歌中传递的形象所缚：包含于陈后主的著名歌谣中的南方，为张丽华而非他人所歌唱。在《南朝》诗中，陈后主对妃子的迷恋既与南齐废帝的迷恋竞争，也是其继续。然而，隋炀帝代表了一个更复杂的形象。他不是沿袭的皇帝，而是模仿的皇帝；他来自其他地方，想要重现南朝。他的妃子没有那么著

〔45〕 见 286 页。

名。诗中提到的著名故事是他与陈后主相见的梦，在梦中张丽华为他唱的歌，已经成为朝代灭亡的标志。奢侈过度不再单纯是其本身，它已经成为欲望的对象。诗篇尾联提出选择。从对炀帝无度的惊叹回到贤明大臣和观察者的口气，提出评判："这是不对的。"诗篇假设了一个决策的时刻，但隋炀帝做出错误的决定。

南方及南方文化被视作危险，诸如杜牧和李商隐等北方人显然感受到了此点（杜牧尝到了其乐趣）。南方在九世纪已经成为比喻，是欲望冲突的地方。"去南方"就是放弃社会限制和目标。陈后主是南方人，他的命运由环境主宰。炀帝选择南方，也因此选择了王朝的灭亡。与后主的宰相兼酒友江总不同，炀帝的臣子们提出了反对意见，但是炀帝不听。

宫锦是来自四川（蜀）的贡品。从实用的角度来看，宫锦没有用处。它之"珍贵"是出于清楚可辨的经济意义，这是由劳动价值和稀有程度界定的珍贵商品。宫锦被用作皇室的货币，君王用它支付和奖赏文武官员的服务。然而，在隋炀帝的传说中，宫锦是挥霍浪费的资本：它被缝成帝王的船帆或做成陆上旅行的挡泥板。

隋　宫[46]

李商隐

乘兴南游不戒严，九重谁省谏书函？[47]

---

〔46〕 29218；《集解》，1392 页；叶（1985），153 页；周，284 页。

〔47〕 当隋炀帝决定离开长安去江都（扬州，定为炀帝的南都）时，数位臣子因劝谏而被杀。"戒严"指为皇帝出行所做的准备和防御。《集解》认为这暗示炀帝自信天下太平安全。炀帝共去江都三次。最后一次去时，到处都在爆发叛乱。他在江都被刺。

春风举国裁宫锦，半作障泥半作帆。[48]

这首诗中最有意思的词语是寓意丰富的“乘兴”，这个词总是与东晋的王徽之相连。一个雪夜王徽之决定去看朋友戴逵，乘船出发，其后他未见朋友便返回，自称“吾本乘兴而行，兴尽而返，何必见戴？”这一晋代的狂人形象在皇帝身上的重现，提醒我们两者的差别，准确地说是帝王角色的越轨。王徽之“乘兴”而去，但他归回了，而隋炀帝却不归。皇帝出行须有正规的“戒严”，但隋帝却试图像平民百姓一样行动，由于其权力的性质，这是不允许的。他的“兴”使得“举国”为他的旅程供给而忙乱。这位模仿的晋代狂人身负国家大权，却扰乱了政体。

所有这些帝王的失败，包括汉武帝、陈后主、北齐后主、隋炀帝或楚襄王，都在于其永远不能满足的欲望。

楚　宫[49]

李商隐

十二峰前落照微，[50]高唐宫暗坐迷归。
朝云暮雨长相接，犹自君王恨见稀。

神女的性爱“云雨”持续不断，但对楚襄王来说这仍不够。

---

〔48〕这些典故出自隋炀帝奢侈无度的传说，他滥用了本来用于宫中的贡锦。障泥用于马鞍上以保护服装。

〔49〕29355；《集解》，784页；叶（1985），287页。这首诗有时候与另一首主题毫不相干的诗（29356）相连。

〔50〕“十二峰”指“巫山”。

另一位类似的人物是汉武帝，他对长生不老的热情与他对李夫人的激情相结合。他的欲望如此强烈，幻想无法破灭。我们再次与诗人一起站在边缘：我们承认追求是徒劳的，但同时也知道没有此种过度的欲望，汉武帝便不再有意思。

汉　宫〔51〕

李商隐

通灵夜醮达清晨，〔52〕承露盘晞甲帐春。〔53〕
王母不来方朔去，〔54〕更须重见李夫人。〔55〕

虽然最后一行指的是方士少翁召李夫人的魂，但也引用了《汉书》里的著名故事，记李夫人临死时，武帝要求再看一次她的脸，但是她把脸藏在被子下。

---

〔51〕 29284；《集解》，557页；叶（1985），215页。

〔52〕 汉武帝在甘泉宫建通灵（与神交通）台。“通灵”在此处指地点的确切名称，还是指（夜醮）与神交通，此点并不清楚。“醮”是一种道教仪式。

〔53〕 汉武帝建铜仙人的像，手里握着承露盘，承接天上落下的甘露，用来制仙丹。“甲帐”是围起的空间，充满珠宝，以招待被召唤的神灵。此行似乎意谓这些祈求上天之力和召唤神灵的努力都是徒劳的。

〔54〕 西王母据说访问过汉武帝，但在这首诗中西王母未出现。东方朔是汉武帝的臣子，据说是被贬下凡的神仙。

〔55〕 李夫人是汉武帝的宠妃。她死时很年轻，武帝很悲伤，一位方士称可以召回她的灵魂，武帝便安排了一次降神会。一个相貌像李夫人的人影出现在一个帷幕后面，然后又消失了。《汉书》中记载的这一故事显然表示这是一场骗局。

玄　宗

过度激情的帝王的最后典型当然是玄宗和杨贵妃，这是九世纪诗、赋、叙事散文最喜爱的题材。与其他过度的皇帝们相联系的各种主题再次出现，尽管此处表现了独特的同情。李商隐有两首著名的诗篇吟咏马嵬，皇室卫兵要求处死杨贵妃的驿站。

马　嵬[56]

李商隐

其　一

冀马燕犀动地来，[57]自埋红粉自成灰。[58]
君王若道能倾国，[59]玉辇何由过马嵬？

其　二

海外徒闻更九州，[60]他生未卜此生休。[61]

---

〔56〕 29296－29297；《集解》，307页；叶（1985），226页；周，263页。
〔57〕 “燕犀”本意是“燕地的犀牛（皮）”，转喻盔甲。燕和冀在东北，是叛军安禄山的辖地。
〔58〕 指杨贵妃被赐自缢。
〔59〕 “倾国”将美女的标准比喻转成字面的实际意思，指能够“倾覆国家”的女子。
〔60〕 中国由“九州”组成，中国以外的世界是神仙的世界，也被看成是由“九州”或岛屿构成。根据不断演变的传说，杨玉环（杨贵妃）据说原是神仙。
〔61〕 此可能指玄宗和杨贵妃的誓言，即世世为夫妇。

空闻虎旅鸣宵柝，无复鸡人报晓筹。[62]
此日六军同驻马，[63]当时七夕笑牵牛。[64]
如何四纪为天子，不及卢家有莫愁？[65]

第一首诗第二行中的两个“自”，“自然”或如译文“一定时候以后”，令人想起第一首绝句中历史家对北齐小怜的评价：这些后果不可避免地随着皇帝的激情而产生。然而在这里，李商隐使决定的问题很明确：如果玄宗知道后果的话，这就不会发生。李商隐未对较远的命定失败的皇帝提出这个假设，也许是因为玄宗在时间上离得较近，较有人情味，如同我们在第二首诗结尾时所见。[66]

玄宗没有我们讨论过的其他君主特有的对挥霍无度的激情。他想得到的连最底层的臣民都可能拥有，但是这一欲望是皇帝得不到的。李商隐在第二首诗的开头排除了围绕玄宗而形成的诗歌神话，这些神话由于白居易著名的《长恨歌》而广为流传。在

[62] “虎旅”是禁军。“鸡人”在宫中报晓。《集解》同意冯浩的观点，认为此指马嵬的景象。这是恰当的，因为禁军在场，而鸡人不在。主语必定是杨玉环，她再也不会回宫。

[63] “六军”指所有御用军队。他们拒绝前进，除非处死杨玉环。

[64] 此指著名的七夕景象，玄宗和杨玉环看着牛郎织女星发誓要世世为夫妇。张相在他题为《诗词曲语词汇释》的诗歌用语研究中，将“笑”解释为暗示嫉妒。此种解释似乎将“当时”理解为指马嵬的情境。我喜好较一般的解释，将“笑”理解为“笑话”或“嘲笑”，讽刺叛乱之前七夕的景象，当时玄宗和杨玉环相信他们能够每日在一起，远远超过牛郎织女一年只能相会一次。

[65] 这里李商隐指莫愁故事的一个版本，莫愁嫁给卢家，意谓平民尚可与自己的妻子生活一辈子，而一位皇帝却无法留住自己心爱的人。

[66] 在前面讨论过的《隋宫》的结尾，李商隐确实接近这样一个猜测的选择。

《长恨歌》最详尽的述说中，两位情人的人间痛苦得到减轻，因为玄宗和杨贵妃都是神仙，注定要遭受一段人间的苦难。对李商隐来说这一故事是“徒闻”，简单的事实是他们未能够活过此生。所有熟悉的事物都终结于杨贵妃在马嵬的死。

让我们回到玄宗的不知道后果。玄宗与杨贵妃曾嘲笑牛郎织女，因为那两位天上的情人一年只能见一次面，尽管他们永远可以如此。然而，作为一位皇帝，他所受的限制更近于神仙而非卢家的普通人。甚至皇帝无上的权力，四十年的国泰民安，都不允许他过正常人的生活。“莫愁”的名字通常是具讽刺意味的，在这里却是幸福婚姻生活的朴素而实际的名称。

与永远无法再见面相对照的是牛郎织女每年相会的主题，这一主题在一首《七夕》诗中再次出现。这首诗一般认为指诗人自己妻子的去世，这是有可能的，但是也可以作为上引诗篇第六行的注解。

七　夕〔67〕

李商隐

鸾扇斜分凤幄开，星桥横过鹊飞回。
争将世上无期别，换得年年一度来？

凡人可能嘲笑牛郎织女，但是那些星神从来不会有因死亡而造成的无可挽回的分离。

下引诗是李商隐最著名的诗篇之一，有各种解释，或指甘露

〔67〕 29294；《集解》，1201 页；叶（1985），224 页。

事件，或指玄宗和杨贵妃。第三行似乎告诉我们应将此诗理解成后者。这不是一首真正的咏史诗，它更接近怀古诗，诗人在现场，从现在谈论过去。

曲　江〔68〕

李商隐

望断平时翠辇过，空闻子夜鬼悲歌。〔69〕
金舆不返倾城色，〔70〕玉殿犹分下苑波。〔71〕
死忆华亭闻唳鹤，〔72〕老忧王室泣铜驼。〔73〕
天荒地变心虽折，若比伤春意未多。

诗人以一个缺失的场景开始，远望长安的曲江苑，想象皇宫的翠辇。因为李商隐时代的皇帝频繁访问这个园子，诗中便有一位长久不在的皇帝。第二行引起许多争论，但是如果我们根据上一行的背景来理解的话，便是一个鬼魂在唱普通人的情歌。将这与皇宫的翠辇结合，便是一位皇帝和普通人的爱情的主题，这与第二

〔68〕 29584；《集解》，132页；叶（1985），513页；周，100页。

〔69〕 注疏家们关于子夜的解释不一致，或指晋代歌女子夜，有一组四行歌归属于她，或指“半夜”。《集解》同意纪昀的意见，认为子夜此处意谓“半夜”，但是这在唐代是不平常的用法。最早的注疏家道源（十七世纪中叶）引用《晋书》中的一段，述四世纪后期一个鬼魂在琅玡王家中唱子夜歌。

〔70〕 指妖冶女子的魅力。

〔71〕 因为曲江之水与御沟之水相通，所以《集解》将这一行理解为“白玉的宫殿仍然分享下苑的水波”。

〔72〕 晋代文人陆机遭诽谤，被处死前写了一封信，信中含有这句话：“华亭鹤唳，岂可复闻乎？”

〔73〕 晋代索靖知道王朝将要灭亡，对洛阳宫门外的铜驼说：“会见汝在荆棘中耳？”

首《马嵬》中所描绘的玄宗和杨贵妃的情境完全相符。

载着皇帝的金舆确实返回，但其心爱的（令人反感地与皇帝一起乘坐的）杨贵妃却未回来。如同怀古诗中常可见到，这一联将缺失的事物与存留的事物相对照。

第三联引喻晋代人物陆机和索靖。虽然在用典上通常有严格的性别分隔，但一位将死者（的确是即将被处死）和另一位长寿者的对照，很完美地符合杨贵妃和玄宗的情况，因此很难不将他们看成这一对句所暗示的主语。

最后一联既优美又含混，重现了李商隐笔下的玄宗和杨贵妃的爱情：既表现皇帝对天地的责任，也表现对身边事物的平常人的感情，无论是普通的伤春情绪，还是玄宗因衰老和失去杨贵妃而感到的悲伤。如何理解这一比较，是直接表达还是讽刺，这要依我们的立场及假设的诗人立场而定。如果采纳诗人道德家的立场，阅读最后一行时我们会摇头："（对他来说）意未多。"然而，诗中对这一对情人的明显同情，促使我们采用更激进的解读，将私人的感情与全世界权衡之后，似乎感情仍然真的更重要。如果我们询问诗人，他必定会退出他所打开的空间。然而在他的其他许多诗篇中，由于没有王朝责任的要求作为牵制，他可以自由地进入那个空间。

批评和赞美

如果我们就此结束对李商隐咏史诗的讨论，便会对他不公平。一旦他离开国君的无度和激情的主题，他的诗篇便频繁地提供清楚的评价，尽管往往与其较含混的诗篇一样出之以暗示。描述玄宗和杨贵妃，他可以同时表示同情和批评，但是他还记住玄宗是从其儿子寿王手中夺走杨贵妃的。他想象在兴庆宫龙池边的一个宴会，各位王子都到场，玄宗击打他喜爱的羯鼓。杨贵妃是否在场未言明。

龙　池〔74〕

李商隐

龙池赐酒敞云屏，羯鼓声高众乐停。
夜半燕归宫漏永，薛王沉醉寿王醒。

最妙的是最后一行说得很少及不需多说。我们可以想象王子的愤怒与羞辱，并由于被迫到场而加倍感受到。宴会上其父击羯鼓，玩得极其开心，而他自己先前的妃子杨贵妃也应该在场。王子的感情在宫廷生活中必须被掩盖，在诗篇中也被掩盖，于是在最后一行的后半浓缩为“寿王醒”。

下面这首有关汉代政治家贾谊的名诗，是典型的道德历史家的绝句：诗中重述一个历史时刻的方式，使得评价十分清楚。《史记》的贾谊传只告诉我们，当他从贬逐中被召回时，汉文帝半夜召见他，请他解释鬼神世界的根本；贾谊详细解说，使皇帝很高兴。诗人和读者都知道贾谊胸怀宏大的政治改革计划。

---

〔74〕 29410；《集解》，1514 页；叶（1985），358 页；周，259 页。

贾　生〔75〕

李商隐

宣室求贤访逐臣，贾生才调更无伦。
可怜夜半虚前席，不问苍生问鬼神。

在某种意义上，此绝句“总结”了贾谊的命运，值得在文化宝库中占有一席之地。如同在《龙池》诗中一样，这首诗的评判虽然很清楚，却出之以暗示。

李商隐咏王昭君的诗篇较不著名，但开始于同样的重述著名故事的方式，末句含义丰富，但意思却很不清楚。王昭君是汉朝美丽的宫女，因为贫穷无法贿赂宫廷画师毛延寿，因此毛延寿将她画得很丑。根据画像，汉元帝决定将她嫁给匈奴王呼韩邪，只是在她临走之前才发现这个错误。她的坟墓在大草原上，据说总是绿的。

王昭君〔76〕

李商隐

毛延寿画欲通神，忍为黄金不顾人。
马上琵琶行万里，汉宫长有隔生春。〔77〕

最后一行是典型的李商隐风格，非常富有寓意但却难以有确定的

〔75〕 29489；《集解》，1518页；叶（1985），428页；周，142页。

〔76〕 29499；《集解》，1528页；叶（1985），435页。

〔77〕 这一行很晦涩，虽然注疏家们一般同意此指王昭君的坟，草原上的青冢。

解释。在这种风格的绝句中，末行的作用是总结。虽然注疏家们希望能够将此与她常青的坟墓相联系，但是诗中明确地指出是在“汉宫”。“隔生春”本意是“被生命隔开的春天”，这是一个悬挂在意义边缘的词语，可以有各种解释。

在851年，李商隐去四川，那是杜甫在约一个世纪前客寓的地方。很难说李商隐对杜甫的兴趣是何时点燃的，我们在其早期的诗篇中已经听到回响。然而在西部，他记起杜甫及其对三国时蜀汉失败的丞相诸葛亮的赞美。在成都，李商隐写了一首关于诸葛亮祠古柏的诗，虽然远不如杜甫的著名诗篇成功。李商隐有关诸葛亮的诗篇中，最著名的是咏筹笔驿的诗，以造作的曲折模仿杜甫的稠密风格。诸葛亮在此驻留蜀汉军队，筹划攻打曹操的策略。

筹笔驿〔78〕

李商隐

猿鸟犹疑畏简书，〔79〕风云长为护储胥。〔80〕
徒令上将挥神笔，〔81〕终见降王走传车。〔82〕

---

〔78〕 29192；《集解》，1318页；叶（1985），124页；周，217页。筹笔驿在唐代绵州，现代的四川。

〔79〕 早期的版本写为“鱼”而非“猿”。注疏家们一直更喜欢“猿”，虽然早期的引用证实是“鱼”。“畏简书”引用《诗经·小雅·出车》：“岂不怀归，畏此简书。”这在传统上指禁止逃兵的命令，但此处指诸葛亮的军令。

〔80〕 “储胥”是栅栏本身或栅栏之外竖的另一道防御栅栏。

〔81〕 此指诸葛亮的策略。

〔82〕 此指刘禅，蜀汉的第二位也是最后一位君主。刘禅自缚而出，向魏国大将邓艾投降。他和全家从蜀中被送往魏国京城洛阳。

管乐有才真不忝，[83]关张无命欲何如？[84]
他年锦里经祠庙，[85]梁父吟成恨有余。[86]

《筹笔驿》基本上是一首怀古诗，而非纯粹的咏史诗。诗篇开始于李商隐最喜爱的缺失场景的变体：过去的辉煌已逝，但现在的自然世界似乎由过去隐喻地标志。因此，扬州（隋炀帝的江都）的风景仍然没有萤火虫。如果猿鸟仍然畏人的话，那么这是一种逗留不去的对诸葛亮命令的严格性的敬畏。如果那个地方在野地，云从那里飘过，那些云就仍然在守卫他的营地，而营地仍是景象中一片模糊的存在。

对中国诗人来说，英雄的历史往往以写作或指挥的场景为中心，是计划、命令、纪念，而不是实际的战斗。勇士和将军，如关羽和张飞，他们在通俗传统中占上风，此处却仅是策划者的工具。然而李商隐知道，如果这些工具失败或被杀，那么笔中具有的所有智慧和文化力量就浪费了。尽管有一位丞相可以与古代的模范宰相齐国的管仲和燕国的乐毅相比，蜀汉在第一

[83] 管仲是辅助齐桓公成霸业的宰相，乐毅是燕昭王破齐时使用的著名战略家。此谓诸葛亮的才能可与管仲和乐毅相比。这一行引用《蜀志·诸葛亮传》的一段，据说诸葛亮曾自比管仲和乐毅；除了少数知道他的贤德的朋友以外，大多数人不赞成这一比较。

[84] 关羽和张飞是蜀汉国两位最有才能的大将。两人都很早就战死。

[85] 成都。

[86] 乐府《梁父吟》或《梁甫吟》传统上归属于诸葛亮。《蜀志》说诸葛亮还未出仕时已经喜爱《梁甫吟》。《梁甫吟》原是一种挽歌，除了被保存下来的早期无名古辞外，很可能还有其他歌辞。《集解》提出一种很不可能的意见，认为最后一行指李商隐自己的诗篇《武侯庙古柏》（29195）。这样的话，注疏家们会将最后一行理解为“当我的《梁父吟》完成后……”

位君主刘备死后仍然很快崩溃，刘备的儿子刘禅被迫向曹魏投降。

最后我们来看《梁父吟》。传世的文本在唐代被认为是诸葛亮所作，颂扬聪明丞相的能力超过军事英雄。这首歌吟咏的是《晏子春秋》中的一个故事。晏子与齐景公谋划如何排除三位勇士，晏子想出一个主意，给三人两个桃子，他们必须自己决定哪两位功绩最大，最应该得到桃子。每个人都夸耀自己的功绩。当古冶子夸耀自己时，另两位为自己争桃子而感到羞愧，便自杀而死。古冶子见此，他也感到羞愧，于是也自杀而死。[87]

> 步出齐东门，遥望荡阴里。里中有三坟，累累正相似。
> 问是谁家墓，田疆古冶子。力能排南山，文能绝地纪。
> 一朝被谗言，二桃杀三士。谁能为此谋，国相齐晏子。

如果这首歌是“恨有余”，那是因为此次丞相诸葛亮虽然聪明，却仍然失败了。

李商隐对杜甫最优美的称赞见于一首在传统中前所未有的诗篇中，除了李贺的一首诗是重要的例外。李贺以六世纪诗人庾肩吾的身份，写了庾在梁朝灭亡后从躲藏之处出来所“应该写”的一首诗（见 177 页）。李商隐以同样的方式写了杜甫在成都应写的诗。

---

〔87〕 逯钦立（1983），281 页。

杜工部蜀中离席〔88〕

李商隐

人生何处不离群?〔89〕世路干戈惜暂分。
雪岭未归天外使,〔90〕松州犹驻殿前军。〔91〕
座中醉客延醒客，江上晴云杂雨云。
美酒成都堪送老，当垆仍是卓文君。〔92〕

三位诗人跨越千年，在成都聚合在一起：李商隐以杜甫的身份写诗，而杜甫最终变成汉代作家司马相如。在杜甫和李商隐的时代，成都离动乱的边塞很近；离别时何时能团圆是无法肯定的。李商隐对沉迷当下欢乐的冲动以很不相同的调子再次出现，此处是在宴会劝酒的传统掩盖之下。关于北齐后主，诗人给了我们小怜的裸体，作为使其沉迷的形象。此处在结束语中，诗人唤起卓文君，衣着整齐但同样诱人。进一步深涉世界是危险的，成都的

〔88〕 29189；《集解》，1169页；叶（1985），119页；周，222页。虽然李商隐确实模仿杜甫的风格，但是这不是一种形式上的“拟”，而是创造了一种虚拟的场合。杜甫在此被称为工部，是他在节度使严武幕下任职时所加的名义头衔。程梦星提倡以异文“辟”替代“杜”字，这样题目便指李商隐自己被“任命为”工部的一个职位。大多数注疏家不赞成这种观点。叶指出这种任命用“辟”字是错误的。

〔89〕 在唐代诗歌语言中，“何处”可以松散地延伸为“何时”、“何种情况下”。

〔90〕 此指763年派去吐蕃的两位使臣被扣留。雪岭在四川松州，大致标志了中国与吐蕃的边界。

〔91〕 西部边疆的军队要求改注为神策军，因为薪水和给养会丰厚一些。松州是与吐蕃交界的最重要的西部边塞之一。如周振甫和其他人指出，虽然第二联中的历史细节属于杜甫的时代，但是他们反映的是李商隐时代的西部问题。

〔92〕 这里指嫁给诗人司马相如并与他在成都当垆卖酒的著名美女。

好酒和卓文君似的美女足以留住人并“送老”。

我们可能还记得，隋炀帝与陈后主的差别在于炀帝希望模仿后主在传说中的形象，最重要的是在一首歌中描述的形象。李商隐显然同样被那些过去的诱人形象吸引，甚至在他试图保持一定距离提出道德历史家的评判时也是如此。对唐代的诗人和文人而言，他可以跨越迷恋的障碍，站在他们的立场上。在上面的诗篇里他完美地捉住了杜甫诗的语调，正如同在赞美韩愈的名诗中，他捉住了韩愈的调子，颂扬写作的力量。

九世纪二十年代中叶，在淮西已经自主半个多世纪后，宪宗决定重新获得对淮西的朝廷权威。朝廷的军队失误使战争失败，而宰相武元衡则被另一个不希望中央势力成功的自主州府派间谍刺杀。韩愈的扶持人裴度接任武元衡的位置为宰相，他加强战争努力，甚至亲自去前线统辖唐朝军队，最终获得胜利。韩愈被命撰写庆功碑文。可以想象得到，韩愈主要赞美他的扶持人裴度的成就。然而朝廷上其他人却觉得裴度的成就被过分夸张，于是碑被推倒，碑铭被磨去，在同一地点竖起了另一个碑。淮西碑一直是韩愈最著名的作品之一。文本与可触及的碑铭是不同的事物，此点李商隐十分清楚。

韩　碑〔93〕

李商隐

元和天子神武姿，彼何人哉轩与羲。

誓将上雪列圣耻，坐法宫中朝四夷。

〔93〕 29148；《集解》，828 页；叶（1985），64 页；周，120 页。

淮西有贼五十载，封狼生貙貙生罴。〔94〕
不据山河据平地，长戈利矛日可麾。〔95〕
帝得圣相相曰度，〔96〕贼斫不死神扶持。〔97〕
腰悬相印作都统，〔98〕阴风惨淡天王旗。
愬武古通作牙爪，〔99〕仪曹外郎载笔随。〔100〕
行军司马智且勇，〔101〕十四万众犹虎貔。
入蔡缚贼献太庙，功无与让恩不訾。
帝曰汝度功第一，汝从事愈宜为辞。
愈拜稽首蹈且舞，〔102〕金石刻画臣能为。〔103〕
古者世称大手笔，此事不系于职司，
当仁自古有不让，〔104〕言讫屡颔天子颐。
公退斋戒坐小合，濡染大笔何淋漓。
点窜尧典舜典字，〔105〕涂改清庙生民诗，
文成破体书在纸，清晨再拜铺丹墀。
表曰臣愈昧死上，咏神圣功书之碑。

---

〔94〕淮西道自大历以来一直在势力强大的将领控制之下。
〔95〕此出《淮南子》的一个故事。鲁阳公与韩构交战，激战正酣之时，太阳将落山，他举戈挥之，使太阳返回到天上更高的位置。
〔96〕裴度。
〔97〕指在京城对裴度的一次刺杀企图。
〔98〕战地指挥官是韩翃。
〔99〕这些是下属指挥官。
〔100〕此指李宗闵，他曾为裴度的书记。
〔101〕此指韩愈。
〔102〕“蹈且舞”是接受诏令时表示喜悦的恰当标志。
〔103〕高桥和巳认为这是一个反问句，暗示那是皇帝应该做的事。
〔104〕这里引用《论语》（15.35）：“当仁不让于师。”
〔105〕这些是《尚书》的篇名。

碑高三丈字如斗，负以灵鳌蟠以螭。
句奇语重喻者少，谗之天子言其私。
长绳百尺拽碑倒，麄砂大石相磨治。
公之斯文若元气，先时已入人肝脾。
汤盘孔鼎有述作，[106]今无其器存其辞。
呜呼圣皇及圣相，相与烜赫流淳熙。
公之斯文不示后，曷与三五相攀追？
愿书万本诵万遍，口角流沫右手胝。
传之七十有二代，以为封禅玉检明堂基。

虽然这首诗不容易翻译，但是它在唐代诗歌经典中已获得了很稳定的位置。唐代七言的和谐古风是一种形式的持续，与价值观的持续相配，这种持续从遥远的古代文化一直到离李商隐很近的韩愈散文。它体现了对语言力量的信任，从磨掉的碑文中滑走，“入人肝脾”。杜牧的朋友李勘担忧白居易和元稹的诗歌语言具有传染性的毒素，进入人的肌骨，李商隐的诗则从肯定方面呼应李勘的评论。独特的碑文文本成了不断重新产生的文本——“万本”。这是关于保存和公开流传的幻想，将我们带到印刷文化的边缘，伟大的早期印刷工程正是以此为目标而运作的。这种崭新的“公开”理想与唐代将儒家经典刻石有深刻的区别。将儒家经典刻石是郑覃在837年倡议的。诗歌离开宫廷以后，承当文化的“大手笔”不是体现在宫廷批准的石碑上，而是体现在可以无限

〔106〕 汤盘属于商的创建者。虽然它的铭文保留下来，盘器本身已失去。关于“孔鼎”有争论，但它可能指正考父之鼎，铭于周代。

重复生产的“文本”上。

韩愈写作的背景仍是朝廷。在《韩碑》中，朝廷磨掉碑文，但是文本却逃避了朝廷的控制。实际上，唐王朝已经丧失了真正的文化权威之碑。真正的文化权威之碑永远重复产生，最终在“封禅”和“明堂”中成为理想之国的基础。

韩愈通过删改旧文本的语词而创作“新”文本的形象，也许正是李商隐以韩愈风格写作的形象。这是一种李商隐在其他地方不使用的风格。风格重现的背后是文本重创、传播、吟诵和抄写的形象，“口角流沫右手胝。”

李商隐的这一形象与其朦胧作品的诗人形象可能看来很难统一。在朦胧诗中，诗人一生看歌唇或水晶盘下的舞者，处于激情或记忆的惘然时刻。然而，他到处寻求重复，专注于某种独特的事物，沉迷于围绕沉迷以组织其诗歌世界。他观察历史，发现自己与沉迷的皇帝们在一起，专注于一位女子或一种形象。在韩愈那里，这就是那个单一的文本，不停地被重复和抄写。

第十三章　李商隐：咏物诗

“咏物”形成诗歌传统中一种重要的题材。“物”在此处包括种类有限的人造物品和自然事物，是早期百科全书似的类书所包括范围之内的事物。有些事物是“诗意的”，而另一些则不是。镜子是诗意的，而中国文明的基本人造物品砖模和砖却不是。蝉是诗意的，蚯蚓却不是。某些树、香草和花是诗意的，受到注意；而其他事物在诗歌中却看不到。

诗歌中每一种常见的“物”都带有自己的传说、典故、联想和早期运用的历史，有些带有悠久的传说和运用历史，而其他一些则很短。那些不同的历史对九世纪的诗歌产生了深刻的影响。每一种特定的“物”的联想代表特定的风格，甚至代表最适合表现此物的诗体。

蝉据说只饮露水，因此是纯洁朴素的意象。七世纪时骆宾王在一首著名的狱中诗里以蝉比喻诗人自己。[1]艳美的牡丹在八世纪开始时兴，但要到约八世纪末才成为诗歌题材。九世纪上半叶出现两篇有关牡丹的赋，一篇出自舒元舆，另一篇出自李德裕，两人都很得意地宣称没有人写过这一题材的赋。牡丹是一种艳美

〔1〕 04190；陈熙晋，《骆临海集笺注》（上海：上海古籍出版社，1985），159 页。

的、女性化的花，所要求的风格与有关蝉的恰当风格很不相同。李商隐选用五言律诗的形式写咏蝉诗，是很恰当的。他作有一些咏牡丹诗，但是较著名的都用七言写成。[2]

蝉[3]

李商隐

本以高难饱，徒劳恨费声。
五更疏欲断，一树碧无情。
薄宦梗犹泛，[4]故园芜已平。[5]
烦君最相警，我亦举家清。[6]

注疏家们总是指出，首联意思特别含混，不知是指蝉还是指李商隐自己（虽然在这样的一首诗中，题目中的“物”通常应是主语）。然而，九世纪的读者已经习惯于将蝉理解为诗人的代表。以蝉代表诗人的较老传统表现于骆宾王的诗中，九世纪吟诗与蝉鸣之间的对比是对这一传统的补充。蝉鸣正是表示“苦苦创作”的“苦吟”。然而李商隐的诗篇离苦吟的律诗技巧很远。虽然它借用了与形式相关的抑制，但此形式是完整的表述，而不是优美对联的容器。

---

〔2〕 但是应该指出，李商隐的诗直接模仿卢思道（535－586）的一首咏蝉诗，不是律诗，题为《听鸣蝉篇》。见祝尚书，《卢思道集校注》（成都：巴蜀书社，2001），39页。

〔3〕 29109；《集解》，1027页；叶（1985），24页；周，177页。

〔4〕 此指《战国策》和《说苑》中一段虚构的对话。一个土偶告诉一个桃木雕刻的木偶说，雨后水涨，木偶将会被水流漂走。

〔5〕 这令人想起陶潜在弃官退隐之前的担忧。

〔6〕 此解为像蝉一样从来吃不饱。

诗人的歌吟是浪费嗓音。聆听象征自己的蝉鸣是一种警告，使诗人记起陶潜的田园及他自己也辞官回家的可能性。虽然这种可能性不太现实，但也许提供了些许安慰。

将李商隐著名的《蝉》诗与他最著名的咏牡丹诗并置，会提醒我们他的天才的特质。李商隐没有单一的“特性”风格。相反，他以许多风格写诗，在多种风格中都体现独创性。下面是华丽的描绘风格，几乎每行都包含一个典故，成为这一艳美花卉的对应和颂歌。

牡　丹〔7〕

李商隐

锦帏初卷卫夫人，〔8〕绣被犹堆越鄂君。〔9〕
垂手乱翻雕玉佩，折腰争舞郁金裙。〔10〕
石家蜡烛何曾剪，〔11〕荀令香炉可待熏。〔12〕
我是梦中传采笔，〔13〕欲书花片寄朝云。〔14〕

---

〔7〕29260；《集解》，1548 页；叶（1985），193 页；周，15 页。

〔8〕卫夫人使孔子来见她时，她按规矩坐在锦帷后。孔子北向帷幕叩头，她也在帷后鞠躬。同一人也叫南子，与宋国一位公子有私情。

〔9〕《说苑》中说越鄂君外出泛舟，他的船夫唱了一首情歌，鄂君拥抱他，给他盖上绣被。

〔10〕“垂手”既是舞蹈的手势名，也是舞蹈的名称。“折腰”也是一种弯腰的舞蹈的传统描绘。《集解》认为这一段描绘花在风中飘动之态。

〔11〕这是石崇奢侈的著名例子。《世说新语》说石崇以蜡烛代薪。

〔12〕据《襄阳记》中的注疏，荀彧到某人家中拜访，他坐的地方余香保留了三天。

〔13〕此指诗人江淹的故事，他有一次梦见郭璞向他讨还“彩笔”。江淹醒来后，其诗才就消尽了。

〔14〕在《高唐赋》中，“朝云”是巫山神女在清晨的形象。

诗篇以袒露和隐藏的意象开始，比拟盛开和含苞待放的牡丹。这些花不仅是艳情的，而且是不正当的：如同有些注疏家们提醒我们的，卫夫人南子可能坐在帷幕后会见过孔子，但是此处帘子卷起以后，露出这位与宋国一位贵族男子私通而声名狼藉的女子。越鄂君绣被之下的英俊船夫，是传统中最著名的美男子和同性恋的欲望对象。

第二联向我们展示的是舞姿，可能比拟牡丹在风中的摇摆（牡丹花特别大，盛开的时候确实很沉而且弯腰）。舞蹈并不庄重，而是看似疯狂地消耗力量，这在石崇浪费地使用蜡烛上得到响应，红牡丹总是在“燃烧”，从不需要“修剪”以保持火焰（“剪”蜡烛的芯双关“剪”花）。虽然荀令在熏香时没有消耗掉自己，但此处他被表现为香炉，内中在燃烧，产生出牡丹浓郁的香味。牡丹是展示感官乐趣的形象，但是这是一种很快自我消亡的展示。第三联将色和香相对，并重现第一联中女性和男性的美色，以及暴露（蜡烛的火焰）和隐藏（香炉里闷燃的香）的对照。

最后一联中，如果不是用错的话，那么典故的问题便很大。在江淹的梦里，诗人郭璞不是在赠予而是在收回彩笔（虽然“传”也可以理解为传回去）。周振甫认为这是李商隐想起令狐楚对其学赋的指教，因而希望能将这首诗送去给他。郭璞与江淹的关系确实可以比喻李商隐与其师长及扶持人的关系。然而，只有在李商隐研究的传统中，才会认为一位年轻的诗人会将其身居高位的年长扶持人称作巫山神女。

我们所读到的是时间有限的灵感，彩笔无法永远保留。另外，这一梦幻似的灵感似乎来自牡丹本身，其脆弱的花瓣将被用作文本的媒介。巫山神女（“朝云”）也是在梦中来访并短暂停留。解释巫山神女的自然方式，是指李商隐的“情人”，无论是真实的还是想象的。

为了比较不同时期，我们考虑韩愈的一首诗，可能作于九世纪二十年代。诗中的牡丹很典型，是美丽的女子，但是这位元和诗人的幽默集中于关系而非纯粹的展示。

戏题牡丹[15]

韩愈

幸自同开俱隐约，何须相倚斗轻盈。
陵晨并作新妆面，对客偏含不语情。
双燕无机还拂掠，游蜂多思正经营。
长年是事皆抛尽，今日栏边暂眼明。

这些牡丹的激情是隐“含”的，因为它们像桃李一样不语。它们的盛装是为了吸引注意，但是它们很害羞。成双作对的燕子，除了相互之间外，对一切皆漠不关心，只有蜜蜂在辛勤劳作。牡丹确实吸引了诗人的注意，但是它们未引起梦幻似的感觉，而是给老人带来活力，使他低声轻笑，虽然只是短暂的时间。

虽然李商隐的“牡丹”很独特，但是与韩愈的诗相比，体现了中唐和晚唐的一个根本变化。虽然嘲弄和风趣在中唐很难说是普遍现象，却仍是中唐诗歌的一个重要方面，一种我们经常在韩

〔15〕 18033；钱仲联，943 页。

愈和白居易的诗中看到的复杂的自我思考。晚唐诗人继续写“戏谑”的诗篇。如我们后面讨论温庭筠和段成式时将看到，有许多“嘲”诗和戏谑之语。然而，韩愈那种既执著又解脱的轻松语调，已经变得少见。

当李商隐的诗篇中含有讽刺时，口气变得较尖锐。牡丹的联想是固定的，但处理方式却与前引诗完全不同。

牡　丹〔16〕

李商隐

压径复缘沟，当窗又映楼。终销一国破，〔17〕不啻万金求。
鸾凤戏三岛，神仙居十洲。〔18〕应怜萱草淡，却得号忘忧。

牡丹在八世纪和九世纪的确很流行；李商隐此处显然在牡丹的无所不在与其稀罕价值的老生常谈的对比上做文章。牡丹是诱人的美女，是那种可以摧毁政体的美女；但是这种美女也许如牡丹一样普通。这些创造了自己的环境的“鸾凤”和“神仙”，当然只是生命短暂的花。它们自恃优越，可怜萱草花，却颇具反讽意味地被诗人最后一行的评论推翻。

第一首诗中艳美的牡丹和第二首诗中略微奇特的牡丹在另两首诗中变成了感伤的对象。这两首诗作于李商隐居王茂元幕府时，写的是大雨淋败的牡丹。

---

〔16〕 29267；《集解》，1554页；叶（1985），200页。

〔17〕 这里牡丹被描绘成“倾国”的美女。

〔18〕 这些是西海中的仙岛。

回中牡丹为雨所败二首[19]

李商隐

其　一

下苑他年未可追，[20]西州今日忽相期。
水亭暮雨寒犹在，罗荐春香暖不知。
舞蝶殷勤收落蕊，有人惆怅卧遥帷。
章台街里芳菲伴，[21]且问宫腰损几枝。

其　二

浪笑榴花不及春，[22]先期零落更愁人。
玉盘迸泪伤心数，锦瑟惊弦破梦频。
万里重阴非旧圃，一年生意属流尘。[23]
前溪舞罢君回顾，[24]并觉今朝粉态新。

感伤花落已是唐诗喜爱的主题，此处表现得过度矫饰，与第一首牡丹诗中词语的修饰过度相对应。李商隐诗歌的这一方面（这并不是他所有诗歌的特点）在某种程度上符合刘若愚关于李商隐诗歌具有“巴洛克”特点的评价。与九世纪二三十年代律诗大师的

〔19〕 29674－29675；《集解》，270 页；叶（1985），693 页；周，91 页。回中在安定。

〔20〕 下苑是长安曲江苑的一部分。

〔21〕 柳树。

〔22〕 隋代官员孔绍安跟从唐高祖太晚，未得高官。一次宴会上，他应诏咏石榴诗，写了这一联：“祇为来时晚，花开不及春。”

〔23〕 残败的花瓣称作“香尘”。

〔24〕 这是一首南朝乐府中的诗句：“花落随流去，何见逐流还。”

节制美学相反，这两首大约作于838年的诗篇强调的是过度。无法系年的第一首牡丹诗的过度在于戏谑的修饰。这两首诗的过度在于情感的矫饰。它们与咏史诗中奢侈过度的皇帝及朦胧诗中激情过度的叙述者如出一辙。

如同蝉是诗人的代表，牡丹是女子的意象，反之亦然。在描绘“物”时能够在情感参与的诗歌角色上做文章，这是因为人类与非人类的界限是可渗透的。与此种关系相反的是那些排斥意义而只代表其本身的事物。我们确实发现这样的例子，但很少出现于界定为咏“物”的诗篇中。

日　射〔25〕

李商隐

日射纱窗风撼扉，香罗掩手春事违。〔26〕
回廊四合掩寂寞，碧鹦鹉对红蔷薇。

如果说《牡丹为雨所败》表现了极易于阐释的自然现象的动人之处，《日射》则将我们带往无法解读的事物，或换言之，形式上可解，其意义联系不可解。

诗篇以对封闭空间的穿透和袭击开始：光和风（风光，春天的天气）穿透界定了封闭空间的障碍。接着是香罗掩盖的手，然后是这一背景下特别奇特的评论：“春事违。”香罗掩手表明这是

〔25〕29273；《集解》，1836页；叶，206页；周，251页。

〔26〕“拭”是“掩”的后出异文。《集解》和周都接受这一异文，以避免“掩”字重复出现。

一位女子（并表明进来一阵冷风），所以“春事违”暗示在这不似春天的寒冷的背后浪漫情事遇到困难。下面我们读到一个有遮盖的回廊，似乎环绕一个院落。诗篇带领我们穿过环绕的框架和障碍，来到一个忧郁寂静的终点，即一只面对红蔷薇的鹦鹉。鹦鹉是通用的诗歌之物，与女子相联系，重复她们的闲言杂语，所以人们在鹦鹉旁边得留心少说话。然而此“物”在这里是色彩模式的一部分，已经变得无法解读。此“物”未留意我们，也未留意第二行里的女子。鹦鹉鸟的“对”似乎是有意的，然而这一意图我们无法理解。

如果鸟“对”的行动看来有意，也许是因为我们想起杜牧作于842年左右的一首诗，诗篇结尾相似，动词也是“对”，置于最后一行的第四个字。此处“对”显然是有意的，表示拒绝留意观望的人。

齐安郡后池绝句〔27〕

杜牧

菱透浮萍绿锦池，夏莺千啭弄蔷薇。
尽日无人看微雨，鸳鸯相对浴红衣。

我们无法确定李商隐是否知道杜牧的诗，但是根据诗篇日期及两位诗人的相对知名程度，更可能的是李商隐知道杜牧的诗，而非相反的情况。

〔27〕 28158；冯，211页。

柳何时是柳？

世界上的“物”可以逃避充满人类情感和意义的诗歌领域，此种时刻很稀少，并特别迷惑难解。在李商隐及其他诗人的诗歌中，更普遍的问题是重心在何处。诗人是在使用人类的联想赋予事物意义和价值，还是诗人在使用事物喻指只属于人类的东西？这基本上是我们在咏史诗中提出的问题。关于过去君王的诗篇确实是有关那位过去的君王，还是喻指当时的或刚过去的唐代皇帝？如同在咏史诗中一样，在咏物诗中我们知道两种可能性都存在。但是我们通常无法决定是哪一种情况。

柳树为我们提供了这一问题的极好例子。记住真正的柳树到处可见这一事实总是重要的：柳树生长迅速，可以保持河岸上的土壤。在一种关注水土治理的文明中，柳树在这方面的用处保证了它们在唐代的经验世界中随处可见。柳树也被人类的情感所定义。两种最显著的寓意框架本质上并无联系，但是也可能被联系起来。首先，因为柳和留谐音，柳树在离别中扮演了一个角色。因为两字发音相似的偶然性，许多在植物学上可以被确认为柳树的枝条在离别时被习惯地折下，作为邀请旅行者留下的表示。其次，“柳”通常喻指职业歌女和妓女。我们知道一位吸引了李商隐的女子名为“柳枝”（虽然我们不知道是她自称“柳枝”，还是李商隐如此称呼她）。柳枝也是一种流行歌曲的名称。“客”既是“旅行者”也是“客户”（客人）。对一位妓女来说，一位“客”“折柳枝”和一群男性朋友送一位朋友（客）步上旅程时“折柳枝”，其寓意有所不同。但是因为“客人”不久也会离开上路，所以这两种寓意很容易混合。于是，我们有下面这首敦煌歌，大约是九世纪之作，也可能更晚些[28]：

> 莫攀我，攀我太心偏。我是曲江临池柳。
> 这人折了那人攀，恩爱一时间。

此处显然是一位女子以“柳”在说话，最终所指是此女子。这首歌不是有关一棵树。

李商隐的大多数咏柳诗是女性的，虽然我们可能一直无法肯定诗篇是关于树还是关于女子。有少数诗篇未清楚标明是女性的，往往被解释成指李商隐自己。在李商隐较复杂的诗中，最好是将本意和寓意之间的界线看作很不稳定。

咏柳诗的历史不是如人们可能期待的那样持续不断。三世纪时出现咏柳赋的小传统，但是柳作为一种独立“题材”在唐代的赋中已基本消失，除了有关西宫门旁柳树的固定题目外。虽然在六世纪和七世纪柳有时是诗歌中的一个题材，但是在八世纪时并不普遍（柳作为意象在诗篇中却到处存在）。但是在九世纪上半叶，柳变成一个非常流行的诗“题”。

咏柳诗的复兴及其与一位可爱女子的联系，很可能发生在八世纪末流行的《柳氏传》。柳除了是一种树，也是一个普通的姓，在这个故事的题目中柳只是女子的姓。故事讲的是诗人韩翃失去了其心爱的柳氏，最后又找到她。柳姓在字面意义外隐含双关，

---

〔28〕 孔范今编，《全唐五代词释注》（西安：陕西人民出版社，1998），1333 页。

如故事中归于韩翃的一首名诗[29]：

章台柳，章台柳，颜色青青今在否。
纵使长条似旧垂，也应攀折他人手。

因为离别时折柳枝已是固有的诗歌习惯，我们此处看到"折"女子/柳具有引申意。这首名歌可能影响了敦煌歌辞中折柳一词的含意。

中国注疏家们希望李商隐的咏柳诗是隐喻性的，可能因为此种"深意"的解释可以使诗篇获得文化价值。周振甫认为，李商隐诗集的十九首咏柳诗中，有十二首是"艳情"，余下的七首喻指李商隐或其扶持人柳仲郢（或他的儿子）[30]；只有一首明确地描述见到一棵柳树的经验，使一棵普通的柳树被允许进入诗歌，虽然它立即促使李商隐反思自己。我们怀疑李商隐同时代人的所有咏柳诗是否也应该理解为隐喻性。我们怀疑对于未必追求"深意"的其他诗人，柳有时是否可以只是一个诗歌题材，也许与实际看到的一棵柳树相联系。虽然毫无疑问李商隐有些咏柳诗是隐喻性的，但正是注疏传统赋予李商隐的严肃光环，迫使许多诗篇被解释为隐喻。

在分析李商隐的咏柳诗之前，我们来看一些较早及同时诗人笔下的柳。诗人们一般不评论柳的实际历史重要意义，除了偶然注意到河岸上及运河两岸的柳树。诗意的柳得到注意是因为它们

〔29〕 陈王和，《韩翃诗集校注》（台北：文史哲出版社，1973），440页。
〔30〕 周，189－192页，273－276页。

的白“花”和叶子（像眉毛），它们垂到地面或河里的长长柳枝，在风中飘送种子的松软柳“絮”。柳树的新枝往往被诗意地描绘成“烟”。暮春时柳叶茂密是季节即将结束的标志。诗人从来不注意树干、树皮或树根。柳树还有其他普通联想，与妓女和离别无关。它们与诗人陶潜相联系，陶潜将自己描绘成“五柳先生”；它们还与长安附近的“细柳营”相联系，汉将周亚夫在那里驻扎军队，保卫京城，抵御匈奴侵略。

下面李绅的两首绝句代表了咏柳诗中较平淡的风格：

柳二首[31]

李绅

其　一

陶令门前罥接篱，[32]亚夫营里拂朱旗。
人事推移无旧物，年年春至绿垂丝。

其　二

千条垂柳拂金丝，日暖牵风叶学眉。
愁见花飞狂不定，还同轻薄五陵儿。[33]

我相信没有人会坚持隐喻性地解读这些绝句。李绅触及了这一题材的一些标准联想（陶潜的“五柳”、将军周亚夫的营地、柳叶

〔31〕 25690－25691；王宣波，149页。
〔32〕 “接篱”帽是狂士和隐士的标志。
〔33〕 五陵靠近长安，是富裕的地区。

如同眉毛等）。在第一首绝句中，人事的变化多端与自然的稳定规律形成出色的传统对照。在第二首绝句中，柳树的传统性别是放荡的年轻女子（第二行暗示是女性），在此却变成五陵贵族少年的轻薄形象。如通常一样，李绅的诗有才气，但并不激动人心。

虽然杜牧写过一些咏柳诗，大多数是绝句，但却是下面这首七言律诗捕捉住了时代的流行风格：

柳长句〔34〕

杜牧

日落水流西复东，春光不尽柳何穷。
巫娥庙里低含雨，宋玉宅前斜带风。
莫将榆荚共争翠，深感杏花相映红。
灞上汉南千万树，几人游宦别离中。

这些显然是离别的柳，而非女性化的柳。诗中描绘的地理可能置诗人于汉南，在他回京城的路上（“灞上”）。诗篇开始时展现了一个极为广阔的景象，夕阳西下和晚春时节大片的柳树。代表性爱云雨的巫山神女，其祠旁的柳又湿又重。宋玉曾经创作咏神女和风的赋，因此他的房宅前有带风的柳树。旧的文本和故事存留于现在的想象景象中。第三联是标准的诗歌修辞的例子，通过比较和对照来赞美柳树的翠绿。最后，诗人的幻想涵盖了所有的柳树和官员，他们因为公务而来往离别。

---

〔34〕 28189；冯，235页。

在最后一首比较的诗篇中，我们看到温庭筠的柳，比李商隐的柳更富于声色之美，轻拂身体，脆弱而女性化。

题 柳[35]

温庭筠

杨柳千条拂面丝，绿烟金穗不胜吹。
香随静婉歌尘起，[36]影伴娇饶舞袖垂。[37]
羌管一声何处曲，[38]流莺百啭最高枝。
千门九陌花如雪，[39]飞过宫墙两自知。

这些诗人中没有人用柳表达任何特别“深刻”的（比喻性的）寓意。他们在表演一个当代的流行题材，根据一时的兴致或特定情况加以调节。直接或较早的有关柳树的实际经验可能储存于诗人的头脑中，但是那些经验被直接转化成诗意的“柳”，带有联想和传说的丰富积累。唐代诗人学会如何对付各种题材，有些是即时应景，有些是诗意的“物”。他们可以根据当时的情况调整两者，但这些情况现在已无法知道。有时他们会借一种“物”来谈论其他事情；这些是真正的隐喻诗。有时题目、序或文本的细节提供了背景，告诉我们此诗是隐喻的；一些诗篇可以推测是隐喻的，但是我们不能肯定。然而，李商隐的不少诗篇被批评传统浓重地添加了隐喻内

---

〔35〕 31992；曾，93页。
〔36〕 张静婉是著名的梁代歌者。
〔37〕 董娇饶是归属于东汉的一首歌中的人物。此处只指美丽的舞者。
〔38〕 此似乎指古乐府《折杨柳》。
〔39〕 “千门”指皇宫。“九陌”指京城的街巷。

容，以致我们有理由怀疑李商隐只是在写一首传统题材的诗。

柳[40]

李商隐

动春何限叶，撼晓几多枝。解有相思否，应无不舞时。
絮飞藏皓蝶，带弱露黄鹂。倾国宜通体，谁来独赏眉。[41]

冯浩将这首诗解释成为“柳枝”而写。李商隐在洛阳时，几乎与她发生私情，但她却被一位男子带走（我们从李商隐自己的叙述中了解到这些事实；但是“柳枝”在推测的诗人私生活故事中被描绘成重要的角色，并被用来为他的朦胧诗提供背景）。《集解》觉得这首诗的语调太轻松，不符合“柳枝”故事所涉及的想象的激情，而是认为这首诗中的柳代表了一位歌女。《集解》甚至将最后一联解释为李商隐因为歌女送秋波而戏谑她。

如果说其他诗篇颂扬了柳，这首诗则描绘了动态的柳。如同许多此类诗，这一文本被置于不确定之中，不能确知是一棵柳树、许多柳树还是作为一般类别的柳树。柳枝在未提及的风中拂动，成为一个动态的空间，带动周围的世界，诗中用了一个突出的词语“撼晓”来形容。这显然是那种女性化的柳，一位永远的舞者，其动作挑动欲望（“动春”），但却全然不觉欲望。

风中飘荡的白色柳絮隐藏着白色的蝴蝶，这是年轻男子追求女子的普通隐喻。柳叶也在颤动，有时露出黄鹂，这是歌女的隐

〔40〕 29124；《集解》，1558 页；叶（1985），40 页；周，273 页。
〔41〕 柳叶传统上比作眉。

喻。柳既是舞者的隐喻，也是重现歌女与其情人的游戏的空间。

结尾时我们来到代表类别的柳，“倾国”的美女。诗篇每一联都处理了柳的无所不在：“何限叶”、“几多枝”、“无不舞时”；在柳的动态空间里，蝴蝶和黄鹂的意象是对男女互相吸引的游戏的小型模仿。换言之，诗篇已为最佳的美人建立起异常的标准——“通体”之美，从头到脚都美。第一行中的柳叶在结尾时以眉毛这一女性化的通行隐喻再现。

很难将这首诗看作不仅是在流行的诗歌题材上做文章，但最后一行的诙谐“评论”，使我们回到比喻的问题，这在某种程度上涉及李商隐的诗法。“通体”是全身，也是“诗篇的整个形式”。我们不认为李商隐此处是在有意地讨论自己的诗歌，但他确是在将部分和整体相比较，这里有部分的、标志出来的隐喻（柳叶像女子的眉），也有渗透一切的隐喻（女性表演者和柳融为一体）。这是一种迷惑的诗法。柳叶不再仅是如李商隐所说的“仿眉”，而是整棵柳树变成了舞者的身体。

下引诗中的“柳”在批评传统中备受赞美，通常被解释为李商隐在写他的情人。

赠　柳〔42〕

李商隐

章台从掩映，〔43〕郢路更参差。〔44〕

---

〔42〕 29141；《集解》，1563页；叶，57页；周，76页。

〔43〕 章台路在汉长安的西南，与妓女相联系，在唐代称作“柳”。见前引韩翃诗。

〔44〕 郢是古代楚国的京城，此处指代江陵。

见说风流极，[45]来当婀娜时。
桥回行欲断，堤远意相随。[46]
忍放花如雪，青楼扑酒旗。[47]

题目中用“赠”字含蓄地将柳拟人化，促使传统解释将其理解为某一特定的人。然而，将柳树翻译成复数，提醒我们无论在李商隐的脑子里“柳”代表的可能是什么，这里的柳是他在长安时记得的，在江陵遇到的。这些再次是女性化的柳，是章台的柳。虽然它们是女性的，但是提到“风流”便带有很强的同性恋艳情色彩。第二行肯定柳的出现，将直接景象与记忆中的景象（已经是诗意的“章台”）并置，而第四行则肯定了一个旧文本中提供的观点。

第三联特别受到赞美。诗人转上桥梁，面对柳叶的帘子，似乎被挡住了去路。他沿着堤坝走向远方，连绵的柳树行列“相随”，似乎充满了对他的温情。此处柳与他相约的宣称，至尾联被证明是虚假的，在那里柳花盛开，如同它们在酒吧和妓院的女性对应物。归根结底，这些是职业的多情“章台”柳。

奇特的是，在阅读诗篇的过程中，我们发现自己再次来到特定所指的隐喻对应物。这里有类别化的柳，或柳的对应物类别化

〔45〕 此行引喻齐武帝的故事。齐武帝很喜爱年轻的张绪。后来四川送来柳树，皇帝令栽在灵和殿旁，感叹柳树“风流”、“可爱”，说它们使他回想起张绪过去的容貌。

〔46〕 或可译成“我的心意与它们相随而去”。“意”此处暗示“爱意”。沿岸的柳树似乎与他在一起。

〔47〕 “青楼”即妓院。

的歌女，与对诗人有特别感情的宣称相对照。它们是职业的和类别的“最风流极”。无论是出于植物的漠然还是出于职业需要，它们并不为诗人而单独开放。艳情与诗法以一种最独特的方式搅和在一起。

李商隐诗歌最有意思的一个方面是经常以某种方式回到元诗学，在那里实际世界的经验与诗歌的作用往往相联系。特殊和类别不仅仅是唐代诗歌的普遍问题，而且是阐释李商隐咏物诗的具体问题，同时也是浪漫文化的问题，其中时尚的激情通常是赋予歌女的。诗歌所咏之“物”也是寓意丰富的：柳既是妓女的隐喻，也是离别的隐喻标志，用于离别的仪式中，最常见的是男子与男子的离别。这两个寓意框架无可避免地会互相重叠，产生语意的不和谐。当敦煌歌辞中的歌女抱怨男子从她那里折枝，普通的离别标记便滑入妓女作为柳树的领域，离别的姿势便是无情抛弃的信号（在韩翃的诗中则不是这样）。在李商隐的诗中，我们也看到这两个寓意框架发生冲突，诗人明智地将柳一分为二，每个部分为不同的寓意框架服务。

离亭赋得折杨柳二首〔48〕

李商隐

其　一

暂凭樽酒送无憀，莫损愁眉与细腰。
人世死前惟有别，春风争拟惜长条。

〔48〕 29314－29315；《集解》，1568页；叶（1985），244页；周，265页。

其　二

含烟惹雾每依依，[49]万绪千条拂落晖。

为报行人休尽折，半留相送半迎归。

诗篇的逻辑与诗歌寓意的问题无可解脱地纠缠在一起，即“柳树”有两个不同的寓意框架这一事实。我们可以假定“离亭”既有作为植物的柳，也有隐喻被招来为离别场合提供娱乐的歌女的柳。李商隐的第一首绝句以女性化的柳树开头：“愁眉与细腰。”他反对折柳枝作为分别的迹象。优美的第三行告诉我们离别对人生的重大意义。那个时代与我们的时代的差别总是值得回想的：作为现代人，我们习惯于移动，装备有出色的通讯技术。而唐代官僚精英总被挪动，往往得离开家和熟悉的一切，刚刚建立的关系又不断被打破。

第一首诗的最后一行诉之于柳：不应吝惜“长条”，以安慰这种离别的痛苦。当然这些柳枝为那些离别的人所折，但是它们也一定是隐喻的“柳”，那些为宴饮提供欢乐的歌女。

第二首诗也同样以女性化的柳开头，“依依”既描绘出为旅行者送行的枝叶繁茂的柳树的特质（如在《诗经》中一样），也描绘出歌女作为表演的一部分的“思念”的特质。这种“思念”既是浪漫传统中性别化了的艳情渴望，也是朋友之间的同性思慕。

---

〔49〕“依依”在《诗经》中用来描绘柳树，已成为柳树的特征。钱锺书认为“依依”带有“思念”的意思，后来确实如此（见周，77页）。唐代时《诗经》中的意思与“思念”相融合似乎是很可能的。

第二首绝句的结尾真正将诗意上融合在一起的东西一分为二，这种分割奇特地回应歌题（折杨柳）。折断而毁坏的半截柳枝可以用在离别的寓意框架中，标志着丧失。另一半可以用来隐喻歌女，她们唱着思念（依依）的歌，表达男性朋友共有的团聚希望。那些柳树应该留在那里，等待旅行者归来之时再欢宴。

此种写法构成一种精练的寓意，可以在对偶联中完成，将女性化的柳与离别的柳相配，如下引律诗的第二联所示。朱彝尊（或据冯浩为钱良择）认为此诗“平易轻稳，不似义山手笔”：

柳〔50〕

李商隐

江南江北雪初消，漠漠轻黄惹嫩条。
灞岸已攀行客手，楚宫先骋舞姬腰。
清明带雨临官道，晚日含风拂野桥。
如线如丝正牵恨，王孙归路一何遥。

李商隐开始时化用杜甫的名诗《客至》的首句。雪的消融自然会带来春水，于是住在江湾茅草房里的诗人如杜甫会写出：“舍南舍北皆春水。”然而李商隐的眼睛却被引向嫩绿色的柳芽。这些又是类别的柳，先出现于早春，然后是三月的清明节，最后送走春天，春“归”或王孙“归”。这些柳树被置于长江两岸，从四川（“灞”）一直延展到楚地。如我们前面指出，它们既是女性化的柳，也是离别的柳。

最终我们通常无法辨别阅读的是一首咏柳诗，产生自对柳树

---

〔50〕 29590；《集解》，1561 页；叶（1985），521 页。

的实际经验，还是一首以柳隐喻某类人物的诗。我们总是可以发明一种解释，使人类成为它们的指称对象，从而增加它们的价值（“深意”）。在这种意义上，注疏家与将原始材料加工成被人称赏的形状的工匠并无大的差别。

柳与春天相联系，诗歌中最为常见的是春季之柳。我从未见过一首中国诗是有关冬天之柳的，虽然柳树冬天仍在。秋天是咏柳诗出现的外延时限。柳树在秋天出现可以成为诗中惊奇的原因，令人回忆起春天的景象，怀疑为什么它在这错误的季节依然出现。

柳〔51〕

李商隐

曾逐东风拂舞筵，乐游春苑断肠天。
如何肯到清秋日，已带斜阳又带蝉。

由于各种联想的重压，柳在隐喻解读中成为特别的问题。作为题材，“灯”没有这样的问题。下面这首诗收在《才调集》中；李涪批评李商隐仅是个织锦工匠时，脑子中所想的可能就是此类诗。在这首诗中，我们看到灯出现于一系列的情境，最后达到高潮的时刻，随着床帷放下，半暗的灯光照在一位美丽女子的身上。这是“咏物诗”的通用修辞模式，逐一描绘各种情况，引向一个高潮时刻，这一模式在下面的《泪》诗中还将见到。然而，清代与现代的

〔51〕 29233；《集解》，1258 页；叶（1985），166 页；周，189 页。周振甫留心到柳树即使在春天仍然伤心这一事实，认为这是喻指李商隐自己，先任秘书监校书郎的低职，后来又回到同样的职位。

注疏传统将《灯》解为隐喻李商隐自己或他自己的情况。这在艳情的结尾之前多少可以说得通，但结尾需要相当的注释巧辩来做此种解释。李商隐接待客人，为了表示客人的出现使他快乐，他将自己比作著名的美女“莫愁”，这一可能性虽然遥远，但还可以想象。然而，最后男子和女子一起上床则未免太过分。在《集解》中，刘学锴和余恕诚尽最大努力，将“下帷”与桂林“罢幕”相联系，其根据是“幕”的字义为帐或“衣架”，在诗中被“帷”替代。在许多方面我们都可以看到，注疏传统仍在为李商隐辩护，反对李涪关于此类诗仅以优美的诗句娱人的批评。

灯〔52〕

李商隐

皎洁终无倦，煎熬亦自求。花时随酒远，雨夜背窗休。
冷暗黄茅驿，暄明紫桂楼。锦囊名画掩，玉局败棋收。
何处无佳梦，谁人不隐忧。影随帘押转，光信簟文流。
客自胜潘岳，〔53〕侬今定莫愁。固应留半焰，回照下帏羞。

比较和竞争

虽然我们的证据开始于李商隐去世后约一个世纪，但是注意

〔52〕 29309；《集解》，739 页；叶（1985），240 页；周，150 页。
〔53〕 潘岳以容貌俊美而著名。

到哪一首咏物诗最早吸引注意是很有意思的。韦縠的《才调集》似乎代表了十世纪中叶成都的高雅圈子内的品位。1005 至 1008 年间杨亿及其群体在《西昆酬唱集》中所模仿的李商隐诗篇，则代表了一种完全不同但同样高雅的开封的圈子和文化氛围。《才调集》和后来的西昆模仿集收有一首共同的李商隐咏物诗，此诗一般不会引起现代读者注意。

泪〔54〕

李商隐

永巷长年怨绮罗，〔55〕离情终日思风波。
湘江竹上痕无限，〔56〕岘首碑前洒几多。〔57〕
人去紫台秋入塞，〔58〕兵残楚帐夜闻歌。〔59〕
朝来灞水桥边问，未抵青袍送玉珂。〔60〕

唐诗中流过许多眼泪，但是在李商隐之前，眼泪本身从来不是诗或赋的题材。组成这首诗的七种流泪场合中，每一种都是诗歌中相当平常的情境。这首诗的部分魅力也许不仅在于题材的新颖，而且在于这一题材在各种情境之间创造共同性的方式，特别是历史的情境，而这些

---

〔54〕 29411；《集解》，1636 页；叶（1985），359 页；周，155 页。
〔55〕 这是汉代失宠的宫女住的地方。
〔56〕 这些竹子上的泪痕据说是湘水女神悲悼丈夫舜洒下的眼泪。
〔57〕 “堕泪碑”在岘山，靠近襄阳。此碑为纪念晋代的贤良都督羊祜，追忆的访问者总是望碑落泪。
〔58〕 此指汉代宫女王昭君，她被嫁给匈奴王。
〔59〕 项羽在垓下听到四面楚歌，认识到他已经最后输给刘邦。
〔60〕 青袍应是“学生”的标志，此处指官员或进士。

情境一般并无相同之处。“泪”最后来到眼前的离别。这首诗的形式令人想起江淹（444 –505）的《别赋》，此赋收于《文选》中。[61]然而，赋为详细举出一系列例子提供了篇幅。李商隐的七言律诗不允许这样的范围；每一种情境都以精美的修辞构造于单独一行里。

表面上，人们可以通过一系列的典故构成一首诗，《泪》诗在这种情况下与前面讨论过的《牡丹》诗很相似。然而，《牡丹》诗要复杂得多，以某种相似于过程的方式隐喻性地描绘牡丹花的不同方面。我们应该指出，《牡丹》既没有被收入《才调集》，也没有在《西昆酬唱集》中被模仿。因此，我们似乎可以提出一个无法回答的公平问题：《泪》诗的魅力何在？

撇开第二行中明显的一般情况，这首诗最突出之处在于采撷历史和传说中最著名、最引人共鸣的流泪例子，不仅将它们置于与唐代一个普通情境的同等层次，而且与目前的离别景象相比，发现它们没有现在的离别令人动心。李商隐巧妙地为此设置了框架：“朝来灞水桥边问”，不是诗人而是那些正在经历离别的人做出判断。现在的普通离别与古代的例子一样，使用了高度转喻的语言，这正是使比较性判断成立的基础。然而，如果进一步反思这种比较，便会发现这是极大的歪曲。一位朋友离开长安可能确实令人伤心，但是这无法与项羽相比，项羽几乎得到皇帝权位却又失去、战败，即将失去心爱的虞姬、宝马及生命。李商隐此处几乎等于说，那些文化历史中的伟大悲剧时刻不能与此时此地的感受相比；换言之，个人经验的直接性超过历史知识，对一个喜爱用典的诗人来说，如此宣称很引人注目。

---

〔61〕 它还与江淹的另一首赋《恨赋》相似。

这种修辞炫耀与赋和骈文紧密联系，在李商隐的咏物诗中比其他诗中更占主导。这种程式化的修辞炫耀的一个方面是判断所列举的事例，做出比较性的评价，如同《泪》诗一样。当诗人未做出任何判断（因此判断是未决的）时，判断的先决条件在诗中往往表现为竞争，并往往与拟人化并行。

在李商隐的许多（虽然不是全部）咏物诗中，拟人化的手法很突出。对另一位诗人来说，晚秋时月光映霜的美可能构成一个完整的景象。李商隐则将各构成部分分离，将它们转换为各自的女神的炫耀竞争。

霜　月〔62〕

李商隐

初闻征雁已无蝉，百尺楼南水接天。

青女素娥俱耐冷，〔63〕月中霜里斗婵娟。

这是一个经典文本。虽然这种拟人手法在欧洲浪漫派之前的诗歌中是规范，但在中国传统中却远非如此。第一行是诗歌的常用手法，将诗的时刻定于两个著名的季节标志之间。这种可预见性被第二联的修辞竞赛所消除，此处出现一场斗争（诗中用的是更强的“斗”而不是普通的“争”），但结果未加判断。第二行为我们提供了远景，这一景象是完整的，却被第二联拆散。

我们假设诗人自己“耐寒”，欣赏这一景象。当耐寒者被转化为

〔62〕 29099；《集解》，1629页；叶（1985），11页；周，231页。

〔63〕 青女是负责霜的女神，素娥是月神嫦娥。

两位女神（其他地方从未提及她们对寒冷的敏感），意思便改变了。女神耐寒是为了赢得这场竞争，炫耀自己超过另一位。这完全是唐代文化的炫耀世界，相互联系的地位通过炫耀来获得。只有诗人，一位中国的珀力斯王子，在那里裁判这场竞争，他很明智地不下判断。

在一位诗人的诗歌经常被做出政治解读的情况下，对他那些明显地最非政治性的诗篇做出政治解读，是很令人犹豫的。然而在某种基本意义上，这首诗中的表演似乎在形式上重现了九世纪的政体。对八世纪的诗人来说，霜上的月光是完整的景象，如同社会和政体应是完整统一的。九世纪的诗人将这一整体分裂成互相竞争主导地位的各种代表。我们知道没有月光霜便会看不见，没有霜月光便不会那么耀眼。这一景象的美是由于两个成分互相依靠的结果。只有竞争主导地位的修辞手法将它们分割开来。我并不是说李商隐有意地将这首诗写成政体寓言，而是认为这首诗的修辞方式是一种看待世界的方式，与李商隐时代的政体情况具有深刻的一致性。

如果这一说法看来过分，我们可以比较下面这首诗。此诗确曾被做政治阐释，所指为节度使或朝廷党争。冯浩提出一个古典的先例，《战国策·秦策》中的“连鸡”意象，封建君主被比作绑缚在一起的鸡，无法共享一个鸡窝，但对这首诗不太合适。这首诗中，一个完整的自然现象（黎明时鸡叫）成为对立两派的竞争。

赋得鸡〔64〕

李商隐

稻粱犹足活诸雏，妒敌专场好自娱。

〔64〕 29249；《集解》，429 页；叶，184 页。

可要五更惊晓梦，不辞风雪为阳乌。[65]

当另一只鸟（此处是阳乌）出现在景象中，鸡从自己舒服的休息中起来鸣叫，宣告自己领地的主权。这也可能是一个纯粹的诗歌游戏，如同“霜和月”。问题不在于诗人是否有意将此诗喻指当代的政治情况。相反，这是一种思考世界的方式，竞争和总在比较，或捉摸哪个更好更成功。如果我们将这种竞争理解为一种激情，如唐代官职和地位的比较性擢赏，一些诗篇的奇特行动便可以解释。

石　榴[66]

李商隐

榴枝婀娜榴实繁，榴膜轻明榴子鲜。
可羡瑶池碧桃树，碧桃红颊一千年。

此类诗中可能有也可能没有隐喻相应物，但是我们可以更有信心地观察到重复出现的竞争或比较的判断模式。人世的普通水果甘美多汁，但是西王母的著名仙桃更好。阅读李商隐那些不太著名的诗，可以看到此模式的一系列变体，但在深层此模式保持不变。竞争的主题不能在不同事物之间展开，只能是同一事物。第

〔65〕据说太阳中有一只三脚乌，此处指早晨的太阳。太阳往往是皇帝的喻象。如果从这一角度来理解诗篇的寓意，这可以理解为愿意效忠，用屈复的话来说是“尽忠朝廷”。然而第二行显然表示阳乌是被挑战的竞争对手。

〔66〕29136；《集解》，1596页；叶（1985），53页。叶认为此指《南史》中的一段，刘悛任益州（巴）刺史时进献竹子，梁武帝很喜欢。叶认为此指李商隐自己希望被召回京城。

二联宣告此“物”在另一种环境下会更好。

巴江柳[67]

李商隐

巴江可惜柳，柳色绿侵江。
好向金銮殿，[68]移阴入绮窗。

“金銮殿”是神仙世界的诗歌对等物，像西王母及其著名的桃子一样。诗人也可以在同一首诗中，判断他喜好竞争中的第一项，那短暂而脆弱的东西。槿花虽然可能只开一天，但是它盛开的时刻受到珍视。与之比较的是那些宫女，她们虽不停“盛开”，却无人注意到她们的美丽时刻。

槿　花[69]

李商隐

风露凄凄秋景繁，可怜荣落在朝昏。
未央宫里三千女，但保红颜莫保恩。

伴随这些评断，诗人运用了将诗篇叙述者或所咏事物本身放置在更好或更差位置的词语，这些重复出现的词语包括可惜、可羡及可怜。这种比较地位的判断可以指向两个方向。我们可以回顾前面的

〔67〕 29125；《集解》，1256 页；叶（1985），41 页。
〔68〕 此指宫殿。
〔69〕 29463；《集解》，1604 页；叶（1985），400 页。

牡丹花如何“可怜”兰花，只是为了使诗人颠倒对它们的判断。

脆弱和短暂

上面描绘的比较模式中，第一项往往是脆弱短暂的事物。悲叹春花的凋落是一个普通主题，缺乏任何特色，但李商隐似乎对脆弱的事物及其毁灭特别着迷。这种情感常常看来有些造作，但是很难不将此看为他那些永久固定的意象的对应物，如在诗歌幻想中将一生专注于某个欲望的对象（例如，《燕台·秋》中歌女的嘴唇，《碧城》中的水晶盘，或《北齐》中小怜的裸体）。在上引绝句中，脆弱与神仙/帝王的抗衡显然是比较判断的两个项目。

下引诗篇是李商隐被《西昆酬唱集》模仿的诗篇中的两首。如果说脆弱的东西特别使李商隐感兴趣，那么没有任何东西比槿花更加脆弱，槿花只开一天。

槿花二首〔70〕

李商隐

其　一

燕体伤风力，〔71〕鸡香积露文。〔72〕

〔70〕 29165－29166；《集解》，1598页；叶（1985），89页。

〔71〕 此指汉妃赵飞燕，身体很轻，风几乎可以将她刮走。

〔72〕 “鸡舌香”在诗歌中用来指丁香。

殷鲜一相杂，啼笑两难分。
月里宁无姊，云中亦有君。[73]
三清与仙岛，何事亦离群。[74]

其　二

珠馆熏燃久，[75]玉房梳扫余。[76]
烧兰才作烛，襞锦不成书。[77]
本以亭亭远，翻嫌脉脉疏。
回头问残照，残照更空虚。

第一首诗的“笑”与花开相联系。露水是旋开旋落之花的“啼”哭。然而，我们在此诗中看到的是上面绝句中的比较机制（诗篇的一半有关脆弱的凡人，另一半有关神仙）在新的背景和争论中重现。槿花，最短暂的花卉，成为神仙之花，注定要“离群”，即使只是一天。

组诗的第二首更奇特。例如，我们怀疑红槿花是否“熏燃”和“烧兰”。“久”字用得很好，因为火焰似的花虽然自我消耗，却比真正的火焰长久，虽然花并不真的持“久”。一天结束时花也消失了，诗人向残照发“问”（暗示一般的询问，如花去了哪

---

〔73〕 此指“云中君”，《楚辞·九歌》中的神仙之一。
〔74〕 “三清”是道教的天堂。这几行的意思是槿花只开一天，是来自神仙世界的花。
〔75〕 我遵循冯浩的意见，他认为此处“珠”和“朱”可以互换，指道观。
〔76〕 此指闺房。“扫”指画眉。
〔77〕 此指织进锦中的回文。

里或为什么会这样）。问题向消失中的阳光提出，但残照代表了花的“空”，其本身也是“空”。

在下面这首诗中，注疏家们纷纷猜测蜂指什么，从轻灵的女子到李商隐在某个节度使幕府的同事。

蜂〔78〕

李商隐

小苑华池烂熳通，后门前槛思无穷。
宓妃腰细才胜露，〔79〕赵后身轻欲倚风。〔80〕
红壁寂寥崖蜜尽，〔81〕碧帘迢递雾巢空。〔82〕
青陵粉蝶休离恨，〔83〕长定相逢二月中。

通常蜂的性别是追逐女子（花）的男子，可这里颠倒了过来，蜂成为著名的美女。她们首先飞进花园，然后表现出她们的脆弱。在第三联中，她们突然消失，蜂巢空了。“蜜蜂和蝴蝶”是通用的配对。在尾联中我们看到蝴蝶留下，显然因为蜂的消失而感到

〔78〕 29247；《集解》，1030页；叶（1985），181页。

〔79〕 宓妃是洛水女神。细腰一般与黄蜂相联系，此处被普遍类别的蜂所替代。

〔80〕 汉成帝的皇后赵飞燕以身轻著名，轶事中说她有被风刮走的危险。

〔81〕 “崖蜜”是一种特别珍贵的绿蜜。

〔82〕 此似乎指养蜂。

〔83〕 此用韩凭的故事。韩凭的妻子很美，被宋康王夺走。宋康王建清陵台。韩凭自杀，其妻也从台上跳下身亡。宋康王大怒，下令将他们分开埋葬。根据最普通的传说，两棵大树从墓中长出，枝叶交缠。然而另一个系统将他们与大蝴蝶联系起来。董乃斌认为蝴蝶是女性，而蜂是男性，喻指诗人自己。见董乃斌，《李商隐的心灵世界》（上海：上海古籍出版社，1992），31－37页。

“离恨”，可慰的是两者将在春天再相会。

咏物诗在李商隐诗歌中所占比例异常之大，与朦胧诗和咏史诗有许多共同的隐喻所指问题。下一章讨论的较明显的政治诗中，有一些已经在李商隐的经典中取得了显著地位，但是早期的选诗、模仿诗及对其诗的引用，主要限于上面讨论的三类诗，以及一些较轻松的、运用这些话语的社交诗篇。

第十四章　李商隐：应景诗

诗歌观念

乐游原[1]

李商隐

向晚意不适，驱车登古原。
夕阳无限好，只是近黄昏。

五言绝句很难写得成功，试图成功的诗人往往站在王维的阴影里。李商隐此处创造了独特的东西。诗中的情绪节奏完美无比：诗人感到烦躁不安，驱车出长安，登上乐游原，发现落日的美丽，将不安的情绪驱散，但那是一种立即受到限制的美，因为诗人知道黑暗将临。他没有直说夕阳美丽是因为短暂；“只是”表示了突然意识到原以为“无限”的东西却是有限的。

李商隐当然不知道自己是一位晚唐诗人。如同那一时代的其他诗人一样，他对历史时期的最后阶段特别感兴趣，这可能表示

---

〔1〕 29116；《集解》，1942 页；叶（1985），31 页。

一种普遍的“晚来”感，但是他肯定没有预料到自己去世几十年后唐王朝发生的巨大灾难。他那黄昏前最后的辉煌时刻是无意的征兆，但后来的读者却不可能不感到共鸣。然而，在李商隐的时刻，这种景象再次反映了他对想象中的永恒持久和脆弱短暂的意象的迷恋。

《乐游原》的诗人是写无法解读的《河阳》诗（前面讨论过，见第十一章）的同一诗人，也是用其他各种风格创作的诗人。这种多样性代表了九世纪各种诗歌价值观竞争的一个方面。“真正”的诗人是以其范围宽广还是专注重点而杰出？元稹为杜甫撰写的墓志铭，最早清楚地表述诗歌的伟大之处在于多样性和范围宽广。[2]我们在刘禹锡为灵澈诗集所撰的序中（见第三章），再次听到这种中唐价值的回响。在序中灵澈的诗歌受到称赞，被认为比其他诗僧出色，原因在于灵澈的范围广泛而其他诗僧的局限。

李商隐在 847 年写的《献侍郎巨鹿公启》中，确实提出对唐诗的广泛评价，更赞成宽广的范围。[3]

> 我朝以来，此道尤盛，皆陷于偏巧，罕或兼材。枕石漱流，则尚于枯槁寂寞之句；攀鳞附翼，则先于骄奢艳佚之篇；推李、杜则怨刺居多，效沈、宋则绮靡为甚。

虽然这一段话部分出自修辞和陈套，其一般所指在当时的背景下是

〔2〕《元稹集》（北京：中华书局，1982），600－601 页。

〔3〕《献侍郎巨鹿公启》，见刘学锴和余恕诚，《李商隐文编年校注》（北京：中华书局，2002），1188－1189 页。

清楚的。“推李、杜”者应指元稹和白居易，在九世纪背景下以其“新乐府”而著名；韩愈可能也包括在内。“效沈、宋”者应指律诗巧匠。虽然这是李商隐呈献一位高官的“恰当的”公开面孔，但诗人应该做许多不同事情的信念，在他的作品中有许多例证。

此类重大问题往往以对立的观念成对出现。诗歌专注于一点，即“偏巧”，在当时是同样珍贵的价值。中唐时也是如此，如孟郊和李贺一类诗人，他们的诗歌具有各自不可磨灭的个性痕迹。这两位诗人在当时和九世纪后期都受到赞赏，因为他们的诗歌重点鲜明，既是其作品的特点，也同时是其局限性。虽然孟郊和李贺是以单一风格创作的“个性”诗人，但是很容易转变为贾岛一类诗人，他们缺乏强烈的个性，但专注于技巧，而这种技艺主要实现于单一的诗体和单一的诗歌“类别”。毫无疑问，晚唐的律诗巧匠们促成了这一联系，他们将孟郊（几乎从来不写律诗）看成他们献身技巧的先行者。

对“偏巧”而体现单一可辨风格的诗人感兴趣，这不仅体现在诗人的作品及其自我形象中，而且在形成一位诗人作品的流传选集时起了重要的作用，甚至在宋代最终根据存世的手抄本编辑“全集”时也是如此。这似乎也主导了对李商隐诗歌的遴选，那些选诗在其去世后的一个半世纪中广泛流传。这是遭李涪批评、作品被收入《才调集》和《文苑英华》的同一位李商隐。我们有更广博的李商隐形象，完全应归功于其优秀的编集者杨亿。我们可以对照宋敏求在编集孟郊诗歌的各种抄本时的评论：“摘去重复，若体制不类者。”〔4〕这告诉我们，假如孟郊曾经尝试过各种

〔4〕 华忱之，694 页。这一措辞较奇特。

不同风格，假如那些不同风格的诗篇保存于手抄本传统，北宋的编集者便会剔除它们，理由是“体制不类”。确实，传世孟郊诗集在风格上非常一致（以至包括了后来的诗人以同样风格写的诗篇）。

诗歌范围宽广与集中相对立的问题，显然是我们前面讨论过的另一问题的对应物：诗歌只是整个人生的一个方面，是公共和私人事务的附属，还是近乎一种宗教天职或职业，需要全副身心投入以达到完美。

我们下面再引一首李商隐的诗篇。在851年夏天，李商隐的妻子去世，他显然伤心孤独。他当时三十九岁，仕途也不顺利。那年秋天他出发去四川，加入另一位节度使的幕府。他将心爱的儿子阿衮留在长安的亲戚家照顾。后来一位名叫杨筹的人从长安来，告诉他在长安见过阿衮，并讲了阿衮的情况。李商隐非常高兴。

杨本胜说于长安见小男阿衮[5]

李商隐

闻君来日下，见我最娇儿。渐大啼应数，[6]长贫学恐迟。
寄人龙种瘦，[7]失母凤雏痴。语罢休边角，青灯两鬓丝。

如果我们阅读李商隐诗以外的晚唐诗，类似这样的诗是很少见

〔5〕 29176；《集解》，1214页；叶（1985），104页；周，213页。

〔6〕 冯浩解释说，阿衮不仅哭着要父亲而且要母亲。“数”也可以简单理解为经常哭。

〔7〕 “龙种”表示李商隐声称自己为皇室远亲。

的。在贾岛和他圈子内的诗人中肯定找不到。这显然是杜甫的模式，杜甫经常写到自己的家人，然而这并不是杜甫那种引向有限的“怨恨和讽刺”的模式。杜甫的模式对李商隐的影响，也并不局限于亲切地描述家人。像杜甫一样，李商隐对宽广的生活经验做出反应，包括表达他对时政的观点。我们应该清楚地说明，当提到“杜甫模式”时，我们并非指杜甫诗歌风格的影响，虽然那种影响在许多诗篇中清楚可见。杜甫模式指的是更重要意义上的诗人“应该”是什么的形象。这一模式在两位中唐诗人的作品中得到继承，即韩愈和白居易，他们在李商隐的时代是诗歌近期历史中非常重要的人物，即使白居易是个成问题的模式。

我们前面提到，李商隐不属于九世纪三十至五十年代著名诗人的圈子。在许多方面这位后来代表晚唐诗歌的诗人，并不属于晚唐，或至多他只是部分地投入自己时代的诗歌（虽然那部分投入是他的诗歌得以保存的原因）。诸如贾岛或许浑的诗人都主要创作于当时的背景，对“诗歌”的看法十分不同。李商隐将自己置身于更大的传统之中，充满文化历史的寓意，超越了扶持人、朋友和孤独的生活，表达政治批评和讨论家庭关注。虽然对后来的大多数读者来说，这种广度确实“更宏大”，但是我们应该记住，当时的中国传统尚未完全决定杜甫的诗人形象模式更伟大，虽然此点为他的两位完全不同的诗歌继承人韩愈和白居易所肯定。杜甫在晚唐受到广泛赞赏，但并未普遍地产生影响。专注技巧的诗学与杜甫诗歌所包含的价值观互相竞争（虽然杜甫作品的一个方面是专注的技巧）。有关阿衮的诗篇中没有精美的对联；如果要呈献皇帝一个诗歌小集（如张祜和李群玉所做），这样的一首诗是不会被选入的。这首诗作于李商隐居四川柳仲郢幕府时，但在他呈献给柳的诗集中，几乎不可能包括这首诗。〔8〕

我们的证据很有限，但是我们看到韦庄的《又玄集》和韦縠的《才调集》所选入的、《文苑英华》所包括的及杨亿的《西昆酬唱集》所模仿的李商隐诗，几乎完全是前面三章中讨论的那几类诗及宴会诗。这表示九世纪后期及十世纪品味的狭隘性。这种品位控制了一位诗人作品选集的编辑，而选集是诗歌最平常的传播方式。如果不是在东南地区偶然发现了更完整的集子，这肯定是我们所唯一知道的李商隐。杨亿似乎具有比十世纪的规范更广泛的兴趣；但只是到了十一世纪欧阳修之后的一代，杜甫诗歌才被广泛接受为诗歌最高价值的典范。虽然人们对李商隐的最大兴趣仍然是朦胧诗、咏史诗及咏物诗，他那些有关文化历史的“严肃”题材的诗篇也开始引起注意。十七世纪时条件成熟，人们对他的诗歌重新产生广泛的兴趣。于是李商隐以属于杜甫传统的诗人形象出现。

很难知道李商隐如何看待自己与同时代诗歌的关系。他比同时代的大多数诗人显然更喜欢阅读早期的唐代诗歌，而且与杜甫一样，他写了一组论诗绝句。虽然并未直接谈论当代的诗人，他那首关于初唐大师的绝句可能暗示了他对当代诗歌工匠的看法。

〔8〕《谢河东公和诗启》，见刘学锴和余恕诚，《李商隐文编年校注》，1961－1962页。

漫成五章〔9〕

李商隐

其　一

沈宋裁辞矜变律，〔10〕王杨落笔得良朋。〔11〕
当时自谓宗师妙，今日惟观对属能。〔12〕

这种“对属能”与组诗其他绝句中的李白和杜甫相对立，他们是“三才万象共端倪”。“三才”指的是天、地、人。有限对属才能与较大视境的对比，在此表现得十分清楚。

李商隐很清楚在自己的时代一位“诗人”应该是什么样子。他只是偶然说到“苦吟”，但显然并不像白居易那样以自然随意的形象而自豪。贾岛漫步而行时无视周围情况，为一联诗琢磨恰当的字词；下引诗与贾岛这一轶事形成有意思的对照。李商隐参加一个宴会，却想不出应对这一场合的诗篇的恰当词语。在回家的路上，景象和恰当的诗行突然出现在他脑中，尽管已经是在需要它们的社交场合之外。然而，所产生的并不是本来应该写的诗篇，而是一首有关创作过程本身的诗。

〔9〕 29538；《集解》，912页；叶（1985），468页；周，160页。

〔10〕 沈佺期（约656－约716）和宋之问（约656－约712）被认为是律诗格律的完善者。

〔11〕 王勃和杨炯（650－约693）是初唐四杰中的两位。另外两位是卢照邻和骆宾王，他们是“良朋”。

〔12〕 “能”翻译成“技巧”，是“能力”和“擅长于某事”的意思。它在夸张描绘杰出之处时肯定是较一般的语气，可能略有英文中称某人为“able”（能干）时的那种不屑语气。

江亭散席循柳路吟归官舍[13]

李商隐

春咏敢轻裁，衔辞入半杯。已遭江映柳，更被雪藏梅。
寡和真徒尔，殷忧动即来。从诗得何报，惟感二毛催。

与必须为恰当的字词挣扎的诗人（如贾岛）相反，李商隐的诗篇直接产生。然而他同时也致力于精美的诗歌表现，排除那种任何时候都可以自然地产生的诗歌（如白居易）。这是晚唐的“诗人”新义的一种变体，排除了随意，认识到艺术没有“回报”。然而这不是精致对联巧匠的那种诗歌。

周振甫最先注意到下引诗篇在李商隐诗歌观念中的重要性。[14]

谢先辈防记念拙诗甚多异日偶有此寄[15]

李商隐

晓用云添句，[16]寒将雪命篇。良辰多自感，作者岂皆然。[17]

---

〔13〕 29110；《集解》，1247 页；叶，25 页。

〔14〕 见 Robert Ashmore，“Hearing Things：Performance and Lyric Imagination in Chinese Literature of the Early Ninth Century”（Ph. D. diss.，Harvard University，1997），93 – 106。Ashmore 对这首诗提出了细致而深思的解释，我同意其中部分意见。对这首难懂的诗中国的注疏家也提出深思并且有时细致的讨论。

〔15〕 29295；《集解》，1487 页；叶（1985），225 页；周，261 页。“记念”通常意指“怀念”，但是这里的上下文明确表示是“记诵”。

〔16〕 可以译为“将云添加到诗句中”。

〔17〕 这一行在字面上的意义是：“至于作者们，他们怎么可能在所有情况下都是如此？”我们无法确定这一行的意思是“但是作者们怎么能总是如此”，如我所翻译，还是“怎么所有的作者都是如此？”

熟寝初同鹤，〔18〕含嘶欲并蝉。〔19〕题时长不展，得处定应偏。
南浦无穷树，〔20〕西楼不住烟。改成人寂寂，〔21〕寄与路绵绵。
星势寒垂地，河声晓上天。〔22〕夫君自有恨，聊借此中传。〔23〕

我们知道李商隐此处是在说自己的诗歌，但是因为许多诗行都可以有相当不同的各种阐释，他到底在说什么不很清楚。如我们对第三和第四行的理解，李商隐开始时列举可以成为诗歌场合的直接经验的例子，但随后指出并不是所有的诗篇都可以因这种自然的触动而写出（回应他在前一首诗所述宴会上的问题）。我们不知道如何来理解熟睡的那行，因为这一行处于直接经验和缓慢创作之间，创作过程缓慢是一种“苦吟”，是花费时间的诗学。〔24〕

---

〔18〕 周振甫引用出自《初学记》的鹤的传说，说明鹤确实在半夜鸣叫。周猜测李商隐的意思是他在熟睡之中突然醒来并创作，如同鹤鸣。《集解》指出睡鹤的意象经常用于唐诗中，虽然也引用鹤鸣的传说，但似乎接受鹤确实是在睡觉。

〔19〕 周振甫将此与思恋某人相联系，即下一行里不在的人，他寄赠此诗的人。除了李商隐的《蝉》诗（29109）外，我们还应注意到蝉鸣有强烈的“苦吟”意味。

〔20〕 南浦是标准的分别之地，并指离别诗。

〔21〕 我将“人”字理解为李商隐自己，但也可以指别人，表示他深夜改完诗篇时，别人都静寂不语。与这一行及下一行相似的情境，见孟郊的《归信吟》（19597）。

〔22〕《集解》引用李贺的“吟诗一夜东方白”，提出这是李商隐改完诗篇之后的景象。然而，这一联本身表现出有意识地构造“诗意的”景象，很难将其理解为创作时超诗意的实际世界。

〔23〕 此谓谢防可以通过记诵李商隐的诗篇来表达自己的感情。

〔24〕 我们可以回顾《文镜秘府论》中归属于王昌龄的有关创作的文章：“舟行之后，即须安眠。眠足之后，固多清景，江山满怀，合而生兴，须屏绝事务，专任情兴。”王利器编，《文镜秘府论校注》（北京：中国社会出版社，1983），306 页。

如我在注中指出，蝉的鸣叫与“苦吟”有紧密的联系，这些叫声是“含”，“抑制”或“留住”。关键词语是“题时”，不太精确地翻译成“我写作之时”。这可以理解成“当我描写这一景象时”，即第三行中提到的自然经验，或“当我吟咏一个题材时”，如在宴会上被要求写出一首诗的时候。此处显然是李商隐自称的“苦吟”时刻之一。我们看到这与写出“偏”的诗篇相联系，说明缺乏平衡或节制（“极端”可能是一个恰当的翻译）。然而这是前面引文中李商隐使用的同样词语，他谴责有些诗人“偏巧”。〔25〕

将这首诗与前引《献侍郎巨鹿公启》的段落相比较，我们便无法避免一个价值矛盾。“偏”或“极端”在较早时遭到谴责，但此处却似乎是一个暗含的价值。这种矛盾产生自话语的不同背景：以正规文体向府主陈述自己的诗歌价值观时所处的位置与写信给一位热爱诗歌的朋友时是大不相同的。然而，这一矛盾仍很重要。我们可以在李商隐的诗集中看到这种矛盾，其中不仅含有晚唐诗人中最广泛的风格和主题，而且也含有一个诗歌核心，这些核心诗篇也许比任何其他晚唐诗人的作品都更“偏”或“极端”。这正是我们前面讨论过的那一时代诗歌价值观的矛盾。李商隐能够保持矛盾的两个方面，这也许是其诗在传统中令人瞩目的持久魅力的基础。

我们并不确知应如何理解第五联中的两个景象，但它们似乎就是李商隐在此类迷人的梦幻般作品中所创造的那种诗行。〔26〕在

---

〔25〕虽然“偏”字可以有贬义，但是九世纪最普遍的用法是作为副词，意思是中性的“特别”（例如：“偏好”，特别好的意思）。

〔26〕我们可以回顾前面讨论过的姚合（见第四章）和雍陶（见第四章）的诗例，在那些诗中，如果一联中谈到诗歌创作，一般后面紧跟的一联便是所谈的那种精美诗句。

“苦吟”中修改是恰当的。虽然我们不能肯定他是否在其他人沉默时修改，还是修改后感到忧郁孤独，但是我们注意到诗篇立即被赠送一位远方的“某人”。此与题目相称，因为谢防读过他的许多诗篇。我们此处应该回忆李贺传记的一个主题，他的诗篇一旦写成便不再被留意，而被朋友拿走。倒数第二联很有意思，这些确实明显很“偏”的诗行引回首联的“晓”和“寒”。如果那些直接经验标志着诗篇所描绘的诗歌过程的开始，那么此联似乎便是对这一过程的诗意“结束”。

从这一过程中产生了突出的尾联。“自”在倒数第二行里翻译成“只有自己”，与第三行中翻译成“只在自己”的“自”是同一个字。于是我们看到一个情境，在创作过程中，诗人“自己”的经验在一首诗中获得完善，然后这首诗立即被送走。现在，作为李商隐诗篇的接受者和赞赏者，谢防可以通过李商隐的诗句传达“他自己”的感情。

如果我们的阐释正确，这便是一首非常引人瞩目的诗，是我所见过的唯一诗篇，读者经验被放置于诗人自己个人经验的诗学背景中。作为读者，谢防并不试图解读李商隐的经验（虽然这样一种诗歌理解在唐代确实存在）。相反，李商隐的经验经过诗歌创作过程的转化，成为其他人可以表达其经验的媒介。

杜甫从未如此讨论过诗歌创作过程，其他人也从未谈过（除了李商隐自己对李贺的描述）。在这首诗所属的时代，创作无可避免地与诗歌“是”什么的新问题联系在一起。虽然李商隐明确地称赞杜甫和李白，明确地蔑视初唐诗人，但他自己的诗学观念却处于杜甫和晚唐的新诗歌价值观的中间。他唯一可能明确反对的诗歌价值是白居易的随意自然。

李商隐生平背景下的诗篇

讨论过几组大多无法确定日期的诗篇后，转向那些可以确定日期的诗篇是很有用的。如果我们只限于那些诗篇，李商隐便会作为一位很不相同的诗人而被人记住。使一首诗可以确定日期的场合往往限定了该诗的范围。〔27〕

虽然学者们将不少诗篇归属于李商隐的青年时代，却只有少数几首诗可以确定作于837年前，诗人在837年二十五岁左右进士及第。这并不异常。除了李贺的作品局限于青少年时代以外，一般一位诗人成熟前可以确定日期的作品很少存世。一个原因可能是年长后的诗人抛弃自己年轻时的诗篇。另一个原因可能仅是如何确定一首诗的日期的问题：我们确定作品日期的能力主要依靠于著名人物的指称，及诗人于某时在某地，这些可能性一般发生在进士及第之后或进入诗歌唱酬的成熟网络之后。

那些可以确信为李商隐年轻时所作的诗篇很说明问题。我们已经讨论过《燕台诗》，其中流露出李贺的影响。有几首诗作于834年，在李商隐的扶持人、也可能是母方的亲戚崔戎去世前后。其中一首充满了典故，翻译时需要辛苦解读，在当时应是相当突出的，具有人们对一位年轻骈文大师所预料的那种严肃性和“稠

〔27〕我们如果比较李商隐诗篇的各种编年，斟酌有关具体诗篇系年的争论意见，会引出相当程度的不可知论。我们不仅必须排除相当多数量的诗篇，那些诗篇的系年纯粹基于有关诗篇寓意或背景的猜测；而且在仔细观察之后，许多涉及具体人物和地点的诗篇也变得很不肯定。

密”风格。[28]

也许最早的一首可明确系年的诗大约作于830年，此诗与一些朦胧诗有隐含的相似之处，虽然诗中表现的是透明的社交幽默。

天平公座中呈令狐令公[29]

李商隐

罢执霓旌上醮坛，慢妆娇树水晶盘。[30]
更深欲诉蛾眉敛，衣薄临醒玉艳寒。
白足禅僧思败道，[31]青袍御史拟休官。
虽然同是将军客，不敢公然子细看。

此处我们看到《碧城》诗结尾时的“水晶盘”。诗中主人再次夸耀他的一位女子，男性客人通过流露自己受到吸引来恭维主人。李商隐当时才十几岁，他羞怯地避开眼光，同时戏谑地突出女子的魅力对其他客人的影响。李商隐那些涉及爱情的朦胧诗被归属于其生活的不同时期，解释为隐喻的或真正的激情。其中有许多可能是他二

---

〔28〕《过故崔兖海宅与崔明秀才话旧，因寄旧僚杜赵李三掾》（29581）；《集解》，67页；叶（1985），510页；周，21页。

〔29〕29600；《集解》，42页；叶（1985），531页；周，14页。下面这个注包含在题目里：“时蔡京在座，京曾为僧徒，固有第五句。”

〔30〕既然第二行明确指一位美丽的女子，第一行很可能也相同。《集解》的理解是这一联指令狐楚家中的一位女子，她原先是女道士。“醮”是一种道教仪式。周振甫则认为这位女子仍是道士，被请来参加一个仪式。《集解》的解释更可取，因为下面两行表示她参加了宴饮。

〔31〕此指《魏书》中关于僧人惠始的轶事：虽然他在泥土中行走，但他的脚却保持白色，于是被称为“白脚师”。

十多岁时的作品，那时他刚受到李贺的影响，为真实的或想象的浪漫爱情所冲昏头脑。我们承认这种观点带有陈规老套的意味，但是在李商隐诗歌的成熟期中，很少有可以确定日期的诗篇为我们提供类似的例子，而我们在早期的诗篇中却发现了几首。[32]

这将我们带回到咏柳诗，特别是赠“柳枝”的诗，那位为李商隐的《燕台诗》所吸引而试图约会的年轻女子。李商隐恰好需要离开那里，后来听说她被一位有权势的人纳为妾，他便有机会在安全距离外诗意地表达丧失感。这种浪漫缠绵的安全距离使得他可以独特地公开表现激情：李商隐请他的表兄让山将这些诗篇抄录于她原来居住的地方（“因寓诗以墨其故处”）。很难知道到底目的何在，也许是在柳枝故宅的外墙涂鸦。然而，这一行为的公开性质是清楚的：这些诗不可能只是“为”柳枝本人而写。这是“出版”和潜在读者的罕见暗示，同时也说明这种公开宣传会提高地位。我们应该假定在洛阳存在着男女青年的群体，他们会阅读这些诗篇，传播这些诗篇，而且他们已经知道李商隐与柳枝的故事。[33]有意思的问题是为什么李商隐要加序，序的唯一目的是为那些不属于洛阳当地群体的人提供背景信息。这些五言绝句

---

〔32〕 我们还应该指出，《和友人戏赠二首》（29357-29358；《集解》，174 页；叶［1985］，289 页；周，37 页）及《题二首后重有戏赠任秀才》（29359；《集解》，181 页；叶［1985］，291 页）也含有与朦胧诗的有趣相似。《集解》将这些诗篇定于 838 年，其所根据的标准比许多其他诗篇的系年要好，但也不是完全可靠。

〔33〕 虽然我不提倡这样一种阐释，但是人们可以将这首诗理解为李商隐在努力重新获得失去的尊严。序中说柳枝约他某日相会，但是李商隐提前离开洛阳，借口很怪，说是一个朋友开玩笑拿走了他的行李。在此我们可以回忆《莺莺传》中，张生拒绝参加朋友们的娱乐时需要忍受的戏谑。

令人想起南朝的乐府，通常有关爱情，只是这里带有唐代的精妙曲折。

柳枝五首[34]

李商隐

其　一

花房与蜜脾，蜂雄蛱蝶雌。
同时不同类，那复更相思。

此处我们可以清楚看到李商隐浪漫幻想的能力。最突出的是第三行：情人相会，但是他们却“不同类”。看来根本上是社会等级的差异在此处被隐喻成物种的差别。[35]最后一行很含混，可以是李商隐自己问：“为什么我还一直相思?”此问题也可以是反问（“我们当然不会继续相思/我不再思念她”）。这要由洛阳的年轻人来决定如何解释，虽然他们一定会喜欢解释成李商隐仍在思念她。

其　二

本是丁香树，春条结始生。[36]

〔34〕 29628 – 29632；《集解》，99 页；叶（1985），565 页；周，70 页。有关序，见 Stephen Owen，“*What Did Liuzhi Hear? The ‘Yan Terrace Poems’ and the Culture of Romance*，” *T’ang Studies* 13（1995）：81 – 118。

〔35〕《集解》明确地否定了等级的问题（106），这样做的同时也承认人们确实会想到等级问题。然而，《集解》确实同意柳枝与带走她的东诸侯不同类。亦见吴调公，《李商隐研究》（上海：上海古籍出版社，1982），109 页。

〔36〕“结”指丁香，是情人间的约定。

玉作弹棋局，[37]中心亦不平。[38]

这是南朝乐府风格的妙语双关的绝句。首联第一行描绘外部世界的一种事物，第二行将其扩展，用来双关情人。

其　三

嘉瓜引蔓长，碧玉冰寒浆。[39]
东陵虽五色，[40]不忍值牙香。

这首绝句被解为柳枝被一有权势的主顾带走，其根据可能是南朝《碧玉歌》的首联：

碧玉小家女，来嫁汝南王。

注疏家们喜欢将最后一行中隐含的主语看为柳枝本人，她仍然爱着李商隐，因为被另一男子所占而伤心。然而，也同样可以指李商隐自己的伤心。

---

〔37〕“弹棋”宽泛地译成“marbles”，“弹子”（或更好的译法是“tiddledy-winks”）是一种游戏，玩游戏者用弹子打掉对方的弹子。盘中间有一个高出的陷坑接弹子。

〔38〕这是双关，也可以翻译成：“心中不平”。

〔39〕“碧玉”在一位乐府女主角的名字及一首歌之间做文章；那首歌的开头为：“碧玉破瓜时。”“破瓜”是表示十六岁的标准词语，因为汉字“瓜”分开是两个“八”字。

〔40〕此引用秦东陵侯的典故，秦亡之后他在长安青门外种瓜。

其　四

柳枝井上蟠，莲叶浦中干。[41]
锦鳞与绣羽，水陆有伤残。

柳枝自然是那位女子的名字，而“莲”历来双关“怜”。这也可以理解为柳枝因被带走而不快乐，虽然远未清楚。如果鱼（“鳞”）和鸟（“羽”）代表诗人和柳枝，那么两者都受了伤。

其　五

画屏绣步障，物物自成双。
如何湖上望，只是见鸳鸯。

从许多方面来说，此组诗的最后一首最出色，诗中将内心表述与外部世界相对比。在内心世界的表述中，“物物自成双”，但是在外部人们只见到鸳鸯成对，鸳鸯是配偶白头到老的标准比喻。我们是否应该回忆李商隐在第一首诗中宣称它们“不同类”？也许不，但这是一种奇特的、不和谐的回应。周振甫将此仅理解为诗人往湖上望去而不见柳枝，但是它似乎指的是成双配对的对比，内心表述的普遍配对和实际世界中只有鸳鸯成对的对比。[42]

---

〔41〕 朱彝尊评论说，两者栽种的地方都是错的。

〔42〕 李商隐还被说成与长安华阳观一位姓宋的女道士有恋情，其证据是两首诗，《赠华阳宋真人兼寄清都刘先生》（29354；《集解》，1913 页；叶［1985］，284 页）和《月夜重寄送华阳姐妹》（29472；《集解》，1920 页；叶［1985］，409 页）。我们或许可以将其中之一解为李商隐表达渴望见到两姐妹或其中之一，虽然这种解释并不是必然的。此外，即使他暗示自己希望见到她，我们也不知道其中的严肃程度。

即使在这些早期诗篇中，李商隐的作品也显示了极大多样化。除了在令狐楚宴会上的戏谑、《燕台诗》的热烈艳情及南朝乐府风格的《柳枝》诗外，下面这首约作于833至834年的绝句表现了一种宏大的戏剧性风格，其中没有任何用典：

夕阳楼〔43〕

李商隐

花明柳暗绕天愁，上尽重城更上楼。
欲问孤鸿向何处，不知身世自悠悠。

诗人此处显然将自己比作孤鸿。诗篇的部分效果依赖于“悠悠”这个词，我蹩脚地翻译成“一直继续下去”。当用在可见的世界时，它通常指天空中的事物，例如天空本身、云或如同此处的孤鸿。“悠悠”隐含了空间和时间，是某种一直延续并融入无限空间的事物。它在视觉上可以用于鸿，在比喻上可以用于“自我”和“世界”。我们应该指出，这既是一首七言绝句，又是另一首登楼诗的例子，押韵词是熟悉的“尤”韵。

李商隐诗歌语言的间接性和比喻性，根据不同场合和群体而表现出不同的类型和程度（允许同一个人可以属于不同群体）。虽然没有人能够从习惯意义上理解诸如《燕台诗》的一系列诗篇，像柳枝那样的人可能会听到这些诗篇，可能会受感

---

〔43〕 29364；《集解》，77页；叶（1985），303页。这首诗附有下引注：“在荥阳。是所知遂宁萧侍郎牧荥阳日作者。”

动，一般能懂得“它们的意思”，尽管它们很晦涩。在一个传播爱情诗歌的群体里，《燕台诗》中使用的复合词很可能在口头上可以理解。相反，柳枝很可能无法理解下面这首诗的任何诗句，此诗没有书写文本是不可能被理解的。此诗是为甘露事件而写的一组两首的第一首（后来加了第三首）。甘露事件发生在835年冬天。诗人的注说：“乙卯年有感，丙辰年诗成。”虽然这可以被认为是危险的题材，但是似乎没有人因为此类诗歌反应而遇到麻烦，特别是此诗充满典故和稠密的语言。与后来的一些时代相反，唐代统治者并未寻找文学怨懑的证据（但是一首有效的“民谣”，语言俚俗，可以口头传诵，那就可能是另一回事）。尽管后代批评家称赞李商隐有“敢言”的勇气，但并没有任何迹象表示这首诗曾经流传。假如曾流传，阅读这首诗也需要文化很高的群体。

有感二首〔44〕

李商隐

其　一

九服归元化，〔45〕三灵叶睿图。〔46〕

---

〔44〕 29360－29361；《集解》，108页；叶（1985），292页；周，23页。

〔45〕 全国（“九服”指与京城和王朝中心的统治者的九种程度的远近距离）都因皇帝以德行教化和改造民众而归心。

〔46〕 日、月、星（“三灵”，因此是天上的迹象，代表上天的意志）表示他们的赞成，即上天可能支持推翻宦官。

如何本初辈，[47]自取屈氂诛。[48]
有甚当车泣，[49]因劳下殿趋。[50]
何成奏云物，[51]直是灭萑苻。[52]
证逮符书密，辞连性命俱。[53]
竟缘尊汉相[54]，不早辨胡雏。[55]
鬼箓分朝部，军烽照上都。
敢云堪恸哭，未免怨洪炉。[56]

虽然我们前面讨论过甘露事件的一般情况，但此处需要进一步介绍细节。密谋者之一王涯在酷刑之下招供说，如果计划成功，与

〔47〕本初是东汉袁绍的字。袁绍带领军队进宫捕杀宫廷宦官，有效地终止了他们的势力。

〔48〕屈氂指刘屈氂。他于公元91年担任丞相。一位宦官告他用巫术咒汉武帝，目的是为了扶昌邑王为帝。结果他被处死。这里的含义是唐代那些密谋攻击宦官的人在制订计划时十分无能。

〔49〕此引自《汉书》的一件轶事。汉文帝让宦官赵谈与他一起乘坐御辇。袁盎跪伏车前，问皇帝“奈何与刀锯之余共载”，赵谈哭泣下车。

〔50〕此引用六世纪初的一首预言诗：“荧惑入南斗，天子下殿走。”这似乎批评密谋者李训想要杀死所有的宦官，因而迫使他们劫持皇帝。

〔51〕此指有关“甘露”的报告，是政变的信号。

〔52〕《左传》昭公二十八年的一段陈述：一帮劫匪将受害者带到沼泽中，却被郑国的军队消灭。此指那些密谋者（我的翻译按此理解）还是指宦官并不肯定。

〔53〕此指告密者和被告密者都丧失性命。

〔54〕此谓高大的汉相王商，用在此背景下指密谋者之一李训。

〔55〕此指《晋书》中记录的一件事。王衍见到一位年轻胡人（“胡雏”在字面上的意思是野蛮的小鸡），认为他相貌异常，会给国家带来祸害。这位年轻胡人是石勒，后来确实推翻了晋朝。注疏家们一般认为此指密谋者之一郑注，据王涯被迫的招供，他将被拥登皇位。李商隐似乎在谴责郑注，虽然不能肯定这是因为他偏信其罪名，还是因为他认为密谋被无能地策划。

〔56〕此指宇宙或宇宙秩序。

李训一起策划的主谋之一郑注会取代文宗而当皇帝。这成为胜利的宦官的“说法”，成为残酷清洗的合法理由；文宗至少假装相信。虽然李商隐此处合理地明显反对宦官，但是他似乎也接受事件的这种解释。根据这种解释，反对宦官的政变也是暗中反对唐王朝的政变。

如我们在本章开始时指出，李商隐可以用多种形式写诗。《乐游原》是叙事诗，虽然很简单。《燕台诗》的力量主要来自对一个叙事或场景的提示，虽然我们无法确定那是什么（我们在前面称之为隐秘的诗法）。与之相反，《有感》诗以一个已知的叙事为中心，将此叙事的各个时刻转化成精美隐秘的诗句。有时候我们不知道特定诗句指的是甘露事件的哪一部分，或我们不能肯定诗人如何评判，但是阅读这首诗需要有关这一具体的历史事件的知识。这种对隐含场景的间接指示是朦胧诗的模式，但朦胧诗同时又不断阻扰这一模式。

李商隐在 838 年初回长安的路上，目击了京城附近西北农业区的灾难。在长达两百行的以杜甫传统写的巨作《行次西郊作一百韵》里，李商隐以当地农民的口吻叙述了这一地区遭受的灾难及国家的命运（卑微的对话者在这种诗歌中很常见）。下面是这首诗的第一部分：[57]

> 蛇年建丑月，我自梁还秦。南下大散岭，北济渭之滨。
> 草木半舒坼，不类冰雪晨。又若夏苦热，燋卷无芳津。
> 高田长槲枥，下田长荆榛。农具弃道傍，饥牛死空墩。

---

〔57〕 29657；《集解》，232 页；叶（1985），661 页；周，51 页。

依依过村落，十室无一存。存者皆面啼，[58]无衣可迎宾。

农民们讲述王朝的悲伤故事，这经常在诗歌中重现，从早期的繁荣到安禄山叛乱，到国家越来越严重的问题，及给农民带来的负担。对这些农民来说，最后的惨重一击是甘露事件。当神策军回头摧毁政变主谋凤翔节度使郑注时，有一万五千兵士需要粮草和住宿，村民们便逃到山里。后来的年月也没有好转。下面这段阴冷的幽默假设知道亭吏的角色是负责抓匪徒，不幸的是亭吏已被凤翔的节度使所杀。

盗贼亭午起，问谁多穷民。节使杀亭吏，捕之恐无因。
咫尺不相见，旱久多黄尘。官健腰佩弓，自言为官巡。
常恐值荒迥，此辈还射人。

虽然这样的描述常常被归类为“现实主义”，但是毫无疑问，其中带有农民抱怨时一定程度的夸张，外加诗歌的夸张。然而在夸张下面，可能也有同等程度的真实性。这种真实也是当地的（几乎没有历史证据使我们怀疑，在长安另一边的城南的乡村田园诗是不真实的），但是这种当地毁灭的“真实”积累给唐王朝造成严重的问题。

如果我们只知道朦胧诗和咏物诗，李商隐可能会被看成温庭筠那样的诗人。然而，在他通过进士考试和达到成熟后，我们发

[58] 几位清代批评家赞成以异文“背”代替“皆”。《集解》认为转过背去的意思可能隐含在“面”字中。

现越来越多的针砭时政的诗篇。根据中国诗歌传统的一个定义，这是诗歌的“严肃性”。李商隐与杜牧一样共有这种“严肃性”。这一品质在将二人提高到经典的地位时起了主要作用。

按照后来的标准，李商隐以诗歌形式写的“致编辑的信”通常在政治上是正确的，因为代表了低级官员中反外族、反武力的情绪，然而在当时的政治现实背景下往往是很幼稚的。我们只能同情文宗及其顾问们，他们手中的资源减少，却努力维持一个虚弱的政体。皇室公主是这种资源之一，可以用来加强那些不稳定的忠心。在 837 年，寿安公主被嫁给驻扎在现代河北的成德军节度使王元逵。这是全国最多麻烦的地区之一。王元逵的回鹘父亲王廷凑曾公开藐视朝廷权威。成德军只是名义上的唐朝军队，王元逵只是在名义上担任朝廷职位。在第五行中，李商隐有意地将这场婚姻比作“和亲”，中国一种古老的外交手段，将中国公主嫁给外国君王，以生养与皇室有血缘关系（往往是外甥）的继承人。

寿安公主出降〔59〕

李商隐

妫水闻贞媛，〔60〕常山索锐师。〔61〕
昔忧迷帝力，〔62〕今分送王姬。〔63〕

---

〔59〕 29363；《集解》，194 页；叶（1985），301 页；周，44 页。

〔60〕 妫水在山西，是尧将两个女儿嫁给舜的地方。这里的主语是王元逵。将一位回鹘军阀暗比圣王舜，显然意味着讽刺。

〔61〕 常山在现代河北，是成德军治所。

〔62〕 此似乎指王元逵之父王廷凑。

〔63〕 姬是周朝王族。这里代表文宗之女寿安公主。

事等和强虏，恩殊睦本枝。

四郊多垒在，[64]此礼恐无时。

这样一首诗很难用英文优雅地或有效地表达，但这是讽刺大师的作品。实际上，此诗的嘲讽达到了挖苦的层次，是唐代这种诗仅有的寥寥几首之一。诗篇开始于圣王尧将女儿嫁给继承人舜这一富于共鸣的古老场景，然后突然转向由粗暴的东北军组成的迎亲队。周（唐）皇室的女儿被奖赏给对皇室忠诚有疑问的人。一位应该是唐朝将军的人被像一位外国君王一样对待。结束时诗人用富于共鸣的古典词语做出寓意丰富的古老评价，认为这是“无时”。然而，李商隐的愤慨不是对付王元逵和成德军的实用方法。

在838年，即其进士及第的第二年，二十六岁的李商隐去泾原节度使王茂元的幕府任职。王茂元很快成为他的岳父。这是唐朝剩下的所有西北部地区，离京城不远。正是在这个阶段李商隐写了《安定城》（见第六章）和《回中牡丹为雨所败》（见第十三章）。当时诗人还只是二十多岁，但其诗歌范围的广度不仅出众，而且在晚唐是独一无二的。即使多才多艺的杜牧，也无法在这么多的风格中都获得出色成就。李商隐的广度特别令人瞩目，因为只有很少的诗篇可以确定是这一时期的作品。

大约在844和845年，诗人在永乐县，为母亲守孝。隐秘激情和政治讽刺的诗人现在扮演了淳朴花匠的诗歌角色。

---

〔64〕此引用《礼记·曲礼》中的一段：“四郊多垒，此卿大夫之辱也。”

永乐县所居一草一木无非自栽今春悉已芳茂因书即事一章[65]

李商隐

手种悲陈事，心期玩物华。柳飞彭泽雪，[66]桃散武陵霞。[67]
枳嫩栖鸾叶，桐香待凤花。绶藤萦弱蔓，袍草展新芽。
学植功虽倍，[68]成蹊迹尚赊。[69]芳年谁共玩，终老召平瓜。

我们几乎忘却了诗人才刚三十出头，而不是诗中所表现的成熟老人。李商隐喜欢采用高雅修辞的倾向没有完全离开他，但这是一首较安静的诗，与早期的作品不同。首联必须设在过去，对春“华”（“开花”、“华丽”）的期待不仅实现于植物，而且实现于比植物长寿的诗歌修辞。这是“学植”，也是文学的园艺学，产生出自己的“华”。花园就像诗人的技艺，会发展成长，虽然可以推测其后果不同。这一过程的“结果”之一是成熟的果树，每年花开引来了大量的欣赏者，以致树下形成一条小路。结尾时给出了另一种“结果”，即花开后结的果，东陵侯甜美的瓜，也吸引了许多人，虽然调子不同。

将诗篇系年总是成问题，但是下面这首著名的绝句是李商隐写给其扶持人令狐绹的，很可能大约是同时期的作品。

---

〔65〕 29558；《集解》，497页；叶（1985），489页。

〔66〕 “彭泽”指陶潜，以“五柳先生”著名。“雪”是柳絮。

〔67〕 桃花源在武陵。“霞”指桃花。

〔68〕 “学植”双关“植学”，即积累学问的意思。

〔69〕 桃李树下形成小路是谚语，指以优良品质而吸引人的事物。李商隐意谓其树尚未成熟，未能吸引人群（或他自己的成就尚不够吸引注意）。

寄令狐郎中[70]

李商隐

嵩云秦树久离居，双鲤迢迢一纸书。
休问梁园旧宾客，茂陵秋雨病相如。[71]

研究李商隐诗歌的学者们一般都感到令狐绹应该在事业上多给他一点支持。[72]人们创造出场景：令狐绹由于李商隐娶了王茂元的女儿而不悦，因为王茂元属于朝廷中的另一党派。没有证据表示朝廷朋党之间的敌意降低到李商隐的层面。我们应记得杜牧和牛僧孺关系密切，而其弟却在李德裕手下任职。李商隐请求得到荐引是常规做法。从另一角度来看，令狐绹有许多人请求他帮助。他是令狐楚的儿子，李商隐年轻时在他父亲门下时（梁园客）一定与他相识；显然他也一直与李商隐保持联系。诗中描述的情况很清楚，令狐绹寄来一封信问候，这首诗是回答。阅读前面一首诗的读者有理由想，那位愿意如同东陵侯一样种瓜终老的快乐园匠到哪里去了？相反，我们发现李商隐在扮演司马相如的角色，那位汉代最著名的文人，病重而遭忽视。我们假设令狐绹在信中很恰当地礼节性地问："近来如何？"诗人回答说"休问"，却用极具共鸣的形象提供了未说出的信息。诗人的感觉可能（实际上几乎肯定是）在写这两首诗时是不同的，中间相隔至少一个季度，也可能数年。然而，更

---

〔70〕 29160；《集解》，529 页；叶（1985），85 页；周，127 页。

〔71〕 李商隐自比司马相如。司马相如曾为梁孝王的门客，晚年住在靠近茂陵的地方。

〔72〕 李商隐自己有同样的感觉和抱怨，甚至将令狐绹的冷淡与他父亲的慷慨相对比。见 29594（《集解》，935 页；叶［1985］，524 页；周，158 页）。

有意思的问题涉及诗人与诗歌角色扮演的关系，在此处这种角色扮演可以用来达到有用的说服目的。李商隐不仅能够采纳一个角色，而且可以令人信服地完全沉浸于其中。他的立场既不是“诚恳的”也不是“不诚恳的”，而是能够完全置身于他为自己创造的诗歌形象中。他进入许多角色，从满足于简朴生活的三十二岁的衰老园匠，到遭朝廷忽略的病重临终的诗歌天才。每一种情况都不仅是一种“幻想”：在这些诗中他暂时沉浸于与其共鸣的历史人物之中。

在846至847年，李商隐出发赴桂林府。如同此前许多到过唐王朝南方地区的诗人一样，李商隐描写了那里的奇特景象。

桂　林〔73〕

李商隐

城窄山将压，江宽地共浮。东南通绝域，西北有高楼。
神护青枫岸，龙移白石湫。殊乡竟何祷，箫鼓不曾休。

桂林路中作〔74〕

李商隐

地暖无秋色，江晴有暮晖。空余蝉嘒嘒，犹向客依依。
村小犬相护，沙平僧独归。欲成西北望，又见鹧鸪飞。〔75〕

在这相对朴素而未用典的风格中，我们可以看到五言律诗巧匠的

〔73〕 29132；《集解》，621页；叶（1985），49页。
〔74〕 29210；《集解》，672页；叶（1985），145页。
〔75〕 据民间传说，鹧鸪总是朝南飞。

遗产。实际上，在《桂林路中作》的第三联可以不留痕迹地消融于贾岛的一首诗中。朴素的风格在《桂林》中特别有效，描绘了神秘和粗野的西南地区，在地方宗教庆典活动的不停音乐中，本地的神灵萦绕出没。

此处无法讨论李商隐赠刘蕡诗篇的系年问题。刘蕡因为828年的一个事件而著名，他非常直率地回答了殿试中的一个问题，谴责宦官，质问文宗借以登上皇位的方式，描绘国家处于困境和崩溃的边缘。不用说，刘蕡未通过考试，一位及第的学者李郃提出愿意与刘蕡交换位置（我们应该指出杜牧是另一位通过同一场考试的学者）。迫于官场对刘蕡的广泛同情，刘蕡只被发配到南方的柳州（柳宗元从前任过职的地方）。李商隐赠刘蕡的名作被系于841至848年之间。从根本上说这并不重要，但赠刘蕡诗为上引相对直接的桂林诗提供了一个很好的对比，其风格稠密，用典多，令人想到杜甫，在杜甫诗中，物质世界会变成儒家政体的隐喻体现。

赠刘司户蕡〔76〕

李商隐

江风扬浪动云根，〔77〕重碇危樯白日昏。
已断燕鸿初起势，〔78〕更惊骚客后归魂。〔79〕

---

〔76〕 29112；《集解》，701页；叶（1985），27页；周，107页。

〔77〕 “云根”是传统的岩石意象。此处风浪的意象表示政治风浪。

〔78〕 此指刘蕡遭宫廷宦官诽谤阻遏。如《集解》指出，鸿通常被认为出自燕地，此处因为刘蕡是东北人而更有力量。主语显然是风，虽然也可能没有人称：“已断，初起势……”

〔79〕 此指刘蕡从放逐地南方的柳州回来。此处将刘蕡与屈原和《招魂》相比较，《招魂》据说是为将屈原从放逐地招回而写的。

汉廷急诏谁先入，[80]楚路高歌自欲翻。[81]
万里相逢欢复泣，[82]凤巢西隔九重门。[83]

最后燕鸿变成一只凤凰，在这首富于儒家意象的诗中，隐喻被逐而不受赏识的贤人。刘蕡是屈原和贾谊，也许甚至是接舆，那位歌咏时代德行衰落的狂人。

李商隐能够用五言达到相似目的，如他在刘蕡去世时用这一形式写的两首著名挽诗。我们此处引第一首。

哭刘司户二首[84]

李商隐

其　一

离居星岁易，[85]失望死生分。酒瓮凝余桂，书签冷旧芸。
江风吹雁急，山木带蝉曛。一叫千回首，天高不为闻。

---

〔80〕此用贾谊的典故。贾谊放逐回来，应诏去见汉武帝。此处意谓刘蕡未如贾谊那样被皇帝召见。

〔81〕许多注疏家认为此引楚国狂士接舆对孔子歌咏凤凰之事：“凤兮凤兮！何德之衰？”但是《集解》认为此承继了第四行中的屈原主题。“翻”在此被解为作歌，也可以是“飞”的意思，表示诗人或他的歌高飞。

〔82〕我认为“万里”表示刘蕡从柳州放逐回来所旅行的距离。然而，那些认为这首诗作于李商隐在南方遇见刘蕡时的人，将此解为两人在离京城“万里”的地方会面。

〔83〕在黄帝的宫殿做巢的凤凰是非常吉祥的征兆。“九重门”是宫门。这里的意思似乎是凤凰/刘蕡无法回巢，因为被迫离宫太远，即受朝中政敌阻遏。

〔84〕29113－29114；《集解》，962页；叶（1985），28页；周，117页。

〔85〕字面上的意思是“岁星”，即木星。换言之，指时间流逝。

第二首用典更多，但是五言的紧凑赋予诗篇不同的品质。

我们可以比较另一首哀悼刘蕡的七言。

哭刘蕡[86]

李商隐

上帝深宫闭九阍，巫咸不下问衔冤。[87]
黄陵别后春涛隔，[88]湓浦书来秋雨翻。[89]
只有安仁能作诔，[90]何曾宋玉解招魂。[91]
平生风义兼师友，不敢同君哭寝门。[92]

李商隐很可能是在从桂林回来的路上停留于潭州府。潭州是

---

〔86〕 29167；《集解》，954页；叶（1985），91页；周，116页。

〔87〕 此处显然引用《离骚》，巫咸从天上下来，屈原告诉他自己的困境。但是此处显然也引用了《招魂》的残序，天帝遣巫阳去招回死者或将死者的灵魂，传统上解为喻指屈原因被放逐而到处流浪。朱鹤龄相当合理地认为，李商隐实际上意指巫阳。何焯同意指的是巫阳，并根据较早的用典说明为何李商隐在此处选用巫咸。如果和《招魂》联系起来，便可以将神巫不下的责任归咎于天帝（很容易就可联想到皇帝），从而引出死亡的成分，因为刘蕡已死。叶葱奇更赞成《离骚》的出典。可能最好将此句看为两种典故的融合，或仅是由于李商隐忘记《招魂》中是哪一位神巫。

〔88〕 何焯将广陵校订为黄陵，最早的文本中原是广陵。根据程梦星的解释，校订的根据是另一首悼刘蕡的诗，李商隐在那首诗中说到在黄陵（在湖南，湘江口附近）与刘蕡分别。

〔89〕 此应是带来刘蕡死讯的信。

〔90〕 安仁是晋代文人潘岳的字。潘岳以善写哀悼文体而著名。

〔91〕 据说是宋玉为屈原写了《招魂》，但是招魂仪式一般解释为将灵魂（意识）招回死者的或昏迷者的身体。

〔92〕 根据《礼记·檀弓》所述孔子规定的丧礼，允许一位学生在寝室为老师服丧，而朋友则应该在寝门之外服丧。李商隐这里似乎是说，自己的恰当地位是学生，因此应当被允许在寝室哀悼。

现代湖南的长沙，是贾谊的著名流放地。

潭　州[93]

李商隐

潭州官舍暮楼空，今古无端入望中。
湘泪浅深滋竹色，[94]楚歌重叠怨兰丛。[95]
陶公战舰空滩雨，[96]贾傅承尘破庙风。[97]
目断故园人不至，松醪一醉与谁同。[98]

杜甫对李商隐的影响仍然很明显，但是《潭州》与晚唐七言律诗的联系更密切。记得本书开始时我们讨论过杜牧作于842年的诗篇的结句。

可怜赤壁争雄渡，唯有蓑翁坐钓鱼。

---

〔93〕 29111；《集解》，750页；叶（1985），25页；周，109页。

〔94〕 此指湘江斑竹，上面的斑痕据说是舜的妻子们哀悼舜留下的眼泪。

〔95〕 这是一般性地指屈原，也许明确地指《九歌》。冯浩认为这是"致怨兰丛"，将兰解为"子兰"，即诽谤屈原的令尹子兰。虽然这与"怨"的意思相配，但是在大多数情况下"兰"是美和德的意象，屈原将自己与兰相联系。

〔96〕 陶侃是晋代江夏太守，他将运输船改成战船，抵抗陈恢的进攻。陈恢是其兄陈敏派来骚扰武昌的。陶侃成功之后，随之攻下潭州所在的地区长沙。

〔97〕 此指贾谊在长沙的放逐。根据《西京杂记》对贾谊写作《鹏鸟赋》的描述，鹏鸟据说停在贾谊的承尘上。承尘用来挡灰尘，特别是梁上掉下的鸟粪。根据《水经注》，陶侃庙在湘州官府西边，最初是贾谊的住所。在其他地方（《寰宇记》）这同一地方被描绘成贾谊庙。

〔98〕《集解》指出，有证据说明松胶、松叶、松节被用来酿制一种潭州名酒。

杜牧唤起一个过去的景象，然后以一个现在的景象取代之。李商隐学习杜牧的“句法”，在杜牧诗五年后，更精练地描绘出同一类型的景象。诗人告诉我们，“过去和现在无可解释地进入我的视野。”

陶公战舰空滩雨，贾傅承尘破庙风。

诗人在雨中放眼望去，见到陶侃的战舰如同过去的鬼魂显现并消失于雨中。在贾谊的庙中，当风吹过这一破庙，承尘在他的想象中显现，著名的鹏鸟曾经栖息于上，以韵文发表对变化无常的说教。

在849年，李商隐回到京城，赠送杜牧数首诗，杜牧当时任司勋员外郎（见第八章）。

赠司勋杜十三员外〔99〕

李商隐

杜牧司勋字牧之，清秋一首杜秋诗。〔100〕
前身应是梁江总，名总还曾是总持。〔101〕
心铁已从干镆利，〔102〕鬓丝休叹雪霜垂。
汉江远吊西江水，羊祜韦丹尽有碑。〔103〕

---

〔99〕 29596；《集解》，878页；叶（1985），527页；周，173页。

〔100〕 杜牧最著名的一首诗是《杜秋娘》（见272页）。

〔101〕 江总的名“总”也是他的字“总持”的一部分，正如杜牧的字是“牧之”。

〔102〕 此指著名的古剑。

〔103〕 宣宗曾试图知道元和朝低级官员的治绩，得知江西的百姓不论长幼都还在歌谣中纪念韦丹。杜牧奉诏为他撰写碑文，正如另一位杜（杜预）在汉水边的岘山为羊祜撰写碑文一样。

这首诗的意图显然是赞美杜牧，但这是一首奇特的赞美诗。将被赞美的人比作较早的同姓人物，如此处的杜预，是赞美某人的普遍方式。将杜牧的碑文比作杜预的碑文是优雅的赞美。然而，将比较基于名和字有相同之字和相同模式，却十分新颖巧妙。李商隐用来和杜牧相比的是江总，而江总是个诗名不怎么样的人，李商隐在自己的其他诗篇中也是以很不恭维的色彩描绘他的（见第十二章）。李商隐确实特地指出是“梁”江总，但是很少有人会忘记江总是陈后主那狂欢滥饮不负责任的宰相。李商隐乐于在词语的重复上做文章：两个“秋”，两个杜，及结尾时暗指的第三个杜（杜预）；江在第七行里既是姓又是“江”。在这众多的重复中，江总的名和字被用来形成巧妙的对偶，但是这可能是个不幸的选择。我们不知道杜牧对李商隐的诗篇反应如何，因为没有和诗。[104]友谊并未发展。

离开长安去徐州卢弘止幕待了一年后，李商隐于851年回长安任职。那年夏天他的妻子去世。同年早秋，在出发去四川前，他写了下面这首诗：

辛未七夕（851）[105]

李商隐

恐是仙家好别离，故教迢递作佳期。

[104] 数年后（852），杜牧选出自己的诗篇，后来构成其诗集的主体。他保留了那些显示他与同时代著名诗人的联系的诗作，如张祜和李群玉。

[105] 29251；《集解》，1058页；叶（1985），185页；周，187页。

由来碧落银河畔，可要金风玉露时。[106]
清漏渐移相望久，微云未接过来迟。
岂能无意酬乌鹊，[107]惟与蜘蛛乞巧丝。[108]

李商隐以一个不寻常的猜测开始。似乎喜欢分离的“神仙”应指牛郎和织女。正如情人们在等待，诗人和诗篇也在等待。当牛郎和织女期待地相望时（或他长久期待地望着天空），诗中先以一个“时间和地点”的对句推延他们跨过鹊桥，然后再加上缓慢的水漏。他寻找银河上的云彩，这些云彩会覆盖他们的跨越，但是没有云彩出现，他们的跨越推迟了。被推延的欲望越来越强烈，使得诗人对帮助他们满足欲望的人的感激随之相应增强，此处是对喜鹊的感激。

也许是因为系年的偶然性，那些与朦胧诗最相似而可确定日期的诗篇，大多数出自九世纪三十年代，李商隐当时二十岁左右。在晚期的诗篇中，有几首悼念其卒于851年的妻子。[109]

---

〔106〕“碧落”是道教表示天的词。“金”是与秋天相联系的元素；因此“金风”是秋风。“玉露”也同样与秋天相联系。有时候这被看为一个问句：“他们为什么一定要等待？”

〔107〕乌鹊据说搭桥让两位情人跨过。

〔108〕七夕时希望巧于针线的女子会按传统在院子里摆上瓜果，如果蜘蛛在瓜果上织网，便意味着她们的祷告会实现。织女为祈祷针线技巧的女子提供蜘蛛，但显然忽视了为她实际服务的乌鹊。

〔109〕许多诗篇被认为与他的妻子去世有关。此处我仅指那些确定为悼亡的诗篇。

房中曲〔110〕

李商隐

蔷薇泣幽素，翠带花钱小。娇郎痴若云，抱日西帘晓。〔111〕
枕是龙宫石，割得秋波色。〔112〕玉簟失柔肤，但见蒙罗碧。
忆得前年春，未语含悲辛。归来已不见，锦瑟长于人。
今日涧底松，明日山头檗。愁到天地翻，相看不相识。

与许多朦胧诗相比，这首诗在整体上较直接，但其中一些较稠密的诗行和尾联的激情令人想起朦胧诗。

李商隐决定去四川的原因似乎很大程度上是由于妻子去世而伤心。他的密友韩瞻（诗人韩偓的父亲）娶了其妻姐，为他送行。李商隐此处反思他们的不同命运。

赴职梓潼留别畏之员外同年〔113〕

李商隐

佳兆联翩遇凤凰，〔114〕雕文羽帐紫金床。

---

〔110〕 29468；《集解》，1034页；叶（1985），405页。

〔111〕 这些诗行已有无数解释。《集解》采纳的看法是娇郎的痴在于他不懂得为失去母亲而伤心，想要继续睡觉，日头已高仍抱着枕头。刘赞成男孩抱着父亲。叶认为此指李商隐的妻子，虽然他没有解释“郎”字的男性属别。

〔112〕 “波”表示这是一位女子的眼波。

〔113〕 29209；《集解》，1111页；叶（1985），143页；周，205页。李商隐在赴任东川节度使柳仲郢幕府的途中，东川在现在的四川。畏之是李商隐的朋友韩瞻。

〔114〕 凤凰相遇指婚姻（《左传》，庄公二十二年）。李和韩都娶了王茂元的女儿。

桂花香处同高第，[115] 柿叶翻时独悼亡。[116]
乌鹊失栖常不定，鸳鸯何事自相将。[117]
京华庸蜀三千里，[118] 送到咸阳见夕阳。

哀悼可以像上面那样宏伟地发生，或可以因为细小的实际境况而触发，如过大散关时遇雪而意识到自己衣着不够暖和。一位男子的衣着是依赖家中的女子的，特别是妻子。

悼伤后赴东蜀辟至散关遇雪[119]

李商隐

剑外从军远，无家与寄衣。
散关三尺雪，回梦旧鸳机。

纪昀经常批评李商隐一些较不著名的诗篇，却很赞赏这首绝句，认为它令人想起盛唐的诗歌。

在四川，李商隐与杜甫的联系变得更加明显。[120] 当然杜甫以

---

〔115〕 “折桂”是进士及第的标准词语。李和韩在同一年及第，因此题目中称韩为“同年”。

〔116〕 此用《南史》中关于刘歊的一件轶事。刘去世前的春季，有人在刘的院子里种了一棵石榴树。刘预言自己不会活到此树结果的时候。他在那年秋天去世。这里指李商隐妻子的去世。

〔117〕 即韩瞻能与自己的妻子相守。

〔118〕 庸蜀是四川，李商隐去的地方。

〔119〕 29115；《集解》，1115 页；叶（1985），30 页。

〔120〕 但是杜甫在他的早期诗篇中出现过。在一首可能较早的宴会诗中，李商隐甚至被分配模仿杜甫而赋诗。29608（《集解》，1956 页；叶［1985］，539 页）。

前在成都待过，他的任职靠的是一位地方节度使的扶持，李商隐也是如此。我们前面讨论此时期的一首诗，那是一首在中国传统中几乎独一无二的诗，诗中李商隐“以”杜甫的身份写诗（见第十四章）。此次李商隐与杜甫的认同走得更远。他在较早的时候表达了对时政的看法，如咏寿安公主的诗。然而在此处，诗人提出普遍的政治建议的风格令人强烈地想起杜甫。如同一个世纪前的杜甫，李商隐在政治上是个无名小卒。他作为诗人角色的尊严和责任是他自己独有的。杜牧也经常提出政治建议，但是往往因认识到自己的建议不会受到注意而减弱口气（见第八章）。李商隐以一位伟大的前辈诗人的权威口气而说话，从未考虑自己是否会受到注意。

四川高度军事化，分裂活动有很长的历史，最近的一次是宪宗朝时的刘辟叛乱。李商隐对任何想要叛乱反对朝廷权威的人提出警告。

井　络〔121〕

李商隐

井络天彭一掌中，漫夸天设剑为峰。〔122〕
阵图东聚烟江石，〔123〕边柝西悬雪岭松。〔124〕
堪叹故君成杜宇，〔125〕可能先主是真龙。〔126〕

〔121〕 29482；《集解》，1177页；叶（1985），419页；周，320页。井络是与四川岷山相对应的星座。

〔122〕 指这一地区的大剑山和小剑山。

〔123〕 传统上归属于蜀汉丞相诸葛亮的一组垒石，一般理解为克吴的军事阵图。

〔124〕 边柝标志附近有军队。

〔125〕 望帝是蜀的古代君王，在与一位大臣的妻子有私情后放弃王位。

〔126〕 此指蜀汉开国君主刘备。

将来为报奸雄辈，〔127〕莫向金牛访旧踪。〔128〕

当柳仲郢结束在梓州（四川）的任职，李商隐随他回到长安，给那些留在梓州的人写了下面这首告别诗：

梓州罢吟寄同舍〔129〕

李商隐

不拣花朝与雪朝，五年从事霍嫖姚。〔130〕
君缘接坐交珠履，我为分行近翠翘。〔131〕
楚雨含情皆有托，〔132〕漳滨多病竟无憀。〔133〕
长吟远下燕台去，〔134〕惟有衣香染未销。

阅读这首诗可以有多种方式，以便与李商隐在赠柳仲郢的一封信中的著名陈述兼容，表示虽然他的诗篇可能触及浪漫感情，他并不实际上参与这种行为。这些解释（例如周振甫的解释）违反

〔127〕此词用来描绘曹操。《集解》认为此指边塞大将。

〔128〕此引用秦王的故事。秦王下令筑了五头石牛，然后他让人在蜀国说这是金牛。蜀派了五位力士去迎石牛，于是开通了秦蜀之间的道路，为秦灭蜀做了准备。这是第十二章所述故事的另一变体。李商隐在此清楚地警告西部的分裂行为：长安到蜀的道路是通畅的。

〔129〕29456；《集解》，1309页；叶（1985），394页；周，227页。

〔130〕柳仲郢此处被喻指汉代名将霍去病。

〔131〕注疏家们认为这一联是互文，两个谓语都适用于两个主语。珠履指贵客，翠翘转喻妓女。

〔132〕“楚雨”指性爱之遇合。

〔133〕建安诗人刘桢卧病于漳江边。

〔134〕燕台此处指燕昭王著名的黄金台，他在那里接待来自许多地区的学者。

直觉，认为散文陈述可靠，而诗篇却是含混的，可以有其他各种解释。

猜测李商隐的爱情生活是不明智的，尽管有许多诗篇邀请我们猜测。不过，这里的前两联似乎确实表示不断的宴饮欢乐。第五行看来确实暗示了情事，暗示比可以直接表达的感情更强烈的感情，即“托”。“托”这个字（字面上的意思是“委托”以别的事）在中国诗学中是用来表示隐喻表达的。清代的注疏家何焯等人将“托”理解为通过爱情表达的政治情感，而非隐喻性地表达爱情。根据这样一种解释，这一行是将朦胧诗从政治的角度来理解的重要内证。然而这样一种解释，只是数种可能的解读之一。如我们上面提出，将此理解为风流艳情的隐喻表达也同样是可能的。另外，《集解》认为这里指的是李商隐的同事，而非李商隐自己，因而所指为切实发生的情事，而非政治情感的隐喻。根据《集解》的解释，只有在第六行时李商隐才回到自己的情况。另一个最明显的解释特别注意“竟”的意思，“五年来我隐喻地表达我的激情，现在竟成为一位多病而无靠的诗人。”

阐释尾联的一种方式见于一个注释：燕台是燕昭王的黄金台，此处喻指柳仲郢作为府主的慷慨。他离开时，其恩情的馨香仍然留在李商隐的身上。当然，《燕台》还是李商隐年轻时写的一首艳诗的题目；这一词汇显然对他来说具有特别的意思。从这一意义上看燕台，留下的馨香便具有非常不同的联系。此处我们应该回忆《燕台·秋》的尾联（见第五章）：

歌唇一世衔雨看，可惜馨香手中故。

也许他并不是一世在看那些歌唇，最终他得离开“燕台”：

长吟远下燕台去，惟有衣香染未销。

这些诗行也许并非联系在一起。如果有的话，此两联的配对可以有多种解释。然而，前一联作于九世纪三十年代初，后一联出自855年，将两联放在一起，则表示存在一个私人的“神话”，一个对诗人来说具有特别意义的词汇网络，在其作品中延续，也许在不同背景下具有非常不同的意思。也许“燕台”一词本身代表了延续性，在某一时刻表示艳情，在另一时刻则表示对府主的感激。李商隐的读者很快就会注意到这些重复出现的意象，“锦瑟”或“紫女”，意识到它们在诗歌中的力量，不论是实际的背景还是传统，都不能完全解释。它们似乎是他的私人意象。

只有少数几首诗可以完全确定是李商隐晚年的作品，作于其855年从四川返回至858年去世之间。也许这几年是他创作丰富的时期，但是我们无法知道。从隐喻的角度（如果不是实际的角度），我们可以将他的《梓州罢吟寄同舍》结尾的诗行看成他向诗歌的告别。

最后，李商隐仍然是一位令人捉摸不定的诗人，他的风格多样而晦涩，不可能将他系于一个占主导的关注，无论是个人的恋情还是仕途和国家的命运。这种捉摸不定确保其诗歌之永久传世，千百年来不同的群体仔细阅读他的诗歌，却总是能够找到他们所寻求的东西。

第十五章　温庭筠

《汉上题襟集》：游戏中的诗人们

在855年，即杜牧去世后三年，李商隐去世前几年，进士考场爆发出一件丑闻。赋的考试题目在考试前被泄露，一位考生雇请工于这种形式的大师事先写好要求的文章。这位被请的大师便是诗人和赋作者温庭筠。我们不知道温庭筠被诋毁是否与此有关，但是一两年后他便出发去襄阳，节度使徐商的治所。他在那里遇到意气相投的朋友段成式（卒于863年）。段成式以轶事集《酉阳杂俎》而著称。徐商幕府中还有诗人韦蟾和元繇。[1]在襄阳期间，温庭筠之弟温庭皓也曾短暂加入这一群体。

段成式在《汉上题襟集》中编集了这群诗人作于大约自857至859年徐商调职之间的作品。此集可能一直存留至清代，但是

〔1〕 元繇在诗题和传统中被误为较著名的诗人周繇。有关这一混淆及以元繇为是的观点，见陶敏的分析，傅（1987），第5卷，439－441页。

明确属于此集的作品也保存于各种不同资料中。[2]其中之一是段成式的一首题材异常的诗篇。温庭筠提出以非标准的诗歌词汇做诗，段成式回应了这一挑战。[3]

光风亭夜宴，妓有醉殴者。温飞卿曰："若状此，便可以'疻面'对'捽胡'。"成式乃曰："捽胡云彩落，疻面月痕消。"[4]又曰："掷履仙凫起，扯衣蝴蝶飘。羞中含薄怒，颦里带余娇。醉后犹攘臂，归时更折腰。[5]狂夫自缨绝，眉势倩谁描。"

描绘美丽的女艺人的诗歌语言被转换成拉扯、撕衣及扔鞋。韦蟾也贡献了一首诗，不仅是描绘，而是用了出格的典故：

争挥钩弋手，[6]竞耸踏摇身。[7]
伤颊讵关舞，捧心非效颦。[8]

---

〔2〕见傅（1987），第5卷，439－440页。贾晋华收集了她认为曾经属于此集的作品。见贾晋华，《唐代集会总集与诗人群研究》（北京：北京大学出版社，2001），438－456页。

〔3〕王仲镛，1556页；元锋，7页。

〔4〕此指女子装饰其面容的化妆模式之一。

〔5〕"折腰"既是一个舞蹈动作又是对主人鞠躬。元锋认为她们的折腰是因为打架而腰疼。

〔6〕钩弋夫人是汉武帝的妃子，昭帝之母。她因为生病而导致手瘫痪如钩子形，因而得名。此处暗示这一形象。

〔7〕此处所用故事，有关一种叫做"踏摇"的歌的起源，述一位丈夫脾气不好，不时殴打其妻。其妻歌唱得很好，在这首歌中抒发怨气。此处暗示这些女子如同挨打。

〔8〕美人西施心脏有毛病，因此手捂其胸而皱眉，却使她更有魅力。丑陋的邻居学她的样子，却显得更丑。

在此组酬和诗中，温庭筠的作品似乎最不新奇[9]：

> 吴国初成阵，王家欲解围。
> 拂巾双雉叫，翻瓦两鸳飞。

我们怀疑温庭筠的第一联在歌女的姓名或家乡做文章。吴既可以是姓也可以是家乡，“王家”可能指姓王的歌女。最后一行指曹丕的一个梦，梦中宫殿屋顶的瓦落下来，变成一对鸳鸯，预示后宫将有暴死的征兆。

这种喜剧诗长久以来就是中国传统的一部分，但是在九世纪越来越频繁出现。有时如同此处，幽默来自高雅渊博的诗语和低级庸俗的题材之间的不协调。女子突然打架，男子们觉得是娱乐而笑，这提醒我们在歌女们程式化表演的表面魅力之下，隐藏着相互之间的紧张关系。[10]这是一种试图包含程式化领域之外的事物的诗歌。

《汉上题襟集》展示了在修辞和学问上做文章的极大乐趣，将简单的题材详尽地描述（原本可能只用一两个隐喻处理），接近讽刺的边缘，而又不一定跨越这一边缘，如上引诗所展示。这种诗歌和骈文很相近。然而，骈文从未脱离其高雅语域，而这种诗歌经常混合高雅渊博和粗野俚俗的语言（如上引段成式诗中的动词“痏”、“扯”）。

---

〔9〕 32199；曾，210页。将“阵”读作“陈”。

〔10〕 元锋认为这是假装打架；他也许无法相信真的发生了打架。我们应该指出，“官妓”通常是罪犯家庭的女儿。虽然我们可以肯定许多正当家庭是唐代法律的受害者，但是唐代法律并未忽视社会最粗野的成分。

温庭筠以骈文信和诗完美地相配，向段成式讨要一些笺纸。在答信中，段成式炫耀了自己有关精美笺纸的各种传说的知识（我们在类书中“纸”的条目会看到的那种信息）。

寄温飞卿笺纸〔11〕

段成式

一日辱飞卿九寸小纸，两行亲书，云要采笺十番，录少诗稿。予有杂笺数角，多抽拣与人，既玩之轻明，复用殊麻滑。〔12〕尚愧大庾所得，犹至四百枚，岂及右军不节，尽付九万幅。〔13〕因知碧云棋上，重翻懊恼之辞，红叶沟中，更拟相思之曲。固应桑根作本，藤角为封，古拙不重蔡侯，〔14〕新样偏饶桓氏。〔15〕何啻奔墨驰骋，有贵长帘，下笔纵横，偏求侧理。所恨无色如鸭卵，状如马肝，称写《璇玑》，且题裂帛者。予在九江，出意造云蓝纸。既乏左伯之法，〔16〕全无张永之功。〔17〕辄分五十枚，并绝句一首，或得闲中暂当药饵也。

三十六鳞充使时，〔18〕数番犹得里相思。

---

〔11〕 32212；元锋，15 页。

〔12〕 此指成都的两种纸张。

〔13〕 第一个典故略微记错，指东晋会稽太守庾琛的主簿虞预。他写一份上疏要求四百张纸。第二个典故出自书法家王羲之，当谢侯要纸时，他将自己所有的九万张纸都送走了。

〔14〕 此指蔡伦，东汉传说中的纸张发明者。

〔15〕 推翻东晋的桓玄，被认为发明了几种新型的纸。

〔16〕 左伯是东汉八分体及制纸大师。

〔17〕 张永是刘宋书法家，自己制造用纸。

〔18〕 三十六鳞指鲤鱼，因此是信的隐喻，传统上信被放于一个鱼形容器中寄出。

待将袍袄重抄了，[19]尽写襄阳播掿词。[20]

这样一首绝句在唐代诗歌史上并不显得突出，但它可以使我们洞悉高雅修辞的话语文化，并为我们提供了与半秘密情事的联系。这是阅读温庭筠词的一个可能背景，虽然它们本身并不玩弄隐藏意思的游戏；这也是理解李商隐诗歌接受情况的一个可能背景，如我们所见，李商隐的诗篇确实玩弄隐藏意思的游戏。

如段成式的信中所述，温庭筠未说要抄写情诗，而只说想要写下“少诗”（大概是小诗的意思）。温庭筠已经具有风流声名，这成为理解这一简单请求的背景。我们知道精美的笺纸确实用来寄赠情诗，但是此处的背景需要加以澄清。这些精美的笺纸不是用来写诗寄赠想象中的情人，而是重抄那些诗篇，目的应是为了在朋友们之间流传。

我们有许多理由高度怀疑后来那些将温庭筠描绘成风流浪子的无数轶事。然而，段成式的诗篇也许为我们提供了独特的当代证词。

嘲飞卿七首[21]

段成式

其　一

曾见当垆一个人，入时装束好腰身。

〔19〕 袍袄是礼服，此处代表精美的纸。

〔20〕 有些文本所建议的词是“掘柘”而不是“播掿”。由于我们确实有温庭筠所作的《曲折》词，这很可能是一种订正。

〔21〕 32226－32332；元锋，29 页。

少年花蒂多芳思，只向诗中写取真。〔22〕

其　二

醉袂几侵鱼子缬，〔23〕飘缨长罥凤皇钗。
知君欲作闲情赋，应愿将身作锦鞋。〔24〕

其　三

翠蝶密偎金叉首，〔25〕青虫危泊玉钗梁。
愁生半额不开靥，只为多情团扇郎。〔26〕

其　四

柳烟梅雪隐青楼，残日黄鹂语未休。
见说自能裁袙腹，不知谁更着帩头。〔27〕

---

〔22〕我将少年解为指这位女子（很少这样）。也可以是一位年轻男子，但是下面的诗显然指女子。

〔23〕缬是一种花式的织品，看来是某种结扎的装饰花式。此处它显然属于一位女子。

〔24〕此戏用陶渊明的《闲情赋》，诗人想象各种化身，以接近情人的身体。元锋引用温庭筠的《锦鞋赋》，其中有“愿绸缪于芳趾”句。

〔25〕此处的“叉”很可能是“钗”之讹。

〔26〕此模仿一首古乐府。晋代王敏赠其嫂的婢女一把团扇。这位嫂子打婢女，被王敏阻止，婢女被命唱“团扇”歌。此处仅指女子的情人。

〔27〕这是一首不太为人所知的诗。最后一行指《陌上桑》中罗敷的美丽，使年轻人脱帽露出帩头。这与前面一行中女子的“袙腹”有何关系并不清楚，也许是为了遮掩其怀孕。

其　五

愁机懒织同心苣，〔28〕闷绣先描连理枝。
多少风流词句里，愁中空咏蚤环诗。〔29〕

我们此处引了七首绝句的前五首。千年前的风趣在翻译中很难传达。虽然七言绝句具有一种诙谐而散漫的成分，但是这种圈内人知晓的、既可破译也不可破译的寓意，却令人想起李商隐。最后一首中，女子（大概是一位歌女）终于赢得了她的情人。虽然我们也许永远不会知道她裁"袙腹"的技巧是什么，但温庭筠的答诗却颇有意思：

答段柯古见嘲〔30〕

温庭筠

彩翰殊翁金缭绕，一千二百逃飞鸟。〔31〕
尾生桥下未为痴，〔32〕暮雨朝云世间少。

前两行引出传说中黄帝的情人的数量，但是她们的神化使在凡间碰到此类女子的可能性永远消失。在凡人中，真挚相爱不是痴事，因为性爱遇合（或那些与楚王和巫山神女的遇合相配的事）的机会极

---

〔28〕 没有人真正懂得"苣"在此处的意思，除了它是基于《玉台新咏》中的诗句，指一种暗示情人团聚的织锦格式。

〔29〕 诗人此处双关"早还"。

〔30〕 32175；曾，203 页。

〔31〕 此指由于与黄帝发生性关系而成仙的一千二百名女子。

〔32〕 此处引用《庄子》的故事。尾生同意在桥下与一女子相见，但那位女子未赴约。虽然溪水正上涨，尾生仍然等在那里，最终淹死。

为稀少。性爱的“云雨”很巧妙地与最终淹死尾生的上涨洪水相联系。这首诗的确是戏谑之语，但是后者经常透露出真情。如果我们将这一陈述当真，就会使温庭筠作为风流浪子的传统形象变得复杂（与杜牧相对照，杜有时确实扮演风流的形象）。温庭筠的回答在唐代浪漫文化中占有一席之地。这并不表示他一生只爱一位女子，而是他既相信确有深情，又认为相互有情的情况很少。这更符合他在诗歌中所表达的价值观，而不是作为风流浪子的轶事。〔33〕

与五言律诗的巧匠或甚至九世纪四十年代的风流七言律诗相比，这些诗篇离李商隐诗歌的热情沉迷更近。那些时尚仍然存在，贾岛和姚合的诗歌传人仍然很多产，刘沧一类诗人使七言律诗成为自己的专长。温庭筠自己在两种形式中都很出色。这一群诗人活跃于全国各地，其中没有人在诗歌领域特别突出，如果说从他们那里看到九世纪五十年代后半叶品位变化的迹象，也许是一个错误。但是通过李商隐及在较小的程度上通过温庭筠，这种华丽而堆积典故的风格实际上逐渐成为晚唐诗歌的特征。轶事说“温李闻名于世”，但是这种宣称总是引出疑问：“何时?”“对谁来说?”李商隐在世时显然不是较著名的诗人之一，至九世纪五十年代后半叶，温庭筠似乎因为行为放荡而声名狼藉，远比他的诗名大。九世纪后半叶出现许多诗歌评价，但通常未提到李商隐和温庭筠。撰于九世纪末的张为《诗人主客图》可能不完全，但是温和李都没有出现在其广泛的名单上，这一名单主要取自八世纪后期和九世纪诗人。也许最好将“温李”现象理解为反映了某个群体的品位，此品位可能建立于

〔33〕 当然，也可以将首联理解为夸耀自己的情人的数目，第二联戏谑段成式：“尾生在桥下等待并不是痴愚，/在他看来，暮雨和朝云在人世间十分稀少。”

九世纪五十年代，然后继续在少数人中存在，甚至流行于“地下”，直到十世纪这种诗歌才最终找到充分赞赏它的社会群体。

《汉上题襟集》可能包括了一些标准的华丽描绘，特别是三组有关当地元宵节时在附近山上烧草的风俗习惯的诗篇，带有段成式的序文。〔34〕然而此集显然收入了许多共同的诗歌游戏，包括不少嘲讽诗，如上面所引诗篇，经常都有和答诗。虽然戏谑在白居易圈子内的唱和诗中并非完全见不到，这一包含了诸如歌女打骂的题材的集子，似乎保存了一种特殊种类的复杂诗歌游戏。

生平和名声

在晚唐诗歌中，温庭筠是继李商隐和杜牧之后的第三位重要人物。经过近一个世纪的努力研究，已确定温庭筠大约出生于798至824年间。〔35〕许多处于此两极之间的日期曾被提出并积极提倡。温庭筠可能的出生日期散布于四分之一多世纪，缺乏明确证据却又试图确定诗人的生平，此种做法有何作用是令人怀疑的。与许多九世纪中叶最著名的诗人不同，《旧唐书》和《新唐书》里温庭筠的传记都很简短。而且如傅璇琮指出，这些“传记”都是根据轶事来源拼凑的，只有极少的生平碎片夹杂于流言

〔34〕 这些被收于贾晋华的《唐代集会总集与诗人群研究》，442 – 443 页。

〔35〕 有关已提出的种种不同日期，请参见傅（1987），卷 3，444 – 445 页。也见张燕瑾，1104 – 1105 页。

和故事之间。温庭筠在词史中被认为很重要，这招引了学者们对其生活的强烈兴趣。然而，其结果并未能得出令人放心的确定结论，而其研究受关注的程度及得出的各种变化不定的结论，都迫使我们对生平研究的通常程序提出疑问，使我们怀疑那些从较少研究的诗人的生平得出的结论。〔36〕

一些学者赞成将温庭筠的出生日期定于801年，这样在段成式那些戏谑其艳情冒险的诗篇中，温庭筠按中国的计算方法已经至少五十七岁。如他当时已经五十七岁，我们便应在诗中看到对他年纪的某种指示，然而并未见到。如果我们假定温庭筠的出生日期较迟，确定作于840年的一首两百行的排律使824年成为可以想象的最迟日期。在最基本的层次上，如果根据代别来考虑，确实很难确定温庭筠属于哪一代。

然而有几件事我们可以肯定。我们知道他曾参加但未通过进士考试。如前面提到，我们可以确定一首诗的年代是840年。他在三十年代后期可能是文宗的庄恪太子的游伴，但这一推测并不肯定。我们比较肯定他卷入855年的科举丑闻，也可以肯定他于857至859年间在襄阳。我们知道他任过县尉，在国子监任过助教。虽然我们知道他游历很广，但是那些被归属于一些游历的日期却远不那么确定。傅璇琮将他的去世时间定在866年。但是我们不知道他在什么时候创作那些使他现在声名著称的词和乐府。

这些少数事实并不足以构成“传记”，而此外的一切都涉及

〔36〕 一个恰当的例子是在二十年中有许多姓李的人任过尚书省侍郎的职位，而一首写给李侍郎的诗却被用来确定温庭筠的出生日期，虽然还有许多其他候选人。假如温庭筠有一首诗写给“杜舍人”，是否意味着他认识杜牧？

他放荡不羁的轶事资料，其中可能有也可能没有事实根据，但是事实已无法恢复。轶事如此之多，使我们相信温庭筠确实有点放荡，虽然较早的故事会滋生更多的故事，一位放荡之人的名声经常远远超过其实际经历。也许在一夜寻欢后他的牙齿确实被巡夜人打掉。在945年，进献后晋皇帝的《旧唐书·文苑传》包括了温庭筠，这是比事实远为重要的事件。回顾起来，下一世纪认为他是九世纪中期“诗人”的一种想象中的代表类型，而许多较不耸人听闻的诗人却都被忽视了。

在文学史中，如果放慢步伐，观看十年、四分之一世纪、半个世纪，观看不同的地点和群体，这将是十分重要的。这些有时仅显示诗人名声的轻微变化，证据也不够充分。然而，其中也有一些关键时刻，文本被忽略或大为流行，名声获得或失去，其原因往往基于特定历史时刻的具体情况。九世纪后期和十世纪处于印刷文化和十一世纪初新出现的文学研究的边缘，经常被抄写的手抄本存留机会较大。杜牧在九世纪中叶确实十分著名，至此时仍然著名。没有多少迹象表明温庭筠和李商隐在四十年代和五十年代特别著名。如前面已经提到，稍后（871年）皮日休将温庭筠和李商隐并列为那一时代“最”优秀的诗人（见第十章），但这是唯一提到他们的地方，那时其他诗人远为更著名。可能的情况是温庭筠和李商隐在某些圈子中受到赞赏，“温李”并称在九世纪后半叶逐渐确立。

除了他在襄阳的朋友外，在诗人群体中他有某种联系的只有李商隐和无甚名气的李远。他为赵嘏的诗写过一首和诗，但我们不知道他是否认识赵嘏，还仅是“遥和”。李商隐有一首写给温庭筠的诗，《文苑英华》于温庭筠名下收有一首赠李商隐的诗，但是这首诗未收入他的正规诗集。[37]简言之，温庭筠与当代诗人群体普遍隔绝的情况令人吃惊。

温庭筠有记载的名声兴起于十世纪的成都，那里在当时出现一个特别的区域文化。四川两个蜀国的复杂精英文化不仅提供了第一个长短句词的集子《花间集》，而且产生了宋代之前最大的传世唐诗选集《才调集》。在《才调集》中，温庭筠在受到最充分代表的诗人中名列第二（他在《花间集》中也被充分代表）。如我们前面所注意到，那部集子也选有许多李商隐的诗篇，虽然没有温诗多。《才调集》中入选诗篇最多的唐代诗人是韦庄（836－910），他于901年移居成都，成为五代蜀文化的奠基人物。韦庄的唐诗选本《又玄集》要小得多，所选温庭筠诗篇数量与杜牧相当。

这些表明温庭筠在故事中的放浪风流名声于九世纪末进一步增长（也许结合了歌女唱词中的众多温词），他的诗歌获得了声望，特别是在成都复杂的精英群体中，他们欣赏艳诗（《才调集》中的特定选诗及《花间集》中的词证明此点）。成都也是最重要的早期印刷中心之一，未遭受五代时发生在许多地区的破坏。因此在此处流行的诗歌在存留方面占有优势。

虽然温庭筠的诗集存留下来，但是除了几首著名的律诗外，在宋代并没有引起特别的注意。《文苑英华》的编集者拥有温庭筠集的某种本子，在皇室和私人藏书中都有不同集子的抄本，或集子的不同本子。除了著名的律诗和诗联外，温庭筠的诗歌是一种没有影响的诗歌，与李商隐诗歌之越来越重要形成鲜明对照。温庭筠在词传统中的地位使人们回头注意他的诗集（也许因此保

[37]　那首对杜牧《华清宫》的和诗已被证明是张祜的作品。

证了其诗集的存世）。

集　子

关于温庭筠的集子，我们面对的是在十一世纪的重大研究开展之前，唐代诗歌如何流传的复杂问题。十一世纪的研究编集了众多唐代文集，成为我们现在见到的形态。流传的形式对诗歌的保存有重要的影响，而系统保存模式的偏见反过来会影响我们对个别诗人和整个时代的印象和理解。在李商隐那里，我们已经见到，最广为流传的早期小集可能集中于朦胧诗、咏史诗、咏物诗及社交妙语。如果不是杨亿异常热心地收集李商隐的所有作品，并且由于其广泛的社交网络和社会政治地位而特别有效，现在我们对李商隐的印象就会完全不同。

虽然个人的诗歌全集有时也流传，唐代诗歌似乎主要以诗人作品的较小选本而流传。〔38〕从九世纪初开始我们看到小集，实际上是特定类别或题材的专门诗集，于作者在世时流传。〔39〕

其中一个例子是唱和诗集，最早出现于八世纪后期，但是在九世纪时规模和数量不断增长。“新乐府”诗人将此类作品作为小集流传，但也包括在元稹和白居易的“文集”中。Anna Shields

---

〔38〕 有关唐代诗歌流传的详细研究，参 Christopher Nugent, *The Circulation of Poetry in Tang Dynasty China* (Ann Arbor, Mich.: UMI, 2004)。

〔39〕 我们可以找到九世纪前的个别例子，但是无法与九世纪的小集的规模相比。

发表过一篇重要的文章，讨论元稹的“艳诗”，这些艳诗最终单独流传，未收入现存元稹的“作品集”里（无论是有意删去还是集子失去部分作品）。[40]如前面提到，王建的《宫词》是单独流传的，曹唐的《小游仙诗》很可能也是如此。此处我们看到两种应该一起考虑的现象：首先，专门种类的诗篇以小集形式单独流传；其次是作者的干预或早期（即唐代）编集者的干预，他们只选择诗人全部作品中的一部分作为“诗集”。九世纪和十世纪发表的诗篇具有某些与此前（有时候也与后来）不同的特征：早期的诗集包括整个“文学遗产”；十一世纪及后来的编集方法也给予我们整个“文学遗产”（但在诗体上排除词）。[41]然而在九世纪，“诗集”似乎属于较狭窄的书目范畴，可能通常排除专集的材料。任何对晚唐诗歌有广泛研究的人都可以看到这种痕迹，表现于书目中和存留下来的作品中。有些诗人存留的作品全是应酬诗（有时外加几首一般的乐府）。其他一些诗人的作品全部或主要集中于单一题材或代表一种诗歌。我们前面已经在李绅的《忆旧游》中看到这种现象，还有许多其他例子可以引证。赵嘏有一个集子不同于他的“诗集”，叫《编年诗》，人生百年的每一年都

〔40〕见 Anna M. Shields, “Defining Experience: The ‘Poems of Seductive Allure’ (yanshi) of the Mid-Tang Poet Yuan Zhen (779 – 831),” *Journal of the American Oriental Society* 122, no. 1 (Jan. -March 2002): 61 – 78。李廓前面已经提到，他是贾岛圈内的一位诗人，很可能被文宗认为是诗学士的合适人选。他的传世诗篇主要有关少年浪子和乐府题材，原因是他的诗篇由于被选入《才调集》而保留。

〔41〕但是我们也看到流传于宋代的小集，及作者在自己编辑的诗集中删掉一些作品。

有一首诗，例子主要取自历史。[42]胡曾有一个绝句诗集专注于历史题材，按年代排序。年轻的皮日休为了只展示其最严肃的儒家面孔而编撰《皮子文薮》，包括文章和诗歌；他后来那些较标准的应景诗得以保存，主要依赖于与陆龟蒙唱和的诗篇，收于陆的《松陵集》里。在接近九世纪末时，我们有一个叫做《香奁集》的艳诗集，归属于韩偓（844 - 914 后），独立于韩偓的正规诗集而流传，而其正规诗集则包括了语调大不相同的应景诗。[43]在皮日休和韩偓的情况下，如果他们的诗作只保存了传世集子中的一种，那么所提供的将是片面而不完整的诗人形象。

此处问题在于，流传至宋代的手抄本，一些被抄入宋代编辑的集子，而另一些则完整进入印刷文化。这是一个应该记住的基本情况。有些抄本是“诗集”（有时候较大，但经常是“小集”），而另一些是专集。例如曹唐，散落在各处的应景诗残篇是根据早期的选集搜辑的。然而，《小游仙诗》中只包括了几首收于早期选集的诗篇，说明它是单独保存的，后来被抄入《万首唐人绝句》。

这些情况将我们带回温庭筠的例子，书目的偶然记载可能暗示，不同的手抄本资源在逐渐形成诗人“全集”的过程中可能发挥了作用。传世温庭筠诗集有九卷，其中七卷是“原有”的，两卷是后加的。开头两卷包括了温庭筠以李贺风格写的出色乐府。接下来五卷开始于数首较为保守的乐府，但大多数是应景诗，与那一时代的“诗集”十分相似。如 Paul Rouzer 指出，这是温庭筠代表九世纪中叶各种流行诗歌的典型方面。两个补遗卷（8 - 9）包括出自其

〔42〕 此集的序及一至二十八岁保存于敦煌抄本，见徐俊 522 - 534 页。
〔43〕 韩偓的作者权受到质疑，但这说明为何此类集子独立流传。

他资料中归属于温庭筠的诗篇。值得注意的是，在第九卷中，我们找到出自《汉上题襟集》的奇异而诙谐的唱酬诗。这些诗篇在风格上与“主”集不同，编辑主集时显然未被选入。在此，诗歌根据类型分隔的证据很清楚。[44]由于《汉上题襟集》广为人知，很容易得到，我们可以看到“原来”诗集的编辑者并未试图收入温庭筠的全部诗篇（词被排除在集子之外的情况，下面将讨论）。

回到早期书目的著录，我们注意到《新唐书》在温庭筠的名下列举了一些异常的作品：一部三卷的《握兰集》，一部十卷的《金荃集》，一部五卷的《诗集》和一部十卷的《汉南真稿》。在《艺文志》中，这些作品不是与诗集列在一起，而与文学作品全集列在一起（即包括散文和诗歌）。这种情况表明，这些作品集中至少有一个是由文章组成或其中包括文章。问题在于，这些不同的题目代表的是什么。考虑到温庭筠作为骈文大师和赋作者的声誉，我们期待看到一个具体的文集。然而不清楚哪个题目包含他的文章。《汉南真稿》的题目指向他在襄阳的时期：这可能局限于他在襄阳居住时的作品，或可能只是说明他编辑集子时住在襄阳。《花间集》的序称《金荃集》为词集。我们下面会讨论此集与温庭筠现存词之间颇成问题的关系。

如前面已指出，在现存的温庭筠诗歌的版本中（即七卷“原”本），有五卷是传统的诗歌，与《新唐书·艺文志》所录五卷“诗集”相符。剩下两卷是乐府歌行，及题为《握兰集》的

---

〔44〕即使温庭筠或其文学遗产执行者未收《汉上题襟集》的作品，是因为它们已经收在此集中，温庭筠也不太可能未写过其他戏谑诙谐风格的诗篇。换言之，有一种美学意识在控制“诗集”的最初形成。

三卷集子。[45]假设乐府歌行原本以单独的抄本流传，后来在宋代被增加到《诗集》的开头，这一设想应是合理的，因为宋代时诗集以诗体为结构逐渐成为规范，根据这一规范，乐府和分节的歌行，无论何种类型或题材，都会置于集子的开头或靠近开头的地方。

另外一些理由也使我们怀疑以李贺风格撰写的乐府和分节歌行是独立流传的。这些诗中有一些被收入《才调集》，却没有一首被收入编集于十世纪末的庞大的《文苑英华》之中。《文苑英华》收入了李贺本人的乐府和歌行，却未收温庭筠的同类作品，比较可能的解释是，那些京城的编集者手中没有温庭筠的乐府，虽然成都确实存有一个抄本。

如果温庭筠的乐府被收入《文苑英华》，它们将不会被置于"诗"部分。《文苑英华》不同于《文选》的模式，它开创了一个"歌行"的类别，以与"诗"区别。这些一般不是"古乐府"，而是唐代的新题。在这一相对早的时期，将"歌行"和乐府归入"诗"总类下的分类的成熟诗体系统，此时尚未固定化。[46]

虽然我们无法肯定温庭筠的乐府歌行确曾在其《诗集》之外单独流传，但我们知道他的长短句词确实如此，他在襄阳创作的那些诙谐的唱酬诗也是如此。并不是所有乐府歌行都是艳诗。有

---

〔45〕"握兰"的本意是"握住兰花"，具有密切的《楚辞》联系。前面提到杜牧将李贺的诗归于《楚辞》传统。《金荃集》里的"荃"也有《楚辞》的联系，在《离骚》中确实用来与"兰"相对，虽然两个题目语法形式不同，不应读成完全的对偶。

〔46〕我们在《新唐书·艺文志》中见到，刘言史与张碧的诗集被称为"歌"。

一些咏史歌行，从中可以汲取道德教训。如果存在此种分隔，其根据可能仅是“类别”。然而，温庭筠的咏史诗甚至具有一种新奇和魅力，超出通常应景诗及可能曾经收入“诗集”的平板乐府的范围。

温庭筠的例子及九世纪诗歌中许多其他旁证，促使我们推测一个意义重大的可能性。小集的大量繁生促使诗歌向许多方向探索。计划编辑自己诗集的诗人可以通过排除某种材料，在一定程度上控制自己留给后人的形象。前两卷乐府或《汉上题襟集》里的诗篇所表现的温庭筠形象，如果只根据五卷《诗集》中那些优雅保守的诗篇，是无法想象的。

同时，这种萌芽状态的将诗歌创作分隔成保守的《诗集》和不太保守的小集的做法，可能歪曲了我们对这一时期诗歌的理解。抄本存留到宋代是因为流行和偶然的因素。有时候，专门的小集存留了下来，但是诗人较规范的作品却丢失了，除非偶然在一些选集中得到保存。其他时候，我们只看到规范的《诗集》，怀疑诗人私下可能还写了些什么。虽然我们受到传世诗集的限制，但是我们至少可以看到，作品保存的偶然性可能影响了我们的认识。

陈　宫

在温庭筠《诗集》的核心五卷中，大多数诗篇处理标准的社交诗歌场合，也有一些与乐府歌行主题相同（我们在其他诗人的诗集中也发现此类零散诗篇）。陈后主带着宫廷女子在黎明出游便是一个极好的例子。我们前面讨论李商隐有关这一历史场景的诗篇，引用了温庭筠《鸡鸣埭歌》的首节（见第十二章），这是温集中的第一首诗。现在我们来看这首歌的全篇，并将它与很可能代表《诗集》核心卷的一首五言律诗比较。

鸡鸣埭歌〔47〕

温庭筠

南朝天子射雉时，银河耿耿星参差。
铜壶漏断梦初觉，〔48〕宝马尘高人未知。
鱼跃莲东荡宫沼，〔49〕濛濛御柳悬栖鸟。
红妆万户镜中春，〔50〕碧树一声天下晓。
盘踞势穷三百年，〔51〕朱方杀气成愁烟。〔52〕
彗星拂地浪连海，〔53〕战鼓渡江尘涨天。

---

〔47〕 31871；曾，1 页。此地点在南朝京城建康城外，因为南齐武帝经常在宫女的陪伴下很早出发去钟山打野鸡，他经过堤岸时，鸡开始叫，宣布黎明来临，所以得名。

〔48〕 此指水漏。

〔49〕 此引用一首题为《江南》的古乐府，江南指建康地区。

〔50〕 “万户”是皇宫的传统提喻。

〔51〕 著名蜀相诸葛亮以两个著名的地势特征描绘建康（当时称建业，是敌国吴国的京城）：钟山是“龙蟠”，称为石头的要塞山是“虎踞”。

〔52〕 “朱方”字面上的意思是“红色方向”。“杀气”代表朱方的军事力量，经过南朝三百年的统治已经逐渐减弱。

〔53〕 彗星是军事骚扰的迹象，特别是异族入侵的迹象。此指侯景叛乱，推翻梁朝；但下一行显然指隋代对南方的征服。

绣龙画雉填宫井，[54]野火风驱烧九鼎。[55]
殿巢江燕砌生蒿，十二金人霜炯炯。[56]
芊绵平绿台城基，[57]暖色春容荒古陂。
宁知玉树后庭曲，留待野棠如雪枝？[58]

陈宫词[59]

温庭筠

鸡鸣人草草，香辇出宫花。伎语细腰转，马嘶金面斜。
早莺随彩仗，惊雉避凝笳。淅沥湘风外，红轮映曙霞。

表面上，两种描述之间的比较可能不是我们所期望看到的。歌行讲的故事是陈朝的灭亡和崩溃，自然景色依旧，如在许多“怀古”诗中那样。在律诗中皇帝及其随从消失于云中，没有任何厄运将临的暗示。相比之下，李商隐的描述似乎暗示着评判。然而这只是表面的比较，它的倒置告诉我们诗歌形式的重要性。律诗较平板，尽管其兴趣全在“描绘”这一景象。如普通的应景诗一样，模式战胜了“内容”。这首诗可以作为试金石，显示合律的

[54] “绣龙”指皇帝的衣袍，画雉指皇后的衣袍。隋军进入建康时，陈后主与其两位宠妃藏于宫井中。

[55] 古代的九鼎在此处喻指上天对政权的持续保佑，但陈朝却丧失了。

[56] 统一中国后，秦始皇将所获武器全部熔化，铸成十二个大铜像，立于咸阳的秦宫前。

[57] 台城是建康的宫城，现在长满绿草。

[58] 陈后主以《玉树后庭花》而著名，此歌的声色内容被认为是陈朝将亡的迹象。在建康宫殿台城的遗址上，野棠继续长出同样的花。

[59] 31948；曾，68页。

对偶如何抹去其组成部分的具体联系。歌女们并不迷人，而只是节庆般地交谈，其语声被戏谑地与马嘶相配。她们的转腰不是舞蹈的一部分，而是与马头的倾斜相对。对偶将所有具体事物整合成一个平衡的整体。有些鸟跟随，有些鸟飞走（令人想起歌行中所描绘的是猎野鸡）：声音与颜色相对。最后这嘈杂而颜色鲜亮的一群在彩云中完全消失。

在乐府中，笼罩在陈朝上空的厄运增强了它的诱惑力，它那无视一切的享乐。在律诗中，至少出现了女子的细腰和语声，而在歌中女子只通过镜中映出的化妆颜色和井中的衣袍来代表。律诗中唯一的场景被置于舞台上然后又被彩云遮盖，乐府则代之以一系列时刻，展示于其中的声色之景由于将临的丧失而染上感伤色彩。

如果说在上引律诗中，陈后主的出游被形式化和置换，那么还可以再推进一步，在一首应景诗中陈后主重现，但不是实际的人，而是体现在屏风上对某种建筑的描绘。

和友人溪居别业〔60〕

温庭筠

积润初销碧草新，凤阳晴日带雕轮。
丝飘弱柳平桥晚，雪点寒梅小院春。
屏上楼台陈后主，镜中金翠李夫人。
花房露透红珠落，蛱蝶双双护粉尘。

---

〔60〕 31988；曾，91页。此诗题目有数个异文，但都不令人满意。

这应是一位朋友的宅第。在典型的田园诗描绘中，我们看到帝王的欢乐被奇特地转移到别业的欢乐，表现在各种平面上。第一个平面是画屏，上面显然含有一个宫中景象，温庭筠认为是陈后主的宫殿。与之相对的表现平面是一面镜子，李夫人在镜中出现，将过去的艳情人物带入现在，也许代表其朋友的美丽宠妾。诗篇从李夫人的重新出现转到第七行贴近观察的景象，其中的意象具有明显的性爱色彩。

李贺的遗产

李商隐的诗歌已经显示了九世纪三十年代上半叶阅读李贺诗歌的影响。我们不知道温庭筠的两卷乐府歌行作于何时，[61]然而温庭筠是个完全不同的李贺读者。李商隐汲取了“李贺经验”，比李贺走得更远。通过这样做，他超越了“艺术”的诗法（这是李商隐自己对李贺作品的描绘），进入假设的生平参照的诗法。在某一点上，诗歌的“难懂”可以表示隐藏。在这方面，温庭筠较为保守。很少有人会将其乐府读为隐喻其私生活（部分原因在于其所选题目的性质，这些题目属于乐府传统），虽然艳情的一般光晕就像脏衣服一样依附于他的名声。温庭筠也推进他的模

〔61〕如果如傅璇琮所建议，温庭筠生于约801年，他就比李商隐年长，他的乐府可能与李的早期作品同时。虽然无法证明，我怀疑温庭筠比李商隐年轻，他的乐府约作于九世纪中叶。

式，但却朝着不同的方向。

可能是由于评价和传播的特定事件，我们才得以见到温庭筠的乐府对李贺的继承。但是温庭筠的乐府仍然是晚唐诗歌中最突出的优秀诗篇。Paul Rouzer 将它们大致分为“宫体诗”传统（包括游仙诗）的部分和历史人物的片段。杜牧指出，李贺喜好找出历史上不为人注意的时刻和较普通的时刻，然后将它们化为诗。温庭筠也挑选出乐府传统和传说中的细微时刻。女子的景象和历史片段由一种共同风格联系起来：零碎的意象，或用 Paul Rouzer 的说法是“蒙太奇”手法。律诗和绝句中的零碎意象受到对偶结构和陈述习惯的约束，当它们被转移到较长的歌中，便获得一种完全不同的效果。

如前面提到，实际上很少有艳情诗归属于李贺，但是他的诗歌中那种特殊的声色之美，给予李商隐和温庭筠颇为强烈的艳情暗示，他们是其众多的晚唐读者中的两位。如果将李贺的一首宴会歌与温庭筠的放在一起，我们便会看到温庭筠捕捉住了李贺诗歌中那种强烈的情感，但却比李贺走得远，将情感色情化。

将进酒〔62〕

李贺

琉璃钟，琥珀浓，小槽酒滴真珠红。
烹龙炮凤玉脂泣，〔63〕罗帏绣幕围香风。

---

〔62〕 20854；叶（1959），303 页。

〔63〕 大多数注疏家都强调此处的“泣”是脂肪燃烧的声音，虽然脂肪的滴粒渗出来的视觉形象可能更确切。

吹龙笛，击鼍鼓。皓齿歌，细腰舞。
况是青春日将暮，桃花乱落如红雨。
劝君终日酩酊醉，酒不到刘伶坟上土。[64]

李贺诗的背景是李白的同题乐府。李贺诗中包括舞女，只是作为宴会的必要部分：绝望地寻欢，却笼罩着死亡的阴影。当李贺描写女子时，如在《洛姝真珠》中，艳情是较为梦幻似的。温庭筠则将艳情的狂热扩大到夜晚的极端：个人的生死已不在考虑之中。

夜宴谣[65]

温庭筠

长钗坠发双蜻蜓，碧尽山斜开画屏。
虬须公子五侯客，一饮千钟如建瓴。
鸾咽姹唱圆无节，眉敛湘烟袖回雪。
清夜恩情四座同，莫令沟水东西别。
亭亭蜡泪香珠残，暗露晓风罗幕寒。
飘摇戟带俨相次，二十四枝龙画竿。[66]
裂管萦弦共繁曲，芳樽细浪倾春醁。
高楼客散杏花多，脉脉新蟾如瞪目。

---

[64] 刘伶是三世纪的狂士，以醉酒著称。
[65] 31873；曾，4 页；Rouzer，82 页。亦见 Paul Rouzer 在译诗后的讨论。
[66] 温庭筠此处描绘早朝时卫兵的场景。

第一节描绘场景中两组基本的参加者：由头发和装饰界定的舞者和饮酒的年轻贵族。第二行中我们看到一个画屏，正式地插在女子和男子之间。第二节是歌唱的场景，歌女如同自然并融入自然。“无节奏”地演唱的歌也是“无顾忌”或“无节制”的，正是伤风败俗的社交的定义。歌女表演自然并成为自然，“恩情”专指男子对女子的感情。永不分离的愿望模仿《白头吟》中那位女子的声音，很难具体落实在哪一方，应由男子和女子双方共享。此处表现的是永远相爱的团圆愿望未能实现。

当然蜡烛预知即将分离而流泪，晓风轻拂预示宴会的结束。在第三节的后半部，宫廷卫士的形象可能看来顺序紊乱，但是像这样的年轻人可能就是卫士，被要求出发去履行责任。在最后一节的开头，我们又回到宴会，音乐越来越响，宴会结束，狂欢者饮干他们的酒杯。

对表演的激情是表演的一部分。男子们离开，大概女表演者去睡觉。假定我们是窥探者，留给我们的便是传统上最奇特的窥探时刻：新月像个大眼睛，仍然渴望地瞪着空荡荡的场景。

“典型”的晚唐诗人

我们无法确定传世温庭筠集的卷三至卷七是否构成《新唐书·艺文志》所录的《诗集》，但是如果将那一部分诗作看为他的《诗集》，将使他的作品与这一时期其他“诗集”相称。开始时是一些乐府和古体诗，然后转向七言律诗。[67]作为一个标准的“诗集”，它包含了出色的作品。然而，与前两卷的分节乐府歌行相比，却不是惊人之作。

下面咏侠客的乐府出自《诗集》，展示了分节歌行的一些生动性和戏剧性的断片，但是仍然是一种熟悉的诗歌种类，与其他诗人有许多相似之处。

侠客行[68]

温庭筠

欲出鸿都门，阴云蔽城阙。
宝剑黯如水，微红湿余血。
白马夜频嘶，三更霸陵雪。

这里发生了一个杀人事件，大概是正义的报仇或除恶。诗篇的压缩很有效：一个出发的景象（洛阳），作为杀人证据的剑的意象，最后是半夜雪中马嘶的景象，（长安附近的）霸陵指明刺杀的地点。作为对照，我们从前两卷中引用《蒋侯神歌》的第一节。蒋侯神是俯视南朝京城金陵的钟山的守护神。[69]

楚神铁马金鸣珂，夜动蛟潭生素波。
商风刮水报西帝，庙前古树蟠白蛇。

〔67〕 第三卷中有几首七言歌行，但不分节。
〔68〕 31939；曾，63页。
〔69〕 31895；曾，25页。

这显然是完全不同的一种诗歌，不仅表现在诗意的新奇层次上，而且表现在赋予诗篇连贯性的场景上。《侠客行》也许是乐府，但是其零碎片段由传统上与侠客相联系的一个基本叙事贯串起来（有时侠客翻译成“knights-errant”，施行勇敢正义的暴力行动的剑客）。虽然不容易看出，但出自《蒋侯神歌》的那节诗引用了李贺的一个特定文本，题为《春坊正字剑子歌》。[70]诗中充满想象但不太晦涩地描绘一把剑。

先辈匣中三尺水，曾入吴潭斩龙子。
隙月斜明刮露寒，练带平铺吹不起。

第二行的第四个字出现“潭”字，下一行则醒目地用“刮”字刮动水或露。缝隙中穿过的月光是剑的喻象，因为“秋风”（字面的意思为商风）也是“金风”。李贺的寓意使我们知道温庭筠诗中的蒋侯在江里做什么：“生素波”是他正在水下斩龙的可见证据。温庭筠诗节的第二联拣起李贺同一首诗中较后面的部分。西方的神（“西帝”或“白帝”）也是一条白蛇。汉高祖曾经杀过一条白蛇。在李贺诗歌的结尾，剑被举起：

提出西方白帝惊，嗷嗷鬼母秋郊哭。

简言之，温庭筠诗节里出色的并置只有通过它们在李贺原诗的寓意才能统一。

---

〔70〕 20659；叶（1959），20页。

在九世纪中叶，描绘民间信仰的寺庙及居住庙中的保护神和龙的律诗十分流行。这种诗歌经常渲染神灵的神秘和力量。它们和上引蒋侯诗的关系，与咏陈后主的律诗和前面讨论的分节歌行的关系非常相似。

题萧山庙[71]

温庭筠

故道木阴浓，荒祠山影东。杉松一庭雨，幡盖满堂风。
客奠晚沙湿，马嘶春庙空。夜深雷电歇，龙入古潭中。

《侠客行》和《题萧山庙》是《诗集》中的例外。《诗集》中的大多数作品是应景诗，在语调和修辞两方面与较著名的同时代诗人相似。

利州南渡[72]

温庭筠

淡然空水对斜晖，曲岛苍茫接翠微。
波上马嘶看棹去，柳边人歇待船归。
数丛沙草群鸥散，万顷江田一鹭飞。
谁解乘舟寻范蠡，五湖烟水独忘机。

这是九世纪中叶七言律诗的精美榜样。“范蠡”式结尾是最常见

〔71〕 32088；曾，159 页。
〔72〕 31968；曾，80 页。

的当代诗歌手法，诗人追想这位古代越国的宰相，他在完成灭吴大业后乘船离开，成为隐士。我们前面已经引了两个例子，一个是张祜，一个是杜牧，我们很容易可以再加一个：

西江怀古〔73〕

杜牧

上吞巴汉控潇湘，怒似连山净镜光。
魏帝缝囊真戏剧，〔74〕苻坚投棰更荒唐。〔75〕
千秋钓艇歌明月，万里沙鸥弄夕阳。
范蠡清尘何寂寞，好风唯属往来商。

当然，杜牧的诗很不相同，诗中将长江的雄壮力量与结尾的平静江景相对照。温庭筠只描绘了田园诗的景色，虽然杜牧的鸥仍然出现在温庭筠的夕阳中。杜牧可能对温的“万……一……”句式也有贡献：

万顷江田一鹭飞。

杜牧《独酌》的第二行也有十分相似的事物，但“万”是“万古”。〔76〕

---

〔73〕 28143；冯，199 页。
〔74〕 吴国听到谣传，曹操命令他的士兵装满沙袋，扔进长江阻截江水，以使军队过江。
〔75〕 在准备进攻西晋时，北方军阀苻坚宣称过长江就像他投鞭一样容易。
〔76〕 28051；冯，85 页。

长空碧杳杳，万古一飞鸟。

这些都是一般的相似，而不是直接模仿。此处诗人可能只是重复使用广泛流传的意象和模式。杜牧的沙鸥在七言句的结尾“弄夕阳”，而在《南湖》里，温庭筠注意到相似的东西：[77]

野船着岸偎春草，水鸟带波飞夕阳。

温庭筠对七言律诗的处理及其对这一诗体的偏好，表明了九世纪三十年代后期的诗歌时尚，这一时尚延续了整个四十年代并进入五十年代。如 Rouzer 指出，温庭筠也具有五言律诗的才能和对句的技巧。题为《商山早行》的五言律诗可能是温庭筠最著名的一首诗，Rouzer 很详尽地讨论了此诗。[78]此外，他的诗联经常出现在后代句图的清单上。下面这首诗未明确宣称吟咏“访隐士不遇”的古老主题，但卢处士之未现身及消失于云中的小径，却鲜明地表现出这一主题。

题卢处士居[79]

温庭筠

西溪问樵客，遥识主人家。古树老连石，急泉清露沙。
千峰随雨暗，一径入云斜。日莫鸟飞散，满山荞麦花。

---

〔77〕 31974；曾，83 页。

〔78〕 32076；曾，155 页；Rouzer，18 页。

〔79〕 32059；曾，150 页。或题为《处士卢岵山居》。

尽管他写词和分节乐府很有才华，必须指出温庭筠很懂得自己使用的每一种形式的长处。在五言律诗中他知道如何运用模式（例如，古树盘根与急泉流动对仗）；近对远，日光对黑暗，限制的视象对扩展的视象。他知道如何在技巧的局限之内令人惊奇。我们看下面这首黎明诗的结尾：[80]

林外晨光动，山昏鸟满天。

刚刚流入的晨光突然被起飞的鸟群遮暗。

无论是出于何种原因，李商隐的诗集在进入流传时，包含了相当多的至少是指向浪漫情事的诗篇，比杜牧自我标榜的青楼“薄幸人”更私人化。段成式赠温庭筠的诗篇，暗示了对一位特定的女子或几位女子的相似激情。在《诗集》中（与词、分节乐府及出自《汉上题襟集》的资料不同），我们发现几首表现此种感情的诗篇，虽然没有李商隐那种神秘或温庭筠自己的乐府中的艳情。下引其中第一首的题目，在晦涩上仅略减于李商隐集的无题诗。

偶　游[81]

温庭筠

曲巷斜临一水间，小门终日不开关。
红珠斗帐樱桃熟，金尾屏风孔雀闲。

---

〔80〕 32075；曾，155页。
〔81〕 31997；曾，95页。

云髻几迷芳草蝶，额黄无限夕阳山。
与君便是鸳鸯侣，休向人间觅往还。

这听起来根本不像是一次“偶游”。诗篇带领我们穿过城市，来到一座房宅，然后看到“帐”（有时候是一片挂帘，有时候是围起来的，但是经常没有顶），显然是在花园里。第三联引出一位女子，她向尾联的男子发出指令。如果说有任何“偶游”，只能是那位女子禁止的那种游觅。

虽然这种诗篇在《诗集》中很少见，爱情就像古迹一样，失去后仅剩下遗迹时，便成为可以接受的“诗意”的事物。

怀真珠亭[82]

温庭筠

珠箔金钩对彩桥，昔年于此见娇饶。
香灯怅望飞琼鬓，凉月殷勤碧玉箫。
屏倚故窗山六扇，柳垂寒砌露千条。
坏墙经雨苍苔徧，拾得当时旧翠翘。

他与一位旧情人曾经待过的荒凉的地方激起回忆，就像“怀古”诗中的缺失景象。如同杜牧在赤壁遗址附近捡起一个古戟，温庭筠最后拾起当时的旧翠翘。

〔82〕 32011；曾，102页。

词

《汉上题襟集》中的诙谐社交诗篇，可能还有乐府，最终被宋代的编集者辑入温庭筠的《诗集》。但是，大约七十首以著名曲调为题的长短句词却被排除于诗集的基本传统形式之外。这些作品被排除在外是由于从宋代的观念看，它们属于词这一文体，被认为与“诗”有别。九世纪和十世纪初有各种各样的小集，在宋代却只有词仍然以小集的形式流传。这种越来越将词降为小集的习惯，成为书目中将词视为一种独立文体的基础。

词在宋代成为一种独立的文体，但温庭筠的词在九世纪中后期如何被看待却仍然是个问题。很多研究集中于温庭筠的词，因为它们站在（或被置于）词史的开端。从许多方面来看，这是一种年代的错置，学者们寻找一种独立文体的起源，但这种文体直到很久以后才存在。

这些词几乎都保存在成都的词选集《花间集》（其序撰于940年）中。[83]除了皇甫松的一定数量的词，温庭筠的词作是九世纪末之前唯一的真正词集。另外，《花间集》的序里提及《金荃集》，此十卷小集很可能是《花间集》中温词的来源。

有关温庭筠词的资料来源，我们可以提供几种可能的解释，但是我们无法裁定哪种解释是对的或甚至是最可能的。

---

〔83〕 关于《花间集》及早期词的一般研究，见 Anna Shields，*Crafting a Collection：The Cultural Contexts and Poetic Practice of the* Huajian ji 花间集（*Collection from Among the Flowers*）（Cambridge，Mass.：Harvard University Asia Center，2006）。

首先，《金荃集》可能完全由长短句词组成，那么这就是一个五百首左右的词集。[84]这将暗示，在九世纪中叶长短句词已经被看成是一种独立的形式，与其他各种齐言歌辞不同。虽然认为词已经是高度成熟的文体是年代错置，但是它可以代表一种独特类型的诗歌，适合于小集。

其次，《金荃集》可能包含了多种在九世纪中叶被认为属于"诗集"范围之外的诗歌。《花间集》的编集者欧阳炯选择了符合当时对长短句词的兴趣的作品。[85]在这种情况下，这一形式的范畴区别就是十世纪的产品。

其三，《金荃集》里的作品可能是齐言的，也许是任半塘所称的"声诗"的形式（以后来成为长短句词的曲牌写的齐言诗）。这些齐言作品可能在歌女为适应十世纪成都的音乐时尚的演唱中被改造，后来被记录下来，成为收入《花间集》的长短句词。此点将表明九世纪的表演实践和记录实践之间的差异。

其四，在《花间集》的序中，温庭筠的《金荃集》与李白的《清平乐》并列，但《清平乐》是齐言绝句，未收入《花间集》。有可能《金荃集》也包括了配乐歌唱的齐言歌辞，而《花间集》中的长短句词出自其他资料，也许是歌女们的曲目集。在这种情况下，将词归属于温庭筠便很成问题。

第三种可能性值得进一步探讨。在九世纪，数目不小的齐言歌辞与参差不齐的音乐曲调相配，这一事实可以根据后来的情况

〔84〕 手抄本的一卷所包含的诗篇数量有极大的差异。根据北宋的书目记录，每卷大致包括二十五至七十首诗。

〔85〕 最相似的是以《浣溪沙》曲调写的两首词收入《香奁集》，此集是艳诗小集，独立于九世纪后期诗人韩偓的正规诗集而流传。

推测。这强烈表明，在这些情况中记录实践和表演实践并不一致。换言之，高超的表演者可能将齐言歌辞演唱成参差不齐的歌曲，而文人则可能将参差不齐的歌曲记录成齐言诗。虽然这些是很复杂的问题，不在本书的研究范围之内，但是十分值得注意的是，在早期词史中，关键问题在于书面的长短句词可能代表了对参差不齐的歌曲的新记录实践，而非一种新“文体”的出现。

我们此处仅考察已经知道的情况。从敦煌抄本中，我们知道九世纪时长短句的记录很可能以半流行的形态存在于西北边塞地区。十世纪上半叶也在中国西部的成都有精英记录的长短句歌曲。十世纪中叶开始的南唐也有将歌曲以长短句的形式记录下的情况。根据这些有限的证据，似乎以长短句记录歌曲的做法，在九世纪的精英圈子一般尚未实行（除了温庭筠是可能的例外），至十世纪则越来越广泛。

虽然在词学传统中，温庭筠最经常与韦庄比较对照，但是在本书研究的背景下，我们应该强调韦庄可能创作于温庭筠后的半个世纪，最早也是在其后一代，其时唐王朝的世界正在崩溃。因此，我们应该将温庭筠的词放在九世纪中叶的诗歌背景下来考虑。

在某种意义上，温庭筠的词是九世纪浪漫文化景象的写实手册，主要表现女子思恋情人的不同阶段。虽然李商隐经常从男性情人的角度来写，他也从女性的角度写，有些诗篇标明是“代”。温庭筠的词在观者和“代”女性情人而写的类型之间微妙转换。在这种情况下，很重要的一点是记住这些词是为歌女演唱而创作的，无论是实际的还是想象中的歌女。

从另一层面看，我们发现由于诗体和形式而产生的深刻差别。前面我们已经看到，在律诗和李贺风格的乐府中，对陈宫景象的处理十分不同。长短句词改变了普通浪漫场景在语言中出现的方式。齐言诗和长短句词之间的那些差别，鲜明地体现了同样的材料由于不同的诗歌形式而变得根本不同。这一时期流行的“小令”将九世纪中叶诗歌的罗列并置风格推得更远。

因为词一般被作为独立的文体而研究，注意力通常集中于单个词人之间的微妙差别，在时间上往往相隔几十年或甚至半个世纪。[86]如果采取一个较广阔的视点，会提醒我们在很大程度上这一文体采用了九世纪中叶的浪漫诗歌话语。虽然后者在接下去的两个世纪中不断完善，增加了新的东西，特别是通俗诗的主题，但在许多方面是词使得这一话语不朽。

更漏子

温庭筠

其　一

柳丝长，春雨细，花外漏声迢递。
惊塞雁，起城乌，画屏金鹧鸪。
香雾薄，透帘幕，惆怅谢家池阁。
红烛背，绣帘垂，梦长君不知。

读者（或听者）知道细长的柳丝可能是雨的隐喻，所以我们不知

〔86〕 关于温庭筠的词及早期词与晚唐诗的关系的讨论，参 Shields，*Crafting a Collection*。

道这是真的还是隐喻的雨。水漏的声音表示天仍是暗的，虽然大雁和乌鸦的起飞标志即将转换到黎明。突然，我们看到一行名词性的诗句，将我们带到屋内的画鸟："画屏金鹧鸪。"长短句曲调的简短而独立的谓语，使这种突然的并置很容易形成，这是此种形式的艺术效果。温庭筠的批评家们经常评论生机勃勃的自然和室内对自然的静态表现之间的交织映衬。然而，这种诗歌属于那一时期。我们只需回顾李商隐的《柳枝》其五：

画屏绣步障，物物自成双。
如何湖上望，只是见鸳鸯。

温庭筠采用这一手法来表现突然转向室内的绘画表现。李商隐在绝句中则从室内的表现转向外部世界的相应物（或相应物的一般缺失），转变不那么突然，但已经建立了对立的方式。

"香雾"（从杜牧那里借用）会立即被与一位女子的头发相联系，但是这一意象在下一行变成渗进内室的真正的雾，并将注意力再次引向花园的景象，产生"惆怅"的情绪，这是词中唯一表达情感的词语。"谢家"可能指"谢氏"，在温庭筠词和浪漫诗歌中的风流女子的统称。读者被置身于室内和室外、深夜和黎明之间，被训练观察季节的标志、一天的时间变动及叙述者的位置。

再次往里看，我们见到"红烛背"。如果这位女子前夜很早就上床睡觉，那就没有任何可说之处。然而在此类诗词中，读者习惯于女子整夜醒着。因此我们将灭了的蜡烛理解为女子刚刚上床。现在"垂［下］"的帘子暗示它原来的位置，女子掀起帘子往外看，见到前面所描绘的景色。

最后我们看到一行对“君”说的诗句。虽然没有李商隐朦胧诗结尾的激烈动作，但仍然令人想起它们。如同李商隐的“无题”诗，诗人从描绘转向读者。由于温庭筠的词经常表现女子对不在的情人的思恋，我们可以将此“君”理解为远方的情人。但是下引较早的诗篇（前面一章引过）表现的是男子不知女子的梦。

闺　情〔87〕

李商隐

红露花房白蜜脾，黄蜂紫蝶两参差。
春窗一觉风流梦，却是同袍不得知。

此处也许是睡在她身旁的男子不知道她的梦，因为她梦见另一位男子；或许是远方的情人不知道她的梦。在温庭筠的词中我们见到同一时刻，结束时引出不知道女子的梦的男子。这是身旁的男子还是远方的情人？每种可能性都可以在表演时通过眼光、强调或演唱的停顿而实现。

温庭筠的词标志着一种尚未形成的文体的历史开端。最好是在诗歌的背景下阅读它们，包括同时代的和刚刚过去的时代的诗歌，而不是在其未来的背景下阅读它们。虽然这种新形式确实改造了当代的诗歌“材料”，但是九世纪中叶诗歌的许多成分融入这一新形式，从而存留于其后的千百年中。

---

〔87〕 29306；《集解》，1839 页；叶（1985），237 页。

结　论

随着杜牧、李商隐和温庭筠的去世，一个时代结束了。然而，“晚唐”还远未结束。可以有不同的界定方式，但“晚唐”在860年后至少还延续了半个世纪，或许甚至一个半世纪。但是，在我们所研究的三十五年的时期中，涌现了各种诗歌可能性，总的来说为晚唐的其他时期设立了界限。其后还有出色的诗人和难忘的诗篇，但是缺乏足以在未来的一千年留下痕迹的较鲜明诗歌个性。皮日休和陆龟蒙在本书涉及的时期结束时开始创作，是部分的例外，但是他们在后代的唐诗评价中，从未达到杜牧、李商隐和温庭筠的层次，或甚至贾岛和许浑的层次。鱼玄机的诗歌小集使她成为唐代最突出的两位女诗人之一，但她的鲜明诗歌个性体现于共同的风格之中。司空图很重要，但是他主要以批评家而知名（在很大程度上由于一部作品，而那部作品可能是明代的赝品）。韩偓以其艳情诗而为人记得，但他很可能是这一时期最有才能的杜甫追随者。在二十世纪中叶，杜荀鹤诗的俗语化曾引起新的兴趣。韦庄又生活了很长时间，成为前蜀显赫的老文人，被看为早期词史的重要人物，在诗歌方面则由于其《秦妇吟》中有关黄巢掠劫长安的叙事而著名，此诗有许多文本发现于敦煌抄本中。不管历史的评价是否公平，虽然许多重要诗人活跃于这一时期，但没有人赢得晚唐第一个时期的中心人物的形象。

我们选择突出820年代中叶至860年这一时期，因为产生于此时期的诗歌影响久远，贯穿于其后整个中国古典诗歌史。虽然在唐诗历史的叙述中，这一时期经常被批评，但其重要诗人一直保持其显著地位。白居易主要属于中唐，但是他的作品在此时期是很重要的现象，尽管往往是负面的现象。他代表了那永远作为背景的古典诗歌的一种可能性，即不断有诗人出于本能或所处历史时刻而反叛“高雅”的诗歌风格。白居易将既定的诗歌形式与抵制这种形式的俗语相对。古典诗歌确实可以听起来像是一个人在说话，表现了杜牧所反对的那种“习俗”。对这种诗歌可能性的抵制激发了各种各样的稠密风格和高雅形式。

对白居易来说，诗歌形式的意思只是指诗行的长度、用韵、声调的和谐及清晰的线型章法。如他评述僧人道宗的佛教说教诗，诗歌应在形式的最小限制下，自由地移动，避免“文字”的印象。对贾岛及其诗人群而言，“形式”的意思大不相同：这是一种控制的风格，突出艺术性及其与自然语言之区别，置于一种格式化的章法模式之中。他们对中国诗歌传统的贡献并不比白居易小。此前也有诗人技巧出色，但是贾岛及其诗人群将诗歌技巧与时间和精力的花费相联系。他们很少谈及“才能”，那种能够不费力气地超越规则的天生才能。相反，他们的诗歌是一种需要激情奉献的诗歌，而激情奉献和单纯努力之间的差别是很微小的。事实上，他们提出一种可以通过学习而获得诗歌成就的模式，一种美学的社会移动性，身处社会边缘的人可以通过自己的努力，超越那些在诗歌创作的精英群体中成长的人，或那些声称纯粹出于天才而自然创作诗歌的人。因而不足为奇，贾岛圈子中有很多诗人都出自小乡绅家庭，很少或没有参与中央官僚政府的家庭历史。同样很自然地，他们的作品在后来的诗歌教学中变得非常重要，并成为在政府官僚机构之外或边缘创作的南宋城市诗人的模仿对象。

相反，虽然杜牧生长于那个时代最显赫的家族之一，既有学问又雄辩，他的魅力却在于社会流动中的下移。他深切地关注国家的政事，经常致力于政治，即使他从来未得到充分的赏识。传统社会晚期的诗歌批评中有一种倾向，总是提醒读者杜牧的严肃性，此在二十世纪中国文学学术化后更加充分地发展。这种提醒并不是读者最早知道和热爱的杜牧。那位流行的杜牧是绝句和忧郁风流诗的诗人，他赞颂世俗世界的欢乐，常常带有一点怀旧情调。这是后来的诗词所引喻及戏剧所表现的杜牧。他的诗法不太重要，与白居易和贾岛不同，但却具有极为诱人的敏感性，其魅力一直延续至今。杜牧在很多方面都是迟来的李白，一位炫耀而神采十足的诗人，但却转向内心和忧伤。

李商隐是最复杂的晚唐诗人，他的遗产也同样复杂。在最简单的层面上，他的影响在艳诗中变得很普遍，特别是在词中。但是他的隐蔽寓意继续逗引着传统，模糊了公共参与和私人激情之间的界限。他的风格经常被模仿，此外还有对其作品的隐喻阅读，鼓励从表面的私人主题发现政治的严肃性，此种阅读方式已经存在于传统中。李商隐诗歌的注疏传统在十七世纪中叶真正地认真展开，与其他诗人的注疏很不相同。对其他诗人的阐释也有不同意见，但是远不如在李商隐诗歌的阐释中那样，极不相同的意见比比皆是，并一直持续到现在。甚至宋代出现的一些最早的阐释，也已经显示了李商隐诗歌产生矛盾解释的能量。从这一意义上说，李商隐代表了一种新的诗歌，一种可以阐释但却永远无法充分理解的诗歌。在后来的几百年中，中国诗歌多次离开又回到这种隐喻困难的边缘。

九世纪还是中国最后和最充分发展手抄本文化的时期。虽然直至清代之前，手抄本形式的文本流传继续在中国文学中起重要作用，但是从十世纪末开始，印刷书本在文学传播中承担了越来越重要的作用。在824年，我们所研究时期的开端，元稹为《白氏长庆集序》加了一个著名的注，明确指出他和白居易的诗篇在扬州和越州印刷和出售。如果对此段话的这种解释正确，它指的不会是诗歌的书本，而很可能是如同那一时期佛经印刷的大幅纸张。九世纪这种对文学产品和传播的兴趣，我们前面在涉及白居易和李商隐的《韩碑》时已经讨论过，其高潮在十世纪二十年代后期或三十年代，诗僧贯休的弟子昙域将其师父遗留的诗集在成都印出。在随后的一个半世纪中，抄本生产越来越限于珍稀学术文本和诗人在世时作品的私下流传。

十世纪末至十一世纪初，出现了一种新的文学学者，他们试图收集和综合那些经历了唐代覆灭和五代的战火和毁灭而存留下来的散落四处的唐代手抄本的遗留。因此可以想象，九世纪至十世纪初作者的作品保存得最好。虽然这些编集的作品后来经历了损失、变动及重新发现，但是我们仍然可以找到那个文本世界的痕迹。在那些痕迹的后面我们窥见到一种新的形象：一位将自己界定为“诗人”的人，他专注于自己的艺术，寻求对其艺术产品的控制：不仅是诗篇，而且是诗集。

引用书目

常用书目缩略表

陈伯海　陈伯海编，《唐诗汇评》。3 册。杭州：浙江教育出版社，1995。

陈铁民　陈铁民，《王维集校注》。北京：中华书局，1997。

杜晓勤　杜晓勤，《隋唐五代文学研究》。2 册。北京：北京出版社，2001。

樊川文集　杜牧，《樊川文集》。上海：上海古籍出版社，1978。

方回　方回、李庆甲，《瀛奎律髓汇评》。3 册。上海：上海古籍出版社，1986。

冯　冯集梧，《樊川诗集注》。上海：上海古籍出版社，1978。

傅（1987）　傅璇琮编，《唐才子传校笺》。5 册。北京：中华书局，1987－1990。

傅（1996）　傅璇琮编，《唐人选唐诗新编》。西安：陕西人民教育出版社，1996。

傅（1998）　傅璇琮编，《唐五代文学编年史》。4 册。沈阳：辽海出版社，1998。

华忱之　华忱之、喻学才，《孟郊诗集校注》。北京：人民文学出版社，1995。

刘若愚　Liu, James J. Y., *The Poetry of Li Shangyin.* Chicago: University of Chicago Press, 1969.

蒋　蒋维崧，《刘禹锡诗集编年笺注》。济南：山东大学出版社，1997。

江聪平　江聪平，《许浑诗校注》。台北：台湾中华书局，1973。

集解　刘学锴、余恕诚，《李商隐诗歌集解》。5 册。北京：中华书局，1988。

旧唐书　《旧唐书》。北京：中华书局，1975。

李冬生　李冬生，《张籍集注》。合肥：黄山书社，1988。

李嘉言　李嘉言，《长江集新校》。上海：上海古籍出版社，1983。

刘学锴（2001）刘学锴等编，《李商隐资料汇编》。2 册。北京：中华书局，2001。

刘衍　刘衍，《姚合诗集校考》。长沙：岳麓书社，1997。

逯钦立　逯钦立编，《先秦汉魏晋南北朝诗》。北京：中华书局，1983。

罗　罗时进，《丁卯集笺证》。南昌：江西人民出版社，1998。

Owen（1998）　Owen, Stephen. *The End of the Chinese "Middle Ages": Essays in Mid-Tang Literary Culture.* Stanford: Stanford University Press, 1998.

齐　齐文榜，《贾岛集校注》。北京：人民文学出版社，2001。

钱仲联　钱仲联，《韩昌黎诗系年集释》。上海：上海古籍出版社，1984。

仇　仇兆鳌，《杜诗详注》。北京：中华书局，1973。

全宋词　唐圭璋，《全宋词》。北京：中华书局，1965。

全唐文　《全唐文》。北京：中华书局，1983。

瞿（1980）　瞿蜕园、朱金城，《李白集校注》。上海：上海古籍出版社，1980。

瞿（1989） 瞿蜕园，《刘禹锡集笺证》。上海：上海古籍出版社，1989。

Rouzer Rouzer, Paul. *Writing Another's Dream: The Poetry of Wen Ting-yun.* Stanford: Stanford University Press, 1993.

谭优学 谭优学，《赵嘏诗注》。上海：上海古籍出版社，1985。

唐语林 王谠，《唐语林校证》。北京：中华书局，1987。

唐摭言 王定保，《唐摭言》。上海：中华书局，1959。

佟培基 佟培基，《全唐诗重出误收考》。西安：陕西人民教育出版社，1996。

王国安 王国安，《柳宗元诗笺释》。上海：上海古籍出版社，1993。

王蒙 王蒙、刘学锴主编，《李商隐研究论集，1949－1997》。桂林：广西师范大学出版社，1998。

王旋伯 王旋伯，《李绅诗注》。上海：上海古籍出版社，1985。

王仲镛 王仲镛，《唐诗纪事校笺》。成都：巴蜀书社，1989。

文苑英华 《文苑英华》。北京：中华书局，1966。

新唐书 《新唐书》。北京：中华书局，1975。

徐俊 徐俊，《敦煌诗集残卷辑考》。北京：中华书局，2000。

颜进雄 颜进雄，《唐代游仙诗研究》。台北：文津出版社，1996。

严寿澂 严寿澂，《张祜诗集》。南昌：江西人民出版社，1983。

羊春秋 羊春秋，《李群玉诗集》。长沙：岳麓书社，1987。

杨军 杨军、戈春源，《马戴诗注》。上海：上海古籍出版社，1987。

叶（1959） 叶葱奇，《李贺诗集》。北京：人民文学出版社，1959。

叶（1985） 叶葱奇，《李商隐诗集疏注》。北京：人民文学出版社，1985。

元锋　　元锋、烟照，《段成式诗文辑注》。济南：济南出版社，1994。

曾　　曾益，《温飞卿诗集笺注》。上海：上海古籍出版社，1980。由顾予咸（1647年进士）和顾嗣立（1712年进士）增补。顾嗣立的本子以其父亲的草稿为基础，于1697年出版。

张燕瑾　　张燕瑾、吕薇芬，《二十世纪中国文学研究：隋唐五代文学研究》。2册。北京：北京出版社，2001。

郑在瀛　　郑在瀛，《李商隐诗集今注》。武汉：武汉大学出版社，2001。

周　　周振甫，《李商隐选集》。上海：上海古籍出版社，1986。

周啸天　　周啸天、张效民，《雍陶诗注》。上海：上海古籍出版社，1988。

周勋初　　周勋初编，《唐人轶事汇编》。4册。上海：上海古籍出版社，1994。

朱　　朱金城，《白居易集笺校》。6册。上海：上海古籍出版社，1988。

朱碧莲　　朱碧莲，《杜牧选集》。上海：上海古籍出版社，1995。

资治通鉴　　司马光，《资治通鉴》。北京：中华书局，1995。

其他引用书目

Ashmore, Robert. "*Hearing Things: Performance and Lyric Imagination in Chinese Literature of the Early Ninth Century.*" Ph. D. diss., Harvard University, 1997.

曹中孚，《晚唐诗人杜牧》。西安：陕西人民出版社，1985。

岑仲勉，《唐人行第录》。北京：中华书局，1962。

陈王和，《韩翃诗集校注》。台北：文史哲出版社，1973。
陈熙晋，《骆临海集笺注》。上海：上海古籍出版社，1985。
陈应鸾，《岁寒堂诗话校笺》。成都：巴蜀书社，2000。
陈友琴，《白居易诗评述汇编》。北京：科学出版社，1958。
陈子建，《杜牧李长吉歌诗序理义辩》。《社会科学研究》，1988 年第 6 期。
De Woskin, Kenneth, and J. I. Crump. *In Search of the Supernatural: The Written Record.* Stanford: Stanford University Press, 1996.
董乃斌，《李商隐的心灵世界》。上海：上海古籍出版社，1992。
杜佑，《通典》。北京：中华书局，1988。
Dudbridge, Glen. *The Lost Books of Medieval China.* London: British Library, 2000.
Fishlen, Michael. "Wine, Poetry and History: Du Mu's 'Pouring Alone in the Prefectural Residence.'" *T'oung Pao* 80 (1994) Fasc. 4－5: 260－297.
傅璇琮、张忱石、许逸民，《唐五代人物传记数据综合索引》。北京：中华书局，1982。
郭绍虞，《沧浪诗话校释》。北京：人民文学出版社，1961。
何林天，《重订新校王子安集》。太原：山西人民出版社，1990。
平岗武夫、市原亨吉、今井清，《唐代の诗篇》。京都：京都大学人文科学研究所，1964－1965。
胡可先，《杜牧研究丛稿》。北京：人民文学出版社，1993。
胡问涛、罗琴，《王昌龄集编年校注》。成都：巴蜀书社，2000。
胡应麟，《诗薮》。上海：上海古籍出版社，1979。
胡中行，《略论贾岛在唐诗发展中的地位》。《复旦学报》，1983 年第 3 期。
胡仔，《苕溪渔隐丛话》。北京：人民文学出版社，1962。

贾晋华，《唐代集会总集与诗人群研究》。北京：北京大学出版社，2001。

江聪平，《韦端己诗校注》。台北：台湾中华书局，1969。

孔范今编，《全唐五代词释注》。3 册。西安：陕西人民出版社，1998。

Kubin, Wolfgang. *Das lyrische Werk des Tu Mu.* Wiesbaden, 1976.

Kung Wei-kai. *Tu Mu (803 – 852): His Life and Poetry.* San Francisco: Chinese Materials Center, 1990.

李国胜，《王昌龄诗校注》。台北：文史哲出版社，1973。

李立朴，《许浑研究》。贵阳：贵州人民出版社，1994。

李时人编，《全唐五代小说》。西安：陕西人民出版社，1998。

李廷先，《唐代扬州史考》。南京：江苏古籍出版社，2002。

李谊，《韦庄集校注》。成都：四川省社会科学院出版社，1986。

李云逸，《王昌龄诗注》。上海：上海古籍出版社，1984。

梁超然，《晚唐诗人曹唐及其诗歌》。《唐代文学》，第 1 辑（1981）。

廖美云，《唐伎研究》。台北：台湾学生书局，1995。

刘学锴，《汇评本李商隐诗》。上海：上海社会科学院出版社，2002。

——，《李商隐诗歌研究》。合肥：安徽大学出版社，1998。

刘学锴、余恕诚，《李商隐文编年校注》。5 册。北京：中华书局，2002。

毛蕾，《唐代翰林学士》。北京：社会科学文献出版社，2000。

缪钺，《杜牧传》。石家庄：河北教育出版社，1999。

Nugent, Christopher. "The Circulation of Poetry in Tang Dynasty China." Ph. D. diss., Harvard University, 2004. Ann Arbor: UMI, 2004.

小野胜年，《入唐求法巡礼行记の研究》。东京：铃木学术财团，1969。

欧阳修著，郑文校点，《六一诗话》。北京：人民文学出版社，1983。

Owen, Stephen. "The Difficulty of Pleasure," *Extreme orient/extreme occident* 20 (1998).

——. "Poetry and Its Historical Ground." *Chinese Literature: Essays, Arti-*

cles, *Reviews* (December, 1990): 107－118.

——. "Spending Time on Poetry: The Poetics of Taking Pains." In Olga Lomová, ed., *Recarving the Dragon: Understanding Chinese Poetics.* Prague: Charles University in Prague, 2003.

——. "What Did Liuzhi Hear? The 'Yan Terrace Poems' and the Culture of Romance." *T'ang Studies* 13 (1995): 81－118.

Piliére, Marie-Christine Verniau. "Du Mu: comment rendre justice à l'homme et à l'oeuvre?" *Études Chinoises* 6, no. 2 (Fall 1987): 47－71.

王夫之等，《清诗话》。上海：上海古籍出版社，1963。

Reischauer, Edwin O. *Ennin's Travels in T'ang China.* New York: Roland Press, 1955.

任半塘，《唐声诗》。上海：上海古籍出版社，1982。

任海天，《晚唐诗风》。哈尔滨：黑龙江教育出版社，1998。

Rouzer, Paul. *Articulated Ladies: Gender and the Male Community in Early Chinese Texts.* Cambridge: Harvard University Asia Center, 2001.

Schafer, Edward H. *Mirages on the Sea of Time: The Taoist Poetry of Ts'ao T'ang.* Berkeley, 1985.

商伟. "The Prisoner and the Creator: The Self-Image of the Poet in Han Yu and Meng Chiao." *CLEAR16* (December 1994): 19－40.

Shields, Anna M. *Crafting a Collection: The Cultural Contexts and Poetic Practice of the* Huajian ji 花间集 *(Collection from Among the Flowers)*. Cambridge, Mass.: Harvard University Asia Center, 2006.

—— "Defining Experience: The 'Poems of Seductive Allure' *(yanshi)* of the Mid-Tang Poet Yuan Zhen (779－831)." *Journal of the American Oriental Society* 122, no. 1 (Jan. -March 2002): 61－78.

谭优学，《许浑行年考》。《唐代文学论丛》，第8辑（1986），78－113页。

田耕宇,《唐音余韵:晚唐诗研究》。成都:巴蜀书社,2001。
万竞君,《崔颢诗注》。上海:上海古籍出版社,1982。
万曼,《唐集叙录》。北京:中华书局,1980。
王利器校注,《文镜秘府论校注》。北京:中国社会科学出版社,1983。
王蒙,《混沌的心灵场——谈李商隐无题诗的结构》。《文学遗产》,1995年第3期。
王西平、高云光,《杜牧诗美探索》。西安:陕西人民出版社,1993。
王锳,《诗词曲语辞例释》。北京:中华书局,1986。
魏庆之,《诗人玉屑》。上海:古典文学出版社,1958。
翁方纲,《石州诗话》。北京:人民文学出版社,1981。
吴调公,《李商隐研究》。上海:上海古籍出版社,1982。
吴企明,《唐音质疑录》。上海:上海古籍出版社,1985。
吴相洲,《唐代歌诗与诗歌:论歌诗传唱在唐诗创作中的地位和作用》。北京:北京大学出版社,2000。
吴在庆,《杜牧论稿》。福建:厦门大学出版社,1991。
萧涤非、郑庆笃,《皮子文薮》。上海:上海古籍出版社,1981。
徐鹏,《孟浩然集校注》。北京:人民文学出版社,1989。
许总,《唐诗体派论》。台北:文津出版社,1994。
Yang, Xiaoshan. *Metamorphosis of the Private Sphere: Gardens and Objects in Tang-Song Poetry*. Cambridge: Harvard University Asia Center, 2003.
尹占华,《律赋论稿》。成都:巴蜀书社,2001。
郁贤皓,《李白选集》。上海:上海古籍出版社,1990。
《元稹集》。北京:中华书局,1982。
查屏球,《唐学与唐诗:中晚唐诗风的一种文化考察》。北京:商务印书馆,2000。
詹锳,《李白全集校注汇释集评》。天津:百花文艺出版社,1996。

张宏生，《姚贾诗派的界内流变和界外余响》。《文学评论》，1995 年第 2 期。

周锡韍，《杜牧诗选》。香港：三联书店，1980。

周义敢，《张继诗注》。上海：上海古籍出版社，1987。

周祖譔，《隋唐五代文论选》。北京：人民文学出版社，1990。

朱碧莲，《杜牧选集》。上海：上海古籍出版社，1995。

——，《千首诗轻万户侯——评张祜的诗》。《文学遗产增刊》，第 16 辑（1983），59 - 72 页。

朱金城，《白居易年谱》。上海：上海古籍出版社，1982。

祝尚书，《卢思道集校注》。成都：巴蜀书社，2001。

左圭，《百川学海》。京都：中文出版社，1979。